MORGAN RHODES

Brennende Schwerter

Falling Kingdoms

GOLDMANN
Lesen erleben

Buch

Einst war das Reich des Westens in Frieden vereint, die Magie der Elemente war tief im Leben der Menschen verwurzelt. Doch dann brachen dunkle Zeiten an, als das Land durch Machtstreben und politische Intrigen in drei Königreiche zerfiel. Die alten Götter gerieten in Vergessenheit, die Magie ging verloren. Und die rauen Zeiten scheinen kein Ende zu nehmen. Mit einer blutigen Schlacht hat Tyrann Gaius, König von Limeros, die angrenzenden Königreiche Auranos und Paelsia unter seine Schreckensherrschaft gebracht. Um seine Macht zu untermauern, zwingt Gaius seine Untertanen zum Bau einer das gesamte Land verbindenden Straße. Wer sich seinem Befehl widersetzt, wird brutal niedergeschlagen. Während die Menschen verzweifelt ums Überleben kämpfen, ruhen alle Hoffnungen auf den beiden ehemaligen Thronfolgern: Cleo von Auranos und Jonas von Paelsia. Doch Cleo ist eine Gefangene in ihrem eigenen Palast und wird zur Verlobung mit Magnus, Gaius' kaltherzigem Sohn, gezwungen. Dennoch gibt sie nicht auf. Unter größter Gefahr versucht sie, die alte, mächtige Magie wiederzufinden, um das Königreich zu retten. Und mit ihrem früheren Feind Jonas hat sie einen unerwarteten Verbündeten, der unerschrocken den Aufstand gegen Gaius' Streitmächte anführt. Gemeinsam fassen die beiden einen gefährlichen Plan: den König zu töten und die Freiheit zurückzuerobern …

Weitere Informationen zu Morgan Rhodes
sowie zu lieferbaren Titeln der Autorin
finden Sie am Ende des Buches.

Morgan Rhodes

Brennende Schwerter

Falling Kingdoms

Band 2

Roman

Aus dem Amerikanischen
von Christine und Anna Julia Strüh

GOLDMANN

Die amerikanische Originalausgabe erschien 2013
unter dem Titel »Rebel Spring« bei Razorbill,
an imprint of Penguin Group (USA) Inc., New York.

Dieses Buch ist auch als E-Book erhältlich.

MIX
Papier aus verantwortungsvollen Quellen
FSC® C014496
FSC www.fsc.org

Verlagsgruppe Random House FSC® N001967
Das FSC®-zertifizierte Papier *Pamo House* für dieses Buch
liefert Arctic Paper Mochenwangen GmbH.

1. Auflage
Taschenbuchausgabe Februar 2016
Wilhelm Goldmann Verlag, München,
in der Verlagsgruppe Random House GmbH

Umschlaggestaltung: UNO Werbeagentur, München
Umschlagmotive: FinePic®, München · Umschlaginnenseiten: FinePic®, München; Penguin Group (USA) Inc. (Landkarte)
Autorenfoto: © Shanon Fujioka
Redaktion: Lothar Strüh
KS · Herstellung: Str.
Druck und Einband: GGP Media GmbH, Pößneck
Printed in Germany · ISBN: 978-3-442-48340-2
www.goldmann-verlag.de

Besuchen Sie den Goldmann Verlag im Netz

PERSONEN DER HANDLUNG

LIMEROS

Die Eroberer

Gaius Damora	Der König
Althea Damora	Die Königin
Magnus Lukas Damora	Der Prinz und Thronerbe
Lucia Eva Damora	Adoptierte Prinzessin; prophezeite Magierin
Cronus	Hauptmann der Wache
Helena	Kammerzofe
Dora	Kammerzofe
Franco Rossatas	Assistent des Ingenieurs der Reichsstraße
Eugeneia Rossatas	Francos Tochter
Lord Gareth	Ein Freund des Königs

AURANOS

Die Besiegten

Cleiona (Cleo)	Gefangengehaltene Prinzessin
Aron Lagaris	Cleos Verlobter
Nicolo (Nic) Cassian	Cleos bester Freund
Mira Cassian	Nics Schwester
Lorenzo Tavera	Schneider in Hawk's Brow
Domitia	Hexe

PAELSIA

Die Rebellen

Jonas Agallon	Anführer der Rebellen
Brion Radenos	Jonas' Stellvertreter
Lysandra Barbas	Rebellin
Gregor Barbas	Lysandras Bruder
Tarus	Junger Rebell
Nerissa	Rebellin
Onoria	Rebellin
Ivan	Rebell
Talia	Alte Frau
Vara	Eine Freundin von Lysandra

DIE WÄCHTER

Alexius	Wächter
Phaedra	Wächterin
Timotheus	Ratsmitglied
Danaus	Ratsmitglied
Melenia	Ratsmitglied
Stephanos	Sterbender Wächter
Xanthus	Verbannter Wächter

BESUCHER

Ashur Cortas	Prinz von Kraeshia

PROLOG

Der Tod warf einen langen Schatten über die karge Ödnis Paelsias.

Die Neuigkeit vom Mord an Häuptling Basilius verbreitete sich rasch, und überall in den Dörfern trauerten die Menschen um einen mächtigen Mann – um einen Magier, der in diesem Land ohne offizielle Religion als lebender Gott gegolten hatte.

»Was sollen wir nur ohne ihn tun?«, klagten in den folgenden Wochen viele. »Wir sind verloren!«

»Was für ein Unsinn«, murrte Lysandra, als sie sich bei Sonnenuntergang mit ihrem großen Bruder Gregor aus der Hütte ihrer Eltern schlich. »Er hat nie echte Magie gezeigt. Das war doch alles nur Geschwätz! Haben diese Leute etwa schon vergessen, dass er uns mit seinen horrenden Steuern alle fast in den Tod getrieben hätte? Häuptling Basilius war ein Lügner und ein Dieb, der abgeschottet von seinem Volk in Saus und Braus gelebt hat, während wir hier draußen verhungert sind!«

»Sei lieber still«, warnte Gregor, musste aber lachen. »Du äußerst deine Meinung viel zu freimütig, kleine Lys.«

»Da könntest du recht haben.«

»Eines Tages wird dich das in Schwierigkeiten bringen.«

»Mit Schwierigkeiten komme ich klar.« Lysandra richtete ihren Pfeil auf die Zielscheibe an einem etwa zwanzig Schritte entfernten Baum und ließ los. Sie traf genau ins Schwarze. Stolz erwärmte ihr Herz an diesem kühlen Abend, und sie sah erwartungsvoll zu ihrem Bruder hinüber.

»Schöner Schuss«, meinte er mit einem breiten Grinsen und schob sie ein Stück zur Seite, um selbst seinen Bogen zu spannen. »Aber der hier wird noch schöner.«

Sein Pfeil spaltete ihren glatt entzwei. Beeindruckend – das musste sie zugeben. Schon seit Monaten übten die Geschwister sich heimlich im Bogenschießen. Lysandra hatte ihren Bruder anflehen müssen, sein Wissen mit ihr zu teilen, aber schließlich hatte er nachgegeben. Es kam nicht oft vor, dass ein Mädchen den Umgang mit Waffen lernte, denn die meisten Paelsianer glaubten, Frauen sollten kochen, putzen und sich um ihre Männer kümmern.

Was absolut lächerlich war, zumal Lysandra sich schnell als Naturtalent erwiesen hatte.

»Glaubst du, sie kommen zurück?«, fragte sie Gregor leise und ließ ihren Blick über das nahe gelegene Dorf schweifen – über die strohgedeckten Hütten, die Fassaden aus Stein und Lehm. Aus vielen Schornsteinen der kleinen Behausungen stieg Rauch auf.

Gregors Gesicht verfinsterte sich. »Ich weiß es nicht.«

Vor einer Woche waren Vertreter des limerianischen Eroberers, König Gaius, in ihr Dorf gekommen und hatten Freiwillige für den Bau einer Straße im Osten gesucht, die der König möglichst schnell fertiggestellt haben wollte – die geplante Reichsstraße sollte nicht nur durch Paelsia, sondern auch durch die angrenzenden Königreiche Limeros und Auranos verlaufen.

Gregor und sein Vater waren dazu auserwählt worden, die Männer zu empfangen, und sie hatten sich den aufgesetzt freundlichen Gesichtern und einschmeichelnden Worten gestellt, ohne sich davon beeindrucken oder gar beeinflussen zu lassen. Die Dorfbewohner hatten das Angebot abgelehnt.

Der Blutkönig glaubte, er würde sie nun alle beherrschen, aber da irrte er sich gewaltig. Zwar waren sie arm, aber sie waren auch stolz. Niemand hatte das Recht, ihnen Befehle zu erteilen.

König Gaius' Männer hatten das Dorf widerspruchslos verlassen.

»Basilius war ein Idiot«, murmelte Lysandra. »Er mag dem König vertraut haben, aber wir werden nicht den gleichen Fehler begehen. Wer so dumm ist, verdient es, aufgespießt zu werden. Mann, solche Blödheit macht mich echt krank.« Ihr nächster Pfeil verfehlte sein Ziel um Längen. An ihrer Konzentration musste sie offenbar noch arbeiten. »Erzähl mir von den Rebellen, die sich dem König widersetzen.«

»Warum willst du das wissen? Hast du vor, dich ihnen anzuschließen – als eins der wenigen Mädchen?«

»Vielleicht.«

»Komm, Schwesterherz«, sagte Gregor lachend und umfasste ihr Handgelenk. »Hier treiben sich bestimmt ein paar Kaninchen herum, an denen du deine Treffsicherheit üben kannst. Warum verschwendest du deine Pfeile an Bäume und deinen Atem an absurde Ideen? Mach dir keine Gedanken um die Rebellen. Wenn sich ihnen jemand aus unserer Familie anschließt, dann ich.«

»Meine Idee ist nicht absurd«, murrte Lysandra.

Aber ihr Bruder hatte nicht ganz unrecht – zumindest was ihre Bogenschießübungen anging. Die Landschaft in ihrer Umgebung war fast komplett verdorrt, nur sehr vereinzelt fanden sich noch ein paar grünere Fleckchen Erde, auf denen ihre Mutter und andere Frauen Gemüsegärten anlegten, die ihnen aber von Jahr zu Jahr weniger Ertrag einbrachten – und mehr Tränen. Ihre Mutter hatte nicht aufgehört zu weinen, seit sie von Basilius' Tod erfahren hatte.

Lysandra brach es fast das Herz, ihre Mutter so traurig, so untröstlich zu sehen, und versuchte immer wieder, sie zur Vernunft zu bringen. »Ich glaube, wir sind alle für unser eigenes Schicksal verantwortlich – jeder Einzelne von uns«, hatte sie erst letzte Nacht zu ihr gesagt. »Wer uns anführt, spielt dabei keine Rolle.«

Ihre Mutter hatte ihr nur einen müden, resignierten Blick zugeworfen. »Du bist so naiv, Lysandra. Ich hoffe, dass dich das nicht eines Tages ins Unglück stürzt.«

Und jetzt betete sie regelmäßig zu dem toten Stammesführer, er möge ihrer ungehorsamen Tochter den rechten Weg weisen. Im Grunde war das nicht weiter verwunderlich. Lysandra hatte ihrer Mutter schon immer viel Kummer bereitet, weil sie sich einfach nicht wie eine anständige Tochter benahm, die anständige Dinge tat. Selbst ihren Freundinnen hatte sie sich nie wirklich zugehörig gefühlt, denn keine von ihnen verstand, warum sie so gerne Pfeile schnitzte, bis sie Blasen an den Finger bekam, oder sich noch spätabends draußen herumtrieb, bis ihre Nase so rot war, dass sie praktisch im Dunkeln leuchtete.

Plötzlich hielt Gregor sie am Arm fest und brachte sie zum Stehen.

»Was ist?«, fragte Lysandra.

»Sieh mal.«

Sie waren weniger als eine Meile vom Dorf entfernt. Vor ihnen lag eine kleine Lichtung, umgeben von verdorrten Büschen und kahlen Bäumen, auf der keine einzige Pflanze mehr wuchs. Eine alte Frau, die Lysandra als Talia, die Dorfälteste, erkannte, stand in der Mitte der Lichtung, vor ihr lag ein toter Rotfuchs. Die alte Frau hatte das Blut des Tieres in einen hölzernen Becher gefüllt, und jetzt malte sie damit rote Symbole auf den ausgetrockneten, rissigen Waldboden.

So etwas hatte Lysandra in ihrem ganzen Leben noch nie gesehen. »Was tut Talia da? Was malt sie?«

»Vier Symbole«, antwortete Gregor leise. »Weißt du, was sie bedeuten?«

»Nein, was?«

»Sie stehen für die vier Elemente: Feuer, Luft, Wasser und Erde.« Er zeigte auf ein Symbol nach dem anderen – ein Dreieck, eine Spirale, zwei übereinanderliegende Wellenlinien und ein Kreis im Kreis – und schluckte schwer. »Ich hatte keine Ahnung. Unsere Dorfälteste ... Sie ist eine Hexe. Ein Altling.«

»Moment, du meinst ernsthaft, die alte, einfältige Talia ist eine ... Hexe?«

Lysandra erwartete, ihr Bruder würde jeden Moment anfangen zu grinsen und zugeben, dass er nur einen Scherz gemacht hatte, aber er blieb ernst – todernst.

Seine Augenbrauen zogen sich zusammen. »Ich hatte schon länger so einen Verdacht, aber jetzt wissen wir es sicher. Sie hat ihr Geheimnis all die Jahre über gut bewahrt. Du weißt, was normalerweise mit Hexen passiert.«

In ihrem Nachbarland Limeros wurden sie verbrannt. Gehängt. Geköpft. Und auch hier in Paelsia galten Hexen als Inkarnation des Bösen. Als Unglücksbringer. Als Fluch, der das ganze Land langsam, aber unaufhaltsam zugrunde richtete. In Limeros glaubten viele, Hexen seien dafür verantwortlich, dass ihre Heimat zu Eis erstarrt war.

Lysandra erinnerte sich an Talias ungewöhnliche Reaktion, als sie gehört hatte, dass Häuptling Basilius von König Gaius ermordet worden war. Sie hatte grimmig genickt, sich den Staub vom Rock geklopft und vier Worte gesagt: »Und so beginnt es.«

Alle anderen dachten, die alte Frau wäre verrückt, und beachteten sie nicht weiter, doch aus irgendeinem Grund jagten ihre Worte Lysandra einen kalten Schauer über den Rücken.

»Was beginnt?«, hatte sie gefragt. »Was meint Ihr damit?«

Da hatten sich Talias blasse, wässrige Augen direkt auf sie gerichtet. »Das Ende, meine Liebe. Das Ende beginnt.«

Auch jetzt dauerte es einen Moment, bis Lysandra wieder sprechen konnte, ihr Herz klopfte wild, und ihre Stimme zitterte. »Was meinst du mit *Altling*?«

»Ein Altling ist jemand, der die Elemente verehrt. Es ist eine alte Religion – älter als alles andere auf dieser Welt bis auf die Elementia selbst. Und wie es aussieht …« Er machte eine Kopfbewegung in Richtung der Symbole. »… wirkt Talia heute Abend Blutmagie.«

Lysandra schauderte. *Blutmagie.*

Natürlich hatte sie davon gehört, aber bis zu diesem Augenblick hätte sie es nie für möglich gehalten, dass solche Praktiken tatsächlich existierten. Ihr Bruder hatte schon immer eher an all das geglaubt, was man nicht sehen konnte und worüber kaum je jemand sprach – Magie, Hexen, Legenden –, aber Lysandra hatte den Geschichtenerzählern nie viel Beachtung geschenkt, denn sie war mehr an handfesten Tatsachen interessiert als an Märchen. Jetzt wünschte sie plötzlich, sie hätte besser zugehört.

»Zu welchem Zweck?«, fragte sie.

Genau in diesem Moment blickte Talia plötzlich zu ihnen hinüber, wie ein Raubvogel erspähte sie die Geschwister im schwachen Licht der Abenddämmerung.

»Es ist zu spät«, sagte sie, gerade so laut, dass Lysandra und Gregor sie verstehen konnten. »Die Magie reicht nicht aus, um uns zu schützen, ich sehe nur die dunklen Schatten dessen, was auf uns zukommt. Ich kann sie nicht aufhalten.«

»Talia!«, rief Lysandra der alten Frau zu, und ihre Stimme klang selbst in ihren eigenen Ohren völlig verunsichert. »Was macht Ihr da? Hört auf, das ist gefährlich!«

»Ihr müsst etwas für mich tun, Lysandra Barbas.«

Verblüfft blickte Lysandra zu ihrem Bruder hinüber, wandte sich aber gleich wieder Talia zu. »Was wollt Ihr von mir?«

Statt zu antworten, hob die alte Frau ihre blutverschmierten Hände, und ihre Augen weiteten sich, als sähe sie überall um sich herum etwas wahrlich Schreckliches. Etwas durch und durch Böses. »Lauft!«

Talias Schrei war kaum verklungen, da schoss plötzlich ein brennender Pfeil aus der Dunkelheit und bohrte sich in ihre Brust. Sie taumelte zurück und stürzte zu Boden, und in Sekundenschnelle fingen ihre Kleider Feuer.

Gregor packte Lysandras Arm. »Sie ist tot!«

Hastig blickte er in die Richtung, aus der der Pfeil gekommen war, und riss seine Schwester gerade noch rechtzeitig zur Seite, um einem zweiten Schuss zu entgehen, der direkt auf sie gezielt war. Der Pfeil surrte um Haaresbreite an ihr vorbei und grub sich in einen Baumstamm. »Verdammt, das hatte ich befürchtet.«

»Was hast du befürchtet?« In diesem Moment erblickte Lysandra etwa fünfzig Schritte entfernt einen Mann mit einer Armbrust. »Er hat sie getötet!«, schrie sie, völlig außer sich vor Schreck und Angst. »Gregor – er hat sie getötet! Wer ist dieser Mann?«

Der Bogenschütze hatte sie entdeckt und nahm sofort die Verfolgung auf. Gregor fluchte laut und ergriff ihre Hand. »Komm schon, wir müssen hier weg!«

Lysandra legte keinen Widerspruch ein. Hand in Hand rannten sie so schnell sie konnten zurück zu ihrem Dorf.

Es stand in Flammen.

Chaos war über ihre Heimat hereingebrochen. Die Luft war erfüllt von Schreckensschreien, von Schmerzensschreien – von den qualvollen Schreien sterbender Menschen. Unzählige Männer in roten Uniformen galoppierten durch das Dorf, mit Fackeln in den Händen, und steckten erbarmungslos alles in Brand. Die Dorfbewohner rannten aus ihren brennenden Behausungen, um dem Flammentod zu entgehen – und wurden von den Schwertern der berittenen Soldaten niedergemetzelt.

»Gregor!«, stieß Lysandra entsetzt hervor, als sie eine schützende Hausmauer erreichten und abrupt zum Stehen kamen. »König Gaius – das ist sein Werk! Er will uns alle umbringen!«

»Wir haben sein Angebot ausgeschlagen. Das hat ihm nicht gefallen.« Gregor legte die Hände auf ihre Schultern und sah ihr eindringlich in die Augen. »Lysandra. Schwesterherz. Du musst von hier verschwinden. Lauf so weit weg, wie du kannst.«

Das Flammenmeer erhitzte die Luft und verwandelte die Abenddämmerung in albtraumhaftes Tageslicht. »Was redest du da? Ich kann nicht weg!«

»Lys …«

»Ich muss Mutter finden!«, schrie sie, riss sich von Gregor los und lief, so schnell sie ihre Beine trugen, durch ihr Dorf, vorbei an brennenden Häusern und mordenden Soldaten. Als sie die Hütte ihrer Eltern erreichte, kam sie stolpernd zum Stehen – auch ihr Zuhause brannte lichterloh. Auf der Schwelle lag die Leiche ihrer Mutter, ihr Vater lag ein Stück außerhalb in einer Blutlache.

Bevor sie das Grauen richtig begreifen konnte, war Gregor bei ihr, hob sie in seine Arme und rannte auf schnellstem Weg aus ihrem zerstörten Heimatdorf. Erst als sie die Ortsgrenze hinter sich gelassen hatten, machte er halt und setzte sie unsanft ab. Wortlos warf er ihr einen Bogen und einen Köcher voller Pfeile zu.

»Sie sind tot«, flüsterte sie. Ihr Herz fühlte sich bleischwer an.

»Auf dem Weg hierher habe ich einiges gehört und gesehen. Gaius' Soldaten nehmen die Überlebenden gefangen, und sie werden sie zwingen, die Reichsstraße zu bauen.« Gregors Stimme brach. »Ich muss zurück und den anderen helfen. Geh, Lys – such die Rebellen. Tu, was du kannst, damit so etwas nicht auch anderswo passiert. Hast du mich verstanden?«

Lysandra schüttelte heftig den Kopf, in ihren Augen brannten zornige Tränen. »Nein, ich lasse dich nicht allein! Du bist alles, was mir noch bleibt!«

Gregor packte sie am Kinn. »Wenn du mir folgst«, grollte er, »werde ich dich eigenständig erschießen, um dir das Schicksal zu ersparen, das unseren Freunden und Nachbarn bevorsteht.«

Mit diesen Worten wandte er sich ab und eilte davon.

Und sie konnte nichts anderes tun, als ihm hinterherzublicken.

KAPITEL 1

JONAS

AURANOS

Wenn der Blutkönig etwas durchsetzen wollte, griff er gern zu drastischen Maßnahmen.

Es war Mittag. Mit markerschütterndem Krachen sauste die Axt des Henkers nacheinander auf die Hälse dreier verurteilter Rebellen nieder und trennte ihre Köpfe vom Rumpf. Blut quoll aus den Halsstümpfen und lief vor den Augen der mehr als tausend versammelten Schaulustigen über den glatten Steinboden. Hilflos musste Jonas mit ansehen, wie die Köpfe mitten im Palasthof auf lange Pfähle gespießt wurden – eine grausige Mahnung an all diejenigen, die sich König Gaius zu widersetzen gedachten.

Drei junge Männer, die gerade erst erwachsen geworden waren – einfach hingerichtet, weil sie als Bedrohung und Unruhestifter galten. Die abgeschlagenen Köpfe starrten der Menschenmenge mit blicklosen Augen und erschlafften Gesichtszügen entgegen. Tiefrotes Blut rann langsam an den Holzpfählen hinab, während die Leichen zum Verbrennen weggeschafft wurden.

Der König, der dieses Land schnell und brutal erobert hatte, gab niemandem eine zweite Chance – ganz besonders nicht denjenigen, die gegen ihn aufbegehrten. Diese Rebellion würde rasch und erbarmungslos niedergeschlagen werden – und öffentlich.

Bei jedem tödlichen Hieb waberte wachsende Unruhe

durch die Menschenmasse wie dichter Nebel, der sich nicht länger ignorieren ließ. So lange war Auranos ein freies, wohlhabendes Land gewesen, in dem Frieden herrschte – doch jetzt saß ein blutrünstiger König auf dem Thron.

Die Menschen standen dichtgedrängt auf dem großen Hof. Ganz in seiner Nähe sah Jonas zwei gut gekleidete junge Adelige mit angespannten Gesichtern und wachsamem Blick. Zwei dicke, betrunkene Männer stießen mit ihren Weinkelchen an, als würden sie einen Tag voller guter Aussichten feiern, während eine alte grauhaarige Frau in einem feinen Seidenkleid und mit tiefen Falten im Gesicht sich misstrauisch umschaute. Alle versuchten sie, sich den besten Platz zu sichern, um es ja nicht zu verpassen, wenn der König den Marmorbalkon hoch über ihnen betrat. In der Luft mischte sich der Qualm aus Schornsteinen und Zigarillos mit dem Aroma von backendem Brot, bratendem Fleisch und den widerlich süßlichen Parfüms, mit denen viele Adelige zu verschleiern versuchten, dass sie sich nicht regelmäßig wuschen. In dem Lärm – einer Kakofonie aus verschwörerischem Flüstern und kehligem Rufen – konnte Jonas nicht klar denken.

Vor ihnen erhob sich der auranische Palast, golden glitzernd wie eine gewaltige Krone, deren schlanke Spitzen hoch in den klaren blauen Himmel hinaufragten. Er stand direkt im Zentrum der Goldenen Stadt, die sich über eine Fläche von vier Quadratmeilen erstreckte. Selbst ihre Mauern waren von goldenen Adern durchzogen, die das Sonnenlicht einfingen und bei Tag leuchteten wie ein Berg Goldmünzen inmitten der scheinbar endlosen grünen Weite. Im Inneren führten kopfsteingepflasterte Straßen zu Villen, Tavernen und verschiedensten Geschäften. Nur die Privilegierten und Einflussreichen konnten es sich leisten, hier zu leben, aber heute standen die Tore allen offen, die der Rede des Königs beiwohnen wollten.

»Dieser Ort ist echt beeindruckend.« Brions Worte gingen im Lärm der Menschenmenge fast unter.

»Ach, meinst du?«, fragte Jonas und wandte sich mit grimmigem Blick von den gepfählten Köpfen ab. Die dunkelblauen Augen seines Freundes starrten unverwandt auf den Palast, als plane er, ihn zu stehlen und für gutes Geld zu verkaufen.

»An das Leben hier könnte ich mich glatt gewöhnen. Ein Dach über dem Kopf, goldene Fliesen unter den Füßen und so viel Essen und Trinken, wie das Herz begehrt. Ich bin dabei!« Brion sah zu den toten Rebellen auf und verzog das Gesicht. »Nun ja, vorausgesetzt, ich werde nicht geköpft.«

Die Rebellen, die heute hingerichtet worden waren, waren Auranier und nicht Teil von Jonas' und Brions Gruppe – einem Zusammenschluss gleichgesinnter junger Männer, die sich im Namen Paelsias gegen den Blutkönig aufzulehnen gedachten. Seit Gaius vor drei Wochen den Palast erobert hatte, versteckten sie sich in dem großen Waldgebiet, das Auranos von ihrem sehr viel ärmeren Heimatland trennte. Das Wildland, wie der Wald im Volksmund genannt wurde, war dafür bekannt, dass es zahlreiche Gefahren barg: entflohene Verbrecher, wilde Tiere, und manche abergläubischen Idioten behaupteten sogar, Dämonen und böse Geister hausten in den Schatten der gigantischen Bäume, durch deren dichtes Blätterdach nur ein Schimmer Sonnenlicht fiel.

Mit Verbrechern und wilden Tieren konnte Jonas umgehen. Und im Gegensatz zu den meisten seiner Landsleute war er der festen Überzeugung, dass solche Legenden nur dazu da waren, den Menschen Angst zu machen.

Als er von den heutigen Hinrichtungen gehört hatte, hatte er sie mit eigenen Augen sehen wollen. Er war sicher gewesen, sie würden ihn in seiner Entschlossenheit bestärken, alles Menschenmögliche zu tun – alles zu riskieren –, damit die gestohlenen Länder dem Blutkönig wie Sand durch die Finger rinnen würden.

Aber stattdessen erfüllten sie ihn nur mit Grauen. Wenn die Axt fiel und ihr Blut floss, sah er in jedem der Jungen plötzlich seinen toten Bruder Tomas.

Drei junge Männer, die noch ihr ganzes Leben vor sich gehabt hatten – für immer zum Schweigen gebracht, weil sie Dinge gesagt hatten, über die niemand sprechen durfte.

Die meisten Menschen sahen in einem solchen Tod das Werk des Schicksals. Vor allem die Paelsianer glaubten, ihre Zukunft sei in Stein gemeißelt, und dass sie nichts tun konnten, als ihren vorbestimmten Weg zu gehen – auch wenn er sie ins Verderben führte. Jonas' Ansicht nach schuf dieser Irrglaube ein Land, in dem keiner sich traute, sich gegen Unterdrücker zu wehren. Ein Land, das mühelos von einem Tyrannen erobert werden konnte, weil niemand darum kämpfte.

Niemand, so schien es, außer Jonas. Er glaubte nicht an Schicksal, Vorbestimmung oder Magie. Die Zukunft war nicht in Stein gemeißelt. Und wenn er genug Leute fand, die bereit waren, an seiner Seite zu kämpfen, dann würde er sie ändern.

Einen kurzen Moment verstummte das aufgeregte Stimmengewirr, nur um sogleich noch lauter anzuschwellen. König Gaius – ein großer, gut aussehender Mann mit stechenden dunklen Augen – war auf den Balkon hinausgetreten und ließ seinen Blick so gemächlich über die Menge schweifen, als würde er sich jedes einzelne Gesicht genauestens einprägen.

Plötzlich spürte Jonas den heftigen Drang, sich zu verstecken – was, wenn der König ihn erkannte? –, zwang sich aber zur Ruhe. Zwar war er Gaius einmal persönlich begegnet, aber unter so vielen Menschen würde er ganz sicher nicht entdeckt werden. Sein grauer Umhang verbarg seine Identität gut genug – zumal fast alle Männer hier, einschließlich Brion, ganz ähnliche Umhänge trugen.

Als Nächstes erschien Magnus, der Kronprinz von Limeros, auf dem Balkon. Er war seinem Vater wie aus dem Gesicht geschnitten, nur jünger natürlich, und auf seiner Wange prangte eine lange Narbe, die selbst aus der Ferne kaum zu übersehen war.

In der Schlacht um Auranos war Jonas dem Prinzen begegnet – er würde nie vergessen, wie Magnus ihn vor einem tödlichen Schwerthieb bewahrt hatte. Aber jetzt kämpften sie nicht länger auf derselben Seite. Sie waren Feinde.

Königin Althea trat neben ihren Sohn, ihre Haltung majestätisch, ihre dunklen Haare von grauen Strähnen durchzogen. Jonas sah sie zum ersten Mal, erkannte sie aber dennoch sofort. Hochmütig blickte sie auf die Menge hinab.

Plötzlich packte Brion Jonas am Arm. »Willst du Händchen halten?«, fragte er und grinste amüsiert. »Ich glaube nicht, dass …«

»Bleib einfach ruhig«, warnte Brion ohne den Hauch eines Lächelns. »Wenn du jetzt den Kopf verlierst, wirst du wahrscheinlich, ähm, den Kopf verlieren. Kapiert?«

Im nächsten Moment verstand Jonas, was seinen Freund derart beunruhigt hatte. Auf dem Balkon erschienen Aron Lagaris und Prinzessin Cleiona Bellos, die jüngste Tochter des verstorbenen Königs von Auranos. Bei ihrem Anblick brach die Menge in lauten Jubel aus.

Das Licht der Sonne schimmerte auf Prinzessin Cleionas langen goldenen Haaren.

Einst hatte Jonas diese Haare gehasst und davon geträumt, sie ihr einzeln auszureißen. Für ihn hatten sie den Reichtum eines Königreiches symbolisiert, das sein eigenes Land in bitterste Armut gedrängt hatte.

Jetzt wusste er, dass nichts so einfach war, wie es schien.

»Sie ist ihre Gefangene«, flüsterte er.

»Danach sieht es aber nicht aus«, erwiderte Brion. »Aber klar, wenn du es sagst …«

»Die Damoras haben ihren Vater umgebracht und ihren Thron gestohlen. Cleo hasst sie – wie könnte es anders sein?«

»Und jetzt steht sie gehorsam neben ihrem Verlobten.«

Ihrem Verlobten. Jonas sah zu Aron hinüber, und seine Augen wurden schmal.

Der Mörder seines Bruders stand hoch über ihnen an einem Platz höchster Ehre, flankiert von seiner zukünftigen Frau und dem Eroberer.

»Alles in Ordnung?«, erkundigte sich Brion besorgt.

Jonas konnte nicht antworten. Er stellte sich vor, wie er die Palastmauer erklomm, auf den Balkon sprang und Aron mit bloßen Händen in Stücke riss. Es war bei weitem nicht das erste Mal, dass er sich ausmalte, wie er diesen eingebildeten Dreckskerl auf brutalste Weise zur Strecke brachte, aber er hatte gedacht, dieses Verlangen nach Rache wäre den hehren Zielen eines Rebellen gewichen.

Offenbar hatte er sich geirrt.

»Ich will ihn sterben sehen«, stieß er zwischen zusammengebissenen Zähnen hervor.

»Ich weiß.« Brion hatte miterlebt, wie Jonas um seinen Bruder getrauert hatte – wie er, rasend vor Wut und Kummer, geschworen hatte, blutige Rache zu nehmen. »Und das wirst du auch. Aber noch nicht heute.«

Allmählich, ganz allmählich, legte sich Jonas' Zorn. Seine

Muskeln entspannten sich, und nach einem Moment ließ Brion seinen Arm los.

»Geht's wieder?«, fragte er.

Jonas wandte keine Sekunde den Blick von dem hassenswerten, arroganten Jungen auf dem Balkon. »Mir wird es erst wieder gutgehen, wenn dieser Abschaum endlich tot ist.«

»Das ist ein würdiges Ziel«, räumte Brion ein. »Aber wie ich schon sagte – heute ist es noch nicht so weit. Beruhig dich.«

Jonas schnaubte. »Jetzt erteilst du mir also schon Befehle.«

»Als stellvertretender Anführer unserer kleinen Rebellenbande muss ich das Kommando übernehmen, wenn unser Befehlshaber verrückt wird. Das gehört zu meinen Aufgaben.«

»Gut zu wissen, dass du wenigstens diese Aufgabe ernst nimmst.«

»Für alles gibt es ein erstes Mal.«

Oben auf dem Balkon trat Aron näher an Cleo heran und ergriff ihre Hand. Sie wandte ihr wunderschönes Gesicht, um ihn anzusehen, aber auf ihren Lippen erschien kein Lächeln.

»Sie verdient einen besseren Mann als diesen Mistkerl«, murmelte Jonas.

»Was?«

»Schon gut.«

Innerhalb weniger Minuten war die Menschenmenge noch weiter angewachsen, und die glühende Mittagssonne brannte erbarmungslos auf sie alle nieder. Jonas wischte sich mit dem Ärmel seines Umhangs den Schweiß von der Stirn.

Endlich trat König Gaius vor und hob die Hand. Sofort kehrte Ruhe ein.

»Es ist mir eine große Ehre, hier vor euch zu stehen«, begann der König mit kräftiger Stimme, die im gesamten Palasthof zu hören war, »nicht nur als König von Limeros, sondern nun auch als Herrscher über Auranos und Paelsia. Es gab eine Zeit, in der die drei Königreiche Myticas eins waren – ein einziges starkes, wohlhabendes Land, in dem Frieden herrschte. Und jetzt, nach so langer Zeit, wird es endlich wieder so sein.«

Aufgeregtes Gemurmel machte sich unter den Versammelten breit, die meisten Gesichter zeigten trotz Gaius' geschmeidiger Worte immer noch Misstrauen und Angst. Dem Blutkönig eilte sein Ruf voraus. Den geflüsterten Gesprächen vor und nach den Hinrichtungen hatte Jonas entnommen, dass ein Großteil der Anwesenden noch nicht sicher wusste, ob König Gaius ihr Feind oder vielleicht doch ein Freund war. Viele bezweifelten, dass die Rebellen recht daran getan hatten, sich ihm zu widersetzen – vielleicht machten sie nur alles noch schlimmer, indem sie den König verärgerten.

Diese bodenlose Ignoranz – diese Bereitschaft, sich dem Eroberer zu beugen und alles zu glauben, was ihm über seine verlogenen Lippen kam – machte Jonas krank.

Aber selbst er musste zugeben, dass Gaius ein ausgezeichneter Redner war, jedes seiner Worte schien mit Gold überzogen und versprach Hoffnung für die Hoffnungslosen.

»Ich habe entschieden, mit meiner Familie eine Zeit lang hier, in diesem wunderschönen Palast zu leben, zumindest bis der Wandel vollzogen ist. Auch wenn euer Land ganz anders ist als unsere geliebte Heimat Limeros, können wir es kaum erwarten, euch besser kennenzulernen, und wir sehen es als unsere heilige Pflicht an, alle Bürger unseres vereinten Königreiches in dieses neue Zeitalter zu führen.«

»Von wegen, der bleibt doch nur deswegen hier, weil Limeros komplett zugefroren ist«, meinte Brion, ohne auf das zustimmende Gemurmel um sie herum zu achten. »Bei ihm klingt es wie eine schreckliche Qual, in einem Land zu wohnen, das nicht unter Schnee und Eis begraben liegt.«

»Heute habe ich euch etwas Wichtiges zu verkünden, wovon wir alle profitieren werden«, sagte der König. »Auf meinen Befehl wurde schon mit dem Bau einer großen Straße begonnen, die unsere drei Länder miteinander verbinden wird.«

Jonas zog die Stirn kraus. Eine Straße?

»Die Reichsstraße beginnt am Tempel der Cleiona, zu Pferd nur ein paar Stunden von dieser Stadt entfernt, und zieht sich durchs Wildland nach Paelsia. Von dort führt sie weiter nach Osten in die Verbotenen Berge und dann nach Norden über die Grenze zu Limeros, wo sie schließlich am Tempel der Valoria endet. Ich habe bereits mehrere Männer losgeschickt, die Tag und Nacht an der Straße arbeiten, um sie so schnell wie möglich fertigzustellen.«

»In die Verbotenen Berge?«, flüsterte Jonas. »Was nutzt eine Straße in einer Gegend, wo niemand hinwill?«

Was führt der König jetzt wieder im Schilde?

Da blitzte plötzlich etwas Goldenes am Himmel auf, und als er den Blick hob, sah er zwei Falken hoch über der Menschenmenge kreisen.

Selbst die Wächter wollen wissen, was hier vor sich geht.

Diesen lächerlichen Gedanken behielt er lieber für sich. Die Geschichten über Unsterbliche, die in der Gestalt von Falken in die Menschenwelt kamen, waren nicht mehr als das: Geschichten, die Eltern ihren Kindern zur Schlafenszeit erzählten. Auch seine eigene Mutter hatte ihm solche unterhaltsamen Märchen erzählt.

Die Lippen des Königs verzogen sich zu einem Lächeln, das selbst auf Jonas aufrichtig freundlich gewirkt hätte, wenn er nicht genau gewusst hätte, was für eine Finsternis sich dahinter verbarg. »Ich hoffe, ihr freut euch über diese Straße genauso sehr wie ich. Ich weiß, wir mussten alle schwere Zeiten durchmachen, und es betrübt mich sehr, dass ich dieses Blutvergießen nicht verhindern konnte.«

In der Menschenmenge wurde unruhiges und ärgerliches Gemurmel laut, aber viel zu viele der Anwesenden blieben stumm.

Sein Plan geht auf, dachte Jonas erschüttert. *Er täuscht all diejenigen, die getäuscht werden wollen.*

»Ja, klar ...«, murmelte Brion. »Er hat es genossen. Am liebsten hätte er in dem ganzen Blut gebadet.«

Davon war Jonas überzeugt.

»Wie ihr sehen könnt, geht es Prinzessin Cleiona sehr gut«, fuhr Gaius fort. »Sie wurde nicht verbannt oder eingesperrt, nur weil sie die Tochter meines Feindes ist. Und warum sollte sie auch? Nach all dem Schmerz und Kummer, den sie so tapfer ertragen hat, habe ich sie mit offenen Armen in meinem neuen Zuhause willkommen geheißen.«

Er tat, als hätte er ihr eine Wahl gelassen, aber das glaubte Jonas keine Sekunde.

»Meine nächste Ankündigung an diesem Tag betrifft eure Prinzessin.« König Gaius streckte eine Hand aus. »Komm her, meine Liebe.«

Cleo warf Aron einen argwöhnischen Blick zu, bevor sie sich dem König zuwandte. Nur kurz zögerte sie, dann überquerte sie den Balkon und trat an die Seite des Königs. Ihr Gesicht war undurchschaubar, ihre Lippen zu einer schmalen Linie zusammengepresst, aber ihr Kopf hoch erhoben. Um ihren Hals hing eine glitzernde Saphirkette, und auch ihre Haare waren mit kleinen Edelsteinen durchflochten, die farblich perfekt zu ihrem dunkelblauen Kleid passten. Wieder schwoll der Lärm der Menschenmenge an, wohin man auch sah, flüsterten die Leute aufgeregt miteinander über die Tochter ihres ehemaligen Königs.

»Prinzessin Cleiona musste große und schmerzliche Verluste erleiden, dennoch steht sie heute hier vor euch. Sie ist wahrlich eins der tapfersten Mädchen, die ich je kennengelernt habe, und ich verstehe gut, warum die Menschen in Auranos sie so sehr lieben.« Sowohl die Stimme als auch das Gesicht des Königs schien echte Zuneigung auszudrücken, als er auf die Prinzessin hinablächelte. »Wie ihr wisst, ist sie mit Aron Lagaris verlobt, einem stattlichen jungen Mann, der sie in Paelsia beschützt hat, als einer dieser Wilden grundlos über sie hergefallen ist.«

Erneut packte Brion Jonas' Arm und hielt ihn in schraubstockartigem Griff fest. Erst da wurde Jonas bewusst, dass die Lügen über seinen Bruder ihn dazu gebracht hatten, mit geballten Fäusten einen Schritt nach vorn zu machen.

»Bleib ruhig«, knurrte Brion.

»Ich versuche es ja.«

»Gib dir mehr Mühe.«

Der König zog Cleo noch näher zu sich. »So hat Lord Aron sich in den Augen des verstorbenen Königs Corvin als würdig erwiesen, und als Belohnung wurde ihm die Hand der Prinzessin und eine Hochzeit versprochen, auf die ganz Auranos schon gespannt wartet.«

Ein Lächeln erschien auf Arons Lippen, und seine Augen glitzerten triumphierend.

Plötzlich dämmerte Jonas, worauf diese ganze Rede hinauslief: Der König würde bekanntgeben, wann Cleos und Arons Hochzeit stattfinden sollte.

»Für mich gibt es keinen Zweifel, dass die Prinzessin mit Lord Aron einen sehr guten Fang gemacht hat«, sagte Gaius und nickte dem jungen Adeligen zu.

Jonas schäumte vor Wut, er konnte nicht fassen, dass dieser Bastard sich ungestraft mit seinen Verbrechen brüsten durfte – ja, dass er gar noch für sie *belohnt* wurde! Sein Hass war wie ein lebendiges Wesen, ein hässliches Ungetüm, das drohte, seine Rachsucht wieder auflodern zu lassen und ihn für alles andere blind zu machen.

»Gestern bin ich zu einem wichtigen Entschluss gelangt«, fuhr der König fort.

Stille senkte sich über die Menschenmenge, als würden alle in gespannter Erwartung seiner nächsten Worte die Luft anhalten. Jonas konnte den Blick nicht von Lord Aron und seinem selbstzufriedenen, widerwärtig fröhlichen Gesicht abwenden.

»Hiermit erkläre ich die Verlobung von Lord Aron Lagaris und Prinzessin Cleiona Bellos für beendet«, verkündete der König.

Ein erschüttertes Raunen lief durch die Menge, und Arons überhebliches Grinsen erstarrte.

»Prinzessin Cleiona verkörpert die Schönheit und die Stärke dieses goldenen Königreichs«, sagte Gaius. »Sie ist euer aller Tochter, und ich weiß, wie sehr sie euch am Herzen liegt. Ihre Hochzeit scheint mir die perfekte Gelegenheit, die Länder Myticas noch enger miteinander zu vereinen. Aus diesem Grund freut es mich ganz besonders, euch verkünden zu dürfen, dass eure geliebte Prinzessin Cleiona Aurora Bellos schon in vierzig Tagen meinen Sohn, Prinz Magnus Lukas Damora, heiraten wird.«

König Gaius nahm erst Cleos, dann Magnus' Hand und legte sie mit feierlicher Geste ineinander. »Gleich nach der Hochzeit werden Magnus und Cleiona gemeinsam durch Mytica reisen – als Zeichen der Eintracht und der glücklichen Zukunft, die uns allen bevorsteht.«

Einen Moment herrschte Schweigen, dann fing ein Großteil der Versammelten an zu applaudieren – manche eher verhalten, andere voller echter Begeisterung über die Ankündigungen des Königs.

»Huch«, machte Brion. »Damit hatte ich nun wirklich nicht gerechnet.«

Einen Moment konnte Jonas nur mit großen Augen zum Balkon hochstarren, völlig entgeistert. »Ich habe genug gehört«, stieß er schließlich hervor. »Lass uns von hier verschwinden. Sofort.«

»Ich folge dir.«

Jonas riss seinen Blick von Cleos ausdruckslosem Gesicht los und begann, sich einen Weg durch das Chaos zu bahnen. Es war die Neuigkeit über die Reichsstraße, die ihn derart verstört hatte – was hatte das nur zu bedeuten? Was plante König Gaius wirklich? Das Schicksal einer Prinzessin, die bald seinen Todfeind heiraten würde, sollte seine geringste Sorge sein.

Und dennoch machte ihm Cleos neue Verlobung schwer zu schaffen.

KAPITEL 2

CLEO

AURANOS

»Aus diesem Grund freut es mich ganz besonders, euch verkünden zu dürfen, dass eure geliebte Prinzessin Cleiona Aurora Bellos schon in vierzig Tagen meinen Sohn, Prinz Magnus Lukas Damora, heiraten wird.«

Cleo stockte der Atem.

Die Welt verschwamm vor ihren Augen, und es rauschte in ihren Ohren. Sie spürte, wie der König sie näher zu sich heranzog, und im nächsten Moment umfasste eine warme, trockene Hand die ihre. Als sie aufblickte, sah sie Magnus neben sich stehen, sein Gesicht so passiv und undurchschaubar wie immer. Seine schwarzen Haare hingen ihm in die Stirn und umrahmten seine dunklen braunen Augen, die ausdruckslos in die Menge starrten – eine Menge, die applaudierte und jubelte, als wäre dieses entsetzliche Grauen ein Grund zur Freude.

Endlich, nach einer gefühlten Ewigkeit, ließ Magnus ihre Hand los und wandte sich seiner Mutter zu.

Da packte Aron sie am Arm und zog sie an den Damoras vorbei zurück in den Palast. Sein Atem roch wie immer nach Wein und den widerlichen Zigarillos.

»Was war das gerade?«, fauchte er sie an.

»Ich … ich bin mir nicht sicher.«

Arons Gesicht war knallrot angelaufen. »Wusstest du, was er vorhatte? Dass er unsere Verlobung auflösen würde?«

»Nein, natürlich nicht! Ich habe erst davon erfahren, als …

als …« Oh Göttin, was war gerade passiert? Das durfte nicht wahr sein!

»Er kann nicht ändern, was vorbestimmt war«, ereiferte sich Aron so aufgebracht, dass er beim Reden spuckte. »Wir gehören zusammen, wir beide! So hat es dein Vater entschieden!«

»Natürlich tun wir das«, stieß sie hervor, viel fügsamer, als sie sich fühlte. Sie empfand keine Zuneigung für den schönen, aber letztlich uninteressanten Lord Aron. Dennoch würde sie lieber tausend Jahre mit ihm verbringen als auch nur eine Stunde allein mit Magnus.

Der dunkle Prinz hatte den ersten Jungen getötet, den sie je geliebt hatte – hatte ihm ein Schwert in den Rücken gerammt, während Theon sie zu beschützen versuchte. Beim Gedanken an Theon stieg frischer Kummer in ihr auf, so bitter und schmerzvoll, dass sie fast laut aufschluchzte.

In den Wochen nachdem sie gefasst und im Palast eingesperrt worden war, hatte sie nichts gefühlt als abgrundtiefe Verzweiflung und Trauer: um Theon, um ihren Vater, um ihre Schwester Emilia. Alle waren ihr genommen worden. Dieser Kummer hatte ein kaltes, bodenloses Loch in ihr Herz gerissen, das sie nie würde füllen können. Wenn sie nicht vorsichtig war, würde sie sich in dieser Finsternis verlieren.

»Ich bringe das wieder in Ordnung.« Arons Atem roch sogar noch stärker nach Wein als sonst. Als der König den Balkon verließ, fing Aron ihn ab: »Eure Majestät, ich muss dringend mit Euch sprechen.«

Gaius trug ein strahlendes Lächeln zur Schau, das perfekt zu der goldenen, rubinbesetzten Krone passte, die Cleo ihm am liebsten vom Kopf gerissen hätte. Diese Krone und alles, was sie repräsentierte, gehörte ihrem Vater.

Sie gehörte *ihr*.

»Was habt Ihr auf dem Herzen, Lord Aron? Natürlich spreche ich gerne mit Euch.«

»Ich meinte irgendwo, wo wir ungestört sind.«

König Gaius hob eine Augenbraue, und ein böses Grinsen erschien auf seinem Gesicht, während er auf den vor Wut bebenden Lord hinabschaute. »Wenn Ihr darauf besteht.«

Damit gingen die beiden davon. Cleo blieb allein zurück und versuchte, schwer atmend an die kalte, glatte Marmorwand gelehnt, ihre rasenden Gedanken zu ordnen.

Kurze Zeit später kam auch Magnus vom Balkon herein. Als er sie bemerkte, blieb er stehen und bedachte sie mit einem ausdruckslosen Blick. »Da hatte mein Vater aber eine schöne Überraschung für uns, was?«

Der Prinz war auf kalte Art schön, genau wie sein verlogener Vater, und sehr groß. In den vergangenen drei Wochen war Cleo immer wieder aufgefallen, wie die Mädchen ihn anstarrten, voller offensichtlichem Interesse. Das Einzige, was seine Schönheit trübte, war eine lange Narbe, die sich von seinem rechten Ohr bis zu seinem Mundwinkel zog.

Bei seinem Anblick kam ihr die Galle hoch. »Versucht mir nicht vorzumachen, dass Ihr nichts davon wusstet.«

»Ich versuche Euch gar nichts vorzumachen, Prinzessin. Ehrlich gesagt kümmert es mich wenig, was Ihr über mich oder sonst irgendetwas denkt.«

»Niemals.« Ihre Stimme war leise, aber fest. »Ich werde Euch niemals heiraten.«

»Erklärt das meinem Vater«, meinte er mit einem gleichgültigen Achselzucken.

»Aber ich erkläre es Euch.«

»Mein Vater trifft die Entscheidungen, und er will, dass wir sie widerspruchslos hinnehmen. Meinetwegen könnt Ihr gerne versuchen, ihn davon abzubringen.«

Ihre Wut verrauchte schnell, und zurück blieb nur Fassungslosigkeit. »Das muss ein Traum sein. Nein, ein Albtraum – ein schrecklicher Albtraum.«

Magnus' Lippen wurden schmal. »Für uns beide, Prinzessin. Gebt Euch da keiner Täuschung hin.«

In diesem Moment trat Königin Althea zu ihnen und ergriff Cleos Hände. Die ihren waren warm und trocken, genau wie die ihres Sohns. Anscheinend versuchte sie zu lächeln, aber auf ihrem strengen, von feinen Fältchen durchzogenen Gesicht wirkte das so falsch wie Federn an einer Ziege.

»Meine Liebe, es ist mir eine Ehre, Euch in unserer Familie willkommen zu heißen. Eines Tages werdet Ihr sicherlich eine hervorragende Königin abgeben.«

Fast wäre Cleo damit herausgeplatzt, dass sie bereits Königin *war*, biss sich aber gerade noch rechtzeitig auf die Zunge. Nur der Blutkönig stand zwischen ihr und ihrem rechtmäßigen Titel.

»Wir werden viel zu tun haben, um meinem Sohn eine angemessene Hochzeit auszurichten«, fuhr die Königin fort, als wäre ihr Cleos grimmiges Schweigen gar nicht aufgefallen. »Und Ihr heiratet schon so bald, da werden wir uns beeilen müssen. Wie ich höre, gibt es in Hawk's Brow einen ausgezeichneten Schneider, der Euer Hochzeitskleid anfertigen könnte. Dort werden wir so bald wie möglich vorbeischauen. Den Auraniern wird es sicherlich guttun zu sehen, dass ihre geliebte goldene Prinzessin sich wieder unters Volk mischt. Das wird die Stimmung im ganzen Land heben.«

Cleo wusste nichts zu sagen. Sie nickte und schaute zu Boden, um sich ihre Wut nicht anmerken zu lassen. Aus dem Augenwinkel sah sie, wie Althea ihrem Sohn einen Blick zuwarf, als wollte sie ihm etwas mitteilen. Dann nickte die limerianische Königin ihnen beiden zu und ging.

»Mit Mode und Schönheit kennt meine Mutter sich sehr gut aus«, erklärte Magnus. »Das ist ihre Leidenschaft, und sie hat sich immer gewünscht, meine Schwester würde sie teilen.«

Seine Schwester – Prinzessin Lucia. Als sie vor drei Wochen das Palasttor gesprengt und König Gaius damit seinen blutigen Sieg ermöglicht hatte, war sie verwundet worden und befand sich seither in einem komatösen Zustand.

Wieder einmal fiel Cleo auf, dass Magnus' kalte Augen nur dann echte Gefühle zeigten, wenn jemand seine kranke Schwester erwähnte. Viele Heiler hatten nach Lucia gesehen, darunter auch die besten und angesehensten im ganzen Land, aber keiner von ihnen hatte feststellen können, was mit ihr los war, oder irgendeine Verletzung gefunden, die ihren Zustand erklärt hätte.

Cleo hatte vorgeschlagen, dass ihre gute Freundin Mira Cassian, die frühere Zofe ihrer Schwester, sich um die Prinzessin kümmerte, weil sie hoffte, der König würde Mira nicht in die Spülküche verbannen, wenn sie sich als nützlich erwies. Zum Glück war ihr Plan aufgegangen. Mira hatte Cleo erzählt, dass die Prinzessin manchmal kurz aus ihrem Schlummer erwachte und wie in Trance etwas von dem eigens für sie zubereiteten Brei zu sich nahm, aber nie wirklich bei Bewusstsein war. Was die Prinzessin von Limeros befallen hatte, war und blieb ein Rätsel.

»Lasst mich eins klarstellen, Prinz Magnus«, sagte Cleo und schaffte es irgendwie, sich ihren inneren Aufruhr nicht anhören zu lassen. »Ich werde ganz bestimmt niemanden heiraten, den ich hasse. Und ich hasse Euch.«

Einen Moment starrte er sie wortlos an, als wäre sie ein Insekt, das er mühelos unter seiner Schuhsohle zermalmen könnte, wenn ihm danach war. »Passt besser auf, wie Ihr mit mir redet, Prinzessin Cleiona.«

Sie reckte das Kinn. »Wollt Ihr mir drohen? Werdet Ihr mich hinterrücks erstechen, wie Ihr es mit Theon gemacht habt, Ihr verdammter Feigling?«

Da packte er plötzlich ihren Arm, so fest, dass sie leise aufschrie, und drängte sie gegen die kalte Steinwand. Wut blitzte in seinen Augen auf, und noch etwas anderes, völlig Unerwartetes – so etwas wie Schmerz.

»Wenn Euch Euer Leben lieb ist, dann nennt mich nie, niemals einen Feigling. Verstanden?«

Sein feuriger Blick – so völlig anders als die eisige Gleichgültigkeit, die er normalerweise zur Schau trug – verwirrte Cleo. War er wütend oder verletzt? Oder womöglich sogar beides?

»Lasst mich los«, fuhr sie ihn an.

Seine Augen – finster wie schwarze Diamanten, böse, seelenlos – durchbohrten sie noch einen Moment, dann gab er sie so abrupt frei, dass sie fast zu Boden stürzte.

Ein Wachmann in der allzu vertrauten roten Uniform der Limerianer näherte sich ihnen. »Prinz Magnus, Euer Vater möchte, dass Ihr und die Prinzessin sofort zu ihm in den Thronsaal kommt.«

Endlich wandte Magnus sich von Cleo ab, um dem Wachmann einen verächtlichen Blick zuzuwerfen. »In Ordnung.«

Ihr Herz machte einen Satz. Hatte Aron den König vielleicht tatsächlich von dieser neuen Verlobung abbringen können?

Im Großen Saal thronte König Gaius auf dem goldenen Sitz ihres Vaters, und zu seinen Füßen lagen zwei seiner grässlichen Hunde – große, geifernde Wolfshunde, die bedrohlich knurrten, wenn man ihnen auch nur einen Schritt zu nahe kam. Cleo waren sie schon immer eher wie Dämonen aus den Dunkellanden vorgekommen als wie Hunde.

Plötzlich tauchte ein Bild aus ihrem Gedächtnis auf – eine Erinnerung an ihren Vater auf genau diesem Thron, wie er ihr liebevoll die Arme entgegengestreckt hatte, wenn sie wieder einmal vor ihrem strengen Kindermädchen geflohen und direkt zu ihm gelaufen war, um sich auf seinen Schoß zu kuscheln.

Hoffentlich verrieten ihre Augen nicht, wie sehr sie sich wünschte, sie könnte ihren toten Vater rächen. Allem Anschein nach war sie nur ein junges Mädchen von schlanker, zierlicher Statur, das von Geburt an ein verwöhntes Luxusleben geführt hatte. Auf den ersten Blick würde in ihr niemand eine Bedrohung sehen.

Aber genau das war sie. Ihr Herz schlug nur noch für ein einziges Ziel, nur ein einziger Grund verhinderte, dass sie ihrem lähmenden Kummer erlag.

Vergeltung.

Cleo wusste, dass sie allein deswegen noch nicht hingerichtet worden war, weil König Gaius mehr Nutzen darin sah, die auranische Prinzessin am Leben zu halten. Als letztes Mitglied des Königshauses Bellos sollte sie ihren Einfluss geltend machen, um seine Machtansprüche zu untermauern. Wie ein Vogel in einem goldenen Käfig wurde sie ihrem Volk bei Bedarf vorgeführt, um ihm zu zeigen, wie hübsch und folgsam sie war.

Also würde sie den hübschen, folgsamen Vogel spielen. Für den Moment.

Aber nicht für immer.

»Meine Liebe«, sagte der König, als sie und Magnus den Großen Saal betraten. »Mit jedem Tag, der vergeht, werdet ihr schöner. Wie ist das möglich?«

Und Ihr werdet immer verabscheuungswürdiger.

»Vielen Dank, Hoheit«, erwiderte Cleo in süßlichem Ton.

König Gaius war eine Schlange im Körper eines Mannes, und sie wusste, sein Biss war tödlich.

»Hat Euch meine Überraschung vorhin gefallen?«, fragte er.

Cleo gab sich alle Mühe, sich ihren Abscheu nicht anmerken zu lassen. »Ich bin sehr dankbar, dass Ihr mir so einen ehrenvollen Platz in Eurem Königreich zugesteht.«

Das Lächeln des Königs wurde breiter, erreichte aber nach wie vor nicht seine dunkelbraunen Augen, die genau dieselbe Farbe hatten wie die von Magnus. »Und, mein Sohn, wie ist es dir ergangen? Wahrscheinlich hat dich das Ganze auch überrascht. Um ehrlich zu sein, habe ich die Entscheidung recht kurzfristig getroffen. Ich dachte, die Leute würden sich über eine solche Hochzeit freuen, und ich hatte recht. Sie waren begeistert.«

»Wie immer schließe ich mich Eurem Urteil an«, antwortete Magnus.

Der Klang seiner Stimme – so tief und ruhig und der seines Vaters unfassbar ähnlich – machte Cleo noch nervöser, als sie ohnehin schon war.

»Lord Aron wollte unter vier Augen mit mir sprechen«, erklärte König Gaius.

Unter vier Augen? Ein halbes Dutzend Gardisten standen um den großen Raum herum, und zwei von ihnen bewachten den Bogengang, der in den Thronsaal führte. Neben dem König auf einem kleineren Thron saß Königin Althea, den Blick geradeaus gerichtet, das Gesicht zu einer ausdruckslosen Maske erstarrt, die keinerlei Emotionen verriet. Genauso gut hätte sie mit weit geöffneten Augen schlafen können.

Aron stand mit vor der Brust verschränkten Armen zu ihrer Rechten.

»Ja«, meldete er sich jetzt in arrogantem Ton zu Wort. »Ich habe dem König erklärt, dass diese Planänderung absolut inakzeptabel ist. Das Volk von Auranos hat sich so sehr auf unsere Vermählung gefreut, und Mutter ist schon fast fertig mit den Hochzeitsvorbereitungen. Deshalb wollte ich den König dazu bringen, seine Entscheidung noch heute neu zu überdenken. In Auranos gibt es eine Menge schöne adelige Mädchen, die viel besser zu Prinz Magnus passen.«

König Gaius legte den Kopf schräg und musterte Aron mit kaum verhohlener Belustigung. »Vielleicht. Und was haltet Ihr von dieser plötzlichen Planänderung, Prinzessin Cleiona?«

Cleo schluckte. Was sollte sie jetzt noch sagen? Arons Tirade hatte sich angehört wie das Gejammer eines kleinen Jungen, dem zur Schlafenszeit sein Spielzeug weggenommen wurde. Er war so daran gewöhnt, seinen Willen zu bekommen, dass es seinen gesunden Menschenverstand durcheinandergebracht hatte. Allerdings konnte sie es ihm nicht wirklich verdenken, dass er sich die letzte Verbindung zum Königshaus, die ihm noch blieb, zu bewahren versuchte. Aber wenn er schlau war – und sie wusste bereits, dass Intelligenz nicht zu seinen Stärken gehörte –, dann würde er einsehen, dass Cleo über keinerlei Macht mehr verfügte; dass sie nur noch als Galionsfigur ihrer toten Familie herhalten musste, um die Menschen in Auranos unter Kontrolle zu halten und ihr Vertrauen zu gewinnen.

Schließlich zwang sie sich zu einem Lächeln. »Selbstverständlich beuge ich mich bereitwillig jeder Entscheidung, die mein König für mich trifft.« Die Worte kamen ihr kaum über die Lippen, so entsetzlich falsch fühlten sie sich an. »Es ist nur so, dass … Aron könnte mit seiner Einschätzung durchaus recht haben. Das Volk von Auranos war wirklich begeistert von unserer Verlobung, nachdem Aron mich in Paelsia so ... nun ja, so *leidenschaftlich* beschützt hat.«

Innerlich erschauerte sie bei der Erinnerung an jenen Tag auf dem paelsianischen Markt. Aron hatte den Kaufmannssohn Tomas Agallon *ermordet,* und das nicht etwa, weil er sie beschützen wollte, sondern schlicht deswegen, weil er sich in seinem Stolz gekränkt gefühlt hatte.

»Ich kann Euch versichern, dass ich das in meine Überlegungen mit einbezogen habe.« Die gestohlene Krone des Königs glitzerte im Fackelschein. »Mit seiner Heldentat hat Lord Aron ganz Auranos für sich gewonnen, daran besteht kein Zweifel. Das ist einer der Gründe, weswegen ich ihn soeben darüber in Kenntnis gesetzt habe, dass ich ihn zu meinem Königsvasall ernenne.«

Aron verbeugte sich tief. »Es freut mich sehr, dass Ihr mir diese Ehre zuteilwerden lasst.«

»Königsvasall«, schnaubte Magnus hinter ihr, gerade laut genug, dass Cleo ihn verstehen konnte. »Was für ein hehrer Titel für jemanden, der nie auch nur eine einzige Schlacht gesehen hat ... Wie überaus erbärmlich.«

König Gaius musterte Cleo durchdringend. »Möchtet Ihr mit Lord Aron verlobt bleiben?«

Sie wollte die Frage sofort bejahen – trotz all seiner Fehler wäre Aron ihr als Ehemann noch weitaus lieber als Magnus –, aber etwas ließ sie innehalten. Sie war nicht so naiv zu glauben, dass der König ihr einen solchen »Wunsch« erfüllen würde. Nie im Leben würde er eine Entscheidung zurücknehmen, die er bereits der ganzen Welt verkündet hatte. Jetzt auf ihrer Verlobung mit Aron zu bestehen wäre nicht nur närrisch, es würde sie auch undankbar und respektlos erscheinen lassen.

Nach einem Moment senkte Cleo den Blick und betrachtete die Hunde zu Füßen des Königs, als wäre sie zu schüchtern, ihm direkt in die Augen zu sehen. »Ich wünsche mir nichts mehr als Euch zufriedenzustellen, Hoheit.«

Gaius nickte ihr flüchtig zu, als wäre das die korrekte Antwort. »Dann danke ich Euch dafür, dass Ihr es mir erlaubt, diese Entscheidung für Euch zu treffen.«

Aron stieß ein ungehaltenes Knurren aus. »Oh, komm schon, Cleo!«

Cleo warf ihm einen nervösen Blick zu und beschwor ihn im Stillen, jetzt bloß nichts Falsches zu sagen. »Aron, du musst doch einsehen, dass der König am besten weiß, was richtig für uns ist.«

»Aber wir sind füreinander bestimmt«, jammerte er.

»Du wirst eine andere Frau finden, Aron. Es tut mir leid, aber ich kann dich nicht heiraten.«

Seine Augen blitzten wütend, und er wirbelte zu Magnus herum. »Eine Ehefrau sollte in ihrer Hochzeitsnacht noch rein und unberührt sein! Oder seht Ihr das etwa anders?«

»Aron!«, rief Cleo entsetzt aus.

Er gestikulierte wild in ihre Richtung. »Prinzessin Cleiona hat mir ihre Unschuld geschenkt! Wir haben miteinander geschlafen! Sie ist nicht mehr rein!«

Plötzlich herrschte Totenstille.

Cleo rang verzweifelt um Fassung, doch es schien ein Kampf, den sie nicht gewinnen konnte. Da war er nun also: der Moment, vor dem es ihr schon so lange graute. Ihr Geheimnis, das sie so lange verborgen gehalten hatte, war in seiner ganzen Hässlichkeit ans Tageslicht gekommen.

Vage Erinnerungen strömten auf sie ein; an eine Feier, zu viel Wein, eine verwöhnte Prinzessin, die gerne einmal über die Stränge schlug und ihren Spaß hatte – und an Aron, einen schönen, begehrten Lord, hinter dem alle ihre Freundinnen her waren, aber der keine andere wollte als sie. Sobald sie wieder klar denken konnte, hatte sie gewusst, dass sie einen schrecklichen Fehler begangen hatte. Wie hatte sie nur so dumm sein können, ihre Unschuld einem so eitlen, oberflächlichen Jungen zu opfern?

In einem Land, in dem Reinheit die höchste Tugend einer Braut war, als unkeusche Prinzessin entlarvt zu werden, könnte ihr im öffentlichen Leben durchaus das Genick brechen. Mit Sicherheit würde sie noch den letzten Rest Einfluss verlieren, der ihr nach König Gaius' Machtübernahme geblieben war.

Es gab nur eine Möglichkeit, wie sie sich aus diesem Dilemma befreien konnte.

»Oh Aron«, seufzte sie so abschätzig wie möglich. »Du tust mir fast leid, weil du dich zu solchen Lügen herablassen musst. Kannst du deine Niederlage nicht mit Würde tragen?«

Seine Augen wurden so groß, dass das Weiß um seine Iris hervortrat. »Lüge? Das ist keine Lüge! Du hast mich genauso sehr begehrt wie ich dich! Du solltest zugeben, dass ich die Wahrheit sage, und dankbar sein, dass ich dich überhaupt noch will.«

König Gaius lehnte sich auf seinem Thron zurück, legte die Fingerkuppen aneinander und musterte sie interessiert. »Da haben wir wohl eine Meinungsverschiedenheit. Die Wahrheit ist mir sehr wichtig – wichtiger als alles andere. Lügen werde ich nicht dulden. Prinzessin, Ihr sagt also, dieser Junge lügt in einer derart wichtigen Angelegenheit?«

»Ja«, antwortete sie, ohne zu zögern, und sah dem König fest in die Augen. »Er lügt.«

»Cleo!«, rief Aron außer sich.

»Dann habe ich keine andere Wahl als Euch zu glauben.« Der König sah zu Magnus hinüber. »Sag mir, mein Sohn: Was machen wir in Limeros üblicherweise mit denen, die ihren König belügen?«

Magnus' Miene war so undurchschaubar wie immer, er hatte die Arme vor der Brust verschränkt. »Wir schneiden ihnen die Zunge heraus.«

Der König nickte, dann gab er den Wachen ein Zeichen.

Zwei Männer traten vor und packten Arons Arme in eisernem Griff. Er stieß einen leisen Schreckenslaut aus, sein Gesicht war schlohweiß vor Angst.

»Hoheit, das könnt Ihr nicht machen! Ich habe nicht gelogen! Ich würde Euch niemals belügen – ich befolge alle Eure Befehle! Ihr seid jetzt mein König. Bitte, Ihr müsst mir glauben!«

Ohne auf Arons verzweifeltes Flehen zu achten, nickte der König einem weiteren Wachmann zu, der mit gezücktem Dolch näher kam.

Aron wurde auf die Knie gezwungen. Ein vierter Gardist umfasste seinen Kiefer, riss seinen Kopf an den Haaren zurück und öffnete gewaltsam seinen Mund. Ein ersticktes Wimmern entrang sich Arons Kehle, als der Mann mit einer Metallklemme seine Zunge herauszog.

Wie gelähmt vor Entsetzen sah Cleo zu.

Sie hasste Aron. Sie bereute es zutiefst, dass sie sich dazu hatte verleiten lassen, mit ihm zu schlafen – ihr einziger Trost bestand darin, dass sie zu betrunken gewesen war, um sich an den Akt selbst zu erinnern. Sie hasste ihn dafür, dass er Tomas Agallon ermordet und nicht die geringste Reue gezeigt hatte. Warum hatte ihr Vater sie bloß mit ihm verlobt? Sie hasste Aron für seine Gedankenlosigkeit, dafür, dass er nicht einmal verstand, warum das alles ihr so schwer zu schaffen machte.

Er hatte in so vieler Hinsicht Strafe verdient. Ja, wirklich.

Aber nicht dafür.

Er hatte dem König die Wahrheit gesagt.

Aber … Wenn sie zugab, selbst gelogen zu haben …

Oh Göttin Cleiona … Cleo betete fast nie zu ihrer Namensvetterin, der Göttin von Auranos, aber an diesem Tag machte sie eine Ausnahme. *Bitte, bitte hilf mir.*

Natürlich konnte sie es einfach stillschweigend geschehen lassen. Sie konnte ihr Geheimnis bis ans Ende ihres Lebens für sich behalten. Ganz sicher würde niemand mehr Aron glauben, wenn diese Strafe erst einmal vollzogen war.

Cleo ballte die Fäuste so fest, dass die Fingernägel sich schmerzhaft in ihre Handflächen bohrten, während sie zusah, wie der Dolch sich Arons Mund näherte. Er stieß ein panisches Kreischen aus.

»Aufhören!«, schrie Cleo – das Wort kam ihr einfach über die Lippen, ohne dass sie es aufhalten konnte. Sie zitterte am ganzen Leib, und ihr Herz schien aus der Brust springen zu wollen, so wild klopfte es. »Tut das nicht! Bitte nicht! Er hat nicht gelogen. Er … er hat die Wahrheit gesagt. Wir haben ein einziges Mal miteinander geschlafen. Ich habe mich ihm wissentlich und ohne Einwände hingegeben.«

Der Wachmann mit dem Dolch erstarrte, die Klinge seines Messers noch an Arons Zunge gedrückt.

»Nun«, sagte König Gaius leise, aber in seiner Stimme lag eine unverkennbare Drohung. »Das ändert alles, nicht wahr?«

KAPITEL 3

MAGNUS

AURANOS

Zitternd und kreidebleich vor Angst blickte Prinzessin Cleiona in König Gaius' wutverzerrtes Gesicht.

Und Magnus hatte gedacht, in diesem goldenen Königreich gäbe es keine spannende Unterhaltung …

Seine Mutter saß schweigend neben dem König, ihr Blick trotz des Dramas um sie herum völlig teilnahmslos, als hätte sie keinerlei Meinung über abgeschnittene Zungen oder verlorene Jungfräulichkeit. Irgendwo hinter dieser Maske kühler Gelassenheit verbarg sie jedoch durchaus eine Meinung darüber, zu welchen Grausamkeiten ihr Mann fähig war und wem er sie antat. Aber die Königin hatte vor langer Zeit gelernt, solche Gedanken nicht laut auszusprechen.

König Gaius beugte sich vor, um die Prinzessin näher in Augenschein zu nehmen. »Wusste Euer Vater, dass Ihr Eure Unschuld auf so schändliche Art und Weise verloren habt?«

»Nein, Hoheit«, stieß sie hervor.

Das Ganze war die reinste Folter für sie. Als Prinzessin – wenn auch die Prinzessin eines gefallenen Königreichs – offen zu gestehen, dass sie vor ihrer Hochzeitsnacht entjungfert worden war …

Nun, so etwas passierte schlicht nie. Oder zumindest musste es niemand je so öffentlich zugeben.

Der König schüttelte langsam den Kopf. »Was sollen wir jetzt nur mit Euch machen?«

Magnus sah, dass Cleo die Fäuste geballt hatte. Während dieser ganzen Tortur waren ihr kein einziges Mal die Tränen gekommen, und ihr Gesichtsausdruck blieb trotz ihrer offensichtlichen Angst hochmütig. Sie weinte weder, noch fiel sie auf die Knie und flehte um Vergebung.

König Gaius liebte es, wenn die Leute ihn um Vergebung anflehten. Natürlich gewährte er sie ihnen fast nie, aber es amüsierte ihn schlicht.

Dieser Stolz wird Euer Verderben sein, Prinzessin.

»Magnus«, wandte der König sich an ihn, »was, meinst du, sollten wir tun, nun, da wir die Wahrheit kennen? Offenbar habe ich dich mit einer Hure verlobt.«

Magnus stieß ein schnaubendes Lachen aus.

Cleo bedachte ihn mit einem bitterbösen Blick, aber er hatte nicht ihretwegen gelacht.

»Eine *Hure?*«, wiederholte er. Nun, sein Vater hatte ausdrücklich nach seiner Meinung gefragt, was selten genug vorkam. Warum sollte er sich diese Gelegenheit entgehen lassen? »Die Prinzessin hat zugegeben, ein einziges Mal mit Lord Aron geschlafen zu haben, einem Jungen, den sie heiraten sollte. Bestimmt ist ihnen inzwischen klar geworden, dass es ein Fehler war, sich so unbesonnen ihrer … Leidenschaft hinzugeben. Wenn ich ehrlich bin, sehe ich das Ganze nicht ganz so dramatisch wie Ihr. Wie Ihr vielleicht wisst, bin ich auch nicht wirklich keusch geblieben.«

Derart offen zu sprechen konnte alle möglichen Konsequenzen haben: sowohl positive als auch negative. Magnus ignorierte das mulmige Gefühl in seinem Bauch, während er auf König Gaius' Reaktion wartete.

Sein Vater lehnte sich wieder zurück und musterte ihn mit kühlem Blick. »Und was ist mit ihrem Geständnis, dass sie mich angelogen hat?«

»An ihrer Stelle hätte ich wahrscheinlich genau dasselbe getan, um meinen Ruf zu retten.«

»Dann denkst du also, ich sollte ihr diesen Fehltritt verzeihen?«

»Nun, diese Entscheidung liegt selbstverständlich bei Euch.« Aus dem Augenwinkel sah er, dass Cleo ihn erstaunt anstarrte, als hätte sie nicht damit gerechnet, dass er irgendetwas zu ihrer Verteidigung vorbringen würde.

Aber das hier hatte nichts mit Verteidigung zu tun. Es war lediglich die perfekte Gelegenheit, jetzt, da er endlich achtzehn war, die Grenzen der Geduld seines Vaters auszutesten. Magnus war nun ein Mann, und als solcher würde er sich nicht länger wie ein kleiner Junge benehmen und vor jeder potenziellen Konfrontation mit seinem Vater zurückschrecken.

»Nein«, sagte der König. »Sag mir, was ich deiner Ansicht nach tun sollte. Ich möchte deine Meinung hören.«

Seine Stimme war gefährlich ruhig, wie das leise Zischeln einer Schlange, kurz bevor sie zubiss.

Magnus kümmerte sich nicht weiter darum.

Gaius' unerwartete Ankündigung auf dem Balkon hatte ihn alle Vorsicht vergessen lassen. Als der König die Verlobung bekannt gegeben hatte, hatte Magnus ihn einen Moment entsetzt angeschaut, und der stählerne Blick, den sein Vater ihm daraufhin zuwarf, hatte ihm unmissverständlich zu verstehen gegeben, dass er jedes Widerwort bitter bereuen würde.

Magnus würde seinen Vater niemals unterschätzen. Die Narbe in seinem Gesicht war eine ständige Erinnerung, was passierte, wenn er es doch tat. Der König hatte kein Problem damit, auch diejenigen zu verletzen, die er über alles zu lieben behauptete – selbst seinen siebenjährigen Sohn.

Gaius liebte es, seine durchtriebenen Spielchen zu spielen, aber Magnus war nicht irgendwer; er war der zukünftige König von Limeros – nein, von ganz Mytica. Auch er konnte Spielchen spielen, wenn er eine Chance sah zu gewinnen.

»Ich denke, Ihr solltet der Prinzessin dieses eine Mal vergeben. Und Ihr solltet Euch bei Lord Aron dafür entschuldigen, dass Ihr ihn dermaßen erschreckt habt. Der arme Junge wirkt ziemlich durcheinander.«

Tatsächlich war Aron so schweißüberströmt, dass es aussah, als hätte er gerade ein Bad im See genommen.

Einen langen, bedrückenden Moment starrte der König Magnus ungläubig an, dann fing er plötzlich an zu lachen; ein rauer, humorloser Laut tief aus seiner Kehle. »Mein Sohn will, dass ich einfach vergebe und vergesse – und mich *entschuldige.*« Das letzte Wort sprach er aus, als wäre es ihm völlig fremd – was wahrscheinlich der Wahrheit entsprach. »Was meint Ihr dazu, Lord Aron? Sollte ich mich bei Euch entschuldigen?«

Aron kniete nach wie vor auf dem Boden, als hätte er nicht die Kraft, auf eigenen Beinen zu stehen. Magnus sah den feuchten Fleck in seinem Schritt, offenbar hatte der junge Lord sich vor Angst in die Hosen gemacht.

»Nein – nein, selbstverständlich nicht, Hoheit«, stammelte er, als hätte er Schwierigkeiten, die Zunge zu benutzen, die er fast verloren hätte. »Ich muss mich bei Euch dafür entschuldigen, dass ich Euch von Eurer Entscheidung abzubringen versucht habe. Natürlich habt Ihr wie immer in allem recht.«

Nun, das hört mein Vater sehr gerne, dachte Magnus verächtlich.

»Meine Entscheidung«, wiederholte der König. »Ja, meine Entscheidung, meinen Sohn mit der jungen Cleiona zu verloben. Aber das war, bevor ich die Wahrheit über sie erfahren habe. Magnus, sag mir: Wie soll es jetzt weitergehen? Willst du deinen guten Ruf wirklich damit belasten, dass du ein solches Mädchen heiratest?«

Ah, nun stand er also endlich am Scheideweg. Wie passend, wo Straßen für seinen Vater heute so ein wichtiges Thema waren.

Ein Wort von ihm könnte diese lächerliche Verlobung beenden, und dann wäre er befreit von jeglicher Bindung an die auranische Prinzessin, die keinen Hehl daraus machte, dass sie ihn hasste. In ihren Augen sah Magnus den Moment widergespiegelt, der ihn für immer verändert hatte.

Nicht so sehr, weil Theon Ranus der erste Mensch gewesen war, den er getötet hatte. Der junge Gardist musste sterben, denn er hätte Magnus ohne Zögern selbst umgebracht, um seine geliebte Prinzessin zu beschützen. Nein, es war die Erinnerung daran, dass er den Jungen hinterrücks erstochen hatte, die Magnus bis ans Ende seines Lebens verfolgen würde. Er hatte gehandelt wie ein Feigling, nicht wie ein Prinz.

»Nun, mein Sohn?«, hakte der König nach. »Möchtest du diese Verlobung beenden? Die Entscheidung liegt bei dir.«

Bis heute hatte sein Vater Cleo als wertvolle Stütze seiner neuen, noch nicht gefestigten Herrschaft über Auranos angesehen. Obwohl er in seinem eigenen Land als Tyrann bekannt war, der erbarmungslos die härtesten Strafen verhängte, wollte Gaius von den Auraniern nicht gefürchtet, sondern respektiert und bewundert werden, deshalb versuchte er sie mit hübschen Reden und hochtrabenden Versprechungen für sich zu gewinnen. Untergebene, die ihn liebten, würden viel leichter zu kontrollieren sein – besonders jetzt, da die limerianische Armee über drei Kontinente verteilt war –, zudem hoffte der König, auf diese Weise jeglichen Aufruhr im Keim zu ersticken, so dass er auf einige wenige Störenfriede beschränkt blieb.

Trotz des unangenehmen Geständnisses, das die Prinzessin ihnen soeben gemacht hatte, glaubte Magnus immer noch, dass sie eine wichtige Verbündete in dieser Zeit des Umbruchs war. Ein Stück goldene Macht, um den dunklen Pfad vor ihnen zu erleuchten.

Sein Vater legte großen Wert auf Macht, und auch Magnus strebte danach.

Wenn sich ihm die Chance bot, mehr Macht zu erlangen, würde er sie sich bestimmt nicht entgehen lassen. Und obwohl er sich nichts mehr wünschte, als schnellstmöglich nach Limeros zurückzukehren, wusste er, dass das im Moment keine Option war. Sein Vater wollte in diesem vergoldeten Palast bleiben.

Während seines Aufenthaltes hier musste Magnus tun, was ihm sowohl jetzt als auch in der Zukunft am meisten nutzte.

»Das ist eine schwierige Entscheidung, Vater«, sagte er schließlich. »Prinzessin Cleiona ist offensichtlich ein sehr kompliziertes Mädchen.« Komplizierter, als er es je für möglich gehalten hätte. Vielleicht war er nicht der Einzige, der seine Gedanken und Gefühle ständig hinter einer Maske versteckte. »Sie hat zugegeben, ihre Unschuld an diesen Jungen verloren zu haben. Hattet Ihr noch andere Liebhaber, Prinzessin?«

Cleos Wangen röteten sich, aber ihrem ungehaltenen Blick nach zu urteilen war sie eher wütend als beschämt. Magnus erschien die Frage jedoch durchaus berechtigt. Sie hatte selbst gesagt, dass sie den toten Gardisten geliebt hatte – was sie von Lord Aron offensichtlich nicht behaupten konnte. Wie viele hatten sonst noch das Bett der auranischen Prinzessin geteilt?

»Es gab keinen anderen«, stieß sie zornig hervor, und der Blick ihrer aquamarinblauen Augen war so fest und unerschrocken, dass er ihr glaubte.

Er schwieg und ließ die Sekunden in unangenehmer Stille verstreichen. »Wenn das so ist, sehe ich keinen Grund, unsere Verlobung aufzulösen.«

»Du willst sie trotz allem zur Frau nehmen?«

»Ja. Aber hoffentlich hält meine zukünftige Braut nicht noch mehr Überraschungen für mich bereit.«

Cleo blieb vor Verblüffung der Mund offen stehen. Wahrscheinlich war ihr nicht klar, dass er sich allein deswegen auf diese Hochzeit einließ, weil sein Wunsch nach mehr Macht seinen Widerwillen überwog.

»Wenn Ihr weiter nichts von mir benötigt, Vater«, sagte er in ruhigem, gelassenem Ton, »würde ich jetzt gerne nach meiner Schwester sehen.«

»Ja, natürlich.« Der König taxierte Magnus mit bohrendem Blick, als hätte auch er fest damit gerechnet, sein Sohn würde die Gelegenheit nutzen, seine unerwartete Verlobung mit der Prinzessin zu beenden. Ohne ein weiteres Wort wandte Magnus sich ab und marschierte aus dem Thronsaal. Innerlich hoffte er inständig, dass er gerade keinen schwerwiegenden Fehler begangen hatte.

Lucias junge Pflegerin zuckte zusammen, als Magnus ohne anzuklopfen ins Zimmer seiner Schwester gestürmt kam, und senkte hastig den Blick.

»Verzeihung, Prinz Magnus. Ihr habt mich erschreckt«, gestand sie und zwirbelte nervös eine Strähne ihrer langen dunkelroten Haare zwischen den Fingern.

Wortlos ging Magnus an ihr vorbei – seine ganze Aufmerksamkeit galt dem Mädchen auf dem großen Himmelbett. Im Gegensatz zu den schlichten, spartanisch eingerichteten Gemächern, die sie in Limeros bewohnt hatten, waren die Böden hier aus Marmor und mit weichen Pelzteppichen ausgelegt. Farbenfrohe Gobelins mit Bildern von schönen Wiesenlandschaften und phantastischen Tieren – eins von ihnen sah aus wie eine Mischung aus Hase und Löwe – zierten die Wände, und durch die Glastüren, die zum Balkon hinausführten, fiel sanfter Sonnenschein. Die Kaminfeuer im Palast von Auranos mussten nicht ständig geschürt werden, um die Kälte fernzuhalten, denn das Klima hier war viel milder als im frostigen Limeros. Lucia lag auf feinsten, hellen Seidenlaken, wodurch ihre rabenschwarzen Haare noch dunkler wirkten und ihre Lippen noch röter.

Die Schönheit seiner Schwester traf ihn immer unvorbereitet.

Seine Schwester. So viele Jahre war Lucia genau das für ihn gewesen. Erst vor Kurzem hatte er erfahren, dass sie »adoptiert« worden war – dass König Gaius sie als kleines Mädchen aus ihrer Wiege in Paelsia hatte entführen lassen, um sie in seinem Palast als Prinzessin von Limeros aufzuziehen. Und das alles wegen einer Prophezeiung ... Einer Prophezeiung, die besagte, dass Lucia zu einer mächtigen Magierin werden würde, die über alle vier Bestandteile der *Elementia* gebieten konnte: Luft-, Feuer-, Wasser- und Erdmagie.

Seine Verwirrung, als er erfahren hatte, dass sie nicht wirklich seine Schwester war, seine Erleichterung darüber, dass sein unnatürliches Verlangen nach ihr keine Todsünde war, ihr angewiderter Blick, als er seiner Sehnsucht endlich nachgegeben und sie geküsst hatte – all diese Erinnerungen strömten nun von Neuem auf ihn ein.

Seine strahlende Hoffnung, für immer überschattet von finsterem Schmerz.

Lucia liebte ihn, doch es war die Liebe einer Schwester für ihren großen Bruder; das war alles. Aber es war nicht genug. Es würde niemals genug sein.

Und der Gedanke, dass sie sich geopfert hatte, um ihrem Vater zu helfen, und vielleicht nie wieder aufwachen würde …

Nein, sie *musste* aufwachen.

Sein Blick schweifte zu Lucias Pflegerin, der jungen Auranierin, von der Cleo steif und fest behauptet hatte, sie wäre absolut perfekt für diese Aufgabe.

»Wie heißt du?«, wollte er wissen.

Sie war etwas pummelig, aber nicht auf unangenehme Weise. Ihre sanften Kurven zeigten, dass sie in ihrem Leben nicht viel hatte erleiden müssen, auch wenn sie jetzt das schmucklose graue Kleid einer Dienerin trug. »Mira Cassian, Hoheit.«

Seine Augen wurden schmal. »Dein Bruder ist Nicolo Cassian.«

»Ja, Hoheit.«

»Er hat mir in Paelsia einen Stein an den Kopf geworfen und mich mit einem Schwertknauf bewusstlos geschlagen. Fast hätte er mich getötet.«

Ein Zittern durchlief sie. »Ich bin sehr froh, dass mein Bruder Euch keinen bleibenden Schaden zugefügt hat, Hoheit.« Sie schluckte und blickte zaghaft zu ihm auf. »Ich habe ihn seit Wochen nicht mehr gesehen. Wisst Ihr, ob … ob mein Bruder noch lebt?«

»Für das, was er mir angetan hat, hat er den Tod verdient, meinst du nicht?«

Diese Geschichte hatte er kaum jemandem erzählt. Nachdem Magnus Theon getötet hatte, hatte Nic ihn angegriffen, um Cleo zu befreien. Es war Magnus' Pflicht gewesen, die Prinzessin nach Limeros zu bringen, damit der König sie als Druckmittel gegen ihren Vater einsetzen konnte, aber er war gescheitert und stattdessen allein in der Ödnis Paelsias aufgewacht, umgeben von Leichen und den Spuren seiner bitteren Niederlage.

Jetzt schuftete Nic in den Ställen, wo er hoffentlich bis zu den Knien in Pferdemist steckte, und durfte den Palast nicht mehr betreten. Der Junge sollte ewig dankbar sein, dass Magnus ihn hatte leben lassen.

Ohne auf Miras besorgten Gesichtsausdruck zu achten, wandte er ihr den Rücken zu und konzentrierte sich ganz auf Lucia. Er hörte die Tür nicht aufgehen, aber schon bald fiel der Schatten seines Vaters auf ihn.

»Du bist wütend auf mich, weil ich ohne deine Zustimmung deine Verlobung bekannt gegeben habe«, sagte der König. Es war keine Frage.

Magnus biss die Zähne zusammen und wog seine Worte genau ab, bevor er antwortete. »Ich war etwas ... überrascht. Die Prinzessin hasst mich, und mir ist sie völlig gleichgültig.«

»Bei einer Heirat geht es nicht unbedingt um Liebe oder auch nur um Zuneigung. Eure Verbindung ist eine Notwendigkeit, ein politischer Schachzug.«

»Ich weiß.«

»Wir werden eine Mätresse für dich finden, die dir jedes Vergnügen bereitet, an dem es dir in deiner Ehe mangelt. Vielleicht eine Kurtisane.«

»Vielleicht«, räumte Magnus ein.

»Oder hättest du womöglich lieber eine hübsche kleine Dienerin, die sich um deine Bedürfnisse kümmert?«, fragte der König mit Blick auf Mira, die klugerweise im hinteren

Teil des Raums und außer Hörweite blieb. »Apropos hübsche kleine Dienerin – erinnerst du dich an das Küchenmädchen, das uns zu Hause solche Schwierigkeiten gemacht hat? Die kleine Spionin. Wie hieß sie doch gleich – Amia?«

Amia war Magnus' frühere Geliebte, sie hatten sich ab und an zu einem kleinen, für ihn völlig unbedeutenden Techtelmechtel getroffen, und daraufhin hatte die junge Dienerin ihm bereitwillig alle Gerüchte zugetragen, die sie im Palast aufschnappen konnte. Sie hätte alles für ihren Prinzen getan. Wegen dieser Loyalität war sie gefoltert und ausgepeitscht worden, aber nicht einmal das hatte sie dazu gebracht, ihre Verbindung zu ihm zu verraten. Aber warum hatte sein Vater sich ihren Namen gemerkt?

»Ja, ich glaube schon. Was ist mit ihr?«

»Sie ist aus dem Palast geflohen. Wahrscheinlich dachte sie, ich würde es nicht bemerken, aber da hat sie sich geirrt.«

Sie war geflohen, weil Magnus sie weggeschickt hatte; mit genügend Geld, um irgendwo anders ein neues Leben anzufangen. »Ach ja?«

Der König beugte sich vor und strich Lucia die langen, dunklen Haare aus dem Gesicht. »Ich habe ein paar meiner Männer nach ihr ausgeschickt. Vor Kurzem hat mich die Nachricht erreicht, dass sie das Mädchen nicht weit vom Palast entfernt mit einem Beutel voller Gold gefunden haben, das sie uns gestohlen hat. Natürlich haben sie sie auf der Stelle exekutiert.« Mit diesen Worten wandte er sich Magnus zu, und auf seinen Lippen erschien ein kleines Lächeln. »Ich dachte, das würde dich interessieren.«

Magnus ignorierte den plötzlichen schmerzhaften Stich in seinem Herzen und überlegte sich seine Antwort genau. »Das war … die einzig angemessene Strafe für solch eine Diebin.«

»Es freut mich, dass du mir da zustimmst.«

Amia war ein unschuldiges, närrisches Mädchen gewesen – sie hatte nicht die nötige Härte in sich, um im Palast von Limeros zu überleben. Aber sie hatte es nicht verdient zu sterben. Magnus erwartete, ihr Tod würde ihm Kummer bereiten, aber stattdessen spürte er nur eine bittere Kälte. Ein Teil von ihm hatte schon seit Amias Aufbruch aus dem Schloss mit genau dieser Neuigkeit gerechnet, aber er hatte dennoch auf das Beste gehofft. Wie dumm von ihm ... Sein Vater würde niemals jemanden entkommen lassen, der möglicherweise über Informationen verfügte, die ihm schaden könnten.

Das Schicksal des Mädchens war in dem Moment besiegelt gewesen, in dem sie sich mit einem Damora eingelassen hatte – das hier war nur der endgültige Beweis. Und trotzdem machte es Magnus wütend, dass sein Vater so beiläufig über Amias Tod sprach, als wäre er völlig bedeutungslos. Der König stellte ihn auf die Probe, er wollte sehen, ob sein Sohn irgendwelche Schwächen zeigte.

Der König stellte ihn ständig auf die Probe.

Einen Moment herrschte Stille, während sie beide gedankenverloren auf die bewusstlose Prinzessin hinabschauten.

»Sie muss aufwachen«, meinte der König schließlich mit angespanntem Gesicht.

»Hat sie nicht schon genug für Euch getan?«

»Ohne sie werden wir die Essenzen nie finden. Ihre Magie ist der Schlüssel.«

»Woher wisst Ihr das?« Magnus' wachsender Ärger über die Entscheidungen des Königs ließ seine Worte härter klingen als gewöhnlich. »Von irgendeiner dahergelaufenen Hexe, die sich ein paar Silbermünzen verdienen wollte? Oder vielleicht hat sich ein goldener Falke auf Eurer Schulter niedergelassen und Euch zugeflüstert ...«

Die schallende Ohrfeige, mit der Gaius ihn zum Schweigen brachte, traf ihn völlig unvorbereitet. Magnus presste eine Hand auf seine schmerzende Wange und starrte seinen Vater fassungslos an.

»Wag es ja nicht noch einmal, mich zu verspotten, Magnus«, grollte der König. »Und versuch nie wieder, mich wie einen Idioten dastehen zu lassen, wie du es vorhin getan hast. Hast du mich verstanden?«

»Ja, ich habe verstanden«, presste er hervor.

In letzter Zeit hatte sein Vater nicht mehr die Hand gegen ihn erhoben, aber in seiner Jugend hatten Prügelstrafen zum Alltag gehört. Wie eine Kobra, das Wappentier von Limeros, schlug der König erbarmungslos zu, wenn jemand ihn verärgerte oder bedrohte.

Am liebsten wäre Magnus aus dem Raum gestürmt, unterdrückte den Impuls aber, um nicht wie ein Schwächling zu wirken.

»Ich weiß es aus verlässlicher Quelle«, erklärte der König schließlich und wandte seine Aufmerksamkeit wieder Lucias friedlichem Gesicht zu.

»Wer ist dieser neue Vertraute?«

»Das geht dich nichts an.«

»Lasst mich raten: Hat dieser mysteriöse Berater Euch auch empfohlen, eine Straße in die Vergessenen Berge zu bauen?«

Das brachte Magnus einen anerkennenden Blick ein. Er hatte die richtige Frage gestellt. »Ja, das hat sie.«

Dann war die neue Vertraute seines Vaters also eine Frau. Das überraschte Magnus wenig, immerhin war die letzte Beraterin des Königs seine langjährige Mätresse gewesen; eine schöne, aber verräterische Hexe namens Sabina.

»Ihr glaubt also, dass es die Essenzen wirklich gibt.«

»Ja, das tue ich.«

Die Essenzen waren eine Legende, und Magnus hatte nie mehr in ihnen gesehen. Wer diese vier Kristalle, die vor tausend Jahren spurlos verschwunden waren und angeblich die Magie der Elementia in sich trugen, in seinen Besitz brachte, erlangte ungeheuerliche Macht – die Macht eines Gottes.

Kurz ging Magnus der Gedanke durch den Kopf, sein Vater könnte verrückt geworden sein, aber im Gesicht des Königs lag kein Anzeichen von Wahnsinn. Sein Blick war klar und fokussiert, er wirkte nur ein wenig fanatisch. Gaius glaubte tatsächlich an die Essenzen, und er glaubte auch an die Existenz der Wächter. Bis vor Kurzem hätte Magnus solche Dinge als reinsten Aberglauben abgetan, aber jetzt sah er den Beweis für solche Magie, für die Macht der *Elementia,* direkt vor sich. Er hatte selbst miterlebt, wozu Lucia fähig war. Und wenn es die prophezeite Magierin wirklich gab, warum dann nicht auch die Essenzen?

»Ich überlasse es dir, über deine Schwester zu wachen. Gib mir sofort Bescheid, wenn sie zu sich kommt.« Damit ging der König und ließ Magnus allein mit seinen sorgenvollen Gedanken.

Ihre Magie ist der Schlüssel.

Eine ganze Weile stand er reglos da und schaute auf den Balkon und die dahinterliegenden Palastgärten hinaus. Wie nicht anders zu erwarten, schien auch an diesem Nachmittag die Sonne, und die Olivenbäume wiegten sich in der sanften Brise. Magnus hörte das Zwitschern der Vögel und roch den süßen Duft der Blumen.

Er hasste es hier.

Schnee und Eis waren ihm viel lieber, eben das, wofür Limeros bekannt war. Er mochte die Kälte. Sie war simpel. Sie war unverdorben und perfekt.

Aber sein Vater wollte die Suche nach der Grundessenz

der Elementia in diesem goldenen Königreich beginnen, nicht in Limeros, und wenn das wunderschöne Mädchen, das hier vor ihm schlief, ihnen helfen konnte sie zu finden, dann würde Magnus dieses Wissen nicht einfach ignorieren.

Mit der Macht der Essenzen in Händen wäre er Lucia in jeder Hinsicht ebenbürtig. Und dann würde sie ihn vielleicht anders sehen, *mehr* in ihm sehen, und ... nein, er durfte sich keiner falschen Hoffnung hingeben. Wenn er diesen verlorenen Schatz fand, dann würde er sich in den Augen seines Vaters als würdiger Thronfolger erweisen und sich ein für alle Mal seinen Respekt verdienen – das war alles, was zählte.

»Wach auf, Lucia«, drängte er. »Wir finden die Essenzen gemeinsam – du und ich.«

Ein Geräusch neben ihm ließ ihn erschrocken aufschauen, aber es war nur Mira, die näher an ihn herangetreten war, um einen Wasserkrug zu füllen. Als sie seinem eisigen Blick begegnete, zuckte sie zusammen.

»Hoheit?«

»Sei besser vorsichtig«, warnte er sie mit bedrohlich leiser Stimme. »Wer zu aufmerksam auf Geheimnisse lauscht, läuft Gefahr, seine Ohren zu verlieren.«

Ihr Gesicht lief tiefrot an, und sie wandte sich hastig von ihm ab, um so schnell wie möglich zurück in den hinteren Teil des Raums zu fliehen. Eine Dienerin konnte ihr eigenes Schicksal nicht selbst bestimmen. Aber der Sohn eines Königs – nun, da sah die Sache ganz anders aus.

König Gaius wollte die Essenzen, um ihre unendliche, unvorstellbare Macht zu erlangen. Womöglich war die Suche nach ihnen die ultimative Prüfung für seinen Sohn und Erben.

Denn wenn sie wirklich existierten, so entschied Magnus und packte Lucias samtene Decke mit hartem Griff, dann würde *er* sie finden.

KAPITEL 4

LUCIA

IM HEILIGTUM

Lucia erinnerte sich an die Explosion – die Schreie, das Wimmern. An die Leichen, die blutüberströmt und verstümmelt überall um sie herum lagen. An tote Augen, die blicklos ins Leere starrten. Dann senkte sich die Finsternis über sie, so lange, dass sie dachte, sie wäre gestorben und nicht etwa ins friedliche Jenseits eingegangen, sondern in die Dunkellande, dorthin, wo böse Menschen endeten – an einen Ort ewiger Qual und Verzweiflung.

Von Zeit zu Zeit hatte sie das Gefühl zu erwachen, nur um sogleich wieder in tiefen Schlummer zu versinken, in Träume so diffus und nebelhaft wie ihr schlafender Geist.

Sie hatte Valoria, die limerianische Göttin, angefleht, ihr zu vergeben ... sie zu retten ..., aber ihre Gebete wurden nicht erhört.

Doch dann, endlich, kam die Morgendämmerung. Sonnenstrahlen wärmten ihre Haut mit der Hitze eines Sommertages. Langsam, ganz langsam schlug sie die Augen auf und blinzelte. Die Farben waren so strahlend hell, dass sie einen Moment die Augen abschirmen musste, bis sie sich an die unerwartete Intensität gewöhnt hatte.

Als sie an sich hinabblickte, sah Lucia, dass sie ein wunderschönes Kleid trug; ein atemberaubendes Gewand aus weißer, fließender Seide mit goldener Stickerei, auf das selbst die fähigste Schneiderin zu Recht stolz wäre.

Eine saftig grüne Wiese erstreckte sich meilenweit in alle Richtungen, und über sich sah sie nichts als klaren, unfassbar blauen Himmel. In der herrlich warmen Luft lag der Duft von Wildblumen. Rechts von ihr stand eine Gruppe üppig blühender Obstbäume. Als sie sich aufrichtete, um sich mit stetig wachsendem Erstaunen in ihrer Umgebung umzuschauen, spürte sie weiches Gras und Moos unter den Händen.

Auf den ersten Blick wirkte die Wiese ganz normal, aber das war sie ganz und gar nicht. Einige der an Weiden erinnernden Bäume glitzerten im Sonnenschein, als wären sie aus Kristall, und ihre schlanken Zweige strichen über den Boden wie gläserne Federn. Andere Bäume trugen goldene Früchte und Blätter so schön wie Juwelen. Das Gras war nicht nur smaragdgrün, sondern schimmerte golden und silbern, als wäre jeder Halm in kostbares Metall getaucht.

Zu ihrer Linken sah sie sanfte grüne Hügel in der Ferne, und dahinter lag eine Stadt, die aus Licht erbaut schien. Näher an der Wiese erhoben sich zwei gigantische weiße Steinräder – beide so groß wie drei ausgewachsene Männer –, die funkelten wie geschliffene Diamanten.

Es war alles so merkwürdig und beeindruckend, dass es ihr einen Moment den Atem verschlug.

»Wo bin ich?«, flüsterte sie.

»Willkommen im Heiligtum, Prinzessin«, erklang da plötzlich eine fremde Stimme, und als sie erschrocken den Kopf wandte, sah sie einen jungen Mann auf sich zukommen. So schnell sie konnte, rappelte sie sich auf und taumelte ein paar Schritte vor ihm zurück.

»Bleibt weg!« Ihr Herz hämmerte so wild, als wäre ein panisches Tier in ihrer Brust gefangen. »Kommt mir nicht zu nahe.«

»Ich werde Euch nichts tun.«

Warum sollte sie ihm das glauben? Sie ballte die Faust und beschwor Feuermagie. Sofort loderten Flammen aus ihrer Hand.

»Ich kenne Euch nicht. Bleibt sofort stehen, oder ich schwöre, ich werde mich verteidigen.«

Er tat wie ihm geheißen, jetzt nur noch wenige Schritte von ihr entfernt, legte den Kopf schräg und betrachtete ihre Hand, als fände er sie äußerst faszinierend. »Feuermagie ist der unberechenbarste Teil der *Elementia*. Ihr solltet aufpassen, wie Ihr sie einsetzt.«

»Und Ihr solltet aufpassen, an wen Ihr Euch heranschleicht, wenn Ihr nicht verbrennen wollt.«

Sie versuchte ruhig zu klingen, aber er hatte ihr einen ordentlichen Schrecken eingejagt. Völlig entgeistert starrte sie ihn an – er war der schönste Mann, den sie je gesehen hatte: groß und schlank, mit goldbrauner Haut, bronzefarbenen Haaren und Augen wie dunkles Silber. Er trug ein weißes Hemd und weiße Hosen und stand barfuß im weichen, schimmernden Gras.

»Ich habe mit angesehen, was Ihr mit der Hexe gemacht habt, als Eure Kräfte erwacht sind«, erklärte er so gelassen, als würden sie ein ganz normales Gespräch führen. »Die Mätresse des Königs wollte Euch dazu bringen, Eure *Elementia* in ihrer Gegenwart einzusetzen. Ihr habt sie zu Asche verbrannt.«

Übelkeit stieg in Lucia auf, als sie sich an Sabinas entsetzlichen Tod erinnerte. Der Gestank von verbranntem Fleisch würde sie wahrscheinlich bis ans Ende ihres Lebens verfolgen. »Wie könnt Ihr das mit angesehen haben?«

»Ihr wärt überrascht, was ich alles über Euch weiß, Prinzessin.« Seine Stimme war flüssiges Gold, und sie jagte ihr einen Schauer über den Rücken. »Mein Name ist Alexius. Ich bin einer von denen, die ihr Sterblichen Wächter nennt. Ich habe Euch seit Eurer frühesten Kindheit ... beobachtet.«

»Wächter.« Das Wort blieb ihr fast im Halse stecken. »Ihr seid ein *Wächter*?«

»Ja.«

Sie schüttelte den Kopf. »An solche Geschichten glaube ich nicht.«

»Sie sind keine Geschichten«, erwiderte er, aber dann erschien ein nachdenklicher Ausdruck auf seinem Gesicht. »Nun, doch, das sind sie, aber die Geschichten sind wahr. Glaubt mir, Prinzessin, ich bin sehr real – ganz genauso real wie Ihr.«

Unmöglich. Er war viel zu *irreal*, um tatsächlich zu existieren, genau wie alles andere hier. Noch nie in ihrem Leben hatte sie jemanden wie ihn gesehen.

Sie hielt ihre Faust geballt und in flackerndes Feuer gehüllt. »Und dieser Ort? Ihr sagt, wir sind im Heiligtum?«

Er ließ den Blick schweifen, bevor er sich wieder ihr zuwandte. »Das hier ist nur ein Abbild meiner Heimat. Ich besuche Euch in Euren Träumen, um mich vorzustellen und Euch mitzuteilen, dass ich Euch helfen kann. Das wollte ich schon sehr lange tun, und so freut es mich ganz besonders, Euch endlich von Angesicht zu Angesicht gegenüberzustehen.«

Plötzlich lächelte er – so aufrichtig, warm und wunderschön, dass Lucias Herz einen Schlag aussetzte.

Nein. Sie durfte sich von solchen Dingen nicht ablenken lassen. Nach allem, was er ihr erzählt hatte, schwirrte ihr bereits der Kopf, und seine bloße Anwesenheit brachte sie völlig durcheinander.

Im Palast von Limeros waren nur Bücher über Fakten und erwiesene Tatsachen erlaubt, mit denen der König seine Kinder unterrichten ließ. Aber Lucia hatte schon immer nach Wissen aller Art gehungert, auch wenn es ihr verboten war, und so hatte sie heimlich einige Bücher mit Kindergeschichten ergattert, die unter anderem die Legenden über die Wächter und das Heiligtum enthielten. Daher wusste sie von der Fähigkeit der Wächter, in die Träume der Menschen einzudringen, aber das war alles, was sie waren: nur Geschichten.

Was sie jetzt erlebte, konnte nicht wahr sein. Oder doch?

»Ihr sagt also, Ihr beobachtet mich schon seit meiner frühesten Kindheit?« Das schien völlig unmöglich. Er konnte doch kaum älter sein als sie. »Warum nehmt Ihr jetzt erst Kontakt mit mir auf?«

»Vorher war nicht der richtige Zeitpunkt.« Er verzog das Gesicht. »Auch wenn ich bei weitem nicht der Geduldigste meiner Art bin, das könnt Ihr mir glauben. Es war nicht leicht, so lange zu warten, aber jetzt bin ich hier. Ich kann Euch helfen, Prinzessin – und Ihr mir.«

Er redete Unsinn. Wenn er wirklich ein Wächter war, ein unsterbliches Wesen, das in einer Welt fernab von ihrer lebte – warum sollte er dann die Hilfe eines sechzehnjährigen Mädchens benötigen?

Allerdings war sie wohl kein gewöhnliches sechzehnjähriges Mädchen, wie man unschwer daran erkennen konnte, dass sie gerade kraft ihrer Gedanken Flammen aus ihrer Hand hatte hervorlodern lassen.

»Ich glaube dir kein Wort«, behauptete sie beharrlich, obwohl sie auf einmal den heftigen Wunsch verspürte, so viel wie möglich über Alexius zu erfahren. »Die Wächter sind nur eine Legende, und das hier … das hier ist nur ein alberner Traum. Ich träume Euch, das ist alles. Ihr seid nichts als eine Ausgeburt meiner Phantasie.«

Wer hätte gedacht, dass ihre Phantasie derart überwältigend war?

Alexius verschränkte die Arme vor der Brust und musterte sie mit einer Mischung aus Interesse und leichter Frustration, versuchte aber nicht näher zu kommen. Erneut fiel sein Blick auf ihre Hand, die immer noch wie eine Fackel brannte. Das Feuer bereitete ihr keinerlei Schmerzen, es war nur angenehm warm.

»Ich dachte, Ihr würdet es mir leichter machen«, gestand Alexius.

Das brachte sie zum Lachen, ein rauer Laut tief aus ihrer Kehle. »Nichts an alldem ist leicht, Alexius. Ich will nur aufwachen. Ich will raus aus diesem Traum.«

Aber wie konnte es ein Traum sein, wenn es sich so real anfühlte? Sie roch die Blumen, spürte den Boden unter ihren bloßen Füßen; das feuchte, schwammige Moos, die Grashalme, die ihre Sohlen kitzelten. Kein Traum war je so lebensecht gewesen. Und was war das für eine Kristallstadt hinter den Hügeln? In der Menschenwelt gab es nichts dergleichen – und es gab auch keine schimmernden, magischen Wiesen. Von so etwas Atemberaubendem hätte sie mit Sicherheit gehört. Doch nicht einmal in den Büchern über die Legenden der Wächter hatte sie ein Bild oder auch nur eine Beschreibung einer solchen Stadt gefunden.

Alexius war ihrem Blick gefolgt. »Dort leben wir.«

Ihr stockte der Atem. »Warum bin ich dann nicht dort? Warum bin ich hier auf dieser Wiese?«

Er schaute sich um. »An diesem Ort bin ich eingeschlafen, um Euch in Euren Träumen aufzusuchen. Hier ist es ruhig, und niemand wird uns stören. Nur sehr wenige wissen, wie gerne ich hierherkomme.«

Lucia begann rastlos auf und ab zu laufen, so schnell und

energisch, dass ihre langen weißen Röcke sich um ihre Beine bauschten und sie fast darüber stolperte. Sie ließ Alexius nicht aus den Augen, als erwartete sie, er könnte sich jeden Moment auf sie stürzen und seine wunderschöne Maske fallen lassen, so dass etwas abscheulich Hässliches zum Vorschein kam. Vielleicht war er ein Dämon, der sie in Albträumen gefangen hielt – über so etwas hatte sie einmal gelesen, wenngleich nur in einem Märchenbuch.

Also gut. Wenn sie schon hier war, dann musste sie reden. Sie brauchte Antworten auf die Fragen, die ihr auf der Zunge brannten – über den seltsamen, verführerischen Alexius, über diese Welt, über alles.

»Wie alt seid Ihr?«

Er zog die Augenbrauen hoch, als hätte er mit dieser Frage überhaupt nicht gerechnet. »Alt.«

»Ihr seht nicht alt aus.«

»Das tut keiner von uns.« Sein amüsierter Gesichtsausdruck machte sie langsam wütend. Das Ganze war nicht im Geringsten amüsant. »Ihr braucht Euer Feuer nicht mehr. Ich werde Euch nichts antun, das verspreche ich Euch.«

Ihre Hand brannte weiter. Mit reiner Gedankenkraft ließ sie die Flammen höher und heißer auflodern. Sie würde sich von niemandem Befehle erteilen lassen, ganz besonders nicht von einem imaginären Mann aus ihren Träumen.

Alexis' Lächeln wurde nur noch breiter. »Na gut, ganz wie Ihr wollt. Vielleicht beginnt Ihr mir zu glauben, wenn Ihr mit eigenen Augen seht, was ich bin – wenn auch vorerst nur in dieser Traumwelt. Das hier ist nur unser erstes Treffen. Viel mehr werden folgen.«

Ein unerwünschter Schauer der Erregung rieselte ihr über den Rücken. »Nicht wenn es nach mir geht. Ich werde bald aufwachen, und dann seid Ihr weg.«

»Mag sein. Aber ihr Sterblichen schlaft jede Nacht, richtig? So leicht entkommt Ihr mir nicht, Prinzessin.«

Lucia warf ihm einen bösen Blick zu, musste sich aber eingestehen, dass er recht hatte.

»Sieh her.« Er trat einen Schritt zurück und hob die Arme. Ein Wind erhob sich um ihn, seine Gestalt verschwamm vor ihren Augen, die Luft schimmerte und wirbelte ...

Im nächsten Moment waren seine Arme Flügel, und aus seiner Haut wuchsen Federn, die im Sonnenlicht glänzten. Mit einem kräftigen Flügelschlag erhob er sich vor ihr in die Lüfte.

Er war ein Falke, der in den klaren blauen Himmel emporflog. Staunend blinzelte Lucia ins grelle Sonnenlicht hinauf, sie konnte den Blick einfach nicht von ihm abwenden – und plötzlich wurde ihr bewusst, dass ihr Feuer unbemerkt erloschen war.

Schließlich ließ er sich auf einem mit goldenen Früchten beladenen Baum nieder. Gleichzeitig fasziniert und ein wenig nervös trat Lucia näher an ihn heran und musterte ihn genauer, wobei sie überrascht feststellte, dass seine Augen genauso dunkelsilbern waren wie zuvor.

»Das beweist gar nichts«, sagte sie, aber ihr Herz pochte wild. »In einem Traum kann alles passieren. Das heißt nicht, dass es wahr ist.«

Er löste seine scharfen Krallen von dem Ast, auf dem er hockte, und ließ sich hinabgleiten, aber bevor er auf dem Boden landete, hatte er wieder die Gestalt eines jungen Mannes angenommen. Er blickte an sich hinab.

»Normalerweise behalten wir nicht unsere Kleider an, wenn wir uns zurückverwandeln – Gefieder wird zu Haut, Haut zu Gefieder. Das ist jedoch der einzige Unterschied, den Ihr in der wirklichen Welt wahrnehmen würdet.«

Bei dem Gedanken, dass er, wenn sie wach wäre, jetzt vollkommen nackt vor ihr stehen würde, wurden ihre Wangen heiß. »Dann sollte ich wohl dankbar sein, dass das hier nur ein Traum ist.«

»Ihr wisst, wie real das alles ist, weil Euch bewusst ist, wer Ihr seid – was Ihr seid. Euer Schicksal ist an das Heiligtum gebunden. Es ist an uns Wächter gebunden und an die Essenzen.« Er kam näher, und seine Augen schienen direkt in ihr Innerstes zu blicken. »Euer Schicksal ist an *mich* gebunden, und so war es schon immer.«

Seine Nähe beunruhigte sie, und einen Moment konnte sie weder sprechen noch klar denken.

Sie erkannte, dass in seinen Worten eine Wahrheit lag, die sie nicht länger leugnen konnte. Ihr Körper mochte bewusstlos im Bett liegen, aber ihre Sinne, ihr Geist … er war hier.

»Ihr habt mich wegen der Prophezeiung beobachtet«, vermutete sie.

Seine Stirn legte sich in Falten, während er sie musterte, als versuchte er sich ihre Gesichtszüge genauestens einzuprägen. »Ja. Ihr seid die Magierin, auf die ich seit tausend Jahren gewartet habe.«

»Auf die *Ihr* gewartet habt?«

Alexius nickte. »Viele haben nicht an Eure Existenz geglaubt, aber ich schon. Und ich musste warten, bis Eure Magie erwacht, bevor ich mich Euch offenbaren konnte. Um Euch zu führen. Euch zu helfen.« Er schwieg einen Moment, bis sie erneut direkt in seine silbernen Augen blickte. »Im Moment ist Eure Magie viel zu stark für Euch, und sie wird von Tag zu Tag stärker. Das macht Ihr Euch noch nicht richtig bewusst.«

»Oh, ich weiß, wie mächtig sie ist«, sagte Lucia leise. »Das könnt Ihr mir glauben.«

Auf Wunsch ihres Vaters, König Gaius, hatte sie ihre neu entdeckten Kräfte dazu eingesetzt, den magischen Schutzwall um den auranischen Palast niederzureißen, während außerhalb der Goldenen Stadt eine blutige Schlacht tobte. Wie ein feuriger Drache war die Magie vor ihr aufgestiegen, und der Zusammenprall dieser Kreatur mit ihrer eigenen *Elementia* hatte die Explosion ausgelöst, die so viele Menschen das Leben gekostet hatte.

»Werde ich je aufwachen?«, flüsterte sie. »Oder werde ich als Strafe für mein Vergehen im Schlaf sterben?«

»Ihr seid nicht dazu bestimmt, im Schlaf zu sterben. So viel steht fest.«

Eine Welle der Erleichterung durchströmte sie. »Woher wisst Ihr das?«

»Weil wir Euch brauchen. Eure Magie ist der Schlüssel zu unserer Rettung, zur Rettung des Heiligtums.«

»Wie das?«

Alexius' Gesicht verfinsterte sich zunehmend, und seine Augen schienen in weite Ferne zu blicken, während er zu erzählen begann: »Die elementare Magie, die das Heiligtum erfüllt, die in dieser Welt gefangen ist wie Sand in einer Sanduhr, schwindet dahin, seit die Essenzen uns gestohlen wurden und dann spurlos verschwunden sind. Seit die letzte Magierin umgekommen ist – die Magierin, die über genau dieselben Kräfte verfügte wie Ihr. Ihr Name war Eva, und sie war ebenfalls eine unsterbliche Wächterin.«

»Eva ist mein Zweitname«, sagte Lucia überrascht.

»Ja, das ist kein Zufall. Es war Eva, die mit ihrem letzten Atemzug die Prophezeiung verkündet hat – dass in tausend Jahren die nächste Magierin geboren werden würde, ein sterbliches Mädchen, das wie sie über alle vier Elemente gebieten kann. Diese Magierin seid Ihr. König Gaius wusste die ganze Zeit von der Prophezeiung. Er wusste, was aus Euch werden würde. Deshalb hat er Euch als seine Tochter aufgezogen.«

Lucias Gedanken überschlugen sich im Bemühen, mit ihm mitzuhalten. »Was ist mit Eva passiert? Wie konnte eine unsterbliche Wächterin sterben?«

»Sie hat einen Fehler begangen, der sie das Leben gekostet hat.«

»Was für einen Fehler?«

Ein trauriges Lächeln umspielte seine Lippen. »Sie hat sich in den falschen Mann verliebt – in einen sterblichen Jäger, der sie vom rechten Weg abgebracht hat. Seinetwegen hat sie ihr Zuhause verlassen und diejenigen, die sie beschützten. Er hat sie zerstört.«

Da wurde Lucia plötzlich bewusst, dass sie noch näher an Alexius herangetreten war, so nahe, dass sein Ärmel, als er sich wieder ihr zuwandte, über ihren bloßen Arm strich. Obwohl sie nur träumte, hätte sie schwören können, die Hitze seiner Haut auf ihrer zu spüren.

Hastig taumelte sie einen Schritt zurück.

Lucias Wissbegier war schon immer unerschöpflich gewesen, sie verlangte stets nach mehr, als ihre Lehrer ihr beibringen wollten. Und niemand schien viel über die *Elementia* zu wissen, da Magie, außer von ein paar zum Tode verurteilten Hexen, als Legende angesehen wurde. Selbst Sabina, die sich selbst als Hexe bezeichnet hatte, hatte Lucia gegenüber kein Zeichen von echter Magie gezeigt – jedenfalls nicht genug, um sich zu wehren, als Lucia sich und Magnus vor dieser durch und durch bösen Frau beschützt hatte.

Du hättest sie nicht töten müssen, wisperte eine Stimme in ihrem Hinterkopf; dieselbe Stimme, die sie schon seit jenem schrecklichen Tag quälte. Erneut sah sie Sabinas leblosen, verbrannten Körper vor sich, wie er mit einem dumpfen Schlag zu Boden fiel.

»Bitte erzählt mir mehr, Alexius«, bat Lucia leise. »Erzählt mir alles.«

Er fuhr sich mit der Hand durch seine bronzefarbenen Haare, auf einmal wirkte er leicht verunsichert. »Eva hat vor langer Zeit gelebt. Die Erinnerung an sie verblasst langsam, selbst für mich.«

»Ihr habt gesagt, sie hätte die Prophezeiung vor tausend Jahren mit ihrem letzten Atemzug verkündet, richtig?«

»Ja. Zur gleichen Zeit, als wir die Essenzen verloren haben.«

Lucia stockte der Atem. »Ihr habt verblasste Erinnerungen an eine Magierin, die vor tausend Jahren gelebt hat. Wie alt seid Ihr?«

»Das habe ich Euch doch bereits gesagt, Prinzessin. Alt.«

»Ja. Aber wie alt genau?«

Er zögerte, doch nur kurz. »Zweitausend Jahre.«

Vor Staunen blieb ihr fast der Mund offen stehen. »Ihr seid nicht alt. Ihr seid ein Relikt aus grauer Vorzeit.«

Er hob eine Augenbraue, und auf seinen Lippen erschien ein kleines Lächeln. »Und Ihr seid ein sechzehnjähriges Mädchen. Ein Kind.«

»Ich bin kein Kind!«

»Oh doch.«

Lucia stieß ein frustriertes Stöhnen aus. Solche Zankereien brachten sie nicht weiter, genauso wenig wie der Gedanke, dass ein zweitausend Jahre alter Wächter unmöglich so jung und attraktiv sein konnte – um Längen attraktiver als alle anderen Männer, die sie je gekannt hatte. Sie musste sich darauf konzentrieren, mehr Wissen zu erlangen, das ihr helfen könnte. »Ich möchte dorthin«, sagte sie und deutete auf die

Kristallstadt in der Ferne. »Ich möchte mit jemandem reden, der sich daran erinnern kann, was genau mit der letzten Magierin passiert ist – der weiß, wer sie war, was sie getan hat … irgendetwas!«

»Das geht nicht, Prinzessin. Dies ist nur ein Traum, und wie ich bereits sagte, ein Abbild der Wirklichkeit. Und selbst wenn dem nicht so wäre, können Sterbliche das Heiligtum genauso wenig betreten, wie wir es verlassen können – außer in der Gestalt eines Falken.«

Dieses Gespräch mochte tatsächlich stattfinden, aber doch nur in ihren Träumen. Was sie hier vor sich sah, hatte in der Realität nicht mehr Bedeutung als ein hübsches Gemälde. Lucia dachte an Alexius' Falkengestalt und daran, wie er sie dazu genutzt hatte, in die Menschenwelt zu gelangen und sie auszuspionieren. Der Gedanke, dass er sie schon seit ihrer frühesten Kindheit beobachtete, war beunruhigend.

»Es muss eine wundervolle Gabe sein, sich in ein Lebewesen zu verwandeln, das fliegen kann«, meinte sie schließlich.

»Eine Gabe«, wiederholte er, und auf einmal klang seine Stimme so traurig, dass Lucia einen Stich im Herzen spürte. »Oder ein Fluch. Es kommt wohl immer auf die Perspektive an.«

Sein plötzlicher Stimmungsumschwung verwirrte sie. »Ihr habt gesagt, Ihr hättet mich in diesen Traum geholt, um mir zu helfen. Wie das? Oder ist Euch das auch unklar?«

Sie wollte nicht so gereizt klingen, konnte sich die giftige Bemerkung aber einfach nicht verbeißen. Er hatte ihr nichts wirklich Hilfreiches mitgeteilt, nur ein paar bruchstückhafte Informationen, die ihr im Endeffekt aber nichts nutzten.

Auf einmal erschien ein beunruhigter Ausdruck auf Alexius' Gesicht. »Hier ist jemand.«

Lucia blickte sich um, sah aber niemanden. »Wer?«

Schließlich entspannte sich sein Gesicht wieder. »Es ist meine Freundin Phaedra. Sie wird uns nichts tun. Wahrscheinlich hat sie sich gewundert, wo ich so lange bleibe.«

»Ist sie auch eine Wächterin?«

»Ja, natürlich. Sie hilft mir bei der Suche nach Antworten, dem ersten Schritt unserer …«

Im nächsten Moment war er verschwunden.

Beunruhigt sah Lucia sich nach allen Seiten um. »Alexius?«

Dann verschwanden auch die Wiese und das Heiligtum – wie zerbrochenes Glas fiel das Bild vor ihr in sich zusammen, und zurück blieb nur Dunkelheit.

KAPITEL 5

JONAS

AURANOS

In Hawk's Brow, der größten Stadt in Auranos, konnte man deutlich sehen, wie sich die Herrschaft des Blutkönigs auf das Land auswirkte.

Außerdem bot der Ort zwei Rebellen die perfekte Gelegenheit, den Boden für die Revolution vorzubereiten, ehe sie zu ihrem Lager in den Tiefen des Wildlandes zurückkehrten.

»Sieh sie dir an«, flüsterte Jonas Brion zu, als sie die prachtvolle Hauptstraße des Geschäftsviertels entlanggingen – wohin man auch blickte, nichts als edle Tavernen, Luxusgasthäuser und Läden, die alle möglichen Waren verkauften, von Blumen über Schmuck bis hin zu vornehmer Kleidung. »Sie gehen ihrem Geschäft nach, als wäre überhaupt nichts passiert.«

»Auranier sind offenbar sehr …« Brion suchte einen Augenblick nach dem richtigen Wort. »Anpassungsfähig?«

»Sie sind einfach nur viel zu gutgläubig. Das macht mich krank.« In dem Moment schlenderte ein Junge ungefähr in ihrem Alter an ihnen vorbei, und Jonas rief ihm zu: »Wohnt Ihr hier?«

Der junge Mann hatte blonde Haare und trug eine smaragdgrüne Tunika aus feinster Seide, in die mit goldenem Garn aufwendige Details eingewebt waren.

»Ja«, nickte der Junge und musterte die staubige, abgewetzte Kleidung der beiden Freunde mit kaum verhohlener Verachtung. »Ihr … Ihr seid nicht von hier, oder?«

Jonas verschränkte die Arme vor der Brust. »Nein, wir sind in Hawk's Brow, um zu sehen, wie die Bürger dieser schönen Stadt mit ihrem neuen König zurechtkommen.«

Die Augen des Jungen huschten kurz zu den anderen Passanten, die ohne einen zweiten Blick an ihnen vorbeigingen, dann schaute er nach rechts, wo ein Stück die Straße hinunter zwei uniformierte limerianische Soldaten die nächste Kreuzung bewachten.

»Arbeitet Ihr für König Gaius?«

»Seht uns einfach als unabhängige Forscher«, erwiderte Brion.

Der Junge trat nervös von einem Fuß auf den anderen. »Ich kann nur für mich selbst sprechen, aber ich bin sehr froh, dass Auranos einen neuen Herrscher hat. Ich habe seine Rede letzte Woche gehört, und all die wundervollen Versprechungen, die er gemacht hat – über die neue Reichsstraße und die Verlobung seines Sohns mit Prinzessin Cleiona. Wir freuen uns alle schon sehr auf die königliche Hochzeit nächsten Monat.«

»Also haltet ihr die Heirat der beiden für eine gute Idee?«, fragte Jonas.

Der Junge machte ein nachdenkliches Gesicht. »Ja, das tue ich. Und wenn Ihr mich fragt, sollte die Prinzessin der Göttin danken, dass sie noch so eine gute Partie macht. Es zeigt, dass König Gaius bereit ist, frühere Differenzen hintanzustellen, um einen reibungslosen Machtübergang zu gewährleisten. Er denkt zuerst an seine neuen Bürger. Und hier hat sich wirklich nicht viel verändert, bis auf …« Erneut sah er zu den Soldaten in Rot hinüber. »… bis auf die vermehrte Präsenz seiner Männer.«

Nicht viel hat sich verändert. Vielleicht nicht für jemanden, der sein ganzes verwöhntes Leben lang den Kopf im Sand stecken hatte. Jonas und Brion hatten seit ihrer Ankunft am Vortag mit vielen Auraniern gesprochen, und fast alle hatten etwas Ähnliches gesagt wie dieser Idiot. Ihr Leben war immer einfach gewesen, und die meisten dachten, wenn sie König Gaius nur brav gehorchten und keinen Ärger machten, würde es bis in alle Ewigkeit so bleiben.

»Seid Ihr Euch bewusst, dass es hier in Auranos immer mehr Rebellen gibt?«, fragte Brion.

Die Augenbrauen des Jungen zogen sich zusammen. »Rebellen? Mit diesen Störenfrieden wollen wir nichts zu tun haben.«

»Ich wollte nicht wissen, ob Ihr etwas mit Ihnen zu tun haben wollt, sondern ob Ihr von ihnen gehört habt.«

»Nun, ich habe gehört, dass ein paar Rebellengruppen – sowohl Auranier als auch Paelsianer – Schwierigkeiten machen. Dass sie ganze Grundstücke verwüsten und Aufstände anzetteln.«

Aufstände anzetteln? Brion und Jonas wechselten einen vielsagenden Blick.

Solche Gerüchte klangen, als wären die Rebellen völlig planlos, aber das stimmte ganz und gar nicht. Alles, was Jonas und seine Männer taten – egal ob sie nun ein Grundstück zerstörten, in auranischen Wäldern wilderten oder zu Schutz- und Übungszwecken eine Lieferung Waffen stahlen –, brachte sie näher an ihr Ziel, ihre Rebellengruppe stark genug zu machen, um sich gegen den Blutkönig zu erheben, wenn der richtige Zeitpunkt kam. Außerdem war Jonas stets darum bemüht, mehr junge Männer und Frauen für ihre Sache zu gewinnen.

Der Hauptgrund für ihre Reise nach Hawk's Brow war die

Suche nach neuen Rekruten. Als größte Stadt in Auranos, die zudem nur eine halbe Tagesreise von der Goldenen Stadt entfernt lag, spielte es eine zentrale Rolle im Weltgeschehen, und Jonas wusste, er brauchte hier Unterstützung. Gerade heute Morgen hatte er eine junge, hübsche Bewohnerin von Hawk's Brow davon überzeugt, sich ihnen anzuschließen und hier auf weitere Anweisungen zu warten. Die Aufstände, von denen dieser Junge sprach, waren jedoch das Werk anderer Fraktionen – vielleicht sogar von Auraniern. Es war ein gutes Zeichen, dass die Menschen in diesem Land nicht alle so hoffnungslose Fälle waren wie dieser Taugenichts.

»Und ich habe gehört, alle Rebellen, die sich erwischen lassen, werden hingerichtet«, erzählte der Junge weiter. »Warum sollte ein vernünftiger Mensch sich ihren Rängen anschließen wollen?« Plötzlich wurden seine Augen groß, und er blickte mit wachsender Beunruhigung zwischen Jonas und Brion hin und her, als hätte er endlich begriffen, mit wem er es zu tun hatte. »Ich, äh, ich sollte mich jetzt wirklich auf den Weg machen. Ich hoffe, Ihr habt noch einen schönen Tag.«

»Oh, das werden wir«, rief Jonas ihm nach, als er ohne ein weiteres Wort davoneilte. »Das werden wir ganz bestimmt.«

»Der eignet sich definitiv nicht als Widerstandskämpfer«, murmelte Brion.

»Vielleicht eines Tages, aber heute noch nicht. Er hat in seinem Leben nicht ansatzweise genug Elend gesehen.«

»Er hat doch tatsächlich nach Jasmin und Zitrusfrüchten gerochen. Wer zum Teufel riecht nach Jasmin und Zitrusfrüchten?«

»Du jedenfalls nicht«, lachte Jonas. »Wann hast du das letzte Mal ...« Er verstummte abrupt, als er an einer nahe gelegenen Hausmauer ein Fresko von König Gaius' schönem

Gesicht sah. Auf dem Mosaik darunter standen die Worte STÄRKE, GLAUBE, WEISHEIT – das limerianische Credo – und dazwischen, in größerer Schrift: GEMEINSAM.

»Er schafft es tatsächlich«, knurrte Jonas. »Dieser Bastard führt die Menschen hier mit seinen hübschen Reden und hochtrabenden Versprechungen hinters Licht. Sie machen sich nicht klar, dass er sie mit Freuden allesamt vernichten würde, wenn ihm das mehr Macht einbrächte.«

»He, was hast du vor?«, rief Brion, als Jonas kurzentschlossen auf das Wandgemälde zumarschierte. Der Künstler hatte es anscheinend erst kürzlich fertiggestellt, denn der Putz war noch feucht. Ohne lange nachzudenken, machte Jonas sich daran, es zu zerstören, verschmierte, was er verschmieren konnte, und kratzte die bereits getrocknete Farbe mit den Händen ab.

»Jonas, wir sollten gehen«, warnte Brion.

»Ich werde ihn nicht gewinnen lassen. Wir müssen den Leuten zeigen, was für ein Lügner er ist.« Es dauerte nicht lange, da fingen Jonas' Finger an zu bluten.

»Das werden wir. Ich meine, das tun wir. Wir bewirken schon etwas.« Brion spähte nervös zu der Gruppe von Schaulustigen hinüber, die sich in Sekundenschnelle um sie herum versammelt hatten und die Verschandelung des Freskos mit größtenteils argwöhnischen Blicken beobachteten. »Erinnerst du dich noch an die auranischen Rebellen, die letzte Woche geköpft wurden?«

Jonas hielt in der Bewegung inne. Das Gesicht des Königs war bereits vollständig zerstört. Sein überhebliches Grinsen auszulöschen hatte etwas sehr Befriedigendes. Jonas wünschte, er könnte dasselbe im wirklichen Leben tun. »Ja.«

»Sorgen wir lieber dafür, dass uns so etwas nicht passiert, in Ordnung? Komm, lass uns abhauen!«

Jetzt doch alarmiert blickte Jonas nach rechts und sah zwei Wachen mit gezückten Schwertern näher kommen.

»Stehen bleiben!«, brüllte einer von ihnen. »Im Namen des Königs!«

Weglaufen war definitiv eine gute Idee.

»Euer König lügt euch alle an!«, schrie Jonas noch, während er und Brion sich eilig einen Weg durch die Menge bahnten. Ein Mädchen mit langen dunklen Haaren und hellbraunen Augen musterte ihn eindringlich, und er richtete seine nächsten Worte direkt an sie: »Der Blutkönig wird für seine Verbrechen gegen Paelsia bezahlen! Folgt ihr diesem verlogenen Tyrannen, oder schließt ihr euch mir und meinen Rebellen an?« Wenn er auch nur einen Auranier umstimmen konnte, dann war es das Risiko wert.

In halsbrecherischem Tempo rannten sie die kopfsteingepflasterten Straßen entlang, durch schmale Gassen, vorbei an den Kutschen und Pferden reicher Auranier. Nach jeder scharfen Kurve dachte Jonas, sie hätten ihre Verfolger vielleicht abgehängt, aber die Wachen blieben ihnen beharrlich auf den Fersen.

»Hier lang«, keuchte Brion, packte Jonas' Arm und zog ihn in eine Seitenstraße neben einer kleinen Taverne.

Doch es war eine Sackgasse. Als die Freunde an ihrem Ende auf eine massive Steinwand stießen, kamen sie taumelnd zum Stehen, wirbelten herum – und sahen sich drei bewaffneten Wachen gegenüber. Im selben Moment erhob sich vom Dach der Taverne ein goldener Falke in die Lüfte.

»Verdammte Unruhestifter«, grollte einer der Männer. »Jetzt werden wir ein Exempel an euch statuieren.«

»Ihr wollt uns festnehmen?«, fragte Brion.

»Du meinst, wir geben euch eine Chance zu entkommen? O nein. Nur eure Köpfe werden mit uns in den Palast zurückkehren. Der Rest von euch kann hierbleiben und verrotten.« Der Wachmann grinste hämisch, wobei er einen gebrochenen Zahn entblößte. Seine beiden Kumpane lachten.

»Moment«, setzte Brion an. »Ich bin sicher, wir können …«

»Tötet sie«, befahl der Anführer der Limerianer und trat einen Schritt zurück.

Instinktiv griff Jonas nach dem juwelenbesetzten Dolch an seiner Hüfte – demselben Dolch, mit dem Lord Aron seinen Bruder ermordet hatte –, aber gegen drei scharfe Schwerter würde er ihm nur wenig nutzen. Und dennoch: Wenn er am heutigen Tag sterben würde, dann würde er wenigstens einen dieser Schlächter mit sich in den Tod reißen. Seine Finger schlossen sich fest um den Dolchgriff. Auch Brion zog ein Messer, als die Wachen langsam näher kamen und die Sonne hinter ihren massigen Schultern verschwand.

Da taumelten die beiden Männer auf einmal, ihre Gesichter vor Verwirrung und Schmerz verzerrt. Sie kippten vornüber und schlugen hart auf dem Steinpflaster auf. Aus beider Rücken ragte ein Pfeil, der sich tief ins Fleisch eingegraben hatte. Der dritte Wachmann wirbelte mit gezückter Klinge herum, und ein abscheuliches Geräusch zerriss die Stille, als ein weiterer Pfeil seine Kehle durchschlug. Mit einem letzten Röcheln stürzte auch er zu Boden.

Am Eingang der Gasse stand ein Mädchen. Als sie ihren Bogen senkte, erkannte Jonas, dass es dasselbe Mädchen war, das er vorhin in der Menge gesehen hatte, aber jetzt fiel ihm auf, dass sie in Tunika und Hosen gekleidet war wie ein Junge. Ihre langen Haare hatte sie zu einem dicken Zopf geflochten.

»Du hast gesagt, ihr seid Rebellen. Ist das wahr?«

Jonas konnte sie nur völlig verblüfft anstarren. »Wer bist du?«

»Beantworte zuerst meine Frage, vielleicht werde ich es euch dann verraten.«

Jonas wechselte einen Blick mit Brion, dessen Augen so groß waren wie Untertassen. »Ja. Wir sind Rebellen.«

»Und du hast von Paelsia geredet. Seid ihr Paelsianer?« Das Mädchen musterte sie von Kopf bis Fuß. »Nun, eigentlich sieht man das ziemlich deutlich an eurer Kleidung. Ihr tragt nicht ansatzweise genug Seide, um als Auranier durchzugehen. Aber sagt mal ... lasst ihr euch jeden Tag fast umbringen?«

»Nicht *jeden* Tag«, antwortete Brion.

Sie warf einen Blick über die Schulter. »Wir sollten hier weg. In dieser Stadt gibt es viele Wachen, und sie werden sich bald fragen, was mit ihren Freunden passiert ist – vor allem wenn sie sehen, was du mit König Gaius' Wandgemälde gemacht hast«, sagte sie an Jonas gewandt. »Gute Arbeit übrigens. Eine ziemliche Sauerei, aber effektiv.«

»Wie schön, dass es dir gefällt ... Also, wer bist du?«

Sie steckte ihren Bogen in die Halterung an ihrem Rücken und zupfte ihren Umhang zurecht, so dass er sowohl die Waffe als auch ihre jungenhafte Kleidung verdeckte. »Mein Name ist Lysandra Barbas, und ich bin ebenfalls Paelsianerin. Ich suche Paelsia und Auranos schon seit einer ganzen Weile nach Rebellen ab – sieht aus, als hätte ich endlich welche gefunden.«

»Brauchst du unsere Hilfe?«, erkundigte sich Jonas.

Lysandra sah ihn an, als wäre er etwas beschränkt. »Offenkundig braucht ihr *meine* Hilfe. Ich schließe mich euch an. Jetzt kommt, wir sollten echt nicht hierbleiben.«

Damit wandte sie sich um und verließ die Gasse, ohne die drei toten Wachmänner auch nur eines Blickes zu würdigen.

Ehe Jonas klar wurde, was er da tat, folgte er ihr bereits,

und Brion trabte neben ihm her, um mit seinem forschen Tempo Schritt zu halten.

»Lysandra, hast du dir das gut überlegt?«, fragte Jonas. »Das Leben eines Rebellen ist ungewiss und voller Gefahren. Du kannst gut mit Pfeil und Bogen umgehen – unglaublich gut sogar –, aber in unserem Lager im Wildland ist es nicht sicher. Der Wald ist ein gefährlicher Ort, selbst für uns.«

Sie warf ihm einen wütenden Blick zu. »Fragst du das, weil ich ein Mädchen bin? Habt ihr keine Frauen in eurer Rebellengruppe?«

»Doch, ein paar«, räumte Jonas ein.

»Dann werde ich mich bestimmt gut einfügen.«

»Versteh mich nicht falsch, wir sind wirklich dankbar für deine Einmischung …«

»Einmischung?«, fiel sie ihm ins Wort, bevor er auch nur einen vollständigen Satz hervorbrachte. »Ich habe euch das Leben gerettet.«

Das war keine Übertreibung. Die Limerianer hätten Brion und ihn auf der Stelle exekutiert, wenn sie nicht eingegriffen hätte. Er war nach Hawk's Brow gekommen, um neue Rekruten zu finden, und Lysandra hatte allem Anschein nach großes Potenzial. Doch sie hatte auch irgendetwas an sich, was ihn zögern ließ.

Dieses Feuer in ihren Augen und in ihren Worten – das teilten nicht viele Paelsianer. Jonas' Schwester Felicia wusste sich zu wehren, sie kämpfte, wenn es nötig war, aber Lysandras Leidenschaft und Bereitschaft zu helfen war eine Seltenheit.

Und trotzdem sagte ihm sein Instinkt – ziemlich laut sogar –, dass Lysandra Barbas Schwierigkeiten machen würde.

»Wie alt bist du?«, fragte er.

»Siebzehn.«

Genau wie Jonas und Brion. »Und wo ist deine Familie? Wissen sie von deinem Plan, dich in Gefahr zu stürzen?«

»Meine Familie ist tot.«

Ihr Ton verriet keinerlei Gefühlsregung, trotzdem zuckte Jonas zusammen.

»König Gaius' Männer sind in mein Dorf gekommen, um Arbeiter für den Bau seiner Straße anzuheuern«, erklärte sie. »Als wir abgelehnt haben, sind sie kurze Zeit später zurückgekommen und haben alles niedergebrannt. Wer zu fliehen versucht hat, wurde abgeschlachtet, und die Überlebenden wurden versklavt und zu den Arbeitslagern abtransportiert. Soviel ich weiß, bin ich die Einzige, die entkommen konnte.«

König Gaius' Straße – die Reichsstraße durch ganz Mytica, die er in seiner Rede vor einer Woche angekündigt hatte. »Wann war das?«

»Vor zwei Wochen. Seitdem habe ich kaum geschlafen. Ich musste in Bewegung bleiben und weitersuchen. Die meisten Paelsianer sind so verdammt schicksalsergeben, das macht mich krank. Und die Auranier lassen sich viel zu leicht zum Narren halten, trotz allem glauben sie immer noch, König Gaius wäre nicht so schlimm wie sein Ruf. Aber da irren sie sich gewaltig. Jetzt, da ich euch gefunden habe, kann ich euch helfen, unsere Landsleute zu befreien.«

Jonas schluckte schwer, seine Kehle war plötzlich wie zugeschnürt. Unbewusst begann er fester aufzustampfen, während sie sich immer weiter von den toten Wachmännern entfernten. »Mein Beileid zu deinem Verlust.«

»Ich brauche kein Beileid. Jetzt bin ich hier, und ich werde euch helfen, den Blutkönig zu stürzen. Ich will ihn leiden sehen. Ich will ihm seine geliebte Krone vom Kopf reißen und ihn schreiend sterben sehen, während um ihn herum seine ganze Welt in Flammen aufgeht.«

»Das wollen wir alle. Meine Rebellen werden etwas bewirken, und wir …«

»*Deine* Rebellen?«, fragte Lysandra in scharfem Ton. »Bist du der Anführer?«

»Der Anführer unserer Gruppe, ja.«

»Wie heißt du?«

»Jonas Agallon.«

Ihre Augen wurden groß. »Ich habe von dir gehört. In Paelsia kennt jeder deinen Namen.«

Ja, der Mord an seinem Bruder Tomas – das Verbrechen, das die Paelsianer dazu gebracht hatte, sich König Gaius in seinem Krieg gegen die Auranier anzuschließen – hatte ihrer beider Namen im ganzen Land bekannt gemacht. Jonas' Finger strichen über den juwelenbesetzten Dolch, den er allein deshalb behalten hatte, um ihn eines Tages in Arons Herz zu stoßen.

Lysandra blickte zu Brion hinüber. »Und wer bist du?«

»Brion Radenos«, stellte er sich lächelnd vor.

Sie zog die Stirn kraus. »Nie von dir gehört.«

Sein Lächeln verschwand. »Nun, noch nicht. Irgendwann werde auch ich berühmt sein.«

»Oh, ganz bestimmt.« Sie wandte sich wieder Jonas zu. »Was habt ihr Rebellen bisher erreicht?«

Er warf einen argwöhnischen Blick in die Gasse, an der sie gerade vorbeikamen, konnte aber keinen Hinterhalt entdecken. »Wir werben überall in Paelsia und Auranos neue Rekruten an – inzwischen sind wir fast fünfzig Mann. Wir stiften Unruhe, wo wir können, damit der König weiß, dass wir hier sind und dass wir ihm gefährlich werden können. Und in Auranos versuchen wir den Leuten klarzumachen, dass der König lügt und dass sie ihm seine falschen Versprechungen nicht so einfach abkaufen sollten.«

»Eure Gruppe unternimmt nichts gegen den König selbst?«

»Noch nicht.« Die Erinnerung an die drei gepfählten Köpfe lag Jonas immer noch wie Blei im Magen, sie ließ ihn einfach nicht los. Er wollte alles Menschenmögliche tun, um den König zu besiegen, aber jemanden zu verlieren – seine Männer auf seinen Befehl leiden und sterben zu lassen …

Das wäre, als würde er den Mord an seinem Bruder wieder und immer wieder miterleben und diesmal selbst die Schuld tragen.

»Ihr werdet König Gaius nicht stürzen, indem ihr Wandgemälde verschandelt und potenzielle Rebellen rekrutiert.« Endlich wurde Lysandra langsamer und kaute nachdenklich auf ihrer Unterlippe. »Er versklavt unsere Landsleute, um seine Straße zu bauen. Unsere paelsianischen Brüder und Schwestern werden dazu gezwungen, gegen ihren Willen für ihn zu arbeiten – und wenn sie sich wehren, werden sie ermordet.«

»Davon hatte ich nichts gehört.« Die Vorstellung solcher Gräueltaten brachte Jonas' Blut zum Kochen. »In seiner Rede hat der König von der Reichsstraße gesprochen, als würde sie ganz Mytica zu einem Volk vereinen, und die Auranier haben jede seiner Lügen bereitwillig geglaubt.«

»Auranier sind Idioten«, schnaubte Lysandra und schaute sich mit abschätzigem Blick um. Sie standen am Rand einer betriebsamen Straße, ein Stück abseits vom Gedränge der Menschenmenge. Etwa fünfzig Schritte von ihnen entfernt lag ein geschäftiger Obstmarkt. »Sie verdienen es, von einem König wie Gaius unterjocht zu werden, aber wir nicht. Was hat er in seiner Rede noch gesagt?« Diese Frage richtete sie an Brion.

»Er hat die Verlobung von Prinz Magnus und Prinzessin Cleiona bekannt gegeben.«

Sie machte große Augen. »Dann schmeichelt sich die goldene Prinzessin also lieber beim Feind ein, als dass sie auch nur einen Tag ihren verwöhnten Lebensstil aufgibt, was?«

»Nein, tut sie nicht«, stieß Jonas grimmig hervor.

»Was tut sie nicht?«

»Die Prinzessin schmeichelt sich nicht beim Feind ein. Die Verlobung war nicht – kann nicht ihre Idee gewesen sein. Die Damoras haben ihr Leben zerstört, ihren Vater getötet und ihren Thron gestohlen.«

»Und jetzt heißen sie sie in ihrer Familie willkommen, mit einem goldenen Dach über dem Kopf und einer Handvoll Dienern, die ihr das Frühstück ans Bett bringen und ihr jeden Wunsch von den Lippen ablesen.«

»Das sehe ich nicht so.«

»Du kannst es sehen, wie du willst, aber das ändert nichts an den Tatsachen. Prinzessin Cleiona kümmert mich einen Dreck. Mir geht es um mein Volk – meinen Bruder, die Menschen in meinem Dorf und alle anderen Paelsianer, die versklavt wurden. Wir müssen die Reichsstraße direkt angreifen, und zwar sofort! Wenn ihr dem König zeigen wollt, dass wir ihm gefährlich werden können – dass wir eine Macht sind, mit der er rechnen muss –, dann ist das der einzige Weg. Wir befreien die Sklaven und zerstören die Straße.«

»Wir?«, wiederholte Jonas.

Lysandras Wangen hatten sich gerötet, so aufgebracht war sie. »Ja, *wir*.«

»Wärst du so nett, uns einen Augenblick allein zu lassen, damit ich das Ganze mit Brion besprechen kann?« Er machte eine Kopfbewegung in Richtung der Marktstände. »Warte dort auf uns, wir sind gleich bei dir.«

»Werdet ihr mich zu eurem Rebellenlager mitnehmen?«, wollte sie wissen.

Jonas schwieg einen Moment und musterte die junge Wildkatze, die sein Leben gerettet und sich als hervorragende Bogenschützin erwiesen hatte. Am liebsten hätte er sie auf der Stelle weggeschickt und sich weitere Schwierigkeiten erspart – er wusste ganz einfach, dass sie Ärger machen würde. Aber er konnte sie nicht wegschicken. Er brauchte leidenschaftliche Freiheitskämpfer, ganz gleich wie aufsässig sie sein mochten.

»Ja, das werden wir.«

Da lächelte sie unerwartet, ein glückliches, strahlendes Lächeln, das ihr ganzes Gesicht erhellte. »Das freut mich zu hören. Zusammen werden wir wirklich etwas verändern. Ihr werdet schon sehen.«

Ohne ein weiteres Wort drehte Lysandra sich um und ging in zügigem Tempo zum Markt. Als sie außer Hörweite war, wandte Jonas sich Brion zu.

»Dieses Mädchen …«, setzte sein Freund an.

»Ich weiß. Sie ist eine echte Draufgängerin.«

Brion grinste breit. »Ich glaube, ich bin verliebt!«

Trotz allem musste Jonas lachen. »O nein. Tu das nicht, Brion. Verlieb dich nicht in sie. Sie bringt dir nur Probleme.«

»Das will ich hoffen. Ich mag Probleme, wenn sie so aussehen.« Plötzlich wurde Brion wieder ernst. »Was hältst du von ihrem Plan, die Straße anzugreifen?«

Jonas schüttelte den Kopf, sofort sah er wieder die aufgespießten Köpfe vor sich und das Blut, das langsam an den hölzernen Pfählen hinabrann. »Jetzt wäre das noch viel zu gefährlich. So ein Risiko werde ich erst eingehen, wenn ich sicher bin, dass wir eine echte Chance haben. Was sie vorschlägt, würde zu viele Rebellen das Leben kosten.«

Brions Gesicht verfinsterte sich. »Da hast du recht.«

»Aber ich brauche mehr Informationen – über die Straße, über König Gaius' Vorhaben. Je mehr wir wissen, desto besser können wir gegen ihn vorgehen. Und wenn wir einen Schwachpunkt finden, dann werden wir erbarmungslos zuschlagen.« Was Lysandra ihnen erzählt hatte, hatte ein neues Feuer in ihm entfacht. »Ich schwöre, ich werde ihn zu Fall bringen, Brion. Aber im Moment haben wir keine Möglichkeit, mehr über seine Pläne herauszufinden, es sei denn, er verkündet sie alle in einer Rede. Ich brauche Augen und Ohren im Palast.«

»Ein paar Spione wären hilfreich, das stimmt allerdings. Aber wie sollen wir verhindern, dass sie erwischt und geköpft werden?«

»Ein guter Spion würde nicht auffallen. Vielleicht ein Gardist oder jemand, der sich als limerianischer Wachmann ausgibt.«

Brion schüttelte den Kopf. »Nein, so jemand würde im Nu enttarnt und hingerichtet werden. So bald nach König Gaius' Sieg den Palast zu infiltrieren wäre glatter Selbstmord. Tut mir leid.«

Jonas schwieg einen Augenblick, tief in Gedanken versunken. Eine Idee, die ihm schon seit der Eroberung von Auranos im Kopf herumgeisterte, nahm plötzlich feste Gestalt an. »Dann müsste es jemand sein, der schon im Palast ist. Jemand, der dem König und dem Prinzen nahesteht …«

KAPITEL 6

CLEO

AURANOS

Als der gefürchtete Tag ihrer Hochzeit näher rückte, wuchs Cleos Unruhe. Sie träumte von Flucht – davon, sich in einen Vogel zu verwandeln, einfach wegzufliegen und nie an diesen schrecklichen Ort zurückzukehren.

Aber leider war sie immer noch in ihrem goldenen Käfig gefangen. Ständig über ihre finstere Zukunft nachzugrübeln brachte sie nicht weiter, das wusste sie, also konzentrierte sie sich stattdessen auf die Dinge, die sie jetzt tun konnte. Sich Wissen aneignen. Lernen. Beten, dass sie die Antworten auf ihre Fragen finden würde, bevor es zu spät war. Schon zum zweiten Mal an diesem Tag war sie auf dem Weg zur Palastbibliothek, doch als sie den Vorraum betrat, saß dort Mira, in Tränen aufgelöst.

»Mira!« Cleo eilte zu ihrer Freundin und nahm sie in die Arme. »Was ist los?«

Es dauerte einen Moment, aber schließlich stieß Mira schluchzend hervor: »Ich kann meinen Bruder nirgends finden! Sie haben ihn umgebracht, Cleo! Ich weiß es!«

Cleo zog ihre Freundin ein Stück weg von den limerianischen Wachen, die in jedem Schatten zu lauern schienen und sie, wie sie wusste, stets im Auge behielten, damit die Prinzessin von Auranos ganz bestimmt nicht auf die Idee kam, den Palast zu verlassen.

»Nic ist nicht tot«, tröstete sie Mira.

»Woher weißt du das?«

»Wenn er es wäre, dann hätte Magnus mir das längst unter die Nase gerieben. Er hätte mich wissen lassen, dass Nic für das, was er ihm in Paelsia angetan hat, hingerichtet worden ist …« Allein die Vorstellung war wie ein Dolchstoß mitten ins Herz. »Er weiß, das würde mich endgültig zerstören. Und er würde nicht zögern, es gegen mich zu benutzen. Ich weiß, wir haben Nic noch nicht gefunden, Mira, aber er ist am Leben.« *Das muss er einfach,* dachte sie im Stillen.

Ihre Worte zeigten Wirkung. Mira fasste sich wieder und hörte auf zu weinen. Erschöpft rieb sie sich die Augen, die plötzlich zornig aufblitzten. »Du hast recht. Der Prinz würde sich an deinem Kummer laben. Ich hasse ihn, Cleo. Ich hasse es, wenn er Prinzessin Lucia besuchen kommt. Er ist ein Monster.«

Cleo hatte den Prinzen kaum gesehen, seit er sich entschieden hatte, ihre Verlobung nicht aufzulösen. Anscheinend wollte er so wenig wie möglich mit ihr zu tun haben, was Cleo nur recht war. »Ganz meine Meinung. Versuch ihm aus dem Weg zu gehen, ja? Wie hast du dich eigentlich aus Lucias Zimmer weggeschlichen? Ich habe dich schon ewig nicht mehr gesehen.«

»Die Prinzessin hat gerade Besuch von ihrer Mutter. Königin Althea hat mich fortgeschickt, ich soll später wiederkommen. Natürlich habe ich ihr nicht widersprochen. Ich habe gehofft, in diesem Vipernnest endlich mal wieder ein freundliches Gesicht zu finden. Deins ist das erste, das ich heute sehe.«

Cleo verkniff sich ein Grinsen. *Ein Vipernnest, wie wahr …* »Ich freue mich sehr, dich zu sehen. Das ist das einzig Gute, was mir heute passiert ist.«

Nachdenklich ließ sie den Blick über die Porträts der Familie Bellos schweifen, die den Gang vor der Bibliothek schmückten. Sie konnte die Augen nicht vom Bild ihres Vaters abwenden. Unwillkürlich dachte sie an seinen Tod; er war im Kampf um den Palast verletzt worden und in ihren Armen gestorben. In seinen letzten Momenten hatte er ihr einen Ring gegeben, der in ihrer Familie von Generation zu Generation weitergereicht worden war – einen Ring, der ihr angeblich helfen würde, die Essenzen zu finden. Ihr Vater hatte gehofft, mit dieser Magie würde sie in der Lage sein, König Gaius zu stürzen und den Thron zurückzuerlangen. Aber er war gestorben, bevor er ihr mehr sagen konnte.

Cleo glaubte, dass es derselbe Ring war, der den Legenden zufolge einst der Magierin Eva gehört hatte, der Ring, der es ihr ermöglicht hatte, die Essenzen zu berühren, ohne von ihrer unerschöpflichen Magie verdorben zu werden. Sie hatte den Ring hinter einem losen Stein in der Wand in ihrem Zimmer versteckt, und seit der Eroberung des Palasts ging sie jeden Tag in die Bibliothek, um hoffentlich etwas in Erfahrung zu bringen, was ihr helfen würde, ihr weiteres Vorgehen zu planen. Ihr Vater hatte so fest an sie geglaubt, viel fester, als sie selbst an sich glaubte. Sie durfte ihn nicht enttäuschen.

Mira berührte ihren Arm, ihre Tränen waren getrocknet. »Du bemühst dich so sehr, stark zu sein, Cleo, aber ich weiß, wie schwer das alles für dich ist. Wie sehr du ihn vermisst. Wie sehr du Emilia vermisst. Sie fehlen mir auch. Es ist völlig in Ordnung zu weinen. Ich bin für dich da.«

Auf einmal hatte Cleo einen dicken Kloß im Hals. Ihr Herz quoll über vor Dankbarkeit, dass sie eine Freundin hatte, die ihren Schmerz verstand. »Ich versuche, sie nicht zu lange anzusehen, wenn ich hier vorbeikomme. Wenn ich ihre Gesichter sehe, muss ich …« Sie holte zittrig Luft. »Es ist so seltsam. Manchmal habe ich das Gefühl, in meinem Kummer zu ertrinken. Aber manchmal bin ich auch wütend, *so* wütend, dass sie mich mit alldem alleingelassen haben. Und ich weiß, wie egoistisch das klingt, aber ich kann nichts dagegen tun. Verstehst du jetzt? Ich darf nicht weinen. Wenn ich anfange zu weinen, dann kann ich vielleicht nie wieder aufhören.«

»Ihr solltet wissen, Prinzessin …« Arons Stimme schnitt ihr so effektiv das Wort ab wie eine Schwertklinge. »… dass diese Gemälde – bis auf Eures natürlich – auf Befehl des Königs bald abgehängt und durch Porträts der Damoras ersetzt werden.«

Cleo wirbelte herum. Seit sie nicht mehr verlobt waren, lauerte Aron ständig unbemerkt in ihrer Nähe und tauchte in den unpassendsten Momenten auf. Wie jetzt.

Sie hatte gehofft, er würde zurück in die Villa seiner Eltern ziehen, aber anscheinend wohnte er jetzt dauerhaft im Palast.

»Und werdet Ihr seinen Befehl ausführen?«, fragte sie in schneidendem Ton. »Ich weiß doch, dass Ihr als neues Schoßhündchen des Königs alles tut, was er von Euch will, um eine Belohnung einzuheimsen.«

»Nein, warum sollte ich?«, erwiderte er mit einem verkniffenen Lächeln. »Wo ich doch in der Lage bin, selbst Befehle zu erteilen. Und warum warten?« Er gab den beiden Wachmännern, die ihn begleiteten, ein Zeichen. Sofort gingen sie zu der Wand und begannen die Porträts abzuhängen. Mira umfasste Cleos Arm, wie um sie daran zu hindern, sich auf Aron zu stürzen. Heiße Wut durchströmte Cleo wie eine Flutwelle.

Sie funkelte ihn zornig an. »Wie könnt Ihr so etwas tun, Aron?«

»Lord Aron, Cleo. Jetzt, wo ich Königsvasall bin und wir nicht länger verlobt sind, solltet Ihr mich wirklich mit meinem Ehrentitel ansprechen.«

Ach ja. *Königsvasall.* Der König hatte sein Versprechen gehalten, Aron diesen vornehmen – aber Cleos Ansicht nach völlig bedeutungslosen – Titel zu verleihen. Er war nach wie vor ein Lord, aber jetzt hatte Aron das Gefühl, dass er diesen Titel als Zeichen seiner Verdienste trug und nicht einfach, weil er aus einer Adelsfamilie stammte. Jeder Palastbewohner von Bedeutung hatte zu der gestrigen Zeremonie erscheinen müssen, und seitdem trug Aron seinen neuen Status wie eine Rüstung; einen glänzenden Schutz gegen alles, was ihm womöglich schaden könnte.

Es machte sie krank. Er benahm sich, als wäre er als Limerianer geboren. Früher hätte Cleo sein Verhalten vielleicht für eine notwendige Überlebensstrategie gehalten, aber Aron führte alle Befehle mit einem Lächeln aus, als würde er es regelrecht genießen, das Schoßhündchen des Blutkönigs zu spielen.

»König Gaius findet Euch amüsant.« Diese Bemerkung konnte Cleo sich nicht verkneifen. »Betet besser, dass Ihr Euch nützlich machen könnt, bevor seine Belustigung nachlässt.«

»Dasselbe könnte ich auch über Euch sagen, Prinzessin«, erwiderte Aron ruhig.

»Was werdet Ihr mit den Gemälden machen, *Lord* Aron?«, fragte Mira mit einem Hauch von Sarkasmus. »Werdet Ihr sie in Euer Gemach hängen?«

Einst hatte Mira für den wirklich sehr hübschen Lord geschwärmt, aber damit war es endgültig vorbei. Nun sah auch sie ihn so, wie er wirklich war: ein Opportunist, der die Seele seiner Mutter an einen Dämon der Dunkellande verkaufen würde, wenn er damit die Gunst des Königs zu gewinnen meinte.

»Sie werden verbrannt«, verkündete er schlicht, und Cleos Herz krampfte sich zusammen. Auf seinen Lippen erschien ein böses Grinsen. »Auf Befehl des Königs.«

So schrecklich die Vorstellung war, dass die Porträts ihrer Familie zerstört werden würden, spürte Cleo mit einem Mal eine seltsame Kälte – eine Ruhe, in der Macht lag. Plötzlich brannte ihr Hass wie Eis, nicht wie Feuer.

»Das werde ich mir merken, Aron.«

»*Lord* Aron.« Als die Wachmänner zuletzt Emilias Porträt abhängten, nickte Aron ihnen zu. »Gut. Bringt sie nach draußen und lasst sie erst einmal bei den Ställen liegen. Sollen sie doch genauso verdrecken wie Euer idiotischer Freund«, sagte er an Cleo gewandt.

»Mein idiotischer Freund?«, fragte sie leise. Vorsichtig.

»Dass er überhaupt noch lebt, überrascht mich immer wieder. Aber knietief in Pferdemist zu stecken ist wohl eine angemessene Strafe für …«

Den Rest hörte Cleo nicht mehr, denn sie lief bereits den Gang hinunter und zog Mira hinter sich her.

»Cleo?«, fragte Mira, merklich verunsichert. »Wo willst du hin?«

»Ich glaube, ich weiß, wo Nic ist.«

Mira riss die Augen auf. »Dann müssen wir uns beeilen!«

Eilig durchquerten sie den Palast, wobei sie weder auf die im Schatten verborgenen Wachmänner achteten noch auf Aron, der ihnen natürlich folgte. Cleo mochte hier nur noch eine Gefangene sein, aber der Palast war immer noch ihr Zuhause, und sie kannte seine labyrinthartig verzweigten Gänge besser als sonst irgendwer. In jungen Jahren hatten Emilia und sie hier gern Verstecken mit ihren Kindermädchen gespielt – auch wenn die Kindermädchen nie viel Spaß an den unangekündigten Spielen gefunden hatten.

Schließlich traten sie hinaus auf den Hof, einen großen, ummauerten Platz im Zentrum des Palasts, bepflanzt mit Kräuterbeeten, Apfel- und Pfirsichbäumen sowie blühenden Fliederbüschen, die die warme Abendluft mit ihrem Duft erfüllten. Der Mond stand voll und hell am Himmel und leuchtete ihnen den Weg über die verschlungenen, kopfsteingepflasterten Pfade.

Niemand versuchte Cleo aufzuhalten, als sie das Tor am anderen Ende des Hofs aufschob, einen langen Gang entlangeilte und den Ostflügel des Palasts schließlich in Richtung der Ställe verließ, dicht gefolgt von Mira. Hinter den Ställen lag der Rest der Goldenen Stadt, wo Tausende Auranier lebten. Hier war sie der Freiheit so nahe wie nie zuvor, seit König Gaius ihre Welt zerstört und den Thron ihres Vaters an sich gerissen hatte. Doch sie zweifelte keine Sekunde daran, dass die limerianischen Wachen sie aufhalten und ins Schloss zurückschleifen würden, sobald sie die äußeren Palastmauern zu verlassen versuchte.

Heute hatte sie allerdings gar nicht vor zu fliehen.

Als sie sich den Ställen näherten, stieg ihnen der Gestank von Pferdemist in die Nase. Und dann sah sie ihn.

»Cleo«, flüsterte Mira und dann lauter: »Cleo! Du hattest recht – er ist hier!«

Mit wild klopfendem Herzen beschleunigte Cleo ihre Schritte, und dann rannten sie beide auf Nic zu. Ein paar andere Stalljungen beobachteten die Szene mit offensichtlichem Interesse. Nic starrte ihnen entgegen, als traute er seinen Augen nicht, dann ließ er die beiden Eimer in seinen Händen abrupt fallen, Wasser spritzte auf, und sie landeten mit lautem Scheppern auf dem Boden. Doch bevor Cleo und Mira sich ihm nähern konnten, wurden sie von zwei Wachmännern gepackt und festgehalten.

»Lasst mich los!« Cleo wehrte sich mit Händen und Füßen. »Nic ... Nic! Bist du in Ordnung?«

»Ja, mir geht es gut«, antwortete Nic. »Ihr habt ja keine Ahnung, wie froh ich bin, euch zu sehen.«

»Hände weg!«, fauchte Mira und versuchte sich ebenfalls von ihrem Häscher loszumachen.

Aron war ihnen in gemächlichem Tempo gefolgt, und jetzt trat er, die Arme vor der Brust verschränkt, einen brennenden Zigarillo lässig zwischen die Finger geklemmt, auf sie zu. »Da habe ich wohl ein kleines Geheimnis verraten, was? Aber egal. Das ändert überhaupt nichts.«

»Ach nein?«, erwiderte Cleo. »Jetzt, da ich weiß, wo Nic ist, werde ich dafür sorgen, dass er diese niederen Arbeiten nicht mehr verrichten muss!«

»Ihr denkt wohl immer noch, Ihr hättet große Macht hier, Prinzessin.«

»Und Ihr denkt wohl immer noch, Ihr hättet überhaupt welche.«

»Knietief in Pferdemist zu stecken ist seine Strafe. Obwohl er meiner Meinung nach den Tod verdient hätte für das, was er Prinz Magnus angetan hat.«

Die Erinnerung schoss durch ihren Kopf, bevor sie auch nur daran denken konnte, sie zu verdrängen. Theons lebloser Körper, seine schönen Augen, die blicklos zum Himmel emporstarrten. Magnus mit einer blutenden Wunde im Gesicht – einem Kratzer, den sie ihm zugefügt hatte, als er sie auf die Füße zu zerren versucht hatte. Nic, der dem Prinzen einen Stein an den Kopf warf und ihn zu Fall brachte. Während Magnus betäubt am Boden kauerte, hatte Cleo sein Schwert gepackt und hätte es ihm ins Herz gerammt, wenn Nic, der die Folgen einer solchen Tat fürchtete, sie nicht aufgehalten hätte. Er hatte Magnus bewusstlos geschlagen, damit er ihnen nicht folgen konnte.

Es tut mir so leid, Theon. Es tut mir so ... so leid. Ich habe dich sterben lassen, und dann konnte ich dich nicht einmal rächen.

Ihre Augen brannten, aber sie weinte nicht. Sie musste Kraft schöpfen aus Theons Andenken, aus der Erinnerung an seine Stärke und seinen unerschütterlichen Glauben an sie. Tränen würden ihr nicht weiterhelfen. Ihr gebieterischer Ton würde ihr nicht weiterhelfen. Aron hatte recht, hier im Palast verfügte sie über keinerlei Macht mehr. Keinerlei Einfluss.

Und dennoch ...

Sie wandte sich wieder Aron zu – diesmal mit einem Lächeln.

»Jetzt komm schon, Aron«, säuselte sie. »Vor gar nicht langer Zeit warst du unser Freund – unser *guter* Freund. Möchtest du das nicht wieder sein? Nicht alles hat sich verändert, oder? Mira dachte, ihr Bruder wäre tot. Gönn ihnen diesen einen Moment zusammen. Bitte.«

Auf einen Wutanfall wäre Aron wahrscheinlich vorbereitet gewesen, aber mit ihrer Freundlichkeit und Vertraulichkeit wusste er offenbar überhaupt nicht umzugehen. Einen Moment zögerte er, völlig verblüfft, dann nickte er dem Gardisten zu, der Mira festhielt. Der Wachmann ließ sie los, und Mira rannte sofort in Nics ausgebreitete Arme.

»Wir konnten dich nirgends finden«, stieß sie mit erstickter Stimme hervor. »Ich habe mir solche Sorgen um dich gemacht!«

»Oh, Mira.« Nic drückte seine Schwester fest an sich und vergrub sein Gesicht in ihren Haaren. »Ehrlich gesagt habe ich mir auch Sorgen um mich gemacht.«

Sie löste sich ein Stück von ihm und rümpfte die Nase. »Du stinkst!«

»Es freut mich auch, dich zu sehen, Schwester«, lachte er und fuhr sich mit einer Hand durch seine zerzausten roten Haare.

Dieses Mal war das Lächeln, das Cleo Aron zuwarf, echt. »Danke.«

Er beäugte die Geschwister mit grimmigem Blick. »Vergiss diesen Gefallen nicht, Cleo. Du schuldest mir was.«

Sie gab sich alle Mühe, ihren Gesichtsausdruck freundlich zu halten. »Natürlich, Lord Aron.«

Aron lächelte zufrieden.

Gut zu wissen, dass sie diesen Idioten so leicht um den Finger wickeln konnte, wenn die Situation es erforderte …

Die Wachen begleiteten Cleo zurück zu ihren Gemächern und schlossen die Tür hinter ihr. Wie sie wusste, würde einer von ihnen die Nacht über vor ihrem Zimmer bleiben, für den Fall, dass sie zu fliehen versuchte. Früher war sie des Öfteren das Efeuspalier am Balkon ihrer Schwester hinabgeklettert, um aus dem Schloss zu gelangen, aber ihr eigenes Fenster lag zehn Meter über dem Boden, und so würde ein Sturz ihren sicheren Tod bedeuten.

Der König mochte sie öffentlich als »Ehrengast« bezeichnen, aber im Moment fühlte sie sich viel eher wie eine Kriegsgefangene. Vermutlich sollte sie dankbar sein, dass sie ihre eigenen Gemächer wiederbekommen hatte. Nach der Schlacht um den Palast war Lucia tagelang darin untergebracht gewesen, bis der König ein anderes Quartier für die kranke Prinzessin gefunden hatte.

Nic und Mira wieder vereint zu sehen hatte Cleo jedoch einen Funken Hoffnung gegeben. Sie klammerte sich an das

Wissen, dass sie mit ihrer Vermutung richtig gelegen hatte – Nic lebte tatsächlich noch. Er könnte ein sehr langes Bad vertragen, aber er war am Leben.

Wenn sie ehrlich war, überraschte es sie, dass Magnus ihn nicht hatte hinrichten lassen. Glaubte er wirklich, dass die Arbeit in den Ställen die angemessene Strafe war?

»Er ist trotzdem schrecklich«, flüsterte sie. »Aber Nic geht es gut. Dafür sollte ich dankbar sein.«

In ihrem Zimmer war es dunkel. Ihr Blick glitt über die Wand neben ihrem Frisiertisch zu dem losen Stein, hinter dem sie den Ring versteckt hatte. Plötzlich hatte sie das brennende Verlangen, ihn herauszunehmen und auf ihren Finger zu stecken. Sie sehnte sich danach, das kühle Gold auf ihrer Haut spüren und das Gewicht des Amethysts. Danach, etwas in Händen zu halten, das ihr vielleicht helfen könnte. Der Ring war eine Verbindung zu ihrer Familie. Zu ihrer Geschichte. Zur *Elementia* selbst.

Morgen würde sie sich wieder ganz ihren Nachforschungen widmen. In der Bibliothek musste es doch irgendwelche Texte über den Ring geben, die ihr helfen würden, seine Macht richtig einzusetzen. Emilia hatte immer Stunden in der Bibliothek verbracht und gelesen, sowohl zum Vergnügen als auch, um ihren Wissensdurst zu stillen. Cleo hingegen hatte sich immer gerne vor dem Lernen gedrückt. Bis jetzt. Nun hoffte sie, in den tausend und abertausend Büchern, die die Regale der Bibliothek füllten, die Antworten zu finden, die sie so dringend brauchte.

Mit einem leisen Seufzen schlang sie die Arme um sich und ging zum Fenster, um auf den mondbeschienenen Palasthof hinauszuschauen. Eine sanfte Brise strich über ihre Haut.

Da spürte sie plötzlich, dass sie in ihrem Zimmer nicht allein war.

Erschrocken wirbelte sie herum und suchte mit den Augen die Schatten ab. »Wer ist da? Zeigt Euch!«

»Hattet Ihr einen schönen Abend, Prinzessin?« Seine tiefe Stimme glitt durch den Raum, schlang sich um sie und durchflutete sie mit panischer Angst.

Hastig rannte sie zur Tür, aber er holte sie ein, bevor sie sie erreichte, packte ihre Arme und drängte sie gegen die Wand.

»Ich werde schreien«, warnte sie ihn.

»Das wäre keine gute Idee.« Er presste eine Hand auf ihren Mund und hielt mit der anderen ihre beiden Handgelenke fest, sodass sie sich nicht bewegen konnte.

Jonas Agallon roch nach Wald, nach immergrünen Nadelbäumen und warmer Erde.

Cleo versuchte, ihm ihr Knie zwischen die Beine zu rammen, aber er entging dem Angriff mühelos.

»Jetzt kommt schon, Prinzessin. Warum so feindselig? Ich bin nur hier, um mit Euch zu reden … es sei denn, Ihr macht Schwierigkeiten.« Seine Worte klangen freundlich, aber dahinter verbarg sich eine unverkennbare Drohung. »Ich nehme jetzt meine Hand weg. Wenn Ihr lauter sprecht als ein Flüstern, werdet Ihr es bereuen. Verstanden?«

Als sie nickte, nahm Jonas tatsächlich seine Hand von ihrem Mund, gab sie aber nicht frei.

»Was willst du von mir?«, fragte Cleo leise. Sie würde tun, was er von ihr verlangte – zumindest für den Moment.

»Ich bin nur vorbeigekommen, um zu sehen, wie es Euch geht.«

Diese Behauptung entlockte Cleo ein humorloses Lachen. »Was du nicht sagst.«

Jonas' Gesicht lag im Schatten, und so wirkten seine Augen noch dunkler als gewöhnlich, als er sie von Kopf bis Fuß musterte. »Bei unserer letzten Begegnung hattet Ihr Euch mit einem Kapuzenmantel getarnt und darunter einen Dolch versteckt.«

»Ja, und kurz danach hast du mich an Prinz Magnus verraten.«

Er zog eine Augenbraue hoch. »Nein, habe ich nicht.«

»Und warum sollte ich dir das glauben? Du hast schon früher mit ihm zusammengearbeitet. Und mit König Gaius selbst! Du hast mich entführt und mich eine Woche lang ohne Essen oder Trinken in dieser Hütte eingesperrt, um mich dem Feind auszuliefern!«

»Es waren drei Tage, Prinzessin. Und Ihr habt sehr wohl Essen und Trinken bekommen. Aber egal – mein Bündnis mit dem Blutkönig war in dem Moment beendet, in dem er mein Volk verraten hat.«

»Jeder halbwegs intelligente Mensch hätte gleich erkannt, wie heimtückisch er ist.«

Jonas funkelte sie wütend an. »Das lässt sich jetzt leicht sagen.«

Allem Anschein nach hatte sie einen Nerv getroffen. Vielleicht fühlte er sich selbst wie ein Idiot, weil er König Gaius geholfen hatte. »Lass mich los.«

»Ich vertraue Euch nicht. Ihr werdet versuchen, Euch davonzumachen und die Wachen zu alarmieren.«

Ermutigt durch ihren Erfolg, als sie vorhin Aron zu manipulieren versucht hatte, entschied sie, bei Jonas dieselbe Taktik anzuwenden. Wut oder Überheblichkeit würden ihr nichts bringen, so viel stand fest. Sie schaute tief in seine dunklen Augen und verzog ganz leicht das Gesicht, als hätte sie Schmerzen. »Du tust mir weh.«

Jonas stieß ein raues Lachen aus. »Apropos heimtückisch … Euch werde ich auch nicht noch einmal unterschätzen, Prinzessin.«

Fieberhaft blickte sie sich in ihrem Zimmer um, suchte nach irgendetwas, was ihr womöglich helfen könnte. »Was sollte ich deiner Meinung nach erwarten? Vor gar nicht langer Zeit wolltest du mich umbringen.«

»Wenn ich Euch umbringen wollte, dann wärt Ihr schon längst tot. Ich wollte mit eigenen Augen sehen, inwieweit sie Euch kontrollieren, jetzt, wo Ihr mit Prinz Magnus verlobt seid. Ich war bei der Bekanntgabe dabei. Eure Beziehung hat zwar etwas ... holprig begonnen, aber jetzt haben sie Euch anscheinend mit offenen Armen in ihrer Familie aufgenommen. Wie schön für Euch.«

Übelkeit stieg in ihr hoch bei dem Gedanken, dass er so etwas für möglich hielt; dass *irgendjemand* so etwas für möglich hielt. »Du denkst also, ich würde mich *freuen*, in eine so boshafte Familie aufgenommen zu werden?«

»Keine Ahnung.« Er taxierte sie durchdringend. »Vielleicht.«

Wie konnte er glauben, dass sie mit diesen Schlangen verbündet war? Wie konnte er es wagen, ihr so etwas zu unterstellen? »Vor jemandem wie dir muss ich mich nicht rechtfertigen«, fauchte sie ihn an. »Was kümmert es mich, was du denkst?«

Jonas drückte sie fester an die Wand, so fest, dass sie vor Schreck leise aufschrie. »Ich weiß, Ihr haltet mich für einen paelsianischen Wilden.«

Sie hielt seinem zornigen Blick stand. »Willst du das etwa bestreiten?«

»Ich bin kein Wilder, Hoheit. Ich bin ein Rebell.« Er sagte es, als wäre er stolz darauf. Als sollte es sie beeindrucken.

»Wenn das stimmt, ist es nur eine Frage der Zeit, bis dein Kopf auf einem Pfahl steckt, genau wie die Köpfe deiner Rebellenfreunde.«

Bei der Erwähnung der Hinrichtungen zuckte er zusammen. »Vielleicht. Aber wenigstens versuche ich, etwas zu verändern.«

»Indem du dich in mein Zimmer schleichst und mich tyrannisiert? Ich muss mich hier im Palast schon mit genug Tyrannen herumschlagen. Noch einmal: Lass mich los.«

Endlich folgte er ihrem Befehl und trat einen Schritt zurück, behielt sie aber argwöhnisch im Auge, als ginge er fest davon aus, dass sie sofort zur Tür rennen und den Wachmann alarmieren würde. Ein Teil von ihr war versucht, genau das zu tun.

Aber stattdessen musterte sie ihn nur misstrauisch. Sie konnte nicht leugnen, dass Jonas Agallon sehr attraktiv war. Schwarze Haare, dunkle Augen, gebräunte Haut, die er vermutlich dem Umstand verdankte, dass er wie die meisten Paelsianer viel draußen hatte arbeiten müssen. Groß und muskulös, mit breiten Schultern und schmalen Hüften. Die Kleidung, die er unter seinem dunkelgrauen Umhang trug, war sehr schlicht, staubig und zerschlissen, aber er benahm sich überhaupt nicht wie ein Bauer.

Tatsächlich war er auf ganz ähnliche Art arrogant wie Prinz Magnus – trotz ihrer so völlig verschiedenen Herkunft. Jonas' Augen waren nicht kalt und schlangenartig wie die des Prinzen, aber sein stechender Blick schien sie zu durchbohren und ebenso mühelos an der Wand festzunageln, wie er es vorhin mit seinem Körper getan hatte.

Bei ihrer letzten Begegnung hatte er sie noch voller Abscheu angesehen, als wäre sie eine verwöhnte, hassenswerte Kreatur, die nichts anderes verdient hatte als den Tod. Jetzt war sein Blick in erster Linie argwöhnisch, aber auch ein wenig neugierig, als interessierte es ihn wirklich, was sie jetzt, da sie mit ihrem größten Feind verlobt war, zu tun gedachte.

»Seid Ihr mit König Gaius verbündet?«, fragte Jonas in barschem Ton.

Er war der unhöflichste Mensch, dem sie je begegnet war. Womöglich sogar noch unhöflicher als Prinz Magnus. »Wie kannst du es wagen, in meine Privatgemächer einzudringen und in diesem Ton Antworten von mir zu verlangen? Ich werde dir gar nichts sagen.«

Er ballte die Fäuste und funkelte sie zornig an. »Prinzessin, Ihr macht es mir wirklich nicht leicht.«

»Oh, und dabei möchte ich das doch unbedingt. Immerhin bist du so ein unglaublich guter Freund.«

Ihr sarkastischer Ton rang ihm ein kleines Lächeln ab. »Ich *könnte* ein guter Freund sein.«

Einen Moment herrschte vollkommene Stille, dann fragte Cleo: »Wie das?«

»Das kommt ganz auf Euch an, Hoheit.«

Jonas benutzte ihren Titel nicht etwa, um ihr Respekt zu zollen, sondern als Beleidigung, genau wie in Paelsia, als er sie verschleppt und in der Hütte seiner Schwester eingesperrt hatte. Daran zumindest hatte sich nichts geändert. »Beeil dich lieber mit der Erklärung, sonst sitzt du gleich wie eine Ratte in der Falle. Es ist schon dunkel, und das heißt, die Wachen werden bald anfangen, über den Hof zu patrouillieren.«

Jonas' Blick schweifte durch den kleinen Raum und verharrte schließlich auf ihrem Bett. »Dann müsste ich die Nacht über hierbleiben, nicht wahr? Würdet Ihr mich unter Eurer Decke verstecken?«

Cleo ignorierte die Hitze, die ihr bei seinen Worten in die Wangen stieg. »Verschwende ruhig weiter deine Zeit mit unsinnigen Bemerkungen. Wenn dir dein Leben lieb ist, solltest du besser zur Sache kommen. *Sofort.*«

»Immer noch ständig am Herumkommandieren … Gehört sich das denn für eine Prinzessin, die ihr Königreich verloren hat – oder für Prinz Magnus' Verlobte? Gibt es Euch ein Gefühl von Macht, mir Befehle zu erteilen?«

»Das reicht.« Sie wandte sich zur Tür und öffnete den Mund, wie um zu schreien.

In Sekundenschnelle war Jonas hinter ihr, presste eine Hand auf ihren Mund und zog sie mit dem anderen Arm fest an seine Brust. »Wenn Ihr die Wachen ruft, sage ich ihnen, ich wäre Euer heimlicher Geliebter«, flüsterte er ihr ins Ohr. »Was würde Prinz Magnus wohl davon halten? Wäre er eifersüchtig?«

Cleo biss ihm so fest in die Hand, dass sie Blut schmeckte. Mit einem leisen Schmerzenslaut zuckte er zurück, doch als sie zu ihm herumwirbelte, verzogen sich seine Lippen zu einem Grinsen.

Cleo wischte sich mit dem Handrücken das Blut vom Mund. »Du solltest eins wissen: Es kümmert mich nicht, was Prinz Magnus denkt, und das wird es auch nie. Ich hasse ihn, und ich hasse seinen Vater. Daran wird sich nie etwas ändern, ganz gleich, was sie mit mir machen.«

»Ihr wollt sie vernichten.«

Das war keine Frage. Cleo starrte ihn an, ohne zu blinzeln, ohne ein Wort zu sagen. Diesem Jungen irgendetwas zu verraten, erschien ihr viel zu gefährlich.

Aber offenbar brauchte er keine Bestätigung. Er nickte. »Bei unserer letzten Begegnung habe ich Euch gebeten, Euch bereitzuhalten. Jetzt ist es Zeit, Prinzessin. Ich brauche Eure Hilfe.«

»Du brauchst meine Hilfe?«, fragte Cleo ungläubig. Der Gedanke war völlig absurd.

»Wir Rebellen benötigen Informationen über die Damoras. Über ihre Pläne, ihre Machenschaften. Und über diese Straße, die König Gaius in seiner Rede angekündigt hat. Wusstet Ihr, dass er ganze paelsianische Dörfer niedermetzeln lässt und die Überlebenden versklavt, damit sie ihm helfen, die Reichsstraße so schnell wie möglich fertigzustellen? Er hat irgendetwas mit dieser Straße vor. Etwas Wichtiges. Etwas, was sich bis jetzt noch niemand von uns vorstellen kann.«

Er ließ ganze Dörfer niedermetzeln? Cleo spürte, wie alle Farbe aus ihrem Gesicht wich. »Was?«

»Deshalb bin ich hier. Ich möchte, dass Ihr die Damoras für mich ausspioniert.«

Einen Augenblick brachte sie keinen Ton heraus. »Worum du mich da bittest, ist lebensgefährlich.«

»Im Moment ist selbst *atmen* lebensgefährlich, Cleo. Nicht nur für Euch, sondern für uns alle. Ihr mögt hier gefangen sein, aber Ihr genießt immer noch einige Privilegien. Der König unterschätzt, wie tief Euer Hass geht. Er weiß nicht, wozu Ihr fähig seid.«

Cleo hatte fest vor, den König und alle, die ihm geholfen hatten, zu vernichten, um ihren Thron zurückzuerobern. Sie würde nicht tatenlos zusehen, wie Ihr Volk – oder *irgendein* Volk – von diesem Tyrannen abgeschlachtet oder versklavt wurde.

Aber hatte sie das Zeug dazu, für Jonas zu spionieren? Könnte sie ihm die Informationen beschaffen, die die Rebellen benötigten?

Das musste sie sich erst einmal gründlich durch den Kopf gehen lassen, aber in Jonas' Gegenwart konnte sie keinen klaren Gedanken fassen.

»Ich muss meine Möglichkeiten abwägen«, sagte sie leise. Nicht dass sie viele Möglichkeiten hatte …

Jonas legte den Kopf schräg, als hätte er sie nicht richtig verstanden. »Prinzessin, Ihr müsst …«

»Ich muss gar nichts – nicht, wenn es etwas mit *dir* zu tun hat. Dachtest du ernsthaft, du könntest dich hier einschleichen und mir im Dunkeln auflauern, und ich würde danach lechzen, mit dir zusammenzuarbeiten? Du magst mich unterschätzen, aber vor allem überschätzt du dich selbst.« Sie wollte seinen Vorschlag nicht ablehnen, konnte ihm aber auch nicht zustimmen. Noch nicht. »Ich traue dir nicht. Ich werde dir nie trauen, Jonas Agallon.«

Vor Verblüffung blieb ihm der Mund offen stehen. »Ihr schlagt mir meine Bitte ab?«

Seine Reaktion war fast lustig. »Du bist es anscheinend nicht gewohnt, von einem Mädchen zurückgewiesen zu werden.«

Er machte ein nachdenkliches Gesicht. »Nun … nein, das passiert mir tatsächlich nicht oft.«

In diesem Moment hörte Cleo ein Geräusch von draußen auf dem Gang. Was, wenn plötzlich ein Wachmann hereinstürzte und Jonas festnahm? »Du musst hier weg.«

Ihr stockte der Atem, als er ihr Kinn umfasste und sie näher an sich zog. »Ihr werdet mir helfen, wenn Ihr begreift, dass das Eure einzige Chance ist, Königin zu werden.«

»Ich werde auf jeden Fall Königin werden, ganz gleich was passiert. Ich bin mit einem Prinzen verlobt, schon vergessen? Eines Tages besteigt er den Thron, und dann werde ich an seiner Seite regieren.«

Das brachte Jonas zum Lachen, aber es klang alles andere als amüsiert. »Ihr glaubt doch wohl nicht ernsthaft, dass König Gaius das zulassen würde. Macht die Augen auf, Prinzessin. Eure Hochzeit dient allein dem Zweck, die Bürger von Auranos ruhigzustellen und ihre Aufmerksamkeit von den Lügen ihres neuen Königs abzulenken; damit auch ja niemand merkt, wie wenig seine Männer ausrichten können, jetzt, wo sie über ganz Mytica verteilt sind. Ihr gefährdet sowohl seine Herrschaft als auch Prinz Magnus' Anspruch auf den Thron. Mag sein, dass Ihr ihnen im Augenblick noch nützlich seid, aber damit ist es mit Sicherheit bald vorbei. Wenn Ihr hierbleibt, werdet Ihr nicht mehr lange leben.«

Der Gedanke war ihr auch schon gekommen, aber ihn so deutlich und unverblümt ausgesprochen zu hören war dennoch verstörend. Sobald der König sie nicht mehr als Verbindung zum auranischen Volk brauchte, würde er sie zweifellos töten lassen und sich ihrer in aller Stille entledigen. Trotz ihrer wachsenden Beunruhigung blieb Cleo stumm.

»Ich werde bald wieder Verbindung zu Euch aufnehmen, Hoheit, wenn Ihr etwas Zeit hattet, über meine Worte nachzudenken.«

Damit ließ Jonas sie los und ging zum Fenster. Die Wärme seiner Berührung blieb noch einen Moment auf ihrer Haut zurück, während sie zusah, wie er sich aus dem Fenster schwang und die Palastmauer so flink hinabkletterte, als wäre er eine jener Gebirgskreaturen, die angeblich in den Verbotenen Bergen hausten. Die letzten drei Meter ließ er sich fallen, landete mühelos auf den Füßen und war innerhalb weniger Sekunden in den Schatten verschwunden.

KAPITEL 7

MAGNUS

AURANOS

Ein weiterer Tag. Eine weitere Rede.

Magnus versuchte die ständige, schier unerträgliche Hitze in diesem sonnigen Königreich zu ignorieren, die ihm unter seiner schwarzen Kleidung den Schweiß über den Rücken trieb. Ein Blick auf die lange Reihe von Palastwachen bestätigte ihm, dass auch sie alle mehr oder weniger unbehaglich dreinschauten. Ihre dicken limerianischen Uniformen waren für das frostige Klima ihrer Heimat gemacht. Selbst die Stirn der Königin glänzte im gleißenden Sonnenlicht.

»Hier am Anfang der Reichsstraße, die ganz Mytica einen wird, legen wir heute den Grundstein für unsere Zukunft«, wandte König Gaius sich an die Menge. Mehrere hundert Menschen hatten sich um den Tempel der Cleiona, etwa eine dreistündige Kutschenfahrt vom Palast entfernt, eingefunden. »Es ist mir eine Freude, diesen Moment mit euch zu teilen.«

Der König nickte Magnus zu, der exakt aufs Stichwort seine Schaufel in den Boden rammte. Die Menge jubelte, aber als er seinen Blick über die vordersten Reihen schweifen ließ, sah er, dass längst nicht alle in den Applaus mit einstimmten. Manche beobachteten die Szene mit äußerst skeptischen Gesichtern. Viele wussten, dass der Bau der Straße mancherorts bereits begonnen hatte und dass diese Veranstaltung nur dazu diente, den Schein zu wahren.

»Gut gemacht, Hoheit«, sagte Aron.

Magnus verzog das Gesicht, als er seine weinerliche Stimme hörte. Wie schön es doch wäre, wenn dieser hochnäsige junge Adelige seine Zunge verloren hätte … Dann würde er jetzt nicht ständig versuchen, Konversation mit Magnus zu machen, als wären sie einander gleichgestellt.

»Findet Ihr?«

»O ja. Ihr habt den ersten Spatenstich mit Überzeugung und Zuversicht ausgeführt, wie nicht anders zu erwarten von einem Mann in Eurer Position.«

»Freut mich zu hören«, erwiderte Magnus in betont gleichgültigem Ton und sah dem plappernden Wiesel direkt in die Augen. »Warum seid Ihr eigentlich hier?«

Im ersten Moment wirkte Aron beleidigt, erholte sich aber schnell. »Der König wollte, dass ich bei diesem wichtigen Ereignis dabei bin. Er war immer sehr freundlich und großzügig zu mir, da helfe ich ihm selbstverständlich, wo ich kann.«

»*Selbstverständlich* … Nun, dann solltet Ihr Euch gleich nützlich machen«, meinte Magnus und deutete auf den König und die Gruppe von einflussreichen Adeligen und anderen Würdenträgern, die sich um ihn herum versammelt hatte. »Und zwar dort drüben.«

»Ja, natürlich. Das werde ich. Aber zuerst wollte ich Euch …«

»Ihr seid doch alle Idioten!«, ertönte da eine trunkene Männerstimme, die selbst über den Lärm der Menschenmenge deutlich zu hören war. »Einer wie der andere! Wie könnt Ihr bloß so dumm sein, die Lügen des Blutkönigs zu glauben und seine Geschenke fraglos anzunehmen? Glaubt ihr ernsthaft, er würde unsere Länder zu einem glücklichen Königreich vereinen? Das ist doch alles gelogen! Er tut das nur aus Machtgier! Wenn wir ihn nicht aufhalten, sind wir verloren!«

Stille senkte sich über den Tempelhof.

Magnus blickte zu seinem Vater hinüber, um zu sehen, ob er den Zwischenrufer gehört hatte.

Natürlich hatte er das. Ein Wink von Gaius genügte, und vier seiner Soldaten marschierten auf die Menge zu, machten den Mann ausfindig und zerrten ihn so unsanft vor den König, dass er direkt neben dem Loch, das Magnus ausgehoben hatte, auf die Knie fiel. Als er aufzustehen versuchte, stieß ihn einer der Soldaten zurück auf den Boden. Die leere Flasche, die er in der Hand gehalten hatte, landete im feuchten Gras.

König Gaius trat vor den Mann und bedeutete Magnus und Aron mit einer Handbewegung, an seine Seite zu kommen.

Die Kleidung des Mannes war offensichtlich maßgeschneidert, aber so schmutzig und zerfetzt, dass er genauso gut Lumpen hätte tragen können. An seinem linken Zeigefinger steckte ein juwelenbesetzter Ring, aber der Edelstein ließ sich durch die dicke Dreckschicht kaum noch erkennen. Sein Bart war völlig verfilzt, und er roch, als hätte er sich ein paar Wochen nicht mehr gewaschen. Zwar waren seine Augen glasig vom Alkohol, aber er blickte den drei Männern vor ihm unerschrocken entgegen.

Der König musterte ihn durchdringend. »Wer seid Ihr?«

»Darius Larides, der Lord dieses Landes und ehemalige Verlobte von Emilia Bellos, der verstorbenen Kronprinzessin von Auranos. In der Schlacht um unser geliebtes Königreich habe ich gegen Euch gekämpft. Und jetzt ist meine ganze Familie tot, mein Zuhause zerstört! Meine Zukunft hält nichts anderes für mich bereit als Schmerz – aber ich versichere Euch, dass die Eure ebenso finster sein wird. Die Menschen werden Eure Lügen nicht ewig glauben. Sie werden Euch nicht widerstandslos regieren lassen. Selbst jetzt in diesem Moment schließen sich immer mehr Rebellentruppen zusammen. Wir Auranier sind nicht so dumm und selbstsüchtig, wie Ihr glaubt.«

Die Miene des Königs war undurchdringlich. »Lord Darius denkt, ich würde euch für dumm und selbstsüchtig halten«, sagte er so laut, dass alle Umstehenden ihn deutlich verstanden. »Aber das stimmt ganz und gar nicht. Indem ihr heute hergekommen seid, um mit mir zu feiern, habt ihr bewiesen, dass ihr zu den Klügsten eurer Landsleute zählt. Dieser Lord hat zu viel getrunken und weiß nicht, was er sagt. Wahrscheinlich wäre er an einem anderen Tag nicht so dreist, seinen König zu beleidigen, der doch nur das Beste für sein Reich will.«

Einen Augenblick herrschte angespannte Stille.

»Bestimmt finden wir im Kerker noch ein schönes Plätzchen für ihn«, meinte Magnus mit gelangweiltem Gesichtsausdruck. »Er könnte uns noch nützlich sein. Wenn er mit dem Bellos-Mädchen verlobt war, kommt er sicher aus einer wichtigen Familie.«

»Stimmt Ihr meinem Sohn zu, Lord Aron?«, fragte der König.

Arons Stirn legte sich in Falten, als würde er angestrengt nach der richtigen Antwort suchen. »Ich weiß es nicht, Hoheit.«

Magnus warf dem nichtsnutzigen Idioten einen bösen Blick zu. Warum erkundigte der König sich überhaupt nach dessen Meinung?

»Die Entscheidung ist nicht leicht«, sagte der König nickend. »Aber Momente wie dieser erfordern eine eindeutige Stellungnahme. Erhebt Euch, Lord Darius.«

Mit grober Unterstützung der Wachmänner kam Darius auf die Beine. Sein hasserfüllter Blick war auf die drei Männer vor ihm gerichtet.

»Seid Ihr bereit, Eure Worte zurückzunehmen?«, fragte der König in trügerisch sanftem Ton. »Werdet Ihr Euch dafür entschuldigen, dass Ihr diese Zeremonie mit Euren Lügen und falschen Anschuldigungen zu ruinieren versucht habt?«

Magnus' Blick fiel auf den Dolch in der Hand des Königs, der im Sonnenlicht glitzerte.

Auch Lord Darius sah die auf ihn gerichtete Waffe. Er schluckte schwer, schlug aber nicht die Augen nieder. »Sperrt mich doch in Euer stinkendes Verlies. Stellt mich wegen Hochverrats vor Gericht. Das kümmert mich nicht.«

Gaius' Lippen verzogen sich langsam zu einem Lächeln. »Natürlich nicht. Aber eines solltet Ihr bedenken, Lord Darius …«

»Was?«

»Ein König befolgt keine Befehle von einem Wurm.«

Das Messer bewegte sich so schnell, dass Magnus nur das Metall aufblitzen sah. Im nächsten Moment spritzte Blut aus dem Hals des betrunkenen Lords, und er stürzte zu Boden.

Der König reckte den Dolch über seinen Kopf, um ihn der Menge zu zeigen. »Ihr alle seid meine Zeugen, dass ich hiermit ein geeignetes Blutopfer für meine Straße dargebracht habe. Lord Darius war ein Feind des Volkes, genau wie jeder andere Rebell. Obgleich ich den Menschen unserer geeinten Länder von Herzen gern ein gütiger König sein möchte, kann ich nicht dulden, dass meine Gegner ungestraft davonkommen.«

Seltsam fasziniert beobachtete Magnus, wie immer mehr

Blut aus der Wunde am Hals des Lords strömte und die Erde rot färbte. Noch während der letzte Rest Lebenslicht in seinen Augen langsam erlosch, starrte Darius ihn mit hasserfülltem Blick an.

»Gute Arbeit, Hoheit«, murmelte Aron. »Natürlich hattet Ihr recht. Er hat keine Gnade verdient.«

Natürlich hattet Ihr recht. Genau so etwas sollte auch Magnus sagen, aber die Worte kamen ihm nicht über die Lippen. Trotz der Hitze hatte ihm der Tod des Lords einen eisigen Schauer über den Rücken gejagt. Er erschien ihm falsch. Unnötig. Unüberlegt. Aber diese Gedanken hätte er niemals laut ausgesprochen.

Die Menschenmenge blieb stumm, auf vielen der Gesichter zeigte sich Verwirrung, Angst oder Abscheu. Einige der Anwesenden – viel mehr als Magnus gedacht hätte – sahen den König jedoch voller Respekt an, als würden sie sein Verhalten nicht nur gutheißen, sondern bewundern. Dann erhob sich auf einmal ein beunruhigtes Gemurmel, denn plötzlich begann die Erde unter ihren Füßen zu beben. Magnus spürte die Erschütterung in der Schaufel, die er noch immer in der Hand hielt. Lord Darius' leere Weinflasche rollte gegen einen Baum und zerbarst.

»Bei der Göttin, was ist das?«, flüsterte Althea und umklammerte den Arm ihres Sohns. Als Magnus sich ihr zuwandte, sah er, dass sie kreidebleich geworden war.

Dann hörte das Erdbeben ebenso plötzlich auf, wie es angefangen hatte.

König Gaius ließ den Blick über die Menge schweifen, und ein nachdenklicher Ausdruck erschien auf seinem Gesicht. »Ich frage mich, ob sie das gemeint hat«, murmelte er.

»Was habt Ihr gesagt, Gaius?«, fragte die Königin mit zittriger Stimme.

»Nichts Wichtiges.« Er ließ sich von einem seiner Männer das blutige Messer abnehmen und wischte sich mit einem Stofftuch, das ihm ein zweiter Wachmann reichte, die Blutspritzer vom Gesicht. »Kommt. Schauen wir uns das Innere des Tempels an. Ich habe entschieden, dass die Hochzeit hier stattfinden wird.«

»Hier?« Endlich schaffte es Magnus, sich von dem toten Lord loszureißen, der ihn mit blicklosen Augen noch immer anklagend anzustarren schien. »In einem Tempel, der der Erzfeindin unserer Göttin Valoria geweiht ist?«

»Ich dachte nicht, dass dich das stört, wo du doch nie an die Göttin geglaubt hast.«

Die meisten Limerianer waren sehr fromm und widmeten jede Woche zwei ganze Tage dem Gebet und der inneren Einkehr, aber Magnus hatte nie wirklich an eine höhere Macht geglaubt. Und dennoch erschien ihm der Tempel wie ein seltsamer Ort für seine Hochzeit.

Je länger er darüber nachdachte, umso klarer wurde ihm jedoch, dass sein Vater den Schauplatz aus rein strategischen Gründen gewählt hatte. Wo sollte die auranische Prinzessin sonst vermählt werden, wenn nicht an dem Ort, der ihrem Volk – selbst denjenigen, die sich in jüngster Zeit von ihrem Glauben abgewandt hatten – am heiligsten war? Die Limerianer hatte der König bereits unter Kontrolle, und die Paelsianer waren zu arm und geschwächt, um ihm ernsthaft gefährlich zu werden – besonders jetzt, da Unzählige von ihnen versklavt und zur Arbeit an der Reichsstraße gezwungen wurden. Aber die Auranier waren eine unberechenbare Macht, die langsam aus ihrem kollektiven, an Frieden und Luxus gewöhnten Schlummer zu erwachen begann.

Dreißig gemeißelte weiße Marmorstufen führten zu dem gigantischen Tempel hinauf. Das ganze Bauwerk schien aus dem edlen Gestein errichtet, das man auch überall im Schloss fand. Magnus erinnerte es an die Eisschicht, die die Landschaft um den limerianischen Palast bedeckte.

Das Innere des Tempels war von hohen Marmorsäulen gesäumt, die bis zum Dach emporragten. Am Eingang des Allerheiligsten stand eine fünf Meter große Statue der Göttin Cleiona mit ausgebreiteten Armen. In ihre Handflächen waren ein Dreieck – das Symbol für Feuer – und eine Spirale – das Symbol für Luft – eingemeißelt. Ihre Haare waren lang und gewellt, ihr Gesicht stolz, aber gleichzeitig seltsam bezaubernd. Einen Moment erinnerte die Göttin Magnus tatsächlich an ihre Namensvetterin, die goldene Prinzessin von Auranos.

In der Luft hing der berauschende Geruch von Weihrauch und Duftkerzen. Als Zeichen für Cleionas unerschöpfliche Feuermagie brannte auf dem Altar ein Feuer. In Limeros gab es nichts dergleichen. Der Tempel der Valoria war dunkel, zweckmäßig eingerichtet und immer zum Bersten gefüllt mit Gläubigen.

Dieser Ort hingegen … schien voller Magie.

»Ich freue mich so sehr für Euch«, sagte Aron, wenn auch mit etwas betretener Miene. »Mögt Ihr viele glückliche Jahre mit Prinzessin Cleiona verbringen.«

»Ich kann nur hoffen, dass ich sie genauso glücklich machen werde, wie Ihr es getan hättet«, erwiderte Magnus ironisch.

»Natürlich.« Aron sah aus, als wollte er noch etwas hinzufügen, ließ es dann aber klugerweise dabei bewenden.

In diesem Moment trat der König zu ihnen. »Na, sieh mal einer an. Es freut mich sehr, dass Ihr beiden Euch so schnell anfreundet.«

»Ist das nicht selbstverständlich?«, erwiderte Magnus in

ausdruckslosem Ton. »Wo wir doch so viel gemeinsam haben.«

»Geht und sucht Cronus«, sagte der König zu Aron. Cronus war der Hauptmann der Palastwache. »Sagt ihm, er soll die Kutsche für unsere Rückreise bereit machen.«

»Ja, Hoheit.« Aron verbeugte sich und eilte aus dem Tempel.

Magnus konnte nicht länger an sich halten: »Warum ertragt Ihr ihn?«

»Er amüsiert mich.«

»Das ist natürlich ein guter Grund, ihn zu Eurem Königsvasallen zu ernennen.«

»Er tut alles, was ich von ihm verlange. Vielleicht könntest du etwas von ihm lernen«, sagte Gaius scheinbar leichthin, aber Magnus wusste, wie bitterernst der König seine Worte meinte.

»Ich finde keinen Gefallen am Stiefellecken.«

»Und anscheinend auch nicht an unerwarteten Hinrichtungen. Was ich da draußen getan habe, hat dir nicht zugesagt, oder?«

Magnus überlegte sich seine Antwort genau. »Er hat öffentlich seine Stimme gegen Euch erhoben. Natürlich hatte er den Tod verdient.«

»Es freut mich, dass wir uns da einig sind. Ich glaube, das Schicksal wollte es so. Ein Blutspritzer am Anfang meiner Straße ist ein Zeichen – ein angemessenes Opfer für eine Chance, den ultimativen Schatz zu finden.«

Endlich hatte der König ein Thema angeschnitten, über das es sich zu reden lohnte. »Habt Ihr schon etwas herausgefunden?«

»Nein, noch nicht. Wir haben gerade erst mit der Suche begonnen, mein Sohn. Wir sollten uns beide in Geduld üben.«

Fast hätte Magnus laut gelacht. Ausgerechnet sein Vater mahnte ihn zur Geduld?

»Natürlich«, sagte er stattdessen, trat an die glatte weiße Wand und strich gedankenverloren mit den Fingerspitzen über das Symbol für Feuer, ein Motiv, das sich im ganzen Tempel wiederfand. »Ihr meint, ich bin auch zu ungeduldig, was Lucias Genesung betrifft, nicht wahr?«

»Ja.«

»Ihre Pflegerin hat gesagt, Lucia hätte sich gestern im Schlaf geregt, als würde sie aufwachen. Aber dann ist doch nichts passiert. Mutter, wusstet Ihr das?«

Königin Althea kam näher. »Ja, ich war dabei. Es war nicht das erste Mal. Alle paar Tage wälzt sie sich unruhig umher und murmelt etwas im Traum, aber dann liegt sie wieder genauso reglos da wie zuvor.«

»Ihr seht oft nach ihr«, sagte Gaius. Es war eine Feststellung, keine Frage. Der König wusste alles, was im Palast vor sich ging.

»Ja, jeden Tag.« Althea nickte. »Ich lese ihr vor. Sie sieht so friedlich aus, dass ich mir manchmal einbilden kann, dass sie nur schläft. Ich glaube nach wie vor, dass sie zu uns zurückkehren wird – dass sie nicht für immer verloren ist.«

Der König schnaubte verächtlich. »Warum klingt Ihr so betrübt, wo Ihr Euch doch seit ihrer Ankunft in meinem Palast wünscht, sie wäre nie geboren worden?«

»Das tue ich ganz und gar nicht.« Die Königin legte eine Hand auf ihre grauen Haare, als könnten sie sich aus dem Dutt lösen, den sie so festgezurrt hatte, dass er die Haut an ihren Schläfen straff zog. »Ich liebe meine Tochter, als hätte ich sie selbst zur Welt gebracht.«

König Gaius blickte auf ein Fresko einer großen Sonne, die auf die Goldene Stadt und ihre Bewohner hinabschien. »Wie interessant, dass Ihr durch diese Tragödie plötzlich mütterliche Gefühle entwickelt habt ... Sechzehn Jahre lang habt Ihr Lucia entweder ignoriert oder sie wie eine Modepuppe behandelt, die allein dazu da ist, sie fein anzuziehen und den Leuten vorzuführen. Der Göttin sei Dank ist sie von Natur aus schön, sonst hättet Ihr sie wahrscheinlich schon längst zur Dienerin degradiert.«

Magnus sah seine Mutter zusammenzucken, was zeigte, wie sehr die Worte des Königs sie verletzten. Aber er musste zugeben, dass Gaius nicht ganz unrecht hatte.

»Wenn sie aufwacht, werde ich mich besser um sie kümmern«, sagte Althea leise. »Ich sehe meinen Fehler ein und möchte ihn wiedergutmachen. Lucia liegt mir am Herzen – ja, wirklich. Und ich werde es ihr beweisen, das schwöre ich hoch und heilig.«

»Das ist die richtige Einstellung«, sagte der König, aber seine Stimme blieb kalt. »Ich habe einen weiteren Heiler herbestellt, er soll morgen nach ihr sehen. Wenn möglich, hätte ich sie gerne bei Magnus' und Prinzessin Cleionas Hochzeit dabei.«

»Wenn sie nicht rechtzeitig zu sich kommt, werde ich solange über sie wachen.«

Der König schwieg einen Moment. »Nein. Ihr werdet der Zeremonie auf jeden Fall beiwohnen.«

Althea zupfte nervös am Ärmel ihres dunkelgrünen Umhangs. Mit finsterem Gesicht entgegnete sie: »Ich traue diesem Bellos-Mädchen nicht, Gaius. In ihrem Blick liegt etwas Dunkles, Bedrohliches. Ich fürchte mich davor, was sie uns anzutun gedenkt. Was sie Magnus und Lucia anzutun gedenkt.«

Das brachte Magnus zum Lachen. »Macht Euch um mich keine Sorgen, Mutter. Mit der Prinzessin komme ich schon klar, auch wenn sie auf Rache sinnt. Sie ist nur ein Mädchen.«

»Sie hasst uns.«

»Natürlich tut sie das«, meinte der König. »Ich habe ihr ihren Thron genommen – den Thron ihres Vaters, ihrer Schwester. Ich habe ihn mit Gewalt erobert, und dafür werde ich mich nie entschuldigen.«

»Finde eine andere Frau für Magnus«, drängte Althea. »Ich kenne einige, die viel besser zu ihm passen würden. Die er mit der Zeit vielleicht sogar lieben lernen könnte.«

»Liebe? Wenn Magnus Liebe will, kann er sie sich von einer Mätresse besorgen, genau wie ich. Nicht von seiner zänkischen Ehefrau.«

Die Königin wurde blass. »Ich habe nur von Herzen gesprochen.«

»Lasst Euch eins gesagt sein, Althea …« In der Stimme des Königs lag eine unverkennbare Drohung. »Alles, was von diesem Tag an geschehen wird, sei es gut oder schlecht, wird geschehen, weil ich es so will. Weil es mir nutzt. Ich warne Euch, kommt mir nicht in die Quere, sonst …«

»Ja, was werdet Ihr sonst tun?« Sie reckte das Kinn und sah ihm direkt in die Augen. »Werdet Ihr mir auch die Kehle aufschlitzen? Bringt Ihr so alle zum Schweigen, die Euch widersprechen?«

Wut blitzte in Gaius' Augen auf, und er trat mit geballten Fäusten einen Schritt auf sie zu.

Hastig trat Magnus zwischen seine Eltern und zwang ein Lächeln auf seine Lippen. »In dieser unerträglichen Wärme erhitzen sich die Gemüter schnell. Vielleicht sollten wir lieber gehen.«

Sein Vater wandte sich ihm zu, und sein Zorn ließ langsam nach. Auf seiner Wange, unter dem linken Auge, klebte immer noch Blut. »Ja. Es ist Zeit. Ich warte draußen auf Euch.«

Damit drehte er sich um und schritt, flankiert von zwei

Wachmännern, hinaus aus dem gigantischen Tempel und zurück in den strahlenden Sonnenschein.

»Wir sollten ihm folgen«, meinte die Königin mit bebender Stimme und wandte sich ebenfalls zum Gehen.

Magnus hielt sie am Arm zurück. Der Kummer, den er in ihren tränennassen Augen sah, versetzte ihm einen Stich. »Ich habe Euch lange nicht mehr weinen sehen.«

Sie schob seine Hand weg. »Und das solltest du auch jetzt nicht.«

»Er reagiert sehr ungehalten auf Widerworte. Das wisst Ihr doch.«

»Er reagiert genau so auf Widerworte, wie er es immer getan hat – mit eiserner Faust und einem Herz aus Eis.« Althea musterte ihren Sohn eindringlich. »Du möchtest die Prinzessin nicht heiraten, oder?«

»Was ich möchte, spielt keine Rolle, Mutter.«

Das tut es nie.

Sie schwieg einen Moment. »Du weißt, dass ich dich liebe, oder?«

Ihre plötzliche Sentimentalität überraschte Magnus, aber er ließ sich keine Gefühle anmerken. Die Frau vor ihm war so lange kalt und distanziert gewesen, dass er fast vergessen hatte, dass sie auch anders sein konnte. »Was hat diese Offenheit ausgelöst, Mutter? Bekümmert es Euch wirklich so sehr, dass Vater mich zu einer Hochzeit ohne Liebe zwingt, um seine Herrschaft über dieses wankelmütige Königreich zu stärken? Oder macht Ihr Euch noch aus anderen Gründen Sorgen? Vielleicht wegen Lucias Krankheit?«

Althea holte tief Luft. »Es war ein schweres Jahr für uns alle. So viel Verlust. So viel Tod.«

»Ja, ich weiß, wie untröstlich Ihr wart, als Vaters Mätresse verbrannt ist.«

Ein Muskel in ihrer Wange zuckte. »Ich trauere nicht um Sabina, und es kümmert mich auch nicht, wie sie gestorben ist. Meine Sorge gilt allein dir und Lucia – ihr seid alles, was für mich zählt.«

Diese ungewohnte Zuneigungsbekundung verwirrte Magnus. »Ich weiß nicht, was Ihr von mir hören wollt, Mutter. Mein Vater möchte, dass ich das Bellos-Mädchen heirate, also werde ich genau das tun. Durch diese Hochzeit werde ich meine eigene Stellung hier in Auranos verbessern.« Und sie sicherte ihm das Vertrauen des Königs, so dass Gaius ihn über seine Straße und die Suche nach den Essenzen auf dem Laufenden halten würde.

Königin Althea musterte Magnus durchdringend. »Ist es das, wonach du jetzt strebst? Nach Macht?«

»Danach strebe ich schon immer.«

Ihre Lippen wurden schmal. »Lügner.«

Das Wort fühlte sich an wie eine Ohrfeige. »Ich bin der Kronprinz, Mutter, falls Ihr das vergessen haben solltet. Der Thronerbe von Limeros – und nun von ganz Mytica. Warum sollte ich mich mit weniger zufriedengeben, als mir zusteht?«

»Dein Vater ist ein grausamer Mann, und er sucht nach einem Schatz, der überhaupt nicht existiert. Seine Besessenheit grenzt an Wahnsinn.«

»Er ist ehrgeizig und weiß genau, was er will. Ich rate Euch dringend davon ab, ihn wahnsinnig zu nennen. Das würde ihn nur wütend machen.«

Nun, da der König weg war, wirkte Althea nicht mehr verzagt, im Gegenteil – mit jedem Wort, das sie sprach, klang ihre Stimme selbstsicherer und bestimmter. »Wirst du es ihm sagen?«

Sein Kiefer verkrampfte sich. »Nein. Aber wenn Ihr den König beleidigt, beleidigt Ihr auch mich. Vater und ich – wir sind uns sehr ähnlich. Wir tun, was wir tun müssen, um unsere Ziele zu erreichen, und wir werden alle bestrafen, die sich uns in den Weg stellen, ganz gleich wer sie sind. Ohne Zögern, ohne Erbarmen.«

Endlich erschien ein Lächeln auf ihren Lippen, und wie durch Magie sah ihr Gesicht sogleich zehn Jahre jünger aus.

Magnus beäugte sie argwöhnisch. »Habe ich etwas Amüsantes gesagt?«

Ihr Blick war liebevoll – seit Jahren hatte Magnus keine solche Zuneigung mehr in ihren Augen gesehen. »Du bist ebenso gutaussehend wie Gaius, daran besteht kein Zweifel. Aber da hören die Gemeinsamkeiten auch schon auf. Oh, Magnus, mein Sohn, du bist überhaupt nicht wie er. Und das wirst du auch nie sein.«

Er zuckte zusammen, als hätte sie ihn geschlagen. »Da irrt Ihr Euch.«

»Denkst du etwa, ich meine das als Beleidigung? Das tue ich ganz und gar nicht.«

»Ich habe Menschen getötet, Mutter. Viele Menschen. Ich habe sie auf dem Schlachtfeld leiden und bluten und sterben lassen, um uns den auranischen Palast zu sichern. Ich habe einen Mann umgebracht, der den Tod nicht verdient hatte – der wahren Mut gezeigt hat. Wie ein verdammter Feigling habe ich ihn hinterrücks erstochen, um mein eigenes Leben zu retten.« Die Worte bohrten sich in sein Herz wie Glassplitter, und dennoch musste er sie aussprechen. »Ich habe tatenlos zugesehen, wie mein Vater ein unschuldiges Mädchen foltert – ich habe nicht einmal *versucht*, sie zu beschützen! Jetzt ist sie tot, und das ist allein meine Schuld.« Er sah weg, als könnte er so seine Schwäche verbergen. »Ich habe ein Herz aus Eis, genau wie Vater.«

Die Königin trat näher an ihn heran und legte ihre Hand

an sein Gesicht, auf seine Narbe. Mit zarten Fingern streichelte sie seine Wange, wie sie es so oft in seiner Kindheit getan hatte, und Magnus spürte einen Stich in der Brust. »Du bist nicht wie Gaius. Er ist ein gefühlloses Monster mit einer schwarzen Seele. Du hast Fehler gemacht, ja. Und genau wie jeder andere Mensch wirst du zweifellos noch weitere begehen. Aber das ändert nichts daran, wer du im Inneren bist. Du hast ein gutes Herz, Magnus, und das wird immer so bleiben.«

Seine Augen brannten, und er schob ihre Hand weg. »Wir müssen nach draußen zu Vater. Dieses Gespräch ist beendet.«

KAPITEL 8

LYSANDRA

PAELSIA

Als es dunkel wurde, brach Lysandra vom Rebellenlager auf und nahm eine Fackel aus einer der Vorratskisten mit, um zu verhindern, dass die Schatten des Wildlandes sich um sie zusammenzogen wie ein Galgenstrick. In den Wochen, seit ihr Dorf niedergebrannt worden war – seit sie ihre Eltern zum letzten Mal lebend gesehen und mit Gregor gesprochen hatte –, hatte sie sowohl ihren Geist als auch ihren Körper zu stählen versucht. Mit Erfolg. Selbst in diesem Wald, der alle bis auf die finstersten Seelen mit Grauen erfüllte, stellte sie sich furchtlos der Gefahr.

Sie zuckte zusammen, als das Heulen irgendeiner wilden Bestie die Stille zerriss. Ein kalter Schauer lief ihr über den Rücken, und sie umfasste ihre Fackel fester.

Ja, völlig furchtlos …

Das versuchte sie sich zumindest einzureden.

Auf ihrem Weg kam sie an einer kleinen Lichtung vorbei, die von einem prasselnden Lagerfeuer erhellt wurde. Drei junge Männer schleiften gerade ein frisch erlegtes Reh in den Lichtkreis.

Das Lager bestand aus morschen Holzhütten und Hängematten, die in die Bäume gebaut waren wie Vogelnester. Viele junge Männer und ein paar junge Frauen nannten diesen Ort nun ihr Zuhause; eine Zuflucht vor der eisernen Faust des Königs. Bei Tag zogen die Rebellen in kleinen Gruppen los –

auf die Jagd, auf Erkundung oder Diebeszüge –, aber nachts hielten sie alle zusammen. Zu mehreren war man sicherer, wenn man sich einen derart gefährlichen Ort als Heimat wählte. Hier übten sie sich sowohl im waffenlosen Kampf als auch im Umgang mit Schwert, Dolch, Pfeil und Bogen, um überall in Auranos für Unruhe zu sorgen, den Blutkönig als Lügner zu entlarven und möglichst viele Menschen auf ihre Seite zu ziehen. Nur hatten sie damit bisher wenig Erfolg.

Schlimmer noch – Jonas weigerte sich, mit seinen Rebellen die Arbeitslager an König Gaius' Straße anzugreifen, weil er eine Niederlage und den Verlust seiner Männer fürchtete. Inzwischen war Lysandra des Fragens überdrüssig. Aber sie vermisste ihren Bruder so sehr, dass es wehtat. War Gregor noch am Leben?

Wenn niemand ihr helfen wollte, das Richtige zu tun, musste sie die Sache eben selbst in die Hand nehmen.

Allerdings dauerte es nicht lange, bis sie merkte, dass zwei Rebellen ihr aus dem Lager gefolgt waren.

Brion war völlig außer Atem, als er zu ihr aufschloss. »Du läufst ganz schön schnell.«

»Anscheinend nicht schnell genug«, murmelte sie.

»Wo willst du hin?«

»Weg von hier.«

»Du verlässt uns?«

»Ja.«

Er machte ein langes Gesicht. »Lys, geh nicht. Ich brauche … äh, ich meine, *wir* brauchen dich.«

Lysandra seufzte. Der Junge war wie ein süßer Welpe, der ständig nach einem netten Wort von ihr lechzte. Wenn er einen Schwanz hätte, würde er sicherlich aufgeregt damit wedeln, wann immer sie auch nur in seine Richtung sah. Obwohl sie es nicht wollte, mochte sie Brion Radenos.

Aber dann war da auch noch der *andere.*

»Du läufst weg?« Beim Klang von Jonas' tiefer Stimme verzog sie das Gesicht. »Ohne dich zu verabschieden?«

Eine Woche lang hatte sie bei den Rebellen gelebt, mit ihnen am Lagerfeuer gesessen und mit ihnen trainiert. In der ganzen Zeit hatte Jonas nur mit ihr gesprochen, wenn es sich absolut nicht vermeiden ließ, denn sie wollte immer über ihre Pläne und Ideen reden, wie die Rebellen weiter vorgehen sollten.

»Leb wohl«, sagte sie und warf dem Rebellenführer über die Schulter ein dünnes, aufgesetztes Lächeln zu.

Dann richtete sie ihre Aufmerksamkeit wieder auf den Weg vor ihr. Ein langer, beschwerlicher Fußmarsch durch das Wildland stand ihr bevor, aber davon ließ sie sich nicht abschrecken. Allerdings hatte sie vor, sich ein Pferd zu besorgen, sobald sie das erste paelsianische Dorf erreichte.

»Du willst die Arbeitslager allein auskundschaften?«

Sie ging unbeirrt weiter. »Ja, Jonas, das muss ich wohl, wo ihr doch nichts unternehmt, um unseren versklavten Landsleuten zu helfen.«

Zwar weigerte er sich beharrlich, die Straße direkt anzugreifen, aber wenigstens hatte er herausgefunden, wo genau sich die Arbeitslager in Paelsia befanden. Viele, die mit den Rebellen sympathisierten, sich ihnen aber nicht anschließen wollten, flüsterten ihnen bereitwillig Geheimnisse zu, wenn keine Gefahr bestand, erwischt zu werden.

Lysandra plante, als Erstes das Lager bei Häuptling Basilius' verlassenem Herrschaftssitz auszuspähen, denn es lag am nächsten an ihrem zerstörten Heimatdorf. Dort würde sie vielleicht Bekannte finden, die das Massaker überlebt hatten. Wenn sie auch nur einen befreien, auch nur einen retten konnte, dann musste sie es versuchen. Und vielleicht würde sogar Gregor dort sein. Aber bei der Vorstellung, ihre verzweifelte Hoffnung könnte nicht erfüllt werden, krampfte sich ihr Herz zusammen, und sie verdrängte den Gedanken schnell.

»Geh nicht, Lysandra«, sagte Jonas. »Wir brauchen dich im Lager.«

Da drehte sie sich zu ihm um und schob einen Ast zur Seite, um den Rebellenführer im schwindenden Licht der Abenddämmerung argwöhnisch zu mustern. »Ihr *braucht* mich, Jonas?«

»Du hast dich – und deine Fähigkeiten im Umgang mit Pfeil und Bogen – eindrücklich bewiesen. Wir können es uns nicht leisten, dich zu verlieren.«

Seine Worte verwunderten sie, denn bislang hatte sie das Gefühl gehabt, als sähe er sie nur als Ärgernis. »Ich werde zurückkommen.« Bis zu diesem Moment war sie sich in dem Punkt nicht sicher gewesen, aber sein unvermutetes Lob entlockte ihr die Zusicherung. »Aber ich muss mit eigenen Augen sehen, was mit unserem Volk passiert. Und ich kann nicht länger warten.«

»Ich kann dich nicht beschützen, wenn du auf eigene Faust losziehst.«

»Ich brauche deinen Schutz nicht.« Sie gab sich alle Mühe, ruhig zu bleiben, aber die Andeutung, dass sie nur ein schwaches Mädchen war, das die Hilfe eines starken Jungen brauchte, machte sie wütend. »Mach dir um mich keine Sorgen, Agallon. Schenk deine kostbare Aufmerksamkeit lieber Prinzessin Cleo. Vielleicht lässt sie sich ja auf den nächsten Plan ein, den du ausheckst, um bloß keinen deiner Männer dem Risiko auszusetzen, auch nur einen Tropfen Blut zu vergießen.«

Sie schleuderte ihm die Worte ins Gesicht wie eine Waffe,

und tatsächlich zuckte er zusammen. Seine Entscheidungen erschienen ihr feige und lächerlich. Immerhin hatte doch jeder, der sich ihrer Rebellenbewegung anschloss, gewusst, welches Risiko er einging.

Jonas warf Brion einen warnenden Blick zu. Lysandra hatte schnell erkannt, dass ein paar nette Worte, eine flüchtige Berührung oder ein Lächeln ausreichten, damit Brion ihr aus der Hand fraß und ihr alle Geheimnisse verriet. So hatte er ihr beispielsweise auch von Jonas' heimlichem Besuch bei der Prinzessin von Auranos erzählt, der so völlig schiefgelaufen war.

»Wir sollten mit ihr gehen«, meinte Brion, ohne auf Jonas' grimmiges Gesicht zu achten. »Wir müssen uns ansehen, was der König mit unseren Landsleuten macht.«

Lysandra wurde warm ums Herz. »Danke, Brion.«

Ihre Blicke trafen sich, und ein kleines Lächeln erschien auf seinen Lippen. »Für dich jederzeit gerne, Lys.«

Jonas sah wortlos zwischen ihnen hin und her.

»Also gut«, sagte er schließlich. »Ich werde ins Lager zurückgehen und Ivan mitteilen, dass er während unserer Abwesenheit das Sagen hat. Wir werden zusammen aufbrechen und zusammen zurückkommen.«

Lysandra war sich nicht sicher, warum die Entscheidung des sturen Rebellenführers sich anfühlte wie ein wichtiger Sieg. Aber genauso war es.

Während ihrer zweitägigen Reise stieß das Trio auf einen gigantischen Schwarzbären, der wie ein Dämon scheinbar aus dem Nichts vor ihnen auftauchte und ihnen den Weg verstellte. Brion entging dem Hieb seiner messerscharfen Klauen nur knapp, und Lysandra spürte seinen heißen Atem im Nacken, als sie ihren Gefährten gerade noch rechtzeitig zur

Seite riss. Später fanden sie ein kleines Lager von Banditen, die auf die Frage hin, ob sie sich den Rebellen anschließen wollten, ihre Dolche zogen und drohten, sie in Stücke zu schneiden und zum Abendessen zu verspeisen.

Das fassten sie als ein entschiedenes Nein auf.

Schließlich verließen sie den Wald und zogen weiter nach Osten in Richtung Paelsia – den gezackten Spitzen der Verbotenen Berge entgegen, die am Horizont hoch und unheilvoll in den wolkenverhangenen Himmel ragten.

Häuptling Basilius' Lager war ein ummauertes Areal, bebaut mit Lehm- und Steinhütten. Die Bewohner hatten sich nach dem Tod des Stammesführers in alle vier Winde zerstreut und es menschenleer zurückgelassen, doch nun war es zu einer provisorischen Zeltstadt für die Soldaten und Wachmänner umfunktioniert worden, die das Gebiet auskundschaften.

Hier wuchsen noch Pflanzen, und die Bäume trugen noch Blätter. Eine halbe Tagesreise südlich vom Lager begann das Wildland. Im Westen, in Richtung der Silbernen See, lagen kleine Dörfer, darunter auch die Überreste von Lysandras Heimatort.

Die Reichsstraße des Königs durchschnitt die karge Landschaft Paelsias wie eine frische Wunde. Lysandra konnte kaum glauben, wie schnell sie gebaut wurde, als hätte der König mit dem Finger ihren Verlauf in den Boden gezeichnet und die Straße wäre auf magische Weise erschienen.

Aber hier gab es keine Magie. Nur Schweiß, Schmerz und Blut. Ins Dickicht eines nahe gelegenen Waldes gekauert, beobachteten die drei mit grimmigen Gesichtern die Szene vor ihnen.

Ein schmaler Fluss schlängelte sich parallel zur Straße durch die Ödnis, weit und breit das einzige frische Wasser.

Dahinter schufteten Tausende Paelsianer an einem etwa zwei Meilen langen Straßenabschnitt. Unter ihnen befanden sich Männer und Frauen aller Altersgruppen – von jung bis alt. Etwa dreißig Schritte von den versteckten Rebellen entfernt rackerten zwei Jungen sich fieberhaft damit ab, einen dicken Baumstamm durchzusägen. Andere schleppten Steine, die in mühsamer Kleinarbeit glattgeschliffen worden waren, zum Ende der Straße, das Lysandra allerdings von dem Baum aus, hinter dem sie sich versteckte und der Harzspuren auf ihrer Haut hinterließ, nicht sehen konnte. Wann immer einer der Paelsianer langsamer wurde, ließen die limerianischen Aufseher ihre Peitschen knallen und rissen blutige Striemen in die nackten Rücken ihrer Gefangenen.

»Seht Ihr?«, flüsterte Lysandra. »Ich habe nicht gelogen. So geht es hier zu. So werden unsere Landsleute behandelt.«

»Warum werden sie derart drangsaliert?« Brions Stimme war heiser. »Niemand kann lange am Stück in einem solchen Tempo so schwer arbeiten.«

»Diese Leute sind für die Wachmänner keine Menschen. Für sie sind sie Tiere, die nur einem einzigen Zweck dienen.« Lysandra sah sich mit zusammengekniffenen Augen in ihrer Umgebung um und suchte nach vertrauten Gesichtern – nach Gregor. Schließlich wandte sie sich Jonas zu. Er starrte voller Abscheu auf das Grauen vor ihnen. Seine Hand umklammerte den Dolch an seiner Hüfte, als hätte er das brennende Verlangen, ihn zu benutzen.

»Wir brauchen mehr Informationen«, stieß er hervor. »Aber wie kommen wir nahe genug an die Straße heran, um mit jemandem zu reden, ohne die Aufmerksamkeit der Wachen auf uns zu ziehen?«

»Sie halten die Sklaven mit Gewalt und Drohungen in Schach.« Brion zog die Stirn kraus. »Aber ich sehe keine Ketten, also können sie sich zumindest theoretisch frei bewegen.«

Lysandra hörte schon nicht mehr zu. Sie hatte ein Mädchen aus ihrem Dorf entdeckt, und ihr Herz begann zu hämmern. Sie wartete, bis ein nahe an ihrem Versteck patrouillierender Wachmann vorbeigeritten war, dann schlich sie sich aus dem Schutz der Bäume und unter die paelsianischen Arbeiter.

»Vara!«, begrüßte sie das Mädchen, das sie mit großen, angsterfüllten Augen anstarrte. »Du lebst!«

»Was machst du hier?«, flüsterte Vara.

In dem Arbeitslager drängten sich die Menschen so dicht wie in einer kleinen Stadt, und überall herrschte rege Aktivität. Das Holz und die Steine, die die Paelsianer abbauten, waren zu hohen Stapeln aufgetürmt. Am Rand der Straße waren Zelte aufgeschlagen, wo die Limerianer Ruhepausen einlegen und sich für eine Weile aus dem gleißenden Sonnenlicht zurückziehen konnten.

Lysandra zog Vara hinter eins der Zelte, wo sie vor den Blicken der Wachmänner geschützt waren. »Wo ist Gregor?«, wollte sie wissen. Als das Mädchen nicht antwortete, packte Lysandra sie an den Schultern und schüttelte sie. »Wo ist er?«

»Ich … ich weiß es nicht. Ich habe ihn nicht gesehen.«

Lysandras Herz krampfte sich zusammen. »Wann hast du ihn zum letzten Mal gesehen?«

»In unserem Dorf – als die Limerianer über uns hergefallen sind.« Die Stimme des Mädchens brach, und ihre Augen füllten sich mit Tränen. »Lysandra, so viele sind tot!«

Das war nur die Bestätigung dessen, was sie bereits wusste. »Wie viele haben überlebt?«

»Ich weiß es nicht. Du solltest nicht hier sein! Was, wenn sie dich auch gefangen nehmen?« Vara biss sich auf die Unterlippe, und ein nachdenklicher Ausdruck erschien auf ihrem Gesicht. »Aber ... du bist eine gute Kämpferin – das weiß ich. Du kannst uns helfen.«

»Euch helfen? Wobei?«

»Bei unserer Flucht.« Vara nickte entschlossen, aber Lysandra sah, wie verstört sie war. »Endlich ist es so weit. Ich habe auf ein Zeichen gewartet. Du bist das Zeichen. Du *musst* es sein. Es ist Zeit, dass wir uns befreien.«

»Wovon redest du da? Gibt es wirklich einen Fluchtplan?« Der Gedanke, dass die Leute hier sich trotz der gewaltigen Übermacht der Limerianer zu wehren gedachten, gab Lysandra neue Hoffnung. Mit einem hatte Jonas recht gehabt: Ein Angriff auf einen derart gut bewachten Stützpunkt würde zweifellos viele von ihnen das Leben kosten – Rebellen und Sklaven gleichermaßen. Und es gab keine Garantie, dass sie gewinnen würden.

Die meisten Paelsianer fügten sich kampflos in ihr Schicksal, weil sie glaubten, es ließe sich ohnehin nicht ändern. Jonas war einer der wenigen, der eine andere Ansicht vertrat. Seine Überzeugung, dass sie ihre eigene Geschichte schrieben, erfüllte ihn mit einem inneren Licht, und sie machte ihn zu einem einzigartigen Anführer. Jonas war zum Anführer geboren. Er glaubte fest daran, dass sie ihr Schicksal nicht gesenkten Hauptes hinnehmen durften – nein, dass sie es im Gegenteil bei jeder Gelegenheit herausfordern sollten.

Dass Vara sich befreien wollte, war für Lysandra ein Zeichen, dass vielleicht auch andere dasselbe tun würden.

»Ich habe geträumt, dass ich uns retten werde«, raunte Vara. »Dass ich sie alle töte.«

Sie drehte sich um, und Lysandra zuckte zusammen, als sie die roten Striemen auf dem Rücken des Mädchens sah. Ihr Kleid hing in Fetzen herunter.

Irgendetwas an Varas Ton beunruhigte Lysandra zutiefst. »Ja, natürlich. Für das, was sie euch angetan haben, werden sie sterben, das verspreche ich dir.«

Vara grinste ihr über die Schulter zu, und der Ausdruck in ihren Augen jagte Lysandra einen Schauer über den Rücken. »Sieh zu.«

»Sieh … Wobei soll ich zusehen? Vara, wovon redest du da?«

Anstatt zu antworten, hob das Mädchen einen faustgroßen, spitzen Stein vom Boden auf und ging auf einen der Wachmänner zu. Lysandras Herz schlug schneller. Was hatte Vara vor?

»Sir«, sagte sie.

Der Wachmann wandte sich ihr zu. »Was ist los?«

Ohne Zögern schmetterte sie ihm den Stein ins Gesicht. Die schiere Wucht des Hiebes zertrümmerte seine Nase und seine Zähne, und er brüllte vor Schmerz. Als er zu Boden ging, stürzte Vara sich auf ihn und schlug immer und immer wieder auf ihn ein, bis von seinem Gesicht nichts mehr übrig war.

Völlig entsetzt sah Lysandra zu, wie die umstehenden Wachen mit lauten Rufen ihre Kameraden alarmierten. Dann kamen sie auf Vara zugerannt, stießen die anderen Arbeiter unsanft aus dem Weg und zückten ihre Schwerter.

In Sekundenschnelle war einer von ihnen direkt neben dem Mädchen und rammte ihr sein Schwert so tief in die Seite, dass es auf der anderen Seite wieder hervortrat. Sie schrie gellend auf, und der blutbesudelte Stein glitt ihr aus den Händen, als sie zusammenbrach. Im nächsten Moment war sie tot.

Lysandra hielt sich die Hand vor den Mund, aber ein ersticktes Wimmern entrang sich ihrer Kehle. Die meisten

Sklaven dagegen schrien laut auf, als sie das Blut, den toten Wachmann und das tote Mädchen sahen.

Ein älterer Mann mit harten Muskeln und einem dichten Bart brüllte vor Zorn. Lysandra erkannte ihn fast sofort als Varas Vater. Wutentbrannt stürmte er auf die Wachen zu, riss einem von ihnen das Schwert aus der Hand und schwang es in weitem Bogen. Schnell und erbarmungslos schlug er zu und hackte dem entwaffneten Wachmann den Kopf ab.

Innerhalb weniger Sekunden hatten sich drei Dutzend Paelsianer in den Kampf gestürzt und versuchten mit allen Mitteln, so viele ihrer Peiniger wie möglich zu töten – mit Steinen und Meißeln, aber auch mit bloßen Händen und Zähnen. Andere Sklaven hielten sich zurück, wie gelähmt vor Schreck und Angst.

Eine weitere Welle von Wachmännern eilte ihren Kameraden zu Hilfe, und einer von ihnen hob seine Peitsche, um sie auf den Rücken eines jungen Paelsianers niedersausen zu lassen. Aber plötzlich taumelte er zurück. Mit großen Augen sah er auf den Pfeil hinab, der gerade unterhalb der Schulter aus seiner Brust ragte. Dann richtete sich sein Blick direkt auf Lysandra.

Als er den Mund öffnete, um die anderen Wachmänner auf sie aufmerksam zu machen, bohrte sich ein zweiter Pfeil in seinen Augapfel. Er stürzte zu Boden, ohne noch einen Laut von sich zu geben.

Den ersten Pfeil hatte Lysandra abgefeuert. Ihre ohnehin schwieligen Finger fühlten sich rau an, so schnell hatte sie ihren Bogen gespannt, gezielt und geschossen.

Aber der zweite …

Brion und Jonas kamen auf sie zugerannt. Im Laufen schoss Jonas einen weiteren Pfeil ab und traf die Kehle eines nahenden Soldaten.

»Hol sie her«, forderte er seinen Freund auf.

Brion legte keinen Widerspruch ein. So schnell er konnte, eilte er zu Lysandra, packte sie und warf sie sich über die Schulter. Sie zitterte am ganzen Leib. Sie konnte nicht klar sehen, nicht klar denken …

Trotzdem wehrte sie sich, kratzte mit den Fingernägeln über seinen Rücken und versuchte sich zu befreien. »Lass mich los! Ich muss ihnen helfen!«

»Soll ich dabei zusehen, wie sie dich umbringen?«, fuhr er sie an. »Nie im Leben!«

Vara hatte einfach losgeschlagen, ohne sich die Konsequenzen klarzumachen. Es hatte keinen durchdachten Plan gegeben. Das Mädchen war verrückt. Das Gemetzel, das sie in ihrem Heimatdorf gesehen hatte, und die unvorstellbaren Grausamkeiten, die ihr hier zweifellos angetan worden waren, hatten sie in den Wahnsinn getrieben.

Jonas lief voraus und schnitt mit seinem Dolch eine blutige Schneise durch die Scharen der Angreifer, um sich und seinen Freunden einen Fluchtweg zu bahnen. Als sie die schützenden Bäume erreichten, setzte Brion Lysandra endlich ab.

Voller Entsetzen sah sie zu, wie das Grauen jenseits des Waldes weiter seinen Lauf nahm. Unzählige Körper lagen blutüberströmt, gebrochen und verstümmelt auf dem Boden, inmitten des Kampfgetümmels. Dreißig, vierzig … vielleicht sogar noch mehr waren innerhalb weniger Minuten getötet worden. Sowohl paelsianisches als auch limerianisches Blut tränkte die ausgedörrte Erde.

Es war ein Massaker.

»Alles in Ordnung?«, erkundigte sich Brion, aber seine Stimme klang meilenweit entfernt. »Lys, hörst du mich? *Bist du in Ordnung?*«

Endlich sah sie ihn an und begegnete seinem sorgenvollen Blick. »Ich wollte helfen«, stieß sie leise hervor.

Erleichterung flackerte in seinen blauen Augen auf, dicht gefolgt von Wut. »Du hast mir einen Mordsschrecken eingejagt. Tu das ja nie wieder, in Ordnung?«

Eine kühle Brise strich Lysandra übers Gesicht, was sie verwunderte, da die Luft bisher völlig windstill gewesen war. Auch Brion spürte es und sah beunruhigt zum Himmel auf. Da erklang plötzlich ein tosendes Rauschen, das immer lauter und lauter wurde.

»Was ist das?«, rief sie.

Etwas Unheilvolles näherte sich ihnen, wirbelte Staub und Schutt, Holz und Felsen auf und wurde von Sekunde zu Sekunde mächtiger, verheerender. Etwas Todbringendes, das sich so schnell gebildet hatte, dass niemand es bemerkte, bevor es mit voller Wucht über sie hereinbrach.

Ein Tornado. Ein gigantischer Wirbelsturm brauste auf das Straßenlager zu. Der Wind frischte auf, peitschte Lysandra die Haare aus dem Gesicht und machte es ihr unmöglich zu sprechen. Über den ohrenbetäubenden Lärm hätten ihre Kameraden sie ohnehin nicht hören können. Dunkle Sturmwolken zogen auf und verdeckten innerhalb weniger Sekunden den ganzen Himmel.

Sowohl Sklaven als auch Wachmänner rannten verzweifelt um ihr Leben, aber viele wurden von dem Mahlstrom erfasst, verschwanden einen Moment und wurden dann wie hilflose Puppen mit grausamer Gewalt zu Boden geschmettert.

»Er kommt auf uns zu!«, schrie Jonas. Brion packte Lysandras Hand, und sie liefen los. Aber sie kamen nicht weit, bevor der Sturm sie von den Füßen fegte. Stämmige Bäume wurden mit der Wurzel aus dem Boden gerissen und wie Pfeile durch die Luft geschleudert.

Das Brüllen des Orkans klang wie Donner – nur noch ohrenbetäubender. Noch fürchterlicher. Lysandra bekam keine Luft, ihre Kehle war wie zugeschnürt. Etwas flog an ihrem Kopf vorbei und kratzte über ihre Wange, aber sie spürte nichts als die Wärme ihres Blutes. Da wurde ihr auf einmal klar, dass sie sich an Brion und Jonas festklammerte, um nicht von dem Zyklon erfasst und davongewirbelt zu werden. Trotzdem war sie einen Moment ganz sicher, dass genau das passieren würde.

Direkt neben ihnen erhob sich ein riesiger Baum in die Luft und krachte mit voller Wucht zurück zu Boden, wobei er sie nur um wenige Meter verfehlte. Lysandra starrte ihn über Brions Schulter hinweg an und spürte alles Blut aus ihrem Gesicht weichen, als ihr bewusst wurde, dass dieser Baum sie um ein Haar erschlagen hätte.

Gerade als sie dachte, das Auge des Sturms müsste sie jeden Moment erreichen, verlor der Tornado plötzlich an Stärke, wurde kleiner und kleiner und verschwand schließlich völlig. Das tosende Brüllen verstummte. Ein paar Minuten herrschte unheimliche Stille, dann begannen die Vögel wieder zu zwitschern und die Bienen zu summen. Aus dem Lager waren Schreie und Wehklagen zu hören, als die Überlebenden langsam aus ihrem Schockzustand erwachten.

Zwei Wachen hatten sie zwischen den gefällten Bäumen entdeckt, lösten sich aus dem Tumult und stürmten jetzt mit gezückten Schwertern auf sie zu.

»Wir müssen hier weg«, knurrte Jonas. »Sofort.«

Ihren Bogen fest umklammernd kam Lysandra noch etwas unsicher auf die Beine und rannte hinter Brion und Jonas durch den Wald. Bei jedem Schritt versanken ihre Stiefel in aufgewühlter Erde, und immer wieder stolperte sie über die Wurzeln umgestürzter Bäume.

»Anhalten, im Namen des Königs!«, schrie einer der Wachmänner.

Ein Ast peitschte Lysandra ins Gesicht, und sie schmeckte Blut auf ihrer Lippe, als sie ihn im Laufen wegschob. Sie durften nicht langsamer werden. Nach allem, was passiert war, würden die Limerianer ihnen zweifellos die Kehle durchschneiden, wenn sie sie erwischten. Wahrscheinlich hielten sie sie für Sklaven, die das allgemeine Chaos zur Flucht genutzt hatten.

Nach und nach wurden die Rufe der Wachen leiser, aber sie rannten noch eine Weile weiter. Schließlich wurden sie langsamer.

»Was war das?«, fragte Brion mit angespanntem Gesicht. »Was ist da gerade passiert?«

Lysandra konnte nicht aufhören zu zittern. »Welchen Teil meinst du?«

»Einfach alles. Dieser Tornado ...«

»Zufall«, meinte Jonas. Auch er war erschöpft, ging aber dennoch zügig weiter.

»Der Zeitpunkt war zu passend für einen Zufall.« Brion kratzte sich am Kopf. »Es hatte fast den Anschein, als wäre der Sturm durch das Blutbad ausgelöst worden. Meine Großmutter hat mir Geschichten erzählt ... über Hexen und Blutmagie ...«

Lysandra sah ihn an, und ihre Augen wurden groß. »Ich habe eine Hexe gesehen, kurz bevor unser Dorf angegriffen wurde. Ich glaube, sie hat Blutmagie gewirkt, um in die Zukunft zu sehen. Mein Bruder meinte, sie wäre ein Altling, jemand, der die Elemente verehrt. Sie ... sie ist tot. Wie so viele andere.«

»Ich glaube nicht an Magie«, sagte Jonas entschieden. »Der Glaube an Magie ist schuld daran, dass unser Volk sich jahrhundertelang hat unterdrücken lassen. Genau deswegen kämpfen sie nicht, auch wenn sie es sollten. Ich glaube nur an Dinge, die ich mit eigenen Augen sehen kann. Das Wetter hier in Paelsia war schon immer unberechenbar. Mehr war das nicht. Aber was das Arbeitslager angeht – ich weiß jetzt, was der König unseren Landsleuten antut. Du hattest recht, Lysandra.«

Nach allem, was sie gerade durchgemacht hatte, spendeten ihr Jonas' Worte nur wenig Trost. »Solange der König lebt, wird die Straße weitergebaut, und jeden Tag werden mehr Paelsianer sterben.«

»Wir müssen etwas in die Hand bekommen, was wir als Waffe gegen den König einsetzen können.« Jonas runzelte nachdenklich die Stirn. »Etwas, was für ihn großen Wert hat. Das könnte den Rebellen Macht verschaffen und es uns ermöglichen, Gaius ernsthaft zu schaden – ihn so lange aufzuhalten, bis wir eine Chance haben, ihm endgültig das Handwerk zu legen.« Er schwieg einen Moment, dann sah er Lysandra direkt in die Augen. »Ich weiß genau das Richtige.«

Sie starrte ihn überrascht an. »Was?«

»Nicht was? Wer. Prinzessin Cleiona.«

»Sie schon wieder? Was willst du diesmal von ihr?«

»Hört zu. Der König wird sie bestimmt nicht ewig als nützlich erachten, aber im Moment tut er das noch. Er braucht sie als Stütze für seine Herrschaft über Auranos. Wenn er keinen Vorteil darin sehen würde, sie im Palast zu behalten, wäre sie schon längst tot. Und das heißt, sie könnte auch für uns wertvoll sein.« Seine Lippen wurden schmal. »Nach dem, was ich heute gesehen habe, bin ich zu allem bereit, um unser Volk vor der Tyrannei des Blutkönigs zu retten.«

»Du willst die Prinzessin töten, um ihm eine Botschaft zu schicken«, stieß Lysandra atemlos hervor.

»Jonas …« Brion wirkte beunruhigt. »Bist du sicher, dass du das tun willst?«

»Ich habe nicht vor, sie zu töten.« Jonas sah seinen Kameraden fest in die Augen. »Nein, ich werde sie entführen.«

KAPITEL 9

KÖNIG GAIUS

IM HEILIGTUM

Gaius fühlte ihre Anwesenheit, noch bevor sie in dem kargen, fensterlosen Raum, der ihm in letzter Zeit so vertraut geworden war, in Sicht kam. »Ihr habt mich zu lange warten lassen.« Er machte keinen Hehl aus seiner Ungeduld.

»Verzeihung, Hoheit«, beschwichtigte sie ihn. »Bitte sagt mir, dass sich das Warten auf mich gelohnt hat.«

Er drehte sich zu ihr um und ließ seinen Blick über ihren Körper gleiten. Sie trug ein Gewand, das aus purem Gold gesponnen schien. Makellose Haut, lange goldene Haare, Augen so strahlend blau wie Saphire. Sie war die schönste Frau, die er je gesehen hatte.

Seine letzte Mätresse war eine sterbliche Hexe gewesen. Seine jetzige war eine unsterbliche Göttin – oder einer Göttin zumindest ähnlicher, als er es für möglich gehalten hätte.

»Melenia, meine Schöne«, sagte er. »Ich würde eine Ewigkeit warten, um noch einmal von Euch träumen zu dürfen.«

Es schickte sich wohl nicht, eine Beinahe-Göttin anzulügen, aber Frauen ließen sich von solchen Schmeicheleien immer so leicht beeinflussen.

»Aber das hier ist mehr als ein Traum. So viel mehr.« Ein Lächeln umspielte ihre sinnlichen Lippen, und Gaius ließ seinen Blick einen Moment dort verharren. Heute Abend war sein Verlangen, Antworten zu bekommen, weit wichtiger als seine Begierde nach diesem ätherischen Wesen.

»Ich weiß, dass Ihr real seid. Dass alles, was Ihr mir erzählt, real ist. Wenn dem nicht so wäre, würde ich es nicht einmal in Erwägung ziehen, Euren Rat zu befolgen.«

»Natürlich nicht.« Melenia ließ ihre Hand über seinen Oberarm und dann über seine Brust gleiten. »Und mit meiner Straße leistet Ihr so gute Arbeit, mein König. Aber … es gibt ein Problem.«

»Ein Problem?«

»Die Zeit wird knapp. Ihr müsst sie schneller fertigstellen.«

Eine Welle von Frustration durchflutete Gaius, aber er ließ sich nichts anmerken. »Die Straße wird von Menschen gebaut – ich habe so viele zusammengetrieben, wie ich kann. Sie wird so schnell wie möglich fertiggestellt.«

Etwas blitzte in ihren blauen Augen auf – etwas Unschönes –, aber schon im nächsten Moment war es verschwunden, und sie lächelte wieder. »Selbstverständlich. Auch Xanthus hat mir berichtet, dass die Arbeiten gut vorangehen. Aber der Mann kommt kaum zur Ruhe, da ist es manchmal schwierig, sich mit ihm in Verbindung zu setzen. Zum Glück vertraue ich ihm ohne Vorbehalte.«

Xanthus. Der Mann, der die Straße geplant hatte und ihren Bau beaufsichtigte. Er war kompetent, klug und stets darum bemüht, seine Aufgaben zu ihrer Zufriedenheit zu erfüllen.

Zu Melenias Zufriedenheit.

Xanthus war ein verbannter Wächter, der Gaius' schöner, unsterblicher Geliebten bereitwillig diente. Die Erdmagie, über die er selbst nach zwanzig Jahren in der Menschenwelt noch immer verfügte, war essenziell wichtig für den Bau der Reichsstraße, auch wenn Gaius nicht wusste, was genau sie bewirkte.

»Bitte entschuldigt meine Ungeduld«, sagte Melenia leise,

»aber ich habe schon so lange gewartet. Und jetzt, da unser Vorhaben endlich Gestalt annimmt und ich den Beweis habe, dass wir auf dem richtigen Weg sind, wird mir klar, dass dies unsere einzige Chance ist.«

»Beweis? Was für einen Beweis?«

»Zeichen, mein König. Unvorstellbare Zeichen, dass alles so geschieht, wie es vorbestimmt war – dass alles sich zusammenfügt, wie es sollte. Worte, die genau zur richtigen Zeit ausgesprochen werden; Zusammenhänge, die plötzlich offenbar werden; geflüsterte Geheimnisse, die von neugierig gespitzten Ohren aufgeschnappt werden …« Ihr Lächeln wurde breiter, wie als Ausgleich für ihre kryptischen Worte. »Was wie eine Reihe von Zufällen erscheint, erkennt eine Unsterbliche wie ich als Fügung des Schicksals. Als Zeichen, dass alles so ist, wie es sein sollte.«

Ihr hübsches Lächeln milderte seine Frustration kein bisschen. »Ich brauche mehr, Melenia. Sagt mir mehr.«

Sie ging so nahe an ihm vorbei, dass ihre Arme sich berührten. »Ich kann noch mehr tun als es Euch nur zu sagen. Mein König, ich werde Euch zeigen, was Ihr sehen müsst, um zu verstehen, weshalb ich Euch zur Eile dränge.«

Als er sich umdrehte, sah er, wie auf dem schwarzen Marmorboden in der Mitte des großen Raums ein runder Tisch erschien. Er trat näher heran, um die darauf ausgebreitete Karte von Mytica zu betrachten. Sie war ein vertrauter Anblick, denn er hatte eine ganz ähnliche Karte im Palast von Limeros.

Melenia strich genüsslich langsam mit dem Zeigefinger über die westliche Küstenlinie, als würde sie einen Geliebten streicheln. »Das alles gehört Euch. Dieses ganze Land mit all seinen Menschen. Ganz Mytica gehört Euch, jetzt schon, allein mit der Magie, die Euch heute zur Verfügung steht.«

Die Erwähnung von Magie lenkte seine Aufmerksamkeit wieder auf ihr makelloses Gesicht. »Wann wird sie aufwachen?«

Lucias Magie hatte es ihm ermöglicht, König Corvin zu besiegen, bevor Melenia sich ihm gezeigt hatte. Bevor sie ihm das erste Mal in seinen Träumen erschienen war und ihm erklärt hatte, wer sie war und was sie von ihm wollte. Sie brauchte die Hilfe eines mächtigen Sterblichen, und aus allen Bewohnern Myticas hatte sie ihn erwählt.

»Die junge Magierin wird erwachen, wenn die Zeit gekommen ist«, antwortete Melenia.

Gaius schlug mit der Faust auf den Tisch. »Das reicht mir nicht«, herrschte er die Wächterin an. »Ich brauche sie jetzt. Was nützt mir das Versprechen zukünftiger Magie, wenn ich bereits über Magie verfüge, sie aber nicht einsetzen kann?«

Die meisten würden vor seinem Zorn zurückschrecken – kein Mensch, dem sein Leben lieb war, legte sich freiwillig mit ihm an.

Aber Melenia war anders. Sie kannte keine Angst. »Glaubt Ihr ernsthaft, ich würde vor Euch auf die Knie fallen und Euch um Vergebung anflehen, Hoheit?« Sie lächelte noch immer, als würde er sie amüsieren. Dass sie es wagte, ihn so respektlos zu behandeln, ärgerte und faszinierte ihn zugleich. Nicht einmal Sabina war so dreist gewesen. »Ich verneige mich vor niemandem.«

»Wer sich vor mir nicht verneigt, stirbt.«

»Ich bin unsterblich – die Erste meiner Art. Ich lebe seit über viertausend Jahren. Ich sehe diese Welt seit ihren Anfängen, ich habe gesehen, wie sie sich ändert, sich entfaltet und wächst. So oft schon habe ich die Geburt und den unvermeidlichen Tod sterblicher Könige miterlebt, dass es mich inzwischen ermüdet. Aber Ihr seid etwas Besonderes. Soll ich

Euch ein Geheimnis verraten? Wollt Ihr den Grund dafür hören, dass ich mit meinem Anliegen zu Euch gekommen bin? Das war kein Zufall, mein Liebster.«

»Ihr habt behauptet, dass die Straße mich zu den Essenzen führen wird; dass ich in den Verbotenen Bergen erfahren werde, wo sie versteckt sind, und dass Xanthus mich über alle Entwicklungen auf dem Laufenden hält.« Die Wut brodelte in ihm wie heiße Lava. »Aber er hat immer noch nichts entdeckt – keine Hinweise, kein Zeichen. Wo sollen wir mit der Suche anfangen? Ich brauche Beweise, dass Ihr mir die Wahrheit sagt, Melenia.«

»Vertraut mir, Hoheit.«

»Ich vertraue niemandem.«

»Niemandem? Nicht einmal Eurem Sohn, der Euch Eurer eigenen Aussage nach so ähnlich ist?«

»Er ist noch jung. Bevor ich ihm mein volles Vertrauen schenke, muss er erst beweisen, wozu er imstande ist.«

»Und dennoch habt Ihr ihm von mir erzählt.«

»Ich habe ihm nur gesagt, dass ich eine neue Beraterin habe. Die Einzelheiten würde er mir ohnehin nicht glauben. Noch nicht. Aber wenn ich jemandem von Euch und alldem hier erzählen würde, dann ihm.«

Womöglich hatte die schöne Unsterbliche Spione ausgeschickt, die seine Gespräche belauschten. Die meisten ihrer Art konnten die Gestalt von Falken annehmen, um die Menschen zu beobachten. Aber nicht Melenia selbst. Sie war im Heiligtum gefangen wie alle Ältesten. Für sie gab es kein Entkommen und keine andere Möglichkeit, mit der Menschenwelt Kontakt aufzunehmen, als in Träumen wie diesem.

»Eure Adoptivtochter wird aufwachen, aber noch nicht jetzt. Sie spielt eine wesentliche Rolle bei der Ausführung Eures Plans. Bei der Erfüllung … Eurer Prophezeiung.«

Sofort wurde er hellhörig. »Meiner Prophezeiung?«

Melenia nickte und strich mit kühlen, zarten Fingern über sein angespanntes Kinn. »Ja. Ich habe sie mit eigenen Augen gesehen, und so weiß ich, dass sie wahr ist.«

»Was für eine Prophezeiung?«

Als sie ihn nur erneut amüsiert anlächelte, packte er ihre Arme so fest, dass jede andere Frau zusammengezuckt wäre.

»Sagt es mir«, fuhr er sie an.

»Das werde ich, mein König, sobald Ihr mich loslasst.«

Das Verlangen, ihr wehzutun, sie mit Gewalt dazu zu zwingen, die Wahrheit zu sagen, war stark, aber er wusste, dass es ihn kein Stück weiterbringen würde. Sie wirkte so zart und verletzlich, als würden ihre Knochen unter dem geringsten Druck wie Zweige auseinanderbrechen. Doch sie war weder zart noch verletzlich – im Gegenteil. Das durfte er nicht vergessen. Wenn er sie verärgerte, ganz gleich ob mit Worten oder mit Taten, würde sie ihm vielleicht nie wieder eine Audienz gewähren.

Dieses Risiko würde er nicht eingehen. Noch nicht.

Er gab sie frei.

»Die Prophezeiung besagt, dass eines Tages ein sterblicher König über dieses Reich herrschen wird.« Sie strich erneut mit der Hand über die Karte von Mytica. »Er wird große Macht erlangen und so zu einem unsterblichen Gott werden. Mit einer Göttin als Königin wird er nicht nur sein Land, sondern diese ganze Welt und alles jenseits ihrer Grenzen beherrschen, und jeder, ob sterblich oder unsterblich, wird vor ihnen das Knie beugen. Dieser König seid Ihr, mein Liebster. Und ich werde Eure Königin sein.«

Bei ihren Worten begannen die Linien auf der Karte von Mytica zu glühen, breiteten sich über den Tisch und schließlich wie Flammen über den schwarzen Marmorboden aus.

Mit silbrigem Licht erleuchteten sie die Grenzen anderer Länder, anderer Königreiche und Imperien jenseits des Meeres und weit darüber hinaus. Gaius folgte ihrem Verlauf, bis sie in der Dunkelheit verschwanden.

»Das alles wird mein sein«, flüsterte er.

»Ihr seid dazu bestimmt, ein unsterblicher Gott zu werden. Niemand hatte je so viel Macht, wie Ihr sie haben werdet. Das Universum selbst wird vor Euch erzittern.«

Er nickte langsam. Ihre Worte waren wie Honig, so süß und so wahr. Sie nährten etwas tief in seinem Inneren, das schon viel zu lange hungerte. »Ich wusste es. Ich wusste, dass ich zu Höherem bestimmt bin.«

»Ja. Jetzt versteht Ihr sicher, dass Ihr den Bau der Straße schneller vorantreiben müsst, um diese Magie zu finden. Das Blutvergießen in Auranos und Paelsia, seine Wirkung auf die Elemente … das war das erste Zeichen.«

»Das erste Zeichen wofür?«

»Dass die Vorsehung sich erfüllt.« Ihre Augen glühten, genau wie die endlose Weltkarte, die das Meer aus Schwarz um sie herum in ein diffuses Licht tauchte. »Wir werden sie gemeinsam finden.«

»Die Essenzen«, stieß er heiser hervor. War er seinem Ziel wirklich so nahe? »Ihr wisst, wo die Kristalle versteckt sind.«

»Ihr Aufenthaltsort ist mir und den meinen all die Jahre über verborgen geblieben. Aber nun ist es Zeit. Ich bin sicher, dass Ihr derjenige seid, der uns in diese glorreiche Zukunft führen wird.«

Gaius' Atem hatte sich beschleunigt, und sein Herz schlug so schnell wie seit Langem nicht mehr. Was sie ihm verhieß, war schon immer sein größtes Verlangen gewesen. »Ich bin zu allem bereit.«

Sie nickte. »Damit die Prophezeiung wahr wird, muss das

Blutvergießen weitergehen. Viele werden sterben; viele *müssen* sterben, um unseren Erfolg zu sichern.«

»Dann werden viele sterben … meine Königin. So viele wie nötig.«

»Ich hoffe, das meint Ihr ernst.«

»Das tue ich.«

Melenia hatte ihm alles gesagt, was er wissen musste, was ein Teil von ihm schon immer gewusst hatte. Er war zu noch viel Höherem berufen, als er bereits erreicht hatte. Er würde ein unsterblicher Gott werden – der mächtigste König, den die Welt je gesehen hatte. Jeder würde vor ihm das Knie beugen müssen, das ganze Universum würde ihm gehören …

Bis in alle Ewigkeit.

KAPITEL 10

CLEO

AURANOS

Cleo umklammerte ihren Amethystring so fest, dass sie sicher war, er würde einen bleibenden Abdruck auf ihrer Haut hinterlassen. Mit zusammengekniffenen Augen versuchte sie, etwas darin zu erspüren. *Irgendetwas.*

Schließlich öffnete sie ihre Hand und sah auf das kleine Schmuckstück hinunter. *»Er hat deiner Mutter gehört«*, hatte ihr Vater kurz vor seinem Tod gesagt. *»Sie hat immer geglaubt, dass er die Kraft besitzt, die Essenzen aufzuspüren. Wenn du die Essenzen findest, wirst du über genügend Macht verfügen, um dieses Königreich von denen zurückzuholen, die uns alle zerstören wollen.«*

»Ich gebe mein Bestes, Vater«, flüsterte sie, und Tränen der Frustration und Trauer traten ihr in die Augen. »Aber ich weiß nicht, wie. Ich wünschte, Ihr wärt hier. Ich vermisse Euch und Emilia so sehr.«

Ihre wochenlangen Nachforschungen in der Palastbibliothek hatten nichts ergeben. *Vielleicht hat er sich geirrt.*

Ein lautes Klopfen riss sie aus ihren Gedanken, und sie sprang schnell auf, um den Ring wieder hinter dem losen Stein in der Wand zu verstecken. Wenig später öffnete sich die Tür, und zwei Dienerinnen traten ein, die eine hell-, die andere dunkelhaarig. Beide waren Limerianerinnen. Cleo war es nicht mehr erlaubt, sich mit Dienern aus ihrem eigenen Königreich zu umgeben.

»Wir sollen Euch helfen, Euch für Euren Ausflug zurechtzumachen«, erklärte die Hellhaarige, Helena.

»Meinen Ausflug?«, fragte Cleo verwundert. »Wohin?«

»Nach Hawk's Brow«, antwortete die andere, Dora, und ihre dunklen Augen schimmerten neidisch. »Die Königin selbst wird Euch dorthin begleiten. Ihr habt heute einen Termin bei Lorenzo.«

Cleo kannte den Namen aus glücklicheren Zeiten. Lorenzo war ein berühmter, für seinen tadellosen Geschmack und seinen einzigartigen Stil bekannter Mann, von dem Cleo und ihre Schwester sich seit ihrer Jugend ihre Kleider hatten schneidern lassen.

Da dämmerte Cleo, was ihr bevorstand. Königin Althea wollte, dass sie sich ihr Hochzeitskleid anfertigen ließ.

Ihr wurde ganz flau im Magen. Das Gefühl, in die Enge getrieben zu werden, zu etwas gezwungen, was sie ganz und gar nicht wollte, raubte ihr für einen Moment den Atem. Doch dann wurde ihr bewusst, dass sie die Palastanlage zum ersten Mal seit ihrer Gefangennahme verlassen würde.

Womöglich könnte Lorenzo ihr helfen ... Erneut kehrten ihre Gedanken zu dem Ring zurück. In Hawk's Brow lebten viele Gelehrte und Künstler – Menschen, die sich gut mit Geschichte und Legenden auskannten. Wenn sie unter vier Augen mit dem Schneider sprechen und ihn für ihre Sache gewinnen könnte ...

»Also gut«, sagte sie und reckte das Kinn. »Dann lassen wir die Königin lieber nicht warten.«

»Ich hab gehört, du reist heute nach Hawk's Brow, Cleo.«

Die vertraute, aalglatte Stimme ließ sie innehalten, als sie gerade zu Königin Althea unterwegs war. Nachdem Helena und Dora ihr geholfen hatten, sich für ihren Ausflug anzukleiden, hatte sie die beiden Dienerinnen weggeschickt und sich allein auf den Weg gemacht.

»Lord Aron …« Cleo wandte sich um und sah ihn wie so oft ganz in ihrer Nähe herumlungern.

Unwillkürlich dachte sie an ihren letzten Ausflug nach Hawk's Brow zurück. Vor knapp einem Jahr hatten sie und ihre Freunde ein paar Tage in der großen auranischen Küstenstadt verbracht – mit dem einzigen Ziel, Spaß zu haben. Auch Aron war dabei gewesen. Damals hatte Cleo noch gedacht, sie wäre in den arroganten Lord verliebt.

Wie sehr sich die Zeiten doch geändert hatten.

»Ich weiß, du bist mir immer noch böse, weil ich dein Geheimnis verraten habe.« Seine Augen glitzerten im Licht der Fackel, die neben ihm an der Wand brannte.

Cleo setzte ein nachsichtiges Lächeln auf, was sie große Mühe kostete. »Diese unschönen Dinge sind vorbei. Lassen wir sie ruhen.«

Als sie sich an ihm vorbeizudrängen versuchte, packte er ihre Arme. »Denkst du wirklich, ich würde so leicht aufgeben?«

Sein Atem roch durchdringend nach Alkohol. Er trank nur paelsianischen Wein, der einen heftigen Rausch auslöste, ohne dass einem später übel wurde. Kein Wunder also, dass er nicht merkte, wann er aufhören sollte.

»Leicht? Was an dem Ganzen hier war jemals leicht?«

»Trotz allem will ich dich immer noch.«

Cleo machte sich los und schubste ihn weg. »Benimm dich nicht so erbärmlich, Aron. Du wolltest mich noch nie. Du wolltest die Position, in die du durch die Heirat mit mir aufgestiegen wärst. Wenn du weiterleben willst, solltest du die Sache auf sich beruhen lassen. Du hast verloren.«

Das haben wir alle … Für den Moment jedenfalls.

Arons Augen wurden schmal. »Wenn es so ist, sollte ich vielleicht mein Glück bei deiner Freundin Mira versuchen. Sie würde mich nicht abweisen – wenn sie weiß, was gut für sie ist. Würde es dich eifersüchtig machen, wenn ich sie als Geliebte nehme?«

Sie zwang sich, ruhig zu bleiben. »Lass Mira in Frieden, du elender Säufer.«

»Willst du mir etwa drohen?«

»Ja – sonst schneide ich dir mehr als nur deine Zunge ab.«

Sie hatte keine Zeit für diesen Unsinn, so beunruhigend er auch war.

Ohne ein weiteres Wort drehte Cleo sich um und wollte ihn stehen lassen, aber Aron folgte ihr. Sie beschleunigte ihre Schritte, als sie die Bibliothek passierte, und mied es, die Porträts der Damoras anzusehen, die den Platz ihrer Familiengemälde eingenommen hatten.

In ihrer Eile wäre sie fast mit Magnus zusammengestoßen, der mit einem Stapel Bücher in den Armen aus der Bibliothek kam. Er warf ihr einen desinteressierten Blick zu, dann sah er über ihre Schulter. Beim Anblick des Kronprinzen von Limeros geriet Aron ins Straucheln. Er nickte Magnus zu, dann ging er langsam, ganz langsam an ihnen vorbei und verschwand hinter der nächsten Ecke.

»Scheint, als würdet Ihr verfolgt, Prinzessin. Der neue Königsvasall meines Vaters will seine wahre Liebe wohl nicht aufgeben, was?«

Wahre Liebe. Der Gedanke war lächerlich. »Oh, das wird er schon. Früher oder später.«

Sie musterte die Bücher, die der Prinz in den Händen hielt. Zu ihrer Überraschung handelten sie alle von Magie und Legenden – Cleo hatte sie selbst überflogen, allerdings festgestellt, dass sie keine nützlichen Informationen enthielten.

Als er bemerkte, dass seine Buchauswahl sie stutzig gemacht hatte, erklärte er: »Nur ein bisschen leichte Lektüre, um die Langeweile zu vertreiben.«

Sie riskierte einen Blick in seine braunen Augen. »Ihr glaubt an Magie?«

»Natürlich nicht. Nur Idioten glauben an solchen Unsinn.« Ein unangenehmes Grinsen erschien auf seinen Lippen. »Wollt Ihr hören, woran ich glaube?«

»Ich dachte, Euch geht es nur um Macht und Status. Was sollte ich sonst noch wissen?«

»Gar nichts.« Er grinste immer noch, aber seine Augen blieben kalt. »Anscheinend treibt sich Euer anderer Verehrer auch hier herum. So viele junge Männer sind in Euch verliebt, da müsste ich ja eine Liste führen, um den Überblick zu behalten.«

»Prinzessin«, erklang da Nics Stimme zu ihrer Linken. »Königin Althea schickt mich.«

Cleo wandte sich von dem verhassten Prinzen ab und schaute ihrem Freund entgegen. Nic kam in zügigem Tempo auf sie zu, aber sein Blick war auf Magnus gerichtet.

Wenn sie Nic sah, fühlte Cleo sich immer besser – selbst in Anwesenheit ihres Feindes. Heute verfinsterte sich ihr Gesicht jedoch, als sie seine Kleidung sah. Nein, nicht seine Kleidung. Seine *Uniform*.

Rot, vertraut, verabscheuungswürdig. Aber notwendig.

Nachdem sie Nic an dem Morgen nach Jonas Agallons unerwünschtem nächtlichem Besuch in den Ställen ausfindig gemacht hatte, hatte Cleo den König aufgesucht. Nicht etwa, um ihm von dem Rebellen zu erzählen, sondern um ihn zu bitten – oder besser gesagt anzuflehen –, Nic einen Posten im Palast zu geben. Magnus war dabei gewesen und hatte dafür plädiert, Nic genau dort stationiert zu lassen, wo er war.

»Du hast den Knappen des früheren Königs in den Ställen arbeiten lassen und mir nichts davon gesagt?«, fragte Gaius fassungslos. »Dieser Junge wäre mir woanders viel nützlicher.«

Cleo war überrascht, dass Magnus seinem Vater nicht erzählt hatte, was Nic ihm angetan hatte, um sich eine solche Strafe zu verdienen. Und auch bei dieser Unterredung erwähnte er Nics Vergehen mit keinem Wort. Vielleicht schämte er sich dessen, was an jenem Tag in Paelsia geschehen war, nachdem er Theon getötet hatte.

Das war nur recht und billig.

»Ich hatte meine Gründe«, hatte Magnus erklärt. »Nicolo Cassian hat es verdient, auf Lebenszeit in den Ställen zu arbeiten.«

»Wenn du mir kein gutes Argument liefern kannst, bleibe ich anderer Meinung«, entgegnete der König.

Magnus schwieg und warf Cleo einen bösen Blick zu. Sie hätte fast gegrinst, so sehr freute sie sich über diesen kleinen Triumph.

Diese Runde hatte sie gewonnen. Allerdings war ihr Plan nicht ganz so aufgegangen, wie sie es sich erhofft hatte. Statt weiterhin Dreck und Pferdemist wegzuschaufeln, hatte Nic der Palastwache beitreten müssen und trug jetzt die Uniform des Feindes. Sein Gesicht war grimmig, und er ließ Magnus nicht aus den Augen. »Prinzessin, ist alles in Ordnung?«

»Natürlich«, sagte sie leise. »Mir geht es den Umständen entsprechend gut.«

Magnus schnaubte. »Keine Sorge. Ich habe der Prinzessin heute keine weiteren Demütigungen zugemutet. Allerdings ist der Tag ja noch jung.«

Nics Augen blitzten zornig. »Wenn Ihr Cleo auch nur ein Haar krümmt, bekommt Ihr es mit mir zu tun.«

»Ihr solltet aufpassen, wie Ihr mit Euren Vorgesetzten redet. Das klang verdächtig nach einer Drohung.«

»Lasst Euch eins gesagt sein, Prinz Magnus: Ich werde nicht zulassen, dass Ihr Cleo noch einmal wehtut, ganz gleich zu welcher Drecksarbeit Ihr mich als Nächstes verdonnert.«

Magnus wirkte nach wie vor amüsiert. »Ihr seid wirklich unterhaltsam, Cassian. Vielleicht war es doch eine gute Entscheidung, Euch nicht köpfen zu lassen.«

»Warum habt Ihr das eigentlich getan?«, wollte Cleo wissen. »Und warum habt Ihr dem König nicht erzählt, was an jenem Tag in Paelsia passiert ist?«

Schlagartig wich alle Belustigung aus Magnus' Gesicht. »Es erschien mir ... unnötig. Wenn Ihr mich jetzt entschuldigen würdet – ich muss nach meiner Schwester sehen. Ich wünsche Euch und meiner Mutter eine schöne Reise nach Hawk's Brow, Prinzessin.« Damit drehte er sich um und ging davon.

Verwundert blickte Cleo ihm nach. Der Kronprinz von Limeros war ihr wirklich ein Rätsel.

Und dabei wollte sie es lieber belassen.

»Ich hasse ihn«, stieß Nic zwischen zusammengebissenen Zähnen hervor.

»Ach wirklich?«, erwiderte Cleo, plötzlich wütend. »Das hat man dir überhaupt nicht angemerkt.«

»Willst du etwa, dass ich ...«

»So etwas darfst du nicht zu ihm sagen, ganz gleich wie verärgert du bist. Zieh so viel du willst über ihn her, wenn wir allein sind, aber beleidige ihn nie, *nie wieder* direkt. Er kann dich immer noch wegen der kleinsten Kränkung hinrichten lassen, das weißt du doch!«

Nic verzog das Gesicht und senkte beschämt den Blick. »Du hast recht. Entschuldige, Cleo.«

»Du musst dich nicht entschuldigen. Sei nur bitte in Zukunft etwas vorsichtiger, ja?« Sie atmete tief durch. »Ich will dich nicht verlieren. Niemals. Verstehst du das?«

»Gleichfalls«, antwortete er grinsend.

»Was ist?«, fragte Cleo leicht irritiert. Sie konnte ihrem Gespräch nichts Amüsantes abgewinnen.

»Du hast dich verändert. Du bist selbstsicherer und … energischer.« Sein Lächeln verblasste. »Aber diese Stärke ist aus Schmerz und Verlust entstanden. Ich wünschte, ich könnte deinen Kummer irgendwie lindern.«

Plötzlich hatte Cleo das heftige Bedürfnis, ihm von dem Ring zu erzählen, biss sich aber auf die Zunge. Der Ring würde ihr Geheimnis bleiben. Zumindest bis sie *ihm* alle Geheimnisse entlockt hatte.

»Gehen wir«, sagte sie stattdessen. »Auf nach Hawk's Brow! Ich bestehe darauf, dass du mich auf meiner Reise als persönlicher Leibwächter begleitest.«

Da grinste er wieder. »Brauchst du fürs Anprobieren denn wirklich Begleitschutz?«

»Ich denke schon«, antwortete sie und musste zu ihrer eigenen Überraschung auch lächeln. »Immerhin muss ich den ganzen Tag mit der Königin verbringen.«

»Ich habe mein Leben lang nicht viel von Auranos gesehen«, sagte Königin Althea einige Stunden später, als sie und Cleo sich in einer geschlossenen Kutsche gegenübersaßen. Ein halbes Dutzend Wachmänner ritten vor und hinter ihnen her, und Nic saß leider vorne beim Fahrer, so dass Cleo auf sich allein gestellt war.

»Oh, wirklich?«, fragte sie nach, obwohl ihr überhaupt nicht danach zumute war. Stundenlang mit der Königin in einer Kutsche zu sitzen, wo ihnen nichts anderes übrig blieb, als höfliche Konversation über das warme Frühlingswetter und die schöne Landschaft zu machen, war mehr als unangenehm – es war eine Qual.

»Natürlich waren Gaius und ich auch in Auranos, als wir nach unserer Hochzeit durch Mytica gereist sind. Gaius' Vater meinte, solch eine Reise würde die Beziehungen zwischen unseren Ländern stärken. Aber leider waren wir nicht lange hier. Vor zehn Jahren sind wir noch einmal kurz hergekommen, um Eure Familie kennenzulernen, aber seitdem habe ich Limeros nicht mehr verlassen.«

Und ich kann es kaum erwarten, Euch endlich dorthin zurückzuschicken, dachte Cleo.

»Wie habt Ihr König Gaius kennengelernt?«, erkundigte sie sich. Aus irgendeinem Grund sah sie sich gezwungen, dieses Gespräch weiterzuführen, als wäre sie tatsächlich daran interessiert, mehr über Königin Althea und ihre schreckliche Familie zu erfahren.

»Ich wurde zu seiner Braut auserwählt. Mein Vater war mit König Davidus, Gaius' Vater, befreundet. Mein Vater war reich. Ich war ... schön. Es schien eine perfekte Partie.« Die Königin faltete die Hände im Schoß und fügte in ruhigem Ton hinzu: »Zweckehen sind unter uns Adeligen unerlässlich, meine Liebe.«

»Ich weiß«, erwiderte Cleo. Genau dasselbe war ihr von Kindesbeinen an eingeschärft worden.

»Ihr solltet auch wissen, dass ich meinen Sohn über alles liebe. Ich möchte, dass er glücklich wird, ganz gleich, wen er heiratet. Gaius' Entscheidung, ihn mit Euch zu vermählen, stimmt mich jedoch, wie ich zugeben muss, etwas bedenklich.«

»Tatsächlich?« Cleo erging es ebenso, aber sie hatte nicht erwartet, dass Königin Althea ihre Sorge so offen eingestehen würde.

»In meiner Ehe gab es manchmal … Unstimmigkeiten.« Das blasse Gesicht der Königin zeigte deutlich ihre Anspannung. »Aber ich war Gaius stets eine gute, pflichtbewusste Ehefrau. Fast zwanzig Jahre stehe ich meinem Mann nun schon zur Seite, in guten wie in schlechten Zeiten. Obwohl ich mit seinen Entscheidungen und seinen Handlungen nicht immer einverstanden war, habe ich ihm nie öffentlich widersprochen. So ziemt es sich für eine Königin.«

»Natürlich«, sagte Cleo, obwohl ihr das Wort fast im Hals stecken blieb. So unterwürfig würde sie sich bestimmt nicht verhalten, wenn sie ihren Thron zurückerobert hatte.

»Ich bin nicht blind, Prinzessin. Ich weiß, wie schwer Ihr es hattet, und glaubt mir: Ihr habt mein Mitgefühl für all die Verluste, die Ihr wegen der Machtgier meines Mannes erlitten habt. Doch eines solltet Ihr nicht vergessen, und das meine ich von ganzem Herzen, als Ratschlag einer Frau, die selbst zu einer Zweckehe gezwungen wurde.«

Ihre verständnisvollen, fast freundlichen Worte überraschten Cleo. »Was für einen Rat würdet Ihr mir geben?«

Königin Althea beugte sich vor und umfasste Cleos Hände. »Wenn Ihr meinem Sohn irgendwelchen Kummer bereitet, sorge ich dafür, dass Ihr es mit Eurem Leben bezahlt. Versteht Ihr das, meine Liebe?«

Sie sprach leise, aber das machte ihre Warnung nur umso eindringlicher. Ein eisiger Schauer lief Cleo über den Rücken. »Ich verstehe, Hoheit.«

»Gut.« Die Königin nickte und ließ Cleos Hände los. Dann schaute sie aus dem Fenster. »Ah, sehr schön. Wir sind in Hawk's Brow.«

Zutiefst erschüttert von der unerwarteten Drohung spähte Cleo ebenfalls aus dem Fenster und erblickte die Stadt – die Heimat von über vierzigtausend Auraniern.

Cleo hatte Hawk's Brow immer geliebt. Die Farben. Das muntere Treiben. Die extravagant gekleideten Menschen und die Musik, die überall erklang. Die Kutsche schlängelte sich über Straßen aus glatt polierten, ineinandergreifenden Backsteinen, die im Sonnenlicht glitzerten. Die Geschäfte und Tavernen zu beiden Seiten des Weges schimmerten silbern und bronzefarben, ihre Dächer waren kupferrot. Große Bäume, die in voller, jahreszeittypisch violetter oder rosaroter Blüte standen, beugten sich über die Straßen wie natürliche Brückenbögen von farbenfroher, wohlriechender Schönheit.

Eigentlich hatte Cleo jetzt, da König Gaius auf dem Thron saß, große Veränderungen erwartet. Dass es womöglich keine Musik und nur noch gedämpfte Farben geben würde. Dass sie mit Brettern verschlagene Fenster und Türen vorfinden würde, wenn die Kutsche an den Wohnhäusern und Villen vorbeikam.

Aber dem war nicht so. Hawk's Brow erschien ihr fast unverändert – mit einer großen Ausnahme: Rot uniformierte Soldaten sprenkelten die Stadt wie Blutstropfen und mischten sich unter die Auranier, als hätten sie immer schon dazugehört.

Der König wollte sich seine neuen Untertanen gefügig machen, indem er ihnen vorgaukelte, er wäre ein guter König mit einem ungerechtfertigt schlechten Ruf. Fügsame Bürger, die um ihren Status und ihren Lebensstil fürchteten, ließen sich viel leichter kontrollieren als solche, die unterdrückt und misshandelt und somit motiviert waren, gegen seine Herrschaft aufzubegehren. Nur deshalb sah es in Hawk's Brow bis auf die verstärkten Sicherheitsmaßnahmen ganz genauso aus wie bisher.

Eigentlich hätte Cleo sich freuen sollen, dass ihr Volk nicht so sehr unter der Schreckensherrschaft des Blutkönigs litt, wie sie gedacht hatte.

Doch stattdessen fühlte sie nur kaltes Grauen.

So wird es nicht bleiben.

Wie lange würde es dauern, bis sich plötzlich alles änderte und die Leute hier, so arglos und verweichlicht durch ihr behagliches Leben, am eigenen Leib zu spüren bekamen, was es hieß, von einem Tyrannen regiert zu werden? Oder bis diejenigen, die sich dem Blutkönig nicht unterwarfen, so viel Chaos anrichteten, dass seine Vergeltung Unschuldige traf, nicht nur verurteilte Rebellen? Der Gedanke war verstörend.

Die Kutsche hielt vor der Schneiderei, an die Cleo sich ebenfalls noch gut erinnerte. Im Innern erwarteten sie etwa hundert Menschen, eine Fülle von Farben und freundlichen Gesichtern.

»Prinzessin Cleo!«, rief eine Gruppe junger Mädchen. »Wir lieben Euch!«

Die Begeisterung, die ihr entgegenschlug, machte Cleos Herz schwer. Sie winkte ihnen durchs Fenster zu und versuchte zu lächeln.

Nic sprang vom Kutschbock, öffnete die Tür und half erst Königin Althea, dann Cleo beim Aussteigen. »Da sind wir«, verkündete er grinsend.

»Ja, da sind wir.«

Er senkte die Stimme, damit die Königin ihn nicht hören konnte. »Bist du bereit?«

»Mir bleibt wohl nichts anderes übrig als mitzuspielen.«

»Eine Warnung: Wenn du dein Frühstück bei dir behalten willst, solltest du jetzt lieber nicht nach links sehen.«

Natürlich musste sie nach solch einer Warnung sofort nach links sehen. Dort, an der Seitenwand einer berühmten

Taverne, arbeiteten zwei Bildhauer fieberhaft an einem Fresko, das verdächtig nach einem Porträt von Magnus und ihr aussah. Cleo schauderte.

»Wie können sie das Ganze einfach so akzeptieren?«, fragte sie. »Sind sie wirklich so naiv?«

»Nicht alle«, meinte Nic mit grimmigem Gesicht. »Aber ich glaube, die meisten haben zu viel Angst, um die Wahrheit anzuerkennen.«

Ein Mann, den Cleo gut kannte, trat aus dem Kleidergeschäft und eilte auf sie und die Königin zu. Seine Tunika war so leuchtend violett wie Pflaumen am hellsten Tag des Sommers. Er hatte eine Glatze und trug golden schimmernde Kreolen.

Seine Verbeugung war so tief, dass es schmerzhaft aussah. »Königin Althea, Eure Majestät, ich bin Lorenzo Tavera, und es ist mir eine große Ehre, Euch in meinem bescheidenen Geschäft willkommen heißen zu dürfen.«

Das Geschäft, auf das er sich bezog, hätte niemand je als bescheiden bezeichnet. Es war in etwa so groß wie die Villa von Arons Familie in der Goldenen Stadt, drei Stockwerke hoch, mit glitzernden Buntglasfenstern, die mit Gold und Silber eingefasst waren.

»Ich freue mich, hier zu sein«, antwortete Königin Althea. »Wie ich höre, seid Ihr der beste Schneider in ganz Mytica.«

»Bitte verzeiht das Eigenlob, aber da habt Ihr ganz richtig gehört, Hoheit.«

Die Königin streckte die Hand aus, und Lorenzo küsste ihren Ring mit einem lauten Schmatzen.

»Und Prinzessin Cleiona, wie schön, Euch wiederzusehen.« Lorenzo nahm ihre Hände in seine und drückte sie sanft. Trotz seines fröhlichen Tons drückten seine Augen einen Moment lang echte Trauer und Anteilnahme aus.

Cleo schluckte schwer. »Ich freue mich auch, Euch zu sehen, Lorenzo.«

»Es war mir eine besondere Ehre, Euer Hochzeitskleid anfertigen zu dürfen.«

»Und es wird mir eine besondere Ehre sein, es zu tragen.«

Er nickte ihr zu, dann wandte er seine Aufmerksamkeit wieder der Königin zu und lächelte strahlend. »Lasst uns hineingehen, Hoheit. Ich möchte Euch etwas zeigen.«

Königin Althea zog verwundert die Augenbrauen hoch. »Ihr wollt mir etwas zeigen? Wirklich?«

»Ja. Folgt mir bitte.«

Im Inneren des Kleidergeschäfts erwarteten sie ein Dutzend Näherinnen und Bedienstete, in zwei Reihen aufgestellt, die Köpfe demütig gesenkt. Wohin man auch sah, überall hingen feinste Stoffe: Seide, Satin, Jacquard und Spitze, so weit das Auge reichte.

»Ich habe lange an einem Kleid gearbeitet, das einer so hoch angesehenen Königin wie Euch gerecht wird.« Lorenzo ging zu einer Puppe, die ein atemberaubendes indigoblaues Gewand trug. Es war mit goldenem Garn bestickt und mit glitzernden Edelsteinen besetzt. »Ich glaube, es ist mir gelungen. Was haltet Ihr davon, Hoheit?«

»Es ist hinreißend«, hauchte Althea, und ihr sonst so teilnahmsloses Gesicht nahm einen fast verträumten Ausdruck an. »Das ist meine absolute Lieblingsfarbe. Wusstet Ihr das?«

Lorenzo lächelte. »Möglicherweise.«

Dieses leuchtende Blau war Altheas Lieblingsfarbe? Cleo hatte sie nie etwas anderes als Schwarz, Grau oder ein blasses Grün tragen sehen. Da Magnus und sein Vater auch nur Schwarz trugen, hatte sie angenommen, das wäre eine seltsame limerianische Sitte, die überhaupt nicht zu den blutroten Uniformen passte.

Die Königin bedachte Lorenzo mit einem argwöhnischen Blick. »Mit wem habt Ihr geredet, dass Ihr etwas derart Persönliches über mich wisst?«

Leicht beunruhigt antwortete er: »Der König hat es mir in unserer letzten Korrespondenz mitgeteilt. Ich habe gefragt. Er hat geantwortet.«

»Wie merkwürdig«, murmelte Althea. »Ich wusste gar nicht, dass Gaius meine Lieblingsfarbe kennt.« Sie wandte sich wieder dem Kleid zu. »Ich würde es gerne anprobieren.«

»Selbstverständlich, Hoheit. Ich werde Euch selbst beim Ankleiden helfen.« Schweiß glänzte auf Lorenzos Stirn – dass er beinahe den Zorn einer Königin auf sich gezogen hatte, hatte ihm offensichtlich einen ordentlichen Schrecken eingejagt. »Prinzessin, wärt Ihr so nett, mit meiner Näherin in den Umkleideraum zu gehen? Ich komme, sobald ich kann, zu Euch.«

Eine hübsche junge Frau trat auf Cleo zu und knickste.

»Ich bin Nerissa«, stellte sie sich vor. »Hier entlang, Hoheit.«

Cleo sah zur Königin hinüber, aber Altheas Aufmerksamkeit galt einzig und allein ihrem wunderschönen Kleid. Als Cleo der Näherin folgte, schloss Nic sich ihr an.

»Ich komme mit«, erklärte er, als sie ihm einen fragenden Blick zuwarf. »Ich soll heute als dein Leibwächter fungieren, weißt du noch?«

»Ich werde mein Hochzeitskleid anprobieren«, erwiderte sie. »Das heißt, ich werde mich ausziehen.«

»Das ist sicher eine Qual für mich, wohl wahr.« Wieder dieses Grinsen, das ihre Stimmung immer ein wenig aufzuhellen vermochte. »Aber ich werde versuchen, mich auf meine Aufgabe zu konzentrieren.«

Sie unterdrückte ein Lachen. »Du wirst hier, vor dieser Tür, auf mich warten.«

»Aber Prinzessin …«

»Nic, bitte. Tu, was ich sage. Mach jetzt kein Theater.«

Er blieb stehen und neigte den Kopf. »Ganz wie Ihr befehlt, Hoheit.«

Cleo wollte beim Umkleiden so wenige Leute wie möglich bei sich haben. Sobald Lorenzo zu ihr kam, würde sie die Näherin wegschicken und ihn unter vier Augen fragen, ob er ihr helfen könnte.

Nerissa führte sie in den großen Raum und schloss die Tür. Im Innern befanden sich unzählige Stoffbahnen und halbfertige Kleider. Eine Puppe in der Mitte des Raums trug Cleos Hochzeitskleid, ein hinreißendes Gewand aus Seide und Spitze in verschiedenen Gold- und Beigetönen. Auf der Vorderseite waren verschnörkelte Blumenmuster eingestickt, besetzt mit winzigen Perlen, Saphiren und Diamanten. Die durchsichtigen, fließenden Ärmel schienen so leicht wie Luft.

Das Kleid war atemberaubend schön. »Nerissa … Lorenzo hat sich wirklich selbst übertroffen.«

Keine Antwort.

Cleo drehte sich um. »Nerissa?«

Das Mädchen war verschwunden. Da wurde Cleo auf einmal bewusst, wie dunkel es im Zimmer war. Das Sonnenlicht, das durchs Fenster hereinschien, erhellte die Mitte des Raumes, aber der Rest lag in tiefstem Schatten.

»Einem so hübschen Kleid könnt Ihr wohl nicht widerstehen, Hoheit«, erklang eine Stimme aus der Finsternis. »Warum überrascht mich das nicht?«

Cleos Herz begann zu hämmern. »Du!«, stieß sie hervor.

»Ich habe Euch doch gesagt, dass wir uns bald wiedersehen würden.«

Dort im Schatten stand Jonas Agallon – und wahrscheinlich hatte er sie schon die ganze Zeit beobachtet. Sie hatte ihn nicht bemerkt, was sie umso mehr überraschte, da sie jetzt plötzlich nur noch ihn wahrnehmen konnte. Er trug eine Lederhose, schwarze Lederstiefel und eine schlichte braune Tunika mit einem Riss im Ärmel. Als er beunruhigend nahe an sie herantrat, fiel Cleo auf, dass er nicht etwa nach Dreck und Schweiß roch, wie man es hätte erwarten können, sondern nach dem frischen Aroma des Waldes – genau wie bei ihrer letzten Begegnung, als er sich in ihr Zimmer geschlichen hatte.

Rasch sah sie sich in dem kleinen Raum um. »Was hast du mit Nerissa gemacht?«

»Nerissa hilft mir und meinen Rebellen. Sie ist eins dieser Mädchen, die meinen Bitten nachkommen, anstatt mir noch mehr Ärger zu machen. Ihr könntet viel von ihr lernen.«

»Es überrascht mich, dass du sie einer derartigen Gefahr aussetzt. Im Nebenzimmer sind mehr als ein Dutzend Wachmänner, die nur darauf warten, dass irgendein Rebell etwas Unbedachtes tut.«

Das war eine Übertreibung, aber warum sollte Jonas das erfahren? Der König nahm die Gefahr, die von den Aufständischen ausging, nicht auf die leichte Schulter, dennoch hatte er Cleo und der Königin auf dieser Reise nur so eine kleine Eskorte mitgeschickt.

Aber Jonas schien ihre Drohung nicht weiter zu beunruhigen. Er strich über den Ärmel ihres Hochzeitskleides und ließ den durchsichtigen Stoff durch seine Finger gleiten. »Habt Ihr Euch meinen Vorschlag durch den Kopf gehen lassen?«

Ihre Augen wurden schmal. »Bist du deswegen hier? Versuchst du mich schon wieder dazu zu verführen, mich den Rebellen anzuschließen?«

»Glaubt mir, Prinzessin, ich würde nie versuchen, Euch zu verführen. Das wäre viel zu viel Aufwand für eine viel zu geringe Belohnung.« Ein Lächeln umspielte seine Lippen. »Hier seid Ihr also, bereit und willig, das Kleid anzuprobieren, das Ihr zu Eurer Hochzeit mit Prinz Magnus tragen werdet. Schon bald werdet Ihr wirklich eine von ihnen sein.«

»Ein Kleid macht noch keine Braut aus mir, genauso wenig wie deine Drohungen dich zu einem echten Rebellen machen.«

Sein überhebliches Grinsen verblasste. »Die Zunge einer Schlange. Ja, ich glaube, Ihr werdet Euch bei den Damoras gut einfügen.«

»Was willst du von mir? Komm zur Sache, und dann verschwinde endlich. Ich habe keine Zeit für solche sinnlosen Spielchen.«

»Ich frage Euch noch einmal: Werdet Ihr mir helfen, den König zu stürzen?«

Unbewusst war sie näher an den Rebellen herangetreten – viel zu nahe. Sie konnte nicht schreien, nicht lauter sprechen als in barschem Flüsterton. Und nun stand sie so dicht vor ihm, dass sie sich fast berührten. Am liebsten wäre sie einen Schritt zurückgewichen, beherrschte sich aber, um ihm nicht zu zeigen, wie sehr seine Nähe sie verunsicherte.

Seit ihrer letzten Begegnung hatte sie natürlich oft über Jonas' Vorschlag nachgedacht. Womöglich war dies tatsächlich eine günstige Gelegenheit. Sie hatte viel zu viel Hoffnung in die Vorstellung gesteckt, dass der Ring sie zu Antworten führen würde, die vielleicht gar nicht existierten.

Vor Nervosität wurde ihr ganz flau im Magen. »Was würde es mir nutzen, dir zu helfen?«

Seine Augenbrauen zogen sich zusammen. »Wenn Ihr mir helft, steigen Eure Chancen, den König zu besiegen, der Euch Euren Thron gestohlen hat. Das klingt in meinen Ohren ziemlich nützlich.«

Unentschlossen rang sie die Hände. »Ich weiß nicht …«

»Diese Antwort hilft uns beiden nicht weiter.«

»Wie wollen die Rebellen König Gaius denn stürzen? Habt ihr einen Plan?«

»Das kann ich Euch nicht sagen.«

In diesem Moment klopfte es an der Tür, dann rüttelte jemand an der Klinke. Die Tür war verschlossen.

»Prinzessin?«, erklang eine vertraute Stimme. *Nic.* »Ist bei Euch da drinnen alles in Ordnung?«

Jonas stieß einen leisen Fluch aus. »Also gut, ich werde Euch einen Teil meines Plans verraten – das, was ich als Nächstes vorhabe. Wärt Ihr bei unserem letzten Treffen kooperativer gewesen, hätte es vielleicht nicht so weit kommen müssen.«

Sie riss ihren Blick von der Tür los. »Was soll das heißen? Beeil dich lieber. Sie werden jeden Moment hier sein.«

»Macht Ihr Euch etwa Sorgen um meine Sicherheit?«

»Nein, um meine. Wenn ich allein mit einem Rebellen erwischt werde …«

»… würde das Eurer Verlobung mit dem Prinzen wahrscheinlich einen Dämpfer verpassen, was?«

»Und uns beide das Leben kosten. Du musst verschwinden, solange du noch kannst.«

»Ihr werdet mit mir kommen.«

Hatte er jetzt völlig den Verstand verloren? »Niemals.«

Jonas schüttelte den Kopf. »Entschuldigt, Hoheit, aber Ihr hättet meinem Vorschlag wirklich zustimmen sollen, als wir das letzte Mal miteinander gesprochen haben. Dann müsste ich das jetzt nicht tun.«

Sein Gesicht hatte einen so bedrohlichen Ausdruck angenommen, dass Cleo plötzlich Angst bekam. Was hatte er vor? Hastig drehte sie sich zur Tür und öffnete den Mund, um zu schreien. Nic würde ihr zur Hilfe eilen, er hämmerte schon an die Tür und versuchte, sie aufzubrechen.

In Sekundenschnelle war Jonas hinter ihr und riss sie zurück. Seine Hand presste sich auf ihren Mund, und da war noch etwas anderes – ein Tuch, das einen seltsamen Kräuterduft verströmte.

»Das werdet Ihr mir wahrscheinlich nicht glauben«, flüsterte er ihr ins Ohr. »Aber ich will Euch nichts Böses.«

Die Kräuter hatte sie schon einmal gerochen – ein Wundheiler hatte sie damit in Schlaf versetzt, als sie sich in jungen Jahren den Knöchel gebrochen hatte. Um ihr weitere Schmerzen zu ersparen und den Knochen in Ruhe wieder richten zu können, hatte er ihr diese starke Medizin verabreicht.

Erneut versuchte sie zu schreien, aber sie hatte keine Stimme. Die Welt versank in Dunkelheit.

KAPITEL 11

MAGNUS

AURANOS

Im Palast herrschte schon seit Stunden Aufruhr – seit die königliche Kutsche ohne Prinzessin Cleiona aus Hawk's Brow zurückgekehrt war. Jemand hatte sie aus einem separaten Raum in der Schneiderei entführt, und dort, in den Falten des Hochzeitskleides, das sie sich hatte anschauen wollen, war eine an den König adressierte Nachricht gefunden worden:

Ich habe die Prinzessin in meiner Gewalt.
Wenn Ihr sie unversehrt wiedersehen wollt,
werdet Ihr sofort den Bau Eurer Straße einstellen
und alle freilassen, die Ihr versklavt habt.

»Werdet Ihr tun, was der Rebell verlangt?«, fragte Magnus jetzt den König. Sie standen zu beiden Seiten von Lucias Bett, mit der schlafenden Prinzessin zwischen sich.

»Nein. Meine Straße muss fertiggestellt werden, und zwar bald. Die Bauarbeiten werden auf keinen Fall eingestellt, schon gar nicht, weil ein Rebell es so will.«

Verblüfft sah Magnus zu seinem Vater auf. »Dann werden sie die Prinzessin töten.«

Ein Nicken. »Ja, wahrscheinlich.«

Diese völlige Gefühllosigkeit erschien Magnus selbst für den König untypisch, zumindest bis er erkannte, dass Cleos

Entführung seinem Vater sehr gelegen kam. Wenn die Prinzessin den Rebellen zum Opfer fiel, musste er lediglich Trauer vorschützen, um sich das Mitgefühl der Auranier zu sichern. Und die Rebellen würden als grausame Schlächter dastehen, wenn sie ein unschuldiges Mädchen umbrachten, das von Tausenden Menschen geliebt wurde.

Und doch missfiel Magnus das Ganze.

»Warum musste sie wegen dieser Belanglosigkeit überhaupt so weit reisen?«, wollte er wissen. »Ihr Kleid hätte genauso gut hergebracht werden können.«

»Ja, das hätte es.«

Da dämmerte ihm die Wahrheit. »Wusstet Ihr, dass das passieren würde?«

Der König machte ein nachdenkliches Gesicht. »Ich hielt es für möglich, dass die Rebellen die Gelegenheit nutzen würden.«

»Dann habt Ihr sie bewusst dieser Gefahr ausgesetzt, um einen Angriff zu provozieren?« Heiße Wut stieg in Magnus auf, aber noch konnte er sie kontrollieren. »Mutter war bei ihr!«

»Und deiner Mutter geht es gut, sie ist nur etwas aufgewühlt. Magnus, denkst du ernsthaft, ich würde mich so wenig um die Sicherheit meiner Frau und der Prinzessin kümmern, dass ich sie wissentlich in Gefahr bringe?«

Magnus verbiss sich eine ehrliche Antwort auf diese Frage. »Also was jetzt? Warten wir auf den nächsten Brief mit noch mehr Forderungen, denen Ihr nicht nachkommen werdet?«

»Nein. Ich habe bereits einen Suchtrupp ausgeschickt. Es gibt Gerüchte, dass eine paelsianische Rebellengruppe ihr Lager im Wildland, nur wenige Stunden von hier entfernt, aufgeschlagen hat. Wenn meine Männer die Prinzessin lebend finden, wird eure Hochzeit ein großes Ereignis, das die Massen von unseren wahren Zielen ablenkt. Aber wenn nicht ...« König Gaius beugte sich vor und strich gedankenverloren eine dunkle Haarsträhne aus Lucias blassem Gesicht. »Dann will es das Schicksal so. Die Rebellen werden des Mordes an Auranos' goldener Prinzessin schuldig gesprochen, als Verbrecher entlarvt, und alle Welt wird sie hassen. So oder so gewinnen wir. Und sie verlieren.«

Magnus sah zu Lucias Pflegerin Mira hinüber, die gerade die Balkonbrüstung putzte. Ihr schlichtes graues Kleid, die unauffällige Tracht einer Dienerin, erlaubte es ihr, sich in schwach beleuchteten Räumen unbemerkt zu bewegen und sich in den Schatten zu verbergen, immer zugegen, falls jemand sie brauchen sollte, aber ansonsten kaum wahrnehmbar.

Jetzt fiel Magnus allerdings auf, dass sich im Gesicht des Mädchens sowohl Sorge als auch Wut spiegelte. Sie wusste von Cleos Entführung. Ihr Bruder war nach Hawk's Brow mitgefahren, als zusätzlicher Begleitschutz für die Prinzessin.

Hat wohl nicht viel gebracht ... Magnus hätte den Jungen persönlich für sein Versagen bestraft, wenn er bei seiner Rückkehr nicht so völlig am Boden zerstört gewesen wäre.

»Na los, tötet mich!«, hatte Nic ihn mit tränenerstickter Stimme angeherrscht. »Ich habe nichts anderes verdient.«

»Ich soll Euch von Eurem Elend erlösen?« Magnus hatte einen Moment sein gequältes Gesicht betrachtet und sich dann abgewandt. »Nein, heute nicht.«

Auch wenn er das nie zugeben würde, machte ihm der Gedanke, dass die Rebellen die Prinzessin in ihrer Gewalt hatten, schwer zu schaffen. Es sollte ihn nicht kümmern, dass Cleo womöglich gerade in diesem Moment schreckliche Gräuel angetan wurden. Außerdem würde der Tod der Prinzessin diese lächerliche Verlobung, die sein Vater ihm aufgezwungen hatte, ein für alle Mal beenden. Es war das Beste, was ihm passieren konnte.

Und dennoch … verstörte ihn die Vorstellung.

Bedeutungslos.

Seine Sorge galt einzig und allein dem Mädchen, das hier vor ihm im Bett lag.

»Kennst du einen Mann namens Alexius?«, brach der König schließlich das Schweigen.

»Nein. Wer ist das?«

»Gestern, als deine Mutter weg war, habe ich eine Weile über Lucia gewacht. Sie hat den Namen im Schlaf gemurmelt.«

Magnus' Schultern verspannten sich. Lucia hatte im Schlaf gesprochen? »Hat sie sonst noch etwas gesagt?«

»Nein, nur diesen Namen.«

Er dachte noch einmal scharf nach, aber der Name sagte ihm nichts. »Ich kenne keinen Alexius.«

»Vielleicht ein Junge in Limeros, in den sie sich verliebt hat.«

»Vielleicht.« Auf einmal war Magnus' Kehle ganz trocken. Er nahm den fast leeren Krug vom Nachttisch und goss sich den letzten Rest Wasser ein. Er hatte noch nie von einem Alexius gehört. Und jetzt träumte Lucia von diesem Jungen? Eifersucht regte sich in ihm.

»Sie wird bald aufwachen«, meinte der König.

»Wie könnt Ihr Euch da so sicher sein?«

»Weil es ihr Schicksal ist, dafür zu sorgen, dass sich *mein* Schicksal erfüllt.«

In der Stimme des Königs lag eine Bedeutsamkeit, eine absolute Gewissheit, die in Magnus widerhallte wie ein Echo in einer Schlucht. »Wer hat Euch das gesagt?«

Sein Vater musterte ihn von oben bis unten, als könnte er so seinen Wert abschätzen. »Ihr Name ist Melenia.«

»Lasst mich raten. Sie ist Eure mysteriöse neue Beraterin.«

»Ganz genau.«

»Sagt mir, Vater: Werde ich diese Melenia irgendwann kennenlernen?«

»Vielleicht eines Tages. Aber im Moment ist das unmöglich.«

»Warum?«

Erneut zögerte der König einen Augenblick, bevor er antwortete. »Weil ich sie nur in meinen Träumen sehe.«

Magnus blinzelte ihn verdutzt an. Bestimmt hatte er sich verhört. »Ich verstehe nicht.«

»Melenia ist eine Wächterin, die viel über die Essenzen weiß und mir somit helfen kann, sie zu finden. Sie ist über viertausend Jahre alt, aber mit ewiger Jugend und unvorstellbarer Schönheit gesegnet.«

»Eure Beraterin ist eine schöne, viertausend Jahre alte Wächterin, die Euch in Euren Träumen besucht.« Die Worte kamen Magnus kaum über die Lippen, so abstrus erschienen sie ihm.

»Ja.« Der König lächelte, als wäre auch ihm die Absurdität seiner Behauptung klar. »Melenia hat mir bestätigt, dass Lucia mir helfen wird, die *Elementia* aufzuspüren und ihre Macht zu übernehmen. Bevor sie geboren wurde, war es schlicht nicht möglich, die Kristalle zu finden. Deshalb war die Fahndung nach ihnen bisher nie von Erfolg gekrönt.«

Dies war einer jener Momente, die Magnus nach jahrelanger Erfahrung zu erkennen gelernt hatte. Eine Prüfung. Der König unterzog ihn einer Prüfung. Wie er auf diese bizarre Offenbarung reagierte, würde den Ton für die unmittelbare Zukunft angeben.

Würde er seinen Vater für verrückt halten? Würde er ihm glauben? Oder könnte er ein Lachen nicht unterdrücken?

Einst hätte er genau das getan, womit er sich den Zorn des Königs und wahrscheinlich eine weitere Narbe eingehandelt hätte.

Aber die Dinge hatten sich geändert.

Sein ganzes Leben lang hatte er die Existenz von Magie verleugnet, aber Lucia hatte ihm gezeigt, dass es sie tatsächlich gab. Dass sie real war. Die *Elementia,* wie sie in den Büchern genannt wurde, die er hier im auranischen Palast gelesen hatte, stand mit den Wächtern in Zusammenhang. Und den Legenden zufolge konnten die Wächter Sterbliche in ihren Träumen besuchen.

Magnus wusste, dass sein Vater gefährlich, rachsüchtig und unbarmherzig war. Aber eines war der König ganz und gar nicht.

Er war nicht so dumm, an Ammenmärchen zu glauben, die ihm keinerlei Nutzen einbrachten.

Wenn sein Vater so etwas sagte, wenn er so etwas offen preisgab, dann musste es stimmen. Und Magnus musste mehr darüber erfahren.

»Wie wird Lucia Euch helfen?«, fragte er in gelassenem Ton.

»Das weiß ich noch nicht.« Die Augenbrauen des Königs zogen sich zusammen. »Aber ich weiß ohne jeden Zweifel, dass sie aufwachen wird.«

»Dann glaube ich Euch.«

Sein Vater bedachte ihn mit einem anerkennenden Blick und tätschelte ihm die Wange. »Sehr gut, mein Sohn. Sehr gut. Zusammen werden wir die Essenzen finden.«

»Mit Lucia.«

»Ja.« Er nickte. »Mit Lucia.«

Vier Kristalle, die die Essenz der *Elementia* enthielten. Genau wie sein Vater sah auch Magnus ihren Wert. Solch unvorstellbare, unendliche Macht und Stärke … Wenn er auch nur einen von ihnen in seinen Besitz brachte, würde er sich Lucia in jeglicher Hinsicht ebenbürtig fühlen. Er wäre mehr als ein Prinz, mehr als ihr Bruder. Sie hätten die Magie gemeinsam, und das würde ihr gefallen. *Er* würde ihr gefallen. Außerdem würde eine solche Tatkraft seinem Vater zeigen, dass er kein kleiner Junge mehr war; dass er ein Mann war, der sich holte, was er am meisten begehrte – um jeden Preis.

Es war alles, was er sich je erträumt hatte.

Mira hatte sich ihnen genähert, um den Wasserkrug nachzufüllen, wobei sie tunlichst darauf achtete, weder Magnus noch seinen Vater direkt anzusehen. Sie bewegte sich leise, als hoffte sie, niemand würde sie bemerken.

»Wie heißt du doch gleich?«, fragte der König sie mit trügerisch sanfter Stimme.

Ihre Schultern spannten sich an, als sie sich aufrichtete und seinem Blick begegnete. »Mira, Hoheit.«

»Du hast nicht zufällig belauscht, worüber ich und mein Sohn gerade gesprochen haben, oder, Mira?«

»Nein, Hoheit«, antwortete sie ohne Zögern und runzelte die Stirn, als würde die Frage sie verwirren. »Ich bin hier, um zu putzen, aufzuräumen und mich um die Prinzessin zu kümmern. Das ist alles. Ich lausche nicht.«

Der König nickte. »Das freut mich zu hören. Bei all der Rebellenaktivität in letzter Zeit müssen wir sehr vorsichtig sein, was wir sagen und zu wem wir es sagen. Man kann nie wissen, wo sich ihre Spione herumtreiben, nicht wahr?«

»Natürlich, das verstehe ich sehr gut.« Ihre Schultern entspannten sich ein klein wenig. »Kann ich sonst noch etwas für Euch tun, Hoheit?«

Der König kratzte sich am Kinn, als würde er scharf nachdenken. »Ich würde gerne wissen, ob mein Sohn dir glaubt.«

Magnus stockte der Atem.

Im Gegensatz zu seinem Sohn kostete es den König keine Mühe, Gleichgültigkeit vorzuschützen. »Ich weiß, du hast Erfahrung mit Dienerinnen, die die ungesunde Angewohnheit haben, versehentlich unsere Gespräche zu belauschen«, fuhr er fort, »deshalb möchte ich gerne deine Meinung hören.«

Magnus erinnerte sich an die reifbedeckten Wände des Turms, in dem Amia eingesperrt, verhört und geschlagen worden war, weil sie für ihn spioniert hatte. Er hatte das Mädchen weggeschickt, um ihr ein besseres Leben zu ermöglichen – ein richtiges Leben, das sie selbst bestimmen konnte –, aber sein Vater hatte sie gnadenlos verfolgen und zur Strecke bringen lassen. Daher überlegte er sich seine nächsten Worte sehr genau.

»Wir haben leise gesprochen, und das Mädchen war die ganze Zeit auf der anderen Seite des Zimmers. Ich glaube nicht, dass sie irgendetwas gehört hat, was sie nicht hören sollte. Und selbst wenn sie etwas aufgeschnappt hätte, würde sie kein Sterbenswort darüber verlieren, wenn sie weiß, was gut für sie ist. Habe ich recht, Mira?«

Die junge Dienerin warf ihm einen argwöhnischen Blick zu. Offenbar hatte sie nicht damit gerechnet, dass er sie verteidigen würde. »Ja, Hoheit.«

Der König stieß einen tiefen Seufzer aus. »Natürlich hast du recht. Hör mich doch nur an. Ich bin ein alter Mann, der in jedem Schatten eine lauernde Gefahr sieht.« Leise lachend ging er um das Bett herum und tätschelte Mira die Wange, genau wie er es zuvor bei Magnus getan hatte. »Mira, meine Liebe, bitte verzeih mir, wenn ich dich erschreckt haben sollte.«

Der Hauch eines Lächelns erschien auf ihren hübschen Lippen. »Schon in Ordnung, Hoheit.«

Der König musterte sie noch einen Moment länger. »Allerdings glaube ich, dass ich gewisse Vorsichtsmaßnahmen treffen sollte.«

Blitzschnell packte er den Kopf des Mädchens mit beiden Händen und riss ihn herum. Mit einem lauten Krachen brach ihr Genick, Mira stürzte nach hinten, und als ihr Körper auf dem Boden aufschlug, war das Lebenslicht in ihren Augen bereits erloschen.

Gerade hatte sie noch gelächelt, jetzt war sie tot.

Blankes Entsetzen breitete sich auf Magnus' Gesicht aus, bevor er auch nur daran denken konnte, es zu verbergen. »Das hättet Ihr nicht tun müssen!«

Der König wischte seine Hände an seinem schwarzen Waffenrock ab. »Dienstboten können jederzeit ersetzt werden. Sie war nichts Besonderes. Ich werde eine andere Pflegerin für deine Schwester finden.«

Nichts Besonderes. Nur Prinzessin Cleionas Freundin. Nur Nicolo Cassians Schwester. Nur ein weiteres Mädchen, dessen Leben der König ausgelöscht hatte, während Magnus tatenlos zusah.

Er wünschte inständig, dass Miras Tod ihn nicht kümmern würde – dass ihn *nichts* anderes kümmern würde als die Aussicht, die Essenzen für sich und Lucia zu finden [illegible], dass er genauso kalt und skrupellos sein könnte wie sein Vater.

Als wenn das auch nur möglich wäre.

Nachdem der König Lucias Gemach verlassen hatte, kam Cronus herein. Ohne ein Wort hob der große, kräftige Wachmann Miras leblosen Körper auf seine Arme und trug sie weg.

Ein Sonnenstrahl fiel durchs Balkonfenster und malte einen hellen Fleck auf den Boden, aber der Rest des Zimmers lag im Schatten. Neben dem Bett brannten einige Kerzen, die das friedliche Gesicht der Prinzessin in ihren flackernden Schein tauchten.

Magnus grub seine Finger in das Seidenlaken und versuchte, sich ganz auf das Gefühl des kühlen, glatten Materials zu konzentrieren. Sein Herz raste noch immer. Das Mädchen hatte nichts Böses im Schilde geführt, da war er sich absolut sicher.

Und dennoch war sie tot.

Seine Beine gaben nach, er sank neben Lucias Bett auf die Knie, schloss die Augen und presste seine Stirn auf das kühle Laken.

Da hörte er plötzlich etwas. Ein leises Stöhnen. Dann einen tiefen Atemzug.

Magnus blickte auf. Lucias Lider flatterten, als würde sie wieder träumen – vielleicht von Alexius. Wer auch immer er sein mochte.

Dann sah er kurz ihre blauen Augen unter den langen schwarzen Wimpern hervorschimmern. Langsam drehte sie den Kopf und schaute ihn an.

»Magnus?«, flüsterte sie heiser.

Sein Herz setzte einen Schlag aus. Gewiss war er jetzt derjenige, der träumte. »Lucia … ist das wahr? Bist du wirklich wach?«

Lucia blinzelte ihn an, als wäre das wenige Licht im Zimmer noch zu hell. »Wie lange habe ich geschlafen?«

»Viel zu lange«, brachte er mühsam hervor.

Ein besorgter Ausdruck erschien auf ihrem Gesicht. »Was ist mit Hana? Ist Hana in Ordnung?«

Es dauerte einen Moment, bis er verstand, was sie meinte.

Hana war Lucias Kaninchen, ein Geschenk, das Magnus ihr in Limeros nach einer großen Jagd mitgebracht hatte. »Hana geht es gut. Mutter hat sie für dich mitgebracht, als sie hergereist ist, damit wir sie bei uns haben. Die beiden sind, ein paar Tage nachdem wir den Palast erobert hatten, angekommen.«

Das beruhigte sie sichtlich. »Gut.«

»Ich kann es noch gar nicht recht glauben«, gestand er und richtete sich auf. Am liebsten hätte er sich in den Arm gezwickt, um sich zu vergewissern, dass er tatsächlich wach war. »Ich dachte schon, du würdest nie wieder zu dir kommen, aber jetzt bist du zurück!«

Lucia versuchte den Kopf zu heben, ließ ihn aber gleich aufs Kissen zurücksinken. Ihr Blick huschte umher, als suchte sie nach etwas. Nach *jemandem.*

»Du hast mir nicht geantwortet«, sagte sie. »Wie lange war ich weg?«

»Ewig. Oder so kam es mir zumindest vor. Die Eroberung des Palasts ist fast anderthalb Monate her.« Die Freude, die dieser Moment in ihm auslösen sollte, wurde von der Erinnerung an das Mädchen getrübt, das sich so pflichtbewusst um Lucia gekümmert hatte und kurz vor ihrem Erwachen ermordet worden war. Lucia würde sie nie kennenlernen, würde ihr nie danken können.

Lucias Augen wurden groß. »So lange?«

»Vater besteht darauf, dass wir hierbleiben, um seinen Anspruch auf den Thron von Auranos zu demonstrieren. Ganz Mytica gehört ihm, seit … seit sein Bündnis mit dem paelsianischen Häuptling fehlgeschlagen ist.« Tatsächlich hatte der König Häuptling Basilius während eines Festbanketts umgebracht. Auch das gehörte zu König Gaius' großem Plan.

Magnus setzte sich auf die Bettkante und sah Lucia in die

Augen. Er sehnte sich danach, sie an sich zu ziehen und in den Armen zu halten, widerstand dem Drang jedoch. Angesichts der Kluft, die zwischen ihnen entstanden war, als er sie geküsst hatte, hielt er das für keine gute Idee.

Er hatte nicht geglaubt, dass sein Herz sich je von ihrer Zurückweisung erholen würde, aber jetzt saß er hier, an ihrem Bett, und sein Puls raste, weil sie endlich zu ihm zurückgekehrt war. Er hatte noch eine Chance, sich vor ihr zu beweisen, und die würde er nicht vergeuden.

»Jetzt bist du wach, und alles ist gut«, sagte er. »Wie fühlst du dich?«

»Schwach. Und … schrecklich.« Sie nahm einen zittrigen Atemzug. »Meine Magie hat Menschen getötet, Magnus.«

Über zweihundert waren bei der Explosion des Palasttores ums Leben gekommen, aber er würde sie nicht noch zusätzlich mit den genauen Zahlen belasten. »Niemand macht dich dafür verantwortlich. Es musste sein. Ohne dich hätten wir nicht gewonnen. Dann wären wir jetzt tot. Es ist nicht deine Schuld.«

»Das hat er mir auch gesagt – dass es nicht meine Schuld ist.«

Magnus sah sie scharf an. »Wer hat dir das gesagt?«

Sie presste die Lippen aufeinander und wandte den Blick ab. »Niemand.«

»Wer ist Alexius, Lucia?«

Verblüfft schaute sie wieder zu ihm zurück. »Wo hast du diesen Namen gehört?«

»Man hat mir erzählt, dass du ihn im Schlaf gemurmelt hast.« Etwas Dunkles, ganz und gar Ungutes regte sich in ihm.

»Alexius ist …« Lucia schüttelte den Kopf. »Niemand. Nur ein Traum. Weiter nichts.«

Bevor Magnus noch eine Frage stellen konnte, ging die Tür auf, und die Königin kam herein.

Sie begrüßte Magnus mit einem Lächeln. »Ich wollte nach Lucia sehen und nachfragen, ob ich …« Als ihr Blick auf die Prinzessin fiel, stieß sie einen leisen Überraschungslaut aus und eilte an ihre Seite. »Lucia! Mein Schatz! Du bist zu uns zurückgekehrt. Gepriesen sei die Göttin!«

Lucias bestürztes Gesicht erstarrte. »Was für eine herzliche Begrüßung. Ich war dem Tod wohl wirklich sehr nahe, wenn Ihr mir plötzlich solche Zuneigung entgegenbringt.«

Die Königin zuckte zusammen. »Diese Reaktion habe ich wohl verdient.«

Lucia wurde blass. »Verzeihung, Mutter. Ich … ich habe es nicht so gemeint. Es tut mir leid. Es ist mir einfach so herausgerutscht, ich konnte nichts dagegen machen.«

»Und das solltest du auch nicht, Liebling. Sprich deine Gefühle immer ehrlich aus. Friss sie nicht in dich hinein.« Die Königin fasste sich schnell und setzte sich neben Magnus auf die Bettkante. »Erinnerst du dich daran, wie du das letzte Mal aus deinem Schlummer erwacht bist? Das ist schon einmal passiert.«

»Was? Sie war schon einmal wach?«, fragte Magnus zutiefst erschüttert.

Seine Mutter nickte. »Schon zweimal, während ich auf sie aufgepasst habe. Leider ist sie beide Male schon nach wenigen Minuten wieder eingeschlafen.«

Magnus ballte die Fäuste. »Warum habt Ihr mir nichts davon erzählt?«

Als sie die Wut in seiner Stimme hörte, wandte Althea sich ihm zu, blieb aber ruhig. »Weil ich dir diese Enttäuschung ersparen wollte. Ich weiß, wie sehr du deine Schwester liebst.«

Irgendetwas an ihrem Ton machte ihn stutzig. Wusste die Königin etwa auch von seinem düsteren Geheimnis?

Wenn er all das doch ungeschehen machen könnte! Zu einer Zeit zurückkehren, in der die Dinge zwischen ihnen noch ganz einfach waren. Noch einmal neu anfangen.

Unmöglich.

»Ich kann mich nicht erinnern, dass ich schon einmal wach war«, erklärte Lucia verwirrt und setzte sich auf.

»Ihr hättet es mir trotzdem sagen sollen, Mutter«, grollte Magnus. »Und auch meinem Vater.«

»Und riskieren, dass er einen seiner Wutanfälle bekommt, wenn sie wieder die Besinnung verliert? Nein, mein Sohn. Wir werden abwarten, ob sie diesmal bei uns bleibt, bevor wir ihm auch nur ein Wort sagen.«

»Ich *werde* wachbleiben«, meinte Lucia entschieden.

»Geh jetzt, Magnus«, sagte die Königin, stand auf und ergriff seine Hände. »Ich werde mich um meine Tochter kümmern.«

»Aber, Mutter …«

»Geh«, sagte sie erneut, in einem Ton, der keine Widerrede duldete. »Und sag dem König nichts, bis ich dir Bescheid gebe.«

Er war immer noch wütend, dass seine Mutter so etwas vor ihm geheim gehalten hatte, verstand aber, warum sie es getan hatte. Schließlich hätte er nicht anders gehandelt, um Lucia zu beschützen.

»Also schön«, stieß er zwischen zusammengebissenen Zähnen hervor. »Aber ich werde zurückkommen.«

»Natürlich. Du hast es nie lange ohne sie ausgehalten. Sie war schon immer die Einzige, die dir wirklich etwas bedeutet, nicht wahr?«

Ein Muskel in seiner Wange zuckte. »Nein, Mutter. Ich

habe auch Euch geliebt. Und das könnte ich wieder, wenn Ihr es nur zulassen würdet.«

Althea hatte Tränen in den Augen, aber ihre einzige Antwort war ein flüchtiges Nicken. Magnus sah noch einmal zu Lucia zurück. »Ich bin bald wieder da. Versprochen. Bitte … bitte bleib wach.«

Dann ließ er sie allein, wie die Königin es befohlen hatte.

KAPITEL 12

LUCIA

AURANOS

Die prachtvolle Schönheit des Raumes, in dem sie erwachte, verschlug Lucia den Atem. Im Vergleich zu ihren sehr schlichten Gemächern in Limeros war dies der Inbegriff von Luxus. Boden und Wände glänzten, als wären sie aus Edelmetall. Der leichte Wind, der durch die offene Balkontür hereinwehte, war mild, nicht eisig kalt. Sie lag in einem Himmelbett, bezogen mit seidigen, farbenfrohen Stoffen, unter einer Pelzdecke, die sich auf ihrer Haut so weich und warm anfühlte wie Hanas Fell.

Seltsam – es schien fast, als würde sie noch träumen.

Träumen.

Alexius …

Als sie zu sich gekommen war, hatte sie zuerst gedacht, er würde an ihrem Bett sitzen und über sie wachen. Aber Alexius' Haare waren bronzefarben, nicht schwarz. Seine Augen waren golden und voller Leben, nicht dunkelbraun und schmerzerfüllt. Hoffentlich hatte Magnus ihr nicht angemerkt, dass sie enttäuscht war, ihn zu sehen anstatt den Mann aus ihren Träumen.

Die Königin setzte sich wieder auf die Bettkante und presste eine kühle Hand auf Lucias Stirn. »Wie geht es dir, mein Schatz? Hast du Durst?«

Lucia nickte. »Ich bin also schon öfter aufgewacht?«

»Ja. Zweimal. Aber nur sehr kurz.«

»Nur sehr kurz … Also nicht so wie jetzt?«

»Nein«, antwortete Althea lächelnd. »Nicht so wie jetzt. Du bist fast sofort wieder eingeschlafen.«

Lucia schaute zum Balkon, über dem sie ein Stück strahlend blauen Himmel erkennen konnte. »Ich möchte Vater sehen.«

»Natürlich. Er wird dich sehr bald besuchen.«

Die Königin stand auf, um ihr etwas zu trinken einzuschenken, kam mit dem gefüllten Kelch zurück und hielt ihn Lucia an die Lippen. Das Wasser war angenehm kühl, eine Wohltat für ihre raue Kehle.

»Danke«, flüsterte sie.

»Ich habe gehört, was du getan hast. Dass du deine Elementia eingesetzt hast, um Gaius bei der Eroberung des Palasts zu helfen. Bei der Eroberung dieses Königreichs.« Königin Althea setzte sich wieder neben Lucia. »An dem Tag sind viele Menschen gestorben, aber dein Vater hat bekommen, was er wollte.«

Lucia schluckte schwer. »Wie viele sind gestorben?«

»Zahllose Unschuldige haben ihr Leben verloren. Ich bin so schnell hergekommen, wie ich konnte, denn ich wollte bei meiner Familie sein, ganz gleich wie dieser Krieg ausgeht. Gaius wusste nicht, dass ich schon so bald anreisen würde, und er war wütend, weil ich unangekündigt gekommen bin. Aber jetzt bin ich hier. Und ich habe dich seit meiner Ankunft jeden Tag besucht.«

Zahllose Unschuldige.

Es war nicht ihre Schuld, das versuchte sie sich verzweifelt klarzumachen. Ihr Vater und Magnus waren in Gefahr gewesen – ganz Limeros war in Gefahr gewesen. Sie hatte getan, was sie tun musste, um ihre Familie und ihr Heimatland zu beschützen. Magnus hatte in der Schlacht schwere Verletzungen davongetragen, und nur ihre Erdmagie hatte ihn rechtzeitig heilen können. Ohne sie wäre er jetzt tot.

Sie würde es wieder tun – ja, sie würde alles noch einmal genauso machen, um diejenigen zu retten, die sie liebte.

Oder nicht?

Ihre Lider waren unendlich schwer. Obwohl sie erst so kurz wach war, wurde sie schon wieder müde, und das beunruhigte sie zutiefst. Was, wenn sie erneut einschlief, wie sie es ihrer Mutter zufolge schon zweimal getan hatte?

»Deine *Elementia* zerstört Leben«, sagte die Königin leise. »Das hast du bewiesen – sowohl mit dem Mord an Sabina als auch mit dem Grauen, das du hier in Auranos angerichtet hast.«

Lucias Magen krampfte sich zusammen. »Ich wollte diese Leute nicht töten. Und … Sabina …« Die Erinnerung an das Feuer, das die Geliebte ihres Vaters bei lebendigem Leibe verbrannt hatte, an ihre qualvollen Schreie, jagte ihr einen Schauer über den Rücken. »Sie hat Magnus ein Messer an die Kehle gehalten. Ich … ich konnte nicht klar denken. Ich wollte sie nicht umbringen, nur aufhalten.«

Althea strich ihr zärtlich die langen schwarzen Haare aus dem Gesicht. »Ich weiß, mein Schatz. Und das macht es noch schlimmer. Gaius preist deine Fähigkeiten, aber solch dunkle Macht fordert immer einen hohen Tribut. Er ist nicht derjenige, der ihn zahlen muss, Liebling, sondern du. Und das machst du dir noch nicht wirklich bewusst.«

Die Worte ihrer Mutter verwirrten Lucia. »Warum nennt Ihr sie dunkle Macht? *Elementia* ist natürliche Magie … entstanden aus den Elementen, die das Universum erschaffen haben. Sie ist nicht dunkel.«

»Doch, das ist sie, wenn sie zum Zerstören eingesetzt wird. Zum Töten. Und genau das will Gaius von dir – das ist alles, was er von dir will.« Altheas Gesicht verfinsterte sich. »Du sollst ihm helfen, endlich die ultimative Macht zu erlangen. Aber um welchen Preis?«

»Er ist der König. Jeder König will Macht.« Lucia fuhr sich mit der Zungenspitze über ihre trockenen Lippen. »Ihr braucht keine Angst vor mir zu haben, Mutter. Wir haben zwar unsere Differenzen, aber bei der Göttin, ich würde Euch nie wehtun.«

Die Königin lächelte schwach und hob den Kelch erneut an Lucias Lippen, damit sie noch einen Schluck von dem kühlen, erfrischenden Wasser trinken konnte. »Bald wirst du nicht mehr wissen, wem deine Magie schadet, Lucia. Du wirst keine Kontrolle mehr über sie haben. Und dann wird das Böse vollständig von dir Besitz ergreifen.«

»Ich bin nicht böse!« In den sechzehn Jahren ihres Lebens hatte sie von dieser Frau kaum je etwas anderes zu hören bekommen als scharfe Ermahnungen, aber selten hatten diese sie derart verletzt.

Königin Althea stellte den Kelch auf dem ebenhölzernen Nachttisch ab und nahm Lucias Hände in ihre. »Ich habe nach Antworten zu Fragen gesucht, die niemand stellt. Du weißt nicht, was dich erwartet. Du hast so viel *Elementia* in dir, die jetzt, da sie erwacht ist, nur immer stärker werden wird – wie ein brodelnder Vulkan, der jeden Moment ausbrechen könnte. Und wenn er ausbricht …«

Lucia versuchte ihre rasenden Gedanken zu bändigen. »Was? Was wird dann passieren?«

Die dunklen Ringe unter den Augen der Königin zeugten davon, dass sie schon länger nicht mehr gut geschlafen hatte. »Ich werde nicht zulassen, dass er dich zugrunde richtet, um seine selbstsüchtigen Ziele zu erreichen.«

»Mutter, bitte …«

Ihr Mund wurde hart, und sie zog ihre Hand weg. »Er denkt, ich wäre schwach – dass ich tatenlos zusehe, wie er seine finsteren Machenschaften betreibt, ohne mir eine Meinung oder ein Urteil zu bilden. Dass ich nur seine pflichtbewusste Ehefrau bin, die ohnehin nichts ausrichten kann. Aber da irrt er sich. Ich weiß jetzt, was ich zu tun habe, Lucia. Ich muss ihn aufhalten, koste es, was es wolle. Er macht sich nicht klar, welch ein Grauen er über die ganze Welt bringen wird. Er denkt, er könnte kontrollieren, was sich unmöglich kontrollieren lässt.«

Da wurde Lucia plötzlich bewusst, dass sie zitterte.

»Ich muss aufstehen.« Alarmiert, aber immer noch ermattet, versuchte sie sich aus dem Bett zu wälzen, aber die Königin drückte ihre Schultern zurück auf die Matratze, so dass sie sich nicht regen konnte.

»Ich muss dich töten«, wisperte die Königin. »Um dich vor dem Schicksal zu bewahren, das dir bevorsteht. Um das Grauen zu beenden, bevor es richtig beginnt. Aber das kann ich nicht – noch nicht. Wenn ich dich anschaue, sehe ich das kleine, wunderschöne Mädchen, das mir vor sechzehn Jahren gebracht wurde. Damals habe ich dich gehasst – und dich über alles geliebt.«

Lucia starrte sie fassungslos an, wie gelähmt vor Entsetzen.

»Jetzt ist nur noch die Liebe übrig«, fuhr die Königin fort. »Am Ende ist die Liebe alles, was zählt. Ich habe es aus Liebe getan, Lucia.«

Ein heftiger Schwindel überkam Lucia, und ihr Blick fiel auf den silbernen Kelch. »Das Wasser …«

»Es ist ein sehr starker Trank.« Die Königin nahm den Kelch in die Hand und fuhr mit der Fingerspitze über den glitzernden Rand. »Geschmacklich nicht wahrnehmbar. Schlafe, mein Schatz. Die Dunkelheit kann dich in deinen

Träumen nicht erreichen. Schlafe in Frieden. Wenn ich endlich die Willenskraft aufbringe, dich zu töten, tue ich es sanft. Das verspreche ich dir.«

Ein Trank … Ein Schlaftrank …

»Schlaf jetzt, mein Schatz«, flüsterte die Königin erneut.

Benommen sah Lucia zum Balkon und erblickte einen goldenen Falken.

»Alexius«, hauchte sie, als die luxuriösen Gemächer um sie herum verblassten.

KAPITEL 13

ALEXIUS

IM HEILIGTUM

Phaedra rief ihn in den Kristallpalast, und Alexius blieb nichts anderes übrig, als sofort zu ihr zu gehen. Als er ankam, erwartete sie ihn bereits, ihr schönes Gesicht von Sorge gezeichnet.

»Es geht um Stephanos«, sagte sie.

Der Name von Phaedras geliebtem Mentor ließ ihn hellhörig werden. Nachdem ihr Bruder vor zwanzig Jahren aus dem Heiligtum verbannt worden war, hatte Phaedra Trost bei Stephanos und Alexius gesucht, ihren beiden besten Freunden. »Was ist mit ihm?«

»Er stirbt.« Der lange, wallende Umhang, den sie heute trug, war platingrau, fast genau wie ihre Haare.

»Er stirbt?« Das Wort kam ihm kaum über die Lippen, so fremd war es ihm.

Menschen starben, aber nicht die Bewohner des Heiligtums.

Sie zog ihn näher zu sich heran. »Sie wollen nicht, dass es bekannt wird, aber ich brauche dich hier – du musst es mit eigenen Augen sehen. Er hat nicht mehr viel Zeit.«

Sie war völlig außer sich, und Alexius wusste, dass nichts, was er jetzt sagte, ihren Kummer lindern würde.

»Was können wir tun?«, fragte er.

Sie schüttelte den Kopf. »Nichts. Für ihn gibt es keine Rettung mehr.«

Sein Herz wurde schwer. »Bring mich zu ihm.«

Phaedra führte ihn ins oberste Stockwerk des Palasts und in einen großen, kreisförmigen Raum, der von einer Glaswand umgeben war. Kein Dach versperrte den Blick auf den Himmel, der wie immer blau und taghell war. Der Raum war völlig leer, bis auf eine goldene Plattform in der Mitte. Dort lag Stephanos, und um ihn herum standen die Drei – der Rat der Ältesten, der diese Welt regierte. Sie waren die erfahrensten und mächtigsten Wächter.

»Was macht *er* hier?«, fragte einer von ihnen, Danaus, in unfreundlichem Ton. Er war das Ratsmitglied, dem Alexius am wenigsten vertraute – ihm würde er nie von den Träumen erzählen, die er mit Prinzessin Lucia teilte, oder von seiner Erkenntnis, dass sie die prophezeite Magierin war. Danaus mischte sich ständig in seine Angelegenheiten ein und versuchte mit allen Mitteln herauszubekommen, was Alexius auf seinen Reisen in die Welt der Sterblichen tat – wie die nie endende Suche nach den Essenzen voranging.

Der Älteste war neidisch auf Alexius' Fähigkeit, die Gestalt eines Falken anzunehmen und in die Menschenwelt zu fliegen. Seit die Essenzen verloren gegangen waren, konnten die Drei sich nicht mehr verwandeln. Trotz all ihrer Macht waren sie im Heiligtum gefangen, und das schon seit tausend Jahren.

»Ich wollte ihn dabeihaben«, erwiderte Phaedra mit hochgerecktem Kinn. Sie ließ sich von niemandem einschüchtern, auch nicht von den Ältesten.

Allerdings kannte sie auch nicht so viele ihrer Geheimnisse wie Alexius. Sonst wäre sie vermutlich vorsichtiger gewesen.

»Dies ist eine Privatangelegenheit«, knurrte Danaus. »Und so muss es bleiben.«

»Schon gut.« Stephanos' Stimme klang ebenso schwach

wie er aussah. »Ein weiterer Zeuge ist völlig in Ordnung. Du kannst bleiben, Alexius.«

»Danke, Stephanos.«

Seine Brust hob und senkte sich mit jedem mühsamen, keuchenden Atemzug. Seit Alexius ihn zum letzten Mal gesehen hatte, waren seine dunklen Haare schlohweiß und spröde geworden, und seine einst makellose goldene Haut war fahl und von tiefen Falten durchzogen wie die Haut eines alten Mannes.

Sein Gesicht, das nie älter ausgesehen hatte als fünfundzwanzig Menschenjahre, wirkte jetzt viermal so alt.

Beim Anblick seines rasanten, unerwarteten Verfalls durchflutete Alexius eine Mischung aus Mitgefühl und Entsetzen.

Timotheus, Alexius' eigener Mentor und ein sehr viel erfreulicherer Anblick, nickte ihm zu. Vom Aussehen her hätte man ihn für Alexius' Bruder halten können, obwohl er doppelt so alt war. Die Vorstellung, solch einen guten, klugen Freund zu verlieren, wie Phaedra schon bald den ihren verlieren würde, schmerzte Alexius sehr. Doch Timotheus sah so jung und stark aus wie eh und je. Lediglich seine Augen zeigten sein Alter, sie waren von Sorge und tiefer Trauer erfüllt.

Timotheus lächelte grimmig, um zu zeigen, dass er im Gegensatz zu Danaus sehr einverstanden war damit, dass Alexius blieb.

Und dann war da noch das dritte Mitglied des Rates.

Alexius fühlte ihren kühlen Blick auf sich, bevor er es wagte, sie direkt anzusehen.

Melenias Schönheit war selbst unter den Wächtern legendär. Die Älteste schien aus Gold gemeißelt, und ihre hellblonden Haare flossen in sanften Wellen bis über ihre Hüfte – sie war in jeglicher Hinsicht perfekt, die schönste Wächterin, die je existiert hatte. Melenia sah ebenso jung aus wie die anderen Ratsmitglieder, aber in Wahrheit war sie älter als sie alle – ihr Alter unbestimmbar, unendlich.

»Ja, du kannst gerne bleiben«, sagte sie in sanftem Ton. »Es sei denn, das möchtest du nicht, Alexius.«

Phaedra umfasste seine Hand. Sie wollte, dass er blieb – dass er ihr in dieser schwierigen Zeit beistand. Wenn dem nicht so wäre, hätte sie nicht ihre kostbare Magie eingesetzt, um ihn zu sich zu rufen.

»Was geht hier vor?«, fragte Alexius. Seine Kehle war wie zugeschnürt.

Melenia zog eine Augenbraue hoch. »Was mit Stephanos geschieht, ist tragisch, aber sehr simpel. Die Magie im Heiligtum ist derart geschwächt, dass sie uns nicht mehr alle am Leben halten kann. Dies hier ist das Ergebnis.«

»Der Tornado in Paelsia ist durch Luftmagie entstanden«, sagte Phaedra. »Ich habe es selbst gesehen – ich war in Falkengestalt dort. Dieser Wirbelsturm hat dem Heiligtum Energie entzogen, und das … das hat Stephanos' Zustand ausgelöst, da bin ich mir sicher. Aber wie ist das möglich? Wie kann etwas, das in der Menschenwelt passiert, solch eine Auswirkung auf uns haben? Ich dachte, zwischen unseren Welten würde keine Verbindung bestehen. Glaubt ihr, das hat etwas mit dieser Straße zu tun, die der sterbliche König baut?«

Aller Augen richteten sich auf sie.

»Du irrst dich«, erwiderte Melenia. »Stephanos' Zustand ist das Resultat des langsamen Dahinschwindens unserer Magie, das schon vor Jahren begonnen hat. Eine Naturkatastrophe in der Menschenwelt hat keinen Einfluss auf uns.«

Phaedra schüttelte entschieden den Kopf. »Vielleicht wird

König Gaius von jemandem geführt, der über uns Bescheid weiß – der ihm beibringt, wie er sich unsere Magie zunutze machen kann.«

»Unsinn.« Danaus warf ihr einen verächtlichen Blick zu. »Kein Sterblicher kann uns schaden, ganz gleich, wer er ist.«

»Bist du dir da sicher?«, fragte Timotheus.

»Ja, voll und ganz«, gab Danaus ärgerlich zurück.

Timotheus' Lächeln erreichte nicht seine Augen. »Wie schön es sein muss, sich ständig über alles so sicher zu sein.«

»Du solltest dir lieber nicht so sicher sein, Danaus«, sagte Melenia. »Vielleicht hat Phaedra gar nicht so unrecht mit ihrer Vermutung. Sie war schon immer sehr schlau. Wir sollten König Gaius im Auge behalten. Er könnte eine Gefahr für uns sein.«

»Eine Gefahr?«, schnaubte Danaus. »Dann wäre er der erste Sterbliche, der uns gefährlich wird.«

»Noch nie zuvor ist einer der Unseren gealtert.« Melenia warf einen vielsagenden Blick auf Stephanos, der die Augen fest zusammengekniffen hatte, als leide er schreckliche, unvorstellbare Schmerzen.

»Das heißt nur, dass unsere Späher endlich die Essenzen finden müssen, damit wir unsere Magie wiederherstellen können, bevor wir alle dahinsiechen und sterben«, entgegnete Danaus ungehalten.

»Das versuchen wir doch«, grollte Alexius, obwohl er nicht mehr nach den Kristallen gesucht hatte, seit eine Prinzessin mit himmelblauen Augen und rabenschwarzen Haaren seine ganze Aufmerksamkeit beanspruchte.

»Anscheinend gebt ihr euch nicht sehr viel Mühe.«

»Doch, das tun wir. Wir suchen weiter, auch wenn es keinen Sinn hat. Die Essenzen werden nie gefunden werden.«

»Ihr habt aufgegeben? Jetzt, wo so viel auf dem Spiel steht?

Wer wird als Nächstes am Verlust unserer Magie zugrunde gehen? Vielleicht ja du!«

»Sei still, Danaus.« Ein Muskel in Timotheus' Wange zuckte. »Solche Zankereien bringen uns keinen Schritt weiter.«

Alexius wusste, dass Timotheus weder mit Melenia noch mit Danaus übereinstimmte – tatsächlich konnte er sie beide nur schwer ertragen. Das Heiligtum war eine kleine Enklave, in der Hunderte Wächter schon seit einer Ewigkeit zusammenlebten. Trotz all seiner Schönheit war es ein Gefängnis, aus dem man nur entkommen konnte, wenn man dafür seine Magie und seine Unsterblichkeit aufgab. Und die Insassen vertrugen sich nicht besonders gut.

»Auf jeden Fall ist das der endgültige Beweis, dass unsere Welt in Dunkelheit versinkt wie die Sonne der Menschenwelt, die langsam hinter dem Horizont verschwindet«, sagte Timotheus. »Selbst wenn wir die Essenzen morgen finden würden, wäre es vielleicht schon zu spät.«

»Immer so pessimistisch«, meinte Melenia trocken.

»Realistisch«, entgegnete Timotheus.

Stephanos schrie vor Schmerz.

»Es ist Zeit«, flüsterte Melenia, trat näher an Stephanos heran und schaute ihm ins Gesicht. »Ich wünschte, ich könnte dich retten, mein Freund.«

Trotz ihrer einfühlenden Worte lag in dem Blick, den er ihr zuwarf, keinerlei Zuneigung. Tatsächlich schien es, als sähe er sie zum ersten Mal. Seine Augen wurden schmal. »Denkst du, dein Geheimnis würde mit mir sterben, Melenia?«

Bevor er noch etwas sagen konnte, schrie er erneut, und sein gebrechlicher Körper bäumte sich auf, von heftigen Krämpfen geschüttelt. Dann brach ein strahlend weißes Licht aus ihm hervor. Alexius taumelte zurück und schlug sich schützend die Hände vor die Augen, um nicht geblendet zu werden. Das Kreischen eines Falken zerriss die Stille, und die Wand um sie herum zerbarst mit einem gewaltigen Krachen in eine Million Kristallsplitter.

Alles vor ihm wurde weiß, der Schrei hielt an. Alexius dachte, sie würden sterben, so unerträglich war der Ansturm auf ihre Sinne.

Panische Angst durchzuckte ihn. Er fiel hart auf die Knie, die Hände auf die Ohren gepresst, und auch in seiner eigenen Brust bildete sich ein gewaltiger Schrei.

Doch dann wurde es plötzlich still. Das Licht verblasste, der Lärm verklang. Als Alexius wieder sehen konnte, war die Plattform leer. Stephanos' Körper war verschwunden.

Er hatte sich in die Essenz purer Magie zurückverwandelt, aus der er entstanden war – in die Magie, die diese Welt am Leben erhielt.

Phaedra taumelte zu Alexius, als er sich mühsam erhob. Er streckte ihr die Arme entgegen, und sie ließ sich an seine Brust sinken, zitternd vor Schreck und Kummer.

»Ich dachte, wir hätten mehr Zeit«, schluchzte sie.

»Es ist vorbei«, sagte Danaus zu Melenia.

»Ja«, antwortete sie. »Man wird ihn vermissen.«

Timotheus bedachte die schöne Unsterbliche mit einem argwöhnischen Blick. »Was hat Stephanos vorhin gemeint, Melenia? Von welchem Geheimnis hat er gesprochen?«

Sie lächelte matt. »Sein Verstand ist noch schneller zerfallen als sein Körper. Wie schrecklich, dass einer der Klügsten und Besten unter uns ein derartiges Ende finden musste.«

»Wen wird es als Nächsten treffen?« Danaus' Gesicht war angespannt. »Wer von uns wird als Nächster sterben?«

»Die Essenzen sind noch da«, erklärte Melenia ruhig. »Solange wir existieren, existieren auch sie. Und wir können sie finden, bevor alles verloren ist.«

»Bist du dir da sicher?«

»Ich war mir noch nie so sicher wie jetzt.« Sie ging zu Alexius und Phaedra und ergriff ihre Hände. »Stephanos' Tod hat uns einander nähergebracht. Wir werden zusammenhalten, in Freundschaft und Vertrauen. Nicht wahr?«

»Natürlich«, antwortete Alexius. Phaedra schwieg.

»Geht jetzt. Und erzählt niemandem, was sich hier ereignet hat.«

Das ließen sie sich nicht zweimal sagen. Ohne ein weiteres Wort verließen Alexius und Phaedra den Raum. Sie schwiegen beide, bis der Palast und die ganze Stadt hinter ihnen lagen und sie Alexius' Lieblingswiese erreichten. Er erwartete, dass seine Freundin jetzt, da sie allein waren, ihrem Kummer freien Lauf lassen würde, doch stattdessen wirbelte sie zu ihm herum und versetzte ihm einen harten Stoß. Er taumelte zurück, rieb sich die Brust und starrte sie verwirrt an.

»Womit habe ich das verdient?«

»Damit, dass du ihr jede ihrer Lügen bereitwillig abkaufst.«

»Wem?«

»Melenia natürlich. Wem sonst? Der hübschen Spinne, die uns mit ihren Geschichten alle in ihr Netz lockt. Du hast gehört, was Stephanos kurz vor seinem Tod gesagt hat. Er wollte ihre Lügen aufdecken.«

»Er lag im Sterben. Er konnte nicht mehr klar denken.«

»Macht dich ihre Schönheit so blind, dass du die Wahrheit nicht sehen kannst? Sie ist durch und durch böse, Alexius!«

»Du solltest vorsichtig sein, was du über Melenia sagst.«

Sie reckte trotzig das Kinn. »Ich habe keine Angst vor ihr.«

»Phaedra ...«

»Weiß sie von deiner kleinen Magierin? Weiß außer mir irgendjemand von ihr?«

Alexius erstarrte. »Was?«

»Die Prinzessin, die du in ihren Träumen besuchst.« Ein bitteres Lächeln erschien auf Phaedras Lippen. »Denkst du, ich weiß nicht, was du ganz allein hier draußen machst? Du redest im Schlaf. Lucia ... *Lucia* ... Eine schlechte Angewohnheit für jemanden, der Geheimnisse zu bewahren hat. Verliebst du dich in die Sterbliche, Alexius? Diesen Pfad haben schon andere vor dir eingeschlagen, und keiner von ihnen hat jemals den Weg zurück nach Hause gefunden.«

Hatte er es doch gewusst, dass Phaedra ihn beobachtete! Angesichts ihrer Fragen, ihrer Anschuldigungen fühlte er sich schutzlos, in die Ecke getrieben. »Das wirst du niemandem erzählen.«

Sie schüttelte verächtlich den Kopf. »Ich muss gehen. Ich habe Dinge zu erledigen; auch ich muss Sterbliche bewachen und sie in ihren Träumen besuchen. Du bist nicht der Einzige, der über einen bestimmten Menschen wacht, Alexius.«

»Phaedra, nein. Wir müssen darüber reden.«

Phaedras Augen blitzten wütend. »Ich habe genug geredet. Lass mich dir nur eins sagen: Nimm dich vor Melenia in Acht. Ich habe ihr noch nie vertraut, aber in letzter Zeit ... sie führt irgendetwas im Schilde, da bin ich mir sicher – und ich glaube, ich weiß auch, was. Wenn du nicht vorsichtig bist, wird sie dich vernichten.«

Mit diesen Worten drehte sie sich um und rannte los. Ihr Körper schimmerte und verformte sich, bis er die Gestalt eines goldenen Falken annahm, der sich hoch in den klaren blauen Himmel emporschwang und davonflog.

KAPITEL 14

JONAS

IM WILDLAND

Als Prinzessin Cleiona erwachte, lag sie auf der Ladefläche eines klapprigen Pferdekarrens, der über die Wiesenlandschaft polterte, und ihre Handgelenke waren gefesselt.

Jonas hatte es für das Beste gehalten, sie in ihrer Bewegungsfreiheit einzuschränken. Er wusste, dass sie nicht gut auf ihn zu sprechen sein würde, und das war wahrscheinlich noch eine Untertreibung.

»Willkommen zurück«, sagte er, als sie ihre aquamarinblauen Augen aufschlug.

Sie blinzelte ihn schläfrig an, während die Wirkung des Schlafmittels langsam nachließ.

Dann klärte sich ihr Blick auf einmal.

»Du brutaler Mistkerl!«, schrie sie und stürzte sich trotz ihrer gefesselten Hände auf ihn. »Ich hasse dich!«

Er drückte sie sanft zurück ins Sitzen. »Spart Euch Euren Atem, Hoheit. Ihr wollt Euch doch nicht überanstrengen.«

Ihr Blick huschte fieberhaft umher. »Wohin bringst du mich?«

»Nach Hause.«

»Warum tust du mir das an?«

»Harte Zeiten, Prinzessin.«

»Ich bin Prinz Magnus und seinem Vater nicht so viel wert, wie du denkst. Was immer du von ihnen verlangt hast – sie werden sich nicht darauf einlassen!«

»Ich will, dass der König die Bauarbeiten an seiner Straße einstellt.«

Sie zog die Augenbrauen hoch. »Das war eine dumme Forderung. Es gibt eine Million wichtigere Dinge, die ein Rebell von einem König verlangen könnte. Du bist nicht sehr gut in solchen Dingen, oder?«

Jonas warf ihr einen ärgerlichen Blick zu. Manchmal vergaß er, wie scharf ihre Zunge sein konnte. »Habt Ihr überhaupt eine Ahnung, wie es an dieser Straße zugeht? Wie viel paelsianisches Blut in den Arbeitslagern vergossen wurde? Wie viele sich in den letzten Monaten zu Tode schuften mussten?«

Entsetzen machte sich auf ihrem schönen Gesicht breit. »Nein. Bei der Göttin, wenn das wahr ist … das tut mir so leid.«

Es war nicht das erste Mal, dass sie von solchen Gräueltaten hörte – er hatte ihr bereits davon erzählt, als er sie in ihrem Gemach aufgesucht hatte, wenn auch nur in groben Zügen. Aber bisher hatte sie keine Beweise gesehen. Trotz ihrer Verlobung mit Prinz Magnus glaubte Jonas immer noch, dass die Damoras sie als Kriegsgefangene ansahen, die besser nicht wissen sollte, was außerhalb der Palastmauern vor sich ging.

»Der Blutkönig hat Hunderte, wenn nicht Tausende Paelsianer versklavt, und sie werden behandelt wie Tiere. Er mag zwar einem Großteil der Auranier weisgemacht haben, dass sie in Sicherheit sind, aber glaubt mir: Das kann man von meinem Volk nicht behaupten. Ich habe selbst gesehen, wie die Wachen mit ihren Gefangenen umspringen dürfen, ohne dafür bestraft oder zur Verantwortung gezogen zu werden. Wir müssen dem ein Ende setzen, um jeden Preis.«

Alle Farbe war aus Cleos Wangen gewichen. »Natürlich müssen wir das.«

Ihre Worte waren unerwartet und voller aufrichtiger Anteilnahme. Es dauerte einen Moment, bis Jonas seine Stimme wiederfand. »Anscheinend sind wir uns in manchen Dingen tatsächlich einig. Schockierend.«

»Du willst mich in einen Topf mit den Damoras werfen, aber ich bin nicht wie sie. Wenn du jemanden entführen wolltest, der in dieser Familie etwas zu sagen hat, dann bin ich die Falsche. Mein Tod durch die Hand von Rebellen wäre ein Geschenk für den König, kein Verlust.«

Auch wenn er ihr in der Schneiderei versichert hatte, dass sie nicht zu Schaden kommen würde, konnte er es ihr kaum verdenken, dass sie mit dem Schlimmsten rechnete. Immerhin entführte er sie schon zum zweiten Mal. In den Augen dieses Mädchens musste er wirklich herzlos wirken. Jonas beugte sich zu ihr hinunter, ohne darauf zu achten, wie sie unwillkürlich zurückschreckte, und machte sich daran, ihre Handfesseln zu lösen.

»Das werden wir wohl abwarten müssen, nicht wahr, Prinzessin?«

Als sie dreißig Meilen von Hawk's Brow entfernt die Grenze des Wildlandes erreichten, dankte Jonas dem Fahrer – einem Auranier, den er bei seinem letzten Besuch in der Stadt kennengelernt hatte, als er auch Nerissa rekrutiert hatte – und führte Cleo zu Fuß in den dichten, dunklen Wald.

Sie versuchte nicht, wegzulaufen oder sich zu wehren. Obwohl er ihren Arm nur locker festhielt, blieb sie auf ihrem Weg durch das verwilderte Terrain an seiner Seite.

»Hier treiben sich Diebe und Mörder herum«, flüsterte sie mit bebender Stimme.

»Ganz recht.«

»Und wilde Tiere.«

»Zweifellos.«

Sie warf ihm einen vielsagenden Seitenblick zu. »Genau der richtige Ort für dich.«

Er unterdrückte ein Schnauben. »Oh, danke für das Kompliment, Hoheit. Wenn Ihr so weitermacht, bringt Ihr mich noch zum Erröten.«

»Wenn du das als Kompliment aufgefasst hast, bist du noch dümmer, als ich dachte.«

Dieses Mal konnte er sich ein Grinsen nicht verkneifen. »Man hat mir schon Schlimmeres an den Kopf geworfen.«

Eine Adelige wie sie hätte diesen Wald, düster und gefährlich wie er war, nie freiwillig betreten, besonders nicht nach Sonnenuntergang. Das dichte Blätterdach der großen, imposanten Bäume ließ kein Licht durch, so dass alles um sie herum in Dunkelheit lag, als wäre es tiefste Nacht. Als Cleo über eine Baumwurzel stolperte und fast hinfiel, umfasste Jonas ihren Arm fester. »Wir haben keine Zeit für eine Rast, Prinzessin. Es ist nicht mehr weit.«

Selbst er wollte im Wildland, ohne den Schutz einer größeren Gruppe, nicht länger an einem Ort bleiben.

Wortlos raffte Cleo ihre Röcke, damit sie nicht durch den Dreck schleiften, und bedachte ihn mit einem giftigen Blick.

Schließlich erreichten sie eine kleine Lichtung, auf der ein prasselndes Lagerfeuer wenigstens etwas Licht spendete. Der Geruch von gebratenem Wild sagte Jonas, dass die Jagd gut verlaufen war. Heute Abend würden die Rebellen nicht hungern müssen.

Die Prinzessin strauchelte erneut, als sie die schattenhaften Gestalten überall um sie herum bemerkte. Mindestens drei Dutzend Rebellen mit zerschlissenen Kleidern und grimmigen Gesichtern näherten sich ihnen, und manche kletterten flink auf die umstehenden Bäume. Cleo schaute auf, und ihre

Augen wurden groß, als sie die notdürftig aus Holzplanken, Seilen und Stöcken zusammengebauten Hütten hoch oben im Geäst sah.

»Ihr lebt hier«, stellte sie überrascht fest.

»Für den Moment, ja.«

Cleo verschränkte die Arme vor der Brust und ließ ihren Blick über das Lager schweifen. Nur wenige der Rebellen sahen sie direkt an – manche neugierig, aber die meisten voller Misstrauen oder Verachtung. Kein sehr einladender Ort für eine Prinzessin, so viel stand fest.

In diesem Moment rannte Tarus auf der Jagd nach einem Kaninchen an ihnen vorbei und grinste Jonas zu. Mit seinen vierzehn Jahren war er einer der jüngsten Rebellen und sehr enthusiastisch, auch wenn er bislang über keinerlei Kampferfahrung verfügte. Seine schmächtige Statur und sein freundliches Gesicht wirkten beruhigend auf die meisten argwöhnischen Einheimischen, mit denen Jonas sich unterhalten wollte.

Der Klang von leisen Gesprächen, zirpenden Insekten und Vogelgezwitscher hoch oben in den Bäumen brachte den Wald zum Leben.

Es war gar nicht so schlecht hier. Oder zumindest empfand Jonas das so.

Cleo kratzte sich am Arm, wo eine Mücke sie gestochen hatte, aber sie wirkte keineswegs verängstigt, sondern eher genervt darüber, dass sie solche Unannehmlichkeiten über sich ergehen lassen musste. Ihr Pech. Die Zufluchtsstätte der Rebellen war kein goldener Palast, nicht einmal ein annehmbares Gasthaus, aber sie würde genügen müssen.

Brion kam auf sie zu. »Brauchst du Hilfe?«, fragte er, an Jonas gewandt.

»Nein«, antwortete Jonas. »Ich komme klar. Such du deine Freundin und halt sie mir vom Leib. Ich hatte heute schon genug Ärger.«

»Du meinst die Freundin, die mich je nach Laune manchmal fast so sehr hasst wie dich?«

»Genau die.«

Brion machte sich sofort auf den Weg, blieb aber einen Moment am Feuer stehen und klopfte einem Jungen namens Phineas auf den Rücken. Die beiden lachten über irgendetwas, während sie zu Cleo hinübersahen.

»Das ist Brion«, erklärte Jonas. »Er ist ein guter Freund von mir. Stark, loyal, mutig.«

»Schön für ihn.« Ein nachdenklicher Ausdruck erschien auf Cleos Gesicht. »Du bist ihr Anführer, oder?«

»Ich tue mein Bestes«, antwortete Jonas achselzuckend.

»Und auf deinen Befehl hin würden sie mich umbringen – selbst dein Freund Brion. Oder möchtest du das lieber selbst erledigen?« Als er nicht gleich antwortete, wandte sie sich um und sah ihm direkt in die Augen. »Nun?«

Er trat näher zu ihr und packte sie am Oberarm.

Das Mädchen sprach zu laut und viel zu freimütig. Sie war noch schlimmer als Lysandra. »So etwas solltet Ihr lieber nicht zu laut sagen, Hoheit. Ihr wollt meine Rebellen doch nicht auf Ideen bringen. Nicht alle von ihnen waren einverstanden mit meiner Entscheidung, Euch herzubringen.«

Cleo versuchte sich zu befreien, aber er hielt sie fest.

»Lass mich los!«, fuhr sie ihn an.

»Das ist eine rein politische Angelegenheit, Prinzessin. Was ich heute getan habe – und was ich in den kommenden Tagen tun werde –, tue ich für mein Volk. Für niemanden sonst.« Jonas blickte nach links und fluchte leise, als er sah, wer jetzt auf sie zukam.

Heute trug Lysandra keinen Zopf, so dass ihre langen

dunklen Haare ihr in wilden Locken über die Schultern fielen. Ihre braunen Augen funkelten Cleo misstrauisch an. »Das ist sie also? Ihre *Königliche Hoheit?*«

»Ja«, seufzte Jonas, ihrer Schimpfereien schon jetzt überdrüssig. Mit der starrsinnigen, rechthaberischen Lysandra zu diskutieren war selbst an den besten Tagen ermüdend. »Lysandra Barbas, darf ich vorstellen? Cleiona Bellos.«

Cleo schwieg, behielt Lysandra aber wachsam im Auge, während die sie von Kopf bis Fuß musterte.

»Sie atmet noch«, stellte Lysandra fest.

»Ja, das tut sie«, bestätigte Jonas.

Lysandra ging langsam um Cleo herum und beäugte ihr Kleid, ihren Schmuck, die Spitzen ihrer goldenen Sandalen, die unter ihren Röcken hervorlugten. »Sollten wir dem König einen ihrer königlichen Finger als Beweis schicken, dass wir sie wirklich in unserer Gewalt haben?«

»Lysandra«, mahnte Jonas, jetzt richtig wütend. »Halt den Mund.«

»Ist das ein Ja?«

»Lass mich raten«, sagte Cleo, offensichtlich darum bemüht, die Fassung zu bewahren. »Sie gehört zu den Rebellen, die mich nicht hierhaben wollten.«

»Lysandra hat ihre eigenen Vorstellungen, was wir tun sollten.«

Die Rebellin bedachte Cleo erneut mit einem verächtlichen Blick. »Ich verstehe nur nicht, was es uns bringen soll, nutzlose Mädchen zu entführen, die nichts anderes können als hübsch aussehen.«

»Du kennst mich nicht mal«, fuhr Cleo sie an. »Und trotzdem hasst du mich. Das ist genauso ungerecht, als würde ich dich hassen, ohne dich je gesehen zu haben.«

Lysandra verdrehte die Augen. »Sagen wir einfach, dass ich

alle Adeligen gleichermaßen hasse. Und du bist eine Adelige. Also hasse ich dich. Das ist nicht persönlich gemeint.«

»Das ergibt absolut keinen Sinn. Du meinst es nicht persönlich? Ich nehme Hass sehr persönlich. Wenn ich ihn verdient habe, ist das eine Sache. Wenn nicht … ist es eine ganz dumme Idee, mir so ein Wort an den Kopf zu werfen, ohne auch nur darüber nachzudenken.«

Lysandras Gesicht verdüsterte sich. »König Gaius hat mein Heimatdorf niedergebrannt und mein Volk versklavt. Er hat meine Mutter und meinen Vater getötet. Und mein Bruder Gregor – ich habe keine Ahnung, wo er ist. Vielleicht sehe ich ihn nie wieder.« Mit jedem Wort redete sie sich mehr in Rage. »Aber Ihr – Ihr habt keine Ahnung, was Leid bedeutet. Ihr wisst nicht, was es heißt, sich abmühen und Opfer bringen zu müssen. Ihr wurdet mit einem goldenen Löffel im Mund und einem goldenen Dach über dem Kopf geboren. Ihr seid mit einem Prinzen verlobt!«

Wieder wollte Jonas eingreifen. Diese Zankerei brachte sie nicht weiter, sie hatte ein weiteres Dutzend Rebellen angezogen, die den Mädchen jetzt gespannt zuhörten.

Aber die Prinzessin kam ihm zuvor. Cleos Augen blitzten zornig. »Du denkst, ich weiß nicht, was Leid bedeutet? Vielleicht musste ich kein solches Grauen miterleben wie du, aber glaub mir: Auch ich habe gelitten. Ich habe meine geliebte Schwester an eine Krankheit verloren, die kein Heiler kannte. Ich habe sie tot im Bett gefunden, als ich sie besuchen wollte – kurz bevor König Gaius mein Zuhause angegriffen hat. Mein Vater wurde bei dem Versuch, sein Königreich vor unseren Feinden zu beschützen, ermordet. Er hat Seite an Seite mit seinen Männern gekämpft, anstatt sich in seinen Gemächern zu verstecken, wo er vielleicht in Sicherheit gewesen wäre. Meine Mutter ist bei meiner Geburt gestorben, und ich habe sie nie kennengelernt – aber ich wusste, dass meine Schwester mich jahrelang dafür gehasst hat. Ich habe einen Freund verloren, einen … einen Jungen, dem ich mein Herz geschenkt hatte, als er mich vor dem Prinzen beschützt hat, mit dem ich jetzt gegen meinen Willen verlobt bin. Ich habe in kürzester Zeit fast alle Menschen verloren, die ich liebe, und manchmal bin ich kurz davor, unter der Last des Kummers zusammenzubrechen.« Sie holte tief Luft. »Denk über mich, was du willst. Aber ich schwöre bei der Göttin, dass ich meinen Thron zurückerobern werde – und dass König Gaius für seine Verbrechen bezahlen wird.«

Lysandra starrte die Prinzessin einen Moment wortlos an. In ihren Augen glitzerten Tränen. »O ja, das wird er«, stieß sie hervor, dann drehte sie sich um und stürmte in den dunklen Wald davon. Als Brion sie weggehen sah, folgte er ihr sofort.

Hatte Cleo das Mädchen für sich gewonnen, oder war ihre Rede auf taube Ohren gestoßen? Jonas wusste es nicht. Und er war sich immer noch nicht sicher, wie viel von Lysandras Tapferkeit echt war und wie viel sie ihnen vorspielte, um den anderen gegenüber hart und stark zu wirken. Aber der Schmerz, der immer in ihren Augen aufflackerte, wenn sie über ihr Dorf, ihre Eltern oder ihren vermissten Bruder redete … der war echt. Jonas verstand ihren Kummer, genau wie auch Cleos. Für zwei so verschiedene Mädchen hatten die beiden eine Menge gemeinsam.

Plötzlich wurde ihm bewusst, dass die Prinzessin ihn wütend anfunkelte. »Was ist?«, fragte er.

»Falls du dich entscheidest, mich umzubringen, wenn König Gaius deine Forderungen nicht erfüllt, solltest du wissen, dass ich bis zum letzten Atemzug kämpfen werde.«

»Daran zweifle ich keine Sekunde.« Jonas legte den Kopf

schräg. »Obwohl ich glaube, dass hier ein Missverständnis vorliegt. Ich habe nicht vor, Euch umzubringen – weder jetzt noch später. Aber ich werde Euch gegen die Damoras einsetzen, wo ich nur kann, darauf könnt Ihr Gift nehmen.«

»Wie?«, wollte sie wissen.

»Gaius führt Euch den Auraniern als Symbol für Hoffnung und Einigkeit vor. Die Rebellen werden dasselbe tun. Wenn er sich weigert, meinen Forderungen nachzukommen, werdet Ihr hierbleiben, als eine von uns. Wenn die goldene Prinzessin sich trotz der Lügen des Königs auf die Seite der Rebellen schlägt, ist das eine unmissverständliche Stellungnahme.«

Cleo machte den Mund auf, um zu protestieren, aber als er die Hand hob, schwieg sie tatsächlich.

»Ich glaube, dass er einen Nutzen darin sieht, Euch am Leben zu halten. Aber ich bin kein Idiot. Er geht davon aus, dass wir die gewaltsame Lösung wählen, wenn er sich nicht auf unsere Forderungen einlässt, und das käme ihm auch gelegen. Wir würden alle Sympathien, die wir bei den Auraniern gewonnen haben, mit einem Schlag verlieren, wenn wir Euch etwas antäten. Aber ich habe nicht vor, Euch in irgendeiner Weise wehzutun. Ihr seid mir – und dem König – lebendig mehr wert als tot. Also schlage ich vor, dass Ihr Euch mit der Situation abfindet, es Euch gemütlich macht und abwartet. Wir geben Euch Essen und einen Platz zum Schlafen. Dieser Wald hat einen schlechten Ruf, daher wagt sich kein vernünftiger Mensch hierher.«

»Offensichtlich«, meinte sie mit einem verächtlichen Blick.

Jonas musste grinsen. »Ich weiß, dass die Art und Weise, wie ich Euch hergebracht habe, nicht gerade sanft war. Aber ich schwöre, dass Euch jetzt niemand auch nur ein Haar krümmen wird. Ihr seid hier in Sicherheit. Und eins solltet Ihr wissen: Ich habe fest vor, dem König meinen Dolch ins

Herz zu stoßen und mein Volk aus seiner Tyrannei zu befreien. Wenn ich dazu die Gelegenheit habe, stehen die Chancen gut, dass Ihr Euren Thron zurückbekommt. Aber es geht mir nicht um Auranos. Ich kämpfe allein für Paelsia.«

Cleo ließ sich seine Worte eine Weile durch den Kopf gehen.

Schließlich nickte sie. »Und ich kämpfe für die Zukunft von Auranos und seinen Bewohnern.«

»Sieht aus, als hätten wir noch etwas gemeinsam – die Liebe zu unserem jeweiligen Heimatland. Das ist gut. Also sagt mir, Prinzessin: Werdet Ihr Euch mir weiterhin ständig widersetzen? Oder könnt Ihr auch nett sein und mit uns zusammenarbeiten?«

Cleo schwieg einen langen, sehr stillen Moment. Dann sah sie ihn direkt an, und die Entschlossenheit in ihren Augen stand seiner in nichts nach. »Also gut. Ich werde mit euch zusammenarbeiten. Aber dass ich nett sein werde, kann ich dir nicht versprechen.«

Da lachte Jonas richtig. »Damit kann ich leben.«

KAPITEL 15

CLEO

IM WILDLAND

Seit sieben Tagen lebte sie nun schon unter den Rebellen. In den feinen Kleidern, die sie bei ihrer Ankunft getragen hatte, war sie aufgefallen wie ein bunter Hund, also hatte sie am zweiten Tag um etwas Schlichteres gebeten. Jonas gab ihr eine Tunika und eine Hose, die nur blieb, wo sie hingehörte, wenn sie die Kordel um die Taille ganz festzurrte.

Wenn möglich, hielt sie sich an diejenigen Rebellen, die sie nicht aus Prinzip verachteten, nur weil sie adelig war. Unter diesen wenigen Ausnahmen waren Brion, der stellvertretende Anführer, und ein dünner Junge namens Tarus, dessen zerzauste rote Haare sie an Nic erinnerten.

Nic.

Mit jedem Tag, jeder Stunde, die verging, wuchs ihre Sorge. Was war nach ihrer Entführung aus der Schneiderei passiert? Ging es Nic gut? Was würde der König ihm antun? Und Mira … Inzwischen hielt ihre Freundin sie wahrscheinlich für tot. Wenn sie ihr doch nur eine Nachricht übermitteln könnte …

Sie hatte Jonas gefragt, ob das möglich wäre, aber seine Antwort lautete schlicht: Nein. Und dann war er weggegangen, hatte sie einfach stehen lassen, ohne auf ihre wütende Erwiderung einzugehen.

Jetzt saß sie mit Brion, Tarus und Onoria, einer der wenigen jungen Frauen unter den Rebellen, am Lagerfeuer. Tagsüber war es in Auranos immer warm und sonnig, aber nachts wurde es hier im Wildland so kalt, wie Cleo sich Limeros vorstellte.

»Jeder Falke, den ihr seht, ist ein Wächter, der uns beobachtet«, meinte Tarus gerade. »Das hat mir mein Pa erzählt.«

»*Jeder* Falke?«, schnaubte Brion. »Nein, nicht jeder. Die meisten sind stinknormale, ganz und gar unmagische Vögel.«

»Glaubst du an Magie?«, erkundigte sich Cleo neugierig.

Brion hielt einen langen Stock in das prasselnde Feuer. »Kommt auf den Tag an. Heute nicht so sehr. Morgen … vielleicht.«

Cleo blickte auf. »Was ist mit dem Falken dort? Ist der ein Wächter?«

Auf einem Baum, in dessen Äste ausnahmsweise kein Unterschlupf eingebaut war, hatte sich ein goldener Falke niedergelassen. Er schien recht zufrieden damit, dort zu hocken und auf sie hinabzuschauen.

Onoria folgte Cleos Blick und strich sich ihre langen dunklen Haare aus der Stirn. »Den habe ich schon öfter gesehen. Er jagt nie, sondern beobachtet uns nur. Oder genauer gesagt, beobachtet er Jonas.«

»Wirklich?«, fragte Cleo erstaunt.

»Na, seht ihr? Er ist bestimmt ein Wächter, wenn er so ein Interesse an unserem Anführer zeigt.« Tarus starrte den Vogel voller Bewunderung an. »Die Flügel der Wächter-Falken sind aus purem Gold, wusstet ihr das? Das hat mir meine Ma erzählt.«

Unwillkürlich erinnerte Cleo sich an ihre eigenen Nachforschungen und an die Legenden, die sie ihr ganzes Leben lang gehört hatte. »Manche sagen, sie können auch menschliche Gestalt annehmen – mit goldener Haut und so wunderschön, wie man es sich in unserer Welt kaum vorstellen kann.«

»Das erscheint mir unwahrscheinlich. Ich habe in meinem Leben schon einige unvorstellbar schöne Frauen gesehen.« Brion grinste. »Ihr seid selbst nicht übel, Prinzessin. Und Onoria ... du natürlich auch nicht.«

Onoria verdrehte die Augen. »Heb dir deine Komplimente für jemanden auf, der sich dafür interessiert.«

Jetzt musste auch Cleo lächeln. »Ich bin keine Wächterin, das kann ich euch versichern. Wenn ich eine wäre, wäre ich schon längst in die Sicherheit des Heiligtums zurückgeflogen.«

»Dafür müsstest du erst ein Rad finden«, warf Tarus ein.

Überrascht sah Cleo zu ihm hinüber. »Was hast du gesagt?«

»Ein Steinrad.« Er zuckte die Achseln. »Ich weiß nicht, ob die Geschichten stimmen, aber so hat es mir meine Großmutter erzählt.«

In der Familie des Jungen gab es offenbar eine ganze Menge Geschichtenerzähler.

»Was meinst du damit, man muss ein Steinrad finden?«, fragte Onoria. »Davon habe ich noch nie gehört.«

»So können sie in Falkengestalt zwischen unserer Welt und dem Heiligtum hin- und herreisen. Auf beiden Seiten sind magische Steinräder versteckt. Für uns sehen sie vielleicht aus, als wären sie alt und nutzlos, aber ohne sie sind die Wächter hier gefangen.«

»Das solltest du Jonas aber lieber nicht hören lassen«, meinte Brion. »Er hält nichts von Geschichten über Magie oder Wächter. Seiner Ansicht nach lassen wir uns leichter ausnutzen und zum Narren halten, wenn wir an solche Märchen glauben statt an harte Fakten.«

Magische Steinräder. Das war wirklich eine amüsante Geschichte. Völlig absurd, aber amüsant.

Wie viel Wahrheit steckte wohl in den alten Legenden, die von Generation zu Generation weitererzählt wurden? Es war dumm von Jonas, sie alle in Bausch und Bogen als Unsinn abzutun. Cleo hatte sich mit einer verbannten Wächterin unterhalten, ohne es auch nur zu wissen. Sie hatte Magie in den Händen gehalten. Manchmal war sie näher, als man es sich vorstellen konnte.

Wenn sie doch nur ihren Ring dabeihätte … Es war ein Fehler gewesen, ihn zu verstecken. Er war viel zu wertvoll, um ihn aus den Augen zu lassen.

Cleo wollte Tarus gerade fragen, ob er etwas von einem magischen Ring wusste oder ob seine Familie ihm irgendetwas über die Essenzen erzählt hatte, als sie plötzlich einen bösen Blick auf sich ruhen spürte. Sie schaute auf und sah Lysandra, die sie von der anderen Seite des Lagers wütend anfunkelte.

»Sie hasst mich immer noch, oder?« Ein entmutigender Gedanke. Nach ihrer ersten Auseinandersetzung hatte sie gehofft, das Mädchen für sich gewonnen zu haben – wenigstens ansatzweise. Sie hatten beide schwere Verluste erlitten und viel Kummer zu verkraften gehabt. Das verband sie miteinander. Selbst wenn Lysandra es nicht zugeben wollte.

Wenn Cleo ganz ehrlich war, beneidete sie das Mädchen um ihre Freiheit. Sich unter all diesen Rebellen so ungebunden und furchtlos zu fühlen … das war bestimmt schön.

»Ich glaube, Lys hasst jeden«, meinte Brion und nagte an einem schon völlig blankgeputzten Knochen herum, der von seinem Essen übrig geblieben war. Onoria lachte leise über seine Bemerkung. »Sogar mich, ob Ihr es glaubt oder nicht. Aber ich denke, sie erwärmt sich langsam für mich. Wartet es nur ab, sie wird sich schon bald bis über beide Ohren in mich verlieben. Aber ... nehmt ihr Verhalten nicht persönlich, Prinzessin.«

Sie würde sich alle Mühe geben. Jetzt holte sie tief Luft und stellte die Frage, die ihr wirklich auf der Seele brannte: »Gibt es Neuigkeiten von der Straße? Hat der König die Bauarbeiten eingestellt? Was wissen wir über die Sklaven?«

Brion sah weg, in Richtung des Feuers. »Eine wunderschöne Nacht, nicht wahr?«

»Wird Jonas noch einen Brief schicken?«

»Die Sterne, der Mond ... echt faszinierend.«

»Ja, wirklich schön«, stimmte Tarus zu. »Das einzig Störende sind die Insekten, die uns aussaugen wollen.« Wie zum Beweis schlug er sich auf den Arm, um eine blutdurstige Mücke zu töten.

Ein ungutes Gefühl beschlich Cleo. »Es ist nichts passiert, oder?«

Onoria schwieg und mied ihren Blick.

Brion streckte den Stock wieder ins Feuer und bewegte das brennende Stück Holz umher. »Nein. Und ehrlich gesagt glaube ich auch nicht, dass etwas passieren wird.«

Einen Moment brachte Cleo kein Wort heraus. »Ich habe Jonas gesagt, dass es sinnlos ist. Der König will mich nicht lebend zurückhaben – jedenfalls will er es nicht genug, um den Forderungen eines Rebellen nachzukommen. Die Hochzeit ist letztlich belanglos für ihn – genau wie ich.«

»Oh, keine Sorge, so ist es nicht«, sagte Tarus, was ihm einen warnenden Blick sowohl von Brion als auch von Onoria einbrachte. »Was? Hat sie kein Recht, es zu erfahren?«

Cleo wurde eng ums Herz. »Was zu erfahren?«

Brion zuckte die Achseln, sein Gesicht war grimmig. »Jonas wollte nicht, dass ich es Euch erzähle.«

Sie packte ihn am Ärmel, bis er sie endlich ansah. »Umso mehr Grund, es mir zu erzählen.«

Er zögerte nur einen Augenblick. »König Gaius hat Suchtrupps nach Euch ausgeschickt. Sie durchkämmen ganz Auranos und Paelsia von Küste zu Küste.«

»Und?«

»Und sie hinterlassen eine Spur der Verwüstung. Alle, die sich ihnen in den Weg stellen oder sich weigern, ihre Fragen zu beantworten, werden niedergemetzelt. Der König lässt ein Exempel an ihnen statuieren, um zu zeigen, dass er es ernst meint – dass er Euch so schnell wie möglich finden will. Sieht es danach aus, als wollte er Euch zurückhaben, damit Ihr wie geplant in zehn Tagen seinen Sohn heiraten könnt? O ja. Ist er bereit, dafür den Sklaven an seiner Blutstraße die Freiheit zu schenken? Leider nein.« Brions Stimme wurde immer leiser. Schließlich stand er auf, löschte das Feuer und schob mit dem Fuß Erde auf die glühenden Kohlen. »Ich schätze, Ihr werdet Euch uns dauerhaft anschließen, Prinzessin. Willkommen in Eurem neuen Zuhause.«

Mit jedem seiner Worte wurde es Cleo kälter. »Nein, da irrst du dich. Jonas irrt sich. Ich kann nicht hierbleiben.«

»Je mehr Schaden Gaius dort draußen anrichtet, desto mehr Auranier werden einsehen, dass er nicht so gütig und gnädig ist, wie er in seinen Reden immer behauptet. Sie werden endlich verstehen, dass er ihr Feind ist – und keineswegs ein König, dem sie Respekt und Gehorsam schulden.«

Cleos Gedanken überschlugen sich. »Vielleicht. Aber er wird dieses ganze Land auseinandernehmen und jeden töten, der ihm in die Quere kommt, bis er mich findet. Er will meinem Volk zeigen, dass ich ihm wichtig bin – dass ihm die Prinzessin von Auranos am Herzen liegt. Obwohl ihm mein Schicksal natürlich im Grunde völlig gleichgültig ist. Es ist ihm nur wichtig, solange es ihm hilft, meine Landsleute unter Kontrolle zu halten. Oder liege ich da falsch?«

Aus Brions Gesicht war endgültig alle Belustigung gewichen. Onoria und Tarus starrten grimmig vor sich hin. »Nein, ich fürchte, Ihr habt vollkommen recht.«

Jetzt, da das Feuer gelöscht war und das Lager im Dunkeln lag, sah Cleo durch das Blätterdach hoch über ihnen schimmernde Sterne und einen hellen Vollmond. Ihr Blick schweifte über das Lager, durch die Schatten, zu Jonas, der sich angespannt mit Lysandra unterhielt.

»Jonas!«, rief sie zu ihm hinüber.

Er wandte sich zu ihr um, sein hübsches Gesicht in sanftes Mondlicht getaucht – und im selben Moment schoss ein Pfeil auf ihn zu und durchbohrte seine Schulter.

Ohne auch nur eine Sekunde zu zögern, packte er den Pfeil und riss ihn heraus. Als er erneut zu ihr herüberschaute, sah Cleo die Panik in seinen Augen. »Lauf, Cleo! Lauf, so schnell du kannst!«

In diesem Augenblick stürmten Dutzende limerianische Soldaten in das Lager. Hastig suchte Cleo ihre Umgebung nach irgendeiner Waffe ab – einem Messer, einer Axt, irgendetwas, womit sie sich schützen und die Angreifer abwehren könnte –, fand aber nichts.

Einer der Männer kam direkt auf sie zu und zog sein Schwert.

Als sie sah, wie ihre neuen Rebellenfreunde in alle Richtungen davonliefen, rannte auch sie los, in dem verzweifelten Versuch, dem Soldaten zu entfliehen. Ihre unpraktischen goldenen Schuhe – ein krasser Kontrast zu ihrer ansonsten schlichten Kleidung – sanken mit jedem Schritt tief in die weiche Erde.

Aber der Soldat war schneller als sie. Er holte sie mühelos

ein, packte sie am Arm und wirbelte sie zu sich herum. Dann stieß er sie so fest gegen einen Baumstamm, dass es ihr einen Moment den Atem verschlug und ihre Sicht verschwamm. »Sag mir, Mädchen: Wo ist Prinzessin Cleiona?«

Cleo wollte seine barsche Frage beantworten, ihm sagen, wer sie war, bekam aber keine Luft. Er drückte ihr sein Schwert an die Kehle und starrte sie so grimmig an, dass sie einen Moment fürchtete, er würde sie töten, bevor sie die Chance hatte, sich zu erkennen zu geben.

Dann wurden seine grausamen, misstrauisch zusammengekniffenen Augen plötzlich groß. Hatte er sie trotz ihrer zu einem Knoten zusammengebundenen Haare, ihres dreckigen Gesichts und der Kleider einer paelsianischen Rebellin als die Prinzessin erkannt, nach der er suchte?

Im nächsten Augenblick schoss ein Pfeil so dicht an ihrem Gesicht vorbei, dass sie den Luftzug spürte, und bohrte sich in den Hals des Soldaten. Der Limerianer taumelte zurück und fasste sich an die Kehle, aus der ein Schwall Blut quoll. Mit einem erstickten Röcheln stürzte er zu Boden, sein Körper bäumte sich noch einmal auf, dann war er tot. Bevor Cleo einen klaren Gedanken fassen konnte, war Jonas bei ihr. Ihr Herz machte einen Sprung, als sie ihn sah.

»Wir müssen hier weg!«, rief er.

»Euer Lager ...«

In der Dunkelheit konnte sie sein Gesicht nicht erkennen, aber sein Ton klang hart. »Das Lager ist verloren. Wir haben einen zweiten Stützpunkt für den Fall, dass wir angegriffen werden. Dort treffen wir die anderen morgen.«

Er packte ihren Arm, und zusammen rannten sie los.

»Warum hast du mir nicht erzählt, dass Suchtrupps nach mir ausgeschickt wurden und jeden ermorden, der sich ihnen in den Weg stellt?«

»Warum sollte ich?« Jonas' Hemd war blutdurchtränkt, aber die Wunde in seiner Schulter schien ihn überhaupt nicht zu beeinträchtigen.

»Weil ich ein Recht habe, es zu erfahren!«

»Ihr habt ein Recht, es zu erfahren ...«, murmelte er spöttisch. »Warum? Hättet ihr irgendwas tun können, um sie aufzuhalten?«

»Ich hätte in den Palast zurückkehren können.«

»Aber das ist nicht Teil meines Plans.«

»Das ist mir gleichgültig! Ich kann nicht noch mehr Unschuldige meinetwegen sterben lassen.«

Abrupt blieb Jonas stehen. Seine Finger gruben sich schmerzhaft in ihren Arm, und einen Moment sah er so frustriert aus, dass sie fürchtete, er würde sie ohrfeigen. Doch dann entspannte sich sein Gesicht.

»Viele Unschuldige werden sterben, ganz gleich was als Nächstes passiert. König Gaius hat zwar Euer Königreich erobert, aber der Krieg geht weiter. Und er wird so lange weitergehen, bis dieser Dreckskerl nicht mehr auf Eurem Thron sitzt. Versteht Ihr das?«

Die Frage machte Cleo wütend. »Ja, das ist mir klar. Ich bin nicht dämlich.«

Jonas' stechender Blick schien sie zu durchbohren. »Gut. Jetzt haltet den Mund, damit ich Euch in Sicherheit bringen kann.«

Sein eiserner Griff lockerte sich nur ein wenig, als sie weiter durch den Wald hasteten.

»Hier können wir uns verstecken.« Unvermutet zog Jonas sie scharf nach rechts, durch einen Vorhang aus Moos und Ranken und dann durch den hohlen Stamm einer gigantischen Eiche. Dahinter lag zu Cleos Erstaunen eine Art Grotte von etwa sechs Schritten Durchmesser. Begrenzt wurde sie von einem Dickicht aus Ästen und Laubwerk, das sie sowohl vor den Soldaten als auch vor dem Mondlicht schützte, das durch das dichte Blätterdach hoch über ihnen fiel.

Cleo öffnete den Mund, um ihrer Verblüffung Ausdruck zu verleihen, verstummte aber, als Jonas sie gegen die natürliche Barriere presste und ihr einen Finger auf die Lippen legte.

»Pst«, raunte er.

Cleo gab sich alle Mühe, trotz der Kälte und ihrer wachsenden Angst nicht zu zittern.

Von ihrem Aussichtspunkt aus konnte sie mehrere Soldaten sehen und hielt unwillkürlich die Luft an – selbst das Geräusch ihres Atems könnte sie verraten. Der Eingang der Höhle war im Licht der Fackeln, die die Männer bei sich trugen, deutlich sichtbar. Rote Uniformen zogen nur wenige Schritte von ihnen entfernt vorbei, und die Soldaten stocherten mit ihren Schwertern in Büschen und Gestrüpp herum. Ihre Pferde schnaubten unruhig und scharrten mit den Hufen.

Jeden Moment konnten sie entdeckt werden. Jonas umfasste ihren Arm fester, ein deutliches Zeichen, dass auch er das Schlimmste fürchtete.

Als sich direkt neben Cleos Gesicht eine Schwertspitze durch das Buschwerk bohrte, hätte sie um ein Haar laut aufgeschrien, doch hielt sie sich gerade noch rechtzeitig die Hand vor den Mund.

»Hier lang!«, rief einer der Soldaten seinen Kameraden zu, und das Schwert wurde zurückgezogen. »Beeilt euch, sonst entkommen sie uns!«

Cleo atmete erleichtert auf, als die Rufe und Schritte der Soldaten langsam verklangen.

Dann flackerte ganz in ihrer Nähe plötzlich eine Flamme

auf, und sie zuckte heftig zusammen. Jonas hatte einen Feuerstein aus seiner Tasche hervorgekramt und eine Kerze angezündet, die er in einem in der Höhle versteckten Stoffbeutel gefunden hatte.

»Lasst mich mal sehen.« Er hielt die Flamme näher an ihren Hals und strich mit dem Daumen über die wunde Stelle, die das Schwert ihres Verfolgers dort hinterlassen hatte. »Gut. Nur ein Kratzer.«

»Mach die Kerze lieber aus«, warnte sie. »Sonst sehen sie uns noch.«

»Keine Angst, sie sind weg.«

»Also gut, dann gib sie her.« Cleo streckte ihm eine Hand entgegen. »Ich sollte mir deine Schulter anschauen.«

Jonas schreckte zusammen, als hätte er vergessen, dass er von einem Pfeil getroffen worden war.

»Ich muss die Blutung stillen«, sagte Cleo. Er reichte ihr die Kerze, dann ließ er sein Hemd über die Schulter hinabgleiten und entblößte seinen Oberarm und ein Stück seiner Brust. Sie trat näher an ihn heran, um die Wunde zu begutachten, und verzog das Gesicht.

»So schlimm?«, fragte er.

»Offensichtlich nicht schlimm genug, um dich zu töten.«

Schnell streifte Jonas sein Hemd ganz ab. Seine linke Schulter war blutüberströmt, aber der Rest seines Oberkörpers war, wie sie selbst im schwachen Kerzenschein deutlich erkennen konnte, genauso braun gebrannt und makellos, wie Cleo sie sich, wenn sie ehrlich war, schon immer vorgestellt hatte.

Hastig blickte sie wieder in sein Gesicht.

»Haltet die Kerze ruhig, Hoheit«, mahnte Jonas. »Ich habe ein Loch in der Schulter, um das ich mich lieber kümmern sollte, wenn ich nicht noch mehr Blut verlieren will.«

Ihre Augen wurden groß, als er einen Dolch aus seinem Gürtel zog. Die silberne, mit Gold eingelegte gebogene Klinge, der juwelenbesetzte Griff … Cleo erkannte die Waffe sofort als den Dolch, mit dem Aron Jonas' Bruder ermordet hatte. »Was hast du damit vor?«

»Ich werde tun, was ich tun muss.«

»Warum hast du dieses schreckliche Ding die ganze Zeit behalten?«

»Ich brauche ihn noch.« Jonas hielt den Dolch über die Kerzenflamme, um die Klinge zu erhitzen.

»Du willst Aron damit töten«, stieß sie fassungslos hervor.

Er antwortete ihr nicht, aber sein Gesichtsausdruck wurde etwas sanfter. »Mein Bruder hat mir das hier beigebracht, wisst Ihr? Tomas hat mir so viel beigebracht – wie man jagt, wie man kämpft, wie man einen gebrochenen Knochen richtet oder eine Wunde verbindet. Ihr könnt Euch nicht vorstellen, wie sehr ich ihn vermisse.«

Der Kummer in seinen dunklen Augen spiegelte ihren eigenen wider. Letztendlich spielte es keine Rolle, wer man war – eine Prinzessin, ein Rebell oder einfach ein Junge oder Mädchen. Sie alle trauerten, wenn ein geliebter Mensch starb.

Die Vergangenheit war zu schmerzhaft. Cleo konnte und wollte jetzt nicht darüber nachdenken, wen sie selbst alles verloren hatte. »Warum erhitzt du die Klinge?«

»Ich muss die Wunde ausbrennen, um sie zu schließen. Unangenehm, aber effektiv. Ich habe meinen Rebellen beigebracht, wenn nötig dasselbe zu tun.«

Jonas zog den juwelenbesetzten Dolch aus der Flamme, und nach kurzem Zögern presste er das glühend heiße Metall auf seine Schulter.

Das entsetzliche Zischen und der Gestank von brennendem Fleisch drehten Cleo den Magen um, und fast hätte sie die Kerze fallen lassen.

Schweiß glänzte auf Jonas' Stirn, aber er hatte keinen Laut von sich gegeben. »Das hätten wir«, sagte er schlicht und steckte den Dolch weg.

»Das ist barbarisch!«

Er warf ihr einen prüfenden Blick zu. »Ihr musstet noch nicht oft mit schwierigen Situationen umgehen, oder?«

Sie öffnete sofort den Mund, um zu protestieren, aber wenn sie ehrlich war, hatte er recht. »Nein, nicht wirklich. Bis vor Kurzem war mein Leben ein Traum. Die Sorgen, die ich früher hatte, erscheinen mir jetzt völlig unbedeutend. Ich habe nie auch nur einen Gedanken an diejenigen verschwendet, die es schwerer hatten als ich. Ich wusste, dass es sie gibt, aber das hat mich nicht weiter gekümmert.«

»Und jetzt?«

Jetzt sah sie alles klarer als je zuvor. Sie konnte nicht länger untätig herumsitzen, während die Menschen um sie herum litten – sie musste versuchen zu helfen. »Kurz vor seinem Tod hat mein Vater gesagt, wenn ich Königin werde, sollte ich klüger handeln als er.« Die Erinnerung daran, wie ihr Vater in ihren Armen gestorben war, tat noch immer entsetzlich weh. »All die Jahre, und so nahe bei Paelsia ... Wir hätten euer Elend mildern können. Aber wir haben es nicht getan.«

Jonas musterte sie schweigend, nachdenklich, sein Gesicht vom flackernden Kerzenlicht nur schwach erhellt. »Häuptling Basilius hätte keine Hilfe von König Corvin angenommen. Ich habe mit eigenen Augen gesehen, dass der Stammesführer in genauso maßlosem Wohlstand gelebt hat wie jeder König, während sein Volk Hunger leiden musste.«

Cleo wandte einen Moment den Blick ab. »Das ist nicht richtig.«

»Nein, da habt Ihr verdammt recht.« Er musterte sie durchdringend. »Aber Ihr glaubt, dass Ihr das ändern werdet, oder?«

Ohne auch nur eine Sekunde zu zögern, antwortete sie: »Ich weiß, dass ich das ändern werde.«

»Ihr seid so jung – und ziemlich naiv. Vielleicht zu naiv, um zu herrschen.«

Ihre Augen wurden schmal. »Willst du mich beleidigen, Rebell?«

Das brachte ihn zum Lachen. »Als wir uns zum ersten Mal begegnet sind, habt Ihr mich ständig ›Wilder‹ genannt. Jetzt habe ich mir anscheinend den etwas respektableren Titel ›Rebell‹ verdient.«

Im einen Moment machte er sich über sie lustig, im nächsten wirkte er so offen und aufrichtig. »Als ich dir zum ersten Mal begegnet bin, *warst* du ein Wilder.«

»Darüber lässt sich streiten.«

»Dass du Arons Dolch so lange behalten hast, legt die Frage nahe, inwieweit du dich wirklich geändert hast.«

»Wir müssen uns wohl damit abfinden, dass wir unterschiedlicher Meinung sind.« Er zog sein Hemd wieder an, ließ es aber über seiner nackten Brust offen.

»Ja, das müssen wir wohl.«

»Wir sollten die Nacht über hierbleiben«, meinte Jonas und spähte vorsichtig durch das Gestrüpp am Eingang ihres Verstecks. »Ich hoffe, meine Freunde konnten entkommen.«

»Das hoffe ich auch.« Cleo wollte nicht, dass irgendjemand von ihnen ums Leben kam – nicht einmal die unfreundliche Lysandra. Das Mädchen war nur deshalb so unwirsch, weil sie trauerte. Sie hatte so viel verloren. Sie alle hatten so viel verloren.

»Ihr braucht Euren Schönheitsschlaf, Prinzessin. Ich werde Wache halten.«

»Jonas, warte.«

Im selben Moment, in dem er sich ihr zuwandte, löste sie ihr Haarband, und Jonas beobachtete fasziniert, wie ihre langen goldenen Locken über ihre Schultern fielen. »Ich muss zurück«, verkündete sie entschlossen.

Sofort hatte sie wieder seine ganze Aufmerksamkeit. »Zurück wohin? Ins Lager? Das geht nicht, Hoheit. Die Soldaten werden es noch tagelang im Auge behalten. Wir werden bei Sonnenaufgang zu unserem anderen Stützpunkt aufbrechen.«

»Nein … Das meinte ich nicht. Ich muss zurück in den Palast.«

Fassungslos starrte er sie an. »Das meint Ihr nicht ernst.«

»O doch, das tue ich.«

»Dann lasst mich eins klarstellen, Prinzessin: Ihr werdet nicht in den Palast zurückkehren. Auf gar keinen Fall. Verstanden?«

Cleo begann ruhelos in der kleinen Höhle auf und ab zu wandern. Ihr Herz hämmerte. »Der König wird euren Forderungen nicht zustimmen, damit ihr mich freilasst – aber er will mich zurückhaben, um mich mit seinem Sohn zu verheiraten. Die Arbeiten an der Straße werden weitergehen, und dass du mich hier gefangen hältst, wird nichts daran ändern. Je länger du mich als Geisel behältst, umso mehr Menschen werden sterben!«

»Ich dachte, ich hätte Euch schon erklärt, dass im Krieg immer viele Menschen sterben. So ist es nun einmal.«

»Aber dein Plan geht nicht auf. Siehst du das denn nicht?

Damit, dass du mich hierbehältst, gibst du König Gaius den perfekten Vorwand, um euch alle zu töten – nichts anderes! Meine Entführung hat kein einziges eurer oder meiner Probleme gelöst, sie hat nur noch mehr verursacht. Ich muss den Suchtrupp finden und …« Sie versuchte sich vorzustellen, wie sie das Ganze beenden konnte, ohne dass noch mehr Blut vergossen wurde. »Ich werde ihnen sagen, dass ich während des Angriffs entkommen bin. Deshalb habe ich meinen Zopf gelöst. Mit offenen Haaren werden sie mich auch in diesen Kleidern sofort erkennen und mich mitnehmen.«

»Und was dann?«, fragte er in scharfem Ton. »Dann hat sich nichts geändert!«

»Und es wird sich auch nichts ändern, wenn wir so weitermachen wie bisher.«

Jonas starrte sie an, als könnte er nicht glauben, dass sie tatsächlich auf ihrem Standpunkt beharrte. »Ist das Leben im Wald zu unkomfortabel für Euch? Macht es Euch zu viel Angst, mit Rebellen im Wildland zu hausen? Vermisst Ihr Euren geliebten Verlobten, Prinz Magnus?«

Ihre Wangen wurden heiß. »Ich hasse ihn ebenso sehr wie seinen Vater.«

»Das sind nur Worte, Prinzessin. Warum sollte ich Euch glauben? Vielleicht seid Ihr so angetan von dem Prinzen und Eurer bevorstehenden königlichen Hochzeit, dass Ihr Gaius lieber nicht stürzen wollt, wenn Ihr dadurch Euer traumhaftes Leben aufgeben müsstet. Immerhin habt Ihr zwei Möglichkeiten, Königin zu werden, nicht wahr? Ihr könnt alleine herrschen, als rechtmäßige Thronerbin von Auranos. Oder Ihr könnt den Blutprinzen heiraten und an seiner Seite regieren, wenn er den Platz Eures Vaters einnimmt.«

Er schien nichts lieber zu tun als mit ihr zu streiten. »Weißt du nicht mehr, Jonas? Du hast mir selbst gesagt, dass das nicht passieren wird. Dass sie mich eher umbringen würden als zuzulassen, dass ich Königin werde. Denkst du, das hätte sich plötzlich geändert?«

Das nahm ihm sichtlich den Wind aus den Segeln. »Ich weiß es nicht.«

»Genau. Du weißt es nicht. Ganz abgesehen von den unzähligen Unschuldigen, die der König abschlachten lässt, habe ich auch Freunde im Palast, die ohne mich in höchster Gefahr schweben. Und … und dort befindet sich auch noch etwas anderes, sehr Wertvolles, was ich nicht aufgeben kann.«

»Was denn?«

»Das kann ich nicht sagen.« Der Ring war ein Geheimnis, das sie mit niemandem teilen würde. Wenn sie ihn doch nur mitgenommen hätte …

Jonas funkelte sie wütend an. »Prinzessin, Ihr seid echt verdammt …«

Plötzlich verstummte er, entriss ihr die Kerze, blies sie aus und schob Cleo dichter an die Wand.

Dann hörte sie, was er gehört haben musste: Stimmen vor ihrem Versteck. Die Soldaten waren zurückgekommen, um das Gebiet noch einmal zu durchsuchen. Cleos Herz schlug so laut, dass sie fürchtete, es würde sie verraten. Eine gefühlte Ewigkeit standen sie so da, reglos und still wie Statuen. Jonas' Brust drückte sich an ihren Oberkörper, und wieder roch sie seinen Duft: Kiefernadeln und frische Luft.

»Ich glaube, sie sind weg«, flüsterte er schließlich.

»Vielleicht hätte ich nach ihnen rufen sollen. Sie hätten mich retten können.«

Jonas schnaubte leise. »Ich bin gut, aber ich weiß nicht, ob ich es mit einem Dutzend Soldaten aufnehmen könnte, um nicht nur meinen, sondern auch Euren Hals zu retten.«

Er würde sie noch den letzten Nerv kosten! »Manchmal hasse ich dich wirklich.«

Endlich zog er sich ein Stück zurück. »Glaubt mir, Hoheit, das Gefühl beruht auf Gegenseitigkeit.«

Er war immer noch zu nah – wie sollte sie einen klaren Gedanken fassen, wenn sie seinen Atem auf der Wange spürte? »Jonas, bitte denk noch mal …«

Ehe sie zu Ende gesprochen hatte, drückte er seinen Mund auf ihren.

Der Kuss war so unerwartet, dass sie gar keine Gelegenheit hatte, ihn wegzuschieben. Jonas' Körper drängte sie gegen die harte Höhlenwand, er legte die Hände um ihre Taille und zog sie an sich.

Und einfach so, mit seiner Nähe, mit seinem Kuss, erfüllte er all ihre Sinne. Er war der Rauch eines Lagerfeuers, er war Blätter und Moos und die Nacht selbst.

Der Kuss des Rebellen hatte nichts Zärtliches an sich, nichts Süßes oder Sanftes. Er war anders als alles, was sie bisher erlebt hatte; wild und gefährlich – so tödlich wie ein Pfeil mitten ins Herz.

Schließlich löste er sich ein kleines Stück von ihr, seine Augen glasig, als wäre er betrunken.

»Prinzessin«, stieß er atemlos hervor und umfasste ihr Gesicht mit beiden Händen.

Ihre Lippen fühlten sich geschwollen an. »So zeigen Paelsianer also ihre Wut und Frustration?«

Er lachte, aber es klang unsicher. »Normalerweise nicht, nein. Und es ist auch nicht meine übliche Reaktion, wenn jemand mir sagt, dass er mich hasst.«

»Ich … ich hasse dich nicht«, gestand sie leise.

Sein Blick war so intensiv, dass sie das Gefühl hatte, als würde er sie versengen. »Ich hasse dich auch nicht.«

Sie hätte sich in diesen Augen verlieren können, aber das durfte sie nicht zulassen. Nicht jetzt, wo so viel auf dem Spiel stand. »Ich muss zurück, Jonas. Und du musst deine Freunde finden und dich vergewissern, dass es ihnen gutgeht.«

»Dann willst du ihn gewinnen lassen?«, grollte er. »Der König vergießt unser Blut und bekommt genau, was er will?«

»Dieses Mal, ja.« Cleo rieb sich gedankenverloren die Hände und wünschte erneut, sie würde ihren Ring tragen. Er würde ihr vielleicht die Kraft geben, die sie künftig brauchte.

»Und du wirst den Blutprinzen heiraten, um die Menschen mit einer prunkvollen Zeremonie abzulenken. Das gefällt mir überhaupt nicht.«

Ein Ablenkungsmanöver. Eine prunkvolle Zeremonie.

Wie ein Zündstein, der Funken schlägt, entfachten seine Worte eine Idee in ihr, und sie packte aufgeregt seinen Arm. »Die Hochzeit!«

»Was ist damit?«

»Sie wird im Tempel der Cleiona stattfinden. Vater hat mich öfter dorthin mitgenommen, als ich klein war, um ihn nach Herzenslust zu erkunden. Ich war absolut fasziniert von der Statue der Göttin und konnte kaum glauben, dass ich nach einer so unglaublich schönen, magischen Frau benannt bin. Meine Schwester und ich haben dort immer Verstecken gespielt, genau wie im Palast. Im Tempel gibt es sogar noch mehr Verstecke. Vielleicht ist meine Hochzeit die perfekte Gelegenheit für die Rebellen – eine Chance, an den König heranzukommen, viel näher, als man ihm an einem normalen Tag kommen kann. Er will die Hochzeitszeremonie als Ablenkungsmanöver einsetzen – aber er selbst wird auch abgelenkt sein!«

Jonas schwieg einen Moment. »Was du da vorschlägst, Prinzessin, ... könnte funktionieren.«

»Es ist gefährlich.«

Ein Grinsen umspielte seine Lippen. »Gut.«

»Moment – nein. Nein!«, rief sie erschrocken. Der Plan war viel zu riskant. Was hatte sie sich nur dabei gedacht? »Auf meiner Hochzeit werden viel zu viele Wachen sein – viel zu gefährlich. Das ist es nicht wert.«

»Du kannst deine Worte nicht einfach so zurücknehmen. Die Idee ist … brillant! Warum habe ich nicht selbst daran gedacht? Natürlich, die Hochzeit! Der Tempel der Cleiona … Die Menschenmenge wird draußen bleiben müssen, dadurch sind die Wachen abgelenkt. Im Inneren … bietet sich uns die perfekte Gelegenheit, den König und den Prinzen zu töten. So werden wir mit einem Schlag den Blutkönig und seinen Erben los. Wir übernehmen die Kontrolle. Paelsia ist von seinen Unterdrückern befreit. Und du kannst noch vor Einbruch der Nacht Euren Thron besteigen.«

Cleo konnte kaum atmen.

Den König und den Prinzen töten.

Nun, natürlich musste Magnus auch sterben, sonst würde er seinem Vater auf den Thron folgen. »Denkst du wirklich, dass das funktionieren könnte?«

Jonas' Grinsen wurde breiter. »O ja.«

»Du bist verrückt.«

»He, du hast den Vorschlag gemacht, Hoheit. Womöglich sind wir beide verrückt.« Er musterte sie von oben bis unten. »So viel Wagemut in so einem kleinen Körper …«

Das Ganze war wirklich verrückt. Aber was blieb ihnen anderes übrig?

Um die Vernunft wiederzuerlangen, musste man sich manchmal voll und ganz dem Wahnsinn hingeben.

»Ich bin zu allem bereit, um meinen Thron zurückzuerobern«, sagte Cleo.

In diesem Moment meinte sie jedes einzelne Wort.

»Dann sind wir uns einig. Wir Rebellen müssen ein klares Zeichen setzen, auch wenn es riskant ist. Ich werde deiner Hochzeit beiwohnen, mit oder ohne Einladung. Und der König und der Prinz werden durch meine Hand sterben.« Jonas hob eine Augenbraue. »Die einzige Frage ist, ob ich mich darauf verlassen kann, dass du niemandem von diesem Plan erzählst.«

Ihr Herz pochte wild. »Ich schwöre bei den Seelen meines Vaters und meiner Schwester, dass ich nichts verraten werde.«

Er nickte. »Dann ist es wohl Zeit, dass du in den Palast zurückkehrst.«

Auf leisen Sohlen verließen sie die Höhle und schlichen durch den Wald, bis sie das Lager der limerianischen Soldaten erreichten. Gaius' Männer hatten ein großes Lagerfeuer entfacht, das selbst aus der Ferne deutlich zu sehen war. Warum sollten sie sich verstecken, wenn sie selbst die größte Gefahr waren, die in diesem Wald lauerte?

Aus dem Augenwinkel sah Cleo, wie ein Falke – war es derselbe wie vorhin? – auf einem nahe gelegenen Baum landete.

Jonas brachte Cleo zum Stehen. »Das gefällt mir immer noch nicht.«

»Mir gefällt es auch nicht besonders. Aber ich muss gehen.«

Als ihre Blicke sich begegneten, erinnerte sie sich sehr genau an ihren Kuss. Ihre Lippen prickelten noch immer. Einen Moment standen sie schweigend beisammen.

»Halt dich an deinem Hochzeitstag bereit«, sagte Jonas schließlich. »In zehn Tagen wird sich alles ändern. Hast du mich gehört?«

Sie nickte. »Ja, das habe ich.«

Jonas drückte ihre Hand und ließ sie dann los. Mit einem letzten Blick wandte sie sich von ihm ab und betrat entschlossenen Schrittes das Lager der Soldaten.

KAPITEL 16

KÖNIGIN ALTHEA

AURANOS

Kurz vor Sonnenaufgang verließ Königin Althea die Sicherheit des Palasts und trat in die milde Nachtluft hinaus. Genau wie die Male davor trug sie einen schlichten Umhang, um ihre Identität zu verbergen. Niemand würde erkennen, wer sie wirklich war.

Auch die Hexe hatte ihr Gesicht verhüllt, und sie wartete am selben Ort wie immer. Altheas Herz schlug schneller, als sie sich ihr näherte.

Ein notwendiges Übel. Ich tue nur, was ich tun muss.

Der Legende nach waren Hexen die Nachkommen verbannter Wächter. Wenn diese die Menschenwelt betraten, wurden sie sterblich, und dann konnten sie mit anderen Sterblichen Kinder zeugen, von denen manche über geringe magische Fähigkeiten verfügten – so hieß es zumindest.

Diese Hexe, die der König auf Anraten seiner früheren Geliebten Sabina in den Kerker des limerianischen Palasts hatte werfen lassen, war zu weit mehr imstande. Angeblich hatte Sabina sie als Bedrohung angesehen, weil ihre eigene Magie über die Jahre dahingeschwunden war.

Noch bevor ihre Familie in Auranos eingefallen war, hatte Althea im Geheimen alles darangesetzt, die Hexe zu befreien. Als sie sie gefunden hatte, war sie eine kränkliche, abgemagerte alte Frau, die kaum noch sprechen konnte. Althea hatte sie im Palast versteckt, ihr Essen, frische Kleider und

Wasser zum Waschen gebracht und ihr dann angeboten, sie freizulassen – unter einer Bedingung.

Sie sollte der Königin helfen, mehr über Lucias Elementia in Erfahrung zu bringen.

Die Hexe hatte zugestimmt, und so hatte Althea von der wahren Prophezeiung erfahren, die Gaius all die Jahre vor ihr verheimlicht hatte. Sie erfuhr von den Wächtern, den Essenzen und von Eva, der letzten Magierin. Von Cleiona und Valoria, die ihre Schwester Eva so sehr um ihre Magie beneidet hatten, dass sie die Essenzen gestohlen hatten – was dazu geführt hatte, dass eine unvorstellbare Macht von ihnen Besitz ergriff, die sie nicht kontrollieren konnten. Am Ende hatte keine von ihnen gewonnen. Sie hatten sich gegenseitig vernichtet.

Als gläubige Anhängerin der Göttin Valoria war Althea von dieser Offenbarung zutiefst erschüttert und entsetzt. Sie wollte es verleugnen, aber je mehr sie herausfand, umso klarer wurde ihr, dass es die Wahrheit war. Die Hexe war ein Altling, eine von denen, die diese Legenden von Generation zu Generation weitergaben und sicherstellten, dass sie nicht verloren gingen; eine von denen, die die Elemente selbst anbeteten, als wären sie Götter und Göttinnen.

Wenn die Hexe ihre geschwächte Magie wiederherstellen wollte, war Blutmagie die einzige Möglichkeit, und sie brauchte mehr als nur ein Opfertier.

Und die Königin brauchte ihre Magie.

Ein normaler Sterblicher würde nicht ausreichen, hatte die Hexe gesagt. Sie brauchte jemanden mit starkem Blut, reinem Herzen und einer aussichtsreichen Zukunft. Althea hatte einen Jungen namens Michol gefunden, einen von Lucias Verehrern. Er war eines Morgens auf der Suche nach der Prinzessin in den Palast gekommen, kurz bevor sie mit Gaius und

Magnus nach Auranos aufgebrochen war. Er war so jung, so voller Leben. Die Königin hatte ihn mit dem Versprechen, ihn mit ihrer Tochter zu verloben, in ihr Gemach gelockt.

Dort wartete die Hexe mit ihrem Dolch. Das Blut des Jungen floss rot und wahrhaftig.

Anstatt ihr Mitleid zu erregen, spornten Michols Todesschreie die Königin an und gaben ihr dringend benötigte Kraft. Der Junge musste geopfert werden, wenn sie Lucia vor der dunklen Versuchung ihrer Magie retten wollte. Und Lucia musste gerettet werden – selbst wenn das letztendlich den Tod der Prinzessin bedeuten würde.

Jede gute Mutter hätte dasselbe getan.

Althea erinnerte sich gut an jene Nacht.

Magie schimmerte in der Luft. Der Königin stockte der Atem, als sich die feinen Härchen an ihren Armen aufstellten.

Michol stürzte tot zu Boden, seine Wangen tränennass. Die Hexe presste ihre blutüberströmten Hände auf ihr Gesicht. Ihre Augen leuchteten hell – so hell wie die Sonne selbst.

»Wirkt es?«, fragte die Königin, eine Hand schützend über ihre Augen gelegt. »Braucht Ihr noch ein Opfer? Ich kann Euch einen Diener bringen.«

»Ich kann sehen«, verkündete die Hexe mit einem freudigen Lächeln. »Ich kann alles sehen.«

»Dann sag mir, was ich über meine Tochter wissen muss.«

Der Raum glitzerte, als wären die Sterne vom Himmel gefallen und hingen jetzt in der Luft zwischen der Hexe und dem toten Jungen.

»Sie ist nicht Eure Tochter«, flüsterte die Hexe. »Nein, nicht von Geburt.«

»In meinem Herzen ist sie meine Tochter.«

»Sie ist äußerst gefährlich. Viele werden durch ihre Magie zu Tode kommen.«

Die Königin wusste bereits, dass Gaius fest entschlossen war, Lucia in seinem Krieg als Waffe einzusetzen – dass er sie allein aus diesem Grund vor sechzehn Jahren in den Palast gebracht hatte. Er wollte ihre Elementia für seine eigenen Zwecke benutzen.

»Sagt mir mehr«, drängte Althea.

»Die Magierin wird sterben«, sagte die Hexe, »nachdem ihr unzählige Leben zum Opfer gefallen sind. Doch eines solltet Ihr wissen: Ihr Blut darf nicht vergossen werden. Wenn es fließt, wird schreckliches Leid aus der Erde selbst emporsteigen. Leid, das diese Welt unmöglich ertragen kann. Ihr blutloser Tod ist der einzige Weg, das zu verhindern.«

Die Königin fröstelte. »Wann wird sie sterben?«

»Bisher kann ich die Zukunft zwar erahnen, jedoch nicht jeden Aspekt klar sehen. Aber sie wird jung sterben.«

»Ihre Magie wird sie zugrunde richten.« Die Worte taten der Königin in der Seele weh. »Und ich kann nichts tun, um sie zu retten.« Die Wahrheit war noch grausamer, als sie erwartet hatte. Aber statt Angst erfüllte sie tiefe Trauer um das Mädchen, das sie sechzehn Jahre lang als ihre Tochter ausgegeben hatte.

»Die Magierin Eva trug angeblich einen Ring, der ihr half, die Kräfte in ihrem Inneren im Zaum zu halten. Ansonsten ist es wie ein Kampf, Licht gegen Dunkel, eine unstete Balance, die nicht ewig aufrechterhalten werden kann. Die beiden Seiten werden immer um die Oberhand ringen. Die Dunkelheit wird immer versuchen, das Licht auszulöschen. Das Licht wird immer versuchen, die Dunkelheit zu vertreiben. Ohne die ausgleichende Kraft des Rings lässt sich dieser unablässige Kampf unmöglich kontrollieren.«

Da regte sich in Althea die Hoffnung, dass das Ganze womöglich doch nicht mit noch mehr Tod und Zerstörung enden musste. »Wo finde ich diesen Ring?«

»Er ging zur selben Zeit verloren wie die Essenzen.« Die Hexe *schüttelte den Kopf. »Ich weiß nicht, wo er ist, aber ich weiß, dass er noch existiert.«*

»Wie könnt Ihr das wissen?«

»Bisher konnte ich das nicht, aber …« Ihre Augen leuchteten nach wie vor hell. »Aber jetzt kann ich es. Ich kann ihn sehen, aber ich weiß nicht, wo er sich befindet. Leider bleibt uns nicht viel Zeit, bis die Prinzessin sich an ihre Magie verliert.«

Althea rang die Hände. »Wenn wir den Ring nicht rechtzeitig finden, wie kann Lucia dann ihre Elementia *kontrollieren?«*

»Ihr müsst sie daran hindern, sie zu benutzen. Je öfter sie ihre Magie einsetzt, umso schneller wird sie davon verzehrt.«

»Wie kann ich sie aufhalten?«

Die Hexe hatte der Königin zu dem Schlaftrank geraten, von dem jedes Fläschchen die Blutmagie dreier Opferungen enthielt. Er versetzte einen Menschen in einen tiefen Schlummer, den sich niemand erklären konnte – und den auch niemand auf Magie zurückführen konnte, nicht einmal eine andere Hexe.

Sobald sie den Trank hergestellt hatten, waren Althea und die Hexe mit dem Schiff nach Auranos gereist, wo sie erfuhren, dass Lucia bei einer Explosion verletzt worden war. Sofort eilte die Königin ans Bett der Prinzessin, an dem sich schon drei Heiler eingefunden hatten. Sie hatten Lucia mit Blutegeln behandelt, die eventuelles Gift aus ihren Adern saugen sollten.

Lucia war so geschwächt und benommen, dass sie kaum sprechen konnte, und die Heiler sagten, sie wäre nur für kurze Augenblicke bei Bewusstsein gewesen.

Althea war genau zur richtigen Zeit gekommen. Sie scheuchte die Heiler weg und prägte sich ihre Gesichter ein, um in Erinnerung zu behalten, wer von ihrem Besuch wusste. Sie mussten alle sterben.

Unverzüglich füllte sie dann den Trank in ein Glas Wasser und hielt es Lucia an die Lippen. Das Mädchen trank. Und dann fiel sie in tiefen Schlaf.

Seither hatte die Königin ihre Tochter jeden Tag besucht, um nach ihr zu sehen und nach Anzeichen Ausschau zu halten, dass sie bald erwachen würde. Alle sieben Nächte traf sie sich im Schutz der Dunkelheit mit der Hexe und ließ sich von ihr einen neuen Trank bringen – wohl wissend, dass jedes Mal drei Menschen ihr Leben lassen mussten, um ihr eine weitere Woche zu erkaufen.

Althea hatte Magnus belügen müssen. Die Prinzessin war zwar nicht noch einmal vollständig zu sich gekommen, aber als die Königin ihren Sohn an Lucias Bett vorfand, wusste sie, dass sie ihm irgendetwas sagen musste. Magnus hatte die Nachricht, dass seine Schwester aufgewacht, aber erneut eingeschlafen war, nicht gut aufgenommen, aber er konnte nicht behaupten, dass es ihn überraschte.

Der Kummer, der ihrem Sohn ins Gesicht geschrieben stand, beunruhigte die Königin. Normalerweise wirkte er so gelassen, so beherrscht. Wahrscheinlich hätte sie sich schuldig fühlen müssen, aber das tat sie nicht. Alles, was sie fühlte, war die absolute Gewissheit, dass sie das Richtige tat. Dass ihr Eingreifen unerlässlich war – wichtiger als alles andere.

Die Königin hatte die Hexe damit beauftragt, den Ring ausfindig zu machen, aber bisher war die Suche erfolglos geblieben.

Wenn sie ihn nicht bald fanden …

Dann hatte sie keine andere Wahl, als Lucias Leben zu beenden. So würde sie Gaius ein für alle Male einen Strich durch die Rechnung machen. So würde sie einem Tyrannen das Handwerk legen. So würde sie beweisen, dass sie längst nicht so willensschwach war, wie ihr Ehemann glaubte.

Dieser Gedanke versüßte ihr die bittere Entscheidung ein klein wenig.

Jetzt erhob sich die Hexe von ihrem Platz auf einer Bank in den öffentlichen Gärten. Ihr grauer Umhang verbarg ihre Identität vollkommen, und die Schatten der Nacht schienen sie einzuhüllen wie eine zweite Haut. Althea schaute sich rasch um, um sich zu vergewissern, dass keine Wachen durch die Gegend patrouillierten – dass keine Zeugen in der Dunkelheit lauerten.

Niemand war zu sehen. Sie atmete erleichtert auf.

»Die Wirkung des Tranks lässt nach«, erklärte die Königin leise. »Ich brauche öfter eine neue Flasche. Aber für den Moment schläft sie tief und fest, das ist alles, was zählt.«

Die Hexe griff unter ihren Umhang.

Althea trat näher an sie heran. »Ihr werdet reich belohnt werden, das verspreche ich Euch. Ich bin Euch sehr dankbar für alles, was Ihr für mich getan habt. Ihr solltet wissen, dass ich Euch als geschätzte Freundin ansehe.«

Da erspähte sie aus dem Augenwinkel einen leblosen Körper, der rechts von ihr auf dem Boden lag.

Ihr Blick schnellte zu der verhüllten Gestalt zurück.

»Wer seid …?«, setzte sie an, doch weiter kam sie nicht.

Eine scharfe Dolchspitze bohrte sich in ihre Brust. Vor Schmerz ächzte sie laut auf, ein Schrei erstarb auf ihren Lippen, und sie stürzte zu Boden.

Der Geschmack von Versagen und Tod, beides so unendlich bitter. Ohne die Liebe einer Mutter war Lucias Schicksal besiegelt.

»Es tut mir so leid, meine Tochter«, flüsterte Althea mit ihrem letzten Atemzug.

Über ihr wandte die verhüllte Gestalt sich ab und ging raschen Schrittes in Richtung Palast davon.

KAPITEL 17

MAGNUS

AURANOS

Die ganze Nacht wälzte Magnus sich im Bett herum. Träume von Lucia quälten ihn, sie weinte und flehte ihn an, sie vor den Schatten zu bewahren, die sich wie mit Klauenhänden nach ihr ausstreckten. Als er endlich zu ihr gelangte, zog er sie an sich und nahm sie in den Arm.

»Ich liebe dich«, flüsterte er. »Und ich werde niemals zulassen, dass jemand dir wehtut.«

Zärtlich ließ er die Finger durch ihre langen seidigen Hare gleiten, die auf einmal nicht mehr ebenholzschwarz, sondern goldblond waren.

Mit einem Ruck erwachte er und setzte sich auf. Er war schweißgebadet. Draußen dämmerte es bereits.

»Genug«, murmelte er. Es reichte mit den Albträumen. In letzter Zeit kamen sie so regelmäßig, dass er inzwischen eigentlich an sie gewöhnt sein sollte. Und jeder grässliche Traum schien sich letztlich darum zu drehen, dass er Lucia verloren hatte. Dass er noch immer von seiner Adoptivschwester besessen war, machte ihn wahnsinnig.

Er musste nach draußen, brauchte einen klaren Kopf. In den letzten Wochen war der Palast für ihn zum Gefängnis geworden. Er stand auf, schlüpfte rasch in seine Reitsachen und machte sich auf den Weg zu den Ställen. Dort sattelte er einen schwarzen Hengst, vor dessen wildem und ungezähmtem Temperament der Stallbursche ihn gewarnt hatte. Aber er wollte ein Pferd, das ihn herausforderte – alles, um ihn von seinen Problemen abzulenken. Dann ritt er alleine los.

Mehrere Stunden behielt er ein hartes Tempo bei und galoppierte weit hinaus über die grüne Landschaft von Auranos. Gegen Mittag erreichte er das von Hügeln umgebene, abgeschiedene Lesturne-Tal. Von dort ritt er weiter nach Westen bis zur Küste südlich von Hawk's Brow, wo er abstieg, um über die Silberne See hinauszublicken. Still und blau lag der Ozean vor ihm, zu seinen Füßen schlugen die Wellen sanft ans Ufer. Es war das gleiche Meer und doch vollkommen anders als das graue, raue Gewässer, auf das man von der Burgklippe in Limeros hinabblickte.

Wie lange würde er noch in diesem Land ausharren müssen? Wenn Cleo tot wäre … ihr Tod würde das Verlöbnis mit Sicherheit beenden, dann konnte er vielleicht nach Limeros zurückkehren. Doch der Gedanke an den Tod der Prinzessin machte ihn keineswegs froh. Sie hatte sich dieses Schicksal genauso wenig ausgesucht wie Amia oder Mira.

Bedeutungslos. Warum verschwendete er überhaupt einen Gedanken an solche Dinge, über die er doch keinerlei Kontrolle hatte?

Und hier zu stehen und übers Wasser hinauszustarren, war reine Zeitverschwendung. Außerdem wurden seine Stiefel nass.

Ohne weiteren Aufenthalt stieg Magnus wieder in den Sattel und machte sich auf den Weg zurück zum Schloss.

Es wurde Nachmittag, und noch immer war er einige Stunden südwestlich von der Goldenen Stadt, als er an einem Dorf vorbeikam und merkte, dass er Hunger hatte – genau genommen war er kurz vor dem Verhungern. Nach kurzem Zögern bog er von seinem Weg ab und ritt in das Dorf. Zum Glück trug er einen einfachen schwarzen Umhang, der seine königliche Herkunft nicht ohne Weiteres verriet, zudem behielt er die Kapuze auf, die sein Gesicht gut verbarg. Es schien zu funktionieren. So vermummt betrachtete er verstohlen die Dörfler, die geschäftig in ihrer kleinen Ortschaft umhereilten. Niemand schien ihn zu erkennen. Nur sehr wenige schauten überhaupt in seine Richtung.

Das überraschte ihn nicht. Kaum jemand aus diesem Königreich hatte den Prinzen je aus der Nähe und ohne die Begleitung seines wesentlich berühmteren Vaters gesehen.

Jetzt kam ihm das zugute.

Magnus band sein Pferd an einen Pfosten vor einer belebten Taverne, betrat den halbdunklen Raum, ging, ohne Zeit zu verlieren, auf den Wirt zu und bestellte Apfelwein sowie einen Teller mit Fleisch und Käse. Als Bezahlung schob er drei Silberstücke über den Tresen. Der Wirt, ein Mann mit einem dichten Bart und buschigen Augenbrauen, machte sich sofort daran, die Bestellung auszuführen. In der Taverne befanden sich außer Magnus noch rund zwei Dutzend Gäste, die aßen, tranken, lachten und sich unterhielten.

Magnus versuchte sich zu erinnern, wann er das letzte Mal unter einfachen Bürgern gewesen war, ohne erkannt zu werden. Doch er gelangte zu dem Schluss, dass er so etwas noch nie erlebt hatte.

Es war eine ganz neue Erfahrung für ihn.

Als der Wirt das Essen vor ihn stellte, machte er sich gleich darüber her. Es schmeckte nicht schlecht, er musste sogar zugeben, dass es besser war als das, woran er zu Hause in Limeros gewöhnt war.

Vielleicht war er heute aber auch einfach besonders hungrig gewesen.

Als Magnus halb fertig war, drang durch das Stimmengewirr in der Taverne plötzlich ein ganz anderer Laut an sein

Ohr – das leise Weinen einer Frau. Sofort hörte er auf zu essen und sah sich unauffällig um. An einem Tisch in der Nähe saßen sich ein Mann und eine Frau gegenüber. Er hatte die Hände auf ihre Arme gelegt und redete leise und beschwichtigend auf sie ein, als wollte er sie trösten.

Ein Wort in ihrem emotionalen Gespräch zog sofort seine ganze Aufmerksamkeit auf sich.

»... Hexe ...«

Er erstarrte und wandte sich hastig wieder um, aber als der Wirt das nächste Mal an ihm vorbeiging, packte Magnus ihn am Arm. »Wer ist die Frau am Tisch hinter mir?«

Der Mann warf einen Blick in die Richtung, die Magnus mit einer Kopfbewegung andeutete. »Oh, sie? Das ist Basha.«

»Warum weint sie? Wisst Ihr das?«

»Ja, ich weiß es.«

Magnus schob eine Goldmünze über den Tisch. »Ist sie eine Hexe?«

Das Gesicht des Mannes wurde hart, aber er ließ die Münze nicht aus den Augen. »Das ist nicht meine Angelegenheit. Und auch nicht Eure.«

Zu dem Goldstück gesellte sich ein weiteres. Jetzt lagen zwei Goldmünzen neben Magnus' halb leergegessenem Teller. »Dann macht sie dazu.«

Einen Moment schwieg der Wirt, aber dann strich er die beiden Münzen mit einer geschmeidigen Bewegung ein. »Bashas Tochter ist vor ein paar Tagen der Hexerei angeklagt und in König Gaius' Kerker geschleppt worden.«

Magnus bemühte sich, sein Gesicht neutral zu halten, aber die Neuigkeit, dass sein Vater seit neuestem hier in Auranos Hexen festnehmen ließ ... davon hatte er nichts gewusst. »Ihr sagt, man klagt sie der Hexerei an. Aber hat sie denn auch Zugang zu den *Elementia*?«

»Das kann ich nicht sagen. Wenn es Euch so brennend interessiert, solltet Ihr direkt mit Basha sprechen.« Er holte eine offene Flasche mit paelsianischem Weißwein unter der Theke hervor. »Glaubt mir, das wird es Euch erleichtern, mit ihr ins Gespräch zu kommen. Das Mindeste, was ich für meinen wohlhabenden neuen Freund tun kann.«

»Ich danke Euch sehr für Eure Hilfe.«

Vielleicht war der Tag am Ende doch keine reine Zeitverschwendung. Eine begabte Hexe konnte Lucia möglicherweise besser helfen als jeder Heiler. Also nahm Magnus den Wein und näherte sich der alten Frau. Sie saß am Kamin, in dem trotz der Hitze des Tages ein munteres Feuer brannte. Inzwischen hatte ihr Begleiter den Arm um ihre Schultern gelegt. Sie war in Tränen aufgelöst, ihre Augen waren stark gerötet – vom Kummer wohl ebenso wie von zu viel Wein.

Magnus stellte die Weinflasche vor sie auf den Tisch. »Mein Beileid, Basha. Der Wirt hat mir von Euren Sorgen um Eure Tochter erzählt.«

Für den Bruchteil einer Sekunde musterten ihre grauen Augen ihn misstrauisch, aber dann zog sie die Flasche näher zu sich, goss sich ihr Glas voll und trank gierig. Dann wischte sie sich mit dem Handrücken die Tränen ab. »Wir haben einen Gentleman unter uns, wie schön. Bitte gesellt Euch zu uns. Das hier ist Nestor, mein Bruder.«

Auch Nestor war ganz offensichtlich betrunken und schenkte Magnus ein schiefes Grinsen, als der Prinz auf einem wackeligen Holzstuhl Platz nahm. »Basha möchte den König persönlich um eine Audienz ersuchen und um Domitias Freilassung bitten. Eine hervorragende Idee, finde ich.«

»Oh?«, sagte Magnus und konnte seine Verwunderung nicht verhehlen. »Glaubt Ihr das wirklich?«

»Damora ist nur deshalb so streng, weil es nicht anders

geht. Aber ich habe seine Rede gehört, und es hat mir gefallen, dass er gesagt hat, er will die Straße für uns alle bauen. Er ist ein Mann, mit dem man verhandeln kann. Einer, der das Beste für uns alle will, ganz egal welchen Teil von Mytica wir unsere Heimat nennen.«

Magnus' Vater hätte sich sicherlich gefreut, das zu hören.

»Ist sie wirklich eine Hexe, oder hat man sie fälschlich angeklagt?«, fragte Magnus.

Einen Moment taxierte Basha ihn mit zusammengekniffenen Augen, dann antwortete sie: »Domitia ist von der Göttin mit Gaben gesegnet, die weit über die sterbliche Welt hinausgehen. Aber sie ist vollkommen harmlos. Gut und freundlich. Es besteht keinerlei Anlass, sie als Bedrohung anzusehen.«

»Bist du von der Göttin auf die gleiche Weise gesegnet?«, erkundigte Magnus sich hoffnungsvoll. Wenn Bashas Tochter sich als nützlich erwies, konnte er dafür sorgen, dass sie aus dem Kerker entlassen wurde, aber zwei Hexen zur Hand zu haben, die Lucia helfen konnten, war natürlich noch besser.

»Nein, ich bin in dieser Hinsicht völlig unbegabt.«

Magnus war enttäuscht. »Wenn Ihr überzeugt seid, dass Hexen real sind, wisst Ihr dann wenigstens Bescheid über die Legende von den Essenzen?«

»Ich weiß nur, dass es eine Gutenachtgeschichte ist, die ich meiner Tochter erzählt habe, als sie klein war.« Basha nahm noch einen großen Schluck Wein und sah Magnus dann stirnrunzelnd an. »Warum interessiert Ihr Euch so für Magie und für Hexen? Wer seid Ihr denn?«

Eine Unruhe an der Tür ersparte Magnus die Antwort. Ausgelassen lachend betraten zwei Männer die Taverne. »Wein für alle!«, rief der eine, und beide gingen auf den Wirt zu. »Ich bin zum offiziellen Floristen für die königliche Hochzeit ernannt worden und möchte mein Glück mit euch allen feiern!«

Aufgeregter Jubel hallte durch die Taverne, man klopfte dem Mann auf die Schulter und gratulierte ihm – nur ein einziger grauhaariger Mann an der Bar hielt sich zurück.

»Bah«, sagte er. Falten zogen sich von seinen Augenwinkeln über seine eingefallenen Wangen. »Ihr seid allesamt Narren, wenn ihr diesen ganzen romantischen Blödsinn glaubt. Die Ehe des Prinzen von Limeros und der Prinzessin von Auranos ist ein in den Dunkellanden vom finstersten Dämon gestifteter Bund.«

Magnus verbarg sein Stirnrunzeln, indem er einen ausgiebigen Schluck von seinem Apfelwein nahm.

»Da bin ich ganz anderer Ansicht«, entgegnete der Blumenhändler mit unbeirrtem Enthusiasmus. »Ich glaube, dass König Gaius recht hat – diese Verbindung wird die Beziehungen zwischen unseren Königreichen stärken und uns allen den Weg in eine strahlende, wohlhabende Zukunft ebnen.«

»Ja, die Beziehung zwischen Königreichen, über die er die Herrschaft an sich gerissen hat und in denen es wenig Gegenwehr gibt, abgesehen von ein paar versprengten Rebellengruppen, die – nach dem zu urteilen, wie wenig sie bisher getan haben, um sich gegen den Blutkönig zu erheben – von Tuten und Blasen nicht die geringste Ahnung haben.«

Der Blumenhändler wurde blass. »Ich warne Euch – Ihr solltet in der Öffentlichkeit nicht so freimütig Eure Meinung kundtun.«

Der alte Mann schnaubte verächtlich. »Aber wenn wir von so einem wunderbaren König regiert werden, wie Ihr glaubt, dann müsste ich doch überall und jederzeit meine Meinung sagen können. Oder etwa nicht? Aber vielleicht habe ich in meinem Alter einfach schon mehr erlebt als ihr jungen Leute. Mich kann man nicht so leicht an der Nase herumführen, und dieser König lügt, wenn er auch nur den Mund aufmacht. In einem Dutzend Jahren hat er die Bürger von Limeros in eine zitternde Masse von Feiglingen verwandelt, die sich nicht trauen, etwas gegen ihn zu sagen, und die keine seiner Regeln brechen, aus Angst, mit ihrem Leben dafür zu bezahlen. Glaubt Ihr etwa, er hat sich innerhalb der letzten paar Monate verändert?« Ärgerlich leerte er sein Glas.

»Nein, aber er sieht, dass wir seiner Gardelegion zahlenmäßig weit überlegen sind. Er sieht, dass wir ein ernstzunehmender Gegner sind, falls wir es jemals schaffen, uns vereint gegen ihn zu erheben. Also muss er dafür sorgen, dass wir still und zufrieden sind. Leider sind sehr viele Auranier dumm und unwissend – das war schon immer so. Das macht mich krank, tief in meiner Seele.«

Das Lächeln des Floristen war starr geworden. »Tut mir leid, wenn Ihr das Glück nicht teilen könnt, das wir anderen empfinden. Ich jedenfalls freue mich schon sehr auf die Hochzeit von Prinz Magnus und Prinzessin Cleiona – und auf ihre bevorstehende Rundreise durch das Königreich. Zum Glück weiß ich, dass es der Mehrheit der Auranier genauso geht.«

»Die Prinzessin befindet sich gegenwärtig in der Gewalt der Rebellen. Glaubt Ihr wirklich, dass es eine Hochzeit geben wird?«

Die Augen des Blumenhändlers begannen feucht zu schimmern, Schweigen senkte sich über den Schankraum. »Ich hoffe inständig, dass sie unverletzt befreit werden wird.«

Der alte Mann schnaubte. »Das hofft Ihr? Hoffnung ist etwas für Narren. Eines Tages werdet Ihr begreifen, dass ich recht habe und Ihr unrecht. Wenn Eure goldenen Tage stumpf werden, wenn der Blutkönig hinter der Maske, die er trägt, um die nachgiebigen, unwissenden Massen zu besänftigen, sein wahres Gesicht zeigt.«

Die Stimmung in der Taverne wurde immer gedrückter, je länger der Mann sprach. Als Magnus den Blick von den Streitenden abwandte, sah er, dass Basha ihn mit gerunzelter Stirn anstarrte.

»Übrigens erinnert Ihr mich an ihn, junger Mann. Ihr seht aus wie Prinz Magnus, der Sohn des Königs.«

Sie sagte es laut genug, dass sie die Aufmerksamkeit der umliegenden Tische auf sich zog, und plötzlich fixierten Magnus ein Dutzend Augenpaare.

»Das hat man mir schon des Öfteren gesagt, aber ich kann Euch versichern, dass ich es nicht bin.« Langsam stand er auf. »Ich danke Euch herzlich für Eure Auskunft, Basha.« Dabei hatte ihn ihre Information keinen Schritt weitergebracht, sie war nur eine weitere Enttäuschung gewesen. »Ich wünsche Euch einen guten Tag.«

Damit verließ er die Taverne, ohne nach links oder rechts zu schauen, und zog seine Kapuze enger ums Gesicht.

Als Magnus in den Palast zurückkehrte, hatte er Kopfschmerzen. Es war schon spät, die Sonne ging gerade unter. Auf dem Weg von den Ställen lief ihm Aron Lagaris über den Weg.

»Prinz Magnus«, begrüßte ihn Aron, und seine Stimme klang irgendwie anders, stärker. Vielleicht nahm der junge Mann seine neue Stellung ernst und hatte heute auf seinen Krug Wein verzichtet. »Wo wart Ihr?«

Magnus sah ihn an. »Mein Vater scheint eine seltsame Sympathie für Euch als neuen Königsvasall entwickelt zu haben, aber hat er Euch auch plötzlich den Auftrag erteilt, auf mich aufzupassen?«

»Nein.«

»Oder Euch gar als meinen persönlichen Leibwächter auserkoren?«

»Äh … nein.«

»Dann geht es Euch wohl auch nichts an, wo ich war.«

»Selbstverständlich nicht.« Aron räusperte sich. »Jedoch sollte ich Euch mitteilen, dass Euer Vater Euch sehen möchte, sofort nach Eurer Rückkehr von … von dort, wo Ihr gewesen seid.«

»Ach wirklich? Dann will ich den König auf gar keinen Fall noch eine weitere Sekunde warten lassen.«

Aron vollführte eine linkische Halbverbeugung, die Magnus tunlichst ignorierte, während er an ihm vorbeieilte. Ein Tag, der mit Albträumen und Enttäuschungen begonnen hatte, schien sich nicht verbessern zu wollen.

Der König stand vor seinem Thronsaal, neben sich seinen Lieblingshund, und sprach leise mit Cronus. Als er Magnus entdeckte, schickte er seinen Leibwächter mit einer Handbewegung weg.

»Was ist?«, fragte Magnus.

Der König begrüßte seinen Sohn. »Du solltest wissen, dass Prinzessin Cleiona zu uns zurückgekehrt ist.«

Das war das Letzte, was Magnus erwartet hatte. »Tatsächlich? Wie ist das möglich?«

»Sie ist den Rebellen gestern Nacht nach einem Angriff auf ihr Lager entkommen, in den Wald gelaufen, hat sich dort versteckt und sich schließlich in die Obhut meiner Gardisten begeben. Sie ist aufgewühlt, aber unversehrt.«

Seltsamerweise spürte Magnus hauptsächlich Erleichterung. »Ein Wunder.«

»Ach ja?« Der König presste die Lippen aufeinander. »Ich weiß nicht recht.«

»Ich war sicher, die Rebellen würden die Prinzessin töten.«

»Ich auch. Aber sie haben es nicht getan. Was mich argwöhnisch macht. Ein sechzehnjähriges Mädchen, ungeübt in der Kunst des Überlebens, findet sich in den Händen gewaltbereiter Rebellen, die sich zurzeit im finstersten Dickicht des Wildlands versteckt halten. Und dann gelingt es ihr mühelos zu fliehen? Ohne einen Kratzer? Nun, da ich den Namen des Anführers dieser Gruppe kenne, drängen sich mir eine Menge Fragen auf.«

»Wer ist denn der Anführer?«

»Jonas Agallon.«

Magnus brauchte einen Augenblick, um den Namen einzuordnen. »Der Sohn des Weinhändlers aus Paelsia. Dessen Bruder ermordet worden ist. Er war Kundschafter für Häuptling Basilius.«

»Richtig.«

»Wer hat Euch das gesagt? Die Prinzessin?«

»Nein – sie behauptet sogar, dass sie in der Gefangenschaft isoliert wurde und die Rebellen nicht zu Gesicht bekommen hat. Meine Soldaten konnten die Prinzessin selbst nicht finden, aber auf ihren Streifzügen haben sie Informationen über die Rebellen gesammelt. Diese gehörte dazu.«

Magnus ließ sich das Gesagte durch den Kopf gehen. »Wollt Ihr damit sagen, Ihr glaubt, sie ist jetzt mit den Rebellen im Bunde?«

»Ich habe jedenfalls vor, sie in den nächsten Tagen besonders scharf im Auge zu behalten, und du solltest das Gleiche tun. Vor allem jetzt, da die Hochzeit näher rückt.«

In Magnus' Wange zuckte ein Muskel. »Natürlich. Die Hochzeit.«

»Gibt es damit ein Problem?«

»Aber nein.« Magnus wandte sich um und betrachtete das limerianische Wappen, das jetzt die Wand zierte – eine Kobra und zwei gekreuzte Schwerter. »Dass sie rechtzeitig zur Hochzeit zurückgekehrt ist, deutet für mich darauf hin, dass sie keineswegs mit den Rebellen unter einer Decke steckt. Ich würde denken, dass sie sonst alles darangesetzt hätte, die Zeremonie zu vermeiden, selbst wenn es bedeutet hätte, bei ihren Entführern zu bleiben.«

»Vielleicht hast du recht. So oder so, sie ist wieder da. Und du solltest auch wissen, dass wir einen sehr wichtigen Hochzeitsgast erwarten. Erst heute Morgen hat mich die Nachricht erreicht, dass Prinz Ashur Cortas aus dem Kraeshianischen Reich uns mit seiner Gegenwart beehren wird.«

Der Name des kraeshianischen Prinzen war Magnus wohlbekannt. »Welche Ehre.«

»Allerdings. Ich war sehr überrascht und erfreut, dass der Prinz unsere Einladung im Namen seines Vaters angenommen hat.« Der König sprach etwas gezwungen, als meinte er nicht wirklich, was er sagte. Das Kraeshianische Reich lag jenseits der Silbernen See und war zehnmal so groß wie Mytica. Prinz Ashurs Vater, der Imperator, war der mächtigste Mann der Welt.

Nicht dass Magnus jemals so etwas laut vor König Gaius sagen würde.

Einen Moment schwieg sein Vater, dann fuhr er fort: »Aber ich habe noch eine andere ernste Angelegenheit mit dir zu besprechen. Bitte komm herein.« Der König wandte sich um und trat durch die großen Holztüren in den Thronsaal. Der Hund blieb an der Seite seines Herrn, und seine Klauen klackten laut auf dem Marmorboden.

Bitte. Sein Vater benutzte dieses Wort so selten, dass es aus seinem Mund klang wie ein Fremdwort. Langsam folgte Magnus dem König in den Saal.

»Was ist los? Geht es um Lucia?«, fragte er angespannt.

»Nein. Diese Sache, so bedauerlich sie auch ist, hat nichts mit Lucia zu tun.«

Die Angst, die sich wie eine Faust in Magnus' Brust geballt hatte, entspannte sich etwas. »Wenn es nicht um Lucia geht, worum dann?«

Der König schaute nach links, und Magnus folgte seinem Blick. Auf einem Marmorblock lag dort die Königin, die Arme über dem Bauch gekreuzt, regungslos, still.

Verwundert starrte Magnus sie an. Wie kam seine Mutter dazu, im Thronsaal zu schlafen?

Es dauerte einen Augenblick, bis er begriff.

»Mutter ...«, begann er, und sein Atem beschleunigte sich, als er zu ihr trat.

»Das ist das Werk der Rebellen«, sagte der König mit leiser, ausdrucksloser Stimme. »Sie waren aufgebracht, weil wir uns geweigert haben, ihren Forderungen nachzukommen und den Bau der Reichsstraße abzubrechen. Das ist meine Strafe.«

Das Gesicht der Königin war blass, aber Magnus hätte schwören können, dass sie nur schlief. Zögernd streckte er die Hand nach ihr aus, ballte dann aber die Faust und zog sie zurück. Auf dem hellgrauen Kleid seiner Mutter war Blut, sehr viel Blut. Eiskalte Wut stieg in ihm auf.

»Rebellen«, sagte er, und das Wort klang hohl in seiner Kehle. »Woher wisst Ihr das?«

»Hier ist die Tatwaffe. Der Mörder hat sie liegen lassen.« Der König hielt einen Dolch mit juwelenbesetztem Griff und elegant geschwungener Klinge in die Höhe. »Dieses Indiz hat uns geholfen, den Täter zu identifizieren.«

Magnus' Blick wanderte von dem kunstvollen Dolch zum Gesicht seines Vaters. »Wer ist es?«

»Dieser Dolch hat einmal Lord Aron gehört. Mit ihm ist auch der Sohn des Weinhändlers auf dem paelsianischen Markt getötet worden – Jonas Agallons Bruder. Damals hat Lord Aron diese Waffe zum letzten Mal gesehen.«

»Ihr sagt also, dass Jonas Agallon für das hier verantwortlich ist?«

»Ja, das glaube ich. Und ich glaube außerdem, er hat ihn hiergelassen, damit wir wissen, dass er es war.«

Magnus bemühte sich, seine Stimme ruhig zu halten. »Ich werde ihn umbringen.«

»Zweifelsohne wird der Junge für sein Verbrecher teuer bezahlen«, zischte der König. »Offensichtlich habe ich die Rebellen unterschätzt. Dass sie so dreist sind, die Königin zu ermorden ... das wird Jonas Agallon teuer zu stehen kommen. Er wird um seinen Tod flehen, lange bevor ich mit ihm fertig bin.«

Die Frau, die vor achtzehn Jahren Magnus geboren hatte, die ihm als Kind Geschichten vorgelesen und mit ihm getanzt hatte. Die seine Tränen getrocknet hatte ... die ihm noch kürzlich im Tempel der Cleiona ihre lange zurückgehaltene Zuneigung gezeigt hatte ...

Sie war für immer von ihm gegangen.

»Aber es ist seltsam«, sagte der König in die Stille hinein. »Ganz in ihrer Nähe haben wir eine weitere Leiche gefunden, ebenfalls erstochen. Eine als Hexe angeklagte Frau aus dem Kerker in Limeros. Ich hatte sie schon lange vergessen.«

Das Herz tat Magnus weh, während er die grauen Strähnen seiner Mutter betrachtete, die sich so krass von dem Ebenholzschwarz ihrer übrigen Haare abhoben. Seine Mutter hatte sie nicht gemocht, es hatte ihr nicht gefallen, älter auszusehen, vor allem im Vergleich zur Mätresse des Königs, die ihre Schönheit mithilfe ihrer Magie erhielt. »Das verstehe ich nicht. Hatte die Hexe etwas mit den Rebellen zu tun?«

»Es ist ein Rätsel, fürchte ich.«

»Ich muss auf die Suche nach Agallon gehen«, stieß Magnus hervor. Zu sprechen war das Letzte, wonach ihm momentan zumute war. »Auf der Stelle.«

»Nach deiner Rückkehr von der Hochzeitsreise kannst du dich der Jagd auf ihn anschließen.«

Mit blitzenden Augen wandte Magnus sich zu seinem Vater um. »Meine Mutter ist von einem Rebellen ermordet worden, und Ihr wollt tatsächlich, dass ich mit einem Mädchen, das mich hasst, quer durch das Königreich reise?«

»Ja, stimmt, genau das will ich. Und genau das wirst du auch tun.« Der König sah Magnus an, während er betont geduldig fortfuhr: »Ich weiß, du hast deine Mutter geliebt. Es wird sehr lange dauern, bis wir ihren Verlust überwunden haben – ganz Mytica wird um sie trauern. Aber diese Hochzeit ist wichtig für mich. Sie wird ohne unnützen Widerstand meine Herrschaft über das Volk in diesem Königreich besiegeln, während ich meinem Ziel, mich der Essenzen zu bemächtigen, immer näher komme. Verstehst du?«

Magnus atmete bebend aus. »Ja, ich verstehe.«

»Dann geh. Und behalte die Sache mit der Hexe für dich. Schließlich wollen wir nicht, dass es Gerüchte gibt, die Königin hätte etwas mit einer solch niederen Kreatur zu tun gehabt.«

Über eine solch absurde Vorstellung konnte Magnus nur den Kopf schütteln. Wenn die Rebellen mit der Hexe im Bunde gewesen wären, hätte ihn das nicht weiter verwundert, aber doch nicht seine Mutter. »Glaubst du das etwa?«

»Ehrlich gesagt weiß ich im Augenblick gar nicht, was ich

denken soll. Ich kann mir nicht erklären, was Althea dazu gebracht haben könnte, vor Anbruch der Morgendämmerung den Palast zu verlassen.« Nachdenklich blickte der König ins Gesicht der Frau, mit der er zwanzig Jahre verheiratet gewesen war. »Ich weiß nur, dass meine Königin tot ist.«

Magnus verließ den Thronsaal, in dem seine Mutter lag, doch als er um die nächste Ecke bog und zu einer Mauernische kam – ohne Wachen, ohne Dienstboten –, geriet er ins Straucheln. Auf einmal bekam er keine Luft mehr, konnte keinen klaren Gedanken fassen, taumelte zur Wand und stützte sich mit der Hand dort ab. Ein Schluchzen stieg in seiner Kehle auf, aber er wehrte sich dagegen und versuchte es mit aller Macht zu unterdrücken.

Ein paar Augenblicke später störte eine kühle, vertraute Stimme seinen Kummer. »Prinz Magnus, Ihr freut Euch doch sicher, dass ich wohlbehalten zu Euch zurückgekehrt bin. Hoffentlich habt Ihr mich nicht allzu sehr vermisst.«

Aber er antwortete nicht. Er wollte nur seine Ruhe haben.

Die Arme vor der Brust verschränkt, musterte Prinzessin Cleo ihn. Ihre hellen Haare hingen offen und wellig weit über ihre Schultern.

»Ich werde von Rebellen entführt, eine ganze Woche gefangen gehalten, schaffe es, ganz auf mich allein gestellt zu fliehen – und Ihr würdigt mich bei meiner Rückkehr nicht einmal eines Grußes?«

»Ich warne Euch, Prinzessin, ich bin momentan nicht in der Stimmung für törichtes Geplänkel.«

»Ich auch nicht, also haben wir offensichtlich etwas gemeinsam. Das hätte ich nicht für möglich gehalten.« In ihrem Blick lag keine Freundlichkeit, aber ihre Mundwinkel hoben sich zu einem steifen Lächeln.

»Ihr lächelt?«, brachte er mühsam hervor. »Womit habe

ich das nur verdient? Vielleicht habt Ihr die Neuigkeit ja schon gehört, die Euren Tag erhellt.«

»Welche Neuigkeit?«

Auf einmal fühlte Magnus sich unendlich müde. »Die Nachricht vom Tod der Königin.«

Sie runzelte die Stirn. »Was?«

Magnus wandte sich ab und wollte sich auf den Weg zu seinen Gemächern machen, um dort Trost zu suchen, aber die Prinzessin packte ihn am Arm und hielt ihn auf. Er warf ihr einen finsteren Blick zu.

»Niemals würde ich den Tod feiern, ganz gleich wer gestorben ist«, erwiderte sie, und er sah, dass Ärger in ihren Augen blitzte – und noch etwas anderes.

»Ach kommt, ich bin sicher, dass Ihr nicht um ein Mitglied der Familie Damora trauern würdet.«

»Ich weiß sehr gut, was es heißt, auf tragische Weise ein Elternteil zu verlieren.«

»O ja, wir haben wirklich viel gemeinsam. Vielleicht sollten wir heiraten.«

Sie ließ ihn los, und ihr Gesicht wurde bitter. »Ich wollte nur freundlich sein.«

»Versucht das nicht, Prinzessin, es steht Euch nicht. Außerdem brauche und will ich weder Eure Freundlichkeit noch Euer Mitgefühl. Beides fühlt sich erschreckend falsch an, wenn es von Euch kommt.«

Etwas Heißes, Nasses glitt über seine Wange. Blitzschnell wischte er die ungebetene Träne weg und wandte das Gesicht ab, entsetzt, dass sie es gesehen hatte.

»Ich hätte nicht gedacht, dass Ihr für jemanden so tief empfindet«, sagte Cleo leise.

»Lasst mich allein.«

»Gerne.« Aber jetzt klang sie unsicher, als hätte es sie zutiefst verwirrt, dass er um seine tote Mutter weinte. »Aber wartet, bevor Ihr geht … tut mir leid, Euch zu belästigen, aber ich weiß nicht, wen ich sonst fragen soll. Ich muss mit meiner Freundin sprechen, mit Mira. Aber ich kann sie nirgends finden. Man hat mir gesagt, sie ist nicht mehr Prinzessin Lucias Kammerzofe. Wisst Ihr, wem man sie zugewiesen hat?«

Wortlos ging er weiter, aber sie rief ihm nach: »Bitte, Prinz Magnus!«

Er drehte sich um. In Cleos Gesicht war nichts anderes als der Wunsch, dass er ihr helfen würde, und sei es mit einer Kleinigkeit. Anscheinend glaubte sie tatsächlich, dass er dazu fähig war.

»Entschuldigt, Prinzessin«, erwiderte er und hielt ihrem Blick stand, »aber während Ihr weg wart, hat mein Vater Eure Freundin Mira getötet, weil sie ein vertrauliches Gespräch belauscht hat. Mir tut es wirklich leid, dass er diese Entscheidung getroffen hat, aber ich kann Euch versichern, dass ihr Tod rasch und schmerzlos war.«

Entsetzen breitete sich auf ihrem Gesicht aus. »*Was?*«

»Man hat sie weggetragen, ihre Leiche verbrannt und die Knochen auf dem Dienstbotenfriedhof begraben. Noch einmal – mein Beileid. Wir können es nicht rückgängig machen.«

Cleos Wehklagen verfolgte ihn den ganzen Weg zurück zu seinen Gemächern.

KAPITEL 18

JONAS

IM WILDLAND

Der Falke war wieder da; ständig hockte er auf einem Baum ganz in der Nähe und behielt Jonas im Auge. Vielleicht litt Jonas inzwischen an Verfolgungswahn, er glaubte doch gar nicht an die Legenden … aber trotzdem.

Wenn dieser Falke ein Wächter war, dann konnte man nur hoffen, dass er mit dem Plan einverstanden war, den Jonas den anderen Rebellen soeben dargelegt hatte und der mit der Beschreibung endete, wie sie König Gaius und Prinz Magnus bei der Hochzeit ermorden würden.

»Lass es mich der Klarheit halber wiederholen.« Lysandra war die Erste, die sprach, als er seine Ausführungen beendet hatte. »Du willst nicht die Blutstraße angreifen wie ich, aber du glaubst, man kann einfach in den Tempel der Cleiona marschieren, wo die Hochzeit stattfindet, und dort den König und den Prinzen töten.«

»Genau das habe ich eben erklärt, oder etwa nicht?«

»Ich dachte nur, ich hätte mich möglicherweise verhört.«

»Hast du ein Problem mit meinem Plan?«

»Sogar mehrere.« Lysandra sah ehrlich perplex aus, als hätte Jonas sie mit seinem Plan schlicht überrumpelt. Auch Brion, der neben ihr stand, machte ein verwirrtes Gesicht.

»Hat sonst noch jemand Probleme?«, fragte Jonas in die Runde. Die Rebellen tuschelten leise untereinander und beäugten ihren Anführer teils mit Interesse, teils fast ehrfürchtig, aber teils auch mit unverhohlener Skepsis. »Oder ist Lysandra die Einzige, die mir jedes Mal widerspricht, wenn ich einen Vorschlag mache?«

»Der König hat uns schon einmal fast abgeschlachtet. Möchtest du ihm eine zweite Chance geben?«, meinte ein Junge namens Ivan. Ursprünglich hatte Jonas ihn für einen Menschen mit Führungsqualitäten gehalten, aber Ivan nahm einen Befehl kaum einmal entgegen, ohne zu debattieren oder sich zu beklagen. Bei ihm war alles ein Wettkampf. Und die Tapferkeit, die er mit seiner Größe und seinen Muskeln zur Schau stellte, reichte nicht sonderlich tief.

Ivan hatte nicht ganz unrecht, aber es war kein gutes Argument. In der Nacht, als sie das Lager überfallen hatten, war kein einziger Rebell durch die Klingen der limerianischen Wachen umgekommen, was sowohl ein Wunder als auch eine Erleichterung gewesen war. Der Plan, sich zu verteilen und an ihrem zweiten Standort wieder zu sammeln, hatte sich ausgezahlt. Das nahm Jonas als Zeichen, dass sie erneut kämpfen sollten.

Ja. An Cleos Hochzeitstag.

»Es wird funktionieren«, sagte Jonas, und seine Stimme war laut genug, dass alle fünfzig um ihn versammelten Rebellen ihn hören konnten. »König Gaius wird fallen.«

»Zeig es ihm, Brion«, sagte Lysandra.

Jonas runzelte die Stirn. »Was soll er mir zeigen?«

Brion trat vor, in der Hand ein Pergament, das er entrollte und Jonas vor die Nase hielt.

Darauf war eine Skizze von einem dunkelhaarigen Jungen zu sehen sowie ein Steckbrief.

JONAS AGALLON

Gesucht wegen Entführung und Mord.
Anführer der paelsianischen Rebellen,
die sich der rechtmässigen Herrschaft
des großen und erhabenen Königs Gaius
über Mytica widersetzen:

10.000 CENTIMOS BELOHNUNG

tot oder lebendig

Jonas' Mund wurde trocken, aber er reichte das Pergament lässig zurück und meinte: »Das Bild sieht mir überhaupt nicht ähnlich.«

Lysandra gab ein angewidertes Grunzen von sich. »Siehst du jetzt endlich, womit wir es zu tun haben? Du bist berühmt.«

»Das bedeutet nichts und ändert auch nichts. Außerdem habe ich mich vielleicht der Entführung schuldig gemacht, aber ich habe niemanden ermordet.« Noch nicht jedenfalls.

»Meinst du, Lügen werden den König aufhalten? Er will dich aus dem Weg schaffen, und er hat den gierigen Auraniern eine Belohnung in Aussicht gestellt, damit sie ihm helfen, dich zu finden.«

»Für zehntausend Centimos gerate sogar ich in Versuchung, dich auszuliefern«, scherzte Brion.

Jonas schnaubte. »Für zehntausend Centimos gerate ich *selbst* in Versuchung, mich auszuliefern.«

»Das ist nicht lustig.« Lysandra warf den beiden einen bösen Blick zu.

Leider musste Jonas ihr im Stillen recht geben. Aber er war nicht überrascht, dass der König solche Maßnahmen ergriff. Im Grunde war es sogar ein gutes Zeichen, dass er die Rebellen jetzt als ernste Bedrohung zu sehen begann. Und wenn

Jonas das Gesicht des Widerstands sein musste – auch wenn es wirklich sehr schlecht gezeichnet war –, machte ihn das hauptsächlich stolz.

»Ich dachte, so eine Aktion wäre ganz in deinem Sinne, Lys«, sagte Jonas in dem Versuch, den Ärger zu besänftigen, den er in ihrem Gesicht sah. »Seit du bei uns bist, wolltest du doch, dass wir die Straßenlager angreifen.«

»Und ich habe selbst mitbekommen, wie schlecht wir auf eine Attacke dieses Ausmaßes vorbereitet sind. Jetzt weiß ich, dass wir zu wenige sind, um einfach so einen Überfall zu machen. Ohne einen vernünftigen Plan werden wir einfach abgeschlachtet, deshalb versuche ich ja, einen auszuarbeiten. Ich will herausfinden, an welcher Stelle die Straße am schwächsten ist und wo wir am meisten bewirken können.«

»Aber du kannst nicht behaupten, dass es eine schlechte Idee ist, den König zu beseitigen, oder? Wenn er tot ist, wird der Bau der Straße abgeblasen. Richtig?«

Lysandra starrte ihn an, ihr Gesicht war immer noch zornig. »Ja, da stimme ich dir zu.«

»Dann gibt es doch gar kein Problem.«

»Da irrst du dich. Es gibt ein Problem. Gaius muss sterben, da bin ich mit dir einer Meinung. Aber sollte das wirklich unser erster echter Akt der Rebellion sein, nachdem wir bisher weiter nichts getan haben als Gemälde von seinem Gesicht zu zerstören? Plötzlich bist du ein geübter Attentäter geworden, Jonas – einer, der es schafft, sich in einen schwer bewachten Tempel zu schleichen und so nahe an sein Opfer heranzukommen, dass er ungehindert den König und auch noch seinen Sohn erstechen kann. Und das, obwohl überall in Auranos Plakate hängen, auf denen ein Kopfgeld auf dich ausgesetzt ist?«

»Du bist also besorgt um meine Sicherheit.« Jonas zwang

sich zu einem Lächeln, das alles andere als echt war. »Das ist sehr nett von dir.«

»Ich weiß, warum du das tust.« Lysandra hob die Stimme, damit alle sie hören konnten. »Unser Anführer möchte, dass wir alle in eine schwer bewachte Hochzeit platzen, damit er seine geliebte Jungfrau in Nöten retten kann.«

»Darum geht es doch überhaupt nicht«, zischte Jonas mit zusammengebissenen Zähnen. »Der Überfall dient dazu, Paelsia von der Tyrannei zu erlösen. Unser Volk zu befreien. Ich dachte, das ist auch dein Ziel. Aber jetzt versuchst du alles Erdenkliche, um mich davon abzuhalten?«

»Ich sage nicht, dass es nicht das schönste Geschenk im ganzen Universum wäre, den König sterben zu sehen und für seine Gräueltaten bezahlen zu lassen. Sein Tod wäre die Antwort auf alle Probleme, die wir haben.«

»Was hast du dann gegen meinen Plan einzuwenden?«

»Ich glaube, dass er zum Scheitern verurteilt ist«, antwortete Lysandra rundheraus. »Dass er unsere Möglichkeiten bei Weitem übersteigt. Leider. Und dass du das selbst nicht sehen kannst, weil du dich von goldenen Haaren und blaugrünen Augen blenden lässt.«

Jonas hatte niemandem erzählt, dass er die Prinzessin in der Höhle geküsst hatte – nicht einmal Brion. Nach wie vor war er nicht sicher, was der Kuss bedeutet hatte – wenn überhaupt irgendetwas –, er wusste nur, dass ihm in seinem ganzen Leben kaum etwas so schwergefallen war, wie Cleo ins Lager der Gardisten verschwinden zu sehen.

Die anderen Rebellen unterhielten sich leise. Zwar verstand Jonas nicht genau, was sie sagten, aber es klang nicht wohlwollend. Lysandra war wie eine Messerklinge, die die Rebellen genau in dem Augenblick entzweite, in dem es besonders wichtig war, dass sie zusammenhielten.

»Genug gezankt, ihr beiden. Das bringt doch nichts«, knurrte Brion und warf den Steckbrief ins Lagerfeuer.

»Es hat nichts mit der Prinzessin zu tun«, knurrte Jonas, obgleich er wusste, dass dies zumindest teilweise gelogen war. Schließlich war der Plan Cleos Idee gewesen – und er glaubte noch immer, dass es eine verdammt gute war. »Und ich plane den Überfall keineswegs blind, Nerissas Informationen waren extrem nützlich. Sie weiß von mindestens zwei Gardisten des Königs, also aus glaubwürdiger Quelle, dass die Mehrheit der Wachen sich während der Hochzeitszeremonie draußen aufhalten wird, um die Menge in Schach zu halten. Drinnen sind nur die Gäste, die Tempeldiener, der Priester. Dazu höchstens eine Handvoll Gardisten. Ich bin sicher, dass es uns gelingt, in den Tempel zu gelangen und zu tun, was getan werden muss.«

Lysandra verschränkte die Arme vor der Brust. »Woher hat Nerissa denn ihre Informationen? Oh, warte, lass mich raten. Hat sie die Gardisten vielleicht verführt? Hat das Mädchen denn sonst überhaupt irgendwelche Fähigkeiten?«

Verführung war Nerissas Spezialität. Und jetzt, nachdem sie Jonas bei Cleos Entführung geholfen hatte und sie nie mehr einen Fuß nach Hawk's Brow setzen konnte, war sie erpicht darauf zu beweisen, dass sie die Rebellen unterstützte und ihnen half, so gut sie konnte. Nerissa hatte auch schon Interesse daran gezeigt, Jonas zu verführen. Zwar hatte er persönlich ihre Avancen zurückgewiesen, war aber sehr gern bereit, sie anderswo nutzbringend einzusetzen.

»Brion«, sagte Jonas leise. »Könntest du mir nicht ein bisschen den Rücken stärken?«

»Mich hat Nerissa nicht verführt«, erwiderte Brion. »Na ja, noch nicht. Vermutlich wird es irgendwann so weit sein, ich glaube nämlich, sie hat eine Liste.«

»Brion!«, rief Jonas tadelnd.

Sein Freund stieß einen tiefen Seufzer aus. »Schau, Jonas, ich weiß, du willst das unbedingt durchziehen. Nachdem wir so lange nichts wirklich Mutiges getan haben, brennst du darauf, die erstbeste Gelegenheit zu ergreifen. Aber – ich weiß nicht. Ich glaube, diesmal könnte Lys recht haben. Es ist einfach zu riskant im Moment. Das musst du doch auch einsehen.«

Jonas starrte seinen Freund an, als sähe er ihn zum ersten Mal. »Natürlich ist es riskant. Aber wenn es klappt, ist es ein gewaltiger Erfolg.«

»Und wenn nicht, dann ist es ... ein gewaltiger Misserfolg. Und du bist tot.«

»Du schlägst dich auf Lysandras Seite.«

Jetzt verlor Brion die Geduld. »Es geht hier nicht um Seiten. Sondern um eine klare Einschätzung der Situation.«

»Aber du warst sonst immer der Erste, der sich in den Kampf gestürzt hat. Was ist denn passiert?« Auch Jonas wurde immer wütender und frustrierter – und immer taktloser. »Oh, warte. Jetzt weiß ich, was passiert ist. Lysandra!«

Prompt verschwand auch der letzte Rest Freundlichkeit aus Brions Gesicht. »Das ist unfair.«

»Du denkst nicht mit dem Kopf, wenn es um sie geht. Tut mir leid, dir das sagen zu müssen, aber wenn du für sie Partei ergreifst, heißt das noch lange nicht, dass sie sich in dich verliebt. Deshalb solltest du aufhören, ihr überallhin zu folgen wie ein braves Hündchen.«

Endlich sah er seinen Freund direkt an, und im gleichen Augenblick landete Brions Faust in seinem Gesicht. Jonas taumelte einen Schritt zurück.

»Wenn ich deine Meinung hören will«, knurrte Brion, »dann prügle ich sie aus dir heraus.«

Jonas wischte sich mit dem Handrücken die Oberlippe ab. »Schlag mich noch einmal, dann kriegen wir ein Problem.«

Diesmal schubste Brion Jonas so heftig, dass er gegen einen Baumstamm knallte.

Jetzt wurden die Rebellen munter.

»Los, Jonas! Lass dir das nicht gefallen!«

»Schlag ihn k.o., Brion!«

»Tritt ihm in den Arsch! Wir wollen Blut sehen!«

Paelsianer konnten einem guten Kampf immer etwas abgewinnen.

»Hör auf damit«, knurrte Jonas, als Brion mit geballten Fäusten auf ihn zukam.

»Willst du mir etwa drohen?«

»Nein, ich halte dich nur auf.«

Zwar prügelte Brion sich gern und oft, aber mit Jonas hatte er sich noch nie auf einen Kampf eingelassen. Trotz der Warnung ging er wieder auf Jonas zu, aber diesmal war Jonas auf den Angriff gefasst. Er stieß Brion die Faust in den Magen und landete dann einen Treffer auf seinem Kinn, so dass sein Freund nach hinten stolperte und zu Boden ging. Sofort kniete Lysandra neben ihm und warf Jonas einen bitterbösen Blick zu.

»Das ändert nichts daran, dass ich glaube, sie hat recht und du unrecht«, ächzte Brion. »Stürz dich ruhig auf den König bei dieser Hochzeit, aber auf eigene Gefahr.«

Jonas wandte sich den anderen Rebellen zu, außer sich vor Zorn, dass sein bester Freund, der für ihn wie ein Bruder war, ihm bei dieser Entscheidung in den Rücken gefallen war. »Du kennst meinen Plan. Ich werde König Gaius eigenhändig ermorden. Und ich heiße jeden willkommen, der sich mir freiwillig anschließt. Wenn wir das geschafft haben, wird man keine Belohnung mehr auf unseren Kopf aussetzen, sondern uns als Helden feiern. Lasst euch das mal durch den Kopf gehen.«

Damit wandte er den anderen den Rücken zu und marschierte in den dichten dunklen Wald, um wieder einen klaren Kopf zu bekommen.

KAPITEL 19

LUCIA

AURANOS

Ihre Welt wurde immer dunkler, und Lucia war allein mit den beiden schrecklichen Gedanken, die beständig in ihrem Kopf widerhallten.

Meine Mutter glaubt, ich bin böse.

Meine Mutter will, dass ich tot bin.

Schließlich, nachdem sie viel zu lange in der erdrückenden Leere gewartet hatte, wurde es heller, und sie befand sich wieder auf der vertrauten üppig grünen Wiese mit ihrem juwelenbedeckten Gras und den Kristallbäumen.

Im Heiligtum.

Oder eher wohl in einer Traumversion des Heiligtums. Aber es fühlte sich so real an – die warme Brise, das smaragdene Gras unter ihren nackten Füßen, der Anblick der glitzernden Stadt unter dem scheinbar endlosen klaren blauen Himmel. So real, dass es schwierig war, Traum und Wirklichkeit zu unterscheiden.

Sie spürte Alexius' Anwesenheit, drehte sich jedoch nicht nach ihm um.

»Ihr habt mich viel zu lange alleine gelassen«, sagte sie leise.

»Entschuldigt, Prinzessin.«

Davor hatten sie vier gemeinsame Träume gehabt. Träume, in denen sie über diese Wiese geschlendert waren, bis hinüber zu den diamantenverzierten Steinrädern, und sich über alles unterhalten hatten. Über Lucias Kindheit, über ihre Beziehung zu Magnus mit all ihren neuen Schwierigkeiten, über ihre Mutter, ihren Vater, ihre Magie. Vielleicht hatte sie zu viel erzählt, doch bei Alexius fühlte sie sich einfach … wohl. Was sie überraschte, wenn sie daran dachte, wer und was er war. Ein unsterblicher, zweitausend Jahre alter Wächter.

Noch nie hatte sie sich so gefühlt. Bei niemandem.

Er stellte ihr Fragen, so viele Fragen. Und sie beantwortete alles. Doch er selbst war sehr gewandt darin, den Fragen auszuweichen, die sie ihm im Gegenzug stellte. Noch immer wusste sie nicht, warum er sie hergebracht hatte, und ihr Kopf war stets wie benebelt, wenn sie auf der Juwelenwiese war. Obwohl sie sich dagegen wehrte, schien das, was ihr im Wachzustand widerfahren war, hier jedes Mal an Bedeutung zu verlieren.

Tod. Zerstörung. Prophezeiungen. Magie.

Sie brauchte Antworten. Vielleicht war er ihr nach dem letzten Traum absichtlich aus dem Weg gegangen und hatte sie deshalb die ganze Zeit im Schwebezustand des Schlafs gelassen.

Dann war dies wohl ihre Chance, mehr herauszufinden, und sie würde sich nicht von dieser goldenen Kreatur ablenken lassen, in deren Gegenwart alle anderen Gedanken aus ihrem Kopf verschwanden. Lucia wandte sich ihm direkt zu. »Was wollt Ihr von mir?«

Der wunderschöne junge Mann lächelte sie an, als könnte er gar nichts dagegen ausrichten, dass sein Gesicht diesen Ausdruck annahm. »Es tut gut, Euch zu sehen, Prinzessin.«

Dieses Lächeln. Ihr Blick wanderte zu seinen Lippen und dann rasch zurück zu den Silberaugen. »Meine Mutter möchte mich umbringen, wegen meiner *Elementia*.«

Sein Lächeln erstarb. »Ich versichere Euch, sie wird nichts dergleichen tun.«

Lucia blickte auf ihre Hand hinunter und lenkte mit ihren Gedanken Feuer in sie hinein. Sofort flackerten Flammen auf. »Wird diese Macht, die ich besitze, mich verderben? Mich böse werden lassen?«

»*Elementia* ist von sich aus weder gut noch schlecht. Sie ist, was sie ist. Die Welt wurde aus den Elementen erschaffen. *Ich* wurde aus den Elementen erschaffen.«

»Und Ihr seid nicht böse.« Trotz des Feuers schauderte sie, als er näher kam.

Wieder das Lächeln. »Das Böse ist immer eine Entscheidung, kein natürlicher Daseinszustand.«

»Immer?«

Sein Blick wurde ernst. »Das macht Euch zu schaffen.«

»Natürlich.« Sie bewegte die Hände und löschte das Feuer. »Wie werde ich sie los?«

»Was wollt Ihr loswerden?«

»Meine Magie. Was, wenn ich sie nicht will? Was, wenn ich lieber ganz normal sein möchte?«

Alexius sah sie verständnislos an. »Ihr könnt nicht ändern, was Ihr seid. *Elementia* ist ein Teil von Euch.«

»Wie könnt Ihr das sagen, wenn ich sie sechzehn Jahre gar nicht besessen habe? Mein Leben war ereignislos und manchmal langweilig, aber es war nicht so wie jetzt. Ich konnte niemanden töten, indem ich ihn mit einem Gedanken in Flammen aufgehen lasse. Niemand hat mich voller Angst und Hass angesehen. Ich musste mir keine Sorgen darüber machen, wie ich etwas Dunkles und Unangenehmes beherrschen kann, das sich wie Gift durch meine Haut frisst.«

»So dürft Ihr Eure Magie nicht sehen, Prinzessin. Sie ist kein Fluch, sondern eine Gabe. Viele würden alles darum geben, um über das zu verfügen, was Ihr besitzt – sogar viele meiner Artgenossen.«

Lucia schüttelte den Kopf. »Aber die Wächter sind doch aus Magie gemacht.«

»Daraus gemacht, ja. Aber wir können sie nicht so mühelos handhaben wie Ihr.«

Lucia schritt zum Rand der Wiese, die Arme fest vor der Brust verschränkt. »Wozu brauche ich meine Magie, Alexius?«

Sie musste es wissen. Sie konnte sich keinen anderen Grund für die Besuche dieses jungen Mannes vorstellen, wenn nicht den, dass er sie auf irgendeine Weise benutzen wollte.

Er ist kein junger Mann, rief sie sich ins Gedächtnis. *Nicht im Geringsten.*

»Wir haben nicht genug Zeit, um Euch das zu erklären.« Er fuhr sich mit der Hand durch die bronzefarbenen Haare und blickte zurück in Richtung der Stadt.

»Nicht genug Zeit?«

»Spürt Ihr es nicht? Ihr seid kurz davor aufzuwachen. Und diesmal werdet Ihr wach bleiben. Das fühle ich, weil es mich eine Menge Energie kostet, mit Euch in diesem Traum zu verweilen.«

Lucias Herz machte einen Sprung. Sie war dabei aufzuwachen? Endlich?

Das war ihr größter Wunsch gewesen. Aber jetzt … es gab viel zu vieles, über das sie noch sprechen mussten. Sie war nicht bereit, sich von Alexius zu verabschieden. Noch nicht. Schon bei dem Gedanken tat ihr das Herz weh.

»Wie werde ich Euch wiedersehen? Werdet Ihr mich auch weiterhin in meinen Träumen besuchen?«

»Ja.« Alexius trat auf sie zu und nahm ihre Hand in seine, sein Gesicht wirkte angespannt. »Es gibt so vieles, was ich Euch erzählen möchte. Was ich Euch … erzählen *muss,* obgleich ich Verschwiegenheit geschworen habe.«

Alles war so real – Alexius war so real. Seine warme Haut, seine starken Hände. Er duftete nach Gewürzen – exotisch und unvergesslich.

»Dann sprecht jetzt, schnell – sagt mir, was Ihr mir sagen müsst. Lasst mich nicht warten.«

»Vertraut Ihr mir, Prinzessin?«

»Ich kann mir keinen einzigen Grund denken, warum ich Euch vertrauen sollte«, flüsterte sie und hielt seinem Blick stand.

Er hob eine Augenbraue. »Keinen einzigen Grund?«

Fast musste sie lächeln. »Diese Geheimnisse. Es sind Geheimnisse über mich. Habe ich recht?«

Er nickte.

»Ich muss wissen, was die Prophezeiung wirklich über meine Magie gesagt hat. Ich weiß nur, dass darin steht, ich soll eine Magierin werden, eine, die alle vier Anteile der *Elementia* heraufbeschwören kann.«

»Ja, genau das besagt die Prophezeiung. Und Ihr habt diese Gabe.«

Frustration machte sich in Lucia breit. »Aber zu welchem Zweck? Ich *kann* Magie wirken, aber ich *will* es nicht.«

Er umfasste ihre Hand fester. »In Evas Prophezeiung steckt noch mehr – ein sehr wichtiger Bestandteil. Der am strengsten gehütet wird.«

»Erklärt ihn mir.«

»Es heißt, dass Ihr diejenige seid, die uns aus diesem Gefängnis befreit und uns wieder mit den Essenzen vereint.« Wieder blickte Alexius zu der Kristallstadt hinüber, und sein schönes Gesicht war plötzlich wachsam. »Dass Ihr uns alle vor der Vernichtung bewahrt.«

Sie suchte seinen Blick. »Was meint Ihr mit Vernichtung?«

Kopfschüttelnd antwortete er: »Seit wir die Essenzen nicht

mehr besitzen, ist die Magie, die hier vor tausend Jahren existierte, Stück für Stück verblasst. Wenn sie ganz verschwunden ist, dann haben wir auch die *Elementia* ein für alle Male verloren. Nicht nur im Heiligtum, sondern auf der ganzen Welt. Alles Leben ist aus der Magie der Elemente erschaffen. Und ohne diese Magie bleibt nichts mehr. Seht Ihr, Prinzessin, Ihr seid der Schlüssel zur Zukunft – zur Zukunft von uns allen.«

Nun schüttelte auch sie den Kopf. »Das ist unmöglich. Ich weiß nicht, wie ich das anstellen soll. Glaubt Ihr etwa, ich kann helfen, die Welt zu retten?«

»Ich dürfte Euch das gar nicht sagen«, erwiderte er mit besorgtem Gesicht. »Noch nicht. Sie wird zornig auf mich sein, aber – aber Ihr habt ein Recht darauf, es zu erfahren.«

»Von wem sprecht Ihr? Von Eurer Freundin Phaedra? Die uns schon einmal bei einem Treffen gestört hat?«

»Nein«, antwortete er. »Von jemand anderem. Aber verratet niemandem, was ich Euch gesagt habe, Prinzessin. Und vertraut keinem – absolut niemandem –, nicht einmal denen, die Ihr Eures Vertrauens für würdig haltet.«

»Alexius …« Sein Gesicht war so gequält und voller Angst, aber auch voller Leidenschaft … und alle diese Empfindungen schienen ausschließlich ihr zu gelten.

»Ich sollte keine Gefühle für Euch haben«, flüsterte er und zog sie näher zu sich. Sie konnte den Blick nicht von ihm abwenden. »Als ich Euch von ferne beobachtet habe, hatte ich noch den nötigen Abstand. Die erforderliche Objektivität. Doch nun mangelt es mir daran.«

Lucia konnte kaum atmen, und an den Stellen, wo er sie berührte, wurde ihre Haut ganz heiß.

»Ihr seid sehr wichtig für mich geworden«, fuhr Alexius stockend fort. »Wichtiger, als ich mir selbst gegenüber zuzugeben wage. Ich habe nie verstanden, wie ein Unsterblicher sich in eine Sterbliche verlieben kann. Es war einfach nicht logisch. Ich hielt alle für Narren, die die Ewigkeit opferten, um eine Handvoll Jahre in der sterblichen Welt mit einem Menschen zusammen sein zu können, der ihr Herz gefangen hielt. So denke ich nicht mehr. Es gibt Sterbliche, die es wert sind, die Ewigkeit für sie zu opfern.«

Das Feuer in ihren Wangen war vergessen, sie merkte, wie sie auf ihn zutrat, wie sie sich ihm weiter näherte und ihm schließlich ganz nah war.

»Ich sollte Eure Träume nicht mehr besuchen«, sagte er mit schmerzverzerrtem Gesicht. »In der Zukunft liegen Gefahren, die Ihr nicht ermessen könnt. Aber nein … es *muss* andere Möglichkeiten geben, das zu beschaffen, was wir brauchen. Und wenn es sie gibt, dann werde ich sie finden, das schwöre ich Euch.«

Sie hatte keine Ahnung, wovon er sprach, sie wusste nur eines: Er hatte ihr soeben gestanden, dass er dabei war, sich in sie zu verlieben. Oder etwa nicht? »Doch, Ihr *müsst* mich in meinen Träumen besuchen. Ihr könnt mich doch jetzt nicht verlassen. Ihr seid auch sehr wichtig für mich, Alexius. Ich – ich brauche Euch in meinem Leben.«

Der Schmerz verschwand nicht aus seinen dunklen, unfassbar funkelnden Augen, in denen sie die Antworten auf Fragen sah, die sie noch nicht einmal gestellt hatte. Doch dann umfasste er plötzlich ihr Gesicht mit beiden Händen, beugte sich zu ihr herab und drückte sanft seine Lippen auf ihre.

Vielleicht hatte er einen keuschen Kuss beabsichtigt, aber sehr schnell entwickelte sich etwas anderes daraus. Seine Hände glitten zu ihrer Taille hinab, er presste sie an sich und vertiefte unwillkürlich den Kuss, während Lucia zärtlich über sein Gesicht strich und die Finger durch seine Haare gleiten ließ. Er schmeckte wie Nektar, wie gewürzter Honig … süß und süchtig machend. Sie wollte mehr. Ihre Hände wanderten zu den Schnürbändern an seinem Hemd und zogen sie auf, um seine Brust zu entblößen. Über dem Herzen trug er ein Zeichen, eine glühende goldene Spirale. »Was ist das?«

»Ein Zeichen dessen, was ich bin.«

Er war so schön, so schön, dass sie nie mehr aufwachen, sondern für immer bei ihm bleiben wollte.

»Ich liebe dich, Alexius«, flüsterte sie an seinen Lippen. Er erstarrte einen Moment, und beinahe bereute sie es, dass ihr die Worte herausgerutscht waren, aber dann war sein Mund wieder auf ihrem, hart und fordernd, stahl ihr den Atem und das Herz …

Und dann breitete sich Dunkelheit über die Wiese, löschte sie aus und riss Alexius von ihr weg.

Ein Schrei blieb ihr im Halse stecken.

Langsam öffnete Lucia die Augen und merkte, dass sie unter weichen weißen Seidenlaken in einem großen Himmelbett lag. »Hoheit … Ihr seid wach!«

»Wasser«, brachte Lucia mühsam hervor.

Das Mädchen huschte davon, um Wasser zu holen. »Ich muss sofort den König benachrichtigen.

»Nein, noch nicht! Bitte lass mir einen Augenblick Zeit.«

Selbstverständlich gehorchte ihr das Mädchen. Sie brachte das Wasser, das Lucia nach kurzem Zögern trank. Dann holte sie Obst, Käse und Brot.

»Zwei Monate«, wiederholte Lucia leise, als sie erfuhr, wie lange sie geschlafen hatte. »Wie habe ich so lange überlebt?«

»Ihr habt ein eigens für Euch zubereitetes Getränk zu Euch genommen, das Euch genährt hat«, erklärte das Mädchen. »Die Heiler haben gesagt, es ist ein kleines Wunder.«

Ja, ein Wunder. Ein Wunder, das ihrer Mutter erlaubt hatte, ihr einen Schlaftrank einzuflößen, um zu verhindern, dass sie ganz erwachte. Ein wütendes Zittern überlief Lucia und ließ das Glas, aus dem sie getrunken hatte, in ihrer Hand zerschellen.

»Prinzessin!«, rief das Dienstmädchen, entsetzt darüber, dass Lucia sich verletzt hatte, und begann hastig, die Scherben aufzusammeln.

Lucia blickte auf ihre blutende Hand hinunter und betrachtete nachdenklich die Wunde. Der Blutkönig war ihr Vater. War sie demzufolge die Blutprinzessin? Ihr Blut war so rot, dass es beinahe leuchtete.

Purpurne Tropfen fielen auf die frischen weißen Laken, bevor das Mädchen die Hand eilig mit einem Lappen verband.

Aber Lucia schob sie weg. »Es ist nichts, eine Kleinigkeit.«

»Ich hole frisches Bettzeug.«

Lucia sah sie an. »Jetzt schau nicht so erschrocken. Ich hab doch gesagt – es ist nichts.«

Sie wickelte den Verband wieder ab und konzentrierte sich auf den Schnitt. Langsam begann ihre Hand in einem wunderschönen, warmen goldenen Licht zu glühen. Einen Augenblick später war die Wunde vollständig verheilt.

Ihre Mutter hatte unrecht gehabt. Sie war nicht böse. Was sie tat, war nicht böse. Ihre *Elementia* einzusetzen fühlte sich richtig an, vor allem nach so langer Zeit. Es tat ihr gut.

»Ich habe Gerüchte gehört«, flüsterte das Mädchen ehrfürchtig. »Über Eure Fähigkeiten.«

Warum musste diese kleine unscheinbare Maus Lucia derart auf die Nerven fallen? »Ich rate dir dringend, solche Gerüchte unverzüglich aus deinem Kopf zu verbannen, sonst kriegen sie womöglich scharfe Zähne und fressen dich auf.«

Das Mädchen wurde blass. »Ja, Hoheit.«

»Hol meinen Bruder. Aber wirklich *nur* meinen Bruder.«

Als die kleine Maus davonhuschte, lauschte Lucia schockiert dem Nachhall ihrer eigenen unfreundlichen Worte. Für gewöhnlich behandelte sie die Dienstboten nicht so grob. Was war nur los mit ihr?

Ein goldener Falke landete auf der Balkonbrüstung, und Lucia setzte sich so schnell auf, dass ihr schwindlig wurde. Mit schräg gelegtem Kopf betrachtete der Vogel sie.

»Alexius?«, flüsterte sie. »Bist du es?«

Im gleichen Moment jedoch öffnete sich die schwere Holztür des Zimmers, und der Vogel flog davon. Mit finsterem Gesicht wandte Lucia sich zur Tür – und sah dort Magnus stehen.

»Lucia …« Er eilte zu ihr. »Ich schwöre bei der Göttin, wenn du wieder einschläfst, werde ich sehr zornig auf dich!«

Trotz ihres Ärgers darüber, dass er den Falken verjagt hatte, tat es gut, ihren Bruder wiederzusehen. Seine dunklen Haare waren so gewachsen, dass sie beinahe seine braunen Augen verdeckten. Das war ihr in den kurzen Augenblicken, die sie wach gewesen war, gar nicht aufgefallen. »Ich werde nicht einschlafen, weil ich das nicht mehr zulasse. Magnus, Mutter hat einen Trank in mein Wasser gemischt. Sie ist es, die dafür gesorgt hat, dass ich die ganze Zeit geschlafen habe.«

Er starrte sie an. »Warum sollte sie denn so etwas tun?«

»Weil sie glaubt, dass ich böse bin. Sie hat mir selbst gesagt, dass sie mich töten will.« Sie griff nach seiner Hand. »Ich möchte diese Frau nie wiedersehen, sonst kann ich für nichts garantieren. Um mich zu schützen, könnte ich ihr alles Mögliche antun. Sie hat mich immer gehasst, Magnus. Jetzt empfinde ich das Gleiche für sie.«

Plötzlich flammten sämtliche Kerzen im Zimmer eine Handbreit höher, heiß wie Lucias Zorn. Magnus beäugte sie wachsam, ehe er den Blick wieder seiner Schwester zuwandte.

»Lucia … Mutter ist tot. Sie ist vor anderthalb Wochen von Rebellen ermordet worden.«

»Sie ist tot?« Lucias Mund wurde trocken. Im nächsten Moment waren die Flammen, die sie mit einem kurzen Gedanken heraufbeschworen hatte, vollständig erloschen.

Gespannt wartete sie auf irgendeine Reaktion in sich – vielleicht Kummer oder Traurigkeit oder … irgendetwas. Aber sie spürte nichts.

»Ich werde ihren Mörder finden, das schwöre ich. Und ich werde ihn für das, was er getan hat, zur Rechenschaft ziehen.« Magnus' Stimme stockte, er entzog Lucia seine Hand und begann im Zimmer umherzuwandern, wobei er darauf achtete, dass sein Gesicht im Schatten blieb.

»Es tut mir leid für dich«, flüsterte sie.

»Der Verlust trifft uns alle.«

Er trauerte um ihre Mutter – aus tiefstem Herzen. Aber Lucia stellte fest, dass es ihr nicht so ging.

Gedankenabwesend strich Magnus über seine Narbe. Das tat er immer, wenn er intensiv nachdachte, oft ohne es zu merken. »Man hat Mutters Leiche bei einer ebenfalls ermordeten Hexe gefunden. Wahrscheinlich hat diese Hexe ihr den Schlaftrank gebraut. Aber ich verstehe einfach nicht, warum sie so etwas getan haben könnte. Was hat sie sich dabei gedacht?«

Dann ließ sich ihre Mutter also von Hexen beraten? Um Feuer mit Feuer zu bekämpfen – Magie mit Magie. »Wir werden es nie mit Sicherheit wissen«, sagte sie verbindlich und streckte die Hand wieder nach Magnus aus. Er kam zurück an ihr Bett und nahm sie. »Hilf mir, ich muss aufstehen.«

Er tat wie geheißen und stützte sie. Doch als sie ohne seine Hilfe zu stehen versuchte, wurde ihr klar, dass sie viel zu entkräftet war.

»Du kannst noch nicht aufstehen, fürchte ich«, sagte Magnus und half ihr zurück ins Bett. »Du musst dich ausruhen.«

»Aber ich habe mich schon zwei Monate ausgeruht!«

Ein mattes Lächeln erschien auf seinen Lippen, seine dunklen Augen allerdings waren noch immer voller Kummer. »Du musst dich noch ein paar Tage gedulden. Heute jedenfalls solltest du im Bett bleiben. Obwohl es wirklich schade ist. An jedem anderen Tag könnte ich hier bis Einbruch der Nacht sitzen bleiben und dir alles erzählen, was du verpasst hast. Zum Beispiel, wie ich mich hier fühle – gefangen in Auranos. Wo es immer hell und strahlend und wundervoll grün ist – wahrlich könnte es niemand mehr hassen als ich. Und ich möchte mich sofort der Jagd auf den Rebellen anschließen, der unsere Mutter getötet hat. Aber das wird wohl warten müssen.«

»Worauf denn?«

Magnus erhob sich von der Bettkante und stützte den Arm an einen Bettpfosten. »Bis ich zurückkomme.«

»Wohin gehst du?«

Er runzelte die Stirn, doch es hatte den Anschein, dass er seine Gedanken nicht laut aussprechen wollte.

»Magnus, sag es mir. Was ist los?«

»Heute ist ein wichtiger Tag, Lucia. Ich finde es ziemlich paradox, dass du ausgerechnet heute zu uns zurückgekehrt bist. Zu *mir*.«

»Was ist denn heute?«

»Heute ist mein Hochzeitstag.«

Sie starrte ihn an und versuchte sich zwischen den vielen Kissen aufzurichten. »Was? Wen heiratest du denn?«

Er biss die Zähne zusammen. »Prinzessin Cleiona Bellos.«

Lucia traute ihren Ohren nicht. »Eine arrangierte Ehe also.«

Magnus warf ihr einen Blick zu. »Oh nein, überhaupt nicht. Nachdem ich geholfen habe, das Königreich ihres Vaters zu erobern und ihr Leben zu zerstören, konnte ich nicht umhin, mich Hals über Kopf in sie zu verlieben. Ja, natürlich ist diese Hochzeit arrangiert worden.«

Ihr Bruder mit Prinzessin Cleiona verlobt – mit der goldenen Prinzessin von Auranos! »Und du bist nicht glücklich damit.«

Magnus rieb sich die Stirn, als würde ihm der Gedanke schon wehtun. »Glücklich, ein Mädchen heiraten zu müssen, das mich hasst? Für das ich im Gegenzug rein gar nichts empfinde? Alles, um Vaters Pläne zu unterstützen? Ich würde sagen, ›nicht glücklich‹ ist noch recht milde ausgedrückt.«

Trotz ihrer anfänglichen Überraschung sah Lucia durchaus ein, warum eine solch seltsame Verbindung einen Sinn ergab. Aber es fühlte sich trotzdem vollkommen falsch an. »Er mag der König und dein Vater sein, aber er ist nicht dein Herr und Meister, und du bist nicht sein Sklave. Weigere dich, sie zu heiraten.«

Er sah sie lange und nachdenklich an. »Möchtest du, dass ich mich weigere?«

»Es hat nichts mit mir zu tun, Magnus. Es geht um dein Leben, um deine Zukunft.«

An seinem plötzlich zutiefst gequälten Gesichtsausdruck erkannte sie, dass das nicht die Antwort war, die er sich erhofft hatte.

Aber innerlich zuckte sie zusammen, wenn sie sich daran

erinnerte, wie Magnus ihr das Ausmaß seines Begehrens gestanden hatte, wie er ihr einen Kuss aufgezwungen hatte, den sie nicht wollte und auch nicht erwidert hatte.

»Zwischen uns hat sich nichts verändert, Magnus«, flüsterte sie. »Bitte versteh das.«

»Ich verstehe es.«

»Bist du sicher?«

»Ja.« Das Wort kam aus seinem Mund wie ein leises Zischen.

Vielleicht floss nicht das gleiche Blut in ihren Adern, aber für sie war er in allen wichtigen Belangen ihr Bruder. Etwas anderes für ihn zu empfinden war ein Ding der Unmöglichkeit. Als er sie geküsst hatte, war sie nur angewidert gewesen.

Aber bei Alexius …

»Weine nicht«, sagte Magnus, streckte die Hand aus und wischte zärtlich die Tränen aus ihrem Gesicht, Tränen, die Lucia selbst überraschten. »Ich muss die Prinzessin heiraten. Ich habe keine andere Wahl.«

»Dann wünsche ich dir alles Gute, Bruder.«

Ob sie es wollte oder nicht – sie merkte, dass er bei ihren Worten zusammenzuckte. Sie hatte ihn enttäuscht, aber sie konnte nichts dagegen machen. Sie liebte Magnus nicht so, wie er es sich wünschte. Und sie würde ihn auch nie so lieben.

Lucia schob seine Hände weg und wandte sich wieder zum Balkon, suchte nach dem goldenen Falken, der dort vorhin gewesen war, und wünschte sich verzweifelt, dass Alexius sie bald besuchen würde, damit er ihr mit seinem Rat zur Seite stehen und bei ihr sein konnte.

Auf welche Weise auch immer.

KAPITEL 20

CLEO

AURANOS

Es war der Morgen ihrer Hochzeit.

Und es würde der Todestag von König Gaius sein.

Für dich, Mira. Heute wird er mit Blut für seine Verbrechen bezahlen.

Ein Feuer brannte in Cleo. Heute würde sie endlich Genugtuung erhalten.

Im Augenblick jedoch zerrten ihre beiden limerianischen Dienerinnen so schmerzhaft an ihren Haaren herum, dass sie am liebsten wie ein kleines Mädchen geheult hätte. Aber als zukünftige Königin war das natürlich unmöglich. »Ich weiß wirklich nicht, warum ich meine Haare nicht einfach offen lassen kann«, brummte sie unzufrieden.

»Der König hat befohlen, dass sie geflochten werden«, erklärte Dora hochnäsig. »Und es wird nur länger dauern, wenn Ihr Euch ständig dreht und windet.«

Leider musste Cleo zugeben, dass die ständige Einmischung des Königs und seine absurde Detailgenauigkeit sich in diesem Fall auszahlten. Das kunstvolle Zickzackmuster winziger Zöpfchen, zu dem ihre Haare zusammengeflochten wurden, sah wirklich sehr schön aus. Trotzdem hasste sie ihre Frisur. Sie hasste alles, was mit dieser Hochzeit zu tun hatte – und sie hasste es doppelt, als die Dienerinnen ihr in das prächtige, aber sehr schwere Gewand halfen, das Lorenzo für sie angefertigt hatte. Am Tag nach ihrer Rückkehr aus dem Wildland war er persönlich bei ihr im Palast erschienen, um Maß zu nehmen, und hatte sie mit endlosen, untertänigen Entschuldigungen überhäuft, dass seine Näherin – natürlich ohne sein Wissen – für die Rebellen gearbeitet hatte. Das Mädchen war verschwunden, aber Lorenzo schwor, dass er den König unverzüglich benachrichtigen würde, falls er etwas über ihren Aufenthaltsort erfahren sollte.

Nach Cleos Meinung war die Näherin weniger eine Gehilfin der Rebellen als vielmehr ein etwas einfältiges Mädchen, das bereit war, alles zu tun, was ein hübscher und interessanter junger Mann wie Jonas Agallon von ihr verlangte.

Jonas …

Sogar im schwachen Licht von Cleos Gemächern glitzerte das mit unzähligen Kristallen bestickte Kleid. Und es wog fast so viel wie Cleo selbst. Außerdem schnürten Helena und Dora das Mieder so erbarmungslos eng, dass sie kaum noch Luft bekam.

Cleo versuchte, sich keine Sorgen zu machen, obwohl sie in den eineinhalb Wochen, seit sie wieder im Palast war, keine Botschaft von Jonas erhalten hatte, in der er den Angriffsplan der Rebellen bestätigte.

Vertraute sie ihm wirklich?

Im Augenblick hatte sie keine andere Wahl.

Was Jonas tat, tat er für Paelsia – er wollte sein Volk retten. Obwohl sie sich geküsst hatten, wusste Cleo, dass er nicht ihretwegen handelte.

Du würdest mich auslachen, Mira. Vor einer Woche hat mich ein paelsianischer Rebell geküsst, und ich erinnere mich so deutlich daran, als wäre es gerade erst geschehen. Ich würde alles darum geben, wenn du hier wärst und ich mit dir darüber sprechen könnte.

Während die Mädchen an ihren Haaren arbeiteten, betrachtete Cleo sich im Spiegel. Wieder einmal fiel ihr Blick auf den schimmernden violetten Stein in ihrem Ring. Wenn sie daran dachte, dass er nur dadurch versteckt war, dass sie ihn für alle deutlich sichtbar am Finger trug, wurde sie ganz aufgeregt. Aber sie konnte ja nicht wissen, wie dieser Tag enden würde, und der Ring war ihr kostbarster und wichtigster Besitz.

Auf einmal sah sie hinter sich im Spiegel Nic auftauchen. Seit sie ihm die Nachricht von Mira überbracht hatte, hatte sie ihn kein einziges Mal mehr lächeln sehen, und der Schmerz und die Verzweiflung in seinem Gesicht brachen ihr fast das Herz. Er glaubte, als Beschützer seiner Schwester versagt zu haben, ausgerechnet in dem Augenblick, als sie ihn am meisten gebraucht hätte. Aber er schwor, dass er Cleo niemals im Stich lassen würde.

Jetzt stand er an der Tür zu ihren Gemächern und wartete darauf, sie zu der Kutsche zu begleiten, die sie zum Ort ihrer Eheschließung fahren würde.

Zu dem Ort, an dem ihr Schicksal sich erfüllen würde.

Dieser Tag würde in die Geschichte eingehen, und noch in Jahrhunderten würde das auranische Volk davon sprechen. Über den Tag, an dem Prinzessin Cleiona sich mit den Rebellen verbündete, um ihren Feind zu vernichten und das Königreich aus der Tyrannei zu befreien – selbst wenn diesem Königreich gar nicht bewusst war, wie viel Unheil der Blutkönig über es bringen konnte –, würde man Bücher schreiben, Lieder komponieren und Geschichten von einer Generation zur nächsten weitergeben.

Und dann endlich würde in ganz Mytica wieder Frieden herrschen, für ein weiteres Jahrtausend.

Mehrere tausend Menschen hatten sich versammelt und

jubelten, als die Prinzessin am Tempel der Cleiona aus der Kutsche stieg. Überall waren Gardisten damit beschäftigt, die Menge in Schach zu halten.

Cleo rang sich ein Lächeln ab und winkte der Menge zu.

Sie war froh, dass so viele Menschen gekommen waren, denn in dieser Masse konnten die Rebellen sich bestimmt leicht verstecken, obwohl hier zahlreiche Wachen zu Fuß und zu Pferd patrouillierten.

Gaius' Reichsstraße begann direkt vor dem Tempel und zog sich von hier weit in die Ferne, ein perfekt geformtes Band aus grauen Steinen, das sich durch die grüne Landschaft schlängelte.

Jonas hatte gesagt, dass an den Straßenbaustellen in Paelsia, wo die längsten Strecken fertiggestellt wurden, Menschen versklavt und misshandelt wurden. Aber hier und entlang des Weges, den die Kutsche genommen hatte, waren ihr keine Gräueltaten zu Gesicht gekommen. Zwar schufteten die Arbeiter nach Leibeskräften, schienen aber sauber und ausgeruht zu sein.

Natürlich. Dies hier war ja kein öder, abgelegener Ort irgendwo in Paelsia, wo der König Zwang ausüben konnte, ohne dass jemand etwas davon mitbekam. In Auranos wollte er sich bei seinen neuen Untertanen einschmeicheln, da durfte er seine Grausamkeit nicht so offen zeigen – die Menschen würden in Scharen zu den Rebellen überlaufen. Dass es einigermaßen menschlich zuging, war lediglich ein weiterer Beweis seiner Verlogenheit und ein Grund mehr, ihm das Handwerk zu legen.

Einige ehemalige Berater von Cleos Vater – samt und sonders einflussreiche Adlige – stiegen mit ihren Ehefrauen aus ihren Kutschen und eilten zu Cleo, säuselten oberflächliche Komplimente, bewunderten ihr Kleid, drückten ihr die

Hand, verbeugten sich und knicksten vor ihr. Alle wünschten ihr das Allerbeste für den wichtigsten Tag ihres Lebens.

Nach einer Weile begannen Cleos Wangen zu schmerzen, und das falsche Lächeln fiel ihr immer schwerer. Trotzdem blieb sie, solange sie konnte, draußen und in der Nähe der Menschenmenge.

»Es ist Zeit, Hoheit«, sagte ein großer, Achtung gebietender Mann mit dunklen Haaren und grauen Augen schließlich zu ihr. Es war Cronus, der Captain von König Gaius' Palastwache, ein Mann, dem Cleo ebenso misstraute wie dem König selbst, da er jeden Befehl ohne das geringste Zögern ausführte, ganz gleich, was er beinhaltete. Wenn der König ihm befohlen hätte, Cleo mit bloßen Händen den Hals umzudrehen, hätte er es ohne jeden Zweifel umgehend getan. Cronus machte Cleo Angst, aber das wollte sie sich um keinen Preis anmerken lassen.

Rasch warf sie einen letzten Blick über die Schulter, konnte aber keine Spur von Jonas entdecken. Dann sah sie zu Nic hinüber, der ihr mit angespanntem Gesicht zunickte. So nahm sie schließlich seinen Arm, und er führte sie die Stufen zum Tempel empor. Cronus blieb ihnen dicht auf den Fersen.

Eine zweite gewaltige Statue der Göttin Cleiona versperrte Cleo die Sicht in die Haupthalle, erst als sie daran vorbeigegangen war, blickte sie auf die mächtigen Marmorsäulen, die den langen Gang säumten. Es war ein riesiger Raum, dreimal so groß wie der große Saal im Palast. Auf beiden Seiten des Mittelgangs drängten sich Hunderte von Gästen.

Hier drinnen gab es nur wenige rot uniformierte Wachen, die meisten waren draußen in der Menge beschäftigt.

Gut.

»Ich wollte, ich könnte dich davor beschützen, Cleo«, flüsterte Nic.

Noch ein letztes Mal drückte er ihren Arm, dann ließ er sie los und nahm seinen Platz an der Wand vorn im Tempel ein, jedoch ohne Cleo auch nur eine Sekunde aus den Augen zu lassen.

Am Altar, etwa vierzig Schritte von ihr entfernt, wartete Prinz Magnus. Wie üblich war er ganz in Schwarz gekleidet, und in seinem steifen, mit Gold und Rot eingefassten schwarzen Mantel musste ihm heute erstickend heiß sein. Neben ihm standen der König und ein limerianischer Priester in roter Robe, der die Zeremonie abhalten würde. Er wurde begleitet von seinen Tempeldienern, ebenfalls in roten Gewändern. Der Tempel war über und über mit roten und weißen Blumen geschmückt, dazu brannten unzählige Kerzen.

Alle Gesichter hatten sich Cleo zugewandt.

»Geht«, befahl Cronus.

Aber Cleo war wie erstarrt.

Sie musste den Rebellen eine Chance geben, in Aktion zu treten. Denn sie würden kommen. Sie mussten!

Eine Sekunde lang zweifelte sie daran, dass ihre Füße sie tragen würden. Doch trotz ihrer weichen Knie blieb ihr nichts anderes übrig, als stark zu bleiben. Sie war bereit, für Auranos alles zu tun, was in ihrer Macht stand.

Und das hieß in diesem Augenblick, sie musste losgehen und am Altar dieses Tempels ihrem Schicksal ins Auge blicken.

Entschlossen rief sie sich ihren Vater, Emilia, Mira und Theon in Erinnerung und setzte sich in Bewegung.

Sie war schon bei einigen Hochzeiten gewesen, und diese hier war, abgesehen von ihrem Umfang und ihrer Pracht, im Grunde nicht anders als die anderen. Unterwegs zum Altar blickte sie in viele lächelnde und bewundernde Gesichter, die sie kannte – ehemalige Freunde ihres Vaters, die jetzt den

Feind mit offenen Armen willkommen hießen. Feiglinge, einer wie der andere. Kein Mensch, der ihrem Vater und Auranos gegenüber die geringste Loyalität empfand, hätte gelächelt, wenn er mit ansehen musste, dass sie gezwungen wurde, den Sohn ihres schlimmsten Feindes zu heiraten.

Doch es gab auch viele, die zutiefst erschüttert wirkten, besorgte, mitfühlende Gesichter. Allerdings vermied Cleo es, diese Leute allzu genau anzuschauen, sie hatte Angst, sonst womöglich die Fassung zu verlieren.

Ihr fiel ein, wie sie sich früher einmal ausgemalt hatte, Theon zu heiraten. In ihren Fantasien war der Tempel erfüllt von Glück und Freude gewesen, und ihr Vater hatte neben Theon ganz vorn im Tempel gestanden. Ihr Vater – nicht der Blutkönig.

Cleo würdigte ihn keines Blickes. Auch den Prinzen nicht, obwohl sie den Blick seiner dunklen Augen auf sich ruhen spürte. Sie konzentrierte sich ausschließlich auf den Gang und die daneben Versammelten.

Ziemlich weit vorn saß Aron, aber sein Gesicht war schwer zu entziffern. Hauptsächlich machte er einen verärgerten Eindruck. Und wie üblich war er betrunken.

Neben Aron saß ein Mann, der Prinz Ashur Cortas aus dem Kraeshianischen Reich sein musste. Cleo hatte gehört, dass er als Vertreter seines Vaters, des Imperators, zur Hochzeit gekommen war. Im Palast war in den letzten Tagen viel über diesen höchst wichtigen Gast geflüstert worden, hauptsächlich von den Dienstmädchen, die schrecklich aufgeregt waren, weil sie sich in der Nähe des für seine Attraktivität und seine ungeheure Macht bekannten Junggesellen aus Übersee befanden. Einige vermuteten, eines der Ziele seines Besuches sei es, sich hier nach einer Braut umzuschauen. Einige hofften es von Herzen.

Es waren erstaunlich wenige Gardisten anwesend, trotz der riesigen Gästeschar. Viele hatte Cleo noch nie gesehen – sicher waren es alte Freunde des Königs.

Feinde von Auranos.

Jonas, das ist deine Chance! Bitte lass mich nicht im Stich.

Schließlich stand Cleo neben dem Prinzen. Sein Gesicht war hart, sein Blick leer.

»Es ist so weit«, sagte er leise zu ihr.

Sie presste die Lippen aufeinander und antwortete nicht. Wenn heute alles gutging, würde Prinz Magnus an der Seite seines Vaters sterben. Er hatte den Tod verdient – für das, was er Theon angetan hatte.

Dennoch fühlte sie für einen Moment Gewissensbisse, dass er so teuer bezahlen musste, wo doch sein Vater der eigentliche Verbrecher war und sich wesentlich mehr hatte zuschulden kommen lassen.

Aber er ist ein böser Mensch, rief sie sich ins Gedächtnis. *Genau wie sein Vater. Eine einzige Träne, die er über den Tod seiner Mutter verliert, bedeutet gar nichts. Und vor allem ändert sie nichts!*

»Lasst uns beginnen«, sagte der Priester. Seine dunkelrote Schärpe symbolisierte das Blut der Göttin Valoria und war mit zwei Goldbroschen in Form zweier eng umschlungener Schlangen an seiner feuerroten Robe befestigt. »Die Vereinigung zweier junger Menschen im ewigen Bund der Ehe ist auch ein Sinnbild der Vereinigung von Mytica als eines einzigen, starken und blühenden Königreichs unter der Regierung unseres großen und edlen Königs Gaius Damora. Valoria, unsere glorreiche, geliebte Göttin von Erde und Wasser, die uns allen an jedem Tag unseres Lebens großzügig Kraft, Glauben und Weisheit schenkt, gibt heute ihren Segen zu dieser glücklichen Verbindung.«

»Versucht bitte, Eure Begeisterung im Zaum zu halten, Prinzessin«, flüsterte Magnus Cleo zu. »Wenigstens bis zum Ende der Zeremonie.«

Mit jedem Wort des Priesters fiel es ihr schwerer, ihre Anspannung zu verbergen. Ihre hart erarbeitete Stärke hatte bereits zu schwinden begonnen und machte immer mehr einer Panik Platz, die so sehr an ihrer Kraft zehrte, dass sie kaum aufrecht stehen konnte.

»Ich werde mein Bestes tun«, stieß sie hervor.

Mit undurchdringlichem Gesicht beobachtete der König alles, was um ihn herum vorging.

»Sagt jetzt nur nicht, dass Ihr Euch nicht freut, hier zu sein«, flüsterte der Prinz weiter.

»Ungefähr so sehr wie Ihr.«

»Reicht Euch die Hand«, wies der Priester sie unbeirrt an.

Betroffen sah Cleo auf Magnus' Hand.

»Ach, kommt schon«, sagte er. »Ihr brecht mir das Herz.«

Cleo biss die Zähne zusammen. »Das würde voraussetzen, dass Ihr ein Herz besitzt.«

Wortlos nahm er ihre Hand. Seine war trocken und warm, genau wie Cleo es noch von dem Tag in Erinnerung hatte, als sie auf dem Balkon miteinander verlobt worden waren. Er hielt sie auf eine Weise, als ekelte er sich davor, sie anzufassen. Cleo musste sich zusammennehmen, sie nicht wegzureißen.

»Nun sprecht mir den Eheschwur nach«, fuhr der Priester fort. »Ich, Magnus Lukas Damora, gelobe, Cleiona Aurora Bellos zu meiner Ehefrau und zukünftigen Königin zu nehmen. Dieser Bund wird am heutigen Tage beginnen und in alle Ewigkeit bestehen bleiben.«

Panik ergriff Cleo. Es war zu früh, die Zeremonie durfte noch nicht zu Ende sein! Warum passierte denn nichts?

Eine Pause trat ein, und der Prinz umfasste Cleos Hand

etwas fester. »Ich, Magnus Damora, gelobe« – er atmete aus, als bereitete es ihm Mühe weiterzusprechen – »Cleiona Aurora Bellos zu meiner Ehefrau und zukünftigen Königin zu nehmen. Dieser Bund wird am heutigen Tage beginnen und in alle Ewigkeit bestehen bleiben.«

Cleo begann zu zittern. *In alle Ewigkeit. Oh Göttin, bitte steh mir bei.*

Der Priester nickte, tauchte die Hand in eine Schale mit duftendem Öl und betupfte Magnus' Stirn mit der Flüssigkeit.

Dann wandte er sich Cleo zu. »Sprich mir nach. Ich, Cleiona Aurora Bellos, gelobe, Magnus Lukas Damora zu meinem Ehemann und zukünftigen König zu nehmen. Dieser Bund wird am heutigen Tage beginnen und in alle Ewigkeit bestehen bleiben.«

Aber sie brachte kein Wort heraus, ihr Mund war wie ausgedörrt, ihre Lippen trocken. Was hier geschah, durfte nicht sein.

»Wiederhole die Worte«, sagte der König mit leiser Stimme, aber sein Blick war schneidend wie die Klinge eines Dolchs.

»Ich – ich Cleiona Aurora B-Bellos …«, stotterte sie, »gelobe …«

Plötzlich hörte sie aus dem hinteren Teil des Tempels das Klirren von Metall auf Metall. Im nächsten Augenblick warfen vier der Tempeldiener ihre roten Kapuzen zurück und entblößten ihr Gesicht.

Cleos Herz machte einen Sprung, als sie in einem von ihnen Jonas erkannte, den Anführer der Rebellen persönlich. Für den Bruchteil einer Sekunde trafen sich ihre Blicke, aber dann stürzte er vor und zog unter der gestohlenen Robe sein Schwert hervor. Als Cleo sich umwandte, sah sie, wie die wenigen rot uniformierten Gardisten in rascher Folge den Klingen der verkleideten Rebellen zum Opfer fielen. Von einigen Gästen waren erschrockene, verwirrte Schreie zu hören.

»Nic«, rief Cleo laut. Wenn die Rebellen Nic in seiner limerianischen Uniform sahen, würden sie nicht wissen, wer er war – und was er Cleo bedeutete. Er war in unmittelbarer Gefahr.

Warum hatte sie daran nicht vorher gedacht? Trotz des Versprechens, nichts von Jonas' Plan zu verraten, hätte sie ihn doch warnen können!

Gerade als Magnus nach seiner Waffe griff, packte Jonas ihn von hinten und drückte – mit einem flüchtigen Seitenblick zu König Gaius – dem Prinzen die Schwertklinge an den Hals.

Alles war blitzschnell geschehen, viel zu schnell, um einen klaren Gedanken zu fassen.

Jonas lächelte höhnisch, die Augen zu schmalen Schlitzen zusammengekniffen. »Wie es scheint, habt Ihr etwas zu feiern, Majestät. Aber wir ebenfalls.«

König Gaius musterte die Gruppe der Rebellen – mindestens zwanzig gefährlich aussehender Kerle, die den Tempel jetzt im Griff hatten, vor den gefallenen Wachen standen und mit gezückten Waffen die Ausgänge blockierten.

»Du bist Jonas Agallon.« Die Stimme des Königs klang ruhig, obwohl sein Sohn mit einer Schwertklinge an der Gurgel wie erstarrt neben ihm stand. »Wir sind uns schon einmal begegnet, als du Häuptling Basilius zu unserem Treffen mit König Corvin begleitet hast. Wie lange das schon her zu sein scheint.«

Jonas' Gesicht verhärtete sich noch mehr. »Es wird folgendermaßen laufen. Zuerst töte ich Euren Sohn. Und dann töte ich Euch.«

König Gaius spreizte die Hände. »Sieht aus, als wären wir dir gegenüber etwas im Nachteil, was?«

Cleos Herz pochte noch heftiger, sofern das möglich war. Sie reckte den Hals und sah sich fieberhaft im Tempel um. Die zwanzig Rebellen hatten das Dutzend limerianischer Wachen im Tempel rasch überwältigt und entwaffnet, und nun waren alle tot oder bewusstlos.

Aber wo war Nic?

»Ich bin überrascht, wie lasch Eure Sicherheitsvorkehrungen hier drinnen sind. Draußen war es weit komplizierter vorwärtszukommen – und ich gebe zu, es wird auch schwierig sein zu fliehen. Aber wir sind der Aufgabe gewachsen, denke ich.« Jonas sah zufrieden aus, wie eine hungrige Katze, die eine fette Taube erbeutet hat. »Offen gestanden glaube ich, dass es klüger gewesen wäre, für ein solch wichtiges Ereignis einen kleineren, weniger öffentlichen Ort zu wählen – und ihn geheim zu halten. Was für ein Jammer, dass Ihr es nicht getan habt.«

»Ich bin sicher, dass du uns trotzdem entdeckt hättest«, entgegnete der König. »Du bist ein kluger junger Mann. Ich bin tief beeindruckt von deinen Fähigkeiten und sicher, dass deine Leute jeden deiner Befehle wortgetreu und mit großer Bewunderung befolgen.«

Für einen König, der kurz davor stand, ermordet zu werden, war seine Ruhe geradezu unheimlich.

»Vater«, stieß Magnus hervor. Ein kleines blutiges Rinnsal quoll unter Jonas' Klinge hervor.

»Was willst du?«, fragte König Gaius Jonas noch einmal, ohne seinen Sohn auch nur eines Blickes zu würdigen.

»Was ich will?«, wiederholte Jonas ungläubig. »Genau das, was ich gerade gesagt habe. Ich möchte, dass Ihr für die Verbrechen bezahlt, die Ihr an meinem Volk begangen habt. Ich habe Eure Straße mit eigenen Augen gesehen, Majestät.« Die Ironie, mit der er den Titel benutzte, war unüberhörbar. »Ich habe gesehen, mit welchen Machtbefugnissen Ihr Eure Wachen ausgestattet habt. Ich habe Euch darum gebeten, den Bau der Straße abzubrechen und diese grausigen Zustände zu ändern, aber Ihr habt meine Forderungen ignoriert. Das war ein Fehler. Und deshalb werdet Ihr heute sterben.«

»Ich kann dir großen Reichtum anbieten.«

»Aber ich will nichts anderes als Euer Blut.«

König Gaius lächelte verkniffen. »Dann hättet Ihr Euch beeilen sollen, es zu vergießen. Und das war *dein* Fehler, Rebell.«

Im gleichen Augenblick schwirrte ein Pfeil durch die Luft und traf den jungen Mann neben Jonas in die Brust. Er stürzte zu Boden, zuckte ein paar Mal heftig und lag dann ganz still.

Voller Entsetzen sah Cleo, wie sich nun die Hälfte der Hochzeitsgäste von ihren Sitzen erhob und sich auf die Rebellen stürzte.

Denn der Mangel an Wachen im Tempel war eine Täuschung gewesen. Die Männer hatten nur so getan, als wären sie Zuschauer – und es waren genau diejenigen, deren Gesichter Cleo vorhin nicht erkannt hatte. Jetzt griffen sie die ihnen zahlenmäßig unterlegenen Rebellen mit voller Kraft an.

Magnus nutzte die Ablenkung und schlug Jonas das Schwert aus der Hand. Dann packte er ihn vorn an seinem Umhang und schleuderte ihn so hart gegen eine der Marmorsäulen, dass Jonas' Kopf heftig gegen die harte Oberfläche krachte.

Cleo wurde vorwärtsgestoßen, als ein Rebell und ein Gardist direkt neben ihr aufeinander losgingen. Sie wich ihnen aus, was mit ihrem schweren Gewand, das sie praktisch fesselte, nicht ganz einfach war – es fühlte sich an, als müsste sie sich durch dicken Schlamm bewegen. Nur um Haaresbreite entging sie einem Dolchstoß.

»Du hast meine Mutter getötet, du widerliche Missgeburt«, knurrte Magnus. »Ich werde dir das Herz aus der Brust reißen und es dir in den Rachen stopfen.«

Geschickt wehrte Jonas die Faust des Prinzen ab. Im gleichen Moment torkelte einer der Rebellen, das Schwert eines Gardisten in der Brust, rückwärts, knallte gegen Magnus, und Jonas war frei.

Immer mehr Blutlachen breiteten sich auf dem Boden aus. Wie gebannt starrte Cleo auf das Blut, das auf dem weißen Marmorboden noch röter wirkte, während sie zu begreifen versuchte, wie das Chaos so schnell über sie hereingebrochen war.

Doch plötzlich begann der Tempel zu beben – erst nur ganz leicht, aber dann immer heftiger. Mit einem gigantischen Krachen öffnete sich der Boden unter ihnen, und mehrere Wachen stürzten in den klaffenden Schlund. Die mächtige Statue der Göttin stürzte zu Boden und begrub drei Menschen unter sich. Alle, die noch standen, wurden von den Füßen gerissen, und Cleo, die noch immer auf dem Boden kauerte, schlug sich schützend die Arme über den Kopf.

Schwankend erhob sich König Gaius, obwohl die Erde noch immer bebte, sein zornerfüllter Blick schweifte suchend durch den Tempel, bis er Cleo entdeckte.

So merkte er nicht, was direkt hinter ihm geschah.

Ein Marmorpfeiler, der sich aus dem eingestürzten Tempeldach gelöst hatte, senkte sich langsam in Richtung Boden – und der König stand direkt in seinem Weg.

Doch bevor er zermalmt wurde, warf Magnus sich auf seinen Vater und stieß ihn aus der Gefahrenzone, nur Sekundenbruchteile bevor der mächtige Pfeiler auf dem noch immer bebenden Boden in unzählige Trümmer zerschellte.

Prinz Ashur erhob sich und rief mit dröhnender Stimme: »Verlasst den Tempel! Alle! Schnell!«

Verzweifelt wandten die Hochzeitsgäste sich zur Flucht und rannten, das grausige, blutige Schlachtfeld hinter sich lassend, so schnell sie konnten zu den Ausgängen. Einige wurden von weiteren herabstürzenden Säulen erschlagen.

Direkt vor Cleos Augen ging die Welt unter.

Doch als das Beben allmählich schwächer wurde, schlang sich plötzlich ein Arm um ihre Taille und zog sie hinter den Altar.

»Weißt du, dass du um ein Haar getötet worden wärst?«, fauchte Nic.

»Nic!« Cleo schloss ihn fest in die Arme. »Du bist unverletzt, es geht dir gut, der Göttin sei Dank!«

»Du meinst, es geht uns gut? Ich glaube, davon sind wir ziemlich weit entfernt.«

Cleo kroch auf die Seite des steinernen Altars, um die Zerstörung in Augenschein zu nehmen. Jonas lag tot auf dem Boden des Tempels.

Oh, bitte nicht. Das kann nicht sein!

Nein, warte – als die beiden Gardisten, die gerade an dem reglosen Körper vorbeigeeilt waren, außer Sichtweite waren, begann Jonas sich zu regen. Cleo sah, wie er langsam wieder zu Bewusstsein kam, sich erst zum Sitzen aufrichtete und dann mühsam aufstand – eine Hand in die Seite gedrückt, wo er wohl verwundet worden war. Auch sein Gesicht war voller Blut, doch als er die gefallenen Rebellen um sich herum sah, wurde sein anfangs etwas desorientierter Blick immer grimmiger und entschlossener. Schließlich entdeckte er Cleo.

Er streckte die Hand aus, als wollte er sie zu sich winken.

Vielleicht wollte er sie auffordern, mit ihm zu fliehen, während sie in dem ganzen Gedränge noch ungesehen entkommen konnten.

Doch sie schüttelte stumm den Kopf.

Sie konnten nicht beide fliehen – er war verwundet, sie konnte in ihrem schweren Hochzeitsgewand kaum laufen. Nein, sie musste bleiben – für Nic. Für Auranos.

Aber Jonas musste sich in Sicherheit bringen. Und wenn es eine Chance für ihn gab, dann musste er jetzt verschwinden, solange die Wachen ihn noch nicht entdeckt hatten. *Geh! Geh, schnell!*, formte sie mit den Lippen.

Nur einen winzigen Moment zögerte er, dann warf er seine rote Robe ab und floh, schloss sich der Masse der aus dem Tempel drängenden Hochzeitsgäste an, die nach draußen ins helle Tageslicht strebten.

»Cleo«, flüsterte Nic und umklammerte ihre Hand so fest, dass es wehtat. »Das ist alles so furchtbar.«

Leider sagte er die Wahrheit.

Die Rebellen waren geschlagen.

Alle außer Jonas lagen tot auf dem zerborstenen Marmorboden des Tempels. Die Wachen, die in Zivilkleidung gewesen waren, begannen nun herumzumarschieren und sich zu überzeugen, dass die Toten wirklich tot waren. Um sicherzugehen, dass sie sich nie wieder bewegen würden, stießen sie ihre Schwerter in die reglosen Körper. Der Tempel war voller Blut.

So viele Tote – in so kurzer Zeit.

Als Nic Cleo beim Aufstehen half, bemerkte er einen großen Blutfleck auf ihrem Hochzeitskleid und erschrak zutiefst. War Cleo etwa verletzt?

»Das ist nicht von mir«, beruhigte sie ihn mit brüchiger Stimme.

»Der Göttin sei Dank!«

»Ich bin schuld, Nic. Das ist alles … alles meine Schuld.«

»Was redest du denn da? Du kannst nichts dafür.« Er packte ihre Arme. »Du hattest nichts damit zu tun.«

Natürlich, er hatte ja nichts von dem Plan gewusst, weil sie ihm nichts davon verraten hatte. Nic war der einzige Mensch, dem sie wirklich vertraute – und sie hatte ihm nichts davon erzählt. Wenn er deswegen heute gestorben wäre, hätte sie sich das niemals verzeihen können.

Überall lagen Leichen in Pfützen aus Blut, und ihre glasigen Augen schienen Cleo anzuklagen, als wollten sie ihr tatsächlich die Schuld für das geben, was hier geschehen war.

Magnus lehnte an einem Pfeiler und tupfte vorsichtig an seiner kleinen Halswunde herum. Er sah erschöpft aus, aber in seinen Augen funkelte Empörung. Als seine Aufmerksamkeit sich Cleo zuwandte, sah sie schnell weg, um seinem Blick nicht begegnen zu müssen.

Nun näherte sich auch der König. Von der Platzwunde auf seiner Stirn rann das Blut in seine Augen, aber er wischte es mit dem Handrücken hastig weg.

Cleo hatte selbst mit angesehen, wie der Pfeiler ihn um ein Haar zermalmt hätte. Aber sein Sohn hatte ihn gerettet, und jetzt zeugte nur noch ein bisschen Blut von seiner Begegnung mit dem Tod.

»Wusstet Ihr, dass so etwas passieren würde?«, fragte Magnus.

Cleos Magen krampfte sich zusammen, und sie grub die Finger in Nics Arm, als wollte sie sich etwas von der Kraft ihres Freundes leihen. Aber als sie gerade den Mund aufmachen wollte, um zu leugnen, dass sie den Überfall der Rebellen erwartet hatte, antwortete stattdessen der König, als hätte die Frage ihm gegolten.

»Ich dachte, es besteht eine gute Chance, aber ich war nicht sicher.«

»Deshalb habt Ihr Vorsichtsmaßnahmen ergriffen.«

»Selbstverständlich. Ich bin doch kein Narr.«

»Und dennoch habt Ihr mir nichts davon gesagt.« Magnus' Stimme klang giftig. »Es ist nicht das erste Mal, dass Ihr mich nicht über Eure Pläne in Kenntnis gesetzt habt, Vater.«

»Ich wollte den Tag für dich nicht noch schwieriger machen als nötig.« Nun glitt der Blick des Königs zu Cleo. »Es ist furchtbar«, fügte er mit einer Handbewegung über die sie umgebende Verheerung hinzu. Cleo konnte die Augen nicht von der noch immer blutenden Wunde auf der Stirn des Königs abwenden. »Schließlich seid Ihr auch nur ein sechzehnjähriges Mädchen, das an ein privilegiertes und beschütztes Leben gewöhnt ist. Das muss ein ziemlicher Schock für Euch sein.«

»Ist es auch«, flüsterte sie. »Der Überfall. Das – das Erdbeben. Ich glaube, es ist ein Zeichen der Göttin. Die Hochzeit muss verschoben werden. So schade es auch sein mag.«

Als sein Handrücken ihre Wange traf, war Cleo mehr erschrocken und verblüfft, als dass es ihr wirklich wehtat. Unwillkürlich fuhr ihre Hand zum Gesicht, und sie starrte den König mit großen Augen an.

»Glaubst du vielleicht, ich werde es dir so leichtmachen, du hinterhältige, verlogene Göre?« Er packte sie vorn am Kleid und riss sie zu sich. Als Nic Anstalten machte, Cleo zu Hilfe zu eilen, warf er ihm nur einen kurzen Blick zu und zischte: »Ich warne dich, Junge, schau mich nicht so an, wenn du dein Augenlicht behalten möchtest. Sonst werde ich dir nämlich die Augen ausstechen und der Prinzessin als Teil ihres Hochzeitsmahls servieren lassen.«

»Aber – aber wir können doch jetzt nicht einfach weitermachen!«, stammelte Cleo. »Das ganze Blut! Die ganzen Leichen! Der Tempel ist ein Trümmermeer, jeden Augenblick kann das Dach endgültig über uns zusammenbrechen. Wir müssen hier weg! Die Hochzeit kann unmöglich …«

Wieder schlug der König ihr ins Gesicht, härter diesmal, und jetzt musste sie sich vor Schmerz auf die Lippen beißen. »Sie haben mich unterschätzt, diese Rebellen. Sie haben keine Ahnung, wie genau ich mir jeden meiner Schritte überlege. Sie dachten wohl, sie könnten einfach hier hereinmarschieren und mich töten. Aber mich kann niemand töten.« Er warf einen kurzen unbehaglichen Blick auf den umgestürzten Pfeiler, der ihn fast das Leben gekostet hätte, aber dann wandte er sich mit wütendem Gesicht wieder Cleo zu, packte sie mit der Hand an der Gurgel und drückte so fest zu, dass ihr die Luft wegblieb und sie zu würgen begann. Als sie sich zu wehren versuchte und nach seinem Arm schlug, verstärkte er seinen Griff nur noch, so dass sie schließlich ihren Widerstand aufgab. Vor ihren Augen tanzten Sterne.

»Vater, lasst sie los«, sagte Magnus.

»Halt den Mund, Junge. Ich muss die Prinzessin auf ein paar wichtige Dinge aufmerksam machen.« Sein tödlich kalter Blick durchbohrte sie und zog sie tiefer in die Dunkelheit. »Falls du meine Entschlossenheit, diesen Thron zu behalten, jemals wieder unterschätzen solltest, meine Liebe, wirst du es bitter bereuen. Lass dir den heutigen Tag eine Lektion sein.«

Cleo versuchte zu antworten, aber sein Würgegriff wurde immer mehr zum Schraubstock.

Inzwischen war auch Cronus zu ihnen getreten und hielt Nic mit gezogenem Schwert in Schach.

Magnus wanderte wütend im Kreis herum. »Vater, das ist doch nicht nötig. Ihr bringt sie noch um.«

»Ich hab dir doch gesagt, du sollst den Mund halten. Zwing

mich nicht dazu, es dir noch deutlicher klarzumachen.« Ein finsteres Lächeln umspielte die Lippen des Königs, als er zu Cleo hinabblickte. »Weißt du, was man sich später über diesen Tag erzählen wird? Dass eine wunderschöne Hochzeit von herzlosen Rebellen gestört wurde. Dass diese gemeinen Kerle dich daran hindern wollten, meinem Sohn die Ehe zu versprechen. Dass der Überfall jedoch glücklicherweise misslungen ist und wir gesiegt haben. Dass wahre Liebe stärker ist als alles andere auf der Welt, ganz gleich wer ihr Gegner ist – sogar stärker als ein Erdbeben. Für die Menschen werden solche Geschichten in den kommenden schweren Monaten und Jahren ein Trost sein. Glaubst du, ich würde meinen Sohn aus irgendeinem anderen Grund mit einer geständigen Hure wie dir verheiraten? Das Volk wird diese Geschichte verschlingen und um weitere ihrer Art betteln. Die Leute werden in Scharen herbeiströmen, um dich auf deiner Hochzeitsreise durch mein Königreich zu begaffen. Sie werden dich und Magnus wie einen Gott und eine Göttin verehren, weil sie dumm und naiv sind. Und genau das ist es, was ich will. Denn je mehr sie sich auf dich konzentrieren, desto weniger merken sie, was ich tue und warum ich es tue.«

Dann ließ er sie endlich los. Cleo rang nach Luft, und sie hielt sich ihre verletzte Kehle. Sofort eilte Nic zu ihr, zitternd, mit hilflos geballten Fäusten. Hätte er auch nur eine einzige drohende Bewegung zu König Gaius gemacht, wäre das sein Tod gewesen, das wusste Cleo. Genau wie Jonas' Freunde heute hatten sterben müssen.

Im Tod lag keine Hoffnung, er war nur das Ende.

Der König schubste Cleo zu Magnus.

»Fahrt fort«, fauchte er.

Auch der Priester war da, auf der Wange rote Blutspuren, die auf makabre Weise zu seiner Robe passten.

»Hände …« Seine Stimme zitterte. »Nimm ihre Hand.«

Magnus tat es, und Cleo blickte zu ihm empor, ohne ihn anzusehen. Er starrte geradeaus, sein Kiefer mahlte.

»Sprecht mir nach«, fuhr der Priester nach einem Augenblick fort. »Ich, Cleiona Aurora Bellos, gelobe, Magnus Lukas Damora zu meinem Ehemann und zukünftigen König zu nehmen. Dieser Bund wird am heutigen Tage beginnen und in alle Ewigkeit bestehen bleiben.«

Cleos Kehle fühlte sich an, als wäre sie zermalmt, ihr Gesicht brannte, ihre Wangen waren tränennass. Überall, wo sie hinschaute, sah sie nichts als Blut und Tod und Verzweiflung.

»Sag es.« Die Stimme des Königs war leise und drohend. »Sonst wirst du dabei zuschauen, wie ich deinen Freund in Stücke schneide. Zuerst seine Zehen, dann die Füße. Dann Finger und Hände. Ich werde ihn Stück für Stück an meine Hunde verfüttern, während er vergeblich um Gnade winselt. Meine Hunde lieben frisches Fleisch über alles.« In seinen Augen loderte der Zorn. »*Sag es.*«

»Ich, Cleiona Aurora Bellos«, stieß sie heiser hervor, »gelobe, Magnus Lukas Damora zu meinem Ehemann und zukünftigen König zu nehmen. Dieser Bund wird am heutigen Tage beginnen und in alle Ewigkeit bestehen bleiben.«

Der Priester salbte ihre Stirn mit dem duftenden Öl. Obwohl er aus Limeros stammte, war sie sicher, in seinen Augen Mitleid zu erkennen. »So sei es, von diesem Tag an, bis in den Tod und darüber hinaus. Ihr seid nun verheiratet, Mann und Frau. Es ist vollbracht.«

Es ist vollbracht.

KAPITEL 21

ALEXIUS

IM HEILIGTUM

Melenia blickte auf, als Alexius in ihre Gemächer im Kristallpalast trat. Das Zimmer war voller Licht und voller Blumen, durch ein deckenhohes Kristallfenster sah man hinaus auf die große Stadt weit unter ihnen, wo andere Unsterbliche wohnten.

Durch die Mitte des Fensters verlief ein unregelmäßiger Riss. Das Erdbeben in der Welt der Sterblichen war auch hier deutlich zu spüren gewesen. Sogar unter den Unsterblichen war Panik ausgebrochen, viele hatten geglaubt, es sei das Ende.

Aber Alexius wusste es besser.

Als es passierte, war er bereits unterwegs zu Melenia gewesen, gemessenen Schrittes, mit klarem Kopf. Es gab Dinge, die besprochen werden mussten, und sie konnten keinen Tag länger warten.

Als sie sich erhob, bewegte sich ihr transparentes Gewand sanft um ihre wohlgeformte Gestalt. Ihre Augen waren blau – ein strahlender Saphirton, den man unmöglich für die Augenfarbe eines Sterblichen halten konnte.

»Ich freue mich, dass du gekommen bist«, sagte sie, ehe Alexius ein Wort gesprochen hatte. Wie immer war er tief beeindruckt von ihrer Schönheit. Als er auf sie zuging, streckte sie ihm die Hände entgegen. »Du kannst mit mir ein weiteres Zeichen unseres Erfolgs feiern. Wir sind unserem Ziel sehr nahe. So nahe, dass ich es schmecken kann.«

»Und wie schmeckt es?«

»Wie ein süßer Triumph. Endlich.« Doch ihr Lächeln verblasste, als sie sah, dass er ganz und gar nicht fröhlich wirkte. Sie legte ihre kühle Hand an seine warme Wange. Diese Frau schien so klein und zerbrechlich, wie sie da vor ihm stand, aber er wusste, dass das Gegenteil der Fall war. In seiner ganzen Existenz hatte er niemanden gekannt, der so stark war wie Melenia. So lange schon hatte er ihre Stärke bewundert. »Was ist? Du siehst besorgt aus.«

»Ich bin besorgt. Die Prinzessin ist vorhin aus ihrem tiefen Schlummer erwacht.«

»Aha. Und nun wird es schwieriger für dich sein, sie in ihren Träumen zu besuchen.«

»Nein, darum geht es nicht.«

Sie sah ihn aufmerksam an. »Worum geht es dann? Schütte mir ruhig dein Herz aus, Alexius. Du weißt, du kannst mir vertrauen. Wir haben keine Geheimnisse voreinander, nicht wahr?«

Es gab so viele Geheimnisse, dass er sie nicht einmal mehr zählen konnte. »Zwei Katastrophen in der sterblichen Welt. Der Tornado und das Erdbeben. Genauso, wie du es vorhergesagt hast.«

»Ja.«

Melenia war eine ganz besondere Kreatur, anders als die anderen Unsterblichen. In vielerlei Hinsicht mächtiger. Sie konnte Dinge sehen, die den anderen verborgen blieben – Ereignisse hier im Heiligtum und auch drüben in der Welt der Sterblichen. Seit jeher war ihr Blick klar und konzentriert.

»Und du besuchst weiter die Träume des Königs?«, fragte er.

Diesmal antwortete sie erst nach kurzem Schweigen. »In letzter Zeit nicht mehr. Er weiß bereits, was er tun muss.«

Dies war ein weiteres Geheimnis von Melenia. Älteste besaßen nicht die Fähigkeit, in die Träume von Sterblichen einzudringen. So etwas war immer anstrengend und zehrte sowohl an den magischen Fähigkeiten als auch an der Körperkraft. Aber für einen Ältesten war es schlicht unmöglich.

Außer für Melenia.

»Es wird nicht lange dauern, bis meine Straße fertig ist«, sagte sie, und ihre Stimme klang freudig erregt.

Ja, ihre Straße. Eine Straße, die möglichst rasch von sterblichen Händen gebaut werden musste. Eine Straße, die in ihrem Verlauf ganz bestimmte Orte erreichen musste.

Und da es nicht nur eine gewöhnliche Straße war, durfte man natürlich auch nicht vergessen, eine Menge Blut darauf zu vergießen.

Blut – davon hing alles ab. Blut war elementar. Es war Magie. Selbst wenn es aus den Adern eines Sterblichen floss.

Und wenn die Straße dann endlich fertig war …

»Ich muss wissen, ob es einen anderen Weg gibt.« Alexius brachte die Worte nur schwer über die Lippen.

Melenia runzelte die Stirn. »Einen anderen Weg?«

Er hob die Augen, um in die ihren zu blicken, und versuchte den Schmerz in seiner Brust – direkt unter dem goldenen Zeichen – zu verbergen. Andere Unsterbliche kannten Melenias Plan nicht, aber Alexius wusste Bescheid. Als er sich ursprünglich ihrer Sache verschrieben hatte, war er einverstanden gewesen – und auch ganz sicher, den Kurs halten zu können. Doch jetzt zweifelte er an sich.

Auf einmal dämmerte Verständnis in Melenias blauen Augen. »Ich wollte, dass du Kontakt zu ihr aufnimmst. Mit ihr redest. Um festzustellen, ob sie wirklich die Magierin ist, die Eva vor so vielen Jahren prophezeit hat. Du hast das, was ich dir aufgetragen habe, perfekt erledigt.«

»Sie ist eine Unschuldige, Melenia.«

»Kein sterblicher Mensch, der mehr als einen Tag lebt und atmet, ist unschuldig.«

»Hilf mir zu verstehen. Wie kannst du so sicher sein, dass dein Plan die einzige Möglichkeit ist, die Essenzen zu finden und uns aus diesem Gefängnis zu befreien? Was macht dich so sicher?«

Wortlos ging Melenia an ihm vorbei zur gegenüberliegenden Wand des Zimmers und deutete mit einer auslandenden Bewegung auf die in das Silber und das Kristall eingeätzten Symbole der vier Elemente – Erde, Feuer, Luft und Wasser. Es war ihr Schrein für die Essenzen, wie ihn viele Unsterbliche in ihren Wohnungen besaßen. Sie beteten zu den Symbolen, hofften auf Antworten, auf Rat in den langen Tagen, Jahren, Jahrhunderten, die ohne Veränderung und ohne Ausweg verstrichen waren.

»Weil sie mit mir sprechen«, antwortete sie dann schlicht und strich mit den Fingern leicht über das dreieckige Feuersymbol. »Sie sagen mir, was ich tun soll. Wie wir sie finden können. Und deine Prinzessin ist der Schlüssel. Wenn meine Straße fertig ist, wird ihr Blut vergossen. Bis zum letzten Tropfen.«

Ein Schauder durchlief Alexius.

Früher war er bereit gewesen, Lucia zu opfern, um seine Welt zu retten, ehe die Magie völlig aus ihr verschwunden war. Er hatte sich diesem Ziel verpflichtet wie die wenigen Auserwählten, die Melenia eigens für ihre kleine Armee ausgewählt hatte.

Melenia wandte sich von ihrem Schrein ab, um Alexius mit schräg geneigtem Kopf zu mustern. »Ich wollte, dass sie sich in dich verliebt, damit sie gefügiger, nachgiebiger wird. Aber nun bist du auch ihr verfallen, nicht wahr?«

»Nein.« Er stieß das bittere Wort hervor und spürte seine Falschheit, als es über seine Lippen kam.

»Mich kannst du nicht belügen. Ich erkenne die Wahrheit, wenn ich sie vor mir sehe.« Melenia seufzte. »Das macht die Sache kompliziert.«

»Ich muss zu ihr.«

»Ja, ich bin sicher, dass du das denkst.« Ihre Hand blieb auf dem Feuersymbol liegen, während sie ihn fragend ansah. »Du bist nicht der Einzige, der zurzeit in einen sterblichen Menschen verliebt ist. Auch Phaedra hat angeblich einen von ihnen im Auge. Einen Rebellen.«

Überrascht sah Alexius sie an. »Einen Rebellen?«

»Ich traue ihr nicht. Sie sieht zu viel, sie weiß zu viel, genau wie Stephanos. Ich mache mir Sorgen, dass deine Freundin zu einem Risiko für meinen Plan wird.«

Sie sprach leichthin, aber in Alexius begann eine nagende Angst aufzukeimen. Wenn Phaedra für Melenia zum Problem wurde, dann konnte das äußerst gefährlich für sie werden. Phaedra war nicht achtsam mit ihren Gedanken und auch nicht mit ihren Worten. Sie sagte viel zu offen ihre Meinung, sie handelte spontan und ohne lange über die Konsequenzen nachzudenken. Mit einem solchen Verhalten machte man sich leicht Feinde. Mächtige Feinde.

Vielleicht war genau das schon geschehen.

»Warum muss dein Plan geheim bleiben?« Das war die Frage, die ihn schon seit Monaten plagte. »Die Essenzen zu finden, die Fesseln zu zerreißen, die uns hier im Heiligtum festhalten, liegt doch in unser aller Interesse. Warum willst du nicht Timotheus oder Danaus von der Prinzessin erzählen? Und von der Straße?« Er zögerte. »Strebst du nach etwas noch Größerem, was sie eventuell nicht gutheißen würden?«

»Mach dir über solche Dinge keine Gedanken. Und auch nicht über deine Prinzessin.«

»Ich muss zu ihr«, wiederholte er. »Schnellstens. Es kann nicht warten.«

»Nein, du musst nirgendwohin. Noch nicht. Erst wenn ich bereit bin, das letzte Puzzleteil einzufügen – am richtigen Platz.«

»Aber das letzte Puzzleteil bedeutet ihren Tod.«

»Du hast zugestimmt, Alexius. Du hast dich verpflichtet, das zu tun, was unsere Art und die ganze Welt rettet. Hast du wirklich vor, jetzt deine Meinung zu ändern?«

»Ich möchte eine andere Lösung finden.«

»Aber es gibt keine andere Lösung.« Sie kam auf ihn zu, nahm seine Hände und drückte sie fest. »Ich verstehe dich ja. Wirklich. Ich verstehe, wie es ist, jemanden zu lieben, den man nicht lieben darf. Sich nach ihm zu verzehren. Sich nach seiner Berührung zu sehnen und zu wissen, dass eine gemeinsame Zukunft unmöglich ist. Ich weiß, was man zu tun bereit ist, um demjenigen zu helfen, den man mehr liebt als alles andere auf der Welt.«

Als sein Blick dem ihren begegnete, wurde sein Herz von Hoffnung durchflutet.

Doch sie fixierte ihn mit einem kühlen Lächeln. »Und ich weiß auch, wie gefährlich es ist, solche Gedanken zu hegen.«

»Melenia ...«

»Sag nichts mehr. Du musst deine Objektivität und deine Hingabe an mich und meine Sache zurückgewinnen. Das Leben der Prinzessin wird für die Essenzen geopfert werden. Ihre Magie ist alles, was zählt.«

»Ich muss mit ihr sprechen.« Die Worte blieben ihm fast in der Kehle stecken.

»Nein, das musst du nicht.« Sie umklammerte seine Hände fester, und er konnte sich nicht losreißen. Auf einmal hatte er das Gefühl, als würde ihm alle Energie entzogen. Melenia saugte seine Magie ab, seine Fähigkeit, seine Gestalt zu ändern, in die Träume der Sterblichen einzutreten. Sie ließ ihm nichts außer der Kraft zu atmen – und zu existieren.

Mehr brauchte sie nicht zu tun, um ihn von Lucia fernzuhalten.

Es gab einen Grund dafür, dass Melenia die mächtigste Unsterbliche war. Dass sie *dies* hier tun konnte.

»Nicht alle Liebe ist ewig«, flüsterte sie ihm zu, während er immer schwächer wurde und schließlich vor ihr auf die Knie sank. »Nicht alle Liebe hat die Macht, Welten zu verändern. Was du für die Prinzessin empfindest, ist eine flüchtige Schwärmerei, weiter nichts. Vertrau mir, Alexius. Ich tue das nur, um dir zu helfen.«

Er hatte Lucia versprochen, sie im Traum zu besuchen. Er war hierhergekommen, um eine Möglichkeit zu finden, ihr Leben zu retten.

Er hatte versagt, in beiden Fällen.

Doch er wusste, dass Melenia die Wahrheit sagte, dass er unvernünftig dachte und in Gefahr war, zum Risiko für ihre Pläne zu werden. Das Leben einer einzigen sechzehnjährigen Magierin war es nicht wert, die Welt und alles, was darin lebte, aufs Spiel zu setzen.

Lucia würde sterben müssen. Und eines nicht allzu fernen Tages würde er es sein, der ihr das Leben raubte.

Es gab kein Zurück.

KAPITEL 22

LUCIA

AURANOS

Ist meine Magie böse?«

Das war das Erste, was Lucia gefragt hatte, als ihr Vater an ihr Bett getreten war, bevor er sich zur Hochzeit aufmachte. Sie musste die Wahrheit wissen, und der König war für seine Offenheit bekannt. Magnus wäre nur allzu leicht bereit gewesen zu lügen, um ihre Gefühle nicht zu verletzen. Vielleicht hatte er sie bereits belogen. Und Alexius – glaubte sie wirklich, was er ihr sagte? War er überhaupt real gewesen? Jetzt, da sie wach war, begann sie an alldem zu zweifeln, was sie gesehen, was sie gefühlt hatte. Der Gedanke, dass es womöglich nur ein Traum gewesen war, lag ihr wie ein Stein auf der Seele.

»Nein, sie ist nicht böse«, hatte der König geantwortet, sich neben ihr Bett gekniet und ihre Hände in seine genommen. Dann hatte er so strahlend gelächelt, wie sie ihn seit einer Ewigkeit nicht mehr hatte lächeln sehen. »Es ist unglaublich. Es ist wunderbar. Du bist eine Magierin, Lucia. Eine wunderschöne und mächtige Magierin. Die Göttin hat dich gesegnet und dir ein großes Geschenk gemacht.«

Seine Worte klangen so ehrlich, dass ihr die Tränen in die Augen traten. »Nein, es ist ein Fluch. Mutter hat das jedenfalls geglaubt.«

»Sie hat sich geirrt. Deine Mutter hat sich sehr oft geirrt. Wenn überhaupt, wird deine *Elementia* für dich eine Herausforderung sein. Aber eine, die du leicht meistern wirst. Ich habe bereits eine neue Lehrerin bei der Hand, wir haben nur darauf gewartet, dass du aufwachst. Sie wird dich nachher besuchen, um mit dem Unterricht zu beginnen.« Langsam stand er auf, um sich über sie zu beugen und sie auf die Stirn zu küssen. »Du musst wissen, dass ich mich sehr glücklich schätze, dich zur Tochter zu haben. Wenn ich den geringsten Zweifel an dir hätte, würde ich mich nicht so fühlen, Lucia. Und ich zweifle keine Sekunde.«

Wieder brannten Tränen in ihren Augen, so schön waren seine Worte.

»Es ist deine Bestimmung, diese Macht auszuüben, und niemand kann seiner Bestimmung entgehen, man sollte es nicht einmal versuchen, denn das bringt nur Kummer und Schmerz. Das Schicksal anzunehmen ist die einzige gesunde Reaktion – und die einzige, die dir Frieden bringt.«

Früher hatte Lucia gelegentlich Ablehnung gegen ihren Vater empfunden, vor allem wegen seiner Grausamkeit. Sie hatte gesehen, wie er die Bürger von Limeros behandelte, wie er mit der Dienerschaft und selbst mit Magnus umsprang. Und sie kannte auch seinen Ruf.

Aber soweit sie sich erinnern konnte, war er ihr gegenüber nie grausam gewesen. Sondern nur freundlich. Und ermutigend.

»Danke, Vater.« Sie setzte sich auf, ignorierte den Schwindel, der sie bei einer plötzlichen Bewegung noch immer überfiel, und umarmte ihn. Von ihm bekam sie die Kraft, die sie heute brauchte.

»Gern geschehen, mein Kind.« Er tätschelte ihre Wange. »Jetzt muss ich mich auf den Weg zum Tempel machen. Ich wünschte, du könntest auch dabei sein, aber es ist das Beste, wenn du dich ausruhst.«

Der Tempel. Die Hochzeit. »Vater … Magnus möchte die Prinzessin nicht heiraten.«

»Aber er wird es trotzdem tun. Auch wenn er anfangs protestiert, tut Magnus am Ende immer das, was ich ihm sage.« Er musterte sie. »Zum Teil habe ich diese Hochzeit dir zuliebe arrangiert, weißt du.«

Sie runzelte die Stirn. »Mir zuliebe?«

»Ich weiß, was Magnus für dich empfindet.«

Scham stieg in ihr auf, ihre Wangen brannten. »Ich weiß nicht, was ich sagen soll.«

»Du brauchst gar nichts zu sagen. Es ist nicht deine Schuld, sondern allein seine. Es ist eine schändliche Schwäche seinerseits, die er anscheinend nicht unter Kontrolle bekommt – und ich werde nicht zulassen, dass es so weitergeht.«

»Und du glaubst, es wird seine Gefühle ändern, wenn du ihn in die Ehe mit Prinzessin Cleiona zwingst?«

»Selbst wenn es sonst nichts erreicht, dann ist es doch zumindest eine Ablenkung. Außerdem werden die beiden bei Sonnenaufgang zu ihrer Hochzeitsreise aufbrechen, was dir die Möglichkeit gibt, dich ganz auf deine Magie zu konzentrieren und dir keine Gedanken mehr um die unerwiderte Liebe deines Bruders zu machen.« Er zog eine Augenbraue hoch. »Du teilst Magnus' Gefühle nicht, oder? Zwar billige ich nicht, dass er dich begehrt, aber wenn du das Gleiche für ihn empfinden würdest – dann wäre alles anders.«

Lucias Gesicht wurde noch heißer. »Nein, ich teile seine Gefühle nicht. Und ich werde sie auch niemals teilen. Wie er mich ansieht … ich wollte, ich wüsste, was ich ihm sagen soll, damit er diese unerwünschte Neigung einfach vergisst.«

Der König wandte den Kopf. »Du weißt, was ich von Lauschern halte, mein Sohn.«

Erst war Lucia etwas verwirrt, aber dann sah sie Magnus

hinter dem König in der Tür stehen. Ihr Herz wurde schwer. Wie viel hatte er gehört?

»Entschuldige, Vater. Ich bin nur gekommen, um mich von meiner Schwester zu verabschieden.« Magnus' Blick wanderte zu Lucia.

»Magnus …«, begann sie, aber er drehte sich um und verschwand ohne ein weiteres Wort.

Der König wandte sich erneut Lucia zu, und sie lehnte sich in ihre Kissen zurück, völlig verkrampft, weil sie Magnus mit ihren unbedachten Worten ganz offensichtlich verletzt hatte.

Und das nicht zum ersten Mal.

»Es ist das Beste so«, sagte der König. »Alles wird kommen, wie es kommen soll.«

»Selbstverständlich«, flüsterte sie.

Als ihr Vater sich nach dem Gespräch auf den Weg zu den Hochzeitsfeierlichkeiten gemacht hatte, war Lucia allein mit ihren Gedanken und ihrem Kummer geblieben. Inzwischen aber war ihre *Elementia*-Lehrerin eingetroffen.

Ihr Name war Domitia, eine Hexe, die in einem wenige Stunden von der Goldenen Stadt entfernten Dorf wohnte. Sie hatte ein strahlendes Lächeln, lange strohblonde Haare und feine Fältchen um ihre grünen Augen. Sie überredete Lucia in aller Ruhe zum Aufstehen. Tatsächlich verschwand der Schwindel nach kurzer Zeit, und Lucia fühlte sich wieder viel kräftiger. Endlich hatte der Schlaftrunk seine Wirkung verloren, die Müdigkeit ließ nach, und Lucia war bereit, von einer sachkundigen Lehrerin mehr über ihre magischen Kräfte zu erfahren.

»Ich freue mich sehr, dass ich Euch unterstützen kann!«, sagte Domitia überschwänglich. »Es war eine weise Entscheidung des Königs, mich auszusuchen.«

Wenn der König für eine der Hexerei angeklagte Frau

keine besondere Verwendung hatte – sei es in Limeros oder jetzt hier in Auranos -, war ihr das Todesurteil sicher. Domitia erzählte eilig, dass sie vor Kurzem von Gardisten festgenommen worden war, aufgrund von Gerüchten hinsichtlich ihrer Fähigkeiten. Zu ihrem Glück suchte der König gerade eine passende Lehrerin für seine Tochter, die ihr im Umgang mit *Elementia* helfen konnte, und befreite sie aus dem Kerker.

Kein Wunder, dass Domitia so penetrant gutgelaunt und munter war.

»Fangen wir mit etwas ganz Einfachem an, ja?«, schlug sie vor. »Ich möchte, dass Ihr Euch auf diese Kerzen hier konzentriert und eine nach der anderen anzündet. Man hat mir gesagt, Ihr habt eine starke Feuermagie.«

Die Hexe hatte zehn unterschiedlich hohe und dicke Kerzen auf dem Tisch aufgereiht.

»So kann man es ausdrücken.«

Natürlich war Domitia nicht darüber informiert worden, dass Lucia eine prophezeite Magierin war. Ihres Wissens war die Königstochter nur eine ganz normale Hexe, deren Status sie vor dem Kerker schützte.

»Ich selbst kann ebenfalls Feuermagie wirken. Erlaubt mir, es Euch zu zeigen.« Die Hexe legte die Stirn in Falten und fixierte die Dochte der Kerzen. Dabei verzog sie vor lauter Anstrengung das Gesicht, als säße sie auf einem Nachttopf, was ein ziemlich lustiger Anblick war.

Lucia beobachtete sie genau. Schließlich begann einer der Dochte zu glühen, Domitias Atem ging schneller, und ein dünner Schweißfilm erschien auf ihrer Stirn. Dann endlich tanzte eine kleine Flamme auf der ersten Kerze.

Domitia atmete erschöpft aus. »Seht Ihr? So macht man das.«

»Sehr beeindruckend«, sagte Lucia, obgleich sie ein ungeduldiges Prickeln auf der Haut spürte.

Die Hexe nickte, um zu bestätigen, dass sie sich ihrer Leistung durchaus bewusst war. »Jetzt seid Ihr dran, Prinzessin.«

Lucias Blick verweilte auf den nicht brennenden Kerzen. »Weißt du etwas über Prophezeiungen, Domitia?«

»Was für Prophezeiungen, Hoheit?«

»Die sich auf *Elementia* beziehen.«

Domitia schürzte die Lippen, und ihr Gesicht wurde nachdenklich. »Natürlich gibt es viele Gerüchte über solche Dinge. Aber es ist manchmal schwer, zwischen Lügen und Wahrheit zu unterscheiden.«

Lucia nahm sich vor herauszufinden, ob diese Frau für sie wirklich einen Wert hatte. Alexius war verschwunden, und obwohl sie hoffte, dass er ihre Träume bald wieder besuchen würde, wie er es versprochen hatte, musste sie sich auch nach weiteren Informationsquellen umsehen. Sie brauchte Anleitung von jemandem, der sich auskannte mit dem, was sie war und was sie tun konnte.

»Wenn du dich einstufen müsstest, Domitia – würdest du dann sagen, du kannst mehr als eine durchschnittliche Hexe?«

Domitia strahlte. »O ja, Hoheit! Meine magischen Fähigkeiten erstrecken sich nicht nur auf das Feuer, sondern in gewissem Umfang auch auf das Wasser. Diese Elemente sind vollkommen gegensätzlich und schließen oft einander aus. Nur ganz selten treten sie bei ein und derselben Hexe auf, ich habe also großes Glück, mit dieser Gabe gesegnet worden zu sein.«

»Dann zeig mir doch bitte deine Wassermagie«, sagte Lucia.

Die Hexe wischte sich den Schweiß von der Stirn und ging

durchs Zimmer, um sich einen Kelch zu holen, den sie aus einem Krug mit Wasser füllte. Dann brachte sie ihn zurück und stellte ihn neben die brennende Kerze auf den Tisch.

»Schaut her«, sagte sie und schnitt wieder die angestrengten Grimassen, während sie das Wasser fixierte.

Über die Schulter der Hexe hinweg sah Lucia, wie das Wasser nach einer Weile langsam in Bewegung geriet. Sie wartete auf mehr, aber die Hexe warf ihr bereits einen triumphierenden Blick zu.

»Enttäuschend.«

Schockiert starrte die Hexe sie an. »Enttäuschend? Ich habe Jahre gebraucht, um solche Meisterschaft zu erreichen.«

»Deine Meisterschaft ist höchst fragwürdig.« Lucia seufzte. »Nach allem, was ich von dir gesehen habe, fürchte ich, dass du nicht einmal annähernd genug weißt, um mir helfen zu können. Aber ich bin dir sehr dankbar für deinen Besuch.«

Die Panik in den Augen der Frau loderte wesentlich schneller auf, als sie eine Kerze entzünden konnte. »Es tut mir sehr leid, Hoheit, dass ich Euch enttäuscht habe. Ich möchte Euch helfen, so gut ich kann. Das ist das Einzige, was für mich zählt.«

»Natürlich«, murmelte Lucia. »Du kennst ja auch die Neigung meines Vaters, das Leben von Frauen zu beenden, die man der Hexerei angeklagt hat und für die er keinen Nutzen mehr hat.«

»Und doch ist seine eigene Tochter ebenfalls eine Hexe.« Domitias Wangen röteten sich. »Oh – nochmals Entschuldigung, ich wollte Euch ganz gewiss nicht beleidigen. Bitte vergebt mir!«

War dies die Art Macht, die ihr Vater so liebte? Die Fähigkeit, einem Menschen mit ein paar einfachen Worten Angst einzujagen? Verstört nahm Lucia zur Kenntnis, dass es ein eigentümlich angenehmes Gefühl war.

»Du brauchst keine Angst vor mir zu haben«, sagte sie besänftigend.

Domitia rang die Hände. »Ich – ich habe keine Angst vor Euch. Natürlich habe ich schon viele beunruhigende Geschichten über den König und auch den Prinzen gehört, aber man hat mir stets versichert, dass Ihr freundlich und liebenswürdig seid. Eine echte Prinzessin, in jedem Sinn des Wortes.«

»Ja, das habe ich in der Vergangenheit tatsächlich angestrebt.« Lucia strich mit den Fingern über den Tisch mit den Übungskerzen. »Aber ich muss gestehen, in letzter Zeit mache ich mir zunehmend Sorgen.«

»Sorgen, Hoheit?«

Oh – wie sollte sie ihre Gefühle in Worte fassen? Sogar für sie selbst war es schwierig zu verstehen, aber sie konnte die Augen auch nicht vor der Wahrheit verschließen. »Ich habe etwas in mir … eine Art Hunger. Oder ein Raubtier. Im Schlaf habe ich es nicht gespürt, aber seit ich wieder wach bin, kann ich es nicht mehr ignorieren.«

»Ich verstehe nicht ganz, Prinzessin. Ein Raubtier in Eurem Innern? Wie meint Ihr das?«

»Man sagt mir, es ist nichts Böses. Und es fühlt sich auch nicht so an. Trotzdem breitet sich so etwas wie Dunkelheit in mir aus«, antwortete Lucia, und erst als sie die Worte aussprach, merkte sie, dass sie wahr waren. »Als schlösse die Nacht selbst mich in eine Umarmung, die mit der Zeit immer fester wird.«

Auf einmal schien Domitia zu begreifen, und sie nickte. »Was Ihr fühlt, ist vollkommen normal für jemanden, der fähig ist, einen Teil von *Elementia* zu nutzen. Aber macht Euch keine Sorgen. Ohne Blutopfer können unsere Kräfte nicht zerstörerischer werden als das, was ich Euch heute gezeigt habe.« Sie beugte sich vor und blies die Kerze aus, die sie vorhin zum Brennen gebracht hatte. »Jetzt seid Ihr an der Reihe. Versucht erst einmal, diese Kerze anzuzünden, und von dort machen wir dann weiter. Einverstanden?«

Das dunkle Raubtier in Lucia wälzte sich ungehalten, als Domitia ihre warnenden Worte so abtat. Denn das waren sie gewesen – eine Warnung.

»Gewiss«, sagte Lucia.

Sofort loderten alle zehn Dochte auf, die Flammen stiegen hoch hinauf in die Luft, bis sie die Decke berührten. Die Hexe stieß einen leisen Schreckensschrei aus, stolperte zurück und schlug sich zitternd die Hand vor den Mund.

»Aber – aber Prinzessin, so etwas habe ich noch nie gesehen!«

Lucia konnte ein Lächeln nicht unterdrücken, als sie die Bestürzung im Gesicht der Frau sah. »Nein, vermutlich nicht.«

In Domitias weit aufgerissenen Augen spiegelte sich der flackernde Kerzenschein. »Und Ihr tut das ohne die geringste Anstrengung …? Unglaublich …«

»Oh, es ist schon anstrengend, das kann ich dir sagen. Aber es ist wie ein Muskel in meinem Inneren, der darum bittet, bewegt zu werden. Beantwortet mir eine Frage – eine Frage, die ich bereits mehreren Menschen gestellt habe, doch die Ansicht meiner toten Mutter klingt immer noch in mir nach, als würde ihr Geist mich heimsuchen. Ist die Magie, die ich ausübe, böse?«

»Böse?«, wiederholte Domitia mit bebender Stimme. »Ich weiß es nicht.«

»Das war die falsche Antwort.« Lucia streckte die Hände nach der Hexe aus und rief ihre Luftmagie herbei. Diese schlang sich um die Frau, hob sie hoch und heftete sie wie einen Schmetterling im Schmetterlingskasten an die Wand.

Domitia schnappte nach Luft. »Was tut Ihr da?«

Eine gute Frage. Was tat Lucia eigentlich?

Was immer es sein mochte … es fühlte sich richtig gut an.

Hinter ihr loderten die Flammen – so heiß, dass ihr der Schweiß über den Rücken lief. Zu heiß. Sie brauchte etwas Kaltes, um die Hitze auszugleichen. Feuer und Wasser waren Gegensätze. Auch die Hexe hatte gesagt, dass sie einander oft ausschlossen.

Nun wollte Lucia wissen, ob das stimmte, also schaute sie zu dem Wasserkelch, den die Hexe vorhin gefüllt hatte. Mit einem konzentrierten Gedanken zog sie das Wasser aus dem Behälter, und es bewegte sich durch die Luft auf Lucia zu.

Sie betrachtete es, legte den Kopf schief und dachte an zu Hause. An Limeros.

Sofort gefror das Wasser in der Luft und formte sich zu einer Speerspitze.

Die Hexe kreischte auf, als das scharfe Stück Eis sich auf sie zubewegte, bis es ihre Kehle berührte. Die dunkle Bestie in Lucias Innerem war höchst angetan. Nun, da sie erwacht war, lechzte sie nach frischem Blut.

»Wenn mein Vater von der Hochzeit meines Bruders zurückkehrt, werde ich ihm sagen müssen, wie enttäuscht ich von meiner Lehrerin bin.«

»Prinzessin, bitte!«, jammerte Domitia. »Ich werde alles tun, was Ihr verlangt! Bitte verschont mich!«

Doch die Worte klangen hohl in Lucias Ohren. Sie konzentrierte sich auf den Speer aus Eis und drückte ihn so dicht an den Hals der Hexe, dass er ihre Haut durchstieß. Eine leuchtend rote Spur rann über ihre Gurgel. Lucia betrachtete sie fasziniert. Wie viel Blut konnte die Frau wohl verlieren, ehe sie starb? Und würde dieses Blutopfer Lucias Macht steigern?

Plötzlich erhob sich ein Grollen um sie herum, und der Boden begann zu beben. Lucia verlor den Halt, stürzte zu Boden und kam hart mit der Schulter auf. Im selben Moment fiel der Eisspeer herunter und zersplitterte.

»Was ist das denn?«, stieß sie hervor. »Was passiert hier?«

Die Kerzen fielen vom Tisch, und die Flammen erloschen, bevor sie auf dem Boden landeten. Lucia sah zu der Hexe, die ihre Hand an ihre verletzte Kehle drückte und die Prinzessin voller Angst anstarrte. Dann war das Erdbeben endlich vorbei.

Lucias Herz setzte einen Schlag aus, und die Bestie verkroch sich wieder in ihre dunkle Höhle.

Göttin, was war nur in sie gefahren? Um ein Haar hätte sie die arme Frau getötet!

Mit zitternder Stimme fragte Domitia: »Was seid Ihr?«

Lucia zwang sich, der Hexe direkt in die Augen zu schauen. »Wenn dir dein Leben lieb ist, wirst du keiner Menschenseele jemals verraten, was hier geschehen ist. Hast du verstanden?«

»Prinzessin …«

»Lass mich allein!«

Domitia ließ es sich nicht zweimal sagen. Ohne ein Wort des Widerspruchs floh sie aus dem Zimmer.

So laut wie Donner dröhnte Lucias Herzschlag in ihren Ohren.

Das also hat meine Mutter gemeint. Sie hatte recht, und alle anderen haben sich geirrt.

Lucia spürte die Wahrheit in diesem Gedanken. Am meisten Angst machte ihr, dass es einen kleinen Teil in ihr gab, den das, was heute hier geschehen war, nicht im Geringsten kümmerte.

Aus dem Augenwinkel nahm sie ein flüchtiges Aufblitzen goldener Federn wahr, als ein Falke sich von ihrem Balkon in die Lüfte erhob.

»Alexius! Komm zurück!« So schnell sie konnte, stürzte sie zu der marmornen Balkonbrüstung, aber der Vogel hatte sich bereits hoch hinauf in den blauen Himmel geschwungen, sie konnte ihm nur noch hinterherblicken, bis er verschwunden war.

Der Hoffnungsschimmer, der für einen Moment in ihrer Brust aufgeflackert war, zerfiel zu Asche.

KAPITEL 23

CLEO

AURANOS

Es ist wirklich bemerkenswert«, sagte der König so laut, dass alle es hören konnten. Er stand vor den Gästen des Hochzeitsbanketts – trotz des Blutbads im Tempel hatte er darauf bestanden, dass das abendliche Festmahl wie vorgesehen stattfand. »Dieses mutige junge Mädchen, das hier neben mir sitzt, wollte um jeden Preis mit der Zeremonie fortfahren und meinen Sohn heiraten, nicht nur im Angesicht einer entsetzlichen Attacke von Aufständischen, sondern nachdem auch noch die Erde unter ihren Füßen gebebt hatte. Heute Abend trauern wir um diejenigen, die wir verloren haben, aber wir feiern auch gemeinsam unseren Sieg.«

Inzwischen trug Cleo ein blutfreies Kleid. Ihre Haare waren in Ordnung gebracht worden, ihr Gesicht war sauber gewaschen. Nun saß sie stocksteif zwischen Magnus und seinem Vater auf dem Podium und spielte an ihrem Amethystring herum, der bestimmt schon eine Furche in ihrem Finger hinterlassen hatte. Auf ihrem goldenen Teller wurde das Essen kalt, weil sie keinen Bissen hinunterbrachte, und wenn sie sich umschaute, sah sie, dass die Gäste von den Ereignissen dieses Tages ebenso mitgenommen waren wie sie selbst. Fünf Hochzeitsgäste waren unter den Trümmern des einstürzenden Tempels ums Leben gekommen, ehe der Rest sich draußen hatte in Sicherheit bringen können.

Diese Menschen wollten genauso wenig hier sein wie Cleo.

»Ich heiße unsere wunderschöne Prinzessin Cleiona in meiner Familie willkommen und freue mich schon sehr darauf, sie mit Prinzessin Lucia bekannt zu machen – sobald meine Tochter wieder so weit genesen ist, dass sie ihre Gemächer verlassen kann. Trotz aller Schwierigkeiten war heute ein Tag großer Wunder und Segnungen.«

Wunder und Segnungen. Cleo musste sich beherrschen, um nicht aufzuspringen und schreiend aus dem Saal zu laufen.

»Trinken wir auf das glückliche junge Paar.« Der König hob sein Glas, und an den langen Holztischen, die sich unter der Last von Essen und Trinken bogen, folgten alle seinem Beispiel. »Auf Magnus und Cleo. Möge ihr gemeinsames Leben so glücklich werden, wie meines an der Seite meiner geliebten Althea war, die nun leider von uns gegangen ist.«

»Auf Magnus und Cleo!«, echoten die Gäste wie aus einem Munde.

Cleos Fingerknöchel waren weiß vor Anspannung, als sie ihren Kelch an die Lippen führte, und ihre Hand zitterte. Der süße Wein war ein schwacher Trost. So vertraut war er ihr in letzter Zeit geworden – der paelsianische Wein, der ihr immer wieder eine Chance auf Flucht vorzugaukeln schien. Doch vielleicht würde sie heute Abend ihren Kummer tatsächlich im Wein ertränken.

Auf der anderen Seite des Raumes entdeckte sie Nic, der am Hinterausgang Wache hielt. Kein Gast durfte den Saal verlassen, ehe der König das Bankett für beendet erklärt hatte.

Ein Schluchzen stieg in ihrer Kehle auf, das sie eilig mit einem Schluck Wein hinunterspülte. Sofort stand ein Diener bereit, um ihr Glas nachzufüllen, und sie trank auch dieses leer. Und noch eines. Aber statt dass die Welt davon heller wurde, schien sie sich nur weiter zu verfinstern – Schatten glitten über den Boden und griffen nach ihren Fußknöcheln, ihren Beinen.

Sie konnte nicht aufhören, an Jonas zu denken. Ob er sie jetzt hasste, nachdem so viele Rebellen getötet worden waren? Schließlich war sie es, die diesen Plan ausgeheckt hatte.

Magnus war ständig so dicht neben ihr, dass sie seine Körperwärme spürte. Er roch nach seinem Ledermantel und nach Sandelholz. Seit sie den Tempel verlassen hatten, hatte er kein Wort mit ihr gesprochen. Sie waren nebeneinander in der Kutsche gefahren, doch er hatte starr nach draußen geblickt, auf die Landschaft, die an ihnen vorüberzog. Jetzt war er mürrisch und kalt. Wie immer.

»Lächerlich«, murmelte sie. »Alles ist so lächerlich.«

»Da bin ich ganz Eurer Meinung«, antwortete Magnus.

Cleos Wangen wurden heiß. Sie hatte es nicht laut aussprechen wollen, aber ganz offensichtlich war sie betrunken – während Magnus seinen Durst lediglich mit gewürztem Apfelsaft gestillt hatte. Auf einmal wurde ihr klar, wie ähnlich sie Aron im Augenblick war, der am vordersten Tisch saß und weinselig-unglückliche Blicke in ihre Richtung warf.

»Ich brauche ein bisschen frische Luft«, flüsterte sie Magnus nach einer Weile zu. »Kann ich kurz nach draußen gehen?«

Sie war nicht sicher, ob Magnus erwartete, dass seine Frau ihn bei jeder Bewegung um Erlaubnis fragte. Würde er sie in ihrer bevorstehenden Hochzeitsnacht gemein und gebieterisch behandeln?

In ihrer Hochzeitsnacht.

Bei dem Gedanken begann ihr Herz zu rasen, und sie beschloss, so lange wie möglich unter Menschen zu bleiben. Mit dem, was ihr später bevorstand, konnte sie nicht umgehen. Nicht mit Magnus. *Niemals* mit Magnus.

»Aber selbstverständlich«, antwortete er, ohne sie direkt anzusehen. »Geh ruhig an die frische Luft.«

Hastig verließ sie das Podium. Sie torkelte mehr, als dass sie ging, denn jetzt wurde erst richtig deutlich, wie viel Wein sie im Verlauf des Banketts getrunken hatte. Viel zu viel. Und doch längst nicht genug. So leise und unauffällig wie möglich machte sie sich auf den Weg zu dem Torbogen, der auf den Korridor hinausführte … in die Freiheit.

Eine sehr eingeschränkte Freiheit, denn den wachsamen Blicken der unzähligen Gardisten konnte sie nicht entgehen.

Die Wand des Korridors gab ihr ein bisschen Halt, und als sie auf eine Tür stieß, die zu einem Balkon führte, trat sie hinaus, klammerte sich an die Brüstung und versuchte sich zu beruhigen.

»Eine wirklich beeindruckende Zeremonie«, begrüßte sie unerwartet eine Stimme aus dem Dunkel. Zu ihrem Leidwesen musste Cleo feststellen, dass sie keineswegs allein war. Auch Prinz Ashur hatte das Bedürfnis nach frischer Luft verspürt und stand nun neben ihr auf dem Balkon.

Sie versuchte sich zu fassen. »Das kann man wohl sagen.«

Der Prinz trug einen mit goldenen Bordüren verzierten dunkelblauen Mantel, der ihn hervorragend kleidete. Seine schulterlangen schwarzen Haare waren zurückgebunden, nur eine lange lockige Strähne fiel ihm über das linke Auge. »Ich kann ehrlich sagen, dass ich eine solche Hochzeit noch nie erlebt habe. Wenn ich abergläubisch wäre, müsste ich heute Abend bei meiner Rückkehr in den Palast vielleicht etwas vorsichtiger sein. Es war wirklich sehr mutig von Euch, trotz aller Unannehmlichkeiten die Zeremonie bis zum Ende durchzustehen.«

Cleo stieß ein Lachen aus, das mehr wie ein hysterischer Schluckauf klang. »Ja, das war sehr mutig von mir.«

»Ihr müsst sehr in Prinz Magnus verliebt sein.«

Sie presste die Lippen zusammen, um nicht mit der Wahrheit herauszuplatzen. Schließlich kannte sie diesen Mann überhaupt nicht, sie wusste nur, dass Prinz Ashurs Vater andere Länder erobert und unterworfen hatte, um sein Imperium zu errichten. Cleos Vater hatte die Größe des Reichs, über das der Imperator Cortas herrschte, einmal mit der Größe von Mytica verglichen – eine Wassermelone gegenüber einer Traube. Damals hatte Cleo den Vergleich amüsant gefunden.

Warum also kümmerte sich eine Wassermelone um eine Hochzeit, die auf einer Traube stattfand? War das nicht reine Zeitverschwendung für den Prinzen?

»Warum seid Ihr hier, Prinz Ashur?«, fragte sie und tadelte sich im nächsten Augenblick für ihre Direktheit. Anscheinend hatte der Wein nicht nur ihre Urteilskraft benebelt, sondern auch ihre Zunge allzu sehr gelockert.

Glücklicherweise schien ihn die Frage nicht zu beleidigen. Er lächelte sogar – ein umwerfend charmantes Lächeln, das erklärte, warum so gut wie alle Frauen, die den Weg des exotischen Prinzen kreuzten, bei seinem Anblick in Verzückung gerieten.

»Ich habe etwas für Euch, Prinzessin«, sagte er leise. »Ein Hochzeitsgeschenk, aber nur für Euch allein. Natürlich habe ich Euch und Prinz Magnus auch ein größeres Geschenk von meinem Volk in Form einer Villa in der Hauptstadt von Kraeshia zukommen lassen, aber dies hier … dies ist ein kleiner Beweis meiner Freundschaft. Ein Geschenk, das man in meiner Heimat einer Braut für ihre Hochzeitsnacht überreicht.«

Damit zog er ein kleines, verschnürtes Päckchen unter seinem Mantel hervor und drückte es ihr in die Hand.

»Versteckt es lieber und öffnet es erst, wenn ihr alleine seid. Nicht jetzt gleich.«

Verwirrt blickte sie ihm in die Augen. Doch dann nickte sie und ließ das Päckchen rasch in den Falten ihres Gewands verschwinden.

»Ich danke Euch herzlich, Prinz Ashur.«

»Keine Ursache.« Er lehnte sich an die Balkonbrüstung und blickte hinaus über die sanften Hügel jenseits der Stadtmauer. Im Mondlicht erschienen seine Augen silbern, aber Cleo war nicht sicher, welche Farbe sie tatsächlich hatten. »Erzählt mir von der Magie in diesem Land, Prinzessin.«

Auf diese Frage war sie nicht gefasst gewesen. »Die Magie?«

»Für eine solch kleine Gruppe von Königreichen hat Mytica eine bemerkenswerte Vergangenheit. Eine solch umfassende Mythologie – die Wächter … die Essenzen. Wirklich faszinierend.«

»Alles alberne Geschichten, die man den Kindern erzählt.« Cleo verschränkte die Hände, um ihren Ring zu verbergen. In der Stimme des Prinzen war etwas … etwas, das ihr sagte, dass er seine Frage nicht nur zufällig gestellt hatte.

»Ich glaube nicht, dass Ihr das wirklich denkt.« Er warf ihr einen Blick zu. »Nein, Ihr kommt mir vor wie eine junge Frau, die trotz ihrer Jugend sehr ausgeprägte Überzeugungen hat.«

»Das beweist nur, wie wenig Ihr über mich wisst. Ihr könnt jeden fragen – ich interessiere mich nicht für Geschichte und auch nicht für Mythologie. Überhaupt mache ich mir keine sehr tiefschürfenden Gedanken, und schon gar nicht über phantastische Dinge wie Magie.«

Prinz Ashur musterte sie ungerührt. »Gibt es die Essenzen wirklich?«

Cleos Herz klopfte immer heftiger. »Warum kümmert Euch das?«

»Dass Ihr das fragt, beweist, wie wenig Ihr über mich wisst«, erwiderte er, ein Echo ihrer Antwort von vorhin. »Schon gut, Prinzessin. Wir müssen jetzt nicht darüber sprechen. Aber vielleicht werdet ihr eines Tages den Wunsch verspüren, eingehender mit mir darüber zu reden. Vielleicht sogar schon bald. Ich werde eine Weile hier sein und Forschungen anstellen. Ich suche Antworten auf einige Fragen und werde nicht nach Hause reisen, bis ich sie gefunden habe.«

»Ich wünsche Euch viel Glück dabei«, entgegnete Cleo mit ruhiger Stimme.

»Gute Nacht, Prinzessin. Und meine aufrichtigen Glückwünsche zu Eurer Hochzeit.« Damit neigte er den Kopf und verließ den Balkon.

Cleo wartete, bis sie ganz sicher sein konnte, dass er weg war, dann legte sie die Hände auf die Balkonbrüstung und stützte sich mit ihrem ganzen Gewicht darauf. Der kraeshianische Prinz war nicht nur gekommen, um der Hochzeit beizuwohnen, er wollte auch die Wahrheit über die Essenzen herausfinden.

Was nur bedeuten konnte, dass er sie für sich selbst haben wollte.

Aber er durfte sie nicht bekommen. Niemand durfte das. Wenn die Essenzen tatsächlich existierten, gehörten sie Cleo. Sie besaß den Ring, der sie befähigte, die Essenzen zu benutzen – und das würde sie auch tun, um ihr Königreich zurückzufordern.

Sie rieb an dem Ring herum und zwang sich dann, zum Bankett zurückzukehren. Der König beäugte sie missbilligend, als sie sich dem Podium näherte. Inzwischen trug er einen Verband um die Stirn, aber das Blut war bereits durch den Mull gesickert. »Es ist Zeit für dich, nach oben zu gehen und dich für deine Hochzeitsnacht bereitzumachen.«

Ihr Mund wurde trocken. »Aber das Festmahl ...«

»Für dich ist das Festmahl vorüber.« Ein hasserfülltes Lächeln breitete sich auf seinem Gesicht aus. Dann hob er die Stimme, damit alle ihn hören konnten, und verkündete laut: »Ich möchte, dass ihr alle jetzt dem Brautpaar eine gute Nacht wünscht. Wir wollen die beiden nicht länger daran hindern, dorthin zu gehen, wo sie, wie wir alle wissen, viel lieber sein möchten.«

Aus der Menge war Gelächter zu hören, denn viele hatten genug paelsianischen Wein intus, dass sie allmählich anfingen, die Gräuel des Tages zu vergessen.

»Geh mit Cronus«, sagte der König zu Cleo, packte ihren Arm und zog sie nahe genug zu sich heran, dass nur sie ihn hören konnte, als er leise fortfuhr: »Du wirst dich bereitmachen, als wärst du eine ganz normale sittsame junge Braut. Niemand wird je erfahren, dass du deine Unschuld längst verloren hast. Du kannst dich glücklich schätzen, dass du trotz dieses schwerwiegenden Charakterfehlers immer noch einen Wert für mich besitzt.«

Magnus würdigte sie keines Blickes.

Dann trat Cronus vor. »Kommt mit mir, Prinzessin.«

Der harsche Ton des Gardisten duldete keine Widerrede.

Cleo warf einen Blick über die versammelten Gästen, die ihr verkrampft zulächelten, als sie aufstand und Cronus folgte. Auch Nic sah ihr nach, wie erstarrt, sein gequälter Blick wie eine Entschuldigung dafür, dass er sie nicht vor dem beschützen konnte, was ihr nun bevorstand.

Die Gemächer, in die Cronus sie führte, waren eigens für das junge Brautpaar vorbereitet. Sie waren einmal für besonders wichtige Gäste ihres Vaters reserviert gewesen. Im Schlafraum stand ein massives Himmelbett an der Wand, im Kamin loderte ein Feuer, Hunderte flackernder Kerzen tauchten alles in ein warmes Licht. Rosenblätter in allen Farben bedeckten in kunstvollen Wellenmustern den Weg zum Bett.

Cleos Zofen erwarteten sie bereits und begannen sofort fieberhaft, ihre geflochtenen Haare zu lösen und ihr erneut ein anderes Gewand überzuziehen – durchscheinend und fließend, aus hauchdünnem Stoff, der ihr kaum eine Chance ließ, so etwas wie Anstand zu bewahren. Obendrein rieben die Dienerinnen ihre Handgelenke und ihren Hals mit einem Duftöl ein, das den gleichen durchdringend süßen Geruch verströmte wie die Rosenblätter.

»Ihr habt so ein Glück, Prinzessin«, sagte Helena. »Für eine Nacht mit Prinz Magnus würde ich ohne weiteres das Leben meiner kleinen Schwester opfern. Und Ihr könnt ab heute jede Nacht Eures Lebens mit ihm zusammen verbringen.«

»Und ich würde dafür das Leben meiner großen Schwester opfern«, meinte Dora etwas spitz und warf Helena einen bösen Blick zu.

»Ich hoffe nur, die Gerüchte sind nicht wahr.« Helena musterte Cleo mit einem unangenehmen Lächeln. »In Eurem Interesse natürlich.«

»Was denn für Gerüchte?«, hakte Cleo nach und runzelte die Stirn.

»Helena«, stieß Dora mit zusammengebissenen Zähnen hervor. »Pass auf, was du sagst.«

Aber Helena lachte hochmütig. »Findest du nicht, die Prinzessin hat ein Recht zu erfahren, dass man ihrem neuen Ehemann nachsagt, er hege verbotene Gefühle für Prinzessin Lucia – und sie für ihn? Eine solche Liebe zwischen Geschwistern … was für ein Skandal, wenn das bekannt wird.«

»Entschuldigt meine Schwester«, sagte Dora errötend. »Sie hat heute Abend zur Feier Eurer Hochzeit etwas zu viel getrunken. Wahrscheinlich weiß sie nicht mehr, was sie sagt.«

Cleo kniff die Augen zusammen. »Ich werde nicht vergessen, dass du versucht hast, sie daran zu hindern, solche widerwärtigen Lügen zu verbreiten.« Niemals hätte sie zugegeben, wie interessant diese Information für sie war – ob sie nun der Wahrheit entsprach oder nicht.

Als ihre Arbeit erledigt war, zogen sich die Mädchen ohne ein weiteres Wort zurück. Cronus schloss die Tür hinter ihnen, und als Cleo versuchsweise die Klinke herunterdrückte, musste sie feststellen, dass die Tür von außen verriegelt war.

Sie saß in der Falle.

Vorher, als sie frei hatte herumlaufen können, hätte sie sich beinahe vormachen können, dass sie noch immer einen Rest von Selbstbestimmung besaß. Aber das war eine glatte Lüge. Sie war vollkommen ohnmächtig.

Magnus würde über sie bestimmen. Er würde sie genauso misshandeln, wie sein Vater es heute getan hatte. Als die Dienerinnen sie für die Hochzeitsnacht zurechtmachten, hatte sie im Spiegel den blauen Fleck auf ihrem Wangenknochen gesehen, wo der König sie geschlagen hatte, und auch die Würgemale an ihrem Hals.

Doch Cleo hatte dieses Schicksal selbst gewählt. Sie hätte mit Jonas fliehen können, aber sie hatte sich dafür entschieden hierzubleiben. Dafür musste es einen Grund geben … ein höheres Ziel als mit einem Rebellen zu fliehen.

Sie lief zu dem Festkleid, das sie beim Bankett getragen und jetzt abgelegt hatte. Ihr Amethystring funkelte im Kerzenschein, als sie das Geschenk von Prinz Ashur aus den Falten hervorzog. Langsam wickelte sie es aus und blickte überrascht auf den golden schimmernden Gegenstand, der zum Vorschein kam.

Es war ein goldener Dolch, wunderschön, mit einem kunstvoll geschnitzten Griff und einer geschwungenen Klinge. Sie dachte an die Worte des Prinzen: »*Ein Geschenk, das man in meiner Heimat einer Braut für die Hochzeitsnacht gibt.*« Ein eiskalter Schauer lief ihr über den Rücken, als sie den Zweck der Waffe begriff – eine unglückliche Braut konnte sich selbst mit diesem Dolch das Leben nehmen, wenn sie spürte, dass ihr kein anderer Ausweg mehr blieb.

Oder … das Leben ihres neuen Ehemanns.

Als sie hörte, wie die Tür aufgeschlossen und geöffnet wurde, versteckte sie den Dolch schnell hinter ihrem Rücken. Einen Augenblick später trat Magnus ins Zimmer. Sein dunkler Blick wanderte durch den großen Raum, hielt kurz bei den Kerzen und den Rosenblättern inne und heftete sich schließlich auf sie.

Wieder bereute sie ihren übermäßigen Weinkonsum. Sie musste jetzt klar denken, nicht verschwommen und trübe.

»Sieht aus, als wären wir endlich allein«, stellte Magnus trocken fest.

Cleo war sicher, dass er ihr Herz schlagen hörte, so laut klang es in ihren Ohren.

Magnus bückte sich, hob eines der Rosenblätter auf und zerquetschte es zwischen den Fingern. »Warum hat man das alles für nötig befunden?«

Sie fuhr sich mit der Zungenspitze über die trockenen Lippen. »Ihr findet das also nicht … romantisch?«

Er ließ das Blütenblatt wieder los, woraufhin es langsam zu Boden flatterte und dort, einem Blutstropfen gleich, landete. »Ich mache mir ganz bestimmt nichts aus solchem Unsinn.«

»Bestimmt würden viele Männer in ihrer Hochzeitsnacht so etwas zu schätzen wissen.«

»Rosen und Kerzen? Aber nein, Prinzessin. Die meisten Männer pfeifen auf solche Dinge. In der Hochzeitsnacht interessieren Männer sich nur für eines, und ich denke, dass Ihr bereits wisst, was es ist.«

Wieder verdoppelte ihr Herz seine Geschwindigkeit.

Anscheinend wirkte ihre Betroffenheit seltsam auf ihn, denn sie entlockte ihm ein leises Lachen. »Dieser Blick … eine solche Verachtung. Findet Ihr mich wirklich dermaßen hässlich?«

Auf diese Frage war Cleo nicht gefasst. Hässlich? Trotz der Narbe war Magnus weit davon entfernt, hässlich zu sein – zumindest körperlich.

»Viel schlimmer«, antwortete sie ehrlich.

Er strich mit dem Finger über seine Narbe, während er Cleo einen Moment nachdenklich ansah.

»Glaubt mir, Prinzessin, ich gebe mich keinen Illusionen hin. Ich weiß, dass Ihr mich hasst und dass sich das niemals ändern wird.«

»Sollte es?« Ihre Worte klangen heiser. »Genau genommen kann ich mir keinen Grund denken, warum ich Euch gegenüber überhaupt etwas empfinden sollte. Egal was.«

»Nein, es ist Euer gutes Recht, mir gegenüber nichts zu empfinden – so ist es doch in allen arrangierten Ehen. Aber Hass ist wenigstens *etwas*. Das Problem ist nur, dass man immer im Nachteil ist, wenn man jemanden hasst. Hass trübt das Denken ebenso wie fünf Kelche Wein.«

Gemächlichen Schrittes ging Magnus zum Bett, betrachtete die dicken Mahagoni-Pfosten und fuhr mit dem Finger über einen von ihnen. Jetzt stand er ein ganzes Stück näher bei Cleo, viel zu nah für ihren Geschmack. Doch sie wich nicht zurück, sie wollte ihm nicht die Genugtuung geben, ihre Angst zu zeigen, vor allem jetzt, da niemand in der Nähe war, um einzugreifen.

»Das erinnert mich an meinen Großvater.« Auf einmal klang Magnus fast wehmütig. »Er hatte ein Buch über Meereskreaturen und hat mir, als ich ein kleiner Junge war, oft Geschichten über sie erzählt, nachdem mein Kindermädchen mich ins Bett gebracht hatte. Dafür musste er sich heimlich an meinem Vater vorbeischleichen, denn der hatte nie etwas für amüsante Geschichten übrig – eigentlich für gar nichts Amüsantes. Wenn ich aus einem Buch nichts Handfestes lernen konnte, wurde es aus dem Palast verbannt. Oder verbrannt. Als mein Großvater noch regierte, war das anders.«

Bis zu diesem Moment hatte Cleo die Schnitzerei nicht einmal wahrgenommen – in das dunkle Holz waren Fische, Muscheln und Seejungfrauen mit einem Schwanz statt Beinen geschnitzt. Es war eine wunderschöne Arbeit, die ein bekannter Künstler aus Hawk's Brow im Auftrag ihres Vaters gefertigt hatte. Von ihm stammten noch viele weitere Kunstwerke überall im Schloss.

»Ich weiß nur wenig über König Davidus«, sagte sie, als Magnus schwieg. »Er war wohl ganz anders als Euer Vater.«

Magnus schnaubte leise. »Allerdings. Manchmal frage ich mich, ob sich meine Großmutter vielleicht einen Dämon als Liebhaber genommen hat – vielleicht ist mein Vater aus dieser Liaison hervorgegangen. Natürlich gab es auch bei meinem Großvater feste Regeln. Er war keineswegs ein Schwächling. Aber er war freundlich, und sein Volk hat ihn geliebt. Er hatte es nicht nötig, mit eiserner Faust und ständigen Drohungen zu regieren.« Ihre Blicke trafen sich, und hinter seinen Augen tauchte etwas auf, was aussah wie Trauer. »Er ist gestorben, als ich sechs Jahre alt war. Er hat etwas getrunken, was ihm nicht bekommen ist.«

»Heißt das, jemand hat ihn vergiftet?«

Noch immer war dieser seltsame und unerwartete Schmerz in seinen Augen, doch jetzt kniff er den Mund zu einer schmalen Linie zusammen. »Nicht ›jemand‹. Ich habe gesehen, wie er das Gift in den Kelch gestreut hat, aus einem hohlen Ring. Ich habe gesehen, wie er den Kelch meinem Großvater gegeben hat. Ich habe gesehen, wie mein Großvater es getrunken hat.«

Cleo lauschte stumm.

»Und als mein Vater merkte, dass ich ihn dabei beobachtet hatte, hat er mir zugelächelt, als sollte ich ihm Beifall spenden. Damals habe ich das nicht verstanden, aber jetzt verstehe ich es. Mein Vater ist bereit, alles zu tun, um sich eines Menschen zu entledigen, der ihm im Weg steht. Nichts hat sich verändert. Nichts wird sich jemals verändern. Das müsst Ihr verstehen, Prinzessin, dann wird Euer Leben leichter.«

Was war das? Eine Warnung? Versuchte Magnus tatsächlich, ihr zu helfen?

»Ihr haltet *mich* aber nicht für eine Bedrohung?«, fragte sie vorsichtig.

Er kam noch näher, und sie umklammerte das Messer hinter ihrem Rücken so fest, dass der Griff ihr schmerzhaft in die Handfläche drückte.

»Es spielt keine Rolle, was ich denke«, sagte Magnus. »Es gibt keine Magie hinter einem Gedanken. Es sei denn, man ist eine Hexe.«

»Deshalb tut Ihr, was immer er Euch befiehlt, wann immer er es befiehlt.«

»Richtig. Und das werde ich auch weiterhin so halten.«

»Er hat vor, mich zu töten, nicht wahr?« Schon der Gedanke erweckte ihre Angst – aber er wurde begleitet von einer heißen, brodelnden Wut.

Magnus runzelte leicht die Stirn. »Leiden wir etwa unter einem Verfolgungswahn? Das ist nicht üblich für eine junge Braut.«

Wütend starrte Cleo ihn an. »Sprecht nicht so herablassend mit mir. Ich weiß, was Ihr vorhabt.«

»Ach wirklich?« Er legte den Kopf schief. »Ich finde, das ist schwer zu glauben. Schließlich ist diejenige, die für Euch spionieren sollte, nicht mehr da. Ihr habt Mira sehr schlau eingesetzt, sie hätte bestimmt wichtige Informationen für Euch sammeln können.«

Bei der Erwähnung ihrer toten Freundin tat Cleo das Herz weh. Sie hatte Mira nicht deswegen als Lucias Zofe vorgeschlagen, damit sie spionieren konnte, sondern nur, weil es ihr helfen sollte zu überleben.

»Und jetzt ist sie tot, und Ihr seid schuld daran!« Sie musste sich mit aller Kraft zusammennehmen, um nicht das Messer hinter ihrem Rücken hervorzuholen und es ihm in die Brust zu stoßen.

Sein Gesicht wurde finster. »Nein, ich habe sie verteidigt. Oder es zumindest versucht. Mein Vater handelt ohne nachzudenken, vor allem wenn es um neugierige Dienstboten geht. Ich an seiner Stelle hätte ihr Leben verschont.«

»Lügner!«

»Ich lüge nicht. Nicht bei diesem Thema. Eure Freundin Mira hat sich in sehr dunkle Bereiche vorgewagt, nur um mit einer Angehörigen der Familie Damora im gleichen Raum zu sein, und dafür einen hohen Preis bezahlt. Wie Euer Gardist in Paelsia.«

Tränen schossen Cleo in die Augen, als er Theon erwähnte. »Sprecht nicht von ihm, niemals.«

»Ich werde Euch nicht um Verzeihung bitten für das, was ich getan habe.« Magnus wandte den Blick ab. »Aber ich weiß, dass ich damals aus Angst und Feigheit gehandelt habe. Ganz allein deswegen schäme ich mich dafür.«

Eine heiße Träne rollte über Cleos Wange. »Meine Familie ist tot. Mein Königreich ist mir gestohlen worden. Meine Freunde sterben unter Euren und den Händen Eurer Familie.«

»Und Ihr atmet nur dank unserer Gnade.«

»Gnädig wäre nicht das Wort, mit dem ich jemals einen von euch beschreiben würde. Und ich glaube kein Wort von dem, was Ihr von Eurem Großvater erzählt. Wenn in seinen Adern das gleiche Blut floss wie in Euren, dann war er ein Tyrann und ein brutaler Mensch. Die Limerianer sind so kalt wie das Königreich, in dem sie herrschen. Kein Wunder, dass Ihr ein Herz aus Eis habt.«

Er reagierte mit einem äußerst unangenehmen Lächeln. »Bisher habt Ihr gemeint, ich hätte gar kein Herz. Also mache ich eindeutig Fortschritte, Prinzessin.« Er musterte sie durchdringend. »Doch nun genug von der Vergangenheit. Wie sollen wir das Problem lösen, das Ihr an diesem schicksalhaften Abend für mich darstellt?«

»Was …?« Mehr bekam Cleo nicht über die Lippen, denn Magnus packte grob ihre Arme und drehte sie um. Sie kreischte laut auf, als er ihr den Dolch aus der Hand riss und sie dann so heftig von sich stieß, dass sie rückwärtsstolperte und unsanft auf dem Bett landete. Voller Entsetzen starrte sie ihn an, während er die goldene Klinge inspizierte.

»Ihr wolltet wohl diesen kleinen Dolch an mir ausprobieren, Prinzessin?«, meinte er mit einem spöttischen Blick. »Dabei war ich doch den ganzen Abend so freundlich zu Euch.«

Sie konnte die Augen nicht von der Waffe abwenden. Die Vorstellung, dass er sie damit bestrafen könnte, machte sie blind für alles andere.

Er wanderte langsam im Zimmer umher, ohne sie aus den Augen zu lassen, wie ein Raubtier, das seine Beute in die Enge treibt. »Wer hat Euch den Dolch gegeben?«

Sie biss sich auf die Zunge.

Wieder sah er auf das Messer. »Das ist ein ornamentaler Brautdolch aus Kraeshia. Was für ein großzügiges Geschenk von Prinz Ashur. Ich hoffe, Ihr habt Euch angemessen bei ihm bedankt.« Als sie nicht antwortete, fuhr er fort. »Was denn, fehlen Euch die Worte, Prinzessin? Sonst wisst Ihr doch auf alles eine schlagfertige Antwort. Vielleicht jetzt nicht mehr, nachdem ich Euch Eure Waffe weggenommen habe?«

Er steckte den Dolch in seinen Mantel und trat wieder einen Schritt auf Cleo zu.

Sofort sprang Cleo vom Bett und wich zurück, allerdings nur mit dem Erfolg, dass sie jetzt mit dem Rücken zur Wand in einer Ecke stand. »Kommt mir nicht zu nahe!«

Er beobachtete sie amüsiert. »Was ist das denn? Ein verängstigtes Kaninchen, das sich vor dem Wolf verstecken will? Ihr müsst schon entschuldigen, aber ich finde eine solch unschuldige Fassade etwas schwer zu akzeptieren.«

»Ihr werdet mich heute Nacht nicht anfassen.« Sie zwang sich, stark und fest zu klingen. »Und auch sonst nicht.«

Im Handumdrehen stand Magnus vor ihr, packte wieder ihre Arme und drückte sie an die kalte Steinwand. Dann senkte er das Gesicht zu ihrem herab, so dass sie sich Auge in Auge gegenüberstanden. Sein Körper presste sich an ihren, so dass sie sich nicht mehr von der Stelle rühren konnte.

»Oh, schaut. Ich berühre Euch.« Sein Blick glitt über ihr

Gesicht und verweilte kurz auf dem blauen Fleck auf ihrer Wange. Dann sah er ihr in die Augen. »Erdreistet Euch nicht, mir zu sagen, was ich tun oder lassen soll, Prinzessin. Jede Form von Macht oder Einfluss, die Ihr Euch zu haben einbildet, ist nur das, was ich Euch erlaube. Bitte vergesst das nicht.«

»Lasst mich los.«

»Nein, noch nicht.«

Er tat ihr nicht weh, aber sie konnte sich nicht bewegen und kaum atmen.

Sehr langsam und deutlich fuhr Magnus fort: »Seht Ihr? Ihr seid mir ausgeliefert, auf Gnade und Barmherzigkeit.« Dann beugte er sich noch näher über sie und flüsterte: »Was immer ich Euch antun möchte, sei es Schmerz oder Lust, ich werde es tun, wann und wie es mir gefällt. Das müsst Ihr begreifen.«

Cleo bekam keine Luft mehr.

Doch seine Umklammerung wurde noch fester, und seine Worte waren heiß an ihrem Ohr. »Mein Vater wollte diese Ehe, nicht ich. Aber ich musste Euch zur Frau nehmen, weil es meine Position als sein Thronerbe festigt. Eines Tages wird alles, was mein Vater besitzt, mir gehören – sein Königreich, seine Armee, seine ganze Macht. Diese Zukunft setze ich nicht aufs Spiel, für nichts und niemanden. Aber damit das klar ist: Ich würde mich lieber mit einem wilden Tier aus dem Wildland einlassen als mit Euch, denn seine Krallen sind wahrscheinlich weniger scharf.«

Abrupt ließ er sie los und trat einen Schritt zurück. Mit einem Ruck strömte wieder Luft in Cleos Lungen, und sie starrte ihn schockiert an.

»Dafür könnte ich Euch hinrichten lassen.« Er berührte den Dolch unter seinem Mantel. »Das wisst Ihr doch, nicht wahr?«

Cleo nickte stumm, hielt aber seinem Blick stand. Jetzt die Augen abzuwenden wäre ein Zeichen von Schwäche gewesen.

»Wenn Euch Euer Leben und das Eures einzigen Freunds Nic lieb ist, dann verhaltet Euch auf unserer morgen beginnenden Reise durch dieses göttinverlassene Land wie eine verliebte Braut. Ihr werdet für die hirnlosen Massen, die an die Lügen meines Vaters glauben, eine hübsche Darbietung geben. Habt Ihr mich verstanden?«

Sie nickte ruckartig. »Ja.«

Langsam wandte Magnus sich zum Gehen. Doch ehe er die Tür schloss und hinter sich verriegelte, hielt er noch einmal inne. »Und falls jemand fragen sollte«, fügte er hinzu, »dann sagt Ihr, dass diese Nacht alles übertroffen hat, was Ihr Euch je von mir erträumt habt.«

KAPITEL 24

LYSANDRA

IM WILDLAND

Im Morgengrauen waren Jonas und zwanzig begeisterte Freiwillige aufgebrochen, um bei der königlichen Hochzeit Ruhm und Ehre zu ernten, während die andere Hälfte der Rebellen im Lager zurückgeblieben war. Lysandra wartete gespannt auf Nachrichten und beschäftigte sich zur Ablenkung mit Jagen und Pfeileschnitzen. Mehrere Kundschafter waren ausgesandt worden – unter ihnen auch Nerissa –, um weitere Informationen über die Straße zu sammeln. Noch immer war Lysandra entschlossen, dort eine Schwachstelle zu finden. Etwas, was ihr half, ihren Bruder zu finden und zu befreien. Etwas, was ihr einen Vorteil verschaffte, falls Jonas heute keinen Erfolg hatte mit seinem Vorhaben, den König zu töten.

Einige Stunden später gab es ein Erdbeben, das alle von den Füßen holte. Genau wie bei dem Tornado in Paelsia stürzte Brion sofort zu Lysandra und schlang seine starken Arme um sie, als könnte er sie beschützen. Als das Beben endlich aufhörte, entwand sie sich seinem Griff.

»Ich … ich muss wieder jagen gehen«, sagte sie.

»Lys …«

»Nein, lass gut sein …« Sie blickte zu den anderen Jungen, die jetzt untereinander flüsterten und lachten, trotz des Unbehagens, das das seltsame Beben ausgelöst hatte. Dass Brion in Lysandra verliebt war, wusste ohnehin jeder – dank Jonas. »Lass mir ein bisschen Luft zum Atmen, in Ordnung?«

Er machte ein enttäuschtes Gesicht. »Tut mir leid. Natürlich.«

Lysandra nahm ihren Bogen und wanderte tiefer in den Wald. Warum sollte sie sich über diesen Jungen ärgern, der doch netter zu ihr gewesen war als alle anderen zusammen? Der sie sogar gegen seinen besten Freund verteidigt hatte, als keiner der anderen dazu bereit gewesen war?

Sie wusste nur, dass sie nichts anderes als Freundschaft für Brion empfand – und selbst dieses Gefühl wurde häufig auf die Probe gestellt.

Aber sie hatte keine Zeit für Gedanken über Freundschaft … und schon gar nicht für eine Liebesgeschichte. Nicht jetzt. Und ganz bestimmt nicht hier.

»Dummkopf«, murmelte sie vor sich hin, als sie eine Weile nicht allzu weit vom Lager durch den Wald gestreift war. Blätter und heruntergefallene Zweige knackten und raschelten bei jedem Schritt unter ihren Füßen. Sie war nicht sicher, wen oder was sie damit meinte, aber das Wort laut auszusprechen fühlte sich irgendwie befreiend an.

Nach dem Beben hatte der größte Teil ihrer potenziellen Beute Unterschlupf gesucht. Der Abend dämmerte bereits, als sie in der Ferne endlich ein Reh entdeckte. Mit angehaltenem Atem legte sie einen Pfeil ein und zielte auf das Tier.

Du wirst heute Abend eine gute Mahlzeit ergeben, mein kleiner Freund. Also halt still.

Doch plötzlich erschreckte das Geräusch schwerer Schritte, die sich stampfend durch den Wald näherten, das Reh, und es lief davon, ehe Lysandra ihren Pfeil abschießen konnte. Sie schimpfte leise vor sich hin. Wahrscheinlich war ihr jemand vom Lager gefolgt.

»Hoffentlich bist das nicht du, Brion«, murmelte sie und wandte sich in die Richtung, aus der der Lärm kam.

Aus dem Dickicht jenseits der Bäume, hinter denen sie stand, erschien eine vertraute Gestalt, stolperte, stürzte zu Boden und versuchte sich mühsam wieder aufzurichten.

Lysandra kniff die Augen zusammen. »Jonas?«

Im nächsten Moment tauchte ein berittener limerianischer Gardist auf, der Jonas einholte, vom Pferd sprang und Jonas unsanft an den Haaren packte. »Du hast wohl nicht geglaubt, dass ich dich einfange, was, Rebell?«

Jonas antwortete nicht, aber seine Knie gaben wieder unter ihm nach. Sein Gesicht war voller Blut, seine Augen glasig.

Der Gardist zog das Schwert und hielt es Jonas an die Kehle. »Ich weiß, wer du bist – Jonas Agallon, der Mörder von Königin Althea. Wenn ich dem König deinen Kopf bringe, kriege ich eine feine Belohnung. Hast du dazu irgendetwas zu sagen?«

»Er nicht«, flüsterte Lysandra und fügte lauter hinzu: »Aber ich!«

Als der Mann beim Klang ihrer Stimme über die Schulter blickte, schoss sie den Pfeil ab, und er traf ihr Opfer zielgenau ins linke Auge. Noch ehe der Mann den Boden berührte, war er tot. Mit raschen Schritten eilte Lysandra zu Jonas und schob die Leiche des Gardisten achtlos zur Seite.

»Was ist passiert?«, fragte sie und packte Jonas am Hemd. »Sind noch mehr Soldaten hinter dir her?«

Sein Atem ging hektisch, aber er antwortete nicht. Als Lysandra ihn genauer ansah, entdeckte sie an seiner Seite eine tiefe, klaffende Wunde, außerdem blutete er stark am Hinterkopf.

Ihr sank der Mut. »Ich hab dir doch gesagt, ihr sollt da nicht hingehen, du Narr. Wann hörst du endlich mal auf mich?«

Sie schwankte unter seinem Gewicht, als er wieder stürzte und gegen sie fiel. Rasch vergewisserte sie sich, dass keine weiteren Feinde mehr in der Nähe waren, schleifte Jonas von dem toten Soldaten weg und legte ihn bei den Wurzeln einer großen Eiche vorsichtig auf den Boden, wobei sie besonders auf seine Kopfwunde achtete. Dann öffnete sie schnell sein Hemd, um die Wunde an seiner Seite besser in Augenschein nehmen zu können.

Beim Anblick des aufgerissenen Fleischs verzog sie unwillkürlich das Gesicht. »Was soll ich jetzt bloß mit dir machen?«

Kurzentschlossen riss sie einen langen Streifen von ihrem eigenen Hemd ab, das sauberer war als seines, und drückte es auf die Wunde, um die Blutung zu stoppen. Ausbrennen konnte er sie später selbst.

Falls er überlebte.

Du bleibst am Leben, Jonas, dachte sie. *Du bist viel zu stur, um heute zu sterben.*

Ein Falke, der über ihnen auf der Eiche gelandet war, blickte auf sie herunter, als wäre er neugierig, was sie da machten.

»Wenn du nicht vorhast, uns zu helfen, dann kümmere dich gefälligst um deine eigenen Angelegenheiten«, herrschte Lysandra ihn an. Sie hatte sich seine Markierung gemerkt. Schon wieder ein weibliches Wesen, das sich in den hübschen Rebellenanführer verliebt hatte, auch wenn es nur ein Vogel war. Sie griff nach einem Stein und warf ihn nach dem Falken. Er flatterte mit den Flügeln und flog davon.

»Dein berüchtigter Charme scheint sogar noch über die Grenzen der menschlichen Spezies hinauszugehen, Agallon«, murmelte sie.

Jonas stöhnte, als sie ihm mit einem weiteren von ihrem Hemd abgerissenen Stück Stoff das Gesicht abwischte. Lysandra erstarrte. Jonas' Lippen bewegten sich mühsam, er versuchte etwas zu sagen, schaffte es aber nicht.

Sie beugte sich dichter über ihn. »Was?«

»So schrecklich … tut mir so leid … hab euch enttäuscht …«

Seine Augen öffneten sich, und er sah sie an. Seine waren braun, eine Schattierung, die Lysandra an Zimt erinnerte, ihr Lieblingsgewürz, mit kleinen goldenen Sprenkeln um die Iris – die so schwarz war wie seine dichten Wimpern. Es war nicht das erste Mal, dass ihr das auffiel.

»Du musst aufstehen«, sagte sie, und plötzlich war ihre Stimme ganz heiser. »Komm. Wir müssen hier weg.«

»Du …«, stieß er hervor.

»Ja, es ist …«

Er zog sie zu sich, so nah, dass seine Lippen ihre berührten.

Lysandra starrte schockiert auf ihn hinab. »Jonas …?«

»Cleo …«, flüsterte er.

Sofort zuckte sie zurück. Ihre Verwirrung verschwand, und an ihre Stelle trat eine neue Welle von Wut. Dann holte sie aus und schlug ihm mit der Hand ins Gesicht.

»Reiß dich zusammen, du Idiot. Wenn du meinst, ich bin die Prinzessin, bist du in noch schlechterer Verfassung, als ich gedacht habe.«

Mit einem Ruck setzte Jonas sich auf und schlug die Hände vors Gesicht, die Stirn in tiefe Falten gelegt.

»Der Gardist«, stieß er hervor.

»Ich hab ihn getötet.« In seinen Augen konnte Lysandra erkennen, dass er sich an nichts von dem erinnerte, was gerade geschehen war. Vielleicht war für ihn alles nur ein Traum gewesen.

»Gut.« Mühsam stand er auf und schnitt eine Grimasse, als er versehentlich seine Wunde berührte.

»Was ist passiert? Wo sind die anderen?«

Er schaute sie mit dem trostlosesten Blick an, den sie jemals bei einem Menschen gesehen hatte, und noch ehe er das

Wort herausbrachte, gefror ihr das Blut in den Adern. »Tot«, sagte er leise.

»Alle?«

»Ja.«

Einen Moment war sie sprachlos. »Verdammt, Jonas«, stieß sie dann hervor. »Ich hätte mir nicht die Mühe machen sollen, deinen Arsch zu retten. Du hast es nicht verdient.«

»Stimmt. Ich hab es nicht verdient.« Er schluckte schwer, mit zusammengebissenen Zähnen. »Aber jetzt muss ich zurück ins Lager.«

Mehr gab es nicht zu sagen.

Zwanzig junge Rebellen waren freiwillig mit Jonas zum Tempel marschiert, voller Hoffnung auf einen gloriosen Sieg gegen König Gaius. Dreißig waren im Lager zurückgeblieben und hatten weiter geübt und geplant.

Nur Jonas war zurückgekehrt.

»Unsere Freunde ... sie haben tapfer gekämpft, aber wir waren unterlegen«, beendete Jonas seinen Bericht mit grimmiger Stimme. Inzwischen waren er und Lysandra wieder im Lager, und er hatte den anderen von dem Massaker erzählt. »Es tut mir so leid. Es war ein Fehler, und ich nehme die volle Verantwortung dafür auf mich.«

Schweigen senkte sich herab wie die Axt des Henkers.

Niemand sagte etwas, zu hören war nur ein gelegentliches leises Schluchzen. Die jungen Rebellen hatten ihre Gefühle noch nicht völlig unter Kontrolle – jedenfalls nicht, wenn sie trauerten. Die älteren standen stocksteif da, die Augen starr zu Boden gerichtet. Das Zirpen der Grillen und das Knistern des Feuers war alles, was sich in der herabsinkenden Dämmerung unter die Klagelaute mischte.

»Das ist alles deine Schuld, Jonas«, sagte Ivan schließlich.

»Es war deine Idee. Dein großartiger Plan, bei dem nichts schiefgehen würde.«

Brion stand auf der anderen Seite des Feuers, Jonas gegenüber. »Er konnte nicht wissen, dass so etwas passiert.«

»Er konnte es nicht wissen, richtig. Aber er hat mit dieser Prinzessin über den Plan geredet, stimmt's? Wahrscheinlich hat sie dem König alles erzählt.«

»Das würde sie niemals tun«, sagte Jonas. Er hatte den Kopf in die Hände gestützt.

»Warum denn nicht? Was hat sie zu verlieren, wenn das Blut der Rebellen an ihrem Hochzeitstag vergossen wird?«

»Was sie zu verlieren hat?«, knurrte Jonas. »Alles! Es wäre auch ihr Sieg gewesen, wenn wir heute gewonnen hätten. Aber wir haben nicht gewonnen. Sie muss noch immer bei unserem Feind bleiben, und ihr rechtmäßiger Thron gehört noch immer dem Blutkönig.«

»Und du bist der Einzige, der überlebt hat. Vielleicht bist du ja derjenige, der dem König den Tipp gegeben hat, um dich bei ihm einzuschmeicheln, damit dein Gesicht von den Fahndungsplakaten verschwindet.«

Jonas' Gesicht wurde noch finsterer. »Ich würde mich eher freiwillig töten lassen als dem König unsere Pläne zu verraten. Und das wisst ihr auch genau.«

Ivan, der fast einen Kopf größer war als Jonas, ging auf ihn zu. »Sag mir doch noch einmal, warum du unser Anführer sein willst!«

Jonas stand auf. Trotz seiner Verwundungen hielt er dem Blick des anderen Jungen stand. »Sag du mir doch noch einmal, warum du ein Rebell sein willst! Seit Wochen hast du dich nicht mehr freiwillig gemeldet, Ivan.«

Das saß. Ivan holte aus und schlug Jonas die Faust aufs Kinn. Jonas stolperte zurück und ging hart zu Boden.

»Du hältst dich für so großartig«, knurrte Ivan. »Tja, das ist der Beweis, dass du ein Nichts bist. Du bist wertlos, und dein dämlicher Plan hat zwanzig von uns das Leben gekostet. Meinst du, jetzt werden wir dir noch folgen?«

»Ja«, warf Lysandra ein, »ja, das werden wir.«

Mit vor Wut funkelnden Augen wandte Ivan sich zu ihr um. »Was hast du gesagt?«

Aus dem Augenwinkel sah sie, wie Jonas aufzustehen versuchte.

»Hat er eine falsche Entscheidung getroffen, als er heute zum Tempel marschiert ist? Ja, das hat er. Aber er hat eine Entscheidung getroffen. Und wenn er Erfolg gehabt hätte, dann würdet ihr jetzt alle aus voller Kehle jubeln und seinen Namen brüllen. Heute sind zwanzig Rebellen ums Leben gekommen – zwanzig von uns, die bereit waren, auch die kleinste Chance zu nutzen, um König Gaius zu beseitigen und unser Volk aus der Sklaverei und Unterdrückung zu befreien, auch wenn sie dafür ihr Leben riskiert haben. War es das wert? Bisher hätte ich diese Frage mit einem Nein beantwortet, aber jetzt fange ich an umzudenken. Wenn mehr von uns mutig genug und verrückt genug wären, wären wir vielleicht mitgegangen. Wenn wir alle zusammen losmarschiert wären, hätten wir vielleicht gesiegt.«

Ivan musterte sie voller Abscheu, »Was weißt du denn schon? Du bist doch bloß ein Mädchen, deine Meinung ist völlig bedeutungslos. Du solltest uns das Abendessen kochen, nicht an unserer Seite kämpfen.«

Diesmal landete Lysandras Faust auf Ivans Kinn. Zwar fiel er nicht um, aber er staunte zumindest. Er wollte zurückschlagen – und sie war darauf vorbereitet –, aber Jonas war rechtzeitig zur Stelle und schob Lysandra aus dem Weg. Einen Moment später stand Brion an seiner Seite.

»Schluss jetzt, Ivan«, knurrte Jonas, aber sein Gesicht war traurig. »Es war nicht ihre Schuld, sondern meine. Ich habe mir den Plan ausgedacht. Ich habe den Befehl gegeben. Und zwanzig Jungen sind mir in den Tod gefolgt. Willst du jemanden verprügeln? Dann verprügle gefälligst mich. Das gilt übrigens auch für die anderen.«

»Heute haben wir verloren«, sagte Lysandra in die darauffolgende Stille hinein. »Es tut mir leid, dass unsere Freunde ihr Leben lassen mussten. Aber so etwas wird wieder passieren. Wir werden ganz sicher nicht alle das Ende unseres Kampfes erleben. Dieses Risiko seid ihr bewusst eingegangen, als ihr euch dem Widerstand angeschlossen habt. Wir werden jeden Tag stärker, geschickter, klüger. Und wir werden den König immer wieder angreifen, wir werden ihm Schaden zufügen und seine Blutstraße zu Fall bringen. Wir werden ihn angreifen, bis wir ihn getötet haben. Dafür leben wir!«

»Damit will ich nichts zu tun haben«, brummte Ivan und wischte sich das Blut aus dem Mundwinkel.

»Dann wollen wir mit dir auch nichts mehr zu tun haben«, erwiderte Brion. »Verschwinde. Geh heim zu deiner Mama. Wenn du nicht hier sein willst, dann wollen wir dich auch nicht hierhaben.«

»Jonas wird euch alle in den Tod führen«, fauchte Ivan.

Brion sah ihm fest in die Augen. »Mach, dass du wegkommst.«

Endlich wandte Ivan sich ab, und mit einem letzten wütenden Blick zu Lysandra tat er genau das, was man ihm nahegelegt hatte, und verschwand aus dem Lager.

»Möchte sonst noch jemand gehen?«, fragte Brion laut. »Oder wollen wir zusammenbleiben – bis zum bitteren Ende, komme, was wolle?«

Langsam antworteten sie, ein Rebell nach dem anderen.

Tarus als Erster, zögernd noch, aber klar und deutlich. »Ich bin dabei!«

»Wir halten zu dir, Jonas!«

»Bis zum bitteren Ende!«

Trotz der erneut beteuerten Loyalität konnte man das Treffen keineswegs als angenehm bezeichnen. Es gab reichlich Grund für Kummer, Trauer und Tränen. Aber wenigstens war die Bewegung nicht am Ende. Nein, es war ein Neuanfang, eine neue Verpflichtung an ihre gemeinsame Sache, geboren aus der Erfahrung von Blut und Verlust.

Stirnrunzelnd wandte Jonas sich Lysandra zu. »Ich hätte nie erwartet, dass du dich so für mich einsetzt.«

»Ich habe mich nicht für dich eingesetzt.« Sie warf einen Stock in das knisternde Feuer, schüttelte ihre schmerzende Hand aus und massierte sich die Knöchel. »Ich will Ivan schon seit einer Weile in sein hässliches Gesicht schlagen.«

»Das leuchtet mir schon eher ein.«

Sie holte tief Luft und wandte sich ihm zu. »Aber eines möchte ich dir sagen, Jonas. Von jetzt an wirst du meine Überlegungen ernst nehmen. Wir müssen die Blutstraße angreifen. Wir müssen sie stilllegen. Mein Schicksal liegt auf dieser Straße – mein Schicksal und das Schicksal unseres Volkes.«

Er schwieg, aber nach einer Weile nickte er. »Du hast recht. Ich werde auf dich hören.«

»Mach so einen Fehler nicht noch mal, Agallon.«

Er biss die Zähne zusammen. »Ich werde mich bemühen.«

»Ja, das solltest du, sonst haben wir nämlich ein Problem, du und ich.«

»Ich hab verstanden.« Noch einen Moment sah er ihr in die Augen, als suchte er darin etwas. Lysandra wandte den Blick als Erste ab.

Dann packte Jonas Brion einen wortlosen Augenblick lang an der Schulter. Seit ihrem Streit vor zwei Tagen war es zwischen ihnen schwierig gewesen, aber jetzt zögerte Brion keine Sekunde und nahm Jonas fest in den Arm. Jonas' dunkle, schmerzerfüllte Augen leuchteten kurz auf, dann entfernte er sich, um sich um seine Wunden zu kümmern.

»Alles klar mit euch beiden?«, fragte Lysandra.

Brion zuckte die Achseln. »Vielleicht.«

»Du bist für ihn wie ein Bruder.«

»Das beruht auf Gegenseitigkeit.«

»Ich bin froh, dass du wütend auf ihn warst.« Lysandra verschränkte die Arme und starrte Brion direkt ins Gesicht. »Wenn zwischen euch alles gut gewesen wäre, wärst du an seiner Seite in den Tempel marschiert. Und dann wärst du womöglich gestorben.«

»Da ist was dran.« Plötzlich wirkte er seltsam steif, was sie nicht recht verstand. Es war kein Kummer, sondern … Frustration. »Ich glaube, ich verstehe die Sache jetzt besser.«

»Welche Sache denn?«

»Wie du mich anschaust.« Brion zuckte die Achseln. »Bei Jonas ist das ganz anders. Ich glaube, du bist in ihn verliebt.«

Sie starrte ihn an. »Heute sind zwanzig von uns gestorben, und das ist für heute Abend deine wichtigste Beobachtung? Du solltest mal deinen Kopf aus dem Sand ziehen und dich auf das konzentrieren, was wirklich zählt.«

Mit wütenden Schritten entfernte sich Lysandra. Sie wusste nicht, was sie mit dieser albernen Anschuldigung anfangen sollte. Trotzdem nahm sie zur Kenntnis, dass sie nicht versucht hatte, sie von sich zu weisen.

KAPITEL 25

CLEO

AURANOS

Unter Arons wachsamen Blicken machte Cleo sich in der Morgendämmerung bereit, zu ihrer gefürchteten Hochzeitsreise aufzubrechen.

»Ich wünsche Euch eine gute Reise, Prinzessin«, sagte der junge Königsvasall, als er sie durch die langen Gänge des Schlosses zu der wartenden Kutsche begleitete. »Während Ihr weg seid, werde ich den Einsatz leiten, bei dem der Mörder der Königin dingfest gemacht werden soll. Nach Eurer Rückkehr wird Prinz Magnus sich mir umgehend anschließen, sollte der Rebell dann noch immer auf freiem Fuß sein.«

Einen Einsatz leiten? *Aron*? »Offensichtlich hat der König großes Vertrauen in Eure Fähigkeiten als Königsvasall.«

»O ja, das hat er. Mehr, als Ihr denkt.« Aron beugte sich näher zu ihr. »Ich konnte nicht umhin zu bemerken, dass der Prinz sich gestern nur wenige Minuten in Eurem Schlafgemach aufgehalten und es dann bereits wieder verlassen hat. Gibt es denn schon Probleme in Eurer glücklichen jungen Ehe?«

»Aber nein, nichts dergleichen.« Sie setzte ein unverbindliches Lächeln auf. »Ich werde Euch sehr vermissen, wenn ich weg bin, Lord Aron. Ihr seid immer so ungeheuer amüsant.«

Er runzelte die Stirn. »Cleo ...«

»Für Euch immer noch Prinzessin Cleiona. Achtet bitte

darauf, stets meinen offiziellen Titel zu benutzen, vor allem jetzt, da ich glücklich mit dem Sohn des Königs verheiratet bin. Wenn Ihr mich jetzt bitte entschuldigen würdet.«

Sie drängte sich an ihm vorbei und eilte, ohne sich noch einmal umzuschauen, zur Kutsche.

Was für ein Esel. Allerdings war es wirklich ein Trost, dass ausgerechnet er die Jagd auf den Rebellenführer leitete. Dass Jonas als Mörder der Königin hingestellt wurde, war schlicht absurd – ganz offensichtlich hatte man nur einen Grund gesucht, ihn mit Unterstützung der Bevölkerung töten zu können, und den meinte man nun gefunden zu haben. Aber unter einem dermaßen windigen Vorwand und mit Aron als »Einsatzleiter« hatte Jonas sicher gute Chancen, für immer in Freiheit zu bleiben.

Ich werde dich wiedersehen, Rebell, dachte sie. *Irgendwann. Irgendwo. Bitte sorge dafür, dass dir bis dahin nichts zustößt.*

Und so begann die Hochzeitsreise. Laut Programm sollten sie zuerst quer durch Auranos reisen und sich dann auf den Weg nach Paelsia und Limeros machen. Von Stadt zu Stadt unterschieden sich ihre Auftritte nur unwesentlich: Cleo und Magnus stiegen vor der – für gewöhnlich angemessen enthusiastischen – Menschenmenge aus der Kutsche, ließen sich bestaunen und lauschten dann huldvoll den Reden der Bürgermeister und den Liedern der Barden. In einem Dorf an der Südküste von Auranos veranstaltete eine kleine Gruppe von Kindern für das frisch vermählte junge Paar eine kleine Theateraufführung. Da die Kinder hinreißend und wegen des königlichen Besuchs vor Aufregung ganz aus dem Häuschen waren, gab Cleo sich alle Mühe, aufmerksam und begeistert zu wirken, während Magnus ein gelangweiltes Gesicht zog und aus seiner Ungeduld keinen Hehl machte. Er konnte das Ende der Reise kaum abwarten, denn er brannte darauf, sich

Aron und den anderen Soldaten anzuschließen und bei der Jagd auf Jonas mitzumachen.

Als die Aufführung vorüber war, gab es eine lange Schlange von Menschen, die dem Prinzenpaar die Hand drücken wollten. Cleo erfüllte die Aufgabe freundlich wie immer, aber plötzlich packte eine Frau ihre Hand und blickte ihr besorgt in die Augen.

»Geht es Euch gut, Prinzessin?«, flüsterte sie, damit niemand außer Cleo sie hören konnte.

Sofort hatte Cleo einen Kloß im Hals, doch sie gab sich alle Mühe weiterzulächeln. »Ja, selbstverständlich. Mit mir ist alles in Ordnung. Ich danke Eurem Dorf und seinen Bewohnern, die mich und meinen – äh -, mich und den Prinzen so herzlich willkommen geheißen haben.«

Sie brachte es einfach nicht über sich, Magnus als ihren Ehemann zu bezeichnen.

Überall in ihrem geliebten Auranos begrüßten die Bürger das königliche Paar mit großem Jubel, genau wie der König es vorhergesagt hatte. Aber jedes Mal gab es auch ein paar Abweichler, die sich am Rand der Menge im Schatten herumdrückten, Angst und Argwohn in den Augen. In jeder begeisterten Menge sah Cleo ein paar Menschen, die ganz offenbar wussten, dass die glückliche Ehe, die ihnen hier vorgeführt wurde, ganz und gar nicht so glamourös und wunderbar war, wie die meisten vielleicht glaubten. Diese Menschen wussten, dass dem König nicht zu trauen war, und Versprechen ebenso leicht gebrochen werden konnten wie Knochen.

Wie sehr Cleo sich wünschte, diesem kleinen, aber wahrnehmbaren Prozentsatz ihrer Landsleute versichern zu können, dass sie, wenn sie ihren Thron zurückerobert hatte, die Dinge zum Besseren wenden würde – für alle! Aber nein, wenn sie überleben wollte, blieb ihr erst einmal nichts anderes übrig, als die Rolle der naiven Prinzessin zu spielen, die bis über beide Ohren in ihren Ehemann verliebt war.

Allerdings hatte die Sache auch ihre guten Seiten. Cleo wurde nämlich klar, dass sie, solange sie nicht im Palast war, viel bessere Chancen hatte, Informationen über einheimische Gebräuche und Legenden zu sammeln. Sie würde mehr über die Essenzen erfahren, und vielleicht auch darüber, welche Rolle ihr Ring bei ihrer Entdeckung spielen konnte – und das alles direkt vor Magnus' Nase.

Dieser Gedanke wärmte sie bei Nacht und half ihr, tagsüber in guter Stimmung zu bleiben. Doch obgleich sie ständig von Dienern und Soldaten umgeben war und sich meist auch in Gesellschaft des mürrischen, wortkargen Prinzen befand, fühlte sie sich auf dieser Reise schon nach kurzer Zeit entsetzlich einsam.

Als sie sich anschickten, in King's Harbour das Schiff zu besteigen, das sie nach Trader's Harbour in Paelsia bringen sollte, entdeckte sie Nic. Er stand am Dock neben dem großen schwarzen Schiff, das wie ein Seeungeheuer aus dem Wasser ragte. Genau wie alle anderen limerianischen Gardisten, die Cleo und Magnus auf dieser Reise begleiteten, trug auch er seine rote Uniform, und seine karottenroten Haare standen wie üblich in alle Richtungen vom Kopf ab. Und er hatte ein breites Grinsen im Gesicht.

Als sie ihren besten Freund sah, blieb Cleo der Mund offen stehen, nur mit Mühe konnte sie ihren Impuls unterdrücken, zu ihm zu laufen und ihm um den Hals zu fallen.

»Stimmt etwas nicht, Prinzessin?«, fragte Magnus.

»Es ist nur … nur Nic.« Ihr Herz klopfte. »Er ist hier.«

»Ja, richtig.«

»Das überrascht Euch nicht?«

»Nein. Ich habe es ja selbst veranlasst.«

Sie wandte sich zu ihm um und starrte ihn schockiert und voller Argwohn an. »Warum?«

»Weil ich schon seit Tagen spüre, wie miserabel Ihr Euch fühlt«, antwortete er achselzuckend. »Und das wirft ein schlechtes Licht auf mich. Aus irgendeinem unerfindlichen Grund legt Ihr großen Wert auf die Gesellschaft dieses Dummkopfs. Deshalb bleibt er für den Rest der Reise bei uns – bis ich endlich ins Schloss zurückkehren und mich von dort auf eine Reise begeben kann, die mir wirklich wichtig ist. Er kann sich um unser Gepäck kümmern und den Pferdemist wegräumen. Bestimmt finde ich eine Menge interessanter Tätigkeiten für ihn.«

Cleo war so fassungslos, dass sie kaum klar denken konnte. »Ihr habt ihn herbefohlen, damit ich mich nicht mehr so schlecht fühle?«

Magnus' Lippen wurden schmal. »Ich muss dafür sorgen, dass Ihr Euren Teil der Abmachung erfüllt, solange wir dem Volk die hübschen Lügen meines Vaters eintrichtern.«

»Danke«, flüsterte sie, und trotz seiner barschen Worte war ihre Kehle wie zugeschnürt bei dem Gedanken, dass er etwas so unerwartet Nettes getan hatte.

Er warf ihr einen flüchtigen Blick zu. »Ihr könnt Euch Eure Dankbarkeit sparen, ich habe keine Verwendung dafür.«

Sie antwortete mit einem wütenden Blick, aber auch das hätte sie sich sparen können, denn er war bereits weggegangen und unterhielt sich jetzt mit einem Gardisten in der Nähe des Schiffs.

So würdevoll wie möglich ging Cleo auf Nic zu, aber sie konnte sich ein Lächeln nicht verkneifen, das sich im Nu auf ihrem ganzen Gesicht ausbreitete. »Du bist hier!«

Auch sein Grinsen war weit inniger, als es der Etikette entsprach. »Ja, auf königlichen Befehl.«

»Nun, da bin ich aber sehr froh, dass man dich königlich herbefohlen hat.«

»In diesem besonderen Fall stimme ich dir sogar zu.«

Mit Nic im Gefolge ging die Reise nun weiter nach Paelsia, wo sie Dörfer und Weinberge besuchten, jedoch nie in die Nähe der Reichsstraße kamen – was Cleo sofort auffiel. Schweigend beobachteten die armen Dorfbewohner, die sich anlässlich des hohen Besuchs zusammengefunden hatten, den königlichen Tross. Cleos Anwesenheit lockte immerhin auch ein paar Kinder herbei, die fasziniert die farbenfrohen Gewänder der Prinzessin bewunderten. In ihren Augen schimmerte noch die grenzenlose Hoffnung, die ihre Eltern längst verloren hatten. Das zu sehen brach Cleo fast das Herz.

Im Gegensatz zu den Auraniern ließen sich die Paelsianer nicht von den Lügen des Königs zum Narren halten. Diese Menschen hatten seine Unehrlichkeit und Grausamkeit mit eigenen Augen gesehen, und sie konnten seine Taten weder vergeben noch vergessen.

Als ihre Entourage die Küste entlang zum Black Harbour von Limeros segelte, musste Cleo sich betroffen eingestehen, dass sie nichts Brauchbares über ihren Ring erfahren hatte, der, seit sie die goldene Stadt verlassen hatten, schwer an ihrem Finger steckte. Und auch über die Essenzen hatte sie nichts Neues in Erfahrung gebracht, sondern nur die immer gleichen Geschichten gehört. Mit jedem Tag wurde die Zeit kürzer, die ihr zum Sammeln von Informationen blieb, und ihre Nervosität wuchs.

Jetzt, da sie Limeros erreicht hatten, musste Cleo sich in einen dicken, mit Hermelinpelz gefütterten Umhang wickeln, um sich vor der eisigen Kälte zu schützen. Während der Palast in Auranos buchstäblich wie ein Juwel unter dem hellen Sonnenlicht schimmerte, schien das limerianische Schloss das Licht zu verschlucken und es bei jedem Kontakt abzutöten. Es war groß, schwarz und unheimlich, und seine Türme ragten in den kalten Himmel wie Dämonenklauen. Nur die Fenster reflektierten das Licht, ganz ähnlich wie die Augen einer raubgierigen Bestie.

Magnus' Heim passte ausnehmend gut zu seiner Persönlichkeit.

»Sind das alle?«, fragte er, während er die Truhen beäugte, die Nic von den Kutschen abgeladen hatte.

»Ja, Hoheit.« Man musste es Nic zugutehalten, dass er das ohne den geringsten Sarkasmus sagte. Seine Stirn war schweißbedeckt, nachdem er das ganze Gepäck allein ins Schloss geschleppt hatte.

»Gut. Jetzt geh und kümmere dich um die Pferde. Ich muss nachschauen, ob hier Botschaften von meinem Vater auf mich warten.« Damit wandte Magnus sich auf den Absätzen seiner schwarzen Lederstiefel um und stolzierte ohne ein weiteres Wort den Korridor hinunter.

»Ich hasse ihn«, knurrte Nic.

»Ich auch«, antwortete Cleo.

»Du hättest mich glatt täuschen können – so wohlig, wie du dich auf dieser Reise oft an ihn geschmiegt hast.«

Sie packte ihn am Arm, als er weggehen wollte, und grub ihre Finger in seine Haut, bis er sie wieder anschaute. »Alles, was du zwischen uns zu sehen glaubst, ist nur Theater, vergiss das nicht.«

Nic ließ die Schultern sinken. »Entschuldige, Cleo. Natürlich weiß ich das. Es muss sehr schwer für dich sein.«

»Der Göttin sei Dank bist du bei mir.«

Er zog eine Augenbraue in die Höhe. »Oh?«

Sie grinste und hatte schon vergessen, dass seine Worte sie

beleidigt hatten. »Ich meine, wer würde meine Kleidertruhen denn sonst so zuverlässig und schnell transportieren?«

Er lachte, und sie umarmte ihn. Am liebsten hätte sie ihn nie mehr losgelassen. »Ich bin immer für dich da, Cleo. Wann immer du mich brauchst.«

Sie nickte, dann drückte sie das Gesicht an den rauen Stoff seiner Uniform. »Ich weiß.«

»Du bist so tapfer – dass du dieses Monster aushältst, gezwungen, auch noch sein Bett zu teilen.« Ein hasserfüllter Ausdruck zog über sein Gesicht, bevor er sich von ihr löste. »Jede Nacht stelle ich mir vor, wie ich ihn für dich umbringe.«

Cleo ergriff seine Hände und drückte sie. »Mach dir meinetwegen keine Sorgen. Mit dem Prinzen werde ich schon fertig.« Sie hätte ihm gern gesagt, dass Magnus ihr Bett keineswegs teilte und dass sie die Nächte allein verbrachte, aber sie biss sich auf die Zunge. Niemand, nicht einmal Nic, durfte davon wissen. »Bitte ruh dich aus, damit du morgen an meiner Seite sein kannst. Ich brauche jede Unterstützung, die ich kriegen kann.«

»Ich werde mich ausruhen. Sobald ich mich um die Pferde gekümmert habe – im Auftrag *seiner Majestät.*«

»Dann sehen wir uns morgen.« Cleo stellte sich auf die Zehenspitzen, um Nic auf die Wange zu küssen. Im letzten Moment wandte er das Gesicht, so dass ihr Kuss auf seinen Lippen landete.

Das bescherte ihr ein weiteres strahlendes Lächeln von Nic. »Bis morgen, Prinzessin.«

Nach einer schlaflosen Nacht wurde Cleo schon früh von Dora und Helena aus dem Bett geholt. Die beiden Dienerinnen benahmen sich hier genauso respektlos wie im auranischen Schloss. Sie halfen Cleo beim Anziehen und sorgten dafür, dass sie präsentabel aussah. Heute trug sie einen neuen pelzgefütterten Umhang über einem ihrer feinsten neuen Gewänder. Zu Ehren der limerianischen Nationalfarbe war es rot, genauso wie der Umhang. Blutfarben – was vermutlich kein Zufall war. Auf die Ärmel des Kleids waren goldene Schlangen gestickt, das Symbol, das auch das Siegel des Königsreichs schmückte – ebenfalls angemessen für ein Land, in dem es vor Schlangen nur so wimmelte.

Sie folgte Magnus vor das Schloss und warf einen flüchtigen Blick auf die versammelten Adligen, die gekommen waren, um bei der offiziellen Überreichung des Hochzeitsgeschenks von Lord Gareth, einem engen Freund des Königs, zugegen zu sein. Links von ihnen schlängelte sich ein Pfad durch die Eisgärten und schließlich in ein komplexes Labyrinth von frostbedeckten Hecken. Rechts lag eine große Lichtung mit einem langgestreckten, rechteckigen Teich, dahinter lag das Schloss. Schön, aber kahl und wenig einladend. Nirgends auch nur eine Spur von Wärme.

»Man sagt, das hier soll den Wächtern gehört haben.«

Mit einem Ruck wandte sich Cleo zu Lord Gareth um. Jetzt erst bemerkte sie das Objekt, das vor ihr aufgebaut worden war, das Hochzeitsgeschenk des Lords. Es war ein kunstvoll behauenes Steinrad, das am Eingang der Gärten auf dem gefrorenen Boden stand und ihre Schulter überragte.

»Was habt Ihr da gerade über die Wächter gesagt?«, fragte sie und gab sich Mühe, das Zittern in ihrer Stimme zu verbergen.

»O ja«, stimmte Magnus ein. »Bitte erzählt es uns. Das ist alles so faszinierend.«

Es war eine Seltenheit, dass der Prinz etwas sagte, womit er sich nicht über sein Gegenüber lustig machte. Ebenso selten war es, dass jemand seine Ironie so schnell durchschaute wie Cleo, das hatte sie in den letzten Wochen immer wieder festgestellt.

Sie dachte an den Rebellenjungen, an Tarus, der einmal erwähnt hatte, dass Steinräder irgendwie mit den Wächtern und dem Heiligtum zusammenhingen. Aber das konnte doch unmöglich das Gleiche sein. Oder etwa doch?

Der fast kahle, aber elegant wirkende Lord verschränkte die Hände und wiegte sich auf den Fersen, offenbar erfreut, die volle Aufmerksamkeit des königlichen Paares erweckt zu haben. »Die Wächter beobachten uns in der Gestalt von Falken.«

»Ein Kindermärchen, das ich schon tausendmal gehört habe«, meinte Magnus wegwerfend.

»Ist es das? Ein Kindermärchen? Oder ist es wahr?« Anscheinend war dem Lord die Chance, darüber zu debattieren, sehr willkommen. »Magie ist ganz real, Hoheit.«

Ruhig blickte Magnus ihn an. »Was bringt Euch dazu, das zu glauben?«

»Ich habe viele Dinge gesehen, die sich nicht erklären lassen. Ich bin Hexen begegnet, die in sich die Fähigkeit trugen, einen kleinen Teil *Elementia* zu benutzen, um in der sterblichen Welt Magie zu wirken.«

Jetzt war Cleo voll und ganz auf diesen Mann konzentriert. Endlich war es so weit. Womöglich konnte dieser Lord ihr sagen, was sie am dringendsten wissen musste. »Sind die Essenzen real? Ich habe Geschichten über die elementaren Kristalle gehört, aber vielleicht sind das nur Legenden.«

Gareth warf ihr einen Blick zu. »Ich halte diese Geschichten für wahr. Es gibt eine Prophezeiung, die besagt, wenn die Magierin wiedergeboren wird, wird sie uns zu den Essenzen führen.«

Cleo lauschte aufmerksam. Eine Magierin würde ihnen allen die Richtung weisen? An eines glaubte sie ganz fest – dass der Ring, den sie jetzt trug, einmal der Magierin Eva gehört hatte.

Aber was hatte das zu bedeuten?

Aus dem grauen Himmel begannen Schneeflocken zu fallen, und im Handumdrehen waren Cleos roter Umhang ebenso wie die Roben der neben ihr stehenden Würdenträger mit weißen Punkten übersät.

»Erzählt uns mehr über dieses Rad, Lord Gareth«, sagte Magnus.

Mit klopfendem Herzen verschränkte Cleo die Hände und fühlte die kühle Oberfläche ihres Amethystrings. Sie warf einen raschen Blick zu Nic hinüber, der steif zwischen den anderen Gardisten stand, allesamt reglos wie Statuen. Sein verächtlicher Blick ruhte auf Magnus.

Unterdessen ging Lord Gareth zu dem Steinrad und fuhr mit der Hand über die Rundung. »Solche Räder findet man überall in Mytica. Jahrhundertelang hat niemand verstanden, was es mit ihnen auf sich hat und woher sie stammen. Man wusste nur, dass sie sehr alt sind und irgendwie mit den Wächtern zusammenhängen.«

»Wie viele solche Räder gibt es denn?«, wollte Cleo wissen.

»Ein Dutzend sind gefunden und dokumentiert worden. Alle identisch, aber in sehr unterschiedlichem Zustand.«

»Woher wisst Ihr, dass sie etwas mit den Wächtern zu tun haben?«, fragte Cleo, ohne auf die neugierigen Blicke zu achten, die Magnus ihr zuwarf.

Der Lord ließ die Hand auf dem Rad liegen, während er bewundernd die filigran behauene Oberfläche betrachtete. »Vor langer Zeit lebte im Norden von Limeros ein alter

Mann. Gegen Ende seines Lebens schwor er denen, die bereit waren, ihm zuzuhören, dass er ein verbannter Wächter sei, der das Heiligtum auf Nimmerwiedersehen verlassen habe. Hier angekommen wurde er sterblich, begann zu altern und wurde schließlich senil. Seine Kinder, Enkel und Urenkel lauschten seinem Gefasel geduldig, nahmen es aber nicht allzu ernst. Aber der Alte erzählte, dass die Steinräder alle aus einem bestimmten Grund hier seien, und bat darum, zu einem davon geführt zu werden, damit er noch einmal die Unsterblichkeit berühren konnte.«

Cleo lauschte gespannt. Das Steinrad erschien ihr so harmlos – ein Gegenstand, den man keines zweiten Blickes würdigen würde. »Und, hat er es getan?«

»Nein. Er ist vorher gestorben.«

»Vermutlich ein alter Mann, der nicht mehr ganz klar im Kopf war und nicht wusste, was er sagt«, meinte Magnus. Sein Gesicht war unergründlich. »Wir danken Euch herzlich für dieses ungewöhnliche und großzügige Geschenk, Lord Gareth. Das Rad wird zum Glanzlicht unserer Gärten werden, da bin ich sicher.«

»Es war mir ein Vergnügen, Prinz Magnus, Prinzessin Cleo. Ich wünsche Euch viele glückliche gemeinsame Jahre.« Mit einer tiefen Verbeugung trat der Lord in die Reihen der anderen Gäste zurück.

»Prinz Magnus!«, rief eine Frau mit grauen Haaren und faltigem Gesicht. »Habt Ihr einen Moment Zeit? Mein Sohn ist noch immer nicht verlobt, und da fiel mir Eure Schwester ein … können wir uns kurz unterhalten?«

»Diese Reise kann gar nicht früh genug vorüber sein«, brummte Magnus, ehe er sich der enthusiastischen älteren Dame zuwandte.

Nun, da sie allein war, berührte Cleo die glatte kalte Oberfläche des großen Steinrades. Die Hand, die es vor vielen Jahren erschaffen hatte, musste außerordentlich kunstfertig gewesen sein.

»*So können sie in Falkengestalt zwischen unserer Welt und dem Heiligtum hin und her reisen*«, hatte Tarus ihr gesagt. »*Auf beiden Seiten sind magische Steinräder versteckt. Für uns sehen sie vielleicht aus, als wären sie alt und nutzlos, aber ohne sie sind die Wächter hier gefangen.*«

Dieses Rad war jedoch von seinem ursprünglichen Standort entfernt worden. Ob es wohl trotzdem funktionierte?

Kurz darauf wurde der Stein, der unter ihrer Hand eiskalt gewesen war, plötzlich warm.

Ihr Herz schlug schneller, während sie sah, dass ihr Ring zu glühen begann – und dann regte sich etwas tief in dem violetten Stein, etwas, das glitzerte wie geschmolzenes Gold.

In Windeseile wurde das Rad unter ihrer Hand so heiß wie Feuer, dann schoss ein Energieblitz ihren Arm empor. Angst überwältigte sie, und sie riss ihre Hand zurück. Der Stein in ihrem Ring hörte auf zu glühen, aber der kleine goldene Fleck war noch immer sichtbar, tief im Innern des Steins – so tief, dass sie das Gefühl hatte, hineinstürzen und sich darin verlieren zu können.

Plötzlich wurde ihr schwindlig, sie schwankte, und ihre Beine gaben unter ihr nach.

Aber sie fiel nicht. Jemand fing sie auf, ein Arm schlang sich um ihre Mitte. In der Erwartung, Nic zu sehen, blickte sie auf, aber es war Magnus.

Mit gerunzelter Stirn schaute er auf sie herab. »Habt Ihr Probleme, Prinzessin?«

Die umstehenden Gäste musterten sie besorgt, zum Glück schien sich niemand um etwas anderes zu kümmern als um ihr Wohlergehen. Keiner erriet, was sie soeben gesehen hatte.

Die Dame, mit der Magnus gerade gesprochen hatte, gaffte unverhohlen. »Sie ist so blass. Geht es ihr gut?«

»Aber ja«, antwortete Magnus kurz angebunden. »Danke für Eure Fürsorge, Lady Sophia. Ich denke, ich mache vor meiner Rede einen kurzen Spaziergang mit meiner ... mit der Prinzessin, damit sie wieder einen klaren Kopf bekommt. Vielleicht war die ganze Aufregung zu viel für sie. Ist es so?«

»Ja, natürlich. Ich – ich muss nur ein bisschen Luft schnappen.« Cleo schluckte schwer und warf einen verstohlenen Blick auf ihren Ring. Nichts bewegte sich mehr in seiner Tiefe, der seltsame Goldfleck war verschwunden.

Nic sah ihr angespannt und besorgt nach, als Magnus mit ihr in Richtung des Labyrinths davonging.

Was wäre geschehen, wenn sie ihre Hand nicht von dem Rad zurückgezogen hätte? Wäre sie – eine Sterbliche – in der Lage gewesen, ins Heiligtum zu reisen? Würde sich ihr ein Hinweis darauf zeigen, wo die Essenzen zu finden waren?

Wenn sie die Antworten nicht finden konnte, würde Auranos weiter von König Gaius mit eiserner Faust geknechtet werden. Und sie würde ihren Vater enttäuschen. Wie sehr sie sich wünschte, er wäre noch am Leben und könnte ihr einen Rat geben! Manchmal, wenn sie es – wie jetzt – am wenigsten erwartete, zog sie die bodenlose Leere, die all ihre Verluste hinterlassen hatte, gnadenlos in die Tiefe.

»Was ist los?«, fragte Magnus. »Ihr seid ja ganz aus der Fassung.«

Cleo wischte sich eine Träne von der Wange und vermied es, Magnus direkt anzuschauen. »Was kümmert es Euch?«

»Es kümmert mich, dass eine schluchzende Prinzessin kein gutes Bild von einer glücklichen Ehe abgibt.«

»Ich schluchze nicht.« Sie warf ihm einen ungehaltenen Blick zu. »Vielleicht wäre es Euch ja lieber, wenn ich es täte.«

»Solche Streitlust, Prinzessin. Womit habe ich das heute verdient?«

»Mit Eurer bloßen Existenz.« Die Worte waren aus ihrem Mund, ehe Cleo sie aufhalten konnte. Sie biss sich auf die Unterlippe und beschloss, möglichst rasch das Thema zu wechseln. »Wo sind wir hier eigentlich?«

»Wir befinden uns in der limerianischen Palastanlage, das wisst Ihr doch.«

»Nein, ich meine jetzt, im Moment. Dieses Labyrinth. Warum ist es hier?«

Er blickte sich um. »Habt Ihr etwa Angst, Euch zu verirren?«

»Ich habe Euch eine einfache Frage gestellt, warum könnt Ihr sie nicht beantworten, ohne Euch so zu zieren?« Wieder biss sie sich auf die Lippe, starrte zu Boden und kämpfte gegen ihre permanente Frustration im Umgang mit dem Prinzen.

Magnus schnaubte leise. »Ich glaube nicht, dass Ihr fähig seid, einfache Fragen zu stellen. Aber in Ordnung, ich will Euch den Gefallen tun. Das Labyrinth war ein Geschenk für meine Schwester, vor sechs Jahren. Lord Psellos wollte Gutwetter machen für seinen Sohn und ein eventuelles Verlöbnis mit Lucia, deshalb hat er sich dieses Geburtstagsgeschenk ausgedacht.« Sein Mund verzog sich zu einem Lächeln, das seine scharfen Gesichtszüge sofort viel sanfter wirken ließ. »Lucia hat das Labyrinth geliebt. Sie hat mit ihren Freunden und Freundinnen Rennen durch den Irrgarten veranstaltet und musste auch häufig jemanden retten, der sich hoffnungslos darin verlaufen hatte. Für gewöhnlich war ich derjenige.«

Der rapide Stimmungsumschwung, der sich in Magnus vollzog, sobald er von seiner Schwester sprach, war erstaunlich. Cleo erinnerte sich an den widerlichen Tratsch, den

Dora und Helena ihr über Magnus und Lucia aufgetischt hatten. »Ihr liebt Eure Schwester wohl sehr.«

Sein Unterkiefer spannte sich an, und er brauchte eine Weile, bis er antwortete: »Haltet Ihr mich für unfähig, so etwas zu empfinden?«

»Das ist schon wieder keine richtige Antwort, nicht wahr?«

»Vielleicht ist es eine Frage, die keine richtige Antwort verdient.«

Sie musterte ihn ärgerlich. »Einen Moment lang dachte ich schon …«

»Was dachtet Ihr, Prinzessin?« Er musterte sie. »Dass Ihr doch noch einen Hinweis auf das Herz gefunden habt, dessen Existenz Ihr ständig in Frage stellt?«

Als wäre das möglich. »Diesen Fehler würde ich niemals machen. Schließlich seid Ihr der Sohn Eures Vaters.«

»Richtig. Und das solltet Ihr niemals vergessen.« Sein Gesicht wurde hart. »Es ist gleich Zeit für meine Ansprache. Es werden gewisse Erwartungen an den Kronprinzen gestellt. Dazu gehört es auch, Reden zu halten. Zum Glück ist diese auch das Ende unserer Reise. Ich habe übrigens die Nachricht erhalten, dass es Lord Aron bisher nicht gelungen ist, den Anführer der Rebellen festzunehmen. Ich werde mich der Fahndung nach ihm anschließen, sobald ich wieder in Auranos bin.«

Also war Jonas noch auf freiem Fuß – welche Erleichterung. Cleo verschränkte die Arme und versuchte sich gegen die Kälte zu schützen, indem sie ihren Pelzumhang fester um den Hals zog. Einen Moment wusste sie nichts zu sagen. Sie wollte weder über Jonas noch über die Rebellen sprechen, denn solche Themen konnten leicht auf unsicheres Terrain führen. Am besten war es, sich auf den heutigen Tag zu konzentrieren. Auf Magnus' Pflichten als Erbe der gestohlenen Krone. »Euer Vater ist ein großartiger Redner.«

»Da habt Ihr allerdings recht.«

Cleo sah ihn stirnrunzelnd an, denn auf einmal war ihr etwas sehr Wichtiges klar geworden. »Wartet. Ihr schindet Zeit, oder nicht?«

»Ich schinde Zeit?«

»Ihr habt mich nicht in dieses Labyrinth geführt, damit ich frische Luft schnappen kann, sondern um Eure Rede hinauszuzögern. Es ist offiziell Eure erste, richtig? Ihr seid nervös.«

Magnus starrte sie an. »Macht Euch doch nicht lächerlich.«

Was er sagte, stimmte nicht mit dem überein, was er tat. Aber auf einmal durchschaute Cleo ihn – viel klarer als je zuvor. »König Gaius liebt den Klang seiner eigenen Stimme. Aber Ihr ... Ihr seid anders.« Dabei war sie bisher fest davon ausgegangen, dass Vater und Sohn gleich wären, in jeder Hinsicht!

»Solchen Unsinn muss ich mir nicht anhören.«

Magnus beschleunigte seine Schritte. Inzwischen hatte Cleo im Labyrinth jede Orientierung verloren, und wenn sie nicht zurückgelassen werden und womöglich erfrieren wollte, musste sie sich dem Tempo anpassen, das Magnus vorgab. Also raffte sie eilig ihre blutroten Röcke, die ständig über den Boden schleiften und schon ganz feucht waren.

»Öffentliche Reden müssten für Euch angesichts Eurer Herkunft doch ganz selbstverständlich sein.«

Er warf ihr einen finsteren Blick zu. »Spart Euch Euren Atem, Prinzessin. Ich brauche Eure Ermutigung nicht.«

Wieder flammte der Ärger in Cleo auf und vertrieb ihre Verwirrung. »Gut. Denn mir ist es vollkommen gleich. Ich hoffe, Ihr macht Euch zum Narren. Ich hoffe, Eure Zuhörer lachen Euch aus. Es würde Euch recht geschehen.«

Sein gekränktes Gesicht überraschte sie.

Cleo fand es schwer vorstellbar, dass es diesem schrecklichen jungen Mann womöglich in einer Sache, die von Angehörigen eines Königshauses fraglos erwartet wurde, an Selbstbewusstsein mangelte. Magnus schaffte es mühelos, jeden einzuschüchtern, der ihm über den Weg lief. Schon seine Präsenz, seine körperliche Erscheinung, sein Status und obendrein noch sein barscher Ton – das alles sorgte dafür, dass jeder, der weniger mächtig war, vor ihm kuschte.

Hatte sie gerade etwa eine Schwäche an ihm entdeckt?

Plötzlich tat sich in der schneeverkrusteten Hecke vor ihnen eine Lücke auf, und sie hatten das Ende des Irrgartens erreicht. Mit einem Seufzer der Erleichterung strich sie über ihren Ring. Als wollte er ihre nervöse Geste spiegeln, fuhr Magnus sich mit der Hand über seine Narbe. Cleo war schon lange aufgefallen, wie oft er sie berührte, sicher meist unbewusst.

»Diese Narbe habt Ihr Euch zugezogen, als Eure Familie vor zehn Jahren meinen Vater besucht hat, nicht wahr? Ich erinnere mich noch daran.« Jetzt hatte ihre Neugier die Oberhand gewonnen, und die nächste Frage ergab sich wie von selbst. »Bestimmt hat Euch jemand angegriffen, richtig? Es war doch sicher kein Unfall.«

Der Blick, mit dem er sich zu ihr umwandte, war ohne jede Wärme. »Weder das eine noch das andere. Es war eine Strafe meines Vaters, damit ich mich mein Leben lang an meine Untat erinnere.«

Ungläubig sperrte Cleo die Augen auf. Sein eigener Vater hatte ihn so zugerichtet? »Welche Untat habt Ihr Euch denn als Kind zuschulden kommen lassen, dass Ihr eine solche Strafe verdient hattet?«

Er senkte die Hand, sein Gesicht war zu gleichen Teilen hart und schwermütig. »Ich wollte einmal in meinem Leben etwas Schönes besitzen, selbst wenn ich dafür stehlen musste. Aber ich habe meine Lektion gelernt, ohne jeden Zweifel.«

Benommen beobachtete Cleo, wie Magnus sich wieder unter die Gäste mischte. Viele Lords und andere wichtige Persönlichkeiten warteten darauf, ihm die Hand drücken zu dürfen. Aber seine verwirrenden Worte gingen Cleo nicht mehr aus dem Kopf, während sich die Ehefrauen um sie scharten, sie in Limeros willkommen hießen und ihr zu ihrer Hochzeit mit dem Prinzen gratulierten.

Dann wurden sie zurück in Richtung Schloss geleitet, wo die auf dem Platz vor dem Palast versammelten Menschen, die auf Magnus' Rede warteten, dem jungen Prinzenpaar begeistert zujubelten. Doch auf einmal löste sich eine vermummte Gestalt aus der Menge und näherte sich mit raschen Schritten dem Paar und seinem Gefolge. Der Mann war so unauffällig, dass niemand ihm Beachtung schenkte, bis er in etwa zehn Schritten Entfernung einen Dolch unter seinem Umhang hervorzog und zum Angriff überging.

Mit ausgestrecktem Arm stürzte Magnus ihm entgegen und stieß Cleo dabei so heftig aus dem Weg, dass sie unsanft auf dem Boden landete. Der Attentäter holte aus und erwischte Magnus am Arm, ehe der Prinz den Schlag abwehren und ihm die Faust in den Magen rammen konnte.

So außer Gefecht gesetzt, konnte der Rest der Wachen den Mann rasch überwältigen und entwaffnen. Nic war sofort an Cleos Seite und half ihr wieder auf die Beine. Sie aber starrte Magnus an, der seinen verletzten Arm festhielt und den Angreifer wutentbrannt musterte.

»Wer bist du?«, knurrte er.

Die Wachen rissen dem Mann die Kapuze vom Kopf. Einen kurzen Moment des Schreckens war Cleo überzeugt, dass es Jonas war.

Aber zum Glück hatte sie sich geirrt. Sie hatte den Jungen, der etwa so alt war wie Magnus, noch nie gesehen.

»Wer ich bin?«, fauchte er. »Einer, dessen Dorf zerstört worden ist. Dessen Familie Ihr zur Arbeit an Eurer kostbaren Straße gezwungen habt. Jemand, der die Lügen Eures Vaters durchschaut und Euch beide bluten und sterben sehen will.«

»Ach wirklich?« Magnus trat vor und betrachtete den Jungen voller Abscheu. »Anscheinend hast du dein Ziel aber nicht erreicht.«

»Sie wollte nicht, dass ich versuche, Euch umzubringen.« Mit aller Kraft versuchte der junge Mann sich loszureißen. »Aber ich war anderer Ansicht.«

»Sie? Von wem redest du?«

Der Attentäter hob das Kinn, die Augen kalt und herausfordernd. »Die Wächterin, die in meinen Träumen mit mir spricht. Die mich führt und leitet. Die mir Hoffnung gibt, wenn alles verloren ist. Die mir sagt, das das, was verloren *ist,* niemals wiedergefunden werden darf.«

Magnus' Augen wurden schmal. »Und diese … diese *Wächterin* … wollte nicht, dass du mich tötest.«

»Ja. Wir waren nicht der gleichen Meinung.«

»Offensichtlich.«

Nervös an ihrem Ring fingernd, beobachtete Cleo Magnus' Reaktion. Zwar behauptete der Prinz, nicht an Magie zu glauben, auch hatte sie das Gefühl gehabt, dass er sich über Lord Gareths Hochzeitsgeschenk gern lustig gemacht hätte. Doch jetzt schien die Erwähnung einer Wächterin ihm zu denken zu geben.

Ein Attentatsversuch – vor allem ein so tollkühner und öffentlicher wie dieser – musste umgehend den Befehl zur Exekution des Schuldigen nach sich ziehen.

Schweigen senkte sich herab, während man auf Magnus' Entscheidung wartete.

»Werft ihn in den Kerker«, sagte er schließlich. »Aber nicht in den hiesigen. Bringt ihn nach Auranos, er soll weiter verhört werden. Ich schicke noch heute eine Botschaft an meinen Vater.«

»Hoheit, seid Ihr sicher, dass Ihr das wollt?«, fragte einer der Gardisten.

Magnus warf ihm einen abschätzigen Blick zu. »Stell keine Fragen, sondern tu, was ich dir sage.«

»Ja, Hoheit.«

Angespannt sah Cleo zu, wie der Junge weggeschleppt wurde. In ihrem Kopf schwirrten Hunderte von Fragen. Was, wenn das, was dieser Junge behauptete, stimmte? Oder war er einfach verrückt?

Warum ließ Magnus ihn zum Verhör nach Auranos bringen? Glaubte der Prinz ihm etwa?

»Hoheit«, meldete sich ein anderer Wachmann zu Wort und näherte sich Magnus. »Ich bitte Euch um Entschuldigung, dass wir ihn nicht früher erwischt haben.«

Magnus biss die Zähne zusammen. »Sieh zu, dass so etwas nicht noch einmal passiert, sonst könnt ihr dem Mann im Kerker Gesellschaft leisten.«

»Ja, Hoheit. Euer Arm …«

»Eine Lappalie. Führ uns auf den Balkon.«

»Dieser Mistkerl hat dich zu Boden gestoßen«, flüsterte Nic Cleo zu. »Alles in Ordnung mit dir?«

»Mir geht es gut.« Aber sie war immer noch durcheinander, nicht nur wegen der Behauptungen des jungen Mannes. Magnus hatte instinktiv richtig reagiert, als er den Dolch entdeckt hatte. Er hatte sie nicht weggestoßen, um brutal zu sein, sondern … um sie zu beschützen.

Noch immer atemlos folgte Cleo den Wachen auf den schwarzen Balkon, von dem man auf die versammelte Menschenmenge hinabblickte. Noch immer fielen sanfte Schneeflocken vom schiefergrauen Himmel und bedeckten den Boden mit einer weißen Schicht. Als Cleo und der Prinz in Sicht kamen, begann die Menge lauthals zu jubeln. Ohne das eben beendete Drama hätte sie sich über eine solche Begrüßung womöglich gefreut …

Dieser Vorfall war jedoch eine wichtige Erinnerung gewesen, dass all dies eine Lüge war. Eine dünne Schicht Schnee, die bald schmelzen würde. Und dann würde die ganze Hässlichkeit zum Vorschein kommen, die unter der hübschen Oberfläche lauerte.

Der Prinz trat an die Brüstung und hob die Hände, um die Menge zum Schweigen zu bringen. Dann begann er zu sprechen – selbstbewusst, stolz und gebieterisch … so schien es zumindest.

Seine Maske saß perfekt. Er war Prinz Magnus, Erbe des Königsthrons. Und er ließ sich nicht unterkriegen, auch nicht so kurz nach einem Attentatsversuch.

Sogar Cleo musste zugeben, dass sie beeindruckt war. Dass *er* sie beeindruckte.

»Hier stehen wir«, sagte Magnus mit kräftiger, klarer Stimme, und sein Atem gefror in der kalten Luft, »nach großer Anstrengung und zahlreichen Konflikten. Es war kein einfacher Weg, aber um große Veränderungen herbeizuführen, braucht man große Kraft und Standhaftigkeit. Die Straße meines Vaters, die am Tempel der Valoria enden wird, symbolisiert diesen Wandel, diese Vereinigung dreier Länder. Neben mir steht ein weiteres Symbol für die Veränderungen in diesem Königreich. Prinzessin Cleiona ist die tapferste junge Frau, die ich kenne – eine, die in so kurzer Zeit so viel durchmachen musste und alles mit unglaublicher Stärke und Anmut überstanden hat. Es ist mir eine Ehre, jetzt hier an ihrer Seite zu sein.«

Er warf ihr einen kurzen Blick zu, hart und undurchdringlich. Sie erwiderte ihn mit gleicher Münze. So schöne Worte – sie konnte sich beinahe einbilden, dass er sie ernst meinte.

»Ich bin sicher, dass jeder Tag, den die Prinzessin und ich glücklich gemeinsam verbringen, für unser Königreich ein Gewinn sein wird.«

Ach, er war wirklich spaßig. Und wusste es auch selbst. In seinem Blick sah sie eine winzige Andeutung von Belustigung, während er ihre erzwungene Verbindung so vollkommen absurd als Weg zu romantischem Glück verkaufte.

Ohrenbetäubender Jubel begleitete das Ende seiner Rede. Seine Schultern entspannten sich etwas – kaum merklich, aber Cleo schaute genau hin. Ihr Blick wanderte zu dem Riss in seinem Hemd und der Wunde darunter, aus der noch immer reichlich Blut floss und auf den Boden tropfte.

Rot. Die Farbe von Limeros.

Inzwischen hatte die Menge einen Sprechchor angestimmt, den Cleo jedoch zunächst nicht verstand.

»Was rufen sie denn da?«, fragte sie leise.

Magnus biss die Zähne zusammen.

»Sie fordern einen Kuss«, antwortete Lord Gareth, der ein Stück weiter hinten im Schatten stand, an seiner Stelle. Da er zum engsten Freundeskreis des Königs gehörte, war es sein Recht, mit einer Auswahl von Gardisten – unter ihnen auch Nic – bei der Rede neben dem Prinzenpaar auf dem Balkon zu stehen. »Die Leute möchten, dass das königliche Paar sich küsst, als Zeichen seiner Liebe.«

Magnus wandte den Kopf von der jubelnden Menge ab. »Ich bin nicht an einem solch bedeutungslosen öffentlichen Spektakel interessiert.«

»Vielleicht nicht. Aber den Leuten würde es trotzdem gefallen.«

»EIN KUSS! EIN KUSS!«, skandierte die Menge.

»Ich meine«, fuhr Gareth ironisch fort, »es ist ja sicher nicht der erste, richtig? Also ist es doch eine Kleinigkeit, diese Leute zufriedenzustellen.«

»Ich weiß nicht«, begann Cleo. Die Vorstellung machte sie krank. Wo lag die Grenze der Zugeständnisse, die sie zu machen bereit war?« »Ganz ehrlich, ich finde das keine gute …«

Aber schon hatte Magnus ihren Arm gepackt und sie zu sich umgedreht. Ehe sie ein weiteres Wort herausbrachte, legte er die Hand in ihren Nacken, zog sie an sich und küsste sie.

Jeder Muskel in ihrem Körper erstarrte. Sie fühlte sich wie ein Vogel, der im Netz des Vogelfängers feststeckte. Ihre Flügel spannten sich an, um wegzufliegen, so schnell und so weit wie nur möglich. Aber Magnus hielt sie fest, seine Lippen auf ihren, sanft, aber fordernd.

Sie musste reagieren und griff nach seiner Hemdbrust. Es war einfach zu viel – sie wusste nicht, ob sie ihn wegschob oder an sich zog. Wie bei einem Sprung ins tiefe Wasser hatte sie in diesem Moment keine Ahnung, ob sie Luft zum Atmen finden oder tiefer ins Wasser gerissen und jämmerlich ertrinken würde.

Und einen Moment – nur einen kurzen Moment – schien all das keine Rolle zu spielen.

Die Wärme seines Körpers, der sich an diesem kalten Tag an sie schmiegte, sein inzwischen vertrauter Duft nach Sandelholz, sein heißer Mund an ihrem … ihr schwirrte der Kopf, jeder logische Gedanken war verflogen.

Als er sie losließ, fühlten sich ihre Lippen an, als hätte er sie in Brand gesetzt, ein Feuer, das jetzt seine Hitze über ihre Wangen ausbreitete.

Magnus beugte sich noch dichter zu ihr, so dass er ihr ins Ohr flüstern konnte, sein Atem warm an ihrer bereits erhitzten Haut.

»Keine Sorge, Prinzessin. Das war unser erster und letzter Kuss.«

»Gut.« Cleo wandte sich ab und ging vom Balkon, vorbei an Nic, so schnell, dass sie über den Saum ihres roten Kleids stolperte. Der Jubel der Menge wurde rasch zu einem fernen Echo in ihren Ohren.

KAPITEL 26

KÖNIG GAIUS

IM HEILIGTUM

Nach viel zu langen Wochen des Wartens kam endlich der Traum.

»Ihr habt gesagt, ich bin unsterblich«, fauchte der König, als er Melenias Anwesenheit spürte, aber er wartete ihre Antwort nicht ab, sondern stürmte zu ihr, packte sie bei den Schultern und schüttelte sie unsanft. »Warum habt Ihr mich angelogen?«

»Ich habe nicht gelogen. Ich sprach von dem, was sein wird.«

Er schlug ihr hart ins Gesicht, und es war noch befriedigender, als er es sich vorgestellt hatte. Diesem wunderschönen goldenen Wesen Schmerz zuzufügen bereitete ihm große Genugtuung.

Sie drückte die Hand an ihre Wange, aber in ihren Augen schimmerten keine Tränen, wie es bei vielen anderen der Fall gewesen wäre. Kein Zeichen der Schwäche erschien in ihrem Blick, der seinem unbewegt standhielt.

»Ich habe nicht gelogen«, wiederholte sie und sprach jedes Wort sehr deutlich aus. »Und wenn Ihr mich noch einmal schlagt, tut Ihr es auf eigene Gefahr, mein König.«

In der Feststellung lag ein warnender Unterton, den nur ein sehr törichter Mensch ignorieren konnte.

Gaius zwang sich zur Ruhe. »Bei dem Erdbeben wäre ich im Tempel der Cleiona um Haaresbreite erschlagen worden.

Ich hatte den bitteren Geschmack meiner eigenen Sterblichkeit auf der Zunge.«

»Aber Ihr seid nicht tot, richtig?«

Seit diesem Tag hatte Gaius den Palast nicht mehr verlassen. Mit der Möglichkeit, dass Rebellen und Attentäter in jedem Schatten lauerten, und der Bedrohung, dass jeden Moment Naturkatastrophen über ihn hereinbrechen konnten, war er immer paranoider geworden. Schließlich war er doch viel zu dicht daran, alles zu erreichen, was er jemals begehrt hatte, um unnötige Risiken einzugehen.

Doch die Geschehnisse im Tempel hatten seine Zuversicht zutiefst erschüttert. Er traute Melenia nicht mehr. Eine Zeit lang hatte er sie als ihm intellektuell ebenbürtig und auch als Objekt seiner Begierde gesehen. Er hatte geglaubt, sie würde seine nächste Königin werden und in alle Ewigkeit an seiner Seite regieren. Eine Frau, die er verehren konnte. Womöglich würde er irgendwann sogar fähig sein, sie zu lieben.

Aus und vorbei.

Jetzt brauchte er von ihr nur noch Antworten.

»Wann?«, knurrte er. »Wann endlich halte ich den Schatz in Händen, den Ihr mir schon seit so vielen Monaten versprochen habt?«

»Wenn die Straße fertig ist.«

So lange konnte er nicht auf einen handfesten Beweis warten für das, was sie ihm in Aussicht gestellt hatte. Seine Geduld war nahezu am Ende. »Welche Rolle spielt Lucia bei der Suche nach den Essenzen? Wird sie das Versteck mithilfe ihrer Magie erspüren? Muss noch mehr Blut vergossen werden, um sie dabei zu unterstützen?«

»Ich habe es Euch doch schon erklärt, mein König. Blut wird vergossen werden. Sehr viel Blut. Blut ist lebenswichtig für unseren Plan.«

»Erklärt es mir. Erklärt mir alles.«

Die Andeutung eines Lächelns umspielte ihre Mundwinkel. »O mein König, Ihr seid nicht einmal annähernd bereit, *alles* zu erfahren.«

»O doch, das bin ich!«, beharrte er.

»Noch nicht. Es müssen … Opfer gebracht werden. Und ich bin nicht überzeugt, dass Ihr schon in der Lage seid, diese Opfer zu bringen.«

»Welche Opfer habt Ihr im Sinn?« Er war bereit, alles aufs Spiel zu setzen, alles zu opfern, um das zu bekommen, was er wollte. »Sagt es mir!«

Sie zog eine Augenbraue in die Höhe. »Manchmal weiß ich wirklich nicht, warum ich mich mit Euch abgebe. Vielleicht weil Ihr mich amüsiert.«

Jemanden zu amüsieren lag ihm fern. »Ihr habt prophezeit, dass ich mit der Macht eines unsterblichen Gottes über das Universum herrschen werde.«

»Ja, das habe ich prophezeit, nicht wahr? Aber mit den Prophezeiungen ist es manchmal seltsam, mein König. Sie sind nicht immer in Stein gemeißelt. Damit eine solche Prophezeiung sich erfüllt, muss ich Euch bei dem helfen, was in der sterblichen Welt erreicht werden soll, und das habe ich ja auch bereits auf vielerlei Weise getan. Bringt mich also nicht dazu, meine Entscheidung zu bereuen.«

Er wollte sie umbringen. Sie zwischen seinen eigenen Händen zermalmen. Zusehen, wie das Leben aus ihren wunderschönen blauen Augen schwand. Hören, wie sie mit dem letzten Atemzug um Gnade flehte.

Floss in den Adern der Unsterblichen rotes Blut? Auch das hätte er gern erfahren.

Statt jedoch seine finsteren Gedanken zu gestehen, senkte er ehrerbietig den Kopf. »Ich bitte inständig um Verzeihung, meine Königin. Ihr seht ja selbst, wie angespannt ich in letzter Zeit geworden bin. Wie angstvoll ich einen Fortschritt herbeisehne. Es war für uns alle eine schwierige Zeit, vor allem wegen meiner Sorgen um das Wohlergehen meiner Tochter. Aber nun ist sie wieder erwacht und außer Gefahr. Und ihre Magie ist stärker denn je.«

»Es freut mich sehr, das zu hören.« Sie umkreiste ihn mit langsamen Schritten. Zum ersten Mal in seinem Leben hatte er das Gefühl, dass ein Raubtier ihn beäugte und auf ein Zeichen von Schwäche lauerte.

Noch nie hatte er sich als Beutetier gefühlt.

»Ich muss zum Arbeitslager in den Verbotenen Bergen und mit Xanthus sprechen«, sagte er. »Er muss mir zeigen, was er tut, mir versichern, dass mit der Straße alles wunschgemäß läuft. Von Raben übermittelte Botschaften reichen nicht, um mich zu beruhigen.«

»Nein, Ihr dürft nicht gehen. Ihr müsst hierbleiben.«

»Warum?«

Sie runzelte die Stirn, und ihr schönes Gesicht wurde sehr ernst. »Ich möchte nicht, dass Ihr Euch Sorgen macht, aber ... wenn Ihr die Grenzen Eures Palasts überschreitet, ist die Prophezeiung verloren. Es lauern unzählige Gefahren, zu viele Menschen wünschen Euch den Tod. Ich habe Euch Unsterblichkeit versprochen, mein König, aber nur wenn Ihr dafür sorgt, dass Ihr in Sicherheit seid, können unsere Pläne reifen.«

Schockiert starrte er sie an, lange, wortlos. Genau das hatte er befürchtet. »Dann soll ich also hier eingesperrt bleiben wie ein Kind, das vor jeder Gefahr beschützt werden muss?«

Etwas Unangenehmes blitzte in ihren Augen auf. »Gefangenschaft ist ein Zustand, mit dem ich sehr vertraut bin, mein König. Glaubt mir, Ihr werdet wesentlich kürzer darunter zu leiden haben als ich. Wenn Ihr mehr über die Straße erfahren und Euch nicht auf mein Wort verlassen wollt, könnt Ihr jemanden, dem Ihr vertraut, als Euren Abgesandten zu Xanthus schicken.«

Aber Gaius vertraute niemandem.

Niemandem – außer seinen Kindern. Außer seinem Sohn.

»Ich werde Magnus schicken«, sagte er fest. Es passte ihm ganz und gar nicht, dass er nicht weg konnte, aber er zweifelte nicht an Melenias Warnung. Sein sterbliches Leben war ebenso fragil wie das eines jeden anderen Menschen. Jetzt, da er seinem Ziel so nahe war, wollte er nicht riskieren, der Klinge eines Rebellen zum Opfer zu fallen. »Wenn er von der Hochzeitsreise zurückkehrt und sich der Jagd auf den Rebellenführer anschließt, werde ich ihm sagen, er soll das Straßenbaulager in den Bergen inspizieren und mit Xanthus sprechen. Er wird mein offizieller Stellvertreter sein.«

»Sehr gut. Ich hoffe, der Prinz wird Euch bei dieser Aufgabe seinen Wert beweisen«, säuselte Melenia. »Ich weiß ja, dass Ihr einige Schwierigkeiten mit ihm hattet.«

»Ich bin hart mit ihm, weil ich weiß, dass er eine feste Hand benötigt. Er macht eine schwierige Zeit durch. Aber trotz mancher Widerstände hat er sich immer wieder bewährt. Er wird mich nicht im Stich lassen.«

»Ja, schickt Euren Sohn, er soll die Antworten finden, die Euch beruhigen. Wir sind näher am Ziel, als Ihr denkt.«

Er umfasste ihr Gesicht mit den Händen, eine sanfte Berührung, obwohl er zuvor so grob gewesen war. Sie wich nicht zurück, als er sie zu sich zog, um sie zu küssen. Ihr Mund war so süß und warm, als wären sie in der wachen Welt.

Wenn all dies vorüber war, wenn er die Essenzen besaß und ein unsterblicher Gott war, würde er die Frau töten, die er jetzt umarmte, und schon jetzt freute er sich darauf. Denn dann würde er keine Königin brauchen.

KAPITEL 27

MAGNUS

LIMEROS

Inzwischen bereute Magnus, dass er Nicolo Cassian herbefohlen hatte, damit die Prinzessin auf der Hochzeitsreise nicht so niedergeschlagen war. Der Knabe verachtete ihn, gab ihm die Schuld am Tod seiner Schwester und würde ihm mit Freuden eine Klinge in die Rippen stoßen, wenn er ihm den Rücken zuwandte.

Im Lauf der letzten Tage ihrer Reise, nach dem ungeplanten Kuss auf dem Balkon, war Nics Feindseligkeit sogar noch stärker geworden. Es war Eifersucht, schlicht und einfach Eifersucht. Offensichtlich bildete der junge Mann sich ein, in die Prinzessin verliebt zu sein.

Vielleicht konnte das wenigstens amüsant werden.

»Sie ist sehr schön, nicht wahr?«, sagte Magnus an dem Morgen, als sie die Rückreise nach Auranos antraten, ganz beiläufig zu Nic. Cleo stieg gerade mithilfe eines Gardisten in eine der Kutschen.

»Ja, das ist sie«, zischte Nic.

Magnus fragte sich, ob Cleo ihrem Freund wohl irgendwelche Einzelheiten ihrer nicht vollzogenen Ehe anvertraut hatte. Das wäre zutiefst unklug von ihr gewesen. »Mit jedem Tag, der vergeht, wird mir klarer, wie viel Glück ich habe, dass ich mein Leben mit diesem Wesen teilen darf. So kühl und unschuldig an der Oberfläche, doch in privaten Momenten so leidenschaftlich. Geradezu unersättlich.« Magnus lächelte den Gardisten an. »Entschuldige, Nic. Ich sollte so etwas wirklich nicht mit einem Dienstboten besprechen, nicht wahr?«

Nics Gesicht wurde fast so rot wie seine Haare und seine Uniform. Einen Augenblick war Magnus sicher, dass er explodieren würde.

Amüsant, tatsächlich.

Nic senkte die Stimme, damit nur Magnus ihn hören konnte.

»Aber, Hoheit, Ihr solltet wissen, dass sie Euch für immer hasst für das, was Ihr Theon angetan habt.«

Sofort war Magnus' Belustigung verschwunden, er wandte sich um und warf Nic einen warnenden Blick zu. Aber der Gardist stolzierte bereits zu den Kutschen hinüber.

Das Tauwetter des Spätfrühlings hatte rasch eingesetzt. Inzwischen waren Schnee und Eis fast verschwunden, und der Weg war frei für die wenigen kostbaren Monate, bevor hier im Westen von Limeros alles wieder gefror. Als Magnus in die Kutsche stieg, bemerkte er, dass er eine kleine violette Wildblume zertreten hatte, die sich tapfer durch den übrig gebliebenen Raureif emporreckte. Betrübt starrte er auf den zerstörten Farbfleck, dann schloss ein Wachmann die Tür, und die tote Blume war verschwunden.

»Ihr seht krank aus. Stimmt irgendetwas nicht?«, fragte Cleo. Es war das erste Mal seit dem gestrigen Kuss, dass sie ihn direkt ansprach.

Sie hatte diesen Kuss gehasst. Und sie hasste Magnus.

Mit mir stimmt vieles nicht, Prinzessin, ich weiß gar nicht, wo ich anfangen soll.

»Nein, nein.« Magnus wandte sich ab und schaute aus dem Fenster, als die Kutsche losfuhr. Er hatte keine Ahnung, wann er das nächste Mal in seine wahre Heimat zurückkehren würde – ein Ort von Eis und Schnee und kleinen zermalmten Fleckchen Schönheit. »Alles in Ordnung.«

Sofort nach seiner Rückkehr traf Magnus sich mit seinem Vater. Der Attentäter war in den Kerker gebracht worden, und Magnus erklärte Gaius, was geschehen war. Er wusste, dass es möglicherweise eine übertriebene Reaktion gewesen war, den Jungen aufgrund seiner Erwähnung von Träumen und Wächtern zurück nach Auranos transportieren zu lassen. Aber der König schien mit seiner Entscheidung einverstanden zu sein. Der Junge würde weiter verhört werden, um zu sehen, ob er die Wahrheit sagte oder Unsinn erzählte.

Der König informierte seinen Sohn, dass er sich nicht nur der Jagd auf Jonas Agallon anschließen, sondern zudem zusammen mit Aron zu dem paelsianischen Straßenlager in den Verbotenen Bergen reisen und sich mit einem dort stationierten Mann namens Xanthus treffen sollte.

Xanthus war ein verbannter Wächter, der von Melenia, der mysteriösen Traumberaterin des Königs, diesen Auftrag erhalten hatte. Xanthus repräsentierte sie in der sterblichen Welt, er tat, was sie ihm befahl. Und Melenia hatte befohlen, dass die Straße gebaut und mit Xanthus' Erdmagie durchtränkt wurde, um – da war der König ganz sicher – den Elementen, die jetzt durch das verschlungene Band der Straße miteinander verbunden waren, das Versteck der Essenzen zu entlocken.

Für Magnus war das alles sehr schwer zu schlucken. Vor allem die Tatsache, dass der König dank seiner Traumberaterin jetzt sicher war, getötet zu werden, wenn er sich auch nur einen Schritt aus dem Palast wagte.

Andererseits hatte Magnus in den vergangenen Monaten genug Magie gesehen, um bereitwillig jede Chance zum Sammeln von Informationen zu nutzen, die die Essenzen in die Hände seiner Familie bringen konnten, ganz gleich wie gering diese Chancen sein mochten.

Also widersprach er nicht. Er diskutierte nicht. Er lachte nicht und verdrehte auch nicht die Augen.

Er nickte nur und sagte: »Wie Ihr wünscht, Vater.«

An dem seltenen und ehrlich wirkenden Lächeln seines Vaters konnte er erkennen, dass es die gewünschte Antwort war. »Guter Junge. Jetzt geh und besuche deine Schwester. Sie konnte deine Rückkehr kaum abwarten.«

Als Magnus am Tag seiner unglückseligen Hochzeit die Diskussion zwischen Lucia und ihrem Vater belauscht hatte, hatte sie so gleichgültig geklungen, daher überraschte es ihn, dass sie ihn jetzt mit einer herzlichen Umarmung und einem Kuss auf beide Wangen empfing.

Sie war genauso schön wie immer – womöglich sogar noch schöner als bei ihrer letzten Begegnung, denn inzwischen hatte sie wieder Farbe im Gesicht, das im Laufe des langen Schlafs fast totenbleich geworden war. Heute jedoch war seine Zuneigung zu seiner Adoptivschwester von einer seltsamen Gleichgültigkeit überlagert, wie Gewitterwolken das helle Licht der Sonne verdecken. In der Zeit ihrer Trennung hatte sich dieses dumpfe Gefühl mächtig verstärkt, und das Gespräch mit seinem Vater hatte Magnus' Laune nicht verbessert.

»Ich habe dich so vermisst«, sagte Lucia lächelnd. »Über deine Rede in Limeros hört man ja wundervolle Dinge. Ich wünschte nur, ich hätte dabei sein können.«

Magnus betrachtete sie kühl. »Ja, schade, dass du nicht kommen konntest.«

»Es muss schlimm gewesen sein, so viel Zeit mit Prinzessin Cleiona verbringen zu müssen«, fuhr sie mitfühlend fort.

»Anscheinend ist sie ja eine ziemlich verwöhnte Göre. Mir graut jetzt schon davor, sie kennenzulernen.«

»Nein, so ist sie überhaupt nicht. Zeit mit meiner jungen Braut zu verbringen war sowohl eine Ehre als auch ein Vergnügen für mich. Trotz unserer zahlreichen Differenzen macht sie mich weit glücklicher, als ich jemals erwartet hätte.«

Lucias Augen wurden groß, als hätte sie den sarkastischen Unterton ihres Bruders nicht bemerkt. In der Vergangenheit war sie immer die Einzige gewesen, die hinter seine Masken sehen konnte – sie kannte ihn besser als alle anderen. Aber vielleicht waren sie in letzter Zeit zu oft getrennt gewesen, und sie hatte es verlernt, in sein Inneres zu blicken.

»Wenn du mich jetzt bitte entschuldigen würdest, Schwester.« Er schluckte seine Enttäuschung hinunter, die inzwischen schon einen vertrauten Geschmack hatte. »Ich muss leider gleich wieder weg. Hoffentlich vermisst mich meine schöne junge Braut nicht allzu sehr, während ich nicht an ihrer Seite bin.«

Obgleich er wusste, dass ein Treffen mit einem verbannten Wächter ihm neue Hinweise für die Suche nach den Essenzen geben konnte, ging es Magnus in erster Linie um Rache. Den Rebellen zu finden, der seine Mutter getötet hatte, war ein Ziel, das seine Konzentration schärfte wie eine tödliche Waffe.

Doch die Rebellen waren wesentlich schwerer ausfindig zu machen, als er gedacht hatte. Insgeheim hatte er sich schon darüber lustig gemacht, dass Aron bisher nichts über Jonas Agallons Aufenthaltsort herausgefunden hatte. Jetzt, nachdem er eine ganze Woche erfolglos nach ihm gesucht hatte, spürte auch er die Last des Misserfolgs.

In der Abenddämmerung kam das Gefolge des Prinzen in einem Lager an, das eine Gardisteneinheit im Osten von Auranos aufgebaut hatte, kaum eine Armlänge vom dichten Wald des Wildlands entfernt. Gerüchte über die unberechenbaren Bewegungen der Rebellen hatten sie hierhergeführt, aber als Nächstes würden sie, wie Magnus zu seinem Leidwesen gestehen musste, die Suche nach Jonas unterbrechen und nach Paelsia zu dem Arbeitslager im Schatten der Verbotenen Berge reiten.

Magnus' großes Zelt wurde aufgerichtet, damit er dort essen und sich über Nacht ausruhen konnte. Die Sonne war schon fast untergegangen, aber es war noch hell genug, um sehen zu können. In der Nähe knisterte ein Lagerfeuer. In dieser Gegend waren die Tage mild, aber so dicht an der Grenze zu Paelsia kühlte es nachts doch beträchtlich ab. In der kühlen Luft roch man den Rauch des Feuers, das bratende Wild, und aus dem gerade einmal dreißig Schritte vom Lager entfernten Wald hörte man das Summen unsichtbarer Insekten und leises Vogelgezwitscher.

»Ich finde, wir sind ein exzellentes Team«, sagte Aron und riss Magnus aus seinen Gedanken.

Lord Aron Lagaris hatte jetzt zwar den offiziellen Rang des Königsvasallen, war aber nach Magnus' Ansicht genauso unnütz wie zuvor und hatte auch nicht die geringste Ahnung, warum sie zu dem Arbeitslager unterwegs waren – abgesehen von einer allgemeinen Inspektion. Der silberne Flachmann, aus dem Aron ständig trank, störte Magnus immens – fast so sehr wie der Junge als solcher. Magnus hatte keinen Respekt vor Leuten, die auf künstliche Mittel angewiesen waren, um ihren Mut aufrechtzuerhalten.

Er zog seine schwarzen Lederhandschuhe aus und wärmte sich die Hände am Feuer. »So – findet Ihr das?«

Aron trank schon wieder aus seinem Flachmann. »Ich weiß, unser Verhältnis war ein bisschen angespannt, wegen der Sache mit Cleo …«

»Wegen der Sache mit Cleo?«

Der junge Mann nickte. »Am Ende ist es immer das Beste, wenn eine Prinzessin einen Prinzen heiratet. Vermutlich jedenfalls.«

»Ah. Vermutlich.« Oh, dieses Gespräch war wirklich äußerst unangenehm. Mit einem Idioten über belangloses Zeug zu plaudern hatte Magnus noch nie gereizt, selbst wenn er bester Laune war. Und heute war eher das Gegenteil der Fall.

»Um Euretwillen kann ich nur hoffen, dass sie die Nacht der Leidenschaften vergessen hat, die wir gemeinsam verbracht haben.«

Magnus warf ihm einen finsteren Blick zu. »Es ist sehr unklug von Euch, diese alte Geschichte gerade jetzt wieder aufzuwärmen.«

Sofort wurde Aron bleich. »Ich meinte das nicht respektlos.«

Aus Magnus' schlechter Laune drohte Wut zu werden. »Natürlich tut Ihr das. Alles, was aus Eurem Mund kommt, ist respektlos gemeint.«

Aron fuhr sich mit der Hand durch die Haare und begann nervös auf und ab zu gehen, wobei er sich erneut an seinem Flachmann bediente. »Ich wollte nur sagen, wenn man ein Mädchen heiratet, das es nicht geschafft hat, sich für ihren zukünftigen Ehemann keusch zu halten …«

»Haltet den Mund, ehe Ihr die Ehre meiner Braut noch weiter beleidigt«, fiel Magnus ihm ins Wort, zog seinen Dolch hervor und reinigte sich damit gedankenabwesend die Fingernägel. Ängstlich verfolgte Aron die Bewegungen der Klinge. »Jetzt gehört sie mir, nicht Euch. Vergesst das nie.«

Nicht dass ihn das in irgendeiner Weise kümmerte, rief er sich streng ins Gedächtnis. Abgesehen von dem Kuss in Limeros hatte er Cleo nicht angefasst. Und der Kuss war nur unter Zwang zustande gekommen.

Dennoch musste Magnus zugeben, dass Cleo eine hervorragende Schauspielerin war. Als er seine Lippen auf ihre drückte, hätte er schwören können, anstelle des kalten Gifts in ihrer Reaktion warmen Honig zu schmecken. Außerdem musste er sich eingestehen, dass diese unerwartete Süße ihn zu einem wesentlich längeren Kuss verlockt hatte als ursprünglich geplant.

Die Prinzessin war gefährlich, aber sie konnte jedem, der die Wahrheit nicht kannte, vollkommen unschuldig erscheinen – wie eine Spinne in einem schimmernden Netz. Vielleicht sollte er Aron am besten als glücklose Fliege sehen, die ohne eigenes Zutun einmal in diese Falle geraten war.

In diesem Augenblick näherte sich eine Gruppe von Gardisten mit einem Gefangenen, dem sie die Hände auf den Rücken gebunden hatten. Der Junge war nicht älter als achtzehn, mit braunen, ungebärdigen Haaren, sonnengebräunter Haut und wütend blitzenden Augen.

»Wer ist das?«, erkundigte sich Magnus und musterte den wild aussehenden Jungen.

Der Anführer stieß den Gefangenen nach vorn. »Er gehört zu einer Gruppe von Rebellen, die versucht haben, uns Waffen zu stehlen.«

»Einer *Gruppe* von Rebellen? Und ihr habt nur einen gefangen?«

»Entschuldigt, Hoheit. Ja.«

»Wie viele waren es?«, fragte Aron.

Der Gardist begann zu schwitzen. »Drei, Herr.«

»Wie viele habt ihr getötet?«

Im Gesicht des Wachmanns begann ein Muskel zu zucken. »Die Rebellen sind bösartig, Lord Aron. Sie sind wie wilde Tiere, und ...«

»Vielleicht hast du meine Frage nicht richtig verstanden«, fauchte Aron ihn an. »Wie viele von den drei Rebellen habt ihr getötet?«

Der Gardist blinzelte. »Ich fürchte, heute gar keinen.«

Voller Abscheu starrte Aron ihn an. »Geh mir aus den Augen. Auf der Stelle.«

Was für ein Trottel Aron war, wie er da drohte und einschüchterte, als hätte er die Willenskraft, irgendetwas davon durchzusetzen.

»Ja, Hoheit?«, fragte Aron ruhig, als er sah, dass der Prinz ihm seine Aufmerksamkeit schenkte.

»Kann ich den Gefangenen verhören, oder hättet Ihr gern die Ehre?« Es war eine ehrliche Frage, wenn auch etwas drohend vorgebracht.

Aron gestikulierte. »Nein, bitte. Nur zu!«

Wie schockierend. Es war die richtige Antwort. »Danke sehr.«

Magnus gab den Gardisten ein Zeichen, den Gefangenen zum Lagerfeuer zu bringen. Dort stand der Rebell mit seinen gefesselten Händen, aber er erwiderte Magnus' Blick hoch erhobenen Hauptes, ganz direkt und ohne mit der Wimper zu zucken.

»Willkommen.« Magnus begann mit einem Lächeln, das die innere Ruhe seines Vaters widerspiegelte, wenn auch nicht den berühmten Charme des Königs. »Ich bin Magnus Lukas Damora, Kronprinz und Erbe des Throns von Mytica.«

»Ich weiß, wer Ihr seid«, erwiderte der Junge, ohne seine Abneigung zu verhehlen.

»Gut. Das macht die Sache wesentlich einfacher. Mit wem habe ich denn das Vergnügen?«

Die Lippen des jungen Manns wurden schmal, seine Augen kalt.

Magnus nickte einem Gardisten zu, der den Rebellen daraufhin hart mit dem Handrücken ins Gesicht schlug. Blut tröpfelte aus dessen Mundwinkel, aber sein Blick wurde nur noch trotziger.

»Mit wem habe ich das Vergnügen?«, fragte Magnus erneut. »Du kannst es dir leicht oder schwer machen, ganz wie du willst. Beantworte meine Frage, dann begegne ich dir mit Wohlwollen.

Der Junge lachte und spuckte das Blut aus, das seinen Mund füllte. »Prinz Magnus wohlwollend? Das finde ich schwer zu glauben.«

Magnus' Lächeln wurde dünner. »Dein Name?«

»Brion Radenos.«

»Sehr gut, Brion.« Magnus sah dem Jungen in die Augen. »Jetzt sag mir, wo ist der Anführer der Rebellen? Wo ist Jonas Agallon?«

Brion legte den Kopf schief. »Jonas Agallon? Nie von ihm gehört.«

Anscheinend wollte der Knabe Magnus' Geduld auf die Probe stellen. »Du lügst. Sag mir, wo er ist.«

Jetzt lachte Brion laut. »Warum sollte ich?«

Magnus musterte ihn. »Jonas Agallon hat sich in den Palast geschlichen und Königin Althea getötet. Dafür gibt es Beweise. Er wird mit seinem Leben dafür bezahlen.«

Brion runzelte die Stirn. »Ich habe Steckbriefe von ihm gesehen, auf denen eine Belohnung für seine Festnahme versprochen wird, und ich habe Gerüchte gehört. Aber Ihr irrt Euch. Es ist mir gleich, welche Beweise Ihr zu haben glaubt, er hatte nichts mit diesem Mord zu tun.«

Die Wut stieg so rasch und heftig in Magnus auf, dass er zitterte. Die in der Nähe stehenden Soldaten sahen einander unbehaglich an. »Einen Moment habe ich geglaubt, du wärst klug. Aber du bist nur ein Narr, dessen Mund größer ist als sein Hirn.«

Der Rebell starrte ihn mit kaltem Blick an. »Jonas hat die Königin nicht getötet.«

Magnus' Zorn wuchs, seine Hand schnellte vor und packte den Jungen an der Kehle. »Ich frage dich noch ein Mal. Eine hilfreiche Antwort wird dir keinen Schmerz, sondern eine Belohnung und die Freiheit einbringen. Wo ist Jonas?«

»Rutscht mir den Buckel runter.« Die Augen des Jungen blitzten. »Ihr haltet Euch für so stark, so mächtig. Aber das seid Ihr nicht. Eure Blindheit macht Euch schwach – genau wie Euren Vater. Seine Gier wird sein Untergang sein. Das Volk von Auranos wird sich nicht ewig von ihm an der Nase herumführen lassen. Die Menschen werden sich zusammen mit den Paelsianern erheben, um Euch beide zu vernichten. Vielleicht können wir sogar die Limerianer dazu bringen, sich der großen Armee anzuschließen und gegen alle diejenigen in den Kampf zu ziehen, die uns unterdrücken wollen.«

Magnus' Griff wurde fester, und das Gesicht des Jungen lief rot an. Brion spuckte aus und traf Magnus ins Auge. Der Prinz ließ den Rebellen los und wischte voller Ekel den Speichel weg.

»Aha.« Sein Herz hämmerte schnell und laut in seiner Brust. »Du hast dich also für den harten Weg entschieden. Gut. Denn ich werde meine Antworten bekommen, egal ob jetzt oder im Kerker auf der Folterbank. Vielleicht habe ich die Chance, Jonas festzunehmen, wenn er versucht, dich zu befreien.«

»Das sollte er lieber nicht versuchen.«

»Warten wir es ab.« Magnus wandte sich ab, bemüht, sich nicht anmerken zu lassen, wie sehr ihn seine wachsende Frustration schwächte.

»Dieser Abschaum von einem Rebellen wird Euch nichts sagen, weder hier noch sonst wo«, knurrte Aron. Aus ein paar Schritten Entfernung hatte er den Austausch beobachtet, einen verkniffenen Ausdruck auf dem bleichen Gesicht. »Wir haben keine Zeit, ihn in den Kerker zu bringen. Morgen machen wir uns auf den Weg zur Straße, da können wir keinen Mann entbehren.«

»Das hier ist wichtiger, Lord Aron.«

»Da bin ich anderer Meinung, Hoheit. An einem Rebellen sollte man ein Exempel statuieren, man darf ihn nicht verhätscheln und ihm Fragen stellen.«

»Klang mein Verhör vielleicht, als wollte ich ihn verhätscheln?« Magnus knirschte mit den Zähnen und blickte zur Seite.

»König Gaius würde mit dieser Situation bestimmt nicht so umgehen.«

Der Kerl wurde immer entnervender, Magnus konnte ihm vor Wut kaum antworten. »Ach nein? Und wie würde der König diese Situation bewältigen? Bitte, Lord Aron, sagt es mir!«

»So.« Aron hatte sein Schwert gezogen und hielt es in beiden Händen.

Magnus erschrak, seine Brust wurde eng. »Lasst das, Aron …«

Aber Aron achtete nicht auf ihn. Ohne ein weiteres Wort, ohne eine weitere Drohung, aber mit vor Erregung blitzenden Augen stieß er Brion sein Schwert ins Herz.

Brions Augen weiteten sich, und er schnappte nach Luft, ein grausiger, blubbernder Laut. Blut quoll aus seinem Mund, er stürzte zu Boden und hauchte den Atem aus.

Entsetzt starrte Magnus auf den Toten hinunter.

»Bei der Eröffnungszeremonie der Reichsstraße hat der König im Tempel der Cleiona höchstpersönlich einen der Aufrührer exekutiert. Daran erinnert Ihr Euch doch sicher ebenso gut wie ich.« Aron wischte die blutige Klinge mit einem Tuch ab, das er aus der Tasche zog. »Ich weiß, er würde von seinem Königsvasall das Gleiche verlangen. Aber ich werde Eurem Vater sagen, dass Ihr maßgeblich an der sofortigen Hinrichtung dieses Rebellen beteiligt wart. Ich verspreche Euch, dass ich die Anerkennung für diese Tat nicht alleine beanspruche.«

Aber Magnus packte Aron vorn am Hemd und stieß ihn rückwärts ins Feuer. Aron stieß einen jämmerlichen Schrei aus, raffte sich auf, so schnell er konnte, und schlug hektisch auf die glühende Asche ein, die bereits anfing, seine Kleider in Brand zu setzen.

Magnus schäumte vor Wut. »Er war meine Chance, Jonas zu finden, du betrunkener Idiot!«

Auch Aron geiferte vor Zorn, seine Wangen waren knallrot angelaufen. »Er hätte Euch nicht mehr gesagt als seinen Namen! Sein Leben zu schonen hätte Euch nur vor den anderen Männern schwach aussehen lassen. Ihr solltet mir dankbar sein!«

Langsam beugte Magnus sich zu ihm und knurrte ihm ins Ohr: »Bete zu deiner Göttin, dass wir den Anführer der Rebellen sehr bald finden, sonst wirst du meine Enttäuschung zu spüren bekommen, du ganz allein. Hast du das verstanden, du jämmerlicher Wicht?«

Arons Augen waren schmale Schlitze, als Magnus ihn losließ – Furcht und Hass hielten sich in ihnen die Waage. »Ich habe verstanden, Hoheit.«

KAPITEL 28

JONAS

AURANOS

Brion stürzte zu Boden.

Jonas stockte der Atem, er konnte nicht sprechen. Starr vor Schreck beobachtete er die Szene vom Waldrand aus. Es war nur ein Traum. Es musste ein Traum sein. Ein Albtraum, aus dem er jeden Moment erwachen konnte.

Dann plötzlich sah er rot, wütend stürmte er los, bereit, Aron mit bloßen Händen zu töten – ihn in Stücke zu zerreißen, bis er nur noch ein Haufen blutiges Fleisch war.

Doch bevor er den Schutz der Bäume verlassen konnte, schlang Lysandra die Arme um ihn und hielt ihn zurück. Tränen strömten ihr über die Wangen, während sie sein Gesicht packte, um ihn zu zwingen, dass er *sie* anschaute und nicht seinen toten Freund. »Nein, Jonas, nein! Es ist zu spät«, flüsterte sie heiser. »Brion ist tot. Wenn du jetzt hinrennst, bringen sie dich auch noch um!«

Es waren nur Augenblicke gewesen. Der Junge, den er kannte, seit sie beide noch von ihren Müttern gestillt worden waren, lag dreißig Schritte entfernt auf dem Boden. Blut rann aus der Wunde in seiner Brust, sickerte in die Erde, und Brion starrte zum Wald herüber, als suchten seine toten Augen nach Jonas.

Es war genau wie bei Tomas' Tod – ein Mensch, den er von Herzen liebte, war ihm ohne jede Vorwarnung geraubt worden – von Aron Lagaris.

»Lass mich gehen!« Ein raues Klagen stieg in seine Kehle, und wieder versuchte er sich von Lysandra loszureißen. Dann brannte plötzlich sein Gesicht, eine Ohrfeige, und er blickte in Lysandras zorniges Gesicht.

»Sie werden dich töten, wenn du da hinrennst«, wiederholte sie.

»Es ist meine Schuld. Schon wieder meine Schuld. Es war meine Idee, den Gardisten die Waffen zu stehlen. Als sie uns gesehen haben ...« Seine Stimme brach, und er schlug die Hände vors Gesicht, als könnte er das, was geschehen war, damit ausblenden. »Brion hat mich beschützt, damit ich entkommen konnte.«

»Er hat uns beide beschützt.« Noch immer flossen Tränen über Lysandras Gesicht. »Es ist nicht deine Schuld. Wir brauchen die Waffen. Wie hätten wir denn vorhersehen sollen, dass ...«

»Ich muss Aron Lagaris töten. Ich muss mich rächen.« Jonas holte zitternd Luft, ohne jedoch den Blick von Lysandras tränennassem Gesicht abzuwenden. Sie hatte ihn noch immer nicht losgelassen. Sie war wie ein Anker für ihn – ein Gewicht, das ihn am Boden der Realität festhielt. Wenn sie nicht da wäre, hätte er sich längst in den Kampf gestürzt. Blutend. Sterbend. Er hatte erwartet, dass dieses Mädchen ihn hassen und verfluchen würde. Stattdessen aber umarmte sie ihn, und sie trauerten beide.

»Du wirst deine Rache bekommen«, versicherte sie ihm. »Genau wie ich. Aber nicht hier. Nicht jetzt.«

Jonas hatte das Gefühl, sich übergeben zu müssen. Vor seinem inneren Auge sah er Brion immer wieder zu Boden stürzen. Lysandra redete weiter, und er hielt sich an ihren Worten fest wie an einer Rettungsleine.

»Wir wussten, dass der Prinz mit seinen Leuten diese

Richtung einschlagen würde – es war Brions Idee, ihren Weg zu verfolgen, Jonas. Du darfst dir nicht die Schuld geben! Sieh mich an.« Wieder umfasste sie sein Gesicht und zwang ihn, in ihre Augen zu sehen. »Dank Nerissa wissen wir, welches Ziel sie als Nächstes anpeilen – und warum. Jetzt ist es Zeit zu handeln, ein für alle Mal. Das ist unsere Chance, das ist dir doch klar, oder nicht?«

Er versuchte zu denken. Versuchte, über seinen Hass und seine Trauer hinauszublicken.

Langsam begann in ihm ein Plan zu reifen – verschwommen erst, aber immer deutlicher und stärker.

Das ist unsere Chance, hatte Lysandra gesagt.

Sie hatte recht.

Brions Tod würde nicht vergeblich sein – das würde Jonas nicht zulassen. Der Tod seines Freundes würde in Jonas' Leben den Moment markieren, in dem er den klarsten Weitblick hatte.

Die Blutstraße war der Schlüssel zum Untergang des Königs.

Und es war Zeit, dass die Rebellen seiner Herrschaft ein Ende setzten.

Als sie zum derzeitigen Lagerplatz ihrer Gruppe zurückkehrten, war die Nacht hereingebrochen, und das Wildland war dunkel und erfüllt von unheimlichen Lauten – ein Zeichen dafür, dass hier hungrige Kreaturen hausten und nur darauf warteten, zuzuschlagen und jeden zu verschlingen, der ihren Weg kreuzte.

Jetzt fühlte Jonas sich wie eins dieser Tiere, so als könnte er alles und jeden töten, der ihm in die Quere kam.

»Was tun wir jetzt?«, fragte Tarus. Umringt von den anderen stand er im tiefen Schatten des Waldes. Lysandra hatte ihnen bereits von Brions Tod berichtet. Tarus' Stimme zitterte. »Sie bringen uns um, einen nach dem anderen.«

»Die ganze Zeit«, begann Jonas und musste seine ganze Kraft zusammennehmen, um laut genug zu sprechen, dass alle ihn hören konnten. »Die ganze Zeit habe ich nach einer Möglichkeit gesucht, wie wir König Gaius das Handwerk legen und die Macht zurückerobern können, die Paelsia in dem Moment gestohlen wurde, als er unseren Häuptling ermordet hat. Ich gebe zu, dass ich manchmal Angst hatte, wir könnten dieser Aufgabe nicht gewachsen sein. Nach dem Desaster und der Niederlage im Tempel der Cleiona habe ich gezweifelt. An mir selbst, an allem. Einen Moment lang habe ich zugelassen, dass der Blutkönig mich besiegt.

Er ist uns zahlenmäßig überlegen, er hat Gardisten und Soldaten. Er hat Waffen. Und er hat die Auranier so hinters Licht geführt, dass die Mehrheit von ihnen ihm tatenlos zuschaut – wie Vieh, das darauf wartet, zur Schlachtbank geführt zu werden. Berichten zufolge hat der König sich nun ganz in die goldene Stadt zurückgezogen. Er lässt andere seine Kämpfe ausfechten, er selbst bleibt unberührbar und in Sicherheit.«

»Aber was nutzt uns das? Wie können wir ihm dann schaden?«, wollte einer der Jungen wissen.

»Wir haben nach einer Schwäche gesucht«, fuhr Jonas fort, »nach einer Möglichkeit, dem König Schaden zuzufügen. Wir haben etwas gesucht, was wir gegen ihn verwenden können. Einmal haben wir geglaubt, es könnte Prinzessin Cleiona sein, aber der Plan hat nicht so funktioniert, wie ich es erhofft hatte. Das hat mir eines gezeigt – wir brauchen jemanden, der für den König noch weit wichtiger ist.«

»Wen?«, fragte Tarus mit großen Augen.

»Morgen werden sich Prinz Magnus, Lord Aron und eine

große Gruppe von Gardisten im Morgengrauen auf den Weg zu den Verbotenen Bergen machen. Unseren Informationen nach sollen sie dort das Arbeitslager inspizieren – ein Standort, den wir erst vor Kurzem entdeckt haben.«

»Wer hat dir davon erzählt?«, fragte Phineas.

»Eine zuverlässige Quelle«, antwortete Lysandra. Sie und Jonas wechselten einen nervösen Blick. Die Information war erst ein paar Tage alt und hatte sie überhaupt erst dazu gebracht, im Lager des Prinzen zu spionieren. Nerissa, die ehemalige Näherin, hatte mit Begeisterung die Rolle der Rebellenspionin übernommen. Palastwachen aus dem direkten Umkreis des Königs schütteten nach einem harten Arbeitstag gern einem hübschen und freundlichen Mädchen, das sie zärtlich in den Arm nahm, das Herz aus. Anfangs hatte Lysandra Nerissas Methoden nicht gebilligt, aber sie konnte ihren Erfolg nicht bestreiten – immerhin hatten sie so den Schlüssel gefunden, der sie letztendlich zum Sieg führen würde.

»Dann sollen wir also Prinz Magnus entführen?«, vermutete ein Rebell.

»Ja.« Jonas' Augen wurden schmal. »Aber er ist nicht unser einziges Ziel. Es ist noch jemand anderes im Lager, der – das glauben wir zumindest – dem gierigen König ebenso viel bedeutet wie sein eigenes Fleisch und Blut. Es handelt sich um einen Mann namens Xanthus, der meiner Quelle zufolge so von Geheimnissen umgeben ist, dass es mich neugierig macht. Er ist der Chefingenieur für die gesamte Straße, und mir wurde versichert, dass er für das Projekt absolut unentbehrlich ist. Bei ihm sind die Pläne, er trifft die Entscheidungen. Ohne seine Zustimmung wird kein Stein verlegt. Alle neuen Anweisungen und Veränderungen werden mit einem offiziellen Siegel direkt von ihm an die anderen Lager geschickt.«

»Wie kann ein Mann so viel Macht haben?«, fragte Phineas.

»Ich weiß es nicht, und offen gestanden ist es mir auch gleichgültig«, antwortete Jonas. Seine Worte klangen unbedacht, aber sein Plan war alles andere als das. »Ich weiß nur, ohne Xanthus wird die Straße nicht weitergebaut. Und der König hat sehr viel in diese Straße investiert, sowohl Gold als auch Zeit. Wenn wir Xanthus und Magnus beide als Geiseln nehmen, wird es uns einbringen, was wir wollen – den König selbst. Dann muss er aus seinem sicheren kleinen Goldpalast herauskommen, und wir können ihn abgreifen.«

»Es ist ganz einfach«, übernahm Lysandra jetzt. »Wir folgen Prinz Magnus und seiner Truppe zur Straße. Dann warten wir, bis sie ihr Nachtlager aufschlagen und sich sicher fühlen, und kurz vor der Morgendämmerung greifen wir an. Wir werden Xanthus und den Prinzen ausfindig machen, gefangen nehmen und jeden töten, der sich uns in den Weg stellt. Das ist unsere Chance, endlich etwas zu erreichen und unser Volk von der Tyrannei des Königs zu befreien.«

»Aber wir brauchen jede Hilfe, ihr müsst also alle dabei sein«, fuhr jetzt Jonas wieder fort. »*Jeder Einzelne von euch.*«

»Aber es wird ein Blutbad geben«, sagte ein Junge neben Phineas unsicher. »Glaubt ihr wirklich, dass wir unser Leben dafür aufs Spiel setzen werden? Aufgrund von Informationen deiner ›zuverlässigen Quelle‹?«

»Ja!« Mit feurigem Blick wandte Lysandra sich zu dem Rebellen um. »Natürlich werden wir unser Leben aufs Spiel setzen, wenn es notwendig ist! Ich habe heute Brion sterben sehen, und er war tapfer und stark bis zum Ende. Wir sind es ihm schuldig. Ich kann nur hoffen, halb so mutig zu sein, wie er es war, aber ich bin bereit zu sterben, wenn ich dem Blutkönig damit zeigen kann, dass ich nicht seine Sklavin bin und es auch niemals sein werde!«

»Wir werden König Gaius an einer empfindlichen Stelle treffen, an einer Stelle, wo es ihm richtig wehtut«, verkündete Jonas mit fester Stimme, »und wir werden siegen. Kommt! Wer schließt sich mir an? Wer folgt Lysandra?«

Ein Rebell nach dem anderen trat vor, und vor Begeisterung und Kraft wurden ihre Stimmen immer lauter.

»Ich bin dabei!«

»Ich auch!«

»Ja! Wir waren lange genug die Schwachen, jetzt zeigen wir dem Blutkönig unsere wahre Stärke – ein für alle Mal!«

»*Ein für alle Mal!*«

KAPITEL 29

LUCIA

AURANOS

Magie brannte unter Lucias Haut und flehte darum, endlich freigelassen zu werden. Ihre Fähigkeiten fühlten sich ebenso eingesperrt an wie sie selbst in diesem seltsamen Palast mit den hell erleuchteten Gängen und golden schimmernden Fußböden, diesem wunderschönen Schloss, das so ganz anders war als die dunkle, kühle limerianische Burg. Lucia vermisste ihre Heimat mehr, als sie es je für möglich gehalten hatte.

Auch das Häschen half nicht.

»Du bist so schnell gewachsen, Hana.« Vorsichtig hob sie das Fellbündel hoch und schaute in das niedliche Gesicht des Tieres. Sein Herz pochte schnell unter ihren Händen, seine Nase zuckte. Wenigstens das brachte sie zum Lächeln.

Schließlich setzte sie Hana wieder in den kleinen Käfig in der Ecke ihres Zimmers, ging auf den Balkon und ließ den Blick über die grünen Wiesen und Hügel wandern, die die Goldstadt jenseits der glitzernden Mauern umgaben.

Alles war so schmerzlich schön. Wie um das noch zu unterstreichen, flatterte in einer warmen Brise ein rosa-violetter Schmetterling an ihr vorbei.

»Huch.« Lucia wandte sich ab. Sie mochte keine Schmetterlinge. Sie liebte Falken und hatte den Himmel endlos nach einem abgesucht, nur einen einzigen wollte sie zu Gesicht bekommen! Aber da war nichts.

Seit sie Alexius das letzte Mal gesehen hatte, waren fünf lange Wochen vergangen. Damals hatte er ihr versprochen wiederzukommen, damals, als sie sich so leidenschaftlich geküsst hatten und sie beim Erwachen aus seinen Armen gerissen worden war. Wenn er in der realen Welt existierte, warum war er dann nicht zu ihr zurückgekehrt? Es war nicht nur ein Traum. Ganz sicher nicht. Sie wusste, dass Alexius irgendwo dort draußen war.

Sie umfasste das Balkongeländer. Unter ihrer Berührung wurde es warm und begann durch die Aufwallung von Erdmagie zu Staub zu zerfallen. Erschrocken wich Lucia zurück, wischte sich hastig die Hände ab und sah sich nervös um, ob jemand sie beobachtet hatte – aber natürlich war niemand da. Nachdem ihr Vater erfahren hatte, welche Angst sie ihrer *Elementia*-Lehrerin eingejagt hatte, hatte er ihr nahegelegt, lieber allein in ihren Gemächern zu bleiben, bis er eine bessere Lehrerin für sie fand.

Sie hatte seinen Rat befolgt, aber nach so vielen Tagen in diesem beengten Raum brauchte sie dringend ein bisschen Freiheit.

Ob der König Domitia wohl hatte hinrichten lassen, nachdem sie ihren Zweck nicht erfüllt hatte? Traurig musste Lucia feststellen, dass das Schicksal der Frau sie nicht kümmerte – ob es nun das Leben oder der Tod sein würde.

Früher hätte es sie gekümmert.

Der Schmetterling ließ sich auf dem Rand eines Blumentopfs nieder, und sie betrachtete ihn und musste plötzlich gegen den heftigen Drang ankämpfen, ihn mit der bloßen Hand zu zerquetschen.

»Was geschieht nur mit mir?«, flüsterte sie.

Sie war zu lange in diesem Zimmer eingesperrt, sie brauchte Antworten, mehr als alles andere. In der Vergangenheit hatte sie ihr Wissen immer aus Büchern gewonnen – warum sollte das jetzt anders sein? Sie hatte gehört, dass die auranische Palastbibliothek ihresgleichen suchte, vielleicht fand sie dort im Gegensatz zur limerianischen Bibliothek, die ausschließlich Bücher mit trockenem Sachwissen enthielt, die Antworten hinsichtlich der *Elementia*. Etwas über Magierinnen und Wächter.

Als sie den Entschluss gefasst hatte, verließ Lucia ihre Gemächer und eilte, ohne nach rechts oder nach links zu schauen, durch die endlosen Korridore. Nur ein einziges Mal fragte sie einen Gardisten nach dem Weg. Die Bibliothek lag auf der anderen Seite des Palasts, und die Gänge waren, abgesehen von den Wachen, die regungslos wie Statuen dastanden, praktisch menschenleer. Magnus war immer stolz gewesen auf seine Fähigkeit, sich ungesehen und wie ein Schatten durchs Schloss zu bewegen. Das war ein wahres Talent, das sie erst jetzt zu schätzen lernte.

Auf einmal merkte sie, dass sie Magnus vermisste. Sie vermisste die Tage, an denen sie den ganzen Nachmittag damit verbracht hatten, sich über Dichter oder Bücher oder einfach über Nichtigkeiten zu unterhalten. Sie hatten über irgendwelche albernen Witze gelacht, die nur sie beide verstanden – zum Beispiel darüber, dass Lady Sophia sich beim Dinner immer Gebäck in die Taschen steckte und glaubte, niemand würde es sehen. Selbst an den dunkelsten Tagen hatte sie es geschafft, ihm ein Lächeln zu entlocken. Auch das vermisste sie.

Hatte man ihn ihr jetzt für immer gestohlen?

Es ist meine Schuld. Ich hätte freundlicher zu ihm sein sollen, in Gedanken und in Worten.

Jetzt war er wütend auf sie und verletzt, weil sie seine Liebe zurückgewiesen hatte. Wenn er endlich von der Jagd auf die

Rebellen zurückkehrte, konnte sie ihn hoffentlich dazu bringen, ihr zu verzeihen, und ihm verständlich machen, dass sie zwar niemals zusammen sein konnten, ihre geschwisterliche Beziehung aber wichtiger war als alles andere. Sie brauchte ihren Bruder, und er brauchte sie. Keine Frage, sie musste dafür sorgen, dass das, was zwischen ihnen schiefgegangen war, wieder in Ordnung kam.

Doch für den Moment zwang Lucia sich, diese Gedanken beiseitezuschieben und sich wieder ganz auf ihr Ziel zu konzentrieren. Sie brauchte alle Bücher, in denen sie etwas darüber erfahren konnte, wer sie war und was sie von ihrer Magie zu erwarten hatte. Sie wollte jedes dieser Bücher verschlingen, sich das in ihnen enthaltene Wissen einverleiben, als wäre es ein Festmahl, das bei einem Bankett vor ihr ausgebreitet worden war.

Beim Anblick der Bibliothek, einem riesigen Saal hinter dem Bogengang, wurden ihre Schritte unwillkürlich langsamer. Ihr Herz setzte einen Schlag aus, als sie die Bücher auf den Regalen sah, Tausende und Abertausende, in allen Größen und Formaten, über alle erdenklichen Themen. Und alle boten sie Lucia ein Wissen an, das weit über das hinausging, was sie sich je erträumt hatte. Durch die schönen Buntglasfenster fiel das Licht mit einem kaleidoskopischen Funkeln in diese Oase, als wäre die Bibliothek selbst von Magie berührt.

»Prinzessin Lucia – nun habt Ihr Eure Gemächer anscheinend doch verlassen, und wir lernen uns endlich kennen.«

Die Stimme brach den Bann, und ihr Blick wanderte zu der jungen Frau, die mit zwei Büchern unter dem Arm direkt vor ihr stand. Lucia erkannte sie sofort. Das hübsche Gesicht, die aquamarinblauen Augen, die langen goldblonden Haare, die in üppigen Wellen bis auf ihre Taille herabfielen. Sie war ein ganzes Stück kleiner als Lucia, aber trotz ihrer zierlichen

Statur hielt sie sich aufrecht, die Schultern gestrafft, das Kinn gereckt. Um ihre rosigen Lippen spielte ein Lächeln.

Dies also war die Frau, die der König ausgesucht hatte, um Magnus von seiner unerwünschten Zuneigung zu Lucia abzulenken. Prinzessin Cleiona war genauso schön, wie man es von ihr behauptete. Und Lucia hasste sie auf Anhieb.

Doch auch sie setzte ein Lächeln auf. »Prinzessin Cleiona, es ist mir eine große Ehre.«

»Bitte, nennt mich doch Cleo. Schließlich sind wir jetzt Schwestern, nicht wahr?«

Lucia unterdrückte ein Schaudern. »Und Ihr könnt gerne Lucia zu mir sagen.« Noch immer zutiefst beeindruckt von der Umgebung, fuhr sie fort: »Ich kann gar nicht fassen, wie großartig diese Bibliothek ist. Ihr habt wirklich Glück, dass Euch so etwas schon Euer ganzes Leben lang zur Verfügung steht.«

In Cleos Augen lag nicht ganz so viel Staunen wie in Lucias. »Ich muss gestehen, dass ich längst nicht so oft hier gewesen bin wie meine Schwester. Sie hat die Bibliothek geliebt und hatte immer ein Buch zur Hand. Es würde mich nicht wundern, wenn sie sich bereits durch die Hälfte des Bestands gearbeitet hatte, als sie …« Sie verstummte, und als sie ihren schmerzerfüllten Blick wieder auf Lucia richtete, wirkte ihr Gesicht angespannt.

Lucias Abneigung legte sich ein bisschen, sie empfand Mitgefühl mit dem Mädchen, das so viel verloren hatte. Ihre Schwester, ihren Vater, ihr Königreich. Eine feindliche Macht, zu der auch Lucia gehörte, hatte ihr alles geraubt. Und jetzt gehörte diese Bibliothek mehr Lucia als Cleo.

»Eure Schwester muss mir ähnlich gewesen sein«, sagte Lucia freundlich. »Ich lese für mein Leben gern.«

»Dann werdet Ihr sehr gut hierherpassen.«

»Ich freue mich, dass wir uns ein wenig unterhalten können.« Trotz ihres Status als Magnus' Ehefrau wurde Cleo sorgfältig überwacht und war in einem anderen Flügel des Schlosses untergebracht. Ihr Gefängnis mochte vergoldet sein, aber dennoch ein Gefängnis. Doch hier wanderte sie offenbar ohne Begleitung herum, keine Wache war zu sehen. Hatte sie es etwa geschafft, sich nach der erfolgreichen Hochzeitsreise bei König Gaius einzuschmeicheln, obwohl sie doch letztendlich eine Feindin war?

»Und ich freue mich, dass es Euch bessergeht. Alle waren in großer Sorge und haben nicht verstanden, warum Ihr so lange geschlafen habt.« Cleo betrachtete Lucia neugierig, als erwartete sie, ganz unumwunden den Grund dafür zu erfahren.

»Es war ausgesprochen sonderbar.« Lucia schüttelte den Kopf – sie war auf der Hut. »Und ich fürchte, der Grund wird mir für immer ein Rätsel bleiben.«

»Es gab ein Gerücht, dass Ihr von einer Hexe verflucht worden seid. Dass ein Zauberbann auf Euch gelegt worden war.«

Lucia runzelte demonstrativ die Stirn, als wäre diese Erklärung für sie vollkommen absurd. »Magie? Glaubt Ihr etwa an diese albernen Dinge?«

Cleos Lächeln wurde dünn. »Natürlich nicht. Aber so ist das Dienstpersonal nun einmal – alle tratschen gern. Vor allem wenn es um die Mitglieder des Königshauses geht. Dann denkt man sich die seltsamsten Geschichten aus.«

»Da habt Ihr allerdings recht. Aber nein, es war kein Zauberbann, das kann ich Euch versichern.« Die Lüge fühlte sich so natürlich an, dass sie ihr mühelos über die Lippen kam.

»Es freut mich sehr, das zu hören.« Cleo arrangierte die Bücher unter ihrem Arm neu.

»Was lest Ihr denn gerade?«, fragte Lucia und legte den Kopf schräg, um die Titel, die in Goldprägung auf den ledernen Buchrücken standen, entziffern zu können. »*Eine Geschichte der Elementia*. Ach du meine Güte. Das ist aber eine ungewöhnliche Wahl für jemanden, der nicht an Magie glaubt.«

»Ja, nicht wahr?« Die Knöchel an Cleos Hand waren schon ganz weiß, so fest umklammerte sie ihre Bücher. »Es war ein Lieblingsbuch meiner Schwester. Wenn ich so etwas lese, habe ich das Gefühl, dass sie wieder bei mir ist und mir mit ihrem Rat zur Seite steht.«

Dieses Gespräch war weit schwieriger, als Lucia es sich vorgestellt hatte. In der Zeit bevor ihr Vater dieses Königreich erobert hatte, hatte Lucia sich ihr Zusammentreffen mit Cleo manchmal vorgestellt und gehofft, dass sie gute Freundinnen würden. Nun jedoch begann sie an dieser Möglichkeit zu zweifeln. Angestrengt versuchte sie den Titel des zweiten, kleineren Buchs zu entziffern, das so staubig war, als hätte Cleo es aus einem längst vergessenen Stapel hervorgezogen. Ihr Herz begann zu pochen, als sie ihn entziffert hatte. »*Das Lied der Magierin*. Worum geht es da?«

Cleo blickte auf den dünnen Band herab. »Es sind Gedichte über eine mächtige Magierin, die zur Zeit der Göttinnen gelebt hat. Ihr Name war – nun, der gleiche wie Euer Mittelname … Eva. Was für ein Zufall.«

Plötzlich hatte Lucia einen Kloß im Hals. »Ja, wirklich.« Das war das Buch, das sie brauchte!

»Aber ich sollte Euch jetzt wirklich Eurer eigenen Büchersuche überlassen. Ich würde Euch natürlich jederzeit die Erlaubnis geben, Euch auszuleihen, was Ihr wollt, aber vermutlich braucht Ihr meine Erlaubnis gar nicht mehr, richtig?«

In ihrer Stimme war ein kaum merklicher scharfer Unterton, aber Lucia bemerkte ihn und nahm zufrieden zur Kenntnis, dass diese junge Frau ganz und gar nicht so war, wie sie auf den ersten Blick wirkte – eine höfliche, durch und durch gesittete Prinzessin. Auch sie trug eine Maske, von derselben Art wie Lucia und Magnus. War es überhaupt möglich, als Mitglied einer königlichen Familie ohne einen solchen Schutz auszukommen? Bei dem Gedanken spürte Lucia ihr Herz wieder weicher werden.

»Ich weiß, dass dies alles sehr schwierig für Euch sein muss«, sagte Lucia und berührte im Vorbeigehen Cleos Arm. »Ich verstehe Euch.«

»Meint Ihr?« Cleo lächelte, aber ihre Augen waren kalt. »Wie schön, dass Ihr Mitgefühl für meine Lage habt.«

»Wenn Ihr mit jemandem reden möchtet, bin ich jederzeit für Euch da.«

»Und ich für Euch.«

In diesem Moment erweckte etwas Lucias Aufmerksamkeit, und sie blickte auf Cleos Hand hinunter.

»Euer Ring.« Lucia runzelte die Stirn. »Kann es sein, dass er ... dass er leuchtet?«

Unwillkürlich machte Cleo einen Schritt zurück und wurde blass. Langsam sah sie auf ihren Ring hinunter, ein zarter goldener Filigranschmuck mit einem großen violetten Stein, den sie am Zeigefinger ihrer rechten Hand trug. Sie verschob erneut ihre Bücher, so dass sie jetzt ihre Hand verdeckten. »Das war bestimmt nur eine Augentäuschung. Weiter nichts.«

Wie sonderbar. »Nun, wie dem auch sei, ich hoffe, Euch von nun an öfter zu begegnen.«

»Ja, das hoffe ich auch. Wo wir doch jetzt Schwestern sind.«

War es nur ihre Einbildung, oder war das Wort gerade wirklich so scharf gewesen wie ein Dolch?

»Wisst Ihr, wann Magnus zurück sein wird?«, fragte Lucia.

»Hat er es Euch nicht gesagt?«

»Nein.«

»Ich dachte, dass Euer Bruder alles mit Euch teilt.«

Lucia presste die Lippen aufeinander und entschied sich, darauf nicht zu antworten. Früher einmal wäre diese Vermutung richtig gewesen. Aber in letzter Zeit …

Der Gedanke, dass sie das Vertrauen ihres Bruders verloren hatte, tat ihr plötzlich sehr weh, ein Schmerz, den sie tief im Herzen spürte.

»Aber um Eure Frage zu beantworten«, fuhr Cleo fort, »ich weiß auch nicht, wann er zurückkommt. Ich kann nur hoffen, dass es bald sein wird.«

»Vermisst Ihr ihn?«

Cleos Lächeln war fest. »Wie sollte ich das nicht?«

Einen Moment betrachtete Lucia ihr Gegenüber schweigend, dann sagte sie: »Wer hätte gedacht, dass zwei Menschen, die so verschieden sind, mitten in dieser Landschaft des Konflikts die große Liebe finden?«

Cleos Blick kam keinen Augenblick zur Ruhe, sondern wanderte unablässig umher, zu Lucia, über die Umgebung. Sie war wachsam, diese Prinzessin. Und Lucia spürte, dass hinter ihren unschuldigen Augen weit mehr schlummerte, als man zunächst glauben wollte.

»Ja, wer hätte das gedacht? Ihr habt großes Glück, mit einem großen Bruder wie Magnus aufgewachsen zu sein.«

»Genau wie Ihr großes Glück habt, den Rest Eures Lebens an seiner Seite verbringen zu dürfen.«

»Ganz recht.«

Lucia musterte sie aufmerksam und suchte nach Anzeichen für eine Lüge. Oder sagte Cleo doch die Wahrheit? War sie tatsächlich in Magnus verliebt – und er in sie?

Unmöglich.
»Er kann schwierig sein«, meinte Lucia warnend. »Launisch. Temperamentvoll. Streitlustig.«
»Ach, wer ist das nicht gelegentlich?«
»Aber er ist nicht nachtragend«, fuhr Lucia fort. »Schließlich hat er Euch verziehen, dass Ihr Eure Unschuld an Lord Aron Lagaris verloren habt, nicht wahr?«
Cleo blinzelte, sonst war ihr nicht anzumerken, dass die Worte wie eine unerwartete Ohrfeige gewirkt hatten. Lucia nahm es mit einer gewissen Genugtuung zur Kenntnis, wusste aber, dass es kleinlich war.
Solange Magnus auf Hochzeitsreise gewesen war, hatte der König Lucia viele interessante Dinge berichtet – alles, was sie durch ihren langen Schlaf verpasst hatte.
»Wie Ihr sagt – ich habe großes Glück«, antwortete Cleo zurückhaltend.
»Entschuldigt bitte, dass ich so unverblümt darüber gesprochen habe, aber ihr wisst ja, Dienstboten tratschen gern.« Es gab keinen Grund, Cleo davon in Kenntnis zu setzen, dass sie dieses Detail vom König höchstpersönlich erfahren hatte. Das Einfachste war immer, den Dienstboten die Schuld zu geben.
»Ja.« Langsam erschien wieder ein Lächeln auf Cleos Gesicht. »Ich habe auch so manches gehört. Über Euch.«
»Ach ja? Was denn zum Beispiel?«
»Ich bin sicher, dass es eine Lüge ist, und im Gegensatz zu machen anderen Menschen bilde ich mir lieber selbst ein Urteil und lasse mir nicht den Kopf mit Dienstbotenklatsch vernebeln.«
Lucia ärgerte sich über die raffinierte Beleidigung. »Was habt Ihr denn gehört?
Cleo trat ein Stück näher an sie heran, als wollte sie ihr et-

was ganz im Vertrauen sagen. »Ich habe gehört, dass Ihr und Magnus eine höchst abartige Beziehung zueinander hattet, bevor Ihr nach Auranos gekommen seid. Dass Ihr in Euren Bruder verliebt seid.«

Lucia blieb der Mund offen stehen. »Das ist nicht wahr!«

»Selbstverständlich nicht. Wie gesagt, ich bilde mir mein eigenes Urteil. Aber obgleich eine solche Zuneigung abstoßend und unnatürlich wäre, würde ich Eure Gefühle dennoch verstehen. Magnus ist sehr attraktiv. Findet Ihr nicht?« Ein spöttisches Lächeln erschien auf Cleos Lippen, als wüsste sie genau, dass sie Lucia an einem wunden Punkt getroffen hatte und die Grenzen ihrer Geduld austestete.

Und so war es. Lucias Magie war erwacht, das Raubtier knurrte und wanderte unruhig im Käfig auf und ab. Lucia war nicht in Magnus verliebt, und sie hasste solche Anschuldigungen. Wie würde es Cleo gefallen, wenn sie erfuhr, dass es Magnus war, der die unnatürliche und widerliche Liebe für seine Schwester empfand?

Aber hatte sich auch das womöglich verändert? Hatte dieses Mädchen Magnus verführt und ihn Lucia für immer entfremdet? Er war bereit, ihr zu gehören – jetzt und für alle Zeit. Sie wollte ihn nicht auf romantische Weise, aber sie wollte ihn nicht ausgerechnet an diese bedeutungslose Prinzessin verlieren. *Ich benehme mich unvernünftig*

Aber in diesem Augenblick war ihr das gleichgültig.

Feuermagie lag am nächsten an der Oberfläche, und ihre Gedanken griffen nach ihr, ohne dass sie ihnen bewusst die Erlaubnis dazu erteilte. Plötzlich flammten die Fackeln an der Wand der Bibliothek auf und begannen heiß und hell zu lodern. Ein Riss erschien auf einem der großen Buntglasfenster, das kurz darauf zerbarst. Scherben regneten auf den glatten Fußboden.

Mit einem Ruck drehte Cleo sich zu dem Fenster und den Fackeln um, und ihre Augen weiteten sich vor Schreck.

»Was ist hier los? Gibt es schon wieder ein Erdbeben?« Sie sah wieder zu Lucia, die die Hände zu Fäusten geballt hatte und mit aller Macht versuchte, sich zu beruhigen und zu verhindern, dass etwas wirklich Furchtbares geschah.

Zum Beispiel, dass sie die Braut ihres Bruders in Flammen aufgehen ließ und ungerührt ihren Todesschreien lauschte.

Doch dann klärten sich Lucias Gedanken schlagartig wieder, und sie schnappte entsetzt nach Luft. Was hier geschah, war nicht richtig, das war nicht sie. Etwas brachte sie dazu, unvernünftig und gewaltsam zu handeln. Es war ihre *Elementia*. Ihre *Elementia* hatte sie im Nacken gepackt wie ein hilfloses Haustier. Ihre *Elementia* kontrollierte und beherrschte sie.

Im Handumdrehen nahmen die Flammen der Fackeln wieder ihre normale Größe an und brannten mit einem freundlichen Flackern, das in dem hellen Raum ein wenig zusätzliches Licht spendete.

»Es ist nichts.« Entschlossen eilte Lucia an der immer noch vor Schreck wie erstarrten Prinzessin vorüber und weiter in die Bibliothek hinein. Sie würde sich nicht von diesem dummen Mädchen ablenken lassen. Unter den Ledersohlen ihrer Schuhe knirschten die Glasscherben. »Es war bestimmt nur eine Augentäuschung. Weiter nichts.«

KAPITEL 30

NIC

AURANOS

Er hatte keine Zeit zu warten, er musste sofort mit Cleo sprechen.

Nic durchsuchte das Schloss, bis er sie endlich draußen im sonnigen Garten auf einer Bank vorfand, umgeben von Obstbäumen voller Früchte und duftender Blüten. Sie war so in ihre Lektüre vertieft, dass sie ihn nicht kommen hörte. Er spähte über ihre Schulter und sah, dass sie in ein offensichtlich sehr altes Buch mit vergilbten, brüchigen Seiten versunken war. Gerade strich sie mit dem Zeigefinger über das Bild von einem wie eine Efeuwinde geformten Ring mit einem großen Stein.

»Der sieht ja genau aus wie dein Ring«, stellte er überrascht fest.

Mit einem Knall schlug sie das Buch zu, drehte sich zu ihm um und starrte ihn mit aufgerissenen Augen an. Dann stieß sie zittrig den Atem aus. »Oh, Nic, du bist es nur.«

So nervös hatte er sie kaum einmal gesehen. Nic schaute zu den vier anderen Gardisten, die den Bereich überwachten. Stocksteif wie Statuen standen sie an der Steinmauer, weit genug entfernt, dass man nicht befürchten musste, sie könnten mithören.

Cleo umklammerte das Buch und drückte es an die Brust. Nic legte den Kopf schief und las den Titel: *Das Lied der Magierin.*

Aber er durfte sich jetzt nicht ablenken lassen. Er hatte etwas zu sagen, und er musste sprechen, ehe sie unterbrochen wurden. Als Mitglied der Palastwache – selbst als ein eher widerwilliges wie er – besaß man so gut wie keine Privatsphäre.

»Wir müssen weg von hier«, flüsterte er. »Wir müssen verschwinden, solange wir können, solange wir die Chance haben, unbemerkt zu fliehen. Wir müssen noch heute Nacht aufbrechen.«

»Nein, Nic«, entgegnete Cleo und sah ihm fest in die Augen. »Das ist mein Palast, mein Thron. Ich kann nicht weg. Noch nicht.«

»Ich habe jeden Tag darüber nachgedacht, ich kann nicht mehr, Cleo. Wenn der Prinz zurückkommt ... ich kann dich nicht jede Minute vor ihm beschützen, Tag und Nacht. Und ich werde nicht zulassen, dass er dich umbringt wie Mira.«

»Nic.« Bei der Erwähnung ihrer verlorenen Freundin flammte wieder der Schmerz in ihren Augen auf. »Ich trauere genauso sehr um Mira wie du, aber es war der König, der deine Schwester getötet hat.« Dann legte sie das Buch neben sich auf die Bank und umfasste Nics Hände. »Magnus hat dein Leben verschont – und er hat mich in Limeros bei dem Attentatsversuch beschützt.«

Fassungslos starrte er sie an. »Versuchst du jetzt tatsächlich, den Mann zu verteidigen, der Theon ermordet hat? Der neben seinem Vater gestanden hat, als sie dieses Königreich eingenommen haben? Du bist doch nicht ... du bist doch nicht etwa dabei, dich in ihn zu verlieben, oder?«

Cleo zuckte zusammen, als hätte er sie geschlagen. »Keineswegs. Ich hasse Magnus und werde ihn immer hassen.«

Nic schluckte schwer und ignorierte sein schlechtes Gewissen, das sich meldete, weil er ihr etwas so Unvorstellbares zugetraut hatte. »Ich weiß einfach nicht, warum du nicht alles hinter dir lassen und von hier weg willst.«

»Weil ich hier meine Kindheit verbracht und sechzehn Jahre Glück erlebt habe. Hier sind meine Erinnerungen an Emilia und an meinen Vater – und auch an deine Schwester. Es ist mein Königreich – *unser* Königreich.«

»Aber jetzt ist alles anders.«

»Da hast du allerdings recht.« Cleo sah hinunter auf das Buch und legte die Hand auf den Einband. Eine Weile überlegte sie, dann sah Nic, wie sie tief Luft holte. »In Ordnung. Du hast die Zeichnung gesehen. Du hast den Ring erkannt und wie sehr er dem gleicht, den ich jetzt trage.«

Er runzelte die Stirn. Worauf wollte sie hinaus? »Ja, das habe ich.«

Sie begegnete seinem Blick. »Das liegt daran, dass es ein und derselbe ist. Mein Vater hat mir diesen Ring kurz vor seinem Tod gegeben.« Ihre Stimme brach. »Es sind nur sehr wenige handfeste Informationen über ihn zu finden, aber manche Menschen glauben, dass er für die Suche nach den Essenzen und der Nutzbarmachung ihrer Macht unabdingbar ist. Er hat der Magierin Eva gehört und ihr erlaubt, die Kristalle zu berühren, ohne von ihrer Macht korrumpiert zu werden. Ich muss diese Kristalle finden, Nic. Ich brauche ihre Magie. Mit ihr werde ich König Gaius besiegen und mein Königreich zurückerobern.«

Ihm schwirrte der Kopf. »Was du sagst … klingt verrückt.«

»Nein, das ist alles real. Ich weiß es.«

Zwar bemühte sich Nic zu verdauen, was sie gesagt hatte, aber eines fiel ihm auf, und er konnte es nicht auf sich beruhen lassen. »Warum hast du mir nicht schon früher davon erzählt?«

Cleo zögerte. »Ich wollte dich nicht in Gefahr bringen –

und ich war nicht sicher, was ich tun und was ich glauben sollte. Nicht hundertprozentig. Aber jetzt weiß ich es. In diesem Buch wird bestätigt, was ich schon ahnte. Mein Ring kann mir helfen, König Gaius zu vernichten.«

Sein Magen rumorte, aber trotz dieser Enthüllungen blieb sein Ziel unverändert. »Wenn jemand erfährt, dass du diesen Ring besitzt …« Er nahm ihre Hand, und der violette Stein fühlte sich kalt auf seiner Haut an. »Wir werden heute Abend aufbrechen, zusammen werden wir alles finden.«

Ihr Blick wurde traurig. »Nic, bitte versteh doch, dass ich nicht weg kann.«

Es musste einen Grund geben, warum sie sich diesem Plan widersetzte, der doch so viele Probleme löste. Und er konnte sich nur einen denken. Einen, der ihn quälte. »Als du ihn in Limeros geküsst hast, sah es so echt aus – so als *wolltest* du ihn küssen.«

Mit einem frustrierten Seufzer entzog Cleo ihm ihre Hand. »Ich hab dir doch schon gesagt, dass alles nur Theater war.«

Damals hatte er es geglaubt. Aber das Bild, wie Magnus die Prinzessin an sich gezogen und vor der jubelnden Menge geküsst hatte, wirkte wie ein langsames Gift, das man ihm eingespritzt hatte. Er musste es loswerden. Er musste ihr sein Herz ausschütten, sonst war es womöglich zu spät.

Wieder ergriff er ihre Hände und kniete vor ihr nieder. »Ich liebe dich, Cleo. Mehr als alles auf der Welt. Ich flehe dich an, lauf mit mir weg – weg von allem, was hier geschieht.«

Jetzt waren auch die anderen Wachen auf die beiden aufmerksam geworden und kamen näher.

»Ist alles in Ordnung, Hoheit?«, fragte einer der Männer besorgt.

»Ja, selbstverständlich. Mein Freund macht nur Scherze.« Mit einem charmanten Lächeln sah sie zu den Gardisten hinüber und warf Nic dann einen strengen Blick zu. »Du wirst noch im Kerker enden, wenn du dich so närrisch benimmst.«

Nics Brust schmerzte, als hätte man ihm einen Dolchstoß versetzt. Einen Augenblick schwieg er und krümmte sich innerlich unter seiner Enttäuschung, dann stand er schweren Herzens auf. »Ich muss gehen. Ich muss nachdenken.«

»Nic!«

Aber er verließ den Garten, ohne sich ein einziges Mal umzuschauen.

»Noch einen!« Nic winkte dem Schankwirt. Er hatte den Überblick verloren, wie viele Gläser er schon intus hatte, aber er plante, sich noch viele einzuverleiben, bis er irgendwann ohnmächtig auf seiner harten Pritsche im Dienstbotenquartier landete.

»Sie liebt mich nicht«, verkündete er mit schwerer Zunge und kippte das Glas mit der feurigen Flüssigkeit. »So sei es. Möge unser beider Tod, der hier mitten im Herzen des Feindeslagers unvermeidlich bevorsteht, rasch und schmerzlos sein.«

Die Taverne trug den Namen »Bestie«, weil das Gebäude aussah wie eine große schwarze, aus der Erde hervorkriechende Kreatur. Und weil allgemein bekannt war, dass die Gäste, die einen Abend hier tranken, am nächsten Morgen bestialische Kopfschmerzen hatten. Im Moment war das Nic allerdings vollkommen gleichgültig.

»Ihr seht aus, als hättet Ihr einen ziemlich schlechten Tag hinter Euch.« Die Stimme hatte einen leichten, aber unverkennbaren exotischen Akzent. »Hilft es Euch denn zu trinken?«

Durch den Alkoholnebel erkannte Nic zu seiner Überraschung den Prinzen Ashur von Kraeshia, der gerade neben ihm Platz nahm. Er wusste, dass der Prinz beschlossen hatte, nach der Hochzeit noch eine Weile in Auranos zu bleiben, und dass er zurzeit im Westflügel des Schlosses untergebracht war. Alle Palastwachen hatten den Auftrag, den hübschen Junggesellen im Auge zu behalten – der Befehl war vom König persönlich erlassen worden. Einige Gardisten tuschelten hinter vorgehaltener Hand über ihn und meinten, der König sähe den Prinzen als Bedrohung seiner Macht. Immerhin hatte Ashurs Vater die halbe Welt erobert, als wäre es ein Kinderspiel.

Einen Moment bekam Nic kein Wort heraus.

»Das ist ein Wein aus fermentiertem Reis, eingeführt aus Terrea«, antwortete er schließlich. »Und nein, er hilft nicht. Noch nicht jedenfalls. Aber lasst mir ein wenig Zeit.«

»Schankwirt«, rief Prinz Ashur. »Noch einen fermentierten Reiswein für meinen Freund Nic und einen für mich.«

Nic beäugte den Prinzen neugierig, während der Schankwirt ihnen eilig zwei Gläser brachte. »Ihr kennt meinen Namen?«

»Allerdings.«

»Wie das?«

»Ich habe mich nach Euch erkundigt.« Der Prinz schüttete seinen Wein hinunter, und seine dunklen Brauen zogen sich in einer Grimasse zusammen. »Also, das schmeckt ja wirklich äußerst unangenehm.«

»Was wolltet Ihr über mich wissen? Wenn ich … äh … wenn ich fragen darf.«

Eine lockige ebenholzschwarze Strähne löste sich aus dem Band, das Ashurs Haare im Nacken zusammenhielt, und fiel ihm in die Stirn. Er strich sie zurück. »Ich weiß, dass Ihr ein guter Freund der Prinzessin seid. Ich habe Euch heute im Garten mit ihr sprechen sehen – und es schien mir kein normales Gespräch zwischen einer Prinzessin und einem Gardisten zu sein. Trotz Eurer Uniform glaube ich, dass Ihr im Palast Einfluss habt und Euch sehr gut auskennt.«

»Da irrt Ihr Euch.« Nic warf ihm einen Blick aus dem Augenwinkel zu. Vielleicht hatte der König gute Gründe, sich wegen dieses Prinzen Sorgen zu machen. Nic fragte sich, was er wohl von seinem Gespräch mit Cleo mitbekommen hatte. »Wo sind Eure Leibwächter?«

Ashur zuckte die Achseln. »Irgendwo in der Gegend vermutlich. Ich bin kein Freund davon, ständig von ihnen bedrängt zu werden.«

»Ihr solltet aber wissen, dass die Goldene Stadt nicht ungefährlich ist.«

Der Prinz betrachtete ihn amüsiert. »Ich nehme es zur Kenntnis.«

Nics Blick wanderte zu den beiden Dolchen, die Ashur am Gürtel trug. Vielleicht konnte der Prinz ganz gut auf sich selbst aufpassen.

Nach fünf ... sechs ... zehn Gläsern Wein hatte Nic kaum noch Hemmungen, die ihn davon abhielten, seine Umgangsformen endgültig zu vergessen. »Was wollt Ihr eigentlich von mir, Hoheit?«

Der amusierte Ausdruck wich nicht aus dem hübschen Gesicht des Prinzen. »Mit Euch reden.«

»Worüber?«

Ashur schwenkte den Wein in seinem Glas. »Über den Amethystring von Prinzessin Cleo.«

Nic erstarrte. Bis heute hatte er an Cleos Ring keinen Gedanken verschwendet. »Die Prinzessin hat eine ganze Menge Schmuck. Ich achte nicht wirklich darauf.«

»Ich glaube aber, dass Ihr genau wisst, von welchem Ring ich spreche. Immerhin seid Ihr der engste Vertraute der Prinzessin.« Der Prinz zog eine Augenbraue in die Höhe. »Obwohl Ihr Euch vielleicht eine noch engere Beziehung wünscht.«

Er sah Nic an, als wüsste er Dinge, die er gar nicht wissen konnte. Es war beunruhigend. Wieder fragte sich Nic, wie viel dieser Mann von seinem Gespräch mit Cleo belauscht hatte, unbemerkt von ihnen beiden. Oder riet er einfach nur drauflos?

Unbehaglich rutschte Nic auf seinem Stuhl herum. »Über die Prinzessin möchte ich nicht reden.«

Ashur lächelte freundlich. »Unerwiderte Liebe ist sehr schmerzlich, nicht wahr?«

Etwas in Nics Brust zog sich zusammen. Es gefiel ihm nicht, dass der Prinz geradezu ins Innerste seiner Seele zu blicken schien. »Ja, es ist der schlimmste Schmerz, den ich kenne.«

»Erzählt mir doch, was Ihr über die Essenzen wisst.« Ashur stützte das Kinn auf die Hand und musterte Nic. »Ich glaube, dass es sie wirklich gibt. Und Ihr?«

»Ich halte sie für eine dumme Legende«, flüsterte Nic, aber sein Herz begann zu rasen.

Warum fragte ihn der Prinz solche Dinge?

»Mein Vater hat viele mit großen Reichtümern gesegnete Länder erobert. Er glaubt nicht, dass Mytica groß genug ist, um etwas zu besitzen, was ihn interessiert. Aber er irrt sich. Ich bin überzeugt, dass Mytica das Tor zu großer Magie ist, die in allen Teilen dieser Welt schlummert, auch in Kraeshia. Deshalb bin ich hier, um herauszufinden, ob die ›dummen‹ Legenden vielleicht am Ende doch wahr sind. Und eine dieser Legenden betrifft zufällig einen ziemlich besonderen Ring.«

Nic trank sein gerade erst wieder gefülltes Glas mit einem großen Schluck leer. »Tut mir leid, Hoheit, aber wenn Ihr hier in Auranos den Legenden und der Magie nachjagt, dann werdet ihr bitter enttäuscht sein. Cleo trägt einen Ring, den ihr Vater ihr vor seinem Tod gegeben hat. Weiter nichts. Sonst hat er keine Bedeutung.«

»König Gaius muss von den Essenzen wissen«, fuhr Prinz Ashur unbeirrt fort. »Und ich denke, er möchte sie unbedingt besitzen. Ohne mächtige Magie, die seinen Thron in diesem Königreich sichert, könnte er leicht gestürzt werden. Glaubt Ihr, das ist ihm klar? Aber was hat die Reichsstraße mit alldem zu tun? Ich glaube, er hat verborgene Motive, sie zu bauen – Motive, die direkt mit der Suche nach den Essenzen zusammenhängen. So viele seiner Soldaten patrouillieren an der Straße überall in den drei Königreichen von Mytica, dass seine Schlösser in Limeros und Auranos einem Angriff aus Übersee fast wehrlos ausgeliefert wären. Für mich klingt das wie der Schachzug eines Königs, der von einem ganz bestimmten Ziel geradezu besessen ist. Wie seht Ihr das?«

Trotz des Weins war Nics Mund plötzlich wie ausgetrocknet. »Ich habe keine Ahnung, was ich zu solchen Behauptungen sagen soll.«

»Seid Ihr da ganz sicher? Ich glaube, Ihr habt jemandem wie mir weit mehr zu bieten, als Euch klar ist.« Die Augen des Prinzen funkelten in seinem dunklen Gesicht, ein blasses Graublau wie die Oberfläche der Silbernen See.

Nics Herz pochte so laut, dass er das Stimmengewirr in der Taverne kaum noch hören konnte. »Ich wünsche Euch einen schönen Abend. Gute Nacht, Prinz Ashur.«

So schnell er konnte, sprang er auf, verließ die Taverne und trat durch das Labyrinth von Gebäuden und kopfsteingepflasterten Straßen seinen Rückweg zum Palast an. Aber schon bald merkte er, dass er sich hoffnungslos verirrt hatte. Zehn … elf … fünfzehn Gläser. Wie viele hatte er getrunken?

»Oh, Nic«, murmelte er. »Das ist nicht gut. Überhaupt nicht.«

Vor allem deswegen, weil er jetzt auch noch merkte, dass ihm jemand folgte.

Verzweifelt ging er weiter und hatte das Gefühl, dass sich lange Schattenfinger nach ihm ausstreckten. Bereit, sein Schwert zu ziehen, legte er die Hand auf seinen Gürtel. In der Stadt gab es reichlich Diebe, die nicht davor zurückscheuten, ihre Opfer umzubringen, wenn sie befürchteten, erwischt zu werden. König Gaius war berüchtigt dafür, dass er Gefangene schlecht behandelte, und niemand legte Wert darauf, in seinen bereits überfüllten Kerkern zu landen.

Als Nic um die nächste Ecke bog, stand er in einer Sackgasse und kam stolpernd zum Stehen.

»Habt Ihr Euch verirrt?« Es war Prinz Ashurs Stimme, die hinter ihm erklang.

Nervös drehte Nic sich um. »Ein bisschen.«

Der Prinz betrachtete ihn von oben bis unten. »Vielleicht kann ich helfen.«

Noch immer waren offensichtlich keine Leibwächter in der Nähe. Dieser Prinz wanderte ohne jeden Schutz durch die Straßen einer möglicherweise lebensgefährlichen Stadt.

Ob er gemerkt hatte, dass Nic log? Wozu war er bereit, um die Wahrheit über die Essenzen und Cleos Ring herauszufinden? Und wie gut konnte Nic diese Information verteidigen?

»Ich werde Euch nichts verraten«, sagte Nic heiser. »Es ist mir gleich, was Ihr mir antut.«

Ashur lachte. »Ihr klingt ja, als wärt Ihr paranoid. Hat der Wein aus Terrea auf Euch diese Wirkung? Ich schlage vor, ab jetzt solltet Ihr lieber bei den paelsianischen Produkten bleiben.«

Die Beiläufigkeit seiner Antwort beruhigte Nic nicht im Geringsten. Momentan war sein Überlebensinstinkt zwar vom Alkohol benebelt, dennoch machte er sich immer stärker bemerkbar. Wieder zogen die beiden Dolche des Prinzen seine Aufmerksamkeit auf sich.

»Ihr sucht Antworten, die ich Euch nicht geben kann«, stieß er hervor und stellte entsetzt fest, wie verschwommen die Worte aus seinem Mund kamen. »Antworten, zu denen ich nicht einmal die Fragen kenne.«

Ashur kam näher. »Ihr habt Angst vor mir.«

Nic stolperte einen kleinen Schritt zurück. »Warum habt Ihr mich verfolgt? Ich kann Euch nicht helfen. Lasst mich in Ruhe.«

»Das kann ich nicht. Noch nicht. Zuerst muss ich etwas sehr Wichtiges wissen.«

Der Prinz kam immer näher. Doch ehe Nic nach seinem Schwert greifen konnte, um sich gegen einen Angriff zu verteidigen, nahm Ashur sein Gesicht zwischen beide Hände und küsste ihn auf den Mund.

Wie erstarrt stand Nic da.

Das hatte er nicht erwartet. Überhaupt nicht.

Ashur packte Nic am Hemd, zog ihn an sich und vertiefte den Kuss, bis Nic ihn zu seiner eigenen Überraschung schließlich erwiderte. Doch fast im gleichen Moment wich Ashur zurück.

Sprachlos starrte Nic ihn an.

»Siehst du?«, sagte Ashur lächelnd. »Das sollte dir beweisen, dass das Leben dir mehr zu bieten hat, als dich bewusstlos zu saufen wegen einer Prinzessin, die dich nur als Freund haben will. Und diese große weite Welt hat auch mehr zu bieten als dieses winzige, unruhige Königreich und seinen gierigen kleinen König, selbst wenn es wirklich so wertvoll ist, wie ich glaube.«

»Hoheit …«, stammelte Nic.

»Wir werden uns bald wieder unterhalten, versprochen«, fiel Ashur ihm ins Wort, beugte sich über ihn und gab ihm noch einen kurzen Kuss, gegen den Nic sich nicht wehrte. »Und du wirst mir helfen, die Antworten zu finden, die ich brauche. Das weiß ich.«

KAPITEL 31

MAGNUS

PAELSIA

Aron Lagaris hatte den Rebellen ohne Zögern hingerichtet. Ohne diesen greifbaren Beweis seiner Skrupellosigkeit hätte Magnus ihn auch weiterhin für einen harmlosen eitlen Knaben gehalten.

Aber Aron hatte eine höchst eigentümliche Freude daran, Blut zu vergießen. Kein Wunder, dass Gaius ihn zum Königsvasallen ernannt hatte. Er hatte in dem jungen Mann genau das gesehen, was Magnus bisher entgangen war. Vor Wut konnte Magnus die ganze Nacht nicht schlafen und zerbrach sich stattdessen den Kopf, wie er der ganzen Sache einen Sinn abgewinnen könnte. Es schmerzte ihn noch immer, dass sie die Suche nach Jonas vorerst abbrechen mussten, aber er rief sich ins Erinnerung, dass ihm das Treffen mit Xanthus, von dem er sicher einiges über die Straße erfahren würde, die Antworten liefern konnte, die ihn den Essenzen einen Schritt näher brachten.

Der Mond stand hoch am Himmel, als sie beim Arbeitslager ankamen, schmutzig und müde von der dreitägigen Reise durch die staubige paelsianische Landschaft. Nun wurde der Horizont vom Höhenzug der Verbotenen Berge beherrscht, zerklüftete, unheimliche schwarze und graue Felsformationen mit spitzen, schneebedeckten Gipfeln, die hoch in die Nacht hinaufragten. Von all den Lagern war dies das ödeste, weit entfernt von jeder menschlichen Behausung.

Der Boden war trocken, rissig und die ohnehin spärliche Vegetation braun und welk. Zwar war die Luft nicht so kalt wie in Limeros, wo der Atem beim Sprechen in der Luft zu Wolken gefror, aber die trockene Kühle ging Magnus trotzdem durch Mark und Bein.

Auf einmal vermisste er das gemäßigte Klima von Auranos. So sonnig und golden, erfüllt mit Licht und Leben.

Nein, Moment mal. Was waren das für Gedanken? So etwas vermisste er doch nicht! Er hatte nichts übrig für Auranos. Er freute sich schon auf den Tag, an dem er endlich nach Limeros zurückkehren konnte – ohne einen Blick zurück. Gefrorene Teiche waren ihm lieber als Blumengärten.

»Hoheit …«, sagte Aron, und es klang angespannt, als hätte er schon mehrmals versucht, sich Gehör zu verschaffen. »Hoheit!«, wiederholte er.

Magnus packte die Zügel seines Pferds so stramm, dass sie durch seine Handschuhe in die Haut schnitten. »Was ist?«

»Keine sehr gastliche Landschaft, was?«

Da waren sie sich einig. »Nein, allerdings nicht.«

Konversation. Nicht Magnus' liebster Zeitvertreib.

Wenn sie nach Westen, in Richtung der Silbernen See reisten, würde Paelsia grüner werden. Dort bepflanzten die Einheimischen ihre Weinberge, mit Weinstöcken mit solch vollkommenen Trauben, dass der Wein in jedem Königreich der Welt heiß begehrt war. Mit Ausnahme von Limeros natürlich, in dem auf Befehl des Königs ja alle berauschenden Substanzen verboten waren. Noch hatte Gaius solche Gesetze für Auranos nicht erlassen. Womöglich wäre das der letzte Strohhalm, der Auranos zur Rebellion gegen ihn bewegen würde.

In der Zeltstadt wurden sie von einem Mann mit kahlem Kopf und einem breiten, öligen Lächeln begrüßt.

»Was für eine Ehre.« Der Mann ergriff Magnus' behandschuhte Hand und küsste sie. »Eine solche Ehre, Euch hier willkommen zu heißen, Hoheit.« Er nickte bekräftigend. »Und Lord Aron. Ich habe Euren Besuch schon sehnsüchtig erwartet.«

»Seid Ihr Xanthus?«, erkundigte sich Magnus.

Der Mann machte große Augen und lachte. »O nein! Ich bin nur Franco Rossatas, der stellvertretende Ingenieur dieser Baustelle.«

»*Stellvertretender* Ingenieur? Wo ist Xanthus?«

»In seinem Privatzelt wie meistens, Hoheit. Da Ihr später eingetroffen seid, als wir angenommen hatten, möchte er lieber erst morgen bei Tagesanbruch mit Euch sprechen, denn er hat sich bereits zur Nachtruhe zurückgezogen.«

Das Geschwafel des Mannes machte Magnus ungeduldig. »Man hat mir gesagt, er würde mich sofort empfangen, und jetzt höre ich, dass ihm sein Schlaf wichtiger ist als die Höflichkeit? Was für eine Begrüßung ist das für den Sohn des Königs, wenn er nach einer so langen und beschwerlichen Reise vom Assistenten des Bauleiters empfangen wird?«

Franco schluckte. »Ich werde Xanthus persönlich von Eurer Missbilligung in Kenntnis setzen. In der Zwischenzeit jedoch erlaubt mir, Hoheit, Euch an seiner Stelle die Fortschritte zu zeigen, wenn es Euch beliebt.«

Einen Augenblick überlegte Magnus, ob er befehlen sollte, den schlafenden Narren zu wecken, aber dann schwieg er lieber. In Wahrheit war auch er sehr müde. Vielleicht war es also wirklich besser, mit dem Treffen bis morgen zu warten.

Franco führte sie bis zur Straße, erklärte im Gehen die Details und gestikulierte dabei ausladend mit seinem wabbeligen Arm. Große Streifen größtenteils leblosen Waldes waren gerodet worden, um Platz für die Straße zu machen, und überall im Lager lagen dicke, morsche Stämme wie gefallene Riesen. Links von ihnen wimmelte es von verschwitzten, erschöpft wirkenden Männern, die noch in der Dunkelheit schufteten.

»Dort drüben arbeiten Männer ununterbrochen an der Herstellung des Mörtels«, erklärte Franco. »Mit ihm wird die Straße flach gemacht, damit auch Räderfahrzeuge mühelos darauf fahren können.«

»Also ehrlich, Franco«, warf Aron höhnisch ein. »Was sollen denn diese unnötigen Erklärungen? Glaubt Ihr etwa, Prinz Magnus ist ein Dorftrottel, der nichts von Straßenbau versteht?«

Franco wurde blass. »Natürlich nicht, Herr. Ich wollte es doch nur erklären, damit … damit …«

»Damit selbst ein Dorftrottel es versteht«, vollendete Aron den Satz für ihn, holte einen seiner Zigarillos heraus und zündete ihn an einer Fackel an.

»Natürlich wollte ich nicht respektlos sein. Ich erbitte Eure Verzeihung.«

Magnus ignorierte die beiden anderen Männer und spähte auf die Lichtung. Überall waren Wachen zu Fuß und zu Pferd unterwegs. Eine schwer mit Steinen beladene Gruppe paelsianischer Sklaven kam an ihnen vorbei, ihre Gesichter schmutzig, die Kleider in Fetzen. Diejenigen, die ihre Vorgesetzten nicht angstvoll musterten, warfen ihnen hasserfüllte Blicke zu. Hier ging es völlig anders zu als bei den Bauarbeiten in Auranos.

Magnus sah den Männern nach, bis sie hinter dem entferntesten Zelt verschwunden waren. »Wann ruhen die Sklaven sich aus?«

»Ausruhen?«, wiederholte Franco. »Das tun sie, wenn sie umfallen.«

Ein Junge schleppte sich mit einem Stein an ihnen vorüber, der bestimmt halb so schwer war wie er selbst, das Gesicht eine Maske von Schmerz und Elend.

»Wie viele sind gestorben?«

»Zu viele«, antwortete Franco verärgert. »Die Paelsianer sind angeblich robuste Menschen, aber ich bin ehrlich enttäuscht über das, was ich hier gesehen habe. Die Männer sind faul, eigennützig, und meistens hilft nur die Peitsche, um sie bei der Stange zu halten.«

Obgleich die Peitsche fraglos effektiv war, hielt Magnus nicht viel von dieser Art der Bestrafung. »Ich frage mich, wie Ihr mit einer solchen Arbeitslast zurechtkommen würdet. Wärt Ihr robust genug, eine solche Schufterei zu bewältigen, ohne dass man Euch mit der Peitsche droht?«

Francos buschige Brauen schnellten in die Höhe, sein Gesicht wurde rot. »Euer Gnaden, ohne diese Form der Disziplin wäre es nahezu aussichtslos, dass wir die Straße in der von Xanthus geforderten Zeitspanne fertigstellen, vor allem den Teil, der in die Berge führt.«

»Und gibt es Fortschritte bei der Suche?«

»Bei der Suche?« Der Mann sah ihn fragend an. »Bei welcher Suche?«

»Ach, vergesst es.«

Anscheinend wusste Xanthus' Assistent nichts vom wahren Zweck der Straße, für ihn war es einfach nur … eine Straße. Aber je weniger in solche gefährlichen Geheimnisse eingeweiht waren, desto besser.

Als sie auf dem Rückweg zum Zelt des stellvertretenden Ingenieurs einem hübschen jungen Mädchen begegneten, wanderte Arons Blick, der bisher Francos verschwitztes rundes Gesicht taxiert hatte, sofort voller Interesse in ihre Richtung. Sie schleppte einen großen Stapel Feuerholz, hatte lange hellbraune Haare, die ihr weit über den Rücken fielen, und trug ein einfaches Kleid, das erkennen ließ, dass sie zwar dünn, aber durchaus wohlgeformt war. Ohne ein Wort ging sie an den drei Männern vorbei, war aber selbstbewusst genug, um Magnus direkt und neugierig zu mustern.

»Und wer ist diese schöne Kreatur?«, fragte Aron.

Auch Franco sah zu dem Mädchen hinüber. »Das ist meine Tochter Eugenia.«

»Sagt ihr, sie soll herkommen. Ich möchte ihr vorgestellt werden.«

Franco zögerte und sah Magnus fragend an.

Magnus nickte zustimmend, und Franco rief das Mädchen zu ihnen. Gehorsam legte sie ihre schwere Last auf den Boden, klopfte sich die Hände an ihrem Kleid ab und gesellte sich zu ihnen, als sie Francos Zelt betraten. Hier war es nicht ganz so laut wie draußen.

»Ja, Vater?«

»Eugenia, ich möchte dich unseren beiden hohen Gästen vorstellen. Prinz Magnus Damora und Lord Aron Lagaris.«

Überrascht blickte sie auf und versank in einen tiefen Knicks. »Es ist mir eine Ehre.«

»Sag mir, Eugenia«, sagte Aron, und seine Augen funkelten jetzt, da er ihre Schönheit aus der Nähe betrachten konnte, noch interessierter als vorhin. »Wie gefällt es dir, so viel Zeit mit deinem Vater in diesem Lager zu verbringen?«

Sie sah kurz zu ihrem Vater, dann wieder zu Aron. »Darf ich offen sprechen, Lord Aron?«

»Aber gewiss doch.«

»Es gefällt mir überhaupt nicht.«

Franco schnalzte tadelnd mit der Zunge und streckte die Hand nach seiner Tochter aus, als wollte er sie wegziehen. Doch Aron hob Einhalt gebietend die Hand.

»Was gefällt dir denn daran nicht?«

Einen Moment sah sie zu Boden, dann blickte sie ihm fest ins Gesicht und antwortete: »Mein Vater ist ein hervorragender Ingenieur. Es stört mich, dass er keine Entscheidung ohne die Zustimmung von Xanthus treffen kann, selbst wenn diese alles besser machen würden. Es ist doch nicht einleuchtend, dass ein grausamer, brutaler Mann alles bestimmen kann und keiner eine andere Meinung haben darf!«

Jetzt zog Franco sie zu sich und legte ihr den Arm um die Schulter. »Sei still, Mädchen. Deine Meinung ist weder maßgeblich noch willkommen. Hast du etwa vor, unsere Gäste zu beleidigen?«

Ihre Wangen röteten sich. »Bitte vergebt mir. Ich habe wohl für einen Augenblick meine Manieren vergessen.«

»Ich weiß deine Leidenschaft zu schätzen«, erwiderte Aron, ohne den Blick von dem Mädchen abzuwenden. »Es ist selten, dass jemand so frei seine Ansicht kundtut. Ich persönlich finde das sehr erfrischend.«

Sie senkte den Kopf. »Danke, Mylord.«

»Franco, ich habe eine Bitte«, sagte Aron, ohne die Augen von Eugenia abzuwenden.

»Ja?«

»Ich möchte deine Tochter zu einer späten kleinen Mahlzeit in meinem Zelt einladen.«

Magnus verdrehte die Augen und wandte sich ab.

»Heute Abend?«

»Wann denn sonst?«

Franco räusperte sich und sah aus, als würde das Ansinnen ihn nervös machen. »Ich denke, das ist in Ordnung.«

»Vater …«, begann Eugenia in zweifelndem Ton.

»Du wirst mit ihm gehen.« Francos Doppelkinn hob sich, und er nickte bekräftigend. »Lord Aron ist so freundlich, dir seine Aufmerksamkeit zu schenken. Da ist es ja wohl das Mindeste, mit ihm zu essen – aus reiner Dankbarkeit für eine solche Ehre.«

Das Mädchen senkte den Kopf. »Ja, selbstverständlich.«

Die Nacht erstreckte sich endlos vor Magnus, als er sich in sein privates Zelt zurückzog. Sein Kopf war voller Gedanken an Magie, an die bislang erfolglose Suche, an seine tote Mutter, den erschlagenen Rebellen, den verbannten Wächter und die trotzige Prinzessin mit den goldenen Haaren. Ruhelos wälzte er sich auf seinem Lager herum, bis er endlich beschloss, aufzustehen und an die frische Luft zu gehen – in der Hoffnung, dass sie half, seinen Kopf zu klären.

Langsam schlenderte er durch das Lager, vorbei an den langen Reihen von Zelten in allen erdenklichen Größen. Welches davon wohl Xanthus gehörte? Lagerfeuer sprenkelten die große Lichtung, Funken sprühten hinauf in den sich verdunkelnden Himmel. Nachtwachen waren aufgestellt worden, während die anderen schliefen, ihre roten Uniformen waren in der fackelerleuchteten Umgebung leicht auszumachen.

Irgendetwas an Arons Einladung, mit Eugenia zu Abend zu essen, hatte ihm nicht gefallen. Er vertraute dem jungen Lord nicht, schon gar nicht, wenn es um so ein hübsches junges Mädchen ging. Das ohne Begleitung zu ihm kam.

Es geht mich nichts an, sagte er sich.

Aber das schien nichts zu ändern, und plötzlich merkte er, dass er dort gelandet war, wo er von Anfang an hingewollt hatte.

Arons Zelt war annähernd so groß wie das von Magnus, größer als die meisten paelsianischen Hütten, mit einer Sitzecke, einem bequemen Bett und einem großen Esstisch. Natürlich war ein Zelt nicht mit dem auranischen Palast zu vergleichen, aber Magnus war asketische Unterkünfte gewöhnt.

Er ging näher an die Zeltklappe heran und sah durch die schmale Öffnung, dass Eugenia eingetroffen war und am Tisch saß. Den leeren Tellern und Platten war zu entnehmen, dass die Mahlzeit bereits beendet war. Eugenia hatte die Haare zu einem geflochtenen Knoten hochgesteckt und trug ein etwas feineres Kleid als vorhin.

»Du musst dich doch sehr geehrt fühlen«, sagte Aron gerade. »Hier bei mir sein zu dürfen.«

Er lehnte dicht neben ihr am Tisch und aß einen Pfirsich, den er mit einem eleganten silbernen Messer aufschnitt. Der Saft troff ihm übers Kinn, und er wischte ihn mit dem Hemdsärmel weg.

Eugenia saß etwa eine Armlänge von Aron entfernt. »Ja, es ist mir eine Ehre«, antwortete sie nach kurzem Zögern.

»Als König Gaius mich zum ersten Mal gesehen hat, wusste er sofort, dass ich zu Höherem bestimmt bin. Es ist noch nie dagewesen, dass jemand in meinem Alter zum Königsvasallen ernannt wird – vor allem nicht von einem Erobererkönig.« Erwartungsvoll blickte er das junge Mädchen an, als erhoffte er sich von ihr eine bestimmte Reaktion.

»Ihr seid sicher etwas ganz Besonderes, Mylord.«

»Möchtest du noch etwas essen, mein Schätzchen?«

»Nein – danke, Mylord. Ich bin Euch sehr dankbar, aber jetzt muss ich wirklich gehen. Es ist schon spät.« Als sie ihren Kopf in Richtung Zeltklappe drehte, duckte sich Magnus blitzschnell weg, um nicht entdeckt zu werden.

»Ich möchte aber nicht, dass du gehst.«

»Ich muss morgen sehr früh aufstehen, und ...«

In Sekundenschnelle war Aron bei ihr, zog sie aus dem Stuhl empor und drückte seinen Mund auf ihren.

Sie schnappte nach Luft und versuchte ihn wegzuschieben. »Lord Aron … ich kenne Euch doch kaum!«

»Du kennst mich gut genug. Und du bleibst heute Nacht bei mir.«

Ihre Wangen wurden rot, und sie verschränkte die Arme vor der Brust. »Ich glaube, das ist keine gute Idee. Mein Vater …«

»Dein Vater würde dir die Erlaubnis geben, wenn ich ihn frage. Oder glaubst du das etwa nicht?« Aron lächelte breit. »Er weiß, wie wichtig ich für den König bin. Ich erledige Spezialaufträge für König Gaius – Dinge, für die nicht jeder X-Beliebige geeignet ist. Ich kümmere mich im Schutz der Nacht um ganz besonders heikle Probleme.«

»Probleme?«

»Um dumme, unwissende Menschen, die dem im Weg stehen, was unser König anstrebt. Ich habe mich so vollständig bewährt, dass König Gaius mir gestatten würde, alles zu nehmen, was ich begehre.« Er ließ den Blick anerkennend über ihren Körper gleiten. »Und im Moment begehre ich dich.«

»Ich muss gehen.« Eugenia wandte sich dem Ausgang zu.

Aber Aron packte sie grob am Arm. »Ich mag es, wenn ein Mädchen sich nicht so leicht rumkriegen lässt, aber meine Geduld ist auch nicht endlos.«

»Ich bin nicht die Art Mädchen, die mit einem Mann, den sie gerade erst kennengelernt hat, die Nacht verbringt. Selbst wenn er ein bedeutender Lord ist.«

»Eigentlich bist du genau die Art Mädchen, die tut, was ich ihr sage«, zischte er und verstärkte seinen Griff.

»Nein, Lord Aron. Ich bin …«

Aron ließ ihren Arm los und schlug sie ins Gesicht.

Magnus zuckte zusammen, blieb aber still, beobachtete und wartete auf den richtigen Augenblick.

Eugenia drückte die Hand aufs Gesicht und wich vor Aron zurück, in Richtung Tisch. In ihren großen Augen funkelten Tränen. »Bitte tut mir nicht weh.«

Aron baute sich vor ihr auf. »Vielleicht habe ich mich nicht ganz klar ausgedrückt. Ich habe dich all den paelsianischen Huren da draußen vorgezogen, die heute Nacht sofort in mein warmes Bett springen würden. Bring mich nicht dazu, meine Entscheidung zu bereuen.«

Er packte sie und zog sie an sich. Langsam strichen seine Hände über ihre Seiten, und er begann, an ihren Röcken herumzuzerren.

Aber dann taumelte er abrupt zurück und blickte erschrocken auf seinen Oberschenkel, in dem ein Messer steckte – der Dolch, mit dem er den Pfirsich geschnitten hatte. Magnus war beeindruckt. Er hatte nicht gesehen, wie das Mädchen sich die Waffe angeeignet hatte.

Mit schmerzverzerrtem, wütendem Gesicht starrte Aron auf das Mädchen hinunter, riss das Messer aus seinem Bein und ließ es klappernd auf den Tisch fallen. Dann packte er Eugenia an der Gurgel und drängte sie brutal gegen die Tischplatte.

Magnus vergewisserte sich kurz, wo der Dolch auf dem Tisch lag, stürzte ins Zelt und packte Aron am Oberarm.

»Das ist keine gute Idee«, sagte er leise.

Aron sah ihn an. »Diese dumme Pute hat mir ein Messer ins Bein gestoßen.«

»Ja, ich weiß. Aber jetzt lasst sie los.« Am besten konnte man mit diesem betrunkenen Narren umgehen, wenn man nicht allzu streng oder energisch mit ihm sprach. Also lächelte er Aron an. »Sie ist unwichtig.«

Arons Augen blitzten. »Ich wollte sie. Und ich kriege auch, was ich will.«

»Ich kann Euch jede Menge Mädchen beschaffen, die viel schöner sind als dieses hier. Eins, zwei oder auch drei auf einmal. Eure Wahl. Diese junge Frau hier ist es nicht wert, dass Ihr noch mehr Energie auf sie verschwendet.« Magnus sah zu Eugenia. »Ist es nicht so?«

Eugenia zitterte vor Angst, aber in ihren Augen war noch etwas anderes, etwas Härteres. Hass auf diese beiden Männer. »Ja, Hoheit. Ich bin nicht gut genug für Lord Aron.«

»Dann schlage ich vor, dass du jetzt verschwindest.«

Sofort raffte sie sich auf und rannte aus dem Zelt. Mit finsterem Blick sah Aron ihr nach.

»Wie viel habt Ihr heute Abend getrunken?«, fragte Magnus. Seinem trüben Blick und dem stinkenden Atem nach war Aron betrunkener denn je.

»Genug.«

»Wirklich? Wie schade. Ich wollte mich Euch zu einer weiteren Runde anschließen.« Magnus riss einen Streifen von dem seidenen Tischtuch ab. »Hier, ich helfe Euch erst einmal mit der Wunde. Scheint aber nicht allzu schlimm zu sein.«

Mit schmerzverzerrtem Gesicht ließ Aron sich von ihm verbinden. »Wisst Ihr, eigentlich könnte ich schon noch ein Gläschen vertragen.«

»Dachte ich es mir doch.« Als der Verband fertig war, nahm Magnus eine Karaffe mit Wein vom Tisch, goss zwei Gläser voll und gab eines davon Aron.

Der trank es in einem Zug leer. »Es ist mir peinlich, dass Ihr das gerade mit angesehen habt, Hoheit.«

Magnus winkte ab und nippte an seinem Wein. Da Wein in Limeros verboten war, hatte er noch nicht viel Erfahrung damit. Er schmeckte süß, weich und nicht unangenehm. »Ach was, das braucht Euch doch nicht peinlich zu sein. Schließlich zeigt so etwas nur, wie flatterhaft die Frauen sind.«

»Und dumm.« Aron kippte ein zweites Glas, das Magnus ihm einschenkte. »Vielen Dank, Euer Gnaden.«

»Je mehr Ihr trinkt, desto weniger schmerzt Eure Wunde.«

»Ich hoffe, Ihr habt recht.« Aron zog eine Grimasse und berührte vorsichtig den Verband. »Ich hätte gedacht, Ihr wärt sicher ärgerlich auf mich, weil ich versucht habe, die Kleine ins Bett zu kriegen.«

Ins Bett? Für Magnus hatte das Ganze eher nach einer versuchten Vergewaltigung ausgesehen. »Nicht doch.« Er zwang sich zu lächeln. »Sie ist ein attraktives kleines Ding. Aber nicht für Euch bestimmt.«

»Frauen sind trügerische Kreaturen, die uns mit ihren Reizen anlocken und uns dann die Klauen ins Fleisch schlagen.« Ein Aufblitzen von Humor erschien in Arons Augen, während er den nächsten Schluck Wein trank. »Deshalb muss man ihnen sobald wie möglich die Krallen schneiden, wie Ihr es bei Cleo getan habt.«

»Und sie hat sehr scharfe Krallen.« Bei der Erwähnung der Prinzessin, die seine Gedanken auf dieser Reise weit häufiger beschäftigte, als ihm recht war, leerte auch Magnus sein Glas, ehe er richtig wusste, was er tat. »Aber eines macht mich neugierig, Lord Aron.«

»Was denn?«

»Ich gestehe, ich weiß nicht viel von dem, was Ihr als Königsvasall getan habt, um Euch vor meinem Vater zu bewähren. Was Ihr vorhin zu Eugenia gesagt habt – habt Ihr im Namen des Königs auch schon jemanden ermordet? Nicht nur den Rebellen neulich?«

Aron nickte grimmig. »O ja.«

Magnus lächelte wieder, um Aron in Sicherheit zu wiegen. »Ich glaube, auf dieser Reise haben wir es geschafft, unsere Differenzen zu überwinden und Freunde zu werden.«

Aron zog die Brauen in die Höhe. »Meint Ihr?«

»Ja, natürlich. Ich wäre gern Euer Freund. Freunde vertrauen einander Geheimnisse an. Sie verlassen sich aufeinander und unterstützen sich in Notzeiten.«

»Es ist lange her, dass ich einen solchen Freund hatte«, meinte Aron wehmütig und schwenkte seinen Wein im Glas.

»Bei mir auch.« Nicht mehr seit Lucia – als sie ihn noch anschauen konnte, ohne dass Abscheu ihre Freundschaft zu ihm vergiftete. Die Erinnerung daran war wie ein dumpfer Schmerz in seiner Brust.

Doch trotz allem hatte die Welt durch den Wein einen gewissen Glanz angenommen, ein Schimmern, das ihn ein kleines bisschen leichtsinnig machte. Paelsianischer Wein war sehr stark – er konnte einen Mann bereits mit einem einzigen Glas berauschen.

Cleo trank gerne Wein. Er hatte zugesehen, wie sie in ihrer Hochzeitsnacht eine ganze Menge davon konsumierte. Und auch unterwegs auf der Reise. Vielleicht hatte es ihr der Wein erträglicher gemacht, die ganze Zeit mit jemandem zusammen sein zu müssen, den sie so abgrundtief hasste.

»Mein erster Auftrag für den König liegt mir am schwersten auf der Seele.« Aron blickte zu Magnus auf.

»Erzählt mir davon.«

Aron wandte sich ab, sein Griff um das Weinglas wurde fester. »Ich musste ihm absolute Geheimhaltung schwören.«

»Darf ich raten, was er von Euch wollte? Wenn es stimmt, verspreche ich Euch, dass ich Euch verzeihe.«

Wieder flackerte Hoffnung in Arons Augen. »Ehrlich?«

»Ja. Schließlich habe ich Euch die Prinzessin weggenommen. Vermutlich schulde ich Euch dafür einen Gefallen.«

Aron dachte nach. »Na gut. Ihr könnt raten, aber ich bezweifle, dass Ihr richtig liegt.«

Magnus nickte, bückte sich, hob den Dolch auf, den Aron hatte auf den Boden fallen lassen, und legte ihn zwischen sie auf die hölzerne Tischplatte. Die in den Griff eingelassenen Juwelen funkelten im Kerzenlicht. Auf der geschwungenen Klinge war noch Blut und klebriger Pfirsichsaft von vorhin.

Aron starrte das Messer an, als sähe es zum ersten Mal.

»Ist das Euer Dolch?«, fragte Magnus leise.

Erst nach merklichem Zögern antwortete er: »Ja.«

»Er ist identisch mit dem Dolch, mit dem die Königin ermordet wurde, was für meinen Vater der Beweis war, dass der Anführer der Rebellen der Mörder ist. Ich habe geglaubt, es gäbe nur einen davon, aber anscheinend habt Ihr seinen Zwilling noch in Eurem Besitz. Wie viele solche Messer gibt es, Lord Aron?«

Aron hatte die Stirn gerunzelt. »Es gibt einen Grund dafür, das versichere ich Euch.«

»Das ist keine Antwort auf meine Frage. Wie viele von diesen juwelenbesetzten Dolchen gibt es? Zwei? Einen, den der Rebell benutzt hat, um meine Mutter zu töten, und einen anderen in Eurem persönlichen Besitz? Oder gibt es vielleicht sogar drei davon, Aron? Wenn ich Jonas Agallon finde, werde ich dann feststellen, dass er noch immer den Dolch benutzt, den Ihr in der Kehle seines Bruders habt stecken lassen?«

Es war kalt geworden im Zelt, aber vielleicht lag es auch daran, dass Magnus' Blut mit jedem Wort, das er sprach, immer kälter wurde.

Lord Aron war zwar zum Königsvasall auserkoren worden, aber er war kein Ritter. Und auch kein guter Kämpfer. Auch seine Fähigkeit, bei derart wichtigen Dingen zu lügen, war begrenzt. Er war nur ein junger Mann, der hoch hinaus wollte und nicht davor zurückschreckte, Blut zu vergießen, wenn es seinem Aufstieg diente.

Als die Schweißperlen, die auf Arons Stirn erschienen, mehr verrieten, als Worte es je gekonnt hätten, fuhr Magnus fort: »Seit Ihr den Rebellen hingerichtet habt, hatte ich meine Zweifel. Aber es war nur eine leise Stimme in meinem Hinterkopf. Ihr wolltet mit allen Mitteln verhindern, dass Brion Radenos mich womöglich davon überzeugt, dass Jonas nichts mit dem Mord an meiner Mutter zu tun hat. Denn so ist es doch, nicht wahr? Ihr habt sie umgebracht. Ihr habt sie getötet, auf Befehl meines Vaters.«

Die Anschuldigung hinterließ einen bitteren Nachgeschmack in seinem Mund, aber gleichzeitig spürte er, dass es die Wahrheit war.

Eine schmerzliche Wahrheit.

Aron beäugte den Dolch und mied Magnus' Blick. »Sie war eine hinterlistige Frau, die verhindern wollte, dass der König den höchsten Ruhm erreicht, den er anstrebt. Kalt und unfähig zu lieben war sie, das hat er mir gesagt – selbst ihren eigenen Kindern gegenüber. Sie hätte ihn zerstören können. Sie hätte alles zerstören können.«

»Deshalb habt Ihr Euch bereit erklärt, sie zu töten.«

»Ja. Man streitet sich nicht mit dem König.«

»Nein. Nicht, wenn einem das Leben lieb ist.« Magnus seufzte tief und versuchte sich zu fassen und den leichten Rausch abzuschütteln, in den der Wein ihn versetzt hatte. Er deutete auf den Dolch. »Ob Ihr es glaubt oder nicht, ich verstehe, dass Ihr es getan habt. Mein Vater bringt Menschen dazu, Dinge zu tun, mit denen sie eigentlich nicht einverstanden sind. Er manipuliert sie für seine eigenen Zwecke, und er ist sehr erfolgreich damit.«

Sogar bei seinem eigenen Sohn.

»Ihr habt versprochen, dass Ihr mir verzeiht«, sagte Aron leise und angespannt.

»Das habe ich, nicht wahr? Aber wie kann ich so etwas verzeihen? Ihr habt meine Mutter umgebracht.« Magnus zog sein Schwert und richtete es auf Aron.

Blitzschnell schnappte Aron sich den Dolch vom Tisch und hielt ihn abwehrend vor sich. »Ich werde mich verteidigen!«

»Das solltet Ihr auch, unbedingt.«

»Der König wird mich vor Euch schützen. Vor jedem, der mir schaden will. Er hat gesehen, wie wertvoll ich für ihn bin.«

»Liegt es denn im Blut der Auranier, dass sie die Lügen meines Vaters so bereitwillig glauben?«

In Arons Augen standen Tränen, ein Anblick, der Magnus den Magen umzudrehen drohte. »Reißt Euch zusammen, Ihr erbärmlicher Narr. So benimmt sich kein Königsvasall.«

»Vergebt mir, Hoheit, was ich getan habe, tut mir so schrecklich leid.«

Der Zorn, der in Magnus loderte, seit er wusste, dass dieser eitle Dummkopf seine Mutter getötet, dem König noch bei einem weiteren Mord geholfen und alles vor Magnus geheim gehalten hatte, brannte plötzlich etwas weniger heiß. Aron in weinbefeuerter Rachsucht zu töten würde ihm so wenig Genugtuung verschaffen, als hätte er eine Kakerlake zertreten.

»Wir werden diese Geschichte mit meinem Vater besprechen, wenn wir in den Palast zurückkehren.«

Sein Vater schuldete ihm viele Erklärungen. Magnus senkte das Schwert und wandte sich dem Zeltausgang zu.

Doch da sah er in der Spiegelung des silbernen Kelchs, wie Aron sich, den Dolch in der erhobenen Hand, von hinten auf ihn stürzte.

Blitzschnell drehte Magnus sich um, wehrte die Klinge

mit dem linken Unterarm ab und stieß Aron mit der rechten Hand sein Schwert in die Brust.

Mit weit aufgerissenen Augen starrte der Junge ihn an, überrascht und erschrocken. Dass ein Mensch, der die Absicht gehabt hatte, ihn hinterrücks zu ermorden, ihn so ansah, machte Magnus nur noch wütender. Er drehte die Klinge um. Aron stieß einen gequälten Schrei aus, den Schrei eines sterbenden Tiers, dann erlosch das Leben in seinen Augen. Mit einem scharfen Ruck zog Magnus die Klinge zurück, und der junge Lord sank schlaff zu Boden.

Ein paar Augenblicke stand Magnus stumm vor ihm und blickte hinunter auf den Mörder seiner Mutter, während Arons Blut neben seinem linken Stiefel eine immer größere Pfütze bildete. Mit glasigen Augen starrte der Tote zum Zeltdach empor.

Genau wie Magnus es erwartet hatte, empfand er keinen Triumph. Nur Leere.

Aber nun kannte er die Wahrheit. Noch nie in seinem ganzen Leben hatte er einen derartigen Hass empfunden. Hass auf den Mann, zu dem er immer aufgeschaut hatte, selbst wenn er nicht mit all seinen Entscheidungen einverstanden gewesen war; auf den Mann, der nicht schwach war, sondern tat, was getan werden musste, und nicht davor zurückschreckte, Macht und Ruhm mit Gewalt, Einschüchterung, Intelligenz und brutaler Stärke zu erkämpfen.

Magnus hatte genauso werden wollen wie sein Vater.

Doch damit war es nun vorbei.

KAPITEL 32

JONAS

PAELSIA

Die Rebellen schlugen ihr Lager eine Meile von der Zeltstadt an der Blutstraße auf, wagten es aber nicht, ein Lagerfeuer anzuzünden. Sie beobachteten und warteten, wärmten sich aneinander, bis die Sonne hinter den gigantischen Bergen aufging. Selbst der goldene Falke, der Jonas überallhin zu folgen schien, hatte sich auf einem der morschen, kahlen Bäume niedergelassen und wartete mit ihnen.

»Was für ein Vogel ist das bloß?«, flüsterte Jonas vor sich hin und blickte zu dem Falken auf. »Was will er von uns? Von mir?«

Der Falke antwortete nicht. Kurz bevor sie so weit waren, ihren Plan in die Tat umzusetzen, flog er weg.

Als Jonas den Befehl zum Aufbruch gab, schwärmten die siebenundvierzig Rebellen aus, leise wie Schatten, und betraten die Zeltstadt, um Magnus und Xanthus zu suchen. Da es unmöglich war, dass alle bei dem Überfall zusammenblieben, hatten sie verabredet, sich bei Einbruch der Dunkelheit an einem etwa drei Stunden entfernten Ort zu treffen.

Sie kannten ihre Opfer. Sie kannten ihre Aufgabe. Nichts würde sie davon ablenken können. Und jeder, der sich ihnen in den Weg stellte, würde sterben.

Wenn alles nach Plan lief, würde nicht einmal jemand bemerken, dass sie dagewesen waren.

Andererseits erwartete Jonas nie, dass alles nach Plan laufen würde, er war immer auf Hindernisse und Pannen vorbereitet. Und seine Rebellen ebenso.

Wenige Minuten nachdem sie die Zeltstadt betreten hatten, erklang ein Alarm.

Und dann brach das Chaos aus.

Mit gezogenen Schwertern stürmten die Wachen aus ihren Zelten und von ihren Posten, und wie ein Raubtier, das im Schatten lauert, ließ Lysandra die Pfeile von ihrem Bogen sausen. Präzise traf der stille Tod ihre Opfer in Hals oder Brust.

»Geh jetzt, solange du noch kannst«, befahl sie Jonas, als er einen Gardisten abwehrte. »Und wenn du vor mir auf Lord Aron stößt, dann töte ihn – und zwar möglichst so, dass es ordentlich wehtut.«

Die Aussicht auf das Blutvergießen, auf die Rache, nach der er sich schon so lange sehnte, beflügelte Jonas mehr als alles andere. Er schlug dem Gardisten den Arm in die Kehle, und der Mann sank bewusstlos zu Boden. »Viel Glück, Lys. Wenn es schiefgeht, sehe ich dich und Brion im Jenseits.«

»Glaubst du wirklich, dass irgendeiner von uns dorthin unterwegs ist?« Sie grinste ihn an, zeigte ihre ebenmäßigen weißen Zähne, und ihr Gesicht leuchtete im golden schimmernden Morgenlicht. Es erschütterte ihn zu erkennen, dass Brion recht gehabt hatte – dieses Mädchen war einfach wundervoll. »Ich seh dich in den Dunkellanden, Agallon. Heb den einen oder anderen Dämon für mich auf.«

Noch einen Moment hielt sie seinen Blick fest, dann verschwand sie ohne ein weiteres Wort.

Und Jonas jagte seine Beute, mitten in Gewirr und Tumult. Seine Hauptziele waren natürlich Magnus und der Straßenbauingenieur, aber er hoffte auch Aron zu finden, denn jetzt musste Aron nicht nur den Tod von Tomas, sondern auch den von Brion mit seinem Blut bezahlen.

Im Vorbeigehen spähte er in die Zelte und wehrte die Männer ab, die ihm in die Quere kamen. Fast *zu* leicht fielen die Gardisten ihm zum Opfer. Anscheinend waren sie an diesem abgelegenen Ort so daran gewöhnt, waffenlose und geschwächte Sklaven zu unterdrücken, dass sie mit einer Attacke dieses Ausmaßes in den frühen Morgenstunden nicht gerechnet hatten – annähernd fünfzig Rebellen, die zu allem bereit waren, um dem König zu schaden, der ihre Brüder und Schwestern, Mütter und Väter versklavt hatte.

Jonas wischte sich die Blutspritzer vom Gesicht und schlug sich weiter durch. Als er die nächste Zeltklappe beiseiteschob, fiel sein Blick auf eine Gestalt, die er sofort erkannte.

Auf dem Boden lag Aron Lagaris und schlief. Zorn brandete in Jonas auf, als er daran dachte, dass dieser Bastard seinen Freund getötet hatte. Und seinen Bruder.

»Na, wohl zu viel getrunken letzte Nacht, was?«, knurrte er. »Wacht auf, ich möchte, dass Ihr mitkriegt, wer Eurem Leben ein Ende bereitet.«

Er trat einen Schritt weiter ins Zelt und schaute genauer hin. Arons Augen standen offen und starrten glasig und unbewegt nach oben. Sein Hemd war voller Blut – Blut, das auch in den Boden sickerte.

Die Erkenntnis traf Jonas wie ein Schlag. Aron war bereits tot!

In diesem Augenblick packte ihn jemand von hinten an der Kehle.

»Glaubst du, paelsianischer Abschaum wie du kann uns einfach so überfallen, und wir sind nicht in der Lage, euch niederzumetzeln?« Es war ein Gardist, ein großer Mann mit schlechtem Atem. »Da hast du dich gründlich geirrt, Rebell.«

Jonas hob sein Schwert, aber der Mann packte sein Handgelenk und drehte es zur Seite, bis der Knochen mit einem scharfen Knacken brach. Jonas schrie auf und verlor für den Bruchteil einer Sekunde die Konzentration.

Mehr war nicht nötig.

Sein Gegner stieß ihm das Schwert in die Brust, mitten ins Herz.

Dann riss der Mann die Klinge zurück und stieß ihn nach vorn, so dass er hilflos direkt neben Aron zu Boden stürzte. Nach Luft ringend blickte er nach oben. Alles drehte sich, der Soldat eine stämmige Silhouette, umgeben vom frühen Morgenlicht.

Der Mann wischte sich das Blut von den Händen. »Hast du wirklich gedacht, dass du uns mit deiner kleinen Gruppe primitiver kleiner Jungen aufhalten kannst? Ich bring vor dem Frühstück noch schnell ein paar von denen um.« Lachend verließ er das Zelt.

Ein unerträglicher Schmerz breitete sich in Jonas' Brust aus. Langsam sickerte sein Blut auf den Boden des Zelts, leuchtend rot, floss über die Erde und vermischte sich mit dem von Aron.

»Brion …« Jonas Kehle war geschwollen, seine Augen brannten. Eine Erinnerung – er und Brion als Kinder, wie sie durch den Weinberg rannten und süße dicke Trauben stahlen, wie Jonas' Vater ihnen wutentbrannt nachjagte, sein Vater, der im Gegensatz zu seinem Sohn sein Schicksal kampflos angenommen hatte, der immer den von Häuptling Basilius aufgestellten Regeln gefolgt war, selbst wenn diese dazu führten, dass seine Familie nicht genug zu essen hatte.

Wie sie den stets rebellischen Tomas einholten, der über ihre Streiche lachte – Tomas, der in seinem ganzen Leben niemals auch nur eine einzige Regel befolgte, die er nicht selbst aufgestellt hatte. Und Felicia, seine herrschsüchtige Schwester, die die Hand in die Hüfte stemmte, den Kopf schüttelte und Jonas warnte, er würde eines Tages Schwierigkeiten bekommen, wenn er sich nicht fügte. Felicia war stark – stark genug, um ohne ihn zu überleben. Stark wie ihre Mutter, bevor die Schwindsucht sie dahingerafft hatte. Jonas hatte Gerüchte gehört, dass Cleos Schwester an einer ähnlichen Krankheit gestorben war.

Ich habe es ihr nie erzählt. Ich hätte es ihr erzählen sollen.

Bilder von der Prinzessin mit den goldenen Haaren gingen ihm durch den Kopf. Er war wieder in der Höhle und küsste sie, wie unter einem seltsamen Zwang, verwirrt von seinen überwältigenden Gefühlen für ein Mädchen, das er bislang gehasst und dem er den Tod gewünscht hatte. Aber selbst der älteste Hass kann sich in etwas Wärmeres verwandeln, wenn man ihm genügend Zeit lässt, genauso, wie aus einer hässlichen Raupe ein schöner Schmetterling wird.

Bilder von Lysandra, wie sie lächelte, ihre unerwartete Schönheit an diesem Morgen, die ihn getroffen hatte wie ein Schlag in den Magen. Das Blitzen ihrer braunen Augen, wenn sie wütend war, streitlustig und ihm das Leben schwermachte. Aber er war froh, dass er sie in die Rebellengruppe aufgenommen hatte, denn sie war so geschickt, so entschlossen, so verdammt leidenschaftlich, dass sie mit ein paar Worten ein Feuer in ihm entfachen konnte.

Und jetzt würde er neben Aron Lagaris sterben und seinem Erzfeind dabei in die glasigen Augen starren. Seit Monaten schon wollte er sich an ihm rächen, das war sein größter Wunsch gewesen. Und jetzt war der Kerl, den er mehr hasste als sonst irgendjemanden auf der Welt, nur noch eine Hülle – ein leeres Gefäß.

Der Tod war keine Lösung. Sondern nur ein Ende.

Und nun war sein eigenes gekommen.

Doch plötzlich durchdrang ein Lichtstrahl seine verschwommener werdende Wahrnehmung. Jemand war ins Zelt gekommen. Seine letzten mühsamen Atemzüge waren so schwach, dass jeder außer einem sehr erfahrenen Heiler ihn für tot gehalten hätte.

Eine Gestalt sank neben ihm auf die Knie. Eine warme Hand legte sich auf seine Stirn, eine andere öffnete ihm den Mund. Er konnte sich nicht wehren, konnte nicht sprechen, nicht einmal blinzeln.

Etwas wurde ihm in den Mund geschoben. Kleine Steinchen.

Sie erhitzten sich auf seiner Zunge, bis sie sich anfühlten wie glühende Kohlen, die schmolzen wie Lava, ihn verbrannten, sich über seine ganze Zunge ausbreiteten, im ganzen Mund, hinunter in den Rachen.

Unwillkürlich wölbte er den Rücken, als das Feuer in seinen Bauch glitt und sich auch dort ausdehnte – eine Qual. In den letzten Augenblicken seines Lebens folterte ihn jemand.

Eine feste Hand presste sich auf seinen Brustkorb, damit er liegen blieb, während sein Körper krampfte.

Doch wie eine Sonne, die unter dem Horizont versinkt, so ließ der Schmerz langsam, ganz langsam nach, bis nur noch ein leichtes Glühen im Zentrum seines Körpers zu spüren war. Auf einmal ging sein Atem wieder schneller. Sein Herz klopfte.

Sein Herz? Wie war das möglich?

Ein Schwert hatte es durchstoßen, und doch klopfte es laut und stark. Er fühlte es genau – schnell und hart, aber regelmäßig. Langsam sah er auch wieder klar, es wurde heller, die Dinge wurden klarer, und schließlich konnte er auch sehen, wer es war, der ihn gefoltert hatte.

Die Haare des Mädchens schimmerten wie Platin – heller noch als die von Cleo. Ihre Haut glänzte golden, und ihre Augen waren hell, fast silbern, ein paar Schattierungen dunkler als ihre Haare. Sie war in einen Gobelin gehüllt, den sie sich offensichtlich von der Zeltwand gerissen hatte. Ansonsten war sie nackt.

»Ich bin sehr ärgerlich auf dich«, sagte sie. »Du hast dich töten lassen.«

Jonas' Mund war staubtrocken. »Ich bin tot. Gerade betrete ich wohl die Dunkellande.«

Das Mädchen seufzte schwer, und auch ihr Seufzen klang verärgert. »Nicht die Dunkellande, nein. Obwohl ich sicher bin, dass du nur zu bald dorthin unterwegs sein wirst. Noch ein paar Augenblicke länger, und die Traubenkerne hätten nichts mehr für dich tun können.«

Jonas studierte ihr Gesicht, ihren langen, blassen Hals.

»Wer bist du?«, flüsterte er.

Sie betrachtete ihn ununterbrochen. »Mein Name ist Phaedra.«

»Phaedra«, wiederholte er und fuhr mit der Zunge über seine ausgedörrten Lippen. »Hast du Traubenkerne gesagt? Wovon sprichst du?«

»Erdmagie hat dich von der Schwelle des Todes zurückgeholt. Erdmagie kann entweder heilen oder töten, je nachdem, wer sie einsetzt. Du kannst dich glücklich schätzen, dass ich dich mag.«

Er blickte an sich herunter, schob sein zerfetztes Hemd beiseite und versuchte, das Blut abzuwischen. So viel Blut, aber darunter war keine Wunde mehr. Seine Haut war verheilt. Sein Körper war wieder unversehrt, auch das Handgelenk, das der Gardist gebrochen hatte.

Hatte sie soeben *Erdmagie* gesagt?

Aber Magie … Magie existierte nicht. Er hatte noch nie daran geglaubt.

Das war unmöglich. Und doch …

Er sah sie an. »Du hast mir das Leben gerettet.«

»Ja. Ich habe versucht zu widerstehen, dich einfach nur weiter aus der Ferne zu beobachten. Ich weiß immer noch nicht, ob du mir – oder vielmehr uns – jemals von Nutzen sein wirst. Sich gefangen nehmen zu lassen ist eine Sache. Dann besteht noch Hoffnung auf Flucht. Aber zu sterben …« Sie stöhnte und legte die Hände auf die Hüften. »Ich konnte nicht anders. Ich musste mich aus der Falkengestalt verwandeln, und jetzt – nun, jetzt sitze ich hier fest. Du hast Glück, dass ich immer ein paar Heilsamen in meinen Federn versteckt habe, für Notfälle.«

Das Mädchen war verrückt. »Falkengestalt?«

»Ja, das können die Wächter.«

Jonas traten fast die Augen aus dem Kopf. *Wächter*?

»Hier«, sagte sie. »Da ich meine Gestalt nicht mehr ändern kann, beweise ich dir auf andere Weise, was ich bin. Oder … was ich bisher war.«

Sie zog an dem Gobelin, in den sie sich gehüllt hatte. Der Stoff rutschte nach unten, gab ihre Brust frei, und Jonas starrte sie fasziniert an. Nicht aus den Gründen, aus denen er sonst die Brust eines Mädchens angestarrt hätte – obwohl Phaedras Brüste die schönsten waren, die er in seinem Leben je gesehen hatte.

Über ihrem Herzen tanzte ein Zeichen – eine leuchtend goldene Spirale, so groß wie seine Handfläche.

»In den kommenden Jahren, wenn meine Magie abnimmt, wird sie dunkler werden«, erklärte sie traurig.

Jonas fand keine Worte, er konnte kaum atmen. Konnte dies alles hier wirklich wahr sein?

Der Falke, der jeden Tag in der Nähe des Lagers gesessen hatte. Der ihm hierher nach Paelsia gefolgt war. Den er zu ignorieren versucht hatte. War das etwa Phaedra gewesen?

Magie war real? Wächter waren real?

Es widersprach allem, was er bisher geglaubt hatte. Aber er sah es vor sich, er sah *sie* vor sich, mit eigenen Augen …

Jonas war so in Gedanken versunken, dass er heftig zusammenzuckte, als er plötzlich eine scharfe Schwertspitze an seinem Hals spürte. Er verfluchte sich, dass er so unaufmerksam gewesen war, dass er sich von Phaedras seltsamem Zeichen und dem Beweis, dass es wirklich Magie gab, so hatte ablenken und verwirren lassen.

Sein gerade erst wieder heil gewordenes Herz wurde schwer, als er vor sich Prinz Magnus erkannte, der leise und unbemerkt ins Zelt getreten war.

»Entschuldigung«, sagte der Prinz. »Eigentlich möchte ich bei einem Stelldichein nicht stören.«

»Was für ein Zufall«, stieß Jonas hervor. »Ich habe Euch gesucht.«

»Das beruht auf Gegenseitigkeit, Rebell.«

Rebell. Wie erging es wohl den anderen irgendwo dort draußen? Auf einmal machte er sich große Sorgen. Lysandra musste die Rebellen momentan alleine anführen. Hoffentlich hatte sie Erfolg bei der Suche nach Xanthus.

»Ich habe gerade sein Leben gerettet, und jetzt bedrohst du es?« Phaedra zog den Gobelin wieder hoch und bedeckte ihre Brust. »Das ist sehr unhöflich.«

Das Gesicht des Prinzen wurde noch finsterer. »Ihr habt ja keine Ahnung, wie ungehobelt ich sein kann. Soll ich es Euch zeigen?«

»Nimm sofort das Schwert von seinem Hals!«

Aber das Schwert drückte nur noch stärker an Jonas' Luftröhre. Wenn er sich nur im Geringsten rührte, war sie durchtrennt. Nicht nur der Blutverlust hatte ihn geschwächt, auch die brachiale magische Heilung hatte seine Kräfte beansprucht. Jonas war kaum in der Lage, sich selbst zu beschützen, von Phaedra ganz zu schweigen.

Magnus' Blick wanderte zum Rand von Phaedras Gobelin. »Ist das, was Ihr gerade zu dem Rebellen gesagt habt, wahr? Seid Ihr eine Wächterin?«

»Das bin ich. Und du bist der Sohn des Blutkönigs, der auf der Suche nach den Essenzen ist. Weiß er denn überhaupt, was er finden wird, sollte seine Suche erfolgreich sein?«

Jonas schnappte unwillkürlich nach Luft, als Magnus' Schwert in seine Haut ritzte und warmes Blut über seinen Hals hinuntertröpfelte.

»Vielen Dank für die Bestätigung, dass der Schatz existiert.« Magnus kniff die Augen zusammen. »Ich muss zugeben, dass ich meine Zweifel hatte. Was genau muss ich denn tun, um ihn zu finden?«

Phaedra zog eine Augenbraue in die Höhe. »Die Magie deiner Schwester ist die gleiche, die auch Eva hatte, nicht wahr? Sie ist der Schlüssel.«

Magnus sah sie finster an. »Wie kann meine Schwester die Essenzen ausfindig machen? Und wann? Muss nicht erst die Straße fertig sein?«

»Fragen – so viele Fragen.« Sie legte den Kopf schräg und musterte ihn. »Ich kann dir nur sagen, dass sie in Gefahr schwebt. Ihre Magie setzt sie einem großen Risiko aus. Wenn sie sich von ihr überwältigen lässt, wird alles verloren sein, bevor irgendetwas gefunden werden kann – und ich weiß, dass du das nicht willst. Ich glaube, Lucia bedeutet dir mehr als jeder noch so wertvolle Schatz. Aber ich weiß, wie ihr geholfen werden kann. Soll ich es dir verraten?«

Er starrte sie an. »Sprich.«

»Es gibt einen Ring, der im Heiligtum aus reinster Magie geschmiedet wurde, um der Urmagierin zu helfen, die Essenzen und ihre eigene *Elementia* zu beherrschen. Dieser Ring ist vielleicht näher, als du denkst.«

»Erzähl mir mehr.« Jetzt klang seine Stimme scharf und angespannt. »Wo kann ich ihn finden?«

»Wenn ich es dir sage, wirst du Jonas freilassen und deinen Vater dazu bringen, dass er den Bau der Straße abbricht.«

»Und wenn du es mir nicht sagst, werde ich dem Rebellen augenblicklich die Kehle durchschneiden.«

Der über dem Rand des Gobelins sichtbare Teil ihres Zeichens wirbelte und leuchtete heller auf.

Der Griff des Schwerts begann orange zu glühen. Mit einem leisen Schmerzensschrei ließ Magnus die Waffe fallen.

»Das war nicht die richtige Antwort«, sagte Phaedra. »Vielleicht bist du noch nicht reif für meine Hilfe. Schade. Aber lass dir eines gesagt sein: Eines Tages wirst du dir wünschen, du wärst empfänglicher für meinen Rat gewesen. Komm, Jonas, wir müssen gehen.«

Damit wandte sie sich zum Ausgang des Zelts, aber der Fluchtweg war versperrt.

Ein großer Mann stand dort, mit bronzefarbenen Haaren, die ihm bis über die Schultern fielen. Seine Augen waren kupferbraun, und er war mindestens doppelt so alt wie Jonas.

Als Phaedra ihn sah, wurden ihre Augen groß. »Xanthus!«

Er lächelte. »Es ist lange her, Phaedra.«

»Ja, viel zu lange.«

»Du hast gewusst, dass ich hier bin, nicht wahr?«

Langsam nickte sie. »Ja.«

»Aber du hast es niemandem verraten.«

»Die anderen glauben, du bist tot. Und du hast dich die ganzen Jahre sehr gut versteckt gehalten.«

»Aber nicht vor dir.«

»Nein, nicht vor mir.«

»Ich habe dich vermisst, Schwester. So sehr.«

»Und ich habe dich auch vermisst. Obwohl ich dich dafür gehasst habe, dass du weggegangen bist. Dafür, dass du getan hast, was *sie* angeordnet hat.«

Schmerz flammte in seinen kupferfarbenen Augen auf. »Ich wollte dich niemals verletzen.«

»Ich weiß.« Dann warf sie sich in seine Arme und drückte ihn an sich. »Du kannst es wiedergutmachen. Verlasse diesen Ort. Du kannst uns helfen. Wir brauchen sicheres Geleit aus der Zeltstadt.«

Jonas versuchte das Gespräch zu verstehen, aber zu vieles erschien ihm rätselhaft. Dieser Mann – Xanthus – war der Ingenieur, auf den die Rebellen es abgesehen hatten. Aber war auch er ein Wächter? Phaedras Bruder? Wie war das alles möglich?

»Man hat mir bereits angekündigt, dass du kommen würdest«, sagte Xanthus, ohne sich aus Phaedras Umarmung zu lösen.

»Wer hat es dir gesagt?« Sie ließ ihn los, blickte ihm ins Gesicht und berührte seine Wange. Aber dann wurde sie auf einmal blass. »Sie ist böse, Xanthus. Warum sieht das denn keiner außer mir?«

»Melenia tut, was getan werden muss, um uns alle zu retten«, erwiderte Xanthus. »Und wir sind dem Ziel so nahe, Phaedra.« Er nahm ihr Gesicht zwischen die Hände. »Es tut mir so leid, ich wollte, du könntest dabei sein, wenn es so weit ist. Wenn das geschieht, worauf wir so lange gewartet haben.«

»Wo sollte ich denn sonst sein? Ich habe meine Unsterblichkeit geopfert, genau wie du. Wir können wieder zusammen sein. Die Vergangenheit ist vergangen. Lassen wir sie ruhen.«

Xanthus Augen wurden schmal. »Ich fürchte, das geht nicht, Schwester. Du weißt viel zu viel. Ich habe sehr genaue Anweisungen von Melenia. Auf ihren Befehl bin ich hier – die ganze Zeit schon. Und so wird es immer bleiben.«

Auf einmal begannen seine Hände in einem goldenen Licht zu glühen, und im nächsten Moment schnappte Phaedra plötzlich nach Luft, als hätte sie Schmerzen beim Atmen.

»Was soll das?«, rief Jonas empört. »Lasst sie los!«

Magnus beobachtete die Situation schweigend, die Arme über der Brust verschränkt, die Stirn gerunzelt.

»Nichts kann es aufhalten«, sagte Xanthus. »So ist es das Beste. Versuche dich immer daran zu erinnern, meine süße Schwester. Ich habe es getan, weil es das Richtige ist.«

Inzwischen hatte das Glühen Phaedras ganzen Körper ergriffen. Fassungslos beobachteten Jonas und Magnus das Schauspiel der Magie.

Aber was für eine Magie war das?

Jonas stürzte vor, packte Xanthus' Arm und wollte ihn von Phaedra wegziehen. Aber Xanthus griff nach seinem blutigen Hemd und stieß ihn so grob zurück, dass Jonas hilflos durch das Zelt flog und gegen den Holztisch knallte, der unter der Wucht des Aufpralls zersplitterte.

Phaedra sank auf die Knie, und als sie zu Jonas blickte, der jetzt zehn Schritte von ihr entfernt kauerte, waren ihre Augen glasig.

»Es tut mir leid«, flüsterte sie. »Ich habe versagt. Ich wollte, ich könnte …«

Doch sie vollendete den Satz nicht, denn mit dem nächsten Atemzug erlosch das Leben in ihren Augen. Einen Moment später breitete sich die wirbelnde Spirale über ihren ganzen Körper aus, und sie verschwand in einem Blitz aus schimmerndem Licht.

Auch Xanthus war nicht mehr da.

Fassungslos starrte Jonas auf die Stelle, wo der Wächter gerade noch gestanden hatte. Dann zuckte er zusammen, denn wieder berührte Magnus' kalte, scharfe Schwertspitze seine Kehle.

»Hoch mit dir, Agallon.«

Jonas zwang sich aufzustehen und sah den Prinzen mit unverhohlener Wut an – er schmeckte Galle im Mund. »Seid Ihr nicht gerade wie ich Zeuge eines Wunders geworden? Und einer Tragödie? Warum benehmt Ihr Euch nicht entsprechend?«

»Ich gebe zu, es war ein unerwartetes Schauspiel. Und das noch vor Sonnenaufgang.« Doch trotz des ironischen Tons hörte Jonas ein Zittern in der Stimme des Prinzen. Der Anblick der sterbenden Wächterin – war Phaedra wirklich tot? – hatte auch Magnus erschüttert. »Aber ich erhole mich rasch. Zeit für einen kleinen Ausflug in den Kerker, zusammen mit deinen anderen Rebellenfreunden. Mein Vater wird sehr zufrieden sein, dass ich dich endlich eingefangen habe.«

Wie konnte er da stehen und so tun, als würde alles, was gerade passiert war, überhaupt keine Rolle spielen? Die Welt würde niemals wieder die gleiche sein! Die Wächter waren nicht einfach nur eine Legende. Magie war Realität. Jonas schwirrte der Kopf. »Ich habe Eure Mutter nicht ermordet.«

»Ich weiß. Das war Aron Lagaris.«

Jonas warf einen Blick zu Arons Leiche, dann sah er zurück zu Magnus. »Er hat auch meinen Bruder und meinen besten Freund auf dem Gewissen.«

»Und jetzt ist er tot. Er hat bekommen, was ich ursprünglich für dich geplant hatte. Obwohl ich zugeben muss, dass ich dich eigentlich ein bisschen länger leiden sehen wollte.«

»Es hätte meine Klinge sein sollen, die ihm das Leben raubt!«

Mit einem dünnen, humorlosen Lächeln musterte Magnus ihn. »Du wirst darüber hinwegkommen.«

In diesem Moment hörten sie einen Schrei von draußen, dicht gefolgt von weiteren – ein Lärm erhob sich, der ganz anders klang als das übliche Kampfgetöse.

»Feuer!«, brüllte eine Stimme.

Und tatsächlich: Auch dem Zelt näherten sich Flammen, so rasch und unerbittlich, als wäre die Erde selbst in Brand gesetzt worden.

Endlich zog Magnus das Schwert von Jonas' Hals zurück, lief zur Zeltklappe und schob sie beiseite.

Die ganze Zeltstadt brannte. Orangerote und gelbe Flammen erhellten die Umgebung, übertrumpften das Leuchten der Morgendämmerung, entzündeten die trockenen umgestürzten Bäume, die Holzstapel, die Zelte. Wachen und Sklaven gleichermaßen rannten um ihr Leben, einige standen selbst in Flammen – goldene, silberne, unnatürlich blau gefärbte Flammen. Die Menschen brüllten in Todesqual, wenn das Feuer ihr Fleisch versengte und ihren Körper schließlich brutal und gewaltsam in Kristall verwandelte, das in Millionen Scherben zerschellte.

Fassungslos starrte Jonas auf das Massaker.

Dies war kein normales Feuer, das im Kampf entfacht worden war.

Dies war eine schreckliche, zerstörerische, tödliche Magie. Feuermagie.

»Was ist das?«, fragte Magnus, und seine Angst war unüberhörbar.

Blut war auf der Blutstraße vergossen worden. Drei Mal. Drei Katastrophen hatte es gegeben.

Ein Tornado, ein Erdbeben und nun eine Feuersbrunst.

Jonas' gerade verheiltes Herz schlug schneller, und er stellte sich neben den Prinzen. »Glaubt Ihr an das Schicksal, Prinz Magnus? Ich bisher nicht, aber ... glaubt Ihr daran?«

»Warum fragst du?«

»Nur aus Neugier.« Mit einer blitzschnellen Bewegung schlug Jonas seine Stirn ins Gesicht des Prinzen. Es hatte eine ganze Zeit gedauert, bis er nach der Wiedererweckung seine volle Kraft zurückgewonnen hatte, aber nun hatte er die Schwäche überwunden.

Er packte Magnus' Schwert, rammte dem Prinzen den Ellbogen ins Gesicht und traf ihn mitten auf die Nase. Blut spritzte auf, Magnus brüllte auf vor Schmerz. In der nächsten Sekunde entriss Jonas ihm das Schwert endgültig und holte aus, um seinem Gegner die Kehle durchzuschneiden. Doch auch Magnus war schnell, und er blockierte den Schlag mit dem Unterarm.

Inzwischen stand das ganze Zelt in Flammen, und das Feuer umzüngelte sie so heiß, dass es schmerzte.

Jonas wirbelte das Schwert herum und stieß Magnus das Heft in den Magen, so dass dieser mit einem schmerzlichen Grunzlaut nach vorn klappte. Bevor er jedoch den nächsten Treffer landen konnte, bekam Magnus eine Handvoll von Jonas' Haaren zu fassen, riss sie mit den Wurzeln aus, stieß ihm das Knie vor den Brustkorb und schaffte es schließlich, ihm das Schwert wieder abzunehmen.

»Wir müssen hier raus, sonst sterben wir beide«, knurrte Magnus.

»Ich war darauf vorbereitet, heute zu sterben – genau genommen war ich auch schon tot.«

Wieder ging Jonas auf den Prinzen los, und die beiden jungen Männer taumelten beide zurück. Im Fallen drehte Jonas sich so, dass Magnus mit dem Kopf gegen die Kante des brennenden Tischs schlug. Einen Moment kniete der Prinz benommen auf dem Boden und schnappte nach Luft, das Schwert noch in der Hand.

Trotzdem schaffte er es, Jonas zu packen, ehe der Rebell verschwinden konnte.

»Ich habe einen Kerker ganz für dich allein, Rebell«, versprach er ihm.

Im selben Augenblick kamen fünf Wachmänner auf das Zelt zugelaufen und riefen Magnus' Namen.

»Hier bin ich!«, brüllte der Prinz. »Ich habe einen Gefangenen!«

»Irrtum«, fauchte Jonas, befreite sich mit letzter Kraft aus Magnus' Griff und entriss ihm abermals das Schwert. Doch als er es niedersausen ließ, rollte Magnus sich in letzter Sekunde darunter weg.

Jonas fluchte und beäugte die herbeistürmenden Wachen, die inzwischen schon fast am Zelteingang angekommen waren.

»Ergreift ihn!«, brüllte Magnus.

»Vielleicht ein andermal, Hoheit«, gab Jonas zurück. Er war hergekommen, um Magnus zu entführen, doch wenn er sich nicht umgehend aus dem Staub machte, würde es womöglich andersherum enden.

Ohne weitere Zeit zu verschwenden, zerteilte er die Zeltwand mit Magnus' Schwert und stürzte hinaus in das Chaos.

Geduckt verschwand er im Getümmel und rannte so schnell er konnte durch die magische Feuersbrunst, die überall im Lager wütete.

Rechts sah er einen älteren, kahlen Mann und ein junges Mädchen, die sich aneinanderklammerten und ängstlich und verwirrt um sich schauten. Inzwischen brannten sämtliche Zelte. Das Straßenlager war ein einziges Inferno.

Der Boden war übersät mit brennenden Körpern – Soldaten und Rebellen, ihr Blut über die Straße verspritzt wie auf einem brutalen, feurigen Gemälde. Einige hatten sich bei der Berührung mit dem Feuer in die seltsame Kristallform verwandelt – zerbrochen und über die staubige Erde verteilt.

Wo ist Lysandra?

Das war der erste klare Gedanke, der Jonas durch den Kopf schoss.

Er strengte seine Augen an, um sie oder irgendeinen seiner Rebellen in diesem Hexenkessel zu entdecken, aber außer den Toten sah er keinen von ihnen. Er war unfähig, die Leichen zu zählen, und wollte auch gar nicht wissen, wie viele gefallen waren.

Doch dann stolperte er fast über den Körper eines toten Mädchens mit langen, dunklen Haaren und einem tödlichen Pfeil im Herzen. Sein Atem stockte.

»Nein. Bitte nicht.« Er kauerte sich nieder und strich ihr die Haare aus dem Gesicht.

Aber es war nicht Lysandra. Es war Onoria.

Was für ein Verlust … was für ein schrecklicher Verlust. Onoria war eine ausnehmend tapfere und kluge Rebellin gewesen.

Nachdem er ihre Augen geschlossen hatte, erhob er sich rasch und verkroch sich hinter einem Zelt. Er konnte nicht hierbleiben, sonst würde er auch getötet, entweder vom

Feuer, das unvermindert wütete, oder von einem der Soldaten.

»Lys«, flüsterte er. »Wo bist du? Verdammt! Wo bist du denn bloß?«

Sie musste am Leben sein. Lysandra Barbas war nicht dazu bestimmt, heute zu sterben.

Nein, sagte er sich fest. Sie lebte.

Und wenn sie lebte, dann würde er sie auch finden.

KAPITEL 33

LYSANDRA

AURANOS

Lysandra stolperte, als die Wache sie in die dunkle, überfüllte Zelle stieß, und fiel hart auf die Erde. Die Steinwände waren feucht und rochen nach Moder und Tod. Ganz oben in der hohen Mauer war ein winzig kleines Fenster, kaum größer als ihre Hand, gerade groß genug, um einen Sonnenstrahl hereinzulassen und sie mit der Freiheit zu verspotten, die ihr nun schließlich doch gestohlen worden war.

Nur fünf von ihnen hatten ihr Ziel lebend erreicht. Phineas hatte auf der Reise zum auranischen Kerker eine Wache beschimpft, und ihm war augenblicklich die Kehle durchgeschnitten worden. Seinen Leichnam hatten sie von einer Brücke geworfen.

Danach war der Rest von ihnen still. Den größten Teil des Weges hielt Lysandra Tarus' verschwitzte Hand fest in der ihren. Der Junge hatte fürchterliche Angst, aber er bemühte sich, tapfer zu sein. Für sie. Obwohl sie nicht wusste, was aus Jonas geworden war, weigerte sie sich zu glauben, dass er tot war.

Warum? So viele von ihnen waren gefallen.

Aber vielleicht gehörte Jonas zu denen, die hatten fliehen können. Vielleicht war er schon in diesem Augenblick dabei, einen Befreiungsversuch in die Wege zu leiten.

Nein. An so etwas durfte sie nicht denken, das führte nur zu Enttäuschungen.

Wenn sie hier herauskommen wollte, musste sie es selbst bewerkstelligen.

Irgendwie.

Niedergeschlagen blickte sie zu dem winzigen Fenster hinauf. Die Lage war hoffnungslos, das wusste sie. Eine Träne rollte ihr über die Wange.

»Kleine Lys, weine nicht«, erklang eine vertraute Stimme aus der Dunkelheit.

Sie fuhr herum zu dem Jungen, der in der Ecke saß.

»Gregor?« Sie traute ihren Augen nicht. Aber dann sprang sie auf, lief zu ihrem Bruder und ließ sich neben ihn auf den Boden sinken. Wie um sich zu beweisen, dass er keine Einbildung war, ergriff sie seine schmutzigen Hände. »Du bist hier. Du lebst!«

»Ja, gerade noch.« Er versuchte zu lächeln. »Es ist so schön, dich zu sehen, Schwester.«

»Ich dachte, du wärst tot! In allen Arbeitslagern habe ich nach dir gesucht, aber ich konnte dich nirgends finden!«

»Ich bin geflohen und habe mich nach Limeros durchgeschlagen, aber vor ein paar Wochen haben sie mich gefasst und mich auf Befehl des Prinzen persönlich hierhergebracht. Seither sitze ich in dieser Zelle. Aber bestimmt nicht mehr lange. Ich glaube, sie haben endlich keine Fragen mehr an mich. Meine Antworten haben ihnen nie gefallen, jetzt wollen sie nur noch meinen Tod.«

»Sag so was nicht. Dass ich dich wiedersehe – genau das habe ich gebraucht, Gregor.« Seit Tagen war ihr Herz nicht mehr so leicht gewesen – seit Wochen! »Das ist das Zeichen, dass alles wieder gut wird. Wir leben, wir sind wieder zusammen, und wir werden hier herauskommen.«

Sein Blick schweifte in die Ferne. »Das hat sie mir auch gesagt. Sie hat mir immer eingeschärft, ich soll die Hoffnung niemals aufgeben. Ich wollte, ich könnte sie noch einmal sehen, aber sie ist schon so lange nicht mehr hier gewesen.«

Lysandra schaute sich in der engen, stinkenden Zelle um, und ihr Blick wanderte zu den anderen Gefangenen, von denen die meisten schliefen. »Wen meinst du denn?«

»Das Mädchen aus Gold und Silber.«

»Wie bitte?«

»Sie hat mir gesagt, sie heißt Phaedra. Sie hat mich im Traum besucht und mir gesagt, ich muss Geduld haben. Und dass ich neue Hoffnung finden werde. Ich nehme an, damit hat sie dich gemeint. Sie haben dich zu mir in die Zelle gebracht, Lys. Ausgerechnet in *meine* Zelle. Und das, obwohl dieser Kerker so riesig ist – das hat doch bestimmt etwas zu bedeuten, nicht wahr?«

»Wer ist denn dieses Mädchen? Wie meinst du das – sie hat dich im Traum besucht?«

Sein Blick wurde wieder sehnsüchtig. »Sie ist eine Wächterin, kleine Lys. Sie hat mir gesagt, ich soll nicht verzweifeln. Sie meint, ich bin immer noch zu etwas nütze … und es gibt noch andere wie mich, die helfen können. Ich dachte, sie ist verrückt.«

»Eine Wächterin hat dich im Traum besucht«, wiederholte Lysandra ungläubig. »Vielleicht ist nicht *sie* die Verrückte.«

Er lachte, und es klang trocken und spröde. »Da könntest du recht haben.«

»Was hat diese Wächterin dir sonst noch erzählt?«

Gregors Stirn legte sich in Falten, und er drückte Lysandras Hand. »Sie hat gesagt, wenn das Blut der Magierin vergossen und das Opfer gebracht worden ist, dann werden sie endlich frei sein.« Gehetzt sah er sie an. »Und die Welt wird brennen. Das hat sie gesagt, kleine Lys. *Die Welt wird brennen.*«

KAPITEL 34

CLEO

AURANOS

Mein Sohn ist in den Palast zurückgekehrt.« Die Worte des Königs legten sich um Cleos Kehle wie eine eiskalte Hand, und sie blieb abrupt stehen. »Ich bin sicher, dass du seine Rückkehr bereits sehnsüchtig erwartest.«

Langsam wandte sie sich um und sah König Gaius im Schatten des Korridors stehen, begleitet von Cronus und seinen grässlichen Jagdhunden.

»Mit bangem Atem, Majestät.«

»Er hat eine Gruppe von Rebellen gefangen genommen, die eins meiner Arbeitslager angegriffen haben. Diejenigen, die nicht unter seinem Schwert gefallen sind, haben ihn hierher zu ihrer öffentlichen Hinrichtung begleitet.«

Jonas. Ihr Herz setzte einen Schlag aus, vor Angst und gespannter Erwartung.

»Da fühle ich mich doch gleich viel sicherer«, erwiderte sie und rang sich ein Lächeln ab.

»Gewiss doch.« Der König musterte sie mit seinen kalten Schlangenaugen. »Ich lasse dich nicht aus den Augen, Prinzessin.«

»Und ich Euch auch nicht«, erwiderte sie mit süßer Stimme.

»Eines darfst du niemals vergessen – du hast hier keine Macht und wirst auch nie Macht haben. Dass du hier lebst, hast du einzig und allein meiner Gnade zu verdanken, aber ich kann dir diese jederzeit und ohne Vorwarnung entziehen – wie ich es bei deiner kleinen Freundin getan habe. Wie war doch gleich ihr Name? Mira?«

Cleo gefror das Blut in den Adern. »Ich wünsche Euch einen guten Tag, Majestät.«

Gemessenen Schrittes ging sie weiter den Korridor entlang, bis sie um die nächste Ecke bog. Dort drückte sie sich an die Wand und ermahnte sich streng, nicht mehr so zu zittern.

»Ich werde mich nicht von ihm unterkriegen lassen«, flüsterte sie und wischte ärgerlich die Tränen fort. »Er glaubt, er hat die Macht, doch sie rieselt ihm wie Sand durch seine Finger. Er wird alles verlieren und eines Tages mit leeren Händen dastehen.«

Aber sie wusste, dass sie nicht viel Zeit hatte. Die Hochzeitsreise war vorüber, der Glanz der falschen »Liebesgeschichte« zwischen ihr und Magnus begann bereits zu verblassen. Die Zahl ihrer Verbündeten beschränkte sich auf zwei junge Männer – von denen einer ihr nicht in die Augen schauen konnte, nachdem sie ihn zurückgewiesen hatte, und der andere womöglich tot oder auf dem Weg zu seiner Hinrichtung war.

Cleo rieb ihren Ring, starrte darauf und betete – aber nicht zur Göttin Cleiona, nicht nach allem, was sie über diese diebische, machthungrige Wächterin erfahren hatte –, dass sie einen Weg durch die Dunkelheit finden würde, die sich vor ihr erstreckte. »Bitte, Vater, bitte, hilf mir. Ich weiß nicht, was ich tun soll. Ist es dumm zu glauben, dass ich gegen einen Menschen wie König Gaius eine Chance habe?«

In dem Buch *Das Lied der Magierin* hatte sie endlich mehr über Eva erfahren – dass sie mühelos mit allen vier Elementen Magie wirken konnte. Und am Ende des Buches standen zwei Sätze, die ihr besonders im Gedächtnis geblieben waren.

Tausend Jahre nach ihrem Tod wird die Magierin als eine Sterbliche jenseits des Schleiers des Heiligtums wiedergeboren werden. Ist sie erwacht, so wird ihre Magie den verborgenen Schatz enthüllen, den Sterbliche und Unsterbliche gleichermaßen suchen.

Eva war von ihren gierigen Schwestern Cleiona und Valoria getötet worden, die die Essenzen gestohlen und ihre Macht dafür benutzt hatten, zu Göttinnen zu werden.

Das war nun tausend Jahre her.

Eine wiedergeborene Magierin – eine, die alle vier Teile der *Elementia* mühelos handhaben konnte.

»*An dem Mädchen ist irgendetwas seltsam.*« Zwei Tagen nach Cleos Rückkehr von der Hochzeitsreise hatte ihre Zofe Helena das zu ihrer Schwester gesagt, ohne zu merken, dass Cleo sie hören konnte. »*Die Prinzessin hatte eine Hexe zur Lehrerin.*«

»*Eine Hexe?*«

»*Der König hat die Hexe persönlich ausgesucht, aber jetzt ist sie tot, glaube ich. Ich habe sie gesehen, ehe man sie weggebracht hat. Ihr Gesicht sah ganz verängstigt aus, und sie hat etwas von Feuer und Eis gemurmelt. Sie hat wohl geglaubt, dass Prinzessin Lucia böse ist.*«

Dienstboten tratschten bekanntlich über die phantastischsten Dinge. Aber Lucia hatte die Bibliothek in Brand gesetzt …

»Magie«, flüsterte Cleo. »War es das, Lucia hast du an diesem Tag Magie gewirkt?«

War der Klatsch der Dienstboten ausnahmsweise einmal wahr?

Evas Ring – der Ring der Magierin – hatte geglüht, als Cleo Lucia berührt hatte. Das war bisher bei niemandem sonst vorgekommen. Nur bei dem Steinrad, das angeblich etwas mit den Wächtern zu tun hatte.

Es musste mehr an dieser Sache dran sein.

Nachdenklich wanderte Cleo durch die labyrinthischen Gänge zu Lucias Gemächern. Niemand hielt sie auf. Niemand bemerkte sie auch nur.

Was denkst du dir denn, du Dummkopf?, schimpfte sie sich und beschleunigte ihre Schritte. *Glaubst du etwa, dass die Tochter des Blutkönigs – Magnus' Schwester – die wiedergeborene Magierin sein könnte?*

Vor Lucias Tür machte sie halt. Ihr Herz pochte laut in ihren Ohren, als sie die Hand hob und anklopfte. Dann wartete sie.

Aber es kam keine Antwort. Vielleicht war Lucia nicht da.

Kurz bevor Cleo sich abwandte, hörte sie etwas aus dem Innern des Zimmers.

Jemand weinte.

Cleo nahm all ihren Mut zusammen, packte den Türgriff, drehte ihn um und schob die schwere Eichentür auf, um hineinzuspähen.

Prinzessin Lucia stand vor der offenen Balkontür. Die rabenschwarzen Haare fielen ihr weit über den Rücken, und ihre Schultern zuckten – sie schluchzte, herzzerreißend und voller Schmerz.

Cleo selbst tat bei diesem Geräusch das Herz weh.

Ehe sie richtig wusste, was sie tat, hatte sie das Zimmer betreten, sich Lucia genähert und wollte die Hand auf ihre Schulter legen.

In diesem Moment fuhr Lucia mit blitzenden Augen herum.

Cleo schnappte erschrocken nach Luft, und ihr Atem gefror in der Luft vor ihr. Es war so kalt in diesem Zimmer – so kalt wie in den Gärten des limerianischen Palasts.

»Ich habe sie getötet«, stieß Lucia hervor, und ihre Stimme brach.

Cleos Blick fiel auf das, was die Prinzessin in den Armen hielt – ein kleines braunes Häschen mit eisverkrustetem Fell, der Körper steif gefroren.

»Was habt Ihr getan?«, flüsterte sie.

»Ich wollte das nicht. Ich habe Hana hochgehoben, weil es mich glücklich macht, sie im Arm zu halten, weil es eine Erinnerung an zu Hause ist. Und dann dachte ich an die Eisskulpturen beim Winterfest, an Meerjungfrauen, Drachen, Schimären ... so kalt, so perfekt. Und – und meine Gedanken ... sie haben gereicht, um das hier zu bewirken. Sie ist tot, und ich bin schuld!«

Eis heraufzubeschwören ... das war Wassermagie. Mächtige Wassermagie.

Tränen liefen über Lucias Wangen. »Ich kann es nicht beherrschen, die Göttin helfe mir!«

»Doch, das könnt Ihr«, sagte Cleo. Sie hielt immer noch Lucias Schulter, und von ihrem Ring ging das gleiche Glühen aus wie beim letzten Mal. Ihr Herz klopfte. »Ihr könnt Eure Magie beherrschen. Und sie ist grandios!«

»Das sagt Vater auch immer.« Lucias Stimme zitterte. »Aber jetzt werden alle erfahren, was ich getan habe.«

»Nein, das werden sie nicht. Ich schwöre, dass ich es niemandem verrate.« Sanft nahm Cleo ihr das gefrorene Tier ab und legte es auf den Boden. Dann nahm sie Lucias Hand. »Ich kann Euch helfen.«

Lucia schluckte schwer. »Jetzt, wo Ihr hier seid, fühle ich mich schon ruhiger und nicht mehr ganz so hilflos.«

Natürlich, ich habe ja den Ring, der dir hilft, deine Magie zu beherrschen.

Kein Wunder, dass er nur reagierte, wenn Cleo etwas Magisches berührte. Sie selbst verfügte ja über keine Magie, die gezähmt werden musste.

Noch nicht.

»Wir sind bei unserer Begegnung nicht recht warm miteinander geworden, Lucia, das tut mir leid. Aber ich möchte wirklich Eure Freundin sein. Ihr braucht jemanden, dem Ihr vertrauen könnt. Und ich auch.« Sie durfte ihre Kraft und ihren Mut nicht ausgerechnet dann verlieren, wenn sie beides am dringendsten benötigte. »Ich weiß, was Ihr seid und was Ihr könnt. Ihr seid eine Magierin.«

Lucias Augen wurden groß. »Ihr wisst Bescheid?«

Dann stimmte es also. Das – das war es, was Cleo brauchte. Das war das Zeichen, das sie gesucht, um das sie gebetet hatte, das fehlende Stück des Puzzles. Der Ring war nur die Hälfte.

Und Prinzessin Lucia die andere.

»Ja, ich weiß Bescheid.«

»Und Ihr habt keine Angst vor mir?«

Ich habe solche Angst, dass ich sie nicht mal in Worte fassen kann.

»Nein, ich habe keine Angst vor Euch.« Cleo lächelte und umarmte dieses gefährliche Mädchen ganz fest. »Ihr und ich – wir sind jetzt Schwestern. Wir können einander helfen … wenn Ihr es wollt.«

Lucia nickte und drückte ihr Gesicht an Cleos Schulter. »Ja, das will ich.«

Diese Prinzessin war das mächtigste Wesen, das in diesem Augenblick lebte und atmete. Und Lucias Magie war – mithilfe dieses Rings – für Cleo unerlässlich, um ihren Thron zurückzugewinnen.

Der Schlüssel zur Zerstörung des Blutkönigs war seine eigene Tochter.

DANK

Ich danke Laura Arnold und Gillian Levinson, den beiden wundervollen Lektorinnen von *Rebel Spring*. Ihre Einsichten und ihre Ermutigung waren für mich unersetzlich. Danke auch an Ben Schrank, der alles, was zu Razorbill gehört, so brillant lenkt. Danke an die großartige Erin Dempsey, an Elizabeth Zajac, Jessica Shoffel und Anna Jarzab für ihre unermüdliche Unterstützung und ihre unfassbaren organisatorischen Fähigkeiten, um die ich sie zutiefst beneide. Danke an meine wunderbare kanadische Presseagentin Vimala Jeevanandam und an das ganze Team von Penguin US, Penguin UK und Penguin Canada, das so engagiert dafür sorgt, dass die YA-Literatur (einschließlich der Falling Kingdoms-Serie) in die Hände der Leser gelangt. Ihr seid alle einfach gigantisch. Und wie immer danke ich meinem Agenten Jim McCarthy, der nicht nur klug, sondern auch noch witzig ist – und das oft sogar gleichzeitig.

Zu guter Letzt geht ein großer Dank an jeden Einzelnen meiner Leser, an alle, die sich an den Charakteren, der Magie und dem Chaos in Mytica bisher erfreut haben. Ich verspreche euch: Es kommt noch viel mehr!

Morgan Rhodes

Morgan Rhodes ist das Pseudonym einer beliebten Urban-Fantasy-Autorin. Mit ihrer High-Fantasy-Reihe »Falling Kingdoms« ist ihr auf Anhieb ein großer Erfolg gelungen. Momentan schreibt sie an weiteren Bänden der Serie. Morgan Rhodes lebt in Ontario, Kanada.

Mehr zur Autorin unter www.fallingkingdoms.com

Weitere Bände der »Falling Kingdoms«-Reihe von Morgan Rhodes:

Flammendes Erwachen. Falling Kingdoms Band 1. Roman

Lodernde Macht. Falling Kingdoms Band 3. Roman
(Die Taschenbuchausgabe erscheint im März 2016)

(Alle auch als E-Book erhältlich)

GOLDMANN
Lesen erleben